# La buena reputación

Novela

# Ignacio Martínez de Pisón

# La buena reputación

Seix Barral

El papel utilizado para la impresión de este libro es cien por cien libre de cloro y está calificado como **papel ecológico**.


Seix Barral, un sello editorial de Editorial Planeta, S. A.
Avda. Diagonal, 662-664, 08034 Barcelona (España)
www.seix-barral.es
www.planetadelibros.com

Adaptación de la cubierta: Booket / Área Editorial Grupo Planeta
Fotografía de la cubierta: © Ferdinando Scianna / Magnum Photos / Contacto
Fotografía del autor: © Malcolm Otero Barral
Primera edición en Colección Booket: noviembre de 2015

Depósito legal: B. 23.053-2015
ISBN: 978-84-322-2503-1
Impresión y encuadernación: Liberdúplex, S. L.
*Printed in Spain* - Impreso en España

## Biografía

Ignacio Martínez de Pisón nació en Zaragoza en 1960 y reside en Barcelona desde 1982. Es autor de más de quince libros, entre los que destacan las novelas *La ternura del dragón* (1984), Premio Casino de Mieres, *Carreteras secundarias* (1996), llevada dos veces al cine, *María bonita* (2000), *El tiempo de las mujeres* (2003), *Dientes de leche* (Seix Barral, 2008), galardonada con el Premio San Clemente 2009 y el Premio Giuseppe Acerbi 2012, *El día de mañana* (Seix Barral, 2011), por el que recibió el Premio de la Crítica 2011, el Premio Ciutat de Barcelona 2012, el Premio de las Letras Aragonesas 2011 y el Premio Hislibris de Literatura Histórica 2011, y *La buena reputación* (Seix Barral, 2014), Premio Nacional de Narrativa 2015 y Premio Cálamo al Libro del Año 2014. También ha publicado el ensayo *Enterrar a los muertos* (Seix Barral, 2005), que obtuvo los premios Rodolfo Walsh y Dulce Chacón y fue unánimemente elogiado por la crítica en varios países europeos, y el libro de relatos *Aeropuerto de Funchal* (Seix Barral, 2009). Su obra está traducida a una docena de idiomas.

## PRÓLOGO

El último mes de su vida fue el de las despedidas. Pero, en apariencia, doña Mercedes estaba bien de salud, y ninguna de las personas a las que hizo ir a su casa sospecharía hasta después de su muerte la verdadera razón. Las iba llamando de un día para otro y con excusas más que convincentes. A Daniel, el mayor de sus cinco nietos, le dijo que el motor del Dodge Dart había empezado a hacer ruidos raros y que prefería que fuera él (y no la inútil de Felisa, le faltó decir) quien hablara con el hombre del taller.

—¿Ruidos raros? A mí me parece que suena igual de bien que siempre. ¡Escucha, abuela! ¡Qué sinfonía! —dijo Daniel mientras asomaba la cabeza por la ventanilla y con gestos de director de orquesta marcaba la cadencia de los acelerones—. ¡Brum! ¡Brum, brum! ¡Bruuum!

Era un modelo de mediados de los años sesenta, gris, con el techo negro. Del bolsillo interior de la puerta sacó Daniel los viejos guantes de conducir del abuelo. Antes de ponérselos, los observó con aprensión.

—Sube, abuela —añadió—. Nos vamos a dar una vuelta.

—¿Una vuelta? ¿Ahora?

—Tenemos que asegurarnos de que todo está bien, ¿no?

—¡Pero es que voy en ropa de estar en casa!

Tardó cinco minutos en cambiarse de chaqueta y de calzado. A su espalda apareció Felisa agitando un sobre por encima de la cabeza.

—¿Van al centro? —preguntó.

Menudita, algo encorvada, con cara de ratón, Felisa era la criada, cocinera y, cuando hacía falta, choferesa de doña Mercedes.

—No, no vamos al centro —dijo ésta.

—¿Y no pasan por ningún buzón?

—Dame, Felisita, daaame... —dijo Daniel, exagerando la impaciencia, y luego sonrió—: ¡Claro que pasaremos por algún buzón!

Doña Mercedes agarró el sobre y echó un vistazo a la dirección. Gallina Blanca y un apartado de correos de Barcelona: eran cupones para el sorteo de una vajilla. Antes de meterlo en la guantera miró también el remite, donde constaba la dirección particular de la sirvienta, la de su casa del pueblo. El gesto de aprobación de doña Mercedes fue tan leve que ni la propia Felisa lo percibió.

—¡Vamos, vamos, que nos vamos! —exclamó Daniel, agarrando el volante con ambas manos.

Daniel era un apasionado de las motos y los coches, y más de una vez le había pedido el Dodge a su abuela para irse de excursión con sus amigos o sus novias. Un automóvil así, aunque a esas alturas fuera una reliquia del pasado, siempre provocaba comentarios de admiración. Rodearon los chalés de los americanos, que se seguían llamando así aunque en ellos ya no vivían los oficiales de la Base Aérea, y salieron a la autovía de Logroño. Allí Daniel pisó con fuerza el acelerador.

—¡Este monstruo se lo traga todo, pero mira qué reprís! —gritó con alegría.

Llevaban las ventanillas abiertas, y el ruido del aire les

obligaba a alzar la voz. Daniel indicó la aguja de la gasolina, que señalaba la reserva.

—¿Y esto? ¡Si casi no queda!

—¡Felisa ya no se acuerda ni de cómo se pone! —dijo su abuela, que luego agregó en voz más baja—: Y yo menos.

Unos kilómetros más adelante vieron el letrero de una gasolinera, pero el coche pasó de largo. La mujer miró en silencio a su nieto, que encendió la radio. Sonó el estribillo de una canción de Dire Straits que había estado de moda durante el verano, y Daniel lo tarareó en un inglés chapurreado y pobretón. Cuando llegó el solo de guitarra, soltó temerariamente el volante para hacer en el aire un punteo imaginario. Doña Mercedes emitió un gritito y se llevó las manos a las sienes, pero lo hizo como jugando, igual que lo habría hecho ante un niño que la apuntara con una pistola de plástico. Nuevamente tuvieron a la vista el letrero de una gasolinera. Daniel puso el intermitente y se colocó en el carril lento para tomar el desvío. Pero también en esa ocasión pasó de largo.

—¡Yuuuju! —gritó Daniel, acelerando de nuevo.

—¡Habrase visto! —protestó su abuela, y él se echó a reír.

Avanzaban ligeros entre el tráfico escaso, dejando atrás autobuses y camiones. De repente, el motor empezó a dar sacudidas y el vehículo a perder velocidad. Daniel apagó la música y se volvió hacia su abuela con una mueca de alarma.

—¡Ay, ay, que me parece que vas a tener que empujar...!

Doña Mercedes soltó un bufido: ¡habían dejado pasar dos gasolineras y ahora...! No llegó a concluir la frase, porque enseguida comprendió que era otra de las bromas de su nieto.

—¿Cuándo crecerás, Daniel? ¿Cuándo dejarás de comportarte como un niño?

El otro, malicioso, le guiñó un ojo.

—Abuelita, abuelita...

—¡No me llames así! ¡Soy tu abuela, no tu abuelita!

El ruido del motor recuperó la regularidad. Daniel, intentando contener la risa, miraba a su abuela de reojo.

—¡Y deja de mirarme con esa cara! ¡A veces pareces bobo!

—Ahora me vas a decir que soy igual que el abuelo.

—Pero es que no eres igual.

Su expresión se relajó por fin.

—No —dijo—. Tú eres mejor: más guapo, más simpático.

Pararon en la siguiente gasolinera. Sin que Daniel tuviera que pedirle nada, su abuela le alargó un par de billetes.

—¿Cuánto hace que no le miráis el aceite? ¿Y la presión de las ruedas? —dijo él.

—¡Uf! ¡Tú sabrás!

Lo dejaron para otra ocasión. Con el depósito de la gasolina lleno, tomaron la autovía en sentido contrario. Para llegar a los chalés de los americanos habrían tenido que coger, pasados unos kilómetros, el desvío del aeropuerto. El coche, sin embargo, siguió en dirección al centro.

—¿Dónde me llevas?

La llevaba a una tienda de fotografía llamada Foto Studio Tempo, en Fernando el Católico. Subió el Dodge a la acera en la esquina con Bretón y la ayudó a salir. Luego la cogió del brazo y la acompañó hasta el escaparate, en el que se exhibían retratos de parejas de recién casados y niños vestidos de primera comunión. Había también varias fotos de bebés y, mezclada con ellas, una de una niña de unos cinco años.

—¿Ahora qué dices? —preguntó Daniel—. ¿Es o no es?

—¿Pero no habíamos quedado en que tú no tenías nada que ver?

—Eso es lo que dice su madre, no yo.

—¡Entre tu hermano y tú me vais a volver loca!

—Bueno, ¿qué? ¿Se me parece o no?

Doña Mercedes se acercó al escaparate hasta casi rozar el cristal con la nariz. Los ojos, desde luego, eran del mismo color castaño, y esa barbilla y esa frente recordaban las del pequeño Daniel de veinte años antes. Pero esa boquita... En la familia nunca había habido labios así.

—Tampoco pelirrojos y mira a Elías.

—Y esas orejas...

—Algo tendrá de la madre, digo yo.

—Está bien. Me has convencido. ¿Qué piensas hacer?

—Que no, abuela, que no. Si su madre dijo que no, pues es que no.

—¿Has vuelto a hablar con ella?

—Sólo la he visto dos veces en mi vida. Cuando estuve hablando con ella y, claro, la noche aquella, la de su despedida de soltera...

—¡No hace falta que entres en detalles! ¿Sabes lo que voy a hacer? Voy a entrar aquí y preguntar cómo se llama la niña, quién es, dónde vive... Voy a hablar con su madre para aclararlo todo.

Daniel dio un respingo.

—¡Ni se te ocurra! ¿No te he dicho que ya dijo que no era mía?

—¿Y qué iba a decir la pobre? Que sí, que es tu hija, y que ella es una fresca que a punto de casarse se pone a hacer cochinadas con un desconocido... ¡Hala! ¡Que se entere el maridito! ¡Que lo sepa todo el mundo! —Señaló la entrada y añadió, muy seria—: Aparta. Déjame pasar.

Daniel, tenso, no se movió. Su voz sonó suplicante y quebradiza, como cuando de niño hacía una trastada y, huyendo del castigo paterno, buscaba su protección: ¿no le acababa de decir que esa niña no tenía nada que ver con él?, ¿que se lo había inventado todo? Él nunca se había acostado con la madre... Era todo una mentira, una broma que se le había ocurrido cinco años antes, un día que ellos dos pasaban por allí y vieron la foto de un bebé en brazos de su madre... ¡Podía ser que esa niña ni siquiera fuera la misma!

—Esta niña no es de tu sangre, Daniel: es de nuestra sangre. Si tú crees que puedes rehuir tu responsabilidad, nosotros no podemos. Porque, haga lo que haga, esté donde esté, sigue siendo de la familia. Y la familia es lo más importante. Que tú no tengas principios no quiere decir que los demás...

—¿Pero por qué te empeñas? —la interrumpió él—. Abuela, escúchame bien: no es mi hija. ¿Me entiendes? No lo es.

Doña Mercedes le miró fijamente a los ojos y luego sacudió la cabeza con lentitud. ¿Sabía Daniel dónde vivían los padres? Si había hablado con la mujer después del parto, a lo mejor sabía dónde vivían...

—¡El mismo color de ojos! ¡Eso es todo! —replicó Daniel, desesperado, e hizo un gesto hacia el escaparate—. También esos novios de ahí tienen los ojos castaños. Y ese niño, el marinerito... ¿Todos ellos son hijos míos? ¿Por qué no consigues sus números de teléfono y les cuentas todo eso de la familia y los principios?

—Aparta, Daniel.

—¿Cómo quieres que te diga que no es...?

—¡Aparta!

El joven dio un chasquido con la lengua y se hizo a un lado para que pasara su abuela, que entró en el local rezongando:

—Vais a matar a vuestra madre a disgustos...

Desde la calle sólo quedaban a la vista un extremo del mostrador y la puertecita que daba acceso al laboratorio. Vio al dueño del negocio entrar y salir por esa puerta. Un par de minutos después le vio acompañar a su abuela hasta la salida. Doña Mercedes llevaba un trozo de papel en la mano. El hombre, muy serio, dedicó a Daniel un movimiento de cabeza que él interpretó como un reproche. La abuela y el nieto no se dijeron nada hasta que estuvieron otra vez dentro del Dodge. ¿Qué le habría contado a ese hombre? ¿Qué demonios le habría contado para sonsacarle la dirección?

El semáforo de la plaza de San Francisco les hizo parar, y la anciana le entregó el papel. Había, en efecto, una dirección anotada. Era la dirección de un restaurante.

—¿Qué es esto?

Daniel, aún resentido, no entendía nada. El semáforo se puso en verde. El coche arrancó.

—¿Me vas a decir qué es esto?

—A ver si de una vez sientas cabeza... —dijo su abuela—. En toda la ciudad no hay mejor restaurante para un banquete de bodas.

Daniel seguía sin comprender. Ahora fue ella la que guiñó un ojo:

—Es lo que me ha dicho el fotógrafo. ¡Y digo yo que sabe de qué habla!

Entonces la abuela se echó a reír. Era la suya una risa sorda, hecha de pequeños espasmos que sólo al final estallaban en un hipido brevísimo. Quien no la conociera podría creer que estaba gimoteando. Pero estaba riendo, riendo con ganas, y le costaba articular las palabras. Tardó un buen rato en poder pronunciar una frase completa.

—A veces me sorprende lo ingenuo que eres... —dijo.

Daniel hinchó los carrillos y permaneció atento a la conducción. Luego expulsó todo el aire de golpe y se permitió una sonrisa.

—Qué ingenuo eres, Danielito, pero qué ingenuo...

Estaban ya a la altura del campo de fútbol. Desde allí hasta la casa no les detendría ningún semáforo. Cuando llegaron, doña Mercedes se llevó una mano a los labios y abrió la guantera.

—¡La carta! Con tanta tontería se nos ha olvidado...

A Elías, el hermano de Daniel, le llamó su abuela para que se probara las últimas piezas de la vestimenta de Carlos V, que Felisa había terminado de coser la noche anterior. En mitad de la cocina, en camiseta y calzoncillos, Elías se dejaba hacer. Felisa le ayudó primero a ponerse unos leotardos claros y a ajustarse sobre ellos unos calzones en forma de tonelete. Después le embutió en una basquiña marrón y en un jubón de mangas abullonadas que se cerraba con un velcro disimulado en el interior.

—¿No tendría que ir primero...? —susurró Elías.

—¿Es necesario todo... eso? —dijo Felisa, también en voz baja.

—Igual que en el cuadro, te dije.

Se refería a uno de los retratos del emperador pintados por Tiziano. Felisa, mascullando juramentos, se inclinó sobre la mesa para echar un nuevo vistazo a la lámina. Ésta formaba parte de uno de los gruesos volúmenes de la *Historia del arte* del marqués de Lozoya. Para que no se cerrara, habían sujetado la página con el azucarero y el bote del café. Sostuvo el bote con la mano mientras observaba la mitad inferior del retrato. En ella sobresalía el bulto de una bragueta de armadura que simulaba un enorme miembro viril. A eso, a todo eso, había aludido Felisa al preguntar si era necesario. Volvió a taparlo con el bote, cogió un plátano del frutero y se lo alargó mirando para otro lado.

—Las porquerías son cosa tuya —dijo, haciéndose la ofendida.

—¡Ay, Felisa, qué remilgada eres!

Se abrió el jubón y se colocó el plátano dentro de los leotardos.

—¿Qué tal? —preguntó.

Con los brazos en jarras, Elías se contoneó un poco para exhibir el inmenso paquete. La sirvienta, sin ocultar su repugnancia, se le acercó para pegar el velcro.

—¡Pero ciérrate esto, hombre!

Elías sonreía.

—¡Y borra esa sonrisita!

Elías siguió sonriendo.

—¿Te apetece tocar un poco?

—¡Indecente!

—Aprovecha ahora, antes de que se chafe...

Felisa no aguantó más y le dio una palmada en el culo. Elías soltó una carcajada: aquellos calzones eran tan gruesos que casi ni la había notado. Recibió otro azote, bien fuerte ahora, y soltó un quejido que se oyó en toda la casa.

—Conque remilgada, ¿eh? —dijo Felisa.

Desde el salón llegó la voz de doña Mercedes:

—¿Estáis ya? ¡Ya basta de cuchichear!

—¡Medio minuto! —gritó Elías.

Felisa se apresuró a ponerle la chamarra, hecha a partir de un viejo abrigo de paño con solapas de astracán que doña Mercedes siempre había detestado, y el sombrero plano, en realidad una boina a la que había dado forma con cinco o seis puntadas. Le colocó una cadenita al cuello y le tendió un abrecartas con mango de nácar cogido de una de las vitrinas.

—¿Y la borla? —dijo Elías.

—¡Ay, la borla, la borla!

La aparición de Elías en el salón fue saludada con grandes exclamaciones de asombro. Doña Mercedes, sentada en el sofá, no paraba de aplaudir y, cuando su nieto se abrió un poco la chamarra y dejó ver la abultada entrepierna, soltó un largo y escandalizado ¡uuuuh! que poco a poco fue convirtiéndose en un ataque de risa. Felisa, de pie a su lado, reía también, y si no aplaudía era por modestia, porque buena parte del mérito le correspondía a ella. «¡Cómo te ha crecido la nariz! —decían—, ¡no sabíamos que la tuvieras tan grande!» Las dos mujeres parecían competir en sus comentarios, que ellas creían obscenos pero eran sólo pícaros: «¡Con una nariz como ésa no te han de faltar novias!» Elías, impávido, se paseaba con andares majestuosos, y cada pocos pasos exageraba su cojera y cimbreaba el tronco como si en lugar de columna vertebral tuviera un largo muelle. Tenía Elías una pierna ligeramente más corta que la otra, y en la familia se decía que sin esa cojera suya no habría salido tan guasón.

—¡Pero qué jaimito estás hecho! —exclamó doña Mercedes, porque ése, y no guasón, era el apelativo que le aplicaban.

—Sí —dijo él, adoptando un acento pretendidamente extranjero—, Jaimito I de España y V de Alemania, por la divina clemencia emperador de los Jaimitos, augusto rey de Jaimitolandia...

Su abuela y Felisa, más que reír, ululaban. Elías, satisfecho de su éxito, adoptaba poses estatuarias y desencajaba la mandíbula inferior para reproducir el prognatismo del emperador. De repente, buscó a su alrededor.

—Me falta el perro... —dijo—. ¡Fosca, Fosca!

En su cesta de mimbre, la vieja Fosca, molesta ante tanto alboroto, se limitó a cambiar de postura. Doña Mercedes se sonó la nariz y soltó un prolongado suspiro. Tanto reír la había dejado exhausta.

—¿En qué consiste la obra? —dijo—. ¿Nos vas a representar un trozo?

—¡Pero si todavía no la tengo escrita! Lo primero era el vestuario. Y lo demás irá saliendo por sí mismo... Es sencillo. Esas comilonas que se pegaba: las empanadas de anguila, las ostras crudas, las longanizas de Tordesillas... ¡Y lo que bebía el hombre! ¡Los tragos que le pegaba a la jarra de cerveza! Y luego, ya en Yuste, todas esas enfermedades... ¿Sabíais que, además de gota, tenía hemorroides y no sé cuántas cosas más y, como le faltaban casi todos los dientes, sus digestiones eran pesadísimas? ¡Pero lo mejor es que los médicos estaban siempre pendientes de sus defecaciones! Se me ocurre... ¡Se me ocurre que yo podría cagar en directo y alguien, el que hiciera de médico, podría ir por la sala mostrando el contenido del orinal y pidiendo al público su opinión!

—¡Por Dios, qué asco! —exclamó su abuela, llevándose de forma instintiva la mano a la nariz.

—Típico comentario de provincias. En Madrid, ¡y ya no digamos en Nueva York o en París!, dirían que es el colmo de la modernidad, un monumento a la provocación, la transgresión elevada a la categoría de arte, el acta de defunción de los más apolillados convencionalismos...

—Será un comentario de provincias pero qué asco —insistió doña Mercedes.

Felisa, en señal de solidaridad, se sentó junto a su señora y sacudió la cabeza con afectación.

—Qué asco, qué repugnancia y... —no se le ocurrían más sinónimos—, ¡y qué asco!

—Por cierto... —dijo Elías sin escucharla, y luego corrió a la cocina y volvió pasando páginas de la *Historia del arte*—. Aquí está.

Plantó el libro en el regazo de la criada.

—¿Qué? —dijo ella, suspicaz.

—Pues eso.

La lámina mostraba otro de los retratos pintados por Tiziano, con un emperador avejentado y triste, ascéticamente vestido de negro, sin joyas ni adornos de ningún tipo.

—¡Ni lo pienses! —se rebeló Felisa.

—¿Cómo que no? No podemos dejarlo a medias. Es una obra en dos actos. Esta ropa es la del primero. ¡Falta la del segundo!

—¡Bastante trabajo me has dado! ¡Otro traje no!

—¿Pero no lo entiendes? ¡Es fundamental! ¡Sin este traje ni hay obra ni hay nada!

—¡Que no, que no y que no!

La discusión se mantuvo en estos términos hasta que Elías, cambiando de táctica, fingió dar la causa por perdida:

—Está bien. Me obligas a hacer cosas que no debería. Me obligas a recurrir a Menkes.

—¿Necesitas dinero? —intervino la abuela, intranquila.

—¿Quién es ese Menkes? —preguntó la otra.

Menkes era una sastrería especializada en vestuario teatral, pero Elías prefirió no sacarlas de dudas y que se imaginaran lo que quisieran.

—¿Necesitas dinero? —volvió a decir la abuela.

—Yo siempre necesito dinero.

—Ay, Elías, a ver dónde te metes... —dijo Felisa con tono lastimero.

Él supo que no tardaría en convencerla. Otra vez de buen humor, dijo:

—Estoy pensando que otro personaje podría ser un mosquito. El mosquito que mató a Carlos V. ¡Se había hecho construir un estanque para pasarse las tardes pescando y lo único que pescó fue el paludismo que le llevó a la tumba!

Aquí hizo una larga pausa. Luego entrecerró los ojos como un moribundo y adoptó de nuevo el acento extranjero:

—Confesando firmemente, como creemos y confesamos, todo lo que la Santa Madre Iglesia...

—No empecemos con la Iglesia —le interrumpió Felisa.

Elías hizo un gesto de protesta pero no dijo nada.

—Con lo meapilas que tú eras... —sonrió la abuela.

—¿Queréis que represente la muerte del emperador o no?

—Un misicas —insistió la abuela—. Siempre entre sotanas, siempre rezando...

—Eso fue hace mucho.

—No tanto. Cuando tenías dieciocho años.

—¡Diecisiete!

—¿Y qué tiene de malo ser un buen cristiano? —dijo Felisa con recelo.

Elías dio un saltito sobre su pierna corta, la derecha.

—¿Y si hago un musical, una especie de ópera-rock? Como *Jesucristo Superstar* pero con Carlos V y su confesor. ¡Ya lo tengo: *Catecismo Superstar*!

Dio unos torpes pasos de claqué y, sin dejar de bailotear, improvisó una cancioncilla en la que una voz grave se alternaba con otra más aguda para las respuestas:

—«¿Eres cristiano?» «¡Soy cristiano por la gracia de Dios!» «¿Qué quiere decir ser cristiano?» «¡Ser cristiano quiere decir ser discípulo de Cristo...!»

Doña Mercedes soltó una risita. Felisa, irritada, se encaró con ella:

—¡Basta! ¡Basta ya!

—Felisa, por favor...

—¡Qué irreverencia! ¡No sé cómo lo permite, aquí, en su casa, a su propio nieto...!

Aturullada, Felisa se levantó del sofá. Luego, dando un portazo, se encerró en la cocina.

—¿Y ahora qué le pasa a ésta? —dijo Elías, perplejo.

Su abuela se encogió de hombros.

—Anda. Ve con ella y dile algo, a ver si tú la tranquilizas.

El Dodge Dart aparcó en el paso de cebra con la rueda delantera derecha subida al bordillo y el parachoques tocando la base de la farola. Doña Mercedes, sentada en el asiento del copiloto, abrió la puerta y soltó un bufido.

—Cada vez conduces peor, hija. Se nota que te estás haciendo vieja —dijo, aunque Felisa era dieciocho años más joven que ella.

La criada salió a ver.

—Tampoco está tan mal —dijo.

—Cada día estás más tonta. Venga, ayúdame.

Le dijo «ayúdame» pero Felisa tuvo que hacerlo todo: abrir la puerta trasera, coger en brazos a la pobre Fosca envuelta en su vieja manta escocesa y llamar con el codo al timbre del veterinario. Fosca, sin mover un músculo, dejó escapar un suave lamento. Oyeron pasos en el interior de la clínica, y la anciana agarró a la perra e hizo un gesto a Felisa para que volviera al coche y buscara un sitio para aparcar.

—Rápido, que pesa —dijo mientras se abría la puerta y asomaba la cara redonda y brillante de Laura, la hija de Lumbreras.

Sin darle tiempo a decir nada, doña Mercedes pasó a la sala de espera y se sentó en el sofá con la perra en el regazo. La pared estaba decorada con fotos de perros de diferentes razas. Fosca, de raza indefinida, recogida en el callejón trasero del chalet cuando era sólo un cachorrillo, no se parecía a ninguno de esos perros. Doña Mercedes se tapó la nariz con un pañuelo y lloró un poco:

—Mi pobre Fosca, mi Fosquita...

Laura, balbuceando frases inconexas, corrió a avisar a su padre, que enseguida se hizo cargo de la situación. Lumbreras era un hombre redicho y untuoso, con algo de sacerdote preconciliar. Se sentó al lado de la anciana y acarició el húmedo morro de la perra, que cerró los ojos con lentitud. En sus frases de consuelo había algo aséptico y maquinal que le restaba credibilidad.

—Mi querida Mercedes, me ha dicho mi hija que había llamado... Ya lo sabemos: a todos nos acaba llegando el momento, y a nuestras queridas mascotas también. Es un momento doloroso, pero más para nosotros que para ellas. Veamos. ¿Mamas abultadas? Sí. Llagas, también. Decaimiento general, dificultades motoras... No se preocupe. No va a notar nada. Una inyección, un sueñecito ligero que cada vez se va haciendo más profundo, y ya está.

La perra, como si supiera que estaban hablando de ella, abrió los ojos y miró a su dueña, que ahogó un sollozo.

—Mi pobre Fosquita... —volvió a decir—. Se está dando cuenta de todo.

—Sé que es triste pero si no hay más remedio...

Doña Mercedes se puso filosófica:

—La muerte nos iguala a todos. Animales, personas. A las personas las vuelve un poco animales y a los animales un poco personas, ¿no le parece?

La perra, con esas orejas grandes y lacias y esos dientecillos montados, siempre había sido fea, y con la enfermedad aún lo era más.

—Yo creo que entiende lo que decimos —siguió diciendo la anciana—. Si ahora se lanzara a hablar, no me extrañaría demasiado. ¿Se lo imagina? ¿Se la imagina diciéndome: por qué me haces esto, con lo fiel que te he sido siempre, con lo que te he querido, con todos los momentos de felicidad que te he dado en estos diez años?

—Vamos, vamos, mi querida Mercedes... —dijo el otro, agarrando a la perra y acunándola como a un bebé.

La mujer sacudió la manta escocesa y la alejó de sí. Ese gesto pareció bastarle para recuperar la entereza.

—¿Y qué se hace con un animal muerto? —dijo, guardándose el pañuelo en la manga—. ¿Dónde hay que llevarlo?

—Usted no se preocupe. Nosotros —y aquí el veterinario hizo una señal en dirección a su hija, que asentía con aire afligido— nos encargaremos de Fosca.

Se levantaron los dos.

—¿Puedo? —preguntó ella, mostrando la palma de la mano.

—Claro.

Doña Mercedes acarició despacio, muy despacio, a la perra, y ésta emitió un nuevo lamento, tal vez el último.

—Muchas gracias. Y mándeme la factura —dijo la anciana con la voz quebrada.

Laura, plegando la manta, la acompañó a la salida. Luego se reunió con su padre en la sala de intervenciones. La perra yacía en la mesa bajo una potente luz blanca. Mientras rebuscaba en los cajones del instrumental, Lumbreras ni siquiera se molestó en atar al animal, que no tenía ni fuerzas para moverse y parecía haber aceptado su destino con mansedumbre. Colocó una jeringuilla desechable sobre la mesita auxiliar de aluminio y fue encajando uno a uno los dedos en los guantes de látex. Antes de romper el precinto de la jeringuilla, echó un último vistazo a la perra.

—Fosca, Fosca... —dijo.

Acercó el rostro a sus mamas y las observó pensativo. Luego, mirando al techo, las palpó meticulosamente. Laura se dio cuenta de que su padre acababa de hacer un descubrimiento inesperado.

—¿Tú qué crees? —preguntó él, sin esperar respuesta.

La joven permaneció atenta. Lumbreras dejó pasar varios segundos antes de decir:

—No son tumores.

Nueva pausa. Ahora fue Laura la que la interrumpió:

—¿Entonces?

—Es leche.

—¿Leche?

—Galactorrea —asintió el veterinario—. Suele presentarse en el diestro avanzado del ciclo sexual.

—¿Y las dificultades motoras?

—Quién sabe. Un poco de fiebre, malestar general...: puede ser cualquier cosa.

Con un movimiento de cabeza indicó la calle.

—Mira a ver si la alcanzas. Dile que vuelva.

Había visto tan afectada a la anciana que la simple idea de alegrarle el día le puso de buen humor. Mientras mataba el tiempo acariciando a Fosca, se descubrió a sí mismo tarareando el brindis de *La Traviata*. Oyó ruidos a su espalda y gritó:

—¡Adelante, adelante!

Doña Mercedes, escoltada por Laura, avanzaba con expresión vacilante. El veterinario no reparó en que no llevaba consigo la manta escocesa.

—¡Adelante! —repitió.

La anciana parecía más bajita que unos minutos antes. Se detuvo a pocos centímetros de la mesa y observó a la perra, que la saludó con un débil movimiento de cola y un ronroneo casi inaudible.

—Buenas noticias. Se trata de una falsa gestación. Un embarazo psicológico, digamos.

El silencio que siguió a esta declaración era sólo eso: silencio.

—¿Qué quiere decir? —dijo finalmente doña Mercedes.

—Estas cosas pasan: a veces los síntomas se parecen tanto... Nada. Arreglado. Que no coma nada durante las próximas veinticuatro horas, y procure que no se lama a sí misma porque eso estimularía las glándulas... Por lo demás está perfectamente, y aún puede vivir en buenas condiciones algunos años más.

Lumbreras se quitó los guantes, haciéndolos restallar en el aire.

—¿No lo entiende, doña Mercedes? —siguió diciendo, ufano—. Que no va a hacer falta sacrificar a Fosca. Que ahora mismo la metemos en el coche y se la puede llevar a casa.

La anciana, inesperadamente severa, dijo:

—Creía que las cosas habían quedado claras. Yo ya me he despedido de ella. Ahora usted haga lo que tenga que hacer.

Echó a andar hacia la salida, y ni siquiera se detuvo para añadir:

—Y no se olvide de la factura. Buenas tardes.

El padre y la hija se miraron y después miraron a doña Mercedes, que al salir dejó la puerta abierta.

En la calle, el Dodge la esperaba en doble fila. Felisa, con el cinturón de seguridad puesto, tuvo que ladearse y estirar el brazo para retirar el seguro de la puerta, que luego alcanzó a abrir con las yemas de los dedos. Para instalarse en su asiento, la anciana se agarró con la mano derecha al borde de la puerta y con la izquierda a la parte superior del respaldo. Como a todos los viejos, le costaba más entrar que salir de los coches (y más bajar escaleras que subirlas). La operación se desarrollaba en varias fases. En mitad de dos de ellas se detuvo un instante para decir:

—Pero qué inútil eres, hija. Tampoco ahora has sido capaz de encontrar aparcamiento.

Felisa hinchó los carrillos y soltó una pedorreta. La anciana respondió dando un portazo.

—A casa, ¿no? —dijo Felisa.

—¿Adónde si no?

Cuando llegaron, todavía olía a las chuletas de cordero de la comida.

—A ver si ventilamos un poco —dijo doña Mercedes.

—Eso ya es cosa suya. No mía.

Las pertenencias de Felisa seguían donde las había dejado por la mañana, amontonadas junto al paragüero del recibidor. Entre ellas destacaba la maleta de imitación piel comprada veintiséis años antes, cuando estuvo a punto de irse de la casa para contraer matrimonio con un cerrajero que resultó ser un golfo. Alrededor de la maleta había varias cajas de cartón con objetos diversos. Algunas de ellas contenían ropa, casi siempre heredada de doña Mercedes, que nunca tiraba una prenda sin ofrecérsela antes. En otra había una selección de bajorrelieves en estaño, de la época en que a las dos mujeres les dio por dedicar las tardes de lluvia a la artesanía. En otra estaban las fotos enmarcadas: fotos de Felisa con su familia antes de entrar a servir, fotos de la boda de su hermana en la iglesia del pueblo, fotos de sus sobrinos cuando eran bebés o hicieron la primera comunión, una foto del mayor de ellos jurando bandera, otra del segundo en su viaje de novios a Florencia... Eran fotos de una vida posible, y junto a ellas había pocas, muy pocas fotos de su vida real, su vida con doña Mercedes, reacia siempre a posar delante de una cámara.

—Toda una vida... —suspiró Felisa, y luego, para restar gravedad al comentario, canturreó—: «Toda una vida te estaría mimando...»

Doña Mercedes entró en la habitación que llamaban despacho y que, desde la muerte de su marido, diecisiete años antes, había ido acogiendo todos los cachivaches que perdían su acomodo en el resto de la casa. Allí, entre una bicicleta estática, una colección de teteras marroquíes y una máquina de coser estropeada, estaba la cómoda en la que guardaban los papeles. Del cajón superior sacó una cartilla de ahorros y una carpeta pequeña. Cuando llegó al recibidor, Felisa salía del cuarto de baño. El ruido de la cisterna recargándose concluyó, como siempre, con un gorgoteo algo ansioso. Le tendió la cartilla, abierta por el medio.

—Ésta es la última anotación. Todo correcto, ¿no?

Felisa, como una niña vergonzosa, bajó la mirada al suelo. Doña Mercedes le entregó también la carpeta.

—El coche ya está a tu nombre. Y el seguro, pagado hasta junio.

—¿Y para qué quiero yo ese coche, con lo que consume? —gimoteó la otra.

Empezó a meter las cosas en el maletero del Dodge. Las cajas que no cabían fueron a parar al asiento de atrás.

—¡Y tú decías que no iba a caber todo! —le reprochó la anciana desde el escalón de la entrada.

En la parte de delante aún quedaba sitio, y doña Mercedes le ordenó que fuera a la cocina y cogiera la cesta de las ciruelas claudias.

—¿Entera?

—Entera. ¡Con lo que te gustan!

Felisa obedeció y luego permaneció junto al Dodge sin saber muy bien qué hacer.

—¿Necesita algo? ¿Quiere que le deje la cena preparada? —dijo, por fin.

Doña Mercedes negó con la cabeza e hizo un gesto hacia el cielo como diciendo: «Vete ya si no quieres que te coja la noche por el camino.» Felisa esperó aún unos segundos para ver si la señora tenía pensado darle un abrazo o pronunciar unas palabras de despedida. Como vio que no hacía el menor movimiento, se puso al volante del Dodge y se frotó los ojos húmedos.

—Llámame cuando llegues —dijo entonces la anciana—. Esa carretera no me gusta nada.

El coche arrancó y enseguida desapareció por la esquina de la guardería de las monjas. Doña Mercedes cerró entonces la puerta, fue al saloncito que daba al jardín trasero y se sentó en la mecedora a esperar.

La notaría estaba en la calle Sanclemente, a no más de diez minutos de su casa. A pesar de eso, Miriam llegó con un cuarto de hora de retraso. Farfullando disculpas, siguió a la recepcionista hasta la salita en la que esperaban Sara y Felipe. Éste, siempre correcto, la saludó con dos besos. Sara, sin levantarse del sofá, esperó a que se fuera la recepcionista para murmurar:

—Toda la vida igual...

—Uf, lo siento. De verdad. He ido a Galerías a cambiar el exprimidor —hizo una seña hacia las bolsas que llevaba— y se han hecho un lío con los tiques...

—Ha pasado un grupo que iba detrás.

—Ya te digo que lo siento...

Entre las dos hermanas, Sara siempre se comportaba como si ella fuera la mayor, y Miriam, incapaz de resistirse a su autoridad, reaccionaba intentando hacer algún comentario digno de su aprobación.

—Compré el exprimidor en las rebajas y ¿os podéis creer que sólo funciona a 125? Claro. Por eso estaba tan barato —dijo, dejándose caer en el sofá—. ¡Si ahora todas las casas tienen 220!

Sara suavizó el rictus y negó lentamente con la cabeza:

—Desde luego, te pasan unas cosas...

—¡A saber desde cuándo tenían el exprimidor ese! Al final lo he cambiado por una radio-despertador. Que tampoco es que me haga mucha falta, pero bueno.

—Pero mira que eres tonta... —dijo Sara con una sonrisa cariñosa, exactamente la sonrisa que empleaba para llamarla tonta.

Una secretaria entró a pedirles los carnets de identidad. Sara hizo una seña hacia Felipe y preguntó:

—Él no, ¿verdad?

—Yo sólo soy el yerno —dijo Felipe.

No pretendía hacer un chiste pero las tres mujeres sonrieron. En cuanto volvieron a quedarse a solas, Miriam suspiró y dijo:

—Después de una muerte, todo son papeleos...

—Lo dices como si se te muriera alguien todas las semanas —comentó Sara.

—Chica, es un decir.

Unos minutos más tarde, las hicieron pasar al despacho, presidido por un retrato al óleo del notario cuando tenía diez o quince años menos y bastante más pelo en la cabeza. El notario se levantó a estrecharles la mano, y Miriam observó los pelos negros que le nacían en los nudillos. Era un hombre corpulento más que gordo, con una papada considerable, pero podía ser que en alguna etapa anterior al retrato hubiera sido guapo.

—Pónganse cómodas.

Apenas comenzada la lectura, empezaron los cruces de miradas entre las hermanas. Tras un par de ruidosos carraspeos, el notario las miró por encima de la montura de las gafas.

—Si tienen alguna duda, si hay algo que no esté claro...

—Es que... —dijo Sara—. No sabíamos que había sido modificado.

—Un testamento no se modifica. Simplemente, se redacta uno nuevo.

—¿Y eso cuándo...? —dijo Miriam.

El notario, como indicando que esa parte ya había sido leída, se tomó unos segundos para regresar al encabezamiento, y Miriam se dijo que tal vez no habría actuado del mismo modo en el caso de que la pregunta la hubiera hecho Sara.

—Pero de eso hace sólo... ¡mes y medio! —exclamó ésta, que luego se volvió hacia su hermana—: ¿Tú sabías algo?

Miriam abrió mucho los ojos y negó con la cabeza. El notario adoptó un tono profesoral:

—Éste es un testamento abierto ordinario. ¿Qué quiere decir eso? Quiere decir que se otorga ante notario y que no precisa de la concurrencia de testigos. Si la voluntad de la testadora era mantenerlo en secreto... ¿Continúo?

—Sí, sí, perdone.

Felipe había quedado en esperarlas en la cafetería Las Vegas. Cuando llegaron, ya casi se les había pasado el enfado, y ahora el que se mostraba disgustado era él:

—Sabíamos que iba a ser casi todo para los nietos, y estábamos de acuerdo. ¡Pero no así, por Dios! ¿En qué cabeza cabe?

Ésa era una de sus expresiones características: «¿en qué cabeza cabe?» Otras eran: «la policía no es tonta», «a otro perro con ese hueso» y «que si quieres arroz, Catalina».

—A ver quién se lo dice ahora a los gemelos... ¿Para eso están acabando Empresariales? Si hubiéramos sabido que las empresas no iban a ser para ellos, quién sabe qué carrera habrían elegido. ¡Tanto tiempo preparándose para una cosa y luego...! Pero si hasta vuestro padre lo decía. Me acuerdo de cuando les veía cambiar cromos y decía: «Éstos sí que han salido a mí, comprar barato y vender caro.» Y entre nosotros, Miriam, tus hijos son muy buenos chicos, sabes que no tengo nada contra ellos, pero en qué cabeza cabe que sean ellos los que vayan a hacerse cargo de las empresas. ¿Qué sabe Daniel de consignaciones de buques? Y el bueno de Elías...

Llegó el camarero con los cafés con leche y los pasteles. Sara exclamó:

—¡Hum! ¡Chachepós! ¡Qué buenos!

—Siempre fueron nuestros favoritos, ¿te acuerdas? —dijo Miriam.

Felipe seguía con su monólogo:

—¿Y se pueden imponer condiciones como esa de los cinco años? Porque si Daniel o Elías no aceptan su parte de la herencia o no aguantan esos cinco años, los que salen perdiendo no son Daniel o Elías: es la familia entera. ¿Seguro que vuestra madre estaba bien de la cabeza? ¿Seguro que no tuvo un despiste y confundió los nombres de los nietos? ¡Habría que asegurarse de que ese testamento es válido! Y digo yo si no se podrían intercambiar los lotes... Tú, Miriam, estarías de acuerdo, ¿no?: los locales y las plazas de aparcamiento para tus hijos, las dos agencias de consignación para los gemelos.

Todas esas dudas habían quedado ya resueltas ante el notario, así que las dos hermanas, concentradas en sus respectivos chachepós, ni le escuchaban.

—Ya sabéis que yo nunca he querido nada. No es por mí. Es por ellos: por Daniel, por Elías, por los gemelos. Si las dos estáis de acuerdo, hablo con un abogado e invalidamos el testamento. No puede ser tan difícil.

—Ay, Felipe, cállate ya —dijo su mujer.

—¿Que me calle?

—Sí, cállate, pesado.

—Estoy hablando en serio. Si fuera por mí... Pero ya sabéis que yo...

El ímpetu de su discurso fue poco a poco decayendo, y Felipe no tardó en sumirse en una melancolía callada e indiferente. Luego se levantó y dijo a Sara:

—Voy a buscar el coche. En cinco minutos en la puerta.

Le vieron salir al paseo y desaparecer entre la gente. Permanecieron un instante en silencio, y luego Miriam se puso a hablar con su atolondramiento habitual:

—¿Cuándo fue la última vez que estuvimos así, tú y yo, solas las dos, simplemente merendando? Imagínate: cuando los niños eran pequeños y los dejábamos con papá y mamá para irnos de compras... ¡Y papá murió hace diecisiete años! Diecisiete años, parece mentira. Algunas mañanas, al despertarme, todavía creo que estoy en la habitación, en nuestra habitación. Que mamá está cacharreando en el jardín y que papá está en la ducha cantando a voz en grito y salpicándolo todo y que tú estás haciendo un bizcocho en la cocina. Es una tontería, ya lo sé, porque aquí nunca llegamos a vivir juntas tú y yo. Nunca tuvimos nuestra habitación. Es como si los recuerdos de la casa de Melilla se hubieran cambiado de sitio. Es curioso, ¿no? Nunca echo de menos la casa de Melilla y, en cambio, la de aquí... ¡Y mira que viví poco en ella, con la prisa que me di en encontrar marido!

La alusión a su desafortunado matrimonio logró arrancarle una sonrisa a Sara.

—No digas eso —dijo.

—Así fue. Por eso salió todo como salió... —dijo Miriam, y tras una breve pausa prosiguió con su parloteo—: ¿Te acuerdas de cuando mamá secuestró a Elías para que no le circuncidara el *mohel* que papá había hecho venir de Barcelona? ¿Y de cuando fingió una angina de pecho para que papá no pudiera inaugurar la sinagoga?

Evocó aún un par de anécdotas más de su madre. Ninguna de ellas era novedosa. Desde la viudez de doña Mercedes, no había reunión familiar que no terminara con el relato de sus episodios más disparatados, que el tiempo había ido estilizando y adornando con detalles de imposible verificación.

—Era muy suya —concluyó Miriam.

—Era una bruja —dijo Sara, y pronunció «bruja» con el mismo tono con que llamaba tonta a su hermana.

—¡Qué ganas de enredar! Dondequiera que se encuentre, si nos está viendo, seguro que se lo estará pasando en grande. Me la imagino viendo las caras que poníamos delante del notario y riéndose de nosotras: «¿Qué?, ¿qué os ha parecido mi última jugarreta?, ¡a que esto no os lo esperabais...!» Pero seguro que dentro de algún tiempo, cuando nos acordemos, nos reiremos.

Sara asintió con la cabeza y soltó una de esas risitas suyas, breves y como enroscadas en sí mismas, apenas un gorjeo. Felipe asomó por la puerta de la cafetería e hizo una seña en dirección al coche, mal aparcado. Se levantaron las dos y se encaminaron hacia la caja registradora.

—Pago yo —dijo Miriam.

—No, déjame a mí.

—Que pago yo.

Al final pagaron a medias. Ya en la calle, Sara alargó la mano y acarició la mejilla fruncida de su hermana.

—La preocupación te hace parecer mayor.

El comentario de Sara tenía algo de reconvención, pero Miriam lo tomó como un cumplido. Se dijeron adiós y cada una se fue por su lado.

## LA NOVELA DE SAMUEL

Desde el principio había quedado claro que la casa se regiría por el calendario católico, y la única excepción que se consentían era la celebración de Rosh Hashaná, el Año Nuevo hebreo. A Mercedes le parecía bien porque la alternativa habría sido celebrar Yom Kippur, la más solemne de las festividades judías, algo de lo que no quería ni oír hablar.

—¿Dónde se ha visto una cosa igual? —decía, escandalizada—. Un día en que está prohibido comer, beber, bañarse... ¡Prohibido bañarse, por Dios!

—Y también tener relaciones conyugales —añadía Samuel, y hacía con las cejas un gesto de picardía que, al menos cuando lo practicaba ante el espejo, le hacía parecer más joven.

Así que todos los años celebraban dos Años Nuevos, uno el 1 de enero y el otro el 1 de *tishrei*, que solía caer hacia finales de septiembre o comienzos de octubre. De todas formas, su particular Rosh Hashaná se atenía muy poco a la tradición, que prescribía una jornada dedicada a la meditación y al rezo. Aquello, en cambio, era una fiesta en la que las puertas de la casa se abrían a los gentiles, y las mujeres fumaban y los hombres bebían un poco más de la cuenta. Entre los escasos hebreos que asistían a la fiesta estaban Rebeca y Esther, las hermanas de Samuel, que ningún año dejaban pasar la ocasión de recriminarle que aquello más parecía un Purim que un Rosh Hashaná. Y era verdad. No había más que ver las bandejas de dulces en torno a las cuales se arremolinaban los niños. Muchos de ellos eran los típicos dulces de Purim, el carnaval judío: los bocaditos de mazapán, la torta de nueces y los *fazuelos* rellenos de mermelada o de miel, que allí todos llamaban orejas. Y la radio estaba todo el rato encendida y había globos de colores y algunos se cubrían la cabeza con sombreritos de papel...

A Rebeca y a Esther todo aquello les parecía un poco irreverente, y preferían no tener mucho trato con los invitados. A partir de determinado momento solían llevarse a los niños a la cocina y montaban partidas de *sebibón*, una perinola de cuatro caras con la que jugaban a apostar caramelos. Unos pocos años antes, cuando todavía Miriam y Sara eran pequeñas, una de las gracias habituales era hacerles calcular qué año del calendario hebreo estaban empezando. Ahora ninguna de las dos tenía ya edad para estar en la cocina, pero la tradición se mantenía sin ellas. Entraba Samuel, se acercaba al grupito de niños y les decía con tono burlón:

—Es muy sencillo. Sólo tenéis que saber en qué año estamos y sumarle tres mil setecientos sesenta años más.

—¿Cuántos? ¿Tres mil qué? —exclamó una de las niñas poniendo los ojos en blanco, y los otros celebraron con regocijo sus aspavientos.

—A ver, tú misma... ¿En qué año naciste?

—En 1940.

—¿Y cuánto da mil novecientos cuarenta más tres mil setecientos sesenta?

Ahora fue la propia niña la que, sintiéndose el centro de atención, rio con nerviosismo.

—¡Yo qué sé! ¡Un millón, por lo menos! —dijo.

—¡Sí! ¡Un millón o más! —corearon los demás.

—No, un millón no —dijo Samuel—. Exactamente, cinco mil setecientos. ¡Qué suerte tienes de haber nacido un año así, un número tan redondo, el primer año de un nuevo siglo!

La niña sonrió halagada, y los que también habían nacido en 1940 se apresuraron a proclamarlo como un mérito. Miriam, desde la puerta, seguía la escena con melancolía: siete u ocho años antes, ella y su hermana aún formaban parte del grupito y, aunque los niños cambiaran, las respuestas y reacciones no solían variar. Se acercó a la mesa, reunió los restos de dulces en un solo plato y llevó los platos vacíos al fregadero. Su padre, mientras tanto, volvía a la carga:

—Ya sabemos cuándo naciste. Ahora dinos cuántos años tienes.

—Diez.

—Pues súmale diez más.

Unos niños repitieron varias veces las distintas cifras y pusieron cara de esfuerzo y concentración, mientras otros se tapaban la boca para sofocar unas ganas de reír que en realidad no sentían.

—Cinco mil..., cinco mil setecientos... —trató de ayudarles Samuel, que al final acabó impacientándose y diciendo—: Cinco mil setecientos... diez. ¡Feliz año 5710!

—¡Feliz año! —gritaron todos, y Samuel regresó satisfecho al salón.

En aquella época, Samuel se había dejado crecer un bigotito porque, según Mercedes, se parecía a su actor favorito, Robert Taylor. Y es cierto que se parecía, aunque Samuel era más cabezón y más grueso y desde luego bastante menos distinguido. Pero en conjunto, a sus cincuenta y pocos años, seguía siendo un hombre atractivo, de aspecto mundano, con los ojos de un bonito color castaño y el escaso pelo siempre engominado. Acostumbrado a dar órdenes, su porte y su voz transmitían determinación, y en la Hípica, cuando departía con sus amigos militares, había quien le tomaba por un oficial de paisano.

—Miriam —dijo, y ni siquiera se molestó en levantar la voz o en buscarla con la mirada, porque sabía que su hija mayor estaría pendiente—. Miriam, ¿quién es ese chico?

Se refería a un jovencito desgarbado y con cara de caballo que llevaba un buen rato charlando con Sara en el balcón. Miriam le había visto entrar un par de veces a rellenar los vasos de zarzaparrilla.

—Se apellida Valenzuela. Su padre es coronel.

—Ah, lo conozco. Buen tipo ese Valenzuela. Creo que lo han destinado a...

—A Valladolid —dijo Miriam, y su padre no percibió el ligerísimo reproche que había en su voz.

El salón seguía atestado de gente. Samuel se detenía con unos y con otros a intercambiar comentarios, pero a esas alturas estaba claro que la fiesta tocaba a su fin. Se entretuvo unos minutos más de la cuenta con un joven matrimonio malagueño que unos meses antes había heredado unas zapaterías en Ceuta y Tetuán. La mujer insistía en elogiar la decoración de la casa. Samuel asentía con la cabeza y la dejaba hablar, pero en realidad toda aquella palabrería le traía sin cuidado. Tal vez fuera porque llevaba mucho tiempo oyendo cosas así.

De modernizar el mobiliario doméstico se había encargado Mercedes hacía más de veinte años, durante su primer embarazo, el de Miriam, y desde entonces el piso había experimentado muy pocos cambios, como si cualquier modificación pudiera constituir algún tipo de amenaza para el acertado equilibrio inicial. De la decoración habían desaparecido todos los elementos de inspiración judaica. La drástica reforma, que había arramblado con los rancios azulejos, los muebles desvencijados y los anacrónicos cortinones, se había llevado también por delante los bordados con bendiciones en hebreo y el atril taraceado con pequeñas estrellas de David. Todo ello había ido a parar a un arcón, junto a la *menorá* de siete brazos, la serie de grabados del templo de Salomón y el objeto que Mercedes aborrecía por encima de todos los demás, el *kinnor*, una vieja lira lacada en plata que en algún momento se había considerado imprescindible en algunos salones judíos de Melilla. Sólo las fotos de los padres y los abuelos con *kipá* informaban del origen del cabeza de familia. Siempre que unos gentiles elogiaban ante Samuel la decoración del piso, lo que él se preguntaba era qué ausencia podía extrañarles más, si la de los elementos hebreos o la de los cristianos. ¿No les sorprendía que en aquel salón tampoco hubiera ninguno de esos crucifijos o de esas Últimas Cenas o de esas imágenes de vírgenes y de santos que seguramente sí había en su propio salón? En cuanto pudo, se despidió del matrimonio de Málaga y se reunió con su mujer.

—¿Te acuerdas de Valenzuela? El chico es su hijo —le susurró al oído.

—¿Pero no le habían destinado a otro sitio?

—A Valladolid.

Mercedes buscó a sus dos hijas con la mirada y luego agitó la cabeza con pesadumbre.

—¡Pobrecitas! ¿Cómo os va a salir novio si aquí todos los jóvenes vienen y se van?

—Ay, Merceditas, no me des la murga.

Samuel se abrió paso hasta el centro del salón y ordenó:

—¡Mercedes, el globo!

Ella, otra vez de buen humor, se llevó la mano a la sien:

—A sus órdenes, mi general.

Para los niños, ése era el momento culminante de la fiesta. Mercedes entregaba a su marido un objeto que, plegado, tenía aspecto de lamparilla oriental, y Samuel disponía a los pequeños en fila de a dos y se colocaba al frente de la expedición, que unos cuantos metros más atrás cerraba un pequeño grupo de padres. En su recorrido por General O'Donnell las líneas iban poco a poco descomponiéndose, y para cuando salían a la avenida del Generalísimo (o a la Avenida, que era como todo el mundo la llamaba) no quedaba ni rastro del orden inicial. Entonces casi todas las calles y plazas de Melilla tenían nombres de militares: General Macías, Teniente Coronel Seguí, Comandante Benítez... La Avenida desembocaba en la plaza de España, donde ya el alboroto era tal que Samuel tenía que esforzarse para hacerse oír:

—¡Hasta aquí podéis estar! ¡Más cerca no! ¡Miriam, encárgate tú!

Y mientras Miriam se aplicaba a la tarea de mantener a raya a los excitados chavales, su padre se afanaba en desplegar el papel de vivos colores, instalar la mecha, humedecerla con alcohol, encender el chisquero. La operación, sencilla en apariencia, requería siempre tres o cuatro intentonas, y Samuel daba instrucciones a un par de niños para que sujetaran el papel por ambos lados mientras el bulto lacio e informe iba llenándose de aire caliente y adoptando la forma que le correspondía, convirtiéndose por fin en globo. Llegado un momento, la propia tensión del papel avisaba del inminente despegue. Samuel recuperaba entonces su autoridad para exigir silencio, y entre la expectación general acompañaba con unos gestos solemnes, casi sacerdotales, esa primera y vacilante elevación, hasta que la base del globo alcanzaba la altura de su cabeza y él lo dejaba ir con suavidad.

—¡Aaaaarriba! —exclamaba, y los adultos rompían a aplaudir y los niños correteaban por la plaza para no perder de vista el globo, que el viento de África se llevaba en dirección al mar y terminaba ocultándose entre las nubes bajas de comienzos del otoño.

Todavía no había desaparecido del todo cuando Rebeca o Esther, o las dos al mismo tiempo, empezaban a rezongar y a mandar a los niños de vuelta a la fiesta. Algunos, desobedientes, insistían en quedarse un poco más, y Miriam acababa llevándoselos de la mano.

—Vamos, vamos —decía—, que vuestras mamás estarán esperando para marcharse.

Al contrario de lo que ocurrió en la Península, en las ciudades españolas del norte de África las Comunidades Israelitas siguieron siendo legales una vez acabada la Guerra Civil. Samuel era uno de los miembros más ilustres del consejo comunal de la de Melilla, y eso le obligaba a asistir a no pocos entierros. Samuel odiaba los entierros. Le parecía que sólo se morían los pobres, lo que hacía que los entierros, además de tristes, resultaran bastante deslucidos. ¡Con lo hermoso que era aquel cementerio, aupado sobre las rocas, tan próximo al mar que su intensa luminosidad reverberaba sobre las grandes lápidas horizontales!

En las escaleras de la entrada principal, bajo el arco en el que estaba escrito «Cementerio Municipal de la Purísima Concepción», le estaba esperando Moisés Eliachar, vocal también del consejo. Siempre quedaban allí, aunque la parte judía disponía de entrada independiente. Moisés echó a andar detrás de Samuel, que pasó a su lado sin detenerse. Tardó unos segundos en alcanzarle.

—¿Quién es esta vez? —dijo Samuel.

—Salomón Cohén, el alpargatero de la calle Gran Capitán.

—El alpargatero de Gran Capitán —repitió el otro, inexpresivo.

—Lo conocías.

Sí, claro que lo conocía. Allí se conocían todos. Cerca ya del acceso a la parte hebrea, se detuvieron apenas un instante para recuperar el aliento. Ese Cohén era de los del Polígono, ¿no? Moisés asintió en silencio. Se refería al éxodo de 1904, a los cientos de hebreos marroquíes que, huyendo de sus compatriotas musulmanes, habían buscado refugio entre las murallas de Melilla. Esas familias habían llegado a la ciudad sin otro equipaje que el miedo y la enfermedad, y las autoridades militares les habían autorizado a establecerse en una de sus instalaciones, el Polígono Excepcional de Tiro, que posteriormente acabaría dando nombre al barrio. Con el tiempo, algunos habían conseguido prosperar. Salomón Cohén había hecho dinero en los años veinte vendiendo alpargatas a las tropas españolas, siempre tan mal pertrechadas. Luego, concluida la guerra contra los rifeños, el negocio había caído en picado, y su hermoso comercio había acabado convirtiéndose en una de esas tienduchas oscuras y mal ventiladas en las que Samuel jamás osaba poner los pies.

—Supongo que otra vez nos toca contribuir...

Moisés hizo un gesto de resignación y señaló a un grupito de personas junto a la tapia más oriental.

—Nos están esperando —dijo.

—No creo que el viejo Salomón se vaya a impacientar...

El otro rio con risita de conejo. Al igual que los otros miembros, su puesto en el consejo se lo debía a Samuel, interlocutor habitual de las autoridades: cuando había que renovar la composición, sus amigos de la Alta Comisaría, la Delegación Gubernativa y el Ayuntamiento recurrían a él para recabar informes sobre los candidatos. Podría decirse que todos o casi todos los miembros habían sido nombrados por él.

Entre parientes y conocidos, en aquel entierro no había más de treinta personas, apretujadas en los estrechos caminos que separaban las sepulturas. Los hombres, en primera fila, llevaban todos la cabeza cubierta, unos con *kipás*, otros con simples boinas. Algunos, además, ocultaban sus hombros bajo refulgentes *talits*, y los flecos se les enganchaban en las mangas de la chaqueta o el caftán cuando cruzaban los brazos en señal de recogimiento. Samuel saludó primero al rabino, Yaacob Benzaquén, buen amigo suyo desde 1918, cuando fundaron el Hozer Dalim, la asociación benéfica de jóvenes hebreos. Yaacob le gustaba, entre otros motivos, porque iba siempre bien afeitado, sin esas largas y deshilachadas barbas rabínicas que le parecían tan poco higiénicas. Su amigo correspondió a su saludo con un lento balanceo de cabeza. Luego, Samuel pidió humildemente disculpas por el retraso a los deudos del fallecido. Éstos, contritos, le cogían de las manos y le abrazaban, y Samuel pensó que eran ellos los que parecían estar dándole el pésame a él. Todas esas muestras de sumisión querían decir que el dinero de la colecta había llegado a su destino.

—*Shalom, shalom* —decía Samuel—. Que Dios os bendiga.

Se acercó al ataúd y comprobó que en una de las esquinas de la madera se había practicado la perforación de rigor: había que facilitar la reintegración del polvo en el polvo. Mantuvo los ojos cerrados mientras recitaba para sus adentros una oración. Después indicó con un gesto que la ceremonia podía comenzar. Habló Yaacob Benzaquén de la necesaria aceptación del juicio divino:

—En los momentos de grandes pérdidas, el ser humano puede llegar a sentirse rechazado por el Señor. Pero es precisamente entonces cuando tenemos que elevar nuestras alabanzas para afirmar públicamente la justicia divina...

Invocó la paciencia del buen Job y recitó algún versículo de los Salmos. Samuel exhibía un gesto de honda compunción, pero en realidad estaba pensando en el frigorífico que esa misma mañana debían instalar en la cocina de su casa. Era su primera nevera eléctrica, y desde luego una de las primeras de Melilla, y lo que más le apetecía en ese momento era sentarse en su butaca del salón y beberse un vaso de agua con hielo hasta el borde. Ahora Mercedes podría hacer helados y sorbetes... ¿Cuántos de los que en ese momento le rodeaban habrían probado un buen sorbete de limón, una buena leche merengada? Sí, Moisés seguro que sí. Pero ¿y los otros? Judíos tristes que, ni aunque pudieran permitírselo, disfrutarían jamás de las cosas buenas de la vida...

—La *keriá*... —susurró Moisés a su oído, viéndole distraído.

—Sí, sí.

El rabino procedió entonces a rasgar, a la altura del corazón, la ropa de los familiares más próximos. Luego regresó a su sitio, y el hijo mayor del fallecido ahuecó la voz para recitar el *kadish yatom*, la plegaria en memoria de los muertos. Los sepultureros tensaron los cabos de las cuerdas y se dispusieron a bajar el ataúd a la fosa. Concluida esta operación, el primogénito arrojó la primera palada de tierra. La viuda emitió un aullido desgarrador:

—¡Salomón, Salomón...!

Su joven hija acudió a consolarla mientras sus hermanos varones iban cogiendo la pala, vaciando su contenido sobre el ataúd y dejándola nuevamente sobre la tierra amontonada. Eran buenos judíos, buenos observantes de la ley de Dios. Sabían que la pala no podía pasarse de mano en mano sino que debía dejarse en el suelo para el siguiente. Una vez que los hijos acabaron con esa parte del rito, Samuel se agachó e hizo lo propio, y ni siquiera en ese instante de máxima solemnidad dejó de pensar en el vaso de agua con hielo hasta arriba. Después de él, arrojaron tierra Moisés Eliachar, los parientes lejanos de Salomón Cohén, los amigos, los conocidos.

—Qué desgracia, qué terrible desgracia, querida amiga... —dijo Samuel al pasar de nuevo junto a la viuda, que fue incapaz de contener un sollozo.

Apenas un cuarto de hora más tarde, estaba de vuelta en casa. La nevera ya había sido instalada. ¡Qué hermosura de nevera, con esas formas redondeadas tan elegantes y ese tirador tan moderno, galvanizado en plata, con esos refuerzos laterales imitando las finas aguas de la madera de cedro! A Samuel le parecía que en aquel aparato se aunaban la nobleza de la tradición y el confort de los nuevos tiempos.

—¡El confoooort! —exclamó precisamente, porque ese mágico neologismo era el que mejor expresaba lo que aquello representaba para Samuel—. Se acabaron las barras de hielo, se acabaron los charcos en la cocina, se acabaron la maza y el punzón...

Pero el sueño de Samuel de servirse un vaso lleno de hielo aún tendría que esperar. Dijo Mercedes:

—Ha dicho el técnico que no la enchufemos hasta la noche. El gas tiene que estabilizarse.

—¿Que el gas tiene que qué?

—Que estabilizarse. Eso ha dicho.

—¿Pero qué tontería es ésa?

—Ah, a mí no me preguntes.

—Algún día tendrás que explicarme por qué después de Rosh Hashaná estás siempre de mal humor...

—¿Yo de mal humor? ¡Pero si eres tú! Mira. Aquí hay un papel con instrucciones.

Samuel agarró el papel y leyó con displicencia:

—«Acaba usted de adquirir una fabulosa heladera Electrolux...»

—¿Heladera? —preguntó Miriam, asomando la cabeza por la puerta.

—Es como la llaman en Argentina —dijo Mercedes.

—¡En España nadie tiene dinero para comprarse una

así! —exclamó Samuel, que, sin dudarlo un segundo, agarró el cable, pegó la mejilla a la puerta del frigorífico y buscó a tientas el enchufe de la pared.

El motor del aparato se estremeció un instante, como si le hubieran despertado de un plácido sueño, y luego emitió un ronroneo que fue haciéndose cada vez más suave. Samuel abrió la nevera y la observó en silencio. Como carecía de iluminación interior, no era fácil determinar si aquello funcionaba o no. Samuel decidió que sí.

—¡Estabilizarse, estabilizarse...! —rezongó, y con una sonrisa triunfal añadió—: ¡Que estamos en el siglo veinte, Mercedes!

Hasta el día siguiente no tuvieron cubitos. Samuel vació las dos bandejas de hielo dentro de la panzona jarra de las comidas. Luego la llenó de agua hasta arriba y, sujetándola con ambas manos, la agitó en el aire. Imitó el tintineo de los hielos contra el cristal:

—¡Clin-clin!

Miriam, a la que a sus veinte años seguía gustándole comportarse como una niña, repitió:

—¡Clin-clin-clin!

Samuel señaló a Rachida, la *fatma*, que se disponía a servir la verdura. Dijo:

—Mercedes, tienes que enseñarle a hacer granizados.

—¿Y cómo quieres que le enseñe, si no sé?

—Pues aprendes —dijo él, y su mujer y sus hijas se miraron arqueando las cejas y sonrieron.

Las reuniones ordinarias del consejo comunal solían celebrarse en casas particulares, generalmente en las de los miembros más antiguos. Había empezado a ser así en julio del 36, y luego, acabada la guerra, la costumbre estaba tan consolidada que a nadie se le pasó por la cabeza la posibilidad de cambiarla. No podía decirse que aquellas reuniones fueran clandestinas pero, al mismo tiempo, su carácter extraoficial les eximía del deber de llevar al día un libro de actas, algo que inspiraba muchos recelos. Sí, las Comunidades Israelitas eran legales en el Protectorado, pero ¿por qué someterse a la vigilancia de las autoridades, que gracias a esas actas podían controlar el número y la identidad de los asistentes y estar al corriente de las opiniones de unos y de otros? Que las reuniones no tuvieran que ser secretas no quería decir que no pudieran ser discretas.

—Ya está aquí —dijo Isaac Chocrón, reconociendo los tres timbrazos con los que Samuel anunciaba su llegada.

A la altura de 1950, el miembro más antiguo era el joyero Ismael Garzón, que en los últimos meses había empezado a confundir a sus nietas con sus nueras y a sus hijos con sus amigos de infancia, así que el salón de su casa había sido sustituido por el de la casa de Isaac Chocrón, joyero también y hasta no hacía mucho tiempo socio suyo.

—Perdonadme, perdonadme todos... —se oyó decir a Samuel por el pasillo, e Isaac intentó que su saludo no sonara a reproche:

—Adelante, Samuel, bienvenido. ¿Podemos comenzar?

El más diligente de los miembros del consejo era Moisés Eliachar, que con un movimiento de cabeza pidió permiso a los demás para hablar. Primero transmitió las disculpas del presidente, Moisés Carciente Benarroch, por no poder asistir al estar en viaje de negocios. Luego dio lectura al orden del día. Samuel carraspeó para reprimir un bostezo. Siempre era más o menos lo mismo: estados de cuentas, previsiones de gasto, obras de caridad... Cuando debido a una desgracia había que socorrer a alguna familia, Benjamín Gaón sacudía la cabeza y recitaba algún precepto del Deuteronomio:

—«No debe dolerte el corazón al dar, pues debido a eso el Eterno te bendecirá en todos tus actos.»

Benjamín Gaón era conocido por su avaricia, y en sus palabras todos percibían un dejo de sarcasmo. Dos nietas del anfitrión entraron con bandejas de té, café y chocolate. Eran muy jóvenes, apenas unas niñas, y la presencia de todos esos señores tan serios las abrumaba. Varios de ellos elogiaron su belleza. Ellas, vergonzosas, se miraban los pies. Samuel se sirvió un café.

—Lo que daría por una copita de armañac...

Unos pocos le rieron la gracia. Las niñas, sin entender, consultaron con la mirada a su abuelo, que le restó importancia con un gesto.

—Este Samuel, siempre el mismo... —dijo.

Luego llamó a la mayor de sus nietas y le dio instrucciones al oído. Salieron las dos a la vez. Samuel las siguió con la mirada.

—Ay, si en vez de hijas Dios me hubiera dado hijos... —murmuró—. ¡Seguro que ya estarían trotando detrás de ellas!

Esta vez nadie rio. Eran esos comentarios los que le habían proporcionado una injustificada fama de mujeriego. Las niñas volvieron con una damajuana de vino. Isaac la agarró y la exhibió con orgullo.

—Vino nuestro, vino puro —dijo—. De Samaria. Mi buen amigo David Toledano me lo ha hecho llegar.

Cuando un judío hablaba de vino puro, quería decir que era *kosher*. Mientras Samuel descorchaba la damajuana, los demás se interesaron por David Toledano, que un año y medio antes, en plena Guerra de la Independencia, se había instalado con su familia en Israel. Los acontecimientos que tenían que ver con el nuevo Estado eran seguidos con pasión por los miembros del consejo, y todos ansiaban tener noticias frescas.

—Ya es oficial —anunció Isaac con solemnidad—.

Cualquier hebreo, sea de donde sea, tiene derecho a obtener la nacionalidad. Cualquiera de nosotros podría mañana mismo emigrar a Israel.

Sus palabras fueron acogidas con murmullos de satisfacción. Samuel, decidido a aguarles la fiesta, dijo:

—¿Y para qué querríamos emigrar a un país que acaba de salir de una guerra y seguro que se meterá en muchas más?

—No es un país cualquiera —dijo Isaac—. Es Israel. Es Jerusalén. ¡Jerusalén!

—Pero tú eres de aquí, ¿no? Naciste en Tetuán pero tus padres te trajeron cuando eras un niño. Y siempre has vivido en Melilla...

Hubo algunos carraspeos. Samuel prosiguió:

—De acuerdo: son nuestros hermanos. Pero nuestro sitio está aquí, y no en Jerusalén. ¿Somos de aquí o de allí? No entiendo esa nostalgia vuestra por un lugar en el que nunca habéis estado. De hecho, no entiendo al pueblo judío, que siempre cree pertenecer a un lugar distinto del suyo...

Justo en ese instante consiguió liberar el tapón de corcho, lo que impidió que los demás replicaran. Samuel ofreció los vasos con gesto torero. Unos, entre cohibidos y rencorosos, negaban con la cabeza. Otros, haciendo pinza con el índice y el pulgar, indicaban que sólo lo querían probar. Nadie bebió antes de que él diera el primer sorbo. Se mantenían todos expectantes. Después de la ofensa que acababa de hacer a la tierra de los suyos, tendría al menos la decencia de no afrentar la hospitalidad de Isaac Chocrón... Era vino hecho por buenos judíos, con uvas cultivadas por buenos judíos. Si era puro, tenía que ser bueno, ¿no? Samuel, con los ojos entrecerrados, lo paladeaba despacio antes de decidirse a tragar. Contuvo un instante la respiración y finalmente tragó.

—Excelente —dijo, y luego se volvió hacia Isaac y añadió—: Está claro que David Toledano te aprecia. Te quiere como se quiere a un hermano.

Eso bastó para que los ánimos se serenaran y la conversación retomara su curso habitual. En realidad, una vez despachados los pocos asuntos urgentes, aquellas reuniones tenían mucho de tertulia de café, y los presentes aprovechaban para ponerse al día de las pequeñas novedades locales: quién había caído enfermo y quién se había curado, qué bodas había en perspectiva, qué amigo o pariente estaba de paso por la ciudad. A veces, por supuesto, aprovechaban para hablar de negocios, y no pocas operaciones se habían apalabrado en tardes así. Operaciones nunca demasiado grandes: la venta de un almacén, el alquiler de un local, la contratación de un hijo o un sobrino. Samuel se sirvió otro vaso de vino y miró a su alrededor. En el fondo despreciaba un poco a sus compañeros del consejo. Ricos o pobres, eran todos iguales. Con sus mujeres silenciosas y discretas, vestidas siempre con modestia, el pelo oculto bajo una peluca, con sus casas que olían a comida, con sus tiendas mal iluminadas, aquellos hombres parecían sacados de un panfleto antisemita y, lo que era peor, le recordaban demasiado a sus propios padres. Él, desde luego, no era como ellos, y quizás por eso le gustaba tanto dárselas de rumboso: invitaba a fiestas en su casa, dejaba generosas propinas en las cafeterías, jamás reparaba en gastos.

Se levantó y se acercó al balcón a mirar la luz rojiza del atardecer. Vio gente haciendo cola ante la entrada del Nacional, que para él, como para tantos melillenses, seguía llamándose Kursaal. ¿Qué película ponían esa semana? Le gustaba mirar ese edificio, digno de capitales como París o Nueva York. Le gustaba pensar que entre sus paisanos había gente como él, gente que soñaba con una Melilla moderna y cosmopolita. Se volvió luego hacia los otros. ¿Cuántos de ellos iban de vez en cuando al cine o al teatro o a una sala de fiestas? Isaac Chocrón estaba hablando del *bar mitzvá* de uno de sus nietos, y los demás celebraban sus anécdotas con sonrisas corteses. ¿En eso consistían sus diversiones? ¿En asistir a las ceremonias religiosas de sus familias?

El viejo Chocrón le señaló con el dedo.

—Me acuerdo de cuando eras niño —dijo—. Un niño muy chico, muy chico, ¡pero qué rápido corrías! Para las fiestas había combates de boxeo, cucañas, regatas... En la playa se hacían carreras. Yo creo que no tenías ni la edad para apuntarte, pero te dejaban igual. Allí todos eran mayores que tú, más altos, más fuertes, muchachos entrenados para competir. Parecía imposible que pudieras aguantar su ritmo, pero no sólo lo aguantabas sino que, a la hora de la verdad, ¡zas!, ¡allí estabas, tan chico, tan chico, poco más que un ratoncillo, escapándote, dejándolos a todos atrás, y no había quien te alcanzara!

Samuel sonrió. Los otros asentían con la cabeza. El anciano volvió a señalarle con el dedo.

—Me acuerdo de tu cara de felicidad cuando te ponían la medalla rodeado de atletas que te doblaban en altura. Tú, el único hebreo, el que parecía el más flojo, habías derrotado a todos esos *goyim*, tan altos, tan fuertes. Tú, ese pequeño David rodeado de Goliats. Tu padre aplaudía tanto que hasta le dolían las manos, y no podía contener las lágrimas. ¡Qué orgulloso se sentía de ti!

Cuando salió, estaba bastante irritado. ¿Por qué en los comentarios de esa gente, por muy elogiosos que pretendieran ser, percibía siempre un poso de recriminación? Su casa estaba muy cerca de allí, a sólo cuatro manzanas, y Moisés le acompañaba porque le venía de paso. La noche era suave, una de esas noches de otoño con viento de levante. Cruzaron la Avenida, y Samuel dijo:

—Casi lo olvido. Tengo que pasar por la oficina a recoger unos papeles.

Se despidieron. Moisés se fue por un lado y él por otro. Pasó por delante de su oficina pero no se detuvo. Le apetecía pasear, estar solo. En la plaza de España se encendió un cigarrillo. Hacía un par de años que se había acostumbrado a fumar Camel. Los estibadores y marineros lo sabían y cada cierto tiempo le proporcionaban unos cuantos cartones de contrabando. Anduvo primero sin rumbo fijo. Luego se detuvo ante el cargadero de mineral y siguió con la vista su silueta oscura y alargada, en la que se reflejaban los brillos movedizos del agua. Paseó un poco por el puerto, entre los montones de carbón y los barriles de vino. Gran parte de su vida la había pasado allí, al principio curioseando entre los empleados de su padre, después cargando y descargando mercancías junto a ellos, finalmente dándoles órdenes. Le gustaba ese sitio. Le gustaban los olores que venían del mar y los ruidos de los motores y los gritos de los hombres. Aquello era su vida. Y su vida podía gustarle o no, pero ¿por qué tendría que gustarle una vida que nunca había probado? Apagó la colilla. Un vigilante le saludó con la mano y le dio las buenas noches en español. Él, que lo conocía, le contestó en bereber:

—*Timen siwin* —dijo.

Tuvo que dar una pequeña vuelta para acceder a la playa al otro lado del cargadero. Se descalzó para sentir la arena bajo las plantas de los pies. ¿Cuántas veces habría hecho eso en su vida? A lo largo de la orilla, alejados unos de otros una veintena de metros, se alineaban varios pescadores solitarios. Al pasar junto a ellos, Samuel saludaba con la cabeza y echaba un vistazo al pescado de los cubos. Era el pescado que, al día siguiente, ellos mismos o sus mujeres venderían por calles y plazas. Precisamente allí, en esa parte de la playa, se celebraban las carreras de la Virgen de la Victoria cuando él era un niño. Entonces la playa era distinta, porque las interminables obras de construcción del puerto habían ido alterando su contorno. Samuel, en efecto, había ganado dos años seguidos. Pero siempre a chicos de su edad y más o menos de su estatura. Y no todos los demás corredores eran gentiles, de modo que carecía de sentido hablar del pequeño David rodeado de Goliats... ¿Por qué la memoria se empeñaba en alterar el pasado para acomodarlo a los gustos y deseos de cada cual?

Casi sin darse cuenta, llegó hasta la última playa, la de la Hípica. ¡Qué importante había sido la Hípica en su vida! Conseguir que le aceptaran como socio constituyó su principal obsesión desde que vio por primera vez a Mercedes en uno de los bailes benéficos de la Asociación de la Prensa y quedó deslumbrado por su belleza. El padre de Mercedes, coronel de artillería y hasta 1927 vocal de la Junta de Arbitrios, solía presidir muchas de las actividades sociales y deportivas que se celebraban en la Hípica. Ésta, aunque fundada y dirigida por militares, admitía a civiles entre sus socios, y para las familias hebreas más pudientes formar parte de ella era una manera de consolidar su posición. Samuel consiguió avales de judíos y gentiles, y su solicitud acabó siendo aceptada. ¡Qué sensación de victoria experimentó el día en que, al ir a entrar, un soldado le pidió que se identificara y él exhibió su recién obtenido título de socio, una cartulina rosada con las firmas del presidente y el secretario general y un sello azul con el escudo redondo de la institución!

Desde entonces habían pasado veintitrés años. Al otro lado del muro se oía una música lejana, irreconocible. Samuel pensó que se estaría celebrando alguna fiesta de cumpleaños. Anduvo hasta la entrada, decorada con un mosaico en el que estaban representadas las distintas armas del ejército. A ambos lados, apenas visibles a la escasa luz de las farolas, había sendas hornacinas con figuras de la Virgen de la Victoria y el apóstol Santiago. La puerta estaba abierta y sin vigilancia. Algunas parejas de jóvenes remoloneaban en el camino de grava, aparentemente despidiéndose. Samuel pasó junto a ellos y se encaminó hacia la piscina, que por su forma era conocida como el Trébol. A pesar de la hora, estaba iluminada, y le apeteció agacharse y mojarse las manos y la cara. Precisamente allí era donde, después de hacerse el encontradizo durante varias semanas, había conseguido entablar conversación con Mercedes. Samuel había urdido mil estrategias distintas para acercarse a ella y dirigirle la palabra, pero siempre le había faltado valor. Al final, todo había ocurrido de la forma más natural: Samuel le había ofrecido su hamaca porque las pocas que quedaban libres estaban mojadas, luego Mercedes le había autorizado a acompañarla a su casa, y muy pocos días después, también junto a esa piscina, él se había armado de coraje para declararle su amor... ¿Por qué algunos se empeñaban en creer que las cosas importantes ocurrían lejos, en Jerusalén? ¿No había en sus vidas rincones de la ciudad que estuvieran unidos a sus principales recuerdos, el de su declaración de amor, el de sus primeros besos?

Se incorporó y paseó despacio alrededor de la piscina. En un jardín cercano seguían con la música y las risas. Samuel se acordó de cuando, al poco de estallar la guerra, los miembros de la junta decidieron expulsar a los socios de raza judía. Imbéciles. Muchos lo aceptaron con resignación. Él, en cambio, se resistió con fiereza. ¿Cómo no iba a defender sus derechos, con lo que le había costado conquistarlos? Además, ¿quién se atrevería a expulsarle a él, casado con una gentil, yerno de un militar ilustre? No fue él el único que protestó. También lo hicieron Jacobo Salama, Sadía Benhamú... Para disipar las sospechas sobre su lealtad a los sublevados tuvieron que hacer algunas contribuciones a la causa. No se les exigía que entregaran dinero sino oro, porque las suscripciones alentadas por las nuevas autoridades pretendían reponer las reservas de oro del Banco de España, que habían quedado en poder de la República. El nombre de Samuel, como el de Salama y Benhamú, apareció en *El Telegrama del Rif* en varias listas de buenos patriotas, lo que para ellos equivalía a obtener un salvoconducto. ¿Cuánto había llegado a gastarse en eso? Mucho, sin duda, pero lo daba todo por bien empleado.

—¿Papá? —oyó a su espalda.

—Sarita —dijo.

—¿Qué haces aquí, papá?

Ahora lo recordaba Samuel: durante la comida, su hija pequeña había avisado de que llegaría tarde porque tenía una fiesta... ¿Qué fiesta era? Sara señaló a sus amigos.

—¿Cómo has podido olvidarlo? Es Manolo. Es su despedida.

—¡Ah, sí!

—¿Quieres tomar algo?

Samuel negó con la cabeza, pero siguió a Sara hasta la mesa de las bebidas y aceptó una copa de champán. Se volvió hacia el grupito y la alzó. Algunos de los chicos correspondieron con el mismo gesto. No se acordaba de cuál de ellos era Manolo, el hijo de Valenzuela. Cogió a su hija por la barbilla y suavemente le volvió la cara hacia los farolillos de papel.

—Has llorado.

—¿Por qué dices eso?

Sara sonreía con los ojos brillantes. Su padre la observó con ternura. Apenas unos años antes creía saberlo todo sobre ella, y ahora todo eran secretos... Pero es que entonces era una niña flaquita y vivaracha, y ahora era una mujer. Una hermosa mujer: qué guapa estaba con ese vestido entallado y esos zapatos de tacón.

—Como sigas creciendo, nos vas a dejar pequeños a todos.

—No me trates como si tuviera diez años —protestó ella con coquetería.

—¿Hasta qué hora dura esto?

—Me habéis dado permiso hasta las doce.

Samuel mojó los labios en el champán y dejó la copa. Hizo un gesto de despedida.

—¿Quieres que vuelva dentro de un rato a buscarte?

—Papaaaá... —protestó otra vez, y le lanzó con la mano un beso de despedida.

—La niña dice que está acatarrada y que no viene a misa —dijo Mercedes, ya vestida para salir.

Cuando Mercedes decía «la niña», sólo podía referirse a Sara. Y sólo para desaprobar su comportamiento. Samuel levantó la vista del periódico pero no dijo nada.

—Habla tú con ella. Yo no puedo más. Es superior a mis fuerzas.

—¿Y qué quieres que le diga? Si está acatarrada, está acatarrada.

—¿Cómo tengo que decirte las cosas? —replicó Mercedes, que luego, sin volverse, añadió—: ¡Vamos, Miriam, que llegamos tarde!

En el léxico de Mercedes, las depresiones de Sara se llamaban catarros. Siempre era lo mismo. Se enamoraba de un joven que estaba de paso por Melilla y, en cuanto llegaba el momento de los adioses, Sara se encerraba en su dormitorio con uno de sus habituales catarros. Le había ocurrido ahora con el chico de Valenzuela, y antes con un joven capitán de infantería, y antes con el hijo de un ingeniero de la Compañía de Minas... Después venían las promesas imposibles de cumplir, las cartas cada vez más breves, las lágrimas. ¡Ay, Sara, la pequeña Sara, cabecita loca, corazón ardiente, siempre dejándose atrapar por amoríos sin futuro! De todos modos, ¿qué esperaban? Como

Miriam, tres años mayor que Sara, nunca había tenido novio, a lo mejor creían que también la pequeña tardaría mucho en darles motivos de preocupación... ¿Y no sería al revés? ¿No tendrían que empezar a preocuparse precisamente por Miriam, que con veinte años bien cumplidos no parecía tener ninguna prisa por encontrar marido y formar una familia? Samuel esperó a oír el ruido de la cerradura para dejar el periódico y levantarse. Llamó a la puerta de la habitación.

—¿Puedo?

—No —contestó Sara desde el interior.

—¿Puedo o no?

—¿No te estoy diciendo que no?

Samuel apoyó la mano en el picaporte.

—Voy a entrar. Estoy a punto de entrar. Estoy entrando. Entro —dijo y, una vez dentro, agregó—: Huele a quemado.

Sara, en camisón, con la cara hundida en la almohada, no hizo el menor movimiento. Samuel abrió la ventana para ventilar. A los pies de la cama estaba el orinal de loza con los restos chamuscados de unos sobres y unas cuartillas.

—¿Se puede saber qué es esto? —preguntó, aunque no era difícil de adivinar.

Su hija le miró en silencio. Estaba despeinada y sudorosa. Un mechón de pelo se le había pegado a la frente.

—La vida te va a dar muchos golpes —dijo Samuel—. Te lo tomas todo tan a pecho...

—Odio Melilla —dijo ella—. Odio este agujero. Me quiero ir. A cualquier parte. A cualquier lugar del mundo. Vaya donde vaya, seguro que estaré mejor que aquí.

—¿Y qué querías que hiciéramos? ¿Que te mandáramos a Valladolid con el chico ese? Si fuerais novios formales, aún. Si os hubierais prometido... Pero así... Y todavía eres muy joven. ¡Todavía estás con las monjas!

—Algún día me iré con el primero que pase. Con un titiritero, con un feriante.

Samuel, con gesto pesaroso, sacó el orinal al pasillo para que Rachida lo retirara. Se daba cuenta de que los argumentos que valían para Isaac Chocrón no valían para su hija, y eso le hacía sentir indefenso. Se sentó en el borde de la cama. Sara había vuelto a esconder el rostro.

—¿Te apetece que hagamos un viaje? ¿Te apetece que vayamos a pasar unos días a Málaga? Yo tengo que ir de todos modos. Hablaré con tu madre. Si queréis, vamos los cuatro.

—Déjame, papá.

—¿Te acuerdas de cuando fuimos a Sierra Nevada? Tú nunca habías estado en la nieve. Qué bien lo pasamos, ¿verdad? Tú sobre todo. Con aquel trineo que alquilamos. No había manera de pararte: ¡arriba y abajo, arriba y abajo! Menos mal que vino aquel hombre a reclamar su trineo. Si no, todavía seguiríamos allí. Eras incansable. ¿Te acuerdas o no?

Sara permaneció inmóvil. En el silencio del dormitorio, Samuel sólo oía su propia respiración.

—Mañana estarás mejor. Ya lo verás —dijo, y se marchó procurando no hacer ruido.

Se puso ropa de calle y acudió a la salida de misa del Sagrado Corazón. Era la costumbre de los domingos. Saludó a algunos conocidos, recogió a su mujer y su hija mayor y, abriéndose paso entre los limpiabotas y los vendedores de almendras, se sentaron a tomar el aperitivo en una de las terrazas de la Avenida. Se acercó el camarero secándose las manos en el mandil.

—¿Unas coquinas, don Samuel?

—Y ensaladilla, Rafita.

—Hecho: coquinas y ensaladilla imperial.

El rito consistía en ver y dejarse ver. Unos paseaban mientras otros escogían sitio en los veladores. Y todos eran muy conscientes de su posición. Los comerciantes modestos buscaban provocar el saludo de los más prósperos, y éstos, condescendientes, acababan correspondiendo. A Samuel le gustaba que le vieran hablar con algún Melul o algún Salama, propietarios de varias de las mejores casas del Ensanche. Se consideraba próximo a esas familias hebreas, que, como la suya propia, habían sido de las primeras en establecerse en Melilla, en las últimas décadas del siglo anterior.

A Samuel también le gustaba la cordialidad algo ruda con que le trataban algunos de los oficiales de Comandancia.

—¡Tú sí que sabes lo que es vivir! —le decían—. ¡Y siempre tan bien acompañado!

—¡Rafita, sírveles a mis amigos lo que quieran! —decía él.

Que Samuel en Melilla era alguien saltaba a la vista. Y estaba orgulloso de ello. Él no creía en la suerte sino en el trabajo bien hecho, y su habilidad para mantener buenas relaciones con las autoridades, fueran éstas civiles o militares, republicanas o franquistas, formaba parte de ese trabajo bien hecho. La verdad es que esas relaciones siempre había sabido cobrárselas en forma de sucesivas licencias de importación y, gracias a eso, su empresa había alcanzado un florecimiento indiscutible. Si con la dictadura de Primo y con la República le había ido bien, con el franquismo le estaba yendo aún mejor. Él se limitaba a admitir que en su casa nunca había faltado de nada. Cuando otros empresarios utilizaban esa expresión, solían hacerlo para jactarse con falsa humildad de su éxito. Cuando la utilizaba Samuel, también, pero al mismo tiempo tenía muy presentes los primeros meses de guerra, los más difíciles, con su empresa intervenida por la autoridad militar, con el puerto cerrado para la marina mercante e incluso para los buques de abastecimiento, con tantos melillenses echándose al campo en busca de unos tomates o unos higos que llevarse a la boca... Ni siquiera entonces su mujer y sus hijas habían sufrido estrecheces. A lo mejor por eso guardaba tantos recuerdos gratos de aquellos años, los de la guerra, una guerra que al fin y al cabo había salido de Melilla para cruzar el mar y no volver. De hecho, aquélla había sido la época más feliz de su matrimonio, con Mercedes enviándole sonrisas desde el balcón y las niñas, tan pequeñas entonces, tan ruidosas, escondiéndose entre los faldones de la mesa camilla...

Miriam se levantó para ir al quiosco, y su madre aprovechó para preguntar:

—¿Y la niña?

Samuel no quiso mencionar las cartas de amor reducidas a cenizas. Dijo:

—Me ha pedido que hagamos un viaje. A Málaga. Un par de días.

—¡Mientras no vengan tus hermanas...! Acuérdate de Sierra Nevada. Todo lo criticaban, todo les parecía mal.

—No vendrán, mujer. Claro que no.

—Nos amargaron el viaje.

—¡Rafita, otra de coquinas!

—¿Otra? —dijo Mercedes—. ¿No será demasiado?

Volvió Miriam con el *Hogar y Moda*. Madre e hija arrimaron sus sillas y fueron pasando páginas.

—¡Qué bonito *chiffonier*! —exclamó Mercedes, exagerando la erre francesa.

Samuel las miró en silencio y se acordó de cuando les leían cuentos a las niñas después de cenar. Y pensó que eran hermosas. Que era hermoso tener una familia así. Algunas veces se decía que le habría gustado ser una persona más religiosa para poder dar gracias a Dios por todo lo que tenía.

Rebeca y Esther ayudaban a Samuel con la contabilidad de la empresa y, cuando hacía falta, traducían su correspondencia. Rebeca, además, daba algunas clases de piano. Miriam, por tener algo que hacer, se había apuntado a sus clases al poco de acabar el bachiller en el Buen Consejo. Según la propia Rebeca, no había nadie en Melilla (y probablemente en toda España) con tan mal oído para la música. Pero Miriam no se desanimaba. Había hecho afinar el piano de casa, comprado en su momento como simple adorno, y a cualquier hora del día o de la tarde se la oía practicar desacompasadamente sobre el teclado, mientras canturreaba con voz temblona alguna pieza del cancionero popular:

—«A coger el trébole, el trébole, el trébole, a coger el trébole la noche de San Juan...»

Aquella salmodia se oía desde todos los rincones de la casa, estuvieran las puertas abiertas o cerradas. Samuel y Mercedes intercambiaban miradas de auténtica desesperación. ¿Por qué, en lugar de eso, no se habría aficionado a hacer postres o a estudiar corte y confección o a organizar las tómbolas benéficas? La única a la que no desagradaban sus gorjeos era, curiosamente, Rachida, que, fingiendo que sacaba brillo a la plata, remoloneaba cerca del piano con una sonrisa bobalicona en los labios.

La casa era de visita obligada para todos los personajes de cierto rango que aparecían por la ciudad. Y Samuel y Mercedes se comportaban siempre como los perfectos anfitriones. Se ponían sus mejores galas y agasajaban al recién llegado con suculentos manjares. En el menú, Mercedes acertaba siempre a combinar especialidades típicamente españolas (gazpacho, por ejemplo, o ajoblanco) con la cocina más internacional (lenguado Meunière o ternera Bourguignon) y la tradición judía (entre los postres nunca faltaban los dátiles rellenos, los pastelitos de coco o las berenjenas endulzadas), y el conjunto se percibía como un reflejo natural del espíritu diverso y cosmopolita que presidía el hogar.

También la conversación tendía a reproducir ese patrón: se hablaba un poco de Melilla, otro poco de la actualidad peninsular y otro poco del mundo en general. Siempre parecían estar al corriente de las cosas que ocurrían lejos de Melilla, y de sus comentarios se deducía que viajaban a Europa con regularidad. No era así. Es cierto que la empresa de Samuel tenía una pequeña delegación en Málaga y que cada dos o tres meses se embarcaba en el buque correo y pasaba un par de días asegurándose de que por allí todo estaba en orden. Pero, aparte de eso, los viajes del matrimonio por España podían contarse con los dedos de una mano. Y en cuanto a Europa, todo quedaba limitado a dos breves estancias en París, una cuando la luna de miel y la otra, también con Mercedes, por un asunto profesional que en realidad les llevó a París sólo de paso porque el destino último era Dieppe, donde tenía la sede una empresa de importación de tejidos con la que Samuel mantenía tratos comerciales. No importaba. Aquellas estancias fugaces y aisladas se ensanchaban en el recuerdo, se dilataban hasta perder la noción de los límites y convertirse en muchas más estancias, o en una sola pero tan difusa que se diría que había durado meses e incluso años. Las cosas que les habían pasado en París parecían haberles pasado a lo largo de mucho tiempo y tanto en verano como en invierno, bajo un sol inclemente o en medio de una gélida ventisca, rodeados de turistas y de simples parisinos, en lugares ilustres o en esquinas corrientes, y su familiaridad con los nombres de algunas calles y plazas sugería una vinculación profunda y duradera. Decían: «En París sí que saben hacer buen pan, ¿te acuerdas, Samuel, de aquella *boulangerie* con aquellas cristaleras inmensas, la de la *rue* Montmorency, cerca del bulevar Sébastopol?» Decían: «En París lo que da gusto es ir de compras, ¿cómo se llamaba, Mercedes, aquel dependiente bizco de las Galeries Lafayette?» Decían: «En París nunca te cansas de pasear, ¡la de veces que habremos recorrido los Champs-Élysées...!» Las palabras mágicas eran: «En París...» Decían «en París», e inmediatamente se sentían transportados a ese lugar y ese pasado míticos, y el caudal de anécdotas e historias gloriosas que la ciudad alimentaba parecía no tener fin.

Después de la comida o la cena, agotados los temas de conversación, pasaban al salón a tomar el café. Tras los habituales elogios a la decoración, siempre había algún invitado que imprudentemente se interesaba por el piano:

—Ah, veo que hay algún músico en la casa...

Ahí se corría el riesgo de echarlo todo a perder. Samuel y Mercedes, alarmados, se apresuraban a desviar la atención hacia cualquier otro elemento del mobiliario. Pero en ocasiones el invitado insistía, y entonces no les quedaba más remedio que poner su mejor sonrisa y hacer un gesto obsequioso en dirección a Miriam. Ésta, halagada, se abalanzaba con entusiasmo sobre el teclado y torturaba a los presentes con algunas de las piezas de su repertorio:

—«A coger el trébole, el trébole, el trébole...»

Algunas veces, muy pocas, era Samuel el que proponía que pasaran al salón a escuchar a Miriam, y eso quería decir que algo había ido mal o muy mal. Ocurrió con la visita de César González-Ruano, que estaba escribiendo para *ABC* unos artículos sobre la vida cotidiana en el Protectorado. La cosa no tuvo un buen comienzo.

—¿El Protectorado? —dijo Samuel, mientras se echaba tostones al gazpacho—. ¿Qué tiene que ver Melilla con el Protectorado? Melilla es plaza de soberanía, no parte del Protectorado. Lo mismo que Ceuta. Dicho de otro modo: esto no es Marruecos, esto es España.

—Veo que no lee usted mis artículos, mi querido Samuel... —le recriminó afectuosamente Ruano.

—No todos —admitió él, y Mercedes, a su lado, carraspeó.

A aquella comida estaban también invitados Moisés Eliachar y su mujer, que a última hora habían excusado su asistencia. La compañía del bueno de Moisés seguro que habría hecho más llevadera la conversación.

—Creo conocer bien estas tierras —decía ahora el escritor—. Hasta los oasis de Tafilalet, antesala del Sahara, por el interior, y hasta la cuenca del río Draa por la costa, cuando ya quedan lejos Ifni y el emplazamiento de Santa Cruz de la Mar Pequeña. Los artículos que he dedicado a Marruecos son innumerables. Y no sólo eso sino que me ha servido como fondo para algunas narraciones cortas, ocupa mucho espacio de novelas mías y me inspiró una novela íntegra...

El literato hablaba como escuchándose, y su mirada revoloteaba por encima de las cabezas de los otros. Si de vez en cuando sus ojos buscaban los de un interlocutor, solían ser los de alguna de las chicas, que se removían intimidadas. Luego volvía a mirar el techo o la pared y, como si estuviera recitando un texto aprendido de memoria, continuaba:

—Los escenarios de Marruecos me han llevado a escribir estampas literarias sobre el Zoco Chico de Tánger o el barrio de Muley Abdallah de Fez, con sus mujeres sombrías y sus adolescentes borrosos, con las largas llanuras hacia Marrakech y sus murallas...

Todos le dejaban hablar. Samuel observó su perfil de cuervo, su rostro macilento y ojeroso. Llevaba Ruano el pelo pegado con abuso de brillantina, y su bigote, ceñido al labio y con las guías alzadas como simulando una media sonrisa, le pareció decididamente ridículo. Para Samuel, aquel hombre representaba la viva imagen del depravado. Tal vez no lo fuera, pero lo que sí estaba claro es que había bebido demasiado. Le interrumpió:

—Nuevamente me está hablando de Marruecos...

—¡Es cierto! —rio Ruano, y gesticuló como los actores del cine mudo—. ¡Cuánta razón tiene usted! ¡Melilla no es Marruecos!

Dejó pasar unos segundos antes de decir:

—¿Sabe en qué año conocí Melilla, querido amigo? En 1930. ¡En 1930!

Eso, que en la Península podía tener algún mérito, en Melilla no lo tenía. Pero a Ruano no debía de parecerle así. Investido de esa autoridad, disertó aún un poco más sobre fenicios, cartagineses y romanos, sobre León el Africano, sobre almohades y meridines, sobre el ducado de Medina-Sidonia... Después soltó un pequeño eructo, y las chicas reprimieron unas risitas. Samuel se dio cuenta de que se habían dado cuenta: había bebido demasiado. Ruano añadió para concluir:

—Melilla, que tan brava y generosa sangre nos costó, nos parece hoy a los españoles una ciudad andaluza.

Si con esa afirmación pretendía congraciarse con su anfitrión, no lo consiguió.

—Luego, si quiere, le acompaño a dar un paseo —dijo Samuel.

—Me sentiré muy honrado. Sobre todo, me gustaría visitar una sinagoga...

—Ah, una *tefilá*... —dijo Sara.

—¿Cómo? —dijo Ruano.

—Aquí las llamamos así —aclaró Samuel.

—Tenemos bastantes. ¿Alguna preferencia? —prosiguió Sara con un retintín que a su padre le pareció descarado.

Ruano, cada vez más borracho, adoptó un tono confianzudo:

—El mundo tiene que saber que los católicos españoles no nos comemos a nadie. ¿Verdad que los judíos del norte de África habéis gozado de una libertad de culto sin cortapisas? ¡Eso tienen que saberlo en Europa y América! En muchos gobiernos extranjeros los judíos siguen ejerciendo una notable influencia, y ahora se trata de que España sea aceptada por los grandes organismos internacionales. Ya estamos en la FAO, el ingreso en la UNESCO es inminente, y un pajarito me ha hablado de un posible acuerdo con los Estados Unidos... Con los americanos de nuestro lado, lo siguiente será la ONU. ¿Comprende ahora por qué la prensa tiene que hablar de sus sinagogas, mi querido Samuel?

—Pero esa imagen no sería del todo correcta: a los hebreos de la Península sólo se les permite celebrar el culto en oratorios privados...

—¿No habíamos quedado en que esto era España? —exclamó Ruano, mirando a Mercedes con los ojos húmedos y aire triunfal.

Ése fue el momento en el que Samuel dio por terminada la comida y pidió a Miriam que les deleitara con el piano. Prefería las horrendas cancioncillas de su hija al ampuloso parloteo de ese botarate. De hecho, durante el recital, se obligó a sí mismo a mirar a Miriam con un arrobo que hiciera imposible toda interrupción. La chica estaba feliz y, a lo largo de casi media hora, Ruano guardó un silencio mustio, amodorrado, mientras Samuel disfrutaba de su perversa venganza. El escritor se levantó y preguntó por el cuarto de baño. Samuel echó un vistazo a la botella semivacía de coñac y supuso que iba a vomitar. En cuanto Ruano abandonó el salón, Sara dejó escapar una risita y exclamó:

—¡Puaggg!

—¡Sariiitaaa! —la reprendió blandamente su padre.

La *tefilá* principal, la Or Zaruah, estaba sólo a cuatro manzanas de su casa, en la calle López Moreno. Durante el breve trayecto, Samuel intentó llamar la atención de Ruano sobre algunos de los edificios más vistosos.

—¡Fíjese en esa fachada! ¡Qué miradores, qué balcones! Supongo que conoce usted la Casa de los Cristales. ¡Si la hubiera visto cuando era el Gran Hotel Reina Victoria...! Qué vestíbulo tenía, ¡digno de reyes!

—Le recuerdo que vine por primera vez... —empezó a decir el otro, pero Samuel no le dejó concluir:

—Melilla, hace ochenta años, era poco más que una fortaleza militar. Un presidio en el que el gobierno encerraba a los conspiradores. ¡Y ahora mire! Asómese a cualquier calle, dese una vuelta... ¿Ha visto cuánta actividad? Esto es un hervidero de gente que va de aquí para allá, que compra en las tiendas, que consume en las cafeterías... ¡Usted que viene de la Península compare esto con cualquier ciudad! Melilla ahora no para de crecer. El dinero circula, se abren negocios... ¿Por qué hay tantos españoles que se instalan en Melilla? Porque se vive bien. Porque se vive mejor que allí. No falta de nada, hay trabajo para todos, se pagan menos impuestos, el clima es ideal, la vida es barata... ¿Sabe cuánto cobra una sirvienta? ¿Y cuánto vale un kilo de tomates en el zoco de Monte Arruit, que está aquí al lado, pegado a Villa Nador?

—El paraíso —ironizó Ruano.

—Usted lo ha dicho, no yo.

—Un paraíso de incierto futuro...

—¿Qué quiere decir?

—Pero, hombre de Dios... ¡Tanto pensar en París, que está a dos mil kilómetros, no le deja tiempo para fijarse en lo que está ocurriendo aquí al lado, prácticamente delante de sus narices! ¿Aún no se ha enterado de que el sultán Mohamed lleva meses reclamando la independencia?

—¿Y qué tiene eso que ver con Melilla?

—Para usted ya sé que no, pero para él Ceuta y Melilla sí que forman parte del Protectorado. Y, por tanto, de Marruecos...

—¡Válgame Dios! —exclamó Samuel, y en ese momento odió a Ruano con todas sus fuerzas.

Se les unió Moisés a la entrada de la sinagoga. La había hecho construir un cuarto de siglo antes Yamín Benarroch, legendario presidente de la Comunidad Israelita, y era uno de los símbolos de la prosperidad hebrea. Grande y suntuosa, a su lado las otras, tan pobretonas, eran el clásico quiero y no puedo: recargadas, repletas de terciopelos bordados en oro y de utensilios litúrgicos, con los asientos tan apretados que resultaba difícil dar un paso, con las paredes cubiertas de inscripciones piadosas y tantas lámparas colgando del techo que los rabinos se habían visto obligados a rechazar nuevos regalos... A Samuel esas sinagogas sólo le inspiraban desazón y vergüenza ajena, y de ellas solía decir que parecían bazares turcos. Ésta, en cambio, le hacía sentirse orgulloso de ser judío. Ahora se alegraba de no haber quedado con Moisés en ninguna de las otras sinagogas. Los comentarios desdeñosos que él mismo solía dedicarles le habrían parecido intolerables en labios de Ruano. Hicieron las presentaciones. El escritor sacó una libreta y anotó algo. Samuel hizo un aparte con Moisés:

—¿Por qué no habéis venido a comer?

—Quería saludar a Shlomo Ninio...

Samuel hizo un gesto interrogativo.

—¿No te has enterado? Es un enviado del Estado de Israel que está organizando la *aliyá*...

—¿De qué demonios me estás hablando?

Ruano percibió su irritación y se acercó a escuchar. Samuel recuperó el control de sí mismo. Sonrió:

—Mi querido César, ¿no le importa que sea Moisés quien le muestre la sinagoga? Intentaré reunirme con usted más tarde...

Hacía meses que lo había oído comentar pero nunca le había concedido la menor importancia: a Melilla iba a llegar un activista israelí para ayudar a los judíos locales que quisieran instalarse en el nuevo estado. A eso, a regresar a la Tierra Prometida, a regresar a Eretz Yisrael, se lo llamaba hacer la *aliyá*. ¿Regresar? ¿Cómo podía alguien regresar a un lugar en el que nunca había puesto los pies? De repente, el mundo de Samuel empezaba a tambalearse. La mención a ese tal Shlomo Ninio se había sumado a las pérfidas insinuaciones de Ruano. ¿También los españoles de Melilla iban a tener que marcharse? ¿También ellos iban a regresar a una tierra que para la mayoría no era en sentido estricto la suya? Él era judío y español, pero sobre todo era melillense. ¿Podía ser que en un futuro inmediato Melilla fuera a vaciarse de judíos y de españoles? ¿Dónde tendría que irse él en ese caso? ¿Dónde debía regresar? ¿A la tierra de los judíos o a la de los españoles, ninguna de las cuales podía considerar como su verdadera tierra?

Llegó, casi sin aliento, a la calle en la que vivía Moisés Carciente Benarroch, presidente del consejo comunal. La suya era una de las mejores casas de Melilla, con un espacioso portal adornado con profusión de motivos florales. Dejó pasar un par de minutos antes de entrar. Estaba demasiado alterado. Cuando por fin recuperó la calma, pensó por un instante en renunciar y volverse a casa. Pero se decidió a subir. Para eso había llegado hasta allí, ¿no? Llamó a la puerta. La doncella vaciló antes de hacerle pasar al vestíbulo.

—Voy a preguntar —dijo con fuerte acento andaluz.

Samuel se miró en el espejo de la pared. Se vio viejo e hinchado, con unas ojeras que no le parecían suyas. Del otro extremo del piso llegó la voz de Carciente.

—¡*Shalom*, Samuel! ¡Ven! ¡Estoy en la cocina!

La andaluza le acompañó por el pasillo.

—Perdona que te reciba así... —se disculpó Carciente—. Ya sé que no son formas.

Estaba sentado en un taburete, de espaldas a la puerta. Llevaba puesto únicamente un pantalón de pijama, por encima del cual le colgaba una tripita pálida y floja. El viejo Aarón Cohén, el mismo peluquero que durante años le había cortado el pelo a Samuel, sacudió con energía una toalla blanca y volvió a colocarla sobre los hombros de Carciente. Mientras se la ajustaba en torno al cuello, cientos de diminutos pelos grises quedaron flotando en el aire de la habitación.

—Perdona, Moisés —dijo Samuel—. No he llegado en el momento más oportuno.

—Al contrario. Justo ahora Aarón se disponía a rebanarme el cuello.

El peluquero resopló y les dio la espalda mientras revolvía la espuma con la brocha.

—Siéntate, hombre —dijo Carciente, e hizo un gesto con los dedos para que la andaluza acercara otro taburete—. Tú y yo es como si fuéramos hermanos, ¿no?

Carciente, siete años más joven que él, era un hombre discreto y afable. Y sin embargo, en su presencia Samuel no podía evitar sentirse cohibido. Presidente de la Comunidad Israelita desde el estallido de la Guerra Civil, sus relaciones con las autoridades eran aún más estrechas que las suyas propias, y no había ningún otro miembro del consejo sobre el que jamás le hubieran pedido informes en Delegación, el Ayuntamiento o la Alta Comisaría. Le habría gustado que estuviera en deuda con él y tuviera algo que agradecerle, pero no era así.

El peluquero apoyó los dedos en las sienes de Carciente y le volvió la cabeza sin demasiados miramientos. Luego le cubrió la cara con espuma, y con el meñique le dibujó la línea de la boca. Carciente, de buen humor, dedicó a Samuel una cómica mirada de resignación.

—Recuerda que hay testigos, Aarón...

Samuel sonrió. Ver a Carciente sin sus habituales gafas de gruesos cristales le intimidaba doblemente. Sus ojos, casi sin pestañas, le parecieron diminutos. En esos ojos sin gafas percibía más desnudez que en su barriguita blanca. Aarón, silencioso y ajeno a todo, le palmeó el cogote para afeitarle por detrás. Carciente, sumiso, se dejaba hacer. Bajaba y subía la cabeza, alzaba la barbilla, torcía el cuello, lo sostenía estirado hacia uno y otro lado. Samuel no se decidió a hablar hasta que el peluquero le volvió la cara hacia la ventana.

—¿Qué tal con ese hombre?

Carciente, sin moverse, soltó un gruñido.

—Con Shlomo Ninio, quiero decir. ¿Sigue en Melilla o ya se ha ido? ¿Por qué no me habéis avisado? Me habría gustado conocerle, hablar con él... ¿Ha contado cosas interesantes? ¿Cómo viven nuestros hermanos de Israel? Quiera Dios que no vuelva a correr la sangre... ¡Motivos de preocupación no faltan, querido Moisés!

Carciente se mantuvo en silencio mientras el peluquero terminaba de afeitarle. Después éste le acercó una toalla limpia para que se limpiara y le peinó con delicadeza el pelo escaso. Carciente arrugó la nariz como si estuviera a punto de estornudar y miró con fijeza a Samuel.

—Todos en el consejo estaban enterados. Tú también, si hubieras prestado más atención. ¿De verdad te importa lo que le ocurra al pueblo de Israel?

Aarón enjuagaba sus útiles en un barreño y, una vez secos, los guardaba en su vieja cartera de piel. Carciente estornudó por fin. Luego se sonó ruidosamente con la misma toalla con la que se había limpiado y se puso en pie.

—Samuel, Samuel... —dijo, mientras se ponía las gafas y buscaba algo en unos cajones—. Hace tiempo que no se te ve por la *tefilá*. Y reconóceme que trabajas muchos sábados...

Encontró lo que andaba buscando, unos billetes, y se los dio a Aarón. En cuanto se quedaron a solas, Samuel dijo:

—Tú sabes que cumplo con las pascuas. Celebro Yom Kippur. Pero lo único verdaderamente importante es la Torá. Y yo, como buen judío, creo en ella y la obedezco todos los días de mi vida. Me rijo por la ley que Dios entregó a Moisés en el Sinaí. Si ser un buen judío no consiste en eso, ¿en qué consiste?

—Ay, Samuel, Samuel... —repitió Carciente con una sonrisa afectuosa.

El coche pasó por Villa Nador poco antes de las ocho de la mañana. A partir de ahí, la carretera se apartaba de la costa para adentrarse en el interior. Esa parte del viaje era la que menos gustaba a Samuel: demasiadas cuestas, demasiadas curvas y, aunque probablemente no hubiera más que en el resto del trayecto, a Samuel le parecía que también había demasiados ancianos montados en burros y demasiados rebaños obstruyendo el paso. En realidad, lo que le disgustaba era no tener el mar a mano derecha. La visión de los barquitos de pescadores como suspendidos bajo la línea del horizonte le transmitía una vaga seguridad: al fin y al cabo, aquello era más o menos lo mismo que se veía desde Melilla. En cambio, cuando perdía de vista el litoral, tenía la sensación de encontrarse en territorio ajeno, en un espacio y un paisaje que podrían estar a miles de kilómetros de su casa y que le resultaban muy poco familiares. Por suerte, ese tramo tampoco era tan largo. Conocía muy bien la última curva, el punto exacto en el que, pasado un grupo de árboles raquíticos, el resplandor del mar volvía a acogerlos como en un abrazo. Para entonces eran más de las diez, y en los reflejos del agua predominaba el blanco más intenso.

—¿Ve usted lo bien que responde el cacharro?

Aunque lo llamara cacharro, Germán, el conductor, estaba muy orgulloso de su coche. Era un Citroën Pato de los antiguos, de los que tenían la portezuela del maletero con la forma de la rueda de repuesto, y Germán no se cansaba de hablar de él: de lo bien que subía las cuestas o tomaba las curvas, de la fiabilidad de sus frenos, de su resistencia.

—Estos cacharros están hechos para durar. ¡Aguantan lo que les eches!

En los primeros años de su matrimonio, a Samuel no le importaba hacer ese viaje en el único transporte público que existía, el autobús de La Valenciana, siempre atestado de gente con fardos de ropa, sacos de hortalizas y cestos con gallinas. Pero eso era antes. Ahora, cada vez que tenía que ir a Tetuán, contrataba a Germán para que le llevara y trajera. No es que en el coche se ahorrara mucho tiempo (apenas dos o tres horas sobre las catorce del autobús), pero al menos salían cuando él decía y se libraba de bastantes incomodidades. A veces, Germán hacía un gesto impreciso en dirección a Samuel y detenía el Citroën junto a una casita de aspecto pobretón. Eran muchas las casas de ese tipo que habían ido surgiendo a ambos lados de la carretera a medida que ésta se construía.

—Vuelvo enseguida. Me han pedido el favor de... —decía, y salía del coche dejando en el aire el final de la frase.

Samuel le veía llamar a la puerta, intercambiar un saludo rápido y entregar o recoger un paquete. En qué consistían los favores de Germán era algo sobre lo que prefería no hacer preguntas. ¿Contrabando? Casi seguro. Allí todo el que podía se dedicaba de un modo u otro al comercio de matute, y Samuel pensaba que la simple exteriorización de su curiosidad podía establecer entre ellos una complicidad que ya nunca admitiría vuelta atrás. Mejor que las cosas siguieran como hasta entonces. Mejor que Germán se viera obligado a practicar sus trapicheos con el sigilo de los cazadores furtivos y luego, de regreso al coche, volviera a elogiar las virtudes de los frenos o el motor.

—¡Qué cacharro! ¡Nunca me ha dejado en la estacada!

De todos modos, hacían pocas paradas, desde luego bastantes menos que el autobús de La Valenciana, también bastante más breves. En Villa Sanjurjo, cuando llevaban recorrida una tercera parte del trayecto, solían alcanzar al autobús, que había salido una hora antes que ellos de la estación de Melilla, situada en pleno centro, en el Mantelete, justo detrás del Casino Militar. La de Villa Sanjurjo, en cambio, estaba a unos cuatro kilómetros de la ciudad. Ellos aprovechaban para poner gasolina y estirar las piernas. Después se fumaban un cigarrillo apoyados en el capó y se distraían observando el trasiego de los vendedores ambulantes que pregonaban sus productos, las madres que aupaban niños hasta las ventanillas, los jóvenes que se descolgaban con sacos y maletas desde el portaequipajes.

—¡Valencianasa, Valencianasa! —se oía gritar en mitad del barullo, porque los nativos se habían acostumbrado a llamar así, como leyéndolo de corrido, al autobús de La Valenciana S. A.

A partir de allí, la carretera se internaba de nuevo entre montañas. Volvían a ponerse en marcha antes de que lo hiciera el autobús para no tener que adelantarlo más tarde entre curva y curva. Nada más salir, Germán decía siempre:

—¡Hasta la vista, Alhucemas!

A Samuel le extrañaba que siguiera usando la denominación tradicional de la ciudad en lugar de la que entonces era oficial. Siempre que alguien nombraba Villa Sanjurjo, Germán replicaba llamándola Alhucemas. No era, desde luego, el único que la llamaba así. Mucha gente (incluidos muchos militares) seguía diciendo Alhucemas por la simple fuerza de la costumbre, pero a Samuel le parecía que la obstinación del conductor escondía algo más. Y sus conjeturas no parecían insensatas: que alguien se negara de forma sistemática a pronunciar el nombre del levantisco general Sanjurjo quería decir algo. Sí, muy probablemente Germán era un represaliado que había buscado iniciar una nueva vida en un lugar donde nadie le conociera ni supiera nada de su pasado. ¿Qué sabía Samuel de él? Que había nacido en un pueblo de Ávila, que había emigrado con sus padres a Madrid, que había trabajado en una empresa de artes gráficas... Todo encajaba. Artes gráficas. Socialista seguro, o algo peor. Las veces que intentaba sonsacarle, Germán se las arreglaba para desviar la conversación hacia cuestiones domésticas: los gastos a los que debía hacer frente por unas obras en la casa, los estudios de sus tres hijos, la quebradiza salud de su mujer.

—Yo creo que es el clima, que no le sienta bien. O el agua de aquí, que no es como la de Madrid. El caso es que, cuando no es una cosa, es otra. Antes era lo de los bronquios. Ahora cada dos por tres se le hincha el cuello y tiene la sensación de que se ahoga y no puede tragar. Le pasa sobre todo por la noche, y a mí me da miedo que algún día, al despertarme... En fin, para qué darle más vueltas. ¡Ah, por cierto! ¡Me olvidaba!

Soltó una mano del volante y rebuscó en el bolsillo interior de su americana hasta dar con la cartera. La abrió sobre el asiento del copiloto y sacó una cuartilla doblada. La sostuvo a la altura de su cabeza sin dejar de mirar la carretera. A causa de la gran distancia que había entre los asientos, Samuel tuvo que incorporarse y estirar el brazo, cosa que hizo exagerando un poco el esfuerzo. Desdobló el papel.

—Fue el veintisiete, ¿no? —dijo el conductor—. El chico siempre se acuerda de su cumpleaños.

Era un dibujo a la cera de una playa y unos barcos. El más grande estaba decorado con banderines de colores, y en el casco, escrita con letras irregulares, podía leerse la palabra «felicidades». En la esquina inferior derecha, bien grande, estaba la firma del artista: MANOLÍN.

—Qué bonito. Muchas gracias.

—Tiene buena mano, ¿eh? Los otros dos no sé, pero éste... Éste creo que llegará lejos. Es buen estudiante, ayuda en casa, obedece... No sabe cuánto le agradecemos lo que está haciendo por él. Ayer mismo, cuando le dije que iba a viajar con usted, me dijo: «Yo, de mayor, quiero ser como el tío Samuel.» Así le llama: tío Samuel. Qué salado, ¿verdad?

Samuel asintió con la cabeza pero no dijo nada. Germán revolvió otra vez en su cartera y le tendió una foto pequeña con los bordes dentados.

—Pero cada cual es como es, y yo estoy orgulloso de los tres —dijo, mirándole por el retrovisor—. El que no sirve para una cosa sirve para otra. El chico mayor, Germán, juega en un equipo de fútbol. Mire. Es el de la izquierda, el portero. Dicen que se me parece. ¡Y tampoco se puede decir que a mí se me dieran bien los estudios! Reconoce esa ropa, ¿verdad? La gorra, los guantes... Se los regaló usted. Me ha dicho Conchita que son de la mejor calidad. ¡Y Conchita de eso sabe un rato!

Samuel hizo de nuevo un leve gesto. Se dijo que en ese momento tal vez tendría que interesarse por el hijo pequeño, pero prefirió seguir callado. Le molestaba tanta gratitud. Le parecía que no era más que una manera sutil de pedir más. Primero las quejas y luego esa gratitud tan melosa. Ocho años antes, había aceptado apadrinar al segundo de los tres hijos de Germán. Eso significaba correr con los gastos del colegio y mandarle algún juguete y algo de ropa para Reyes. Con el tiempo había empezado a enviar también regalos a los otros dos hermanos. ¿Cuánto tardaría Germán en insinuar nuevas necesidades familiares? Devolvió la foto y mostró el dibujo.

—¿Me lo puedo quedar?

—¡Por descontado! ¡Es para usted!

—Se lo enseñaré a Mercedes. Le gustará.

Miró por la ventanilla. Desde hacía un buen rato, atravesaban un paisaje invariable de peñas peladas y monótonos secarrales.

—Ya debe de faltar poco para Ketama, ¿no? —dijo y, sin esperar respuesta, se acomodó en una esquina y trató de dormir.

Cuando llegaron a Tetuán, era casi de noche. Las calles estaban engalanadas porque al día siguiente iba a celebrarse el Desfile de la Victoria. Recorriendo una de las avenidas que llevaban a la plaza de España pasaron por delante de la tribuna de autoridades, presidida por una enorme imagen del águila dorada del ejército de tierra. Unos soldados de regulares terminaban de ajustar en el frontis un tapiz con el escudo español, mientras otros cepillaban las alfombras colocadas sobre las escalinatas laterales. Unos metros más adelante, el tráfico se hizo de repente lento y dificultoso. Vehículos militares y grupos uniformados ocupaban buena parte de la calzada, y el Citroën tenía que hacer complicadas maniobras para esquivarlos. Se percibía la habitual excitación previa al desfile. Algunos soldados se hablaban a gritos de un lado a otro de la calle, y ante las mismas puertas del hotel, una veintena de jinetes moros, jaleados por los curiosos, se entretenían obligando a los caballos a empinarse y hacer vistosas corvetas.

—Batidores de caballería —explicó Samuel—. Son los que más se arriesgan. Los que van delante del regimiento, reconociendo el terreno.

Una salva de aplausos premió la exhibición de uno de ellos. Germán señaló la marquesina del hotel Nacional.

—Si quiere, intento llegar por el otro lado...

—No hace falta. Voy andando.

—¿A qué hora mañana? Hacia la una, ¿no? Cuando termine el desfile...

Samuel asintió con un bufido mientras salía del coche. Germán abrió el maletero y añadió:

—Ya sabe que no me importa conducir de noche. Y así usted aprovecha la mañana.

Samuel no pudo evitar mirarle con detenimiento. ¿Estaba tratando de insinuar algo? Germán, indiferente, dejó la maleta en el suelo.

—¿Quiere que se la lleve?

—Casi no pesa. Hasta mañana.

Germán volvió a ponerse al volante, y el Citroën recorrió marcha atrás los quince o veinte metros que le separaban de la esquina más próxima.

Una hora después, Samuel acudió al Casino Español, en el bulevar Alfonso XIII. Cerca de la entrada se encontró con Meneses, que se limpiaba en el bordillo unos restos de bosta pegados a la suela de su zapato.

—Tanto caballo, tanto caballo... —refunfuñaba.

El coronel Meneses era uno de sus mejores contactos en la Alta Comisaría. Entraron juntos. Un ordenanza les condujo al pequeño comedor que tenían reservado.

—¿Viste lo de Varela? ¡Así da gusto morirse! —dijo Meneses, que inmediatamente cambió de tema—. A ver cuándo nos vuelves a llevar al Círculo. ¡Qué bien comimos la última vez!

Se refería al Círculo Recreativo Israelita. Samuel decía que no le gustaba llevar allí a sus amigos porque dudaba de la discreción de los empleados, que se pasaban toda la cena fisgoneando. En el Casino Español, por el contrario, podían hablar con entera libertad. Los otros comensales estaban ya esperándoles. Bebían jerez y hablaban, cómo no, del reciente fallecimiento del Alto Comisario Varela.

—En cuanto supimos que Franco le había hecho marqués, es que la cosa pintaba muy mal... —dijo Eulate, acariciándose la cicatriz de la frente.

—Ya estaba más allá que aquí —asintió Meneses, apesadumbrado, y enseguida recuperó la alegría para decir a Samuel—: Tenías que haber venido. ¡Qué honras fúnebres tan hermosas!

—La infantería de marina siempre ha sabido honrar a sus muertos —dijo De Vicente con voz rasposa.

Una semana antes, la leucemia había acabado con la vida del teniente general Varela en un hospital de Tánger. Unos y otros se robaban la palabra para ensalzar las exequias del gran hombre: el traslado del cadáver a Tetuán, el impresionante cortejo fúnebre, la solemne imposición de la más alta distinción militar concedida por el Sultán... El féretro había sido llevado a Ceuta y desde allí embarcado con destino a Cádiz en un cañonero al que escoltaban tres destructores. El entierro había tenido lugar en San Fernando, su ciudad natal, y se le habían rendido honores de capitán general.

—¡Así da gusto morirse! —volvió a decir Meneses con la autoridad del que, a diferencia de los demás, había acompañado al cadáver de su jefe hasta su última morada—. ¡Los soldados de su guardia indígena, la banda de cornetas y tambores, un batallón de infantería de marina cerrando el cortejo...!

Luego, como si un pensamiento condujera directamente al otro, palmeó la espalda de Samuel y exclamó confianzudo:

—Estarás contento, ¿eh?

No hizo falta dar explicaciones. Allí todos sabían que el sucesor de Varela era García-Valiño, al que Samuel conocía de su paso por la Comandancia de Melilla.

—Hoy mismo me lo he encontrado. Aquí al lado, en el palacio del Jalifa —dijo Aranalde, el único civil del grupo.

—Claro, mañana tiene que presidir el desfile —dijo Samuel—. ¿Sabéis qué es lo que no me gusta?

Los otros le observaron intrigados. Samuel dejó pasar un par de segundos antes de proseguir:

—Que va a ser la primera vez que el Alto Comisario sea más joven que yo.

Se produjo la reacción que Samuel andaba buscando: risas, palmadas y comentarios del tipo «¡te estás haciendo viejo, coño!». Al mismo tiempo, el mensaje había quedado claro: García-Valiño y él eran amigos, sí, pero es que además, en esa amistad, la primacía de la edad se inclinaba de su lado, algo que en los ambientes castrenses siempre se estaba dispuesto a conceder. Y para transmitir ese mensaje no había tenido que decir ninguna falsedad, sólo un chiste. Así, con esa clase de sobrentendidos, era como Samuel había conseguido labrarse un prestigio ante las autoridades. Delante de unos y de otros fingía saber más de lo que sabía y conocer a más gente de la que de verdad conocía. Restaba importancia a las informaciones que recibía y exageraba el valor de las que podía dar, y en el Ayuntamiento fingía tener ante la Alta Comisaría y la Comandancia una capacidad de influencia similar a la que en éstas le atribuían sobre los munícipes. Se beneficiaba en ese aspecto de la escasa comunicación que existía entre las autoridades civiles y las militares. En cierta medida, ejercía de enlace oficioso entre ellas, y nunca negaba una recomendación o un favor, aunque estuvieran fuera de su alcance, porque así tejía una red de relaciones en la que todos, tanto los que se habían beneficiado de su intercesión como los que no, acababan sintiéndose en deuda con él. Con el nombramiento de García-Valiño, que en realidad no era tan amigo suyo como los otros creían, se le abrían nuevas posibilidades de afianzar su poder. De momento, sólo tenía que dejar que los demás creyeran lo que estaban dispuestos a creer.

—A lo mejor te vemos a su lado en la tribuna... —dijo Eulate, no del todo en broma, y él se las arregló para negar de forma que pareciera que estaba afirmando:

—¿Y qué iba a hacer yo ahí de pie tantas horas?

—¿Dónde está tu patriotismo? —protestó Meneses, burlón, y Eulate redondeó el chiste:

—Estos judíos... ¡Y que aún haya gente que se extrañe de que os expulsáramos!

Todos rieron. Samuel dio una sonora palmada y, mientras De Vicente se levantaba para abrir la ventana y escupir un gargajo, el camarero fue repartiendo los menús. La conversación se mantuvo animada hasta que llegaron al café y los licores. Era entonces cuando solían intercambiar la información importante. Se habló de una inminente modificación en el uniforme de gala de los regulares, y Samuel tomó nota mental de las características de la tela y la identidad de los más que probables proveedores: aquello olía a negocio. Se habló también de otros asuntos de los que difícilmente podría sacar algún provecho, y se limitó a fingir que prestaba atención. Luego le tocó a él poner algo de su parte y bajó el tono de voz para aludir a Shlomo Ninio. Los otros le miraban impasibles, como jugadores de póquer. Samuel se mostró cauteloso y sugirió que, aunque todavía no disponía de datos para asegurarlo, la presencia de Ninio en Melilla podía formar parte de una operación de gran envergadura... Meneses carraspeó.

—Israel es un estado socialista —dijo.

—Y no mantenemos relaciones diplomáticas —añadió Aranalde.

—Así es, amigos —dijo Samuel, que en todo momento hablaba para todos, aunque tenía muy claro a quién iba dirigida la historia.

De camino al hotel, Meneses insistió en acompañarle. En cuanto se quedaron a solas, le dijo:

—¿Lo sabe Valiño?

—Mi querido Juan Antonio... —Samuel aceptó el cigarrillo que el otro le ofrecía. Luego le puso la mano en el hombro y prosiguió—: Si lo supiera, ¿a ti de qué te serviría?

—Gracias, amigo —dijo Meneses—. Te llamo el lunes para ir redactando un primer informe.

—Seguro que Rafael sabrá valorarlo —dijo Samuel, consciente del uso que hacía del nombre de pila—. Buenas noches.

A la mañana siguiente, aunque había dado instrucciones para que no le subieran el desayuno hasta las nueve, se levantó temprano. Lo primero que hizo fue abrir el balcón. Quería que el aire fresco del amanecer invadiera hasta el último rincón de la habitación. Luego, mientras la bañera se llenaba, ahuecó la almohada y alisó las sábanas y la manta poniendo especial cuidado en las arrugas del embozo. ¿Qué más? Sí, la ropa del día anterior, que tenía por costumbre dejar en cualquier silla, fue a parar a la maleta, y ésta al interior del armario. Echó un vistazo a su alrededor. Todo limpio y en orden. Todo más o menos como lo había encontrado al ocupar la habitación. Entró en el cuarto de baño y se lavó los dientes. Regresó enseguida en busca de las gafas. Había perdido vista, y sin ellas no veía ya lo bastante para un afeitado minucioso. Aprovechó para cortarse los pelillos que le salían de las orejas y la nariz, y no pudo evitar estornudar un par de veces. Después se dio un breve masaje con bálsamo mentolado Floïd y comprobó la temperatura del agua. Estaba muy caliente. Una vez superada la primera impresión, se quedó adormilado en la bañera. Cuando llamaron a la puerta, le dio un vuelco el corazón. ¿Cuánto tiempo llevaba metido en el agua? Volvieron a llamar.

—¡Voy, voy! —gritó Samuel, levantándose de un salto y encharcándolo todo.

Se puso el albornoz y corrió a abrir. Era el desayuno.

—Aquí están también las flores que encargó...

El mozo del hotel dejó la bandeja sobre la mesita auxiliar y buscó un sitio para el ramo de flores. A Samuel no se le escapó el gesto de curiosidad con que observó la cama. Seguramente el chico se estaría preguntando cómo había pasado la noche.

—¿Quiere que le traiga un jarrón?

—No, no. No hace falta.

Deseoso de que aquello acabara cuanto antes, se apresuró a darle la propina. Un reguero de agua señalaba cuál había sido su trayectoria: del baño a la puerta y de ésta a la mesilla. En cuanto volvió a quedarse a solas, se dedicó a secarlo todo con una de las toallas de ducha. Acabó ésta tan mojada que, en vez de devolverla al toallero, hizo un rebujo con ella y la guardó en la balda superior del armario. Después se sentó a desayunar. El café estaba ya casi frío. Con todo el tiempo que había tenido, ahora las prisas empezaban a incomodarle. Se preparó una tostada pero le dio sólo un mordisco. En cambio, la manzana se la comió entera. Antes de vestirse, volvió a lavarse los dientes. Se miró en el espejo. Ya no le quedaba nada por hacer: volvían de nuevo a sobrarle minutos. ¿Por qué parecía que el tiempo iba unas veces tan deprisa y otras tan despacio?

—*Alhamdulillah* —dijo para aclararse la garganta.

Impaciente, cerró el balcón y miró a través de los visillos. A eso de las diez la vio aparecer por la esquina. Llevaba puestas unas gafas de sol y el pelo recogido en un pañuelo: parecía una de esas actrices de las películas italianas.

—Qué guapa está... —susurró.

Volvió a decirlo poco después de abrir la puerta de la

habitación, cuando ya ella se había quitado el pañuelo y las gafas:

—¡Qué guapa estás!

Acarició primero su pelo rojizo y luego su barbilla redonda.

—De hecho, estás más guapa que cuando te vi por primera vez.

—Mentiroso... —replicó ella, sonriendo—. ¡Pues no han pasado años!

—Para mí sigues siendo la misma: una jovencita.

Se abrazaron, y Alegría dejó caer la cabeza en su hombro.

—Qué bien hueles... —dijo—. Entonces también olías bien, pero no igual.

—Entonces no gastaba tanto en colonias.

Siempre que decían entonces, se referían a la época en que fueron medio novios. La relación entre ambos no había llegado a más debido a la oposición de los padres de ella, que le habían concertado una boda más provechosa con un familiar. Alegría pertenecía a una ilustre saga de banqueros judíos que en julio del 36 financió el paso de las tropas nacionales a la Península. Años después, casados ya los dos, esa relación se había reanudado casi por casualidad: un encuentro inesperado en el Círculo, unos minutos para evocar viejos momentos de felicidad, la vaga promesa de una cita en otro viaje a Tetuán... Ésa era la verdadera razón por la que Samuel había dejado de frecuentar el Círculo Recreativo Israelita, donde cualquier indiscreción podía resultar peligrosa.

La ayudó a quitarse la gabardina y le entregó las flores.

—¡Mmm, rosas rojas!

—Tus favoritas, ¿no?

Alegría le dio un beso y bromeó:

—¿Y qué hago con ellas? ¿Las llevo a casa y le digo a David que me las ha regalado mi amante?

—Sí. ¿No dices que ya ni te escucha?

Eran amantes pero sobre todo eran amigos. Se veían cada vez que él viajaba a Tetuán, y hablaban de sus vidas: de los pequeños problemas domésticos, de los hijos, finalmente de los cónyuges. Él se quejaba a veces de la obsesión de Mercedes por las compañías de las niñas, y ella del poco caso que le hacía su marido, siempre embarcado en negocios de gran envergadura. Pero no era lo habitual. Ninguno de los dos trataba de esconder sus otros afectos y, cuando aludían a ellos, lo hacían como quien informa de las últimas andanzas de algún viejo amigo. Daba lo mismo que Alegría jamás hubiera visto a Mercedes y que Samuel apenas se hubiera cruzado con David en un par de ocasiones. Era como si los conocieran de toda la vida, como si Alegría conociera a Mercedes y Samuel a David, y en el interés que expresaban por ellos no había intenciones ocultas ni fingimientos. Entre Samuel y Alegría se había ido forjando una relación en la que existía lo mejor del matrimonio y no lo peor, la confianza pero no los reproches, y algunas veces ni siquiera hacer el amor era lo más urgente. Se metían en la cama, se abrazaban bajo las sábanas, se susurraban al oído palabras bonitas.

—¿Te acuerdas de la foto de la aduana, la que nos hizo aquel fotógrafo callejero?

—¿El del mono?

—Sí, ese mono antipático que no quería subirse a mi hombro... La encontré entre mis cosas. Yo estoy medio agachado, con la cadena del mono enredándose en mi pierna, y tú lo señalas con el dedo y sonríes. Llevas un lazo en el pelo pero por lo demás estás igual. ¿Por qué crees que te digo que para mí sigues siendo la misma? He escondido esa foto. No quiero que la vea Mercedes.

—¿Qué crees que pensaría? ¡Ah, esta chica! ¡Seguro que ahora, casi treinta años después, mi marido me está engañando con ella!

—No te rías. Es sólo que es algo privado. Algo que no quiero compartir con ella. —Se puso momentáneamente serio—. ¿Te han saludado en recepción? ¿Te han visto entrar?

—¿Qué más te da? —Haciéndose la ofendida, Alegría lanzó un cachete al aire—. La que tendría que estar preocupada soy yo. No tú, que vives fuera.

Samuel la besó en la mejilla. Ella se llevó la mano a la cara.

—¿Tengo la piel irritada? Ya sé que te has afeitado a conciencia pero... ¡Tengo el cutis tan fino! Estas marcas son lo único que me hace sentir que estoy engañando a mi marido.

Empezó a oírse un sonido lejano de cornetas. Envueltos en las sábanas, se acercaron al balcón. El desfile no pasaba por la calle del hotel sino por el bulevar que la atravesaba. Como no podían asomarse, lo poco que veían lo veían de refilón: las vistosas capas blancas de los regulares, los caballos con mantillas de alegres colores, los jinetes moros enarbolando los banderines de las compañías... Los uniformes de las tropas españolas competían en lujo con los de la guardia del Jalifa y las mehalas Xerifianas, y la población local disfrutaba con la viveza del espectáculo. El propio público contribuía a ella sin saberlo: con la gente de paisano se mezclaban mujeres con chilabas estampadas de tonos brillantes y hombres con las cabezas cubiertas por blancas capuchas o feces rojos. Abrazados y pegados al cristal para ver mejor, Samuel y Alegría lo observaban todo en silencio, notando en las mejillas el retumbar de trompetas y tambores.

—Aprovecha —dijo ella—. No sé si habrá muchos desfiles más.

—¿También tú me vienes con ésas?

—El Protectorado no será eterno. La descolonización de África está en marcha. ¿Por qué Marruecos va a ser la excepción? Ese partido, cómo se llama...

—Istiqlal.

—Cada vez tiene más seguidores. Y no es que esté creciendo en Casablanca o en Rabat. Es que lo tenemos aquí mismo, en Tetuán, y en Tánger y en... Mi familia ha empezado a trasladar negocios a Suiza.

Samuel se apartó del balcón y la miró a los ojos. Ella prosiguió como excusándose:

—¿Qué garantías tenemos? ¿Cómo saber si el banco va a poder funcionar igual bajo administración marroquí?

—¿Tú también...? Quiero decir: ¿tu marido también se iría a Suiza?

Alegría, sin contestar, apoyó la cabeza en el hombro. Samuel cerró con fuerza los ojos.

—Voy a pedir que nos suban algo de comer —dijo.

Mientras esperaban al mozo del hotel, aprovecharon para vestirse. Lo que más les gustaba eran esos momentos en los que su intimidad se asemejaba mucho a la de un matrimonio normal: ella cepillándose el pelo ante el espejo, él a su lado abotonándose la camisa con el cuello levantado. Alegría le hizo el nudo de la corbata.

—¿Te acuerdas de cómo me sedujiste? —dijo.

—Estabas en Río Martín con tus hermanas, en la playa...

—Me refiero a la siguiente vez, en el Círculo. Dijiste: «Qué injusto es todo, ¿por qué tenemos deseos que no se van a cumplir?, ¡tiene que haber otra vida en la que esos deseos se cumplan...!»

—¿Eso dije? ¿Seguro que no había bebido?

—Pensé que tenías toda la razón. También a mí me pareció muy injusto.

—O sea que no crees que haya otra vida...

—Claro que sí. Mi otra vida es ésta —dijo Alegría, y le besó en los labios.

Aunque Samuel había pedido almuerzo para dos, ella casi no probó el suyo. Del exterior seguía llegando el ruido del desfile. De vez en cuando, entre la música de las distintas bandas, sonaban las salvas de la artillería. A partir de cierto momento, ya sólo se oía el griterío de la calle, y Samuel se levantó a mirar a través de los visillos.

—Qué gran cabrón...

Alegría se acercó, alarmada. El desfile acababa de concluir, y el Citroën de Germán estaba ya en la puerta.

—¿Por qué tan pronto? —dijo—. ¿No tenía que venir a la una?

—Por ti. Quiere hacerme saber que lo sabe.

—¡Ay, Samuel!

—Descuida. Se conforma con poco. Sólo quiere que le pague el médico a su mujer.

—Pero eso es chantaje —dijo ella, volviendo a ponerse las gafas de sol.

—¿Chantaje, si me da la oportunidad de hacer una buena obra? ¿Cuándo se ha visto un chantajista que anima a los demás a hacer el bien? Piénsalo: todos salimos ganando. Él, porque a su mujer la verá un buen médico y no le cobrará nada. Y yo, ¡ja ja!, porque podré practicar la *tzedaká*. Ya sabes lo que dice el Levítico. Eres una buena judía. ¡Tendrías que dar las gracias a ese hombre por ayudarme a ser también un buen judío!

Para dejar la habitación, siempre lo hacían del mismo modo. Salía primero él y charlaba un poco con el recepcionista mientras le preparaban la cuenta y repartía propinas entre los botones. Poco después salía ella y, aunque intentaban no mirarse, era difícil no intercambiar un guiño o una sonrisa al sesgo. Luego, Samuel se las arreglaba para dejar pasar un par de minutos antes de abandonar el edificio.

—Buenos días, Germán —dijo, tendiéndole la maleta—. Qué impresionante el desfile, ¿verdad? ¡Ha estado mejor que otros años!

El conductor cerró el maletero con un golpe seco y se

puso al volante. Avanzaban despacio entre la gente que regresaba de los bulevares. Al volver una esquina pasaron al lado de Alegría, que se había detenido a hablar con alguien. El movimiento de cabeza de Germán fue ligerísimo, casi imperceptible. En cuanto salieron de la ciudad, Samuel hizo el gesto de quien acaba de recordar algo importante:

—¡Ah! He llamado por teléfono a Mardones, el médico. Todo arreglado. Pero no vayáis al Hospital Militar. Mejor id a su casa. Tiene consulta propia. Ya te daré la dirección.

—Muchas gracias, señor.

Las empanadillas de Mercedes tenían mucho éxito en las reuniones de la Gota de Leche. Miriam se ocupaba de cortar y dar forma a la masa, y Mercedes del relleno. Luego, cuando faltaba poco más de una hora para que la gente empezara a llegar, la hija las sellaba por los lados con un tenedor y la madre las freía en una sartén honda y las ponía a escurrir sobre trapos de cocina. A veces, la masa se doblaba o rompía al contacto con el aceite hirviendo. A esas empanadillas deformes las llamaban «gurruños», y los gurruños nunca llegaban a las bandejas con las que agasajaban a las señoras.

—Otro gurruño —decía Mercedes.

—A la fiambrera —decía Miriam.

Al principio, cuando Mercedes se hizo cargo del patronato, bastaba con dos o tres bandejas de empanadillas. Ahora nunca bajaban de la media docena. La población de Melilla no paraba de crecer, y para muchas familias recién instaladas la colaboración con la Gota de Leche constituía una vía inmejorable de integración en la sociedad local. Entre los nuevos melillenses eran menos los que procedían de la Península que los que venían del Protectorado. Todo el mundo intuía que se avecinaban cambios y veía el futuro con preocupación. Pero en esas reuniones nadie quería hablar de cambios ni de futuro.

—Hoy tenemos con nosotros a una nueva amiga —dijo Mercedes—. Carmen, levántate, por favor.

La aludida se levantó y saludó con la cabeza, mientras las otras le dedicaban frases de bienvenida.

—Carmen se ha ofrecido a colaborar con Victoria en el comedor de madres lactantes. ¿Te parece bien, Victoria? ¿Le parece bien, madre?

A esas reuniones siempre asistía alguna de las monjas de la Caridad. Cuando la superiora no podía, lo hacía la visitadora, una monja casi enana a la que llamaban sor Rociíto.

—Me parece muy bien, hija —dijo sor Rociíto, entornando los ojos—. Ya sabes tú lo necesitadas que estamos de ayuda...

—¡Ah, por cierto! —siguió Mercedes—. Carmen nos ha entregado para la institución un generoso donativo de parte de su marido. Creo que bien merece nuestro aplauso.

Aplaudieron todas, y Mercedes leyó la lista de particulares que también habían contribuido con donativos. Entre esos nombres estaban los de los maridos de todas las presentes, y cada vez que se leía uno las demás se volvían hacia la mujer. Unas y otras se dedicaban mutuamente palmadas silenciosas y sonrisas de homenaje. Por supuesto, ese dinero nunca era suficiente, y Mercedes avanzó las actividades con las que tenían previsto recaudar fondos en los próximos meses: alquiler de sillas para los conciertos dominicales en el Parque Hernández, mesas petitorias coincidiendo con festividades religiosas, tómbolas a las que los comerciantes locales contribuirían con regalos. Después, algunas de las presentes informaron de las novedades relativas a las distintas obras de la asociación: las mejoras en el menú del comedor popular, el incremento del número de niños y ancianos acogidos en el asilo, la necesidad de nuevas voluntarias para las visitas a domicilio...

Aquí acababa la parte más protocolaria de la reunión. Mercedes entonces daba instrucciones a Miriam, y ésta y Rachida aparecían con las bandejas de las empanadillas, todas iguales, todas perfectas, ningún gurruño entre ellas. La llegada de las bandejas provocaba un entusiasmo fulminante.

—Algún día tendrás que contarnos el secreto —decían, guiñándole el ojo a Mercedes—. ¡Siguen siendo las mejores de Melilla, si no de España entera!

Con las empanadillas llegaban también los zumos y el moscatel, y las conversaciones se diversificaban. Sor Rociíto se acercó al grupo en el que estaba Carmen, la nueva, y en un gesto de familiaridad la cogió del codo.

—Ya me ha dicho Mercedes de cuánto es el donativo. Muchas gracias, hija. Dios sabrá corresponderos. ¿A qué se dedica tu marido?

El marido de Carmen era propietario de un hotel en Larache, un establecimiento moderno con vistas al Atlántico. Algunas de las presentes conocían la ciudad y hablaron del mar de Larache, tan violento, tan distinto del de Melilla. En un momento dado, tras comentar la prosperidad de la ciudad gracias a la gente que trabajaba en el puerto o en la construcción de viviendas en el llamado Balcón Atlántico, Carmen dejó escapar una queja:

—Pero, claro, pronto ¿quién querrá ir por allá?

Todas entendieron que con ese pronto se refería a ese futuro incierto en el que el Protectorado (y quién sabía si también Ceuta y Melilla) estaría bajo administración marroquí, y la conversación se desvió enseguida hacia asuntos menos comprometedores. Victoria, que andaba por ahí cerca, llamó a Mercedes y le dijo que el día anterior había visto a su hija Sara en compañía de un chico.

—Un chico muy guapo —dijo—. ¿Cómo se llama? ¡Ah, sí! Aarón. Me han dicho que es muy espabilado. Tan joven y ya tiene su propio negocio.

En su voz había un retintín que a Mercedes le pareció insidioso. El hijo mayor de Victoria era un inútil que unos años antes había tratado de coquetear con Sara. Mercedes reaccionó con una sonrisa y preguntó si la horchata estaba tan buena como la vez anterior.

—No es del mismo sitio —añadió—. Ésta me la han traído de La Campana.

—Excelente —dijo Victoria.

—Me alegro.

Llamó a Miriam para que le acompañara a la cocina a sacar los dulces. Se aseguró de que nadie, ni siquiera Rachida, pudiera oírlas.

—¿Quién es ese Aarón?

—¿Qué Aarón?

—No te hagas la tonta.

—¿Quieres decir Aarón Cohén?

—Aarón Cohén...

—El nieto del peluquero. Al abuelo lo conociste.

—¿Ese viejo sucio que iba cortando el pelo por las casas?

—Sí, el que murió hace unos meses.

—¡Oh, Dios!

La reunión terminó un poco antes que de costumbre y, cuando llegó Samuel, se cruzó en el portal con las que se habían quedado rezagadas. Se entretuvo unos minutos saludando. Luego entró en el piso y, antes incluso de cerrar la puerta, exclamó:

—¡Hoy, gurruños!

Mercedes y Miriam le miraron pero no le rieron el chiste. Siempre que había reunión de la Gota de Leche tocaba cenar gurruños, y el saludo de Samuel se había convertido en un rito familiar. Mercedes se afanaba en limpiar con cepillo y polvos de talco unas manchas de grasa del brazo de un sillón.

—Habrá que ir pensando en avisar al tapicero... —rezongaba—. ¿Cuánto hace que los tapizamos por última vez?

Samuel entró en el cuarto de baño y se observó detenidamente en el espejo. Un mes antes se había afeitado el bigotito a lo Robert Taylor, y desde entonces pasaba largos ratos estudiando su aspecto.

—¡Mercedes! —gritó.

—Qué —dijo ella, asomando medio cuerpo.

—Aún no me acostumbro.

—Estás mejor. Pareces más joven.

Samuel la agarró por la cintura y la estrechó contra sí. Luego fue poco a poco bajando los dedos hasta acariciarle las nalgas. Ella le apartó la mano. Samuel dijo:

—Hubo una época en que te hacía un guiño y venías y te me sentabas en las rodillas. ¿Qué ha sido de todo eso?

—Entonces no estaban las niñas. O eran muy pequeñas y no se enteraban de nada.

—Estás rara.

—¡Qué voy a estar rara!

Sara, como siempre, llegó tarde. Últimamente no la esperaban y empezaban a cenar sin ella. De postre había macedonia de frutas. Mercedes hizo una seña a Rachida para que no la sirviera todavía.

—A ver si por lo menos el postre lo tomamos todos a la vez... —dijo, y luego miró a su hija pequeña y trató de sonreír—. ¿Qué tal tú? ¿Con quién has estado?

—Con las amigas —dijo Sara.

Desde el fin de su relación con el hijo de Valenzuela habían pasado tres años y medio. Entre tanto, hasta donde Mercedes sabía, había tenido cuatro novietes. Primero había sido un joven viajante que visitaba con sus catálogos las tiendas de menaje de Andalucía y el norte de Marruecos. Después, muy seguidos, un redactor de *El Telegrama del Rif* y un capitán de intendencia. Y finalmente, a comienzos de ese mismo año, el hijo del dueño de la cafetería de la Hípica. Entre unos y otros, además, había reanudado y vuelto a abandonar la correspondencia amorosa con varios de los pretendientes anteriores. Ninguno de esos chicos gustaba a Mercedes para su hija y, por suerte, ninguna de esas relaciones había llegado a nada. De hecho, qué poco le duraban... Confiaba Mercedes en que con ese Aarón Cohén acabaría ocurriendo lo mismo, y bien pronto Sara tendría uno de sus famosos catarros. Sin duda, lo más sensato era seguir fingiendo que no sabía nada.

—A ver si este verano podemos hacer un viajecito a la Península —dijo, sirviendo por fin la macedonia.

—¿Por qué en verano? —dijo Samuel—. Ya no hay que esperar al fin del curso.

—A mí me apetece mucho —dijo Miriam—. Y ahora que empieza el buen tiempo...

—¿Y a ti, Sarita? —preguntó Samuel.

Sara se encogió de hombros.

—A mí lo que me gustaría sería irme a Madrid a hacer Magisterio.

Sus padres la miraron con condescendencia. Mercedes trató de parecer razonable:

—Pero, hija, tú nunca has sido muy de estudiar.

—Digo yo que Magisterio no será tan difícil. Total, para enseñar sumas y restas...

Samuel apartó en el borde del plato varias pepitas de naranja.

—Decidido —dijo—. En cuanto arregle unos asuntillos, nos vamos a pasar una semana a Málaga.

Ahora las reuniones del consejo se celebraban en el piso de Moisés Carciente. Samuel lo prefería así, porque Carciente era un hombre ocupado y no le gustaba perder el tiempo en minucias: en poco más de dos horas despachaban todos los asuntos y podían marcharse a sus casas. Siempre dedicaban, eso sí, los primeros minutos a comentar la actualidad política. Por aquella época, primavera de 1954, seguían dándole vueltas al malestar que en la población marroquí había causado la decisión de las autoridades francesas de enviar a Mohamed V al destierro. Habían pasado ocho meses desde entonces, y algunos advertían de que el alejamiento de la familia real, que ahora estaba confinada en Madagascar, sólo serviría para generar inestabilidad. Otros, por el contrario, lo interpretaban como la garantía de que en el futuro inmediato no se producirían grandes cambios. Entre quienes opinaban esto último estaba Samuel, que decía:

—¿Descontento? Por supuesto que provocó descontento. Como cada vez que se sube el precio del trigo o se crea una tasa nueva. ¿Cuántas veces se adoptan medidas impopulares, sin que al final acabe pasando nada? Acordaos de Abd el-Krim y del prestigio que tenía entre la gente de aquí. ¿Cuántos años hace que lo echaron? Casi treinta, y no se ha vuelto a saber de él. ¿Dónde estará ese hombre ahora?

—En El Cairo, parece.

—Pues eso.

Cuando llegó Moisés Eliachar, todos se levantaron a felicitarle. Samuel, que había faltado a la última reunión, desconocía la razón de los parabienes.

—¿No te has enterado? —le susurró Benjamín Gaón—. Moisés y los suyos van a hacer la *aliyá*.

A Samuel se le congeló la sonrisa. A pesar de todo, tuvo la suficiente presencia de ánimo para aguardar su turno en la cola de las enhorabuenas. Su amigo recibió el abrazo bajando los ojos y dedicándole una sonrisa culpable. Samuel se volvió hacia Carciente:

—Querido amigo, yo creo que la ocasión bien merece un brindis.

Trajeron bebidas, y el propio Carciente tomó la palabra para desear a Eliachar y a su familia un futuro en Israel lleno de salud y prosperidad. Samuel intentó que su interés pareciera sincero:

—Cuéntanos. ¿Qué proyectos tienes, Moisés? ¿Te vas a unir a un *kibutz*? No te imagino con el azadón en la mano. ¡Y mucho menos a Simi, con lo delicada que es!

Se oyeron algunas risitas. Moisés Eliachar explicó que un primo suyo, director general del Hospital Rothschild de Haifa, le había ofrecido un puesto de responsabilidad en la administración del centro. Aunque nunca había estado en Haifa, Moisés siempre hablaba de ese hospital con orgullo: de cómo al principio se había especializado en niños con problemas de crecimiento y luego, tras la fundación del Estado de Israel, había curado a muchos heridos de guerra. Samuel no pudo evitar el sarcasmo:

—Está claro que allí los hospitales tienen el futuro garantizado.

Esta vez no hubo risitas. Para evitar malas interpretaciones, Samuel abrió los brazos y dijo:

—Me alegro mucho por ti. De verdad. ¡Dame otro abrazo!

La reunión acabó tan pronto que Samuel tuvo tiempo de llegar a casa cuando aún Mercedes se estaba preparando para salir a hacer recados. Como no estaba de humor para encerrarse entre cuatro paredes, se ofreció a acompañarla.

—Sí, mejor que vengas —dijo ella—. Definitivamente, hay que hablar con el tapicero. Esos sillones no tienen remedio.

El taller estaba en una de las callecitas del Polígono. Como hacía ya bastante calor, tenían la puerta abierta, y el golpeteo del martillo y los disparos de la grapadora se oían desde la esquina. Les atendió la mujer del dueño. Fue enseñándoles varias muestras de tela. Eran retales del tamaño de un pasaporte, unidos por las esquinas con un cordón. Si el estampado de alguno de ellos le gustaba, Mercedes apartaba el juego entero para decidir más tarde. Las muestras, dispuestas a modo de abanico sobre un tablero, iban poco a poco formando una bonita composición. Una vez hecha la primera selección, empezaron los auténticos problemas.

—Samuel, por favor. Di algo tú también.

—Gustarme, me gustan todos.

—Pero mira que eres soso.

De nuevo en la calle, le contó lo de Moisés. Ahora sí que dio rienda suelta a la irritación que en casa de Carciente se había visto obligado a contener.

—¿Se han vuelto locos? ¡Dejarlo todo, empezar una nueva vida! ¡A su edad! Ya no son unos niños. Moisés debe de andar por los cuarenta, y Simi tiene uno o dos más. ¿Qué creerán que van a encontrar en esa ciudad que no tengan ya aquí? Y luego está todo lo demás: el idioma, el colegio de los chicos, tener que hacer nuevos amigos... ¿Y si las cosas no son como imaginan? Entonces ya no habrá vuelta atrás. De momento, han puesto el piso en venta, y parece que Benjamín Gaón está interesado en quedarse con la tienda para uno de sus hijos...

Andaban despacio, parándose de vez en cuando para que Samuel pudiera desahogarse a gusto. Las cavilaciones le tenían tan absorto que no se daba cuenta de que su mujer le estaba llevando por un camino que no era el habitual. En el cruce entre Mariscal Sherlock y General Margallo, Mercedes miró disimuladamente a uno y otro lado. Ahora era ella la que parecía ausente. Unos metros más adelante, en la misma General Margallo, se detuvieron. Samuel hablaba ahora de la inestabilidad política de Israel y la inminencia de nuevas guerras: ¿qué demonios pintaba Moisés en todo eso? Mercedes, sin escucharle, miraba un local de la otra acera. Una peluquería. Se llamaba El Nuevo Fígaro, y a ambos lados de la puerta tenía dos grandes paneles con la clásica decoración de rayas azules y rojas sobre fondo blanco. Era una buena peluquería, moderna, espaciosa, con seis sillones alineados en el lado izquierdo y uno al fondo para el lavado y el secado del pelo. ¿Cuántos peluqueros trabajaban ahí dentro? En ese momento, cinco, los cinco uniformados con batas azul celeste. ¿Y cuál de ellos...? Samuel interrumpió un instante su monólogo para echar un vistazo distraído al establecimiento y, antes de echar otra vez a andar, comentar:

—Ah, es nueva. No me había fijado.

A cargo de la delegación de Málaga estaba el Niño Quiñones. Todo el mundo le seguía llamando así pese a que hacía tiempo que había dejado de parecer un niño. Había comenzado como aprendiz en la oficina de Melilla y, cuando, a finales de los cuarenta, el bloqueo internacional empezó a relajarse y Samuel creyó llegado el momento de mantener una presencia estable en la Península, confió en su sentido de la responsabilidad y en su experiencia. En esos seis años, Samuel no había tenido ningún motivo para arrepentirse. Lo único que le disgustaba del Niño era precisamente que hubiera dejado tan rápidamente de parecer un niño. Se reunían media docena de veces al año, tanto en Melilla como en Málaga, y cada uno de esos reencuentros le revelaba a través del físico de su empleado nuevas señales del paso del tiempo: la barriguita cada vez más prominente, el pelo más ralo, más marcadas las líneas de la frente. El Samuel de cincuenta y siete años seguía creyéndose el Samuel de treinta y nueve o cuarenta, y la sola presencia del Niño le desasosegaba. Para él, tan aferrado a esa supuesta inmutabilidad suya, era un recordatorio de lo cambiante y efímero de la existencia. ¡Como ese hombre siguiera así, bien pronto iba a parecer un anciano y, lo que era peor, le iba a convertir en un anciano a él!

—Te veo bien, Niño. Como siempre —le decía, a pesar de todo.

—Usted sí que tiene buen aspecto, don Samuel —replicaba el Niño Quiñones, que aún no se atrevía a apearle el tratamiento.

—No te creas, no te creas —decía él con coquetería—. ¡Bueno, a ver esos libros!

Sus reuniones de trabajo consistían sobre todo en un cotejo minucioso de los libros de contabilidad. Las cifras que se manejaban en Melilla tenían que coincidir hasta el último céntimo con las de Málaga, y Samuel no descansaba hasta comprobar que todo encajaba. Luego despachaban el resto de asuntos: problemas con algún flete, acuerdos con otros consignatarios, eventuales reclamaciones, firma de libranzas, renovación de pólizas. Cuando por fin daban el trabajo por concluido, el Niño se asomaba a la ventana y gritaba al mozo del bar que les subiera dos copas de Soberano.

—No, Niño, hoy no. Hoy tengo prisa.

—¿Regresa a Melilla en el correo de la tarde?

—Esta vez he venido con la familia. Me están esperando en el hotel.

La oficina estaba en la calle Panaderos. Salió a la Alameda y por el paseo del Parque llegó a la plaza de toros. Tal como habían convenido, Sebastián Monterde le estaba esperando en una de las puertas que daban a la calle Maestranza.

—Ya creía que no vendrías —dijo Monterde.

—Perdona por el retraso —se excusó Samuel.

Monterde caminaba un poco inclinado hacia delante

y daba la impresión de estar siempre a punto de echarse a correr. Sus indicaciones sobre los edificios eran casi telegráficas:

—Aquí una fundición, Roldán. Allá una bodega, Barceló. Aquello, otra fábrica. Y aquello, otra. Más allá, la playa y los balnearios.

Samuel trataba de localizar algún solar vacío pero, mal que bien, el barrio entero estaba edificado. Se detuvieron ante una serrería. A la entrada, unos operarios cargaban tablas en un camión.

—Aquí será —dijo Monterde—. ¿Qué te parece?

—Pero aquí aún están trabajando.

—Eso tiene fácil arreglo. ¿Qué te parece, eh? Con vistas a la playa, a un paso de todas partes...

—¿Quién va a querer venir a vivir aquí, rodeado de fábricas y talleres?

—¡Sólo será al principio! Luego todo esto desaparecerá, y en su lugar no habrá más que edificios de viviendas. Y, ya se sabe, el que golpea primero golpea dos veces.

—No sé, no sé...

—Pues tendrás que decidirte pronto, porque tengo a mucha gente detrás de esto. Aunque, siendo tú, siempre te puedo dar un margen...

Dijo «siendo tú» como si se conocieran de toda la vida, aunque no hacía ni un mes que habían hablado por primera vez. Les había puesto en contacto uno de sus amigos de Tetuán, el coronel Meneses, quien confidencialmente le había hecho saber que en la operación estaba metida gente muy poderosa. Nada, por tanto, podía fallar.

—Hablemos de dinero —dijo Samuel.

Una hora después, pasó a buscar a su mujer y a sus hijas. Se alojaban en el hotel Niza, en el número 2 de la calle Larios. Cuando entró en la habitación, Mercedes se estaba probando unos zapatos que acababa de comprar.

—Voy a decir a las niñas que nos vamos a dar un paseo —dijo, y salió al pasillo canturreando.

Llevaban dos días en Málaga, y los paseos se habían convertido en su principal y casi único entretenimiento. El día anterior lo habían dedicado a comprar ropa, y con tal de estrenarla salían a dar breves paseos, vestidas cada vez con diferentes modelos. Se metían por calles elegidas un poco al azar, y de vez en cuando comentaban los cambios habidos desde aquel lejano viaje que hicieron con Rebeca y Esther: esta o aquella tienda no existían entonces, ¿había ya un cine en esa esquina?, las farolas eran así o asá... Sara, que en aquel mítico viaje era pequeña, no se acordaba de casi nada. Otras veces, Mercedes y las niñas fantaseaban sobre las casas más bonitas que veían. Cada una elegía la casa en la que le gustaría vivir si no vivieran en Melilla sino en Málaga y trataba de convencer a las dos restantes. Luego, ya sentadas en una terraza ante una copa de helado, trataban a su vez de convencer a Samuel. Estaban las tres de muy buen humor, y Samuel intentaba siempre hacer chistes galantes:

—Mercedes, estás tan juvenil con ese vestido que parecéis hermanas. ¡Como alguien me tome por tu padre, le retuerzo el pescuezo!

Su mujer, acostumbrada a ese tipo de halagos, no contestó. Sacó del bolso una postal con la foto de unas recatadas bañistas tomando el sol en una playa.

—Tenéis que poner alguna cosa y firmar.

—¿Para quién es? —dijo Miriam.

—¿Para quién va a ser? Para mi hermana.

—¿Esta postal para la tía Tere? ¿Seguro que las monjas no la censurarán? —dijo Sara, y todos rieron.

El único incidente desagradable lo habían tenido la noche anterior cuando volvían de cenar. Sin darse cuenta, se habían metido por la zona del Muro de San Julián y la calle Camas, donde había cuatro o cinco prostitutas parloteando junto a una esquina. Los demás habían apurado el paso y disimulado. Sara, en cambio, se había parado un instante a mirarlas, y una de ellas, entre las sonrisas guasonas de sus compañeras, le había preguntado: «¿Qué miras, muchacha?, ¿quieres que te enseñe el oficio?» Sara, avergonzada, se había echado a correr. Pero había sido un incidente mínimo, insignificante, y no había enturbiado la felicidad de la familia.

Ahora Samuel pretendía llevarlas en la dirección opuesta, hacia la Malagueta.

—Un poco de brisa marina nos sentará bien —dijo.

Cuando llegaron al parque, era ya noche cerrada, y las tres empezaron a protestar.

—¿Pero se puede saber por qué andurriales nos llevas? —dijo Mercedes.

Llegaron al muelle de Levante, y Samuel se detuvo a fumar un cigarrillo. Señaló a su izquierda.

—¿Veis aquellos almacenes? Dicen que allí se va a construir un barrio de viviendas modernas y lujosas.

Las tres mujeres se volvieron a mirar. Su expresión de incredulidad lo decía todo.

—Hay que estar muy loco para venirse a vivir a un barrio así —dijo Miriam.

—La playa está justo al lado. Es una de las mejores playas. Y la plaza de toros... Vamos un momento a ver la plaza. Es muy bonita.

—¡Pero, papá, si a ti nunca te han interesado los toros! —exclamó Sara, casi riendo.

Intervino Mercedes, tajante:

—Anda, anda, vámonos de aquí. Volvamos.

Samuel arrojó la colilla al mar y con un gesto de resignación las siguió de vuelta al centro.

Con Teresa, la hermana de Mercedes, la relación se había ido diluyendo con el tiempo y la distancia, y últimamente había quedado limitada al envío puntual de felicitaciones navideñas y al más esporádico de tarjetas postales. Teresa jamás respondía por escrito y, muy de vez en cuando (y siempre a cobro revertido), llamaba para interesarse por la salud de todos, preguntar por el tiempo que hacía en Melilla, quejarse del que hacía en Zaragoza y pedir disculpas por la correspondencia no contestada. El hecho de que hubiera llamado tres veces en menos de un mes y aparentemente sin novedades tenía a Mercedes un poco intrigada.

—Hola, hola, dime, dime —saludaba siempre Teresa.

—¿Cómo que dime-dime? —la reprendía Mercedes cariñosamente—. Dime tú, que me has llamado.

Sus conversaciones telefónicas solían desarrollarse como si la iniciativa de llamar hubiera sido de Mercedes. Ésta lo achacaba a la propia mecánica del cobro revertido, según la cual la operadora, al solicitar la autorización, convertía la llamada entrante en saliente. Tras varios minutos de discusión anodina llegaba el interrogatorio.

—¿Qué tal tu rodilla, Tere? ¿Haces los ejercicios que te dijo el médico?

—Sí, sí, eso es agua pasada.

—¿Tomas fruta y verdura todos los días? Que tú siempre has sido un desastre con la alimentación... ¿Vas bien al baño?

—Perfectameeente...

—¿Estás bien? ¿Seguro que estás bien?

—¡Pues claro que estoy bien!

—No sé, Tere... Te noto la voz un poco rara.

—Estoy afónica, sólo es eso. Con las clases, ya se sabe. Bueno, dime, dime...

—¡Que nada de dime-dime! ¡Que me has llamado tú!

Las respuestas de Teresa, lejos de tranquilizarla, aumentaban su preocupación. Una tarde, Mercedes se decidió a llamar al colegio y preguntar por la madre Garagorri, una de las pocas monjas que, según sus cálculos, podían quedar de la época en que las dos hermanas estudiaban en el Sagrado Corazón. La madre Garagorri, ya retirada y medio sorda, la tuvo casi media hora al teléfono. Pero, al menos, Mercedes creyó logrado su propósito de averiguar lo que estaba ocurriendo. Samuel llegó a las ocho y media para la cena, y su mujer le estaba esperando con una expresión en la que se mezclaban el triunfalismo y la alarma.

—¡Lo sabía! ¡Sabía que algo andaba mal! —anunció—. Mi pobre hermana está mal, muy mal.

En realidad, la madre Garagorri sólo le había dicho que Teresa había ido un par de veces al médico. Cuando Mercedes la había sondeado sobre los síntomas, la monja no había acertado a contestar con precisión. ¿Vómitos? Puede que sí. ¿Diarrea? Tal vez algún día. ¿Fiebre? No muy alta, que ella supiera... Para Mercedes, las inconcreciones de la madre Garagorri se traducían del siguiente modo:

—Los médicos no saben lo que tiene.

Guardó unos segundos de silencio, y luego añadió con solemnidad:

—Y si los médicos no saben lo que tiene, es que está mal, muy mal...

A primeras horas de la mañana, mientras todavía Samuel emitía a su lado sus clásicos ronquidos (suaves, guturales, un jej-jej que sonaba como una risita), estuvo segura de haber tenido una revelación. Esperó a que fuera una hora razonable y volvió a llamar a la madre Garagorri. Esta vez el interrogatorio no tuvo nada que ver con la salud de Teresa. Le preguntó si había notado algún cambio en sus costumbres, cuáles eran sus horarios, qué tipo de libros leía, si se había dejado crecer las uñas o comprado gafas nuevas, y la madre Garagorri trataba de darle la razón con sus respuestas, complacientes al principio, algo más cansinas al final. Cuando Samuel llegó a casa, Mercedes estaba ya preparando la maleta.

—¡Ahora sí que lo sé! —exclamó, mientras apilaba varias blusas plegadas sobre la cama—. Lo que ocurre es que Tere está tentada de colgar los hábitos. Está atravesando una crisis de fe y no tiene con quién hablar. ¡Y no me preguntes cómo lo sé, pero lo sé! Somos hermanas. ¡A una hermana no se le pueden ocultar estas cosas! La buena de Tere me necesita, y no le voy a defraudar.

Como su ausencia (Dios no lo quisiera) podía alargarse de forma indefinida, la lista de instrucciones para Samuel, Rachida y las niñas debía cubrir todas las eventualidades: donativos y pagos pendientes, cancelación de compromisos, preparación de la ropa de temporada, pequeños arreglos domésticos, disposiciones para la Gota de Leche... La diversidad de las tareas de las que debía ocuparse anticipaban un agotamiento que, paradójicamente, le resultaba muy gratificante. ¿Qué harían en su casa sin ella? Estaba claro que su presencia era insustituible.

A finales de junio, con la primera ola de calor, Samuel y las niñas la acompañaron al puerto. Miriam tenía ya veinticuatro años y Sara veintiuno, pero los consejos de última hora de Mercedes parecían dirigidos a unas crías que fueran a quedarse solas por primera vez. Si se ponían malas, debían correr a la consulta de Mardones. En la agenda del pasillo tenían todos los números de teléfono. Rachida ya sabía qué platos le gustaban a Samuel y cuáles no, pero no estaría mal que le echaran una mano y de paso la vigilaran un poco. Por si acaso, las tías Rebeca y Esther se pasarían de vez en cuando por casa para asegurarse de que todo estaba en orden...

—¡Mamaaá, mamaaá...! —repetían Miriam y Sara y, para hacerla callar, se apresuraron a besarla.

En un lado del cargadero, bajo una nube de polvo rojizo, un buque cargaba mineral. No muy lejos de allí, la chimenea de la central térmica expulsaba su espesa columna de humo negro. Samuel, al pie de la pasarela del *Ciudad de Alicante*, se volvió hacia su mujer e hizo un gesto de impaciencia. El mozo que llevaba las maletas había subido ya a cubierta, y él, desconfiado, no le quitaba el ojo de encima. Mercedes se abrió camino entre bultos y personas y cogió del brazo a su marido. En cuanto llegaron junto al mozo, Samuel le reprendió en bereber por no haber esperado y lo despachó con una propina deliberadamente exigua. Luego agarró las maletas y apremió a su mujer para que le siguiera. Mercedes había vuelto a desentenderse de él y enviaba besos a sus hijas. El bullicio a bordo era enorme. Un grupo de soldados de permiso pasó con los petates al hombro y le obligó a hacerse a un lado, mientras varias mujeres con grandes fardos bloqueaban el paso buscando los camarotes de tercera. Qué ganas tenía de escapar de allí... Si en general las despedidas le gustaban poco, aquélla directamente le estaba sacando de quicio.

—¡Mercedes, por favor! —se atrevió a exclamar.

El *Ciudad de Alicante* carecía de rampa para vehículos y, cuando había que embarcar un automóvil, se hacía empleando una grúa. En ese momento, un Renault Colorale gris se bamboleaba en el aire antes de ser depositado en cubierta, y Samuel y Mercedes se movían entre una espesa masa de pasajeros que lo miraban embobados. Era el único coche que iba a viajar en el barco, lo que quería decir que estaban a punto de zarpar.

—¡Vamos, vamos! —repetía Samuel mientras buscaban los camarotes de primera.

—¡Quiera Dios que no me maree! —refunfuñaba ella—. ¡Con lo delicado que tengo el estómago!

Una vez liberados del equipaje, apenas si tuvieron tiempo de darse un rápido beso antes de que varios miembros de la tripulación comenzaran a desmontar la pasarela y soltar las amarras. Samuel, algo acalorado, se reunió con sus hijas en el muelle e intentó poner su mejor sonrisa. Estuvieron diciendo adiós con la mano hasta que el *Ciudad de Alicante* empezó a virar hacia el norte, hacia la Península, y la figura de Mercedes, en el otro costado de la embarcación, dejó de ser visible. Entonces, justo entonces, y aunque sólo fuera por un instante, Samuel experimentó una gratificante punzada de libertad.

—Como sigamos aquí, nos va a dar una insolación —dijo, secándose la frente con el pañuelo.

La casualidad había querido que esa misma semana tuviera que viajar a Tetuán. Se alojó, como siempre, en el hotel Nacional. Hacia las diez de la mañana reconoció un golpeteo de tacones en la escalera y corrió a abrir la puerta. La abrió sólo una rendija y pegó la espalda a la pared. El ruido de los pasos fue creciendo hasta detenerse en seco. La puerta empezó a abrirse lenta y silenciosamente. Samuel, conteniendo la risa, se dispuso a abalanzarse sobre Alegría. Cuando estaba ya a punto de hacerlo, la puerta se cerró de un portazo, y Samuel seguía solo en la habitación. Superado el desconcierto inicial, salió al pasillo, pero no vio a su amante por ninguna parte. De hecho, no vio a nadie. ¿Dónde se había metido? Echó a andar despacio, susurrando su nombre: «Alegría, Alegría...» En la primera esquina no estaba, y tampoco en la escalera. ¿No tendría que haber oído sus pasos? Entre las habitaciones del fondo había algunas que el servicio de limpieza había dejado abiertas, pero era imposible que le hubiera dado tiempo de llegar... ¿Se había equivocado? ¿Había confundido quién sabía qué sonido con el de sus pasos? Pero, entonces, ¿quién había abierto y cerrado la puerta? ¿Tal vez la corriente? De repente, Samuel se sintió ridículo, allí parado, en mitad de ese pasillo, expuesto a las miradas de las mujeres de la limpieza, que en cualquier momento podían asomar la cabeza y descubrirle. Carraspeó con suavidad y, caminando de puntillas, volvió a su habitación. Cuando fue a entrar, una sombra salió de no se sabía dónde y unos brazos le rodearon la cintura. Conocía esos brazos, conocía esas manos, conocía los zapatos de tacón que esas manos sostenían.

—¡Ja ja! ¡Te creías muy listo! —rio Alegría.

Sin deshacer el abrazo se dejaron caer sobre la cama recién hecha. Se besaron. Luego ella se incorporó para quitarse el pañuelo y la gabardina. Buscó con la mirada el ramo de flores e hizo un cómico gesto de sorpresa.

—¡Rosas rojas!

—No habrás cambiado de gustos...

—Si hubiera cambiado, no estaría ahora contigo.

En sus encuentros amorosos había pocas novedades, y ambos lo preferían así. El mismo lugar, los mismos horarios, con frecuencia hasta los mismos gestos, las mismas palabras, las mismas bromas... En esa reiteración casi ritual encontraban seguridad pero sobre todo placer, el placer de certificar la fuerza invariable de sus sentimientos. Y aquel encuentro no habría sido muy distinto de los demás si no hubiera sido porque, al cabo de un rato y como quien por casualidad repara en un detalle intrascendente, dijo:

—Por cierto, no te he dicho que vamos a tener que dejar de vernos durante una temporada...

Samuel dio un respingo. Alegría prosiguió:

—Me van a operar. Me van a extirpar la matriz. El médico me ha descubierto unos quistes.

—¿Unos quistes? ¿Y por unos quistes te van a extirpar la matriz?

—Es mejor quitarlo todo. Prefieren no correr riesgos.

Samuel, asustado, la abrazó con fuerza bajo las sábanas. Permanecieron un rato en silencio. Después ella, sonriendo, le enjugó las lágrimas de las comisuras de los párpados.

—No seas niño —le reprendió—. Tampoco será tanto tiempo. Una semanita de clínica y luego quién sabe. Tal vez un par de meses de reposo para evitar complicaciones: infecciones, hemorragias... El problema es que no sé cuándo estaré de vuelta, porque la operación será en Suiza, en Ginebra. David no se fía de los hospitales españoles.

—¡En Suiza! ¿Entonces es que puede ser grave?

—Eso no lo sabrán hasta que me abran.

—¿Y yo cómo me enteraré?

—Estás siendo un poco egoísta, ¿no? Lo que te preocupa no es cómo estaré sino cómo te enterarás.

—Lo que me preocupa es que, si te pasara algo, yo... no sé qué haría.

—No te pongas dramático.

—¡Pero es que para mí ya nada tendría sentido! ¡No puedo imaginar mi vida sin ti!

—¿Lo ves como eres un egoísta? La que está enferma soy yo. La que va a pasar por el quirófano soy yo. ¡Se suponía que eras tú quien tenía que consolarme a mí!

Era una falsa discusión, el clásico jueguecito de amantes. Siguieron así durante unos minutos más, hasta que la conversación derivó hacia donde él quería. Concertaban siempre sus citas por teléfono. Samuel conocía los horarios del marido de Alegría y la llamaba cuando sabía que no estaría en casa. Mientras ella estuviera en Suiza con David, no podría telefonear, y tampoco sería prudente que ella le llamara al despacho, donde siempre estaban importunando las chismosas de sus hermanas... Alegría le tapó la boca con la mano.

—Ya sé. Cuando esté en condiciones de salir a la calle,

te escribiré al despacho. Te mandaré una postal. Una postal de Ginebra. Sin texto o con un texto cualquiera. Firmada también con un nombre cualquiera. Así tus hermanas no sospecharán y tú sabrás que todo ha ido bien.

Samuel hizo ademán de preguntar algo, pero se contuvo. Alegría le leyó el pensamiento:

—Y si no ha ido bien... Si no ha ido bien, ¿para qué tomar precauciones?

Hacia la una, Alegría se miró en el espejo para asegurarse de que se le había pasado la irritación del cutis. Luego se acercó a la silla en la que había dejado la ropa. Samuel la agarró por las muñecas.

—¿Y si me quedo? —dijo—. ¿Y si me quedo unos días para estar contigo? Mercedes no volverá a Melilla hasta la semana que viene. Le digo a Germán que se vaya, que me ha surgido un imprevisto. Y ya volveré en autobús. ¡No sabes cómo me gustaría verte todos los días! Me gustaría que pudiéramos hacer lo que hacen los matrimonios normales. Despertarnos a la vez, desayunar juntos, comentar los titulares del periódico, salir de tiendas contigo...

—¿Pero tú vas alguna vez de tiendas con tu mujer? —rio ella, y se desasió para ponerse la ropa interior.

El pretexto del viaje a Tetuán era la recepción que el Círculo Recreativo Israelita ofrecía a las autoridades españolas del Protectorado, una cita que, por compromisos del Alto Comisario, había ido aplazándose hasta quedar definitivamente fijada el primer día de julio (o, como constaba en la invitación formal, el 3 de *siván* de 5714, una fecha que en el calendario hebreo no conmemoraba nada). Los miembros de la junta directiva le habían insistido para que asistiera. Uno de los vicepresidentes, Salvador Madani, había quedado en pasar un rato antes a recogerle por el Nacional. El Círculo estaba muy cerca, en la calle del Generalísimo. Cuando Samuel bajó a recepción, Madani, sentado en un sillón de mimbre, le hizo señas con la mano.

—*Shalom*, querido amigo —saludó—. Me he tomado la libertad de pedirte una copa de armañac. Clés des Ducs. ¿Lo conoces? No creas que es tan fácil de encontrar... ¡Pruébalo! ¡Está delicioso!

A Samuel siempre le había parecido que Madani se tomaba demasiadas libertades. Se sentó a su lado y dio un sorbo a su copa. El patio, de estilo andaluz, con una fuente en el centro y azulejos en las paredes, estaba a esas horas medio vacío. Después de unos minutos de cháchara, Madani se puso serio:

—Hemos pensado que, cuando llegue Valiño, saldrás tú a recibirlo. Formarás parte del comité de bienvenida.

—¿Yo? ¡Pero si ni siquiera soy socio del Círculo!

—Para nosotros es como si lo fueras.

—No, Salvador, no creo que un honor como ése...

—No seas tan humilde, Samuel. Es la primera vez que Valiño nos visita oficialmente, y conociendo vuestra amistad... Lo que queremos es que el acto no resulte demasiado protocolario. Queremos que se sienta como en su propia casa.

—¿Yo y cuántos más?

—El presidente y tú. Solos los dos. No te quejarás, ¿eh? Bueno, vamos para allá. ¿Qué te ha parecido el Clés des Ducs?

Se esforzó Samuel por ocultar su inquietud. La familiaridad con García-Valiño que todos le atribuían (y que él nunca se había molestado en desmentir) no existía. De hecho, no se habían vuelto a ver desde los tiempos en que el militar ocupaba la Comandancia de Melilla, y las pocas veces que, en los últimos tres años, Samuel había intentado ser recibido en la Alta Comisaría las explicaciones exigidas por el asistente no escondían una finalidad disuasoria que había acabado desanimándole. ¿Se acordaría García-Valiño de él? ¿Le reconocería al menos cuando le viera?

Un rato después, en el vestíbulo del Círculo, Samuel departía con varios miembros de la junta directiva. Los invitados, cerca de doscientos, habían ido entrando, y sólo faltaba que llegara García-Valiño. El presidente, Jacob Benmaman, echaba nerviosos vistazos hacia la puerta de entrada, donde Madani se había apostado discretamente. Estaba previsto que, a una señal suya, Benmaman y Samuel se acercaran a hacer los honores al insigne general, el héroe de la Guerra Civil, el hombre más poderoso del Protectorado. Lo que no estaba previsto era que, estando la Alta Comisaría a muy escasa distancia del Círculo Recreativo Israelita, fuera García-Valiño a presentarse en su vehículo oficial y que la comitiva estuviera compuesta por otros cinco coches y media docena de motoristas. Los gestos que vieron hacer a Madani fueron de sorpresa. El despliegue era verdaderamente aparatoso, y muchos viandantes se detenían a curiosear como si esperaran ver en alguno de los automóviles al mismísimo Franco. Los coches iban parando. De cada uno de ellos salían oficiales de diferentes armas en uniforme de gala, que luego se mantenían a la espera de que el alto mando hiciera su aparición. Samuel miró a su espalda. Decenas de invitados se agolpaban en el vestíbulo para ser testigos del acontecimiento, y los miembros de la junta, que tendrían que haberse retirado al interior, aguardaban en actitud expectante. No era así como Samuel había imaginado el recibimiento. Tenía que haber sido una formalidad menor, casi irrelevante, un simple intercambio de cortesías en el que, además de él, sólo debían participar Benmaman y García-Valiño. Y desde luego, ese intercambio tenía que haberse producido fuera del alcance de todas esas miradas. Entre los militares que esperaban delante de los coches reconoció a varios de los amigos que le consideraban un íntimo del general: Meneses, Eulate... Lo que poco antes le había parecido una contrariedad se había convertido en un auténtico embolado. Pero ya no había escapatoria. Un soldado mantuvo abierta la puerta del coche mientras el general salía y, adoptando una actitud marcial, se ajustaba el faldón de la guerrera. Le vio Samuel pasear la mirada a su alrededor sin detenerse en nada ni en nadie, y tuvo la dolorosa certeza de que jamás le reconocería. Decidió tomar la iniciativa. En cuanto García-Valiño echó a andar, Samuel avanzó hacia él, tendió los brazos y exclamó:

—¡Mi querido Rafael!

Era el momento decisivo. Un ademán reticente o equívoco o aunque sólo fuera un titubeo de García-Valiño podían mermar seriamente su credibilidad y su prestigio, con el consiguiente perjuicio que ello tendría para los tratos con sus amigos militares. Sabedor de que el bueno de Jacob Benmaman, incapaz de romper el protocolo, no iría detrás de él, siguió caminando con paso decidido en dirección al general.

—¡Mi querido Rafael, qué gusto volver a verte!

El militar, como no podía ser de otra manera, reaccionó con una sonrisa. En sólo un instante, Samuel supo dos cosas: supo que García-Valiño le estaba tomando por el presidente del Círculo y supo que nadie salvo él mismo lo sabía. El abrazo que se dieron pareció, sin embargo, un auténtico abrazo de viejos amigos, y Samuel, en un susurro, aprovechó para refrescarle sutilmente la memoria: en Melilla todo el mundo le echaba de menos, muchos recuerdos de parte de Mercedes, también las niñas preguntaban a menudo por él... Los miembros de la junta y los militares fueron acercándose hasta formar un corro en torno a ellos. Estaban todos pendientes de García-Valiño, que escrutaba el rostro de Samuel y se esforzaba por hacer memoria.

—Mercedes, claro... Y las niñas... —musitaba con los ojos entornados hasta que de golpe cayó en la cuenta y exclamó—: ¡Samuel! ¡Samuel Caro!

Éste respiró aliviado. Agarró del codo al Alto Comisario para presentarle a Benmaman y los demás. «*Shalom, shalom*», decían unos y otros, cogiendo su mano entre las suyas. Estaban todos contentos: eso era lo que se esperaba de Samuel. El presidente tomó la palabra para decir que se sentían muy honrados de acogerle: aquélla era su casa, se encontraba entre amigos, amigos tan leales como sin duda lo era Samuel, etcétera. Menos ceremonioso, García-Valiño interrumpió el discursito con unas palmadas amistosas en la espalda de Samuel. El fotógrafo contratado por el Círculo aprovechó ese momento para hacer una fotografía. Samuel exhibió su mejor sonrisa. Gracias a esas muestras de confianza, no sólo había logrado salir del paso sino también impresionar a Meneses y a Eulate, que se mantenían a una distancia respetuosa.

La visita no duró mucho. Breve recorrido por el edificio, intercambio de obsequios en el despacho del presidente, firma del general en el libro de oro de la institución, brindis con todos los asistentes en el salón principal... Samuel estuvo también presente en la despedida, y García-Valiño tuvo hacia él un último detalle de afecto:

—Otro día que estés en Tetuán, pásate por mi despacho y me cuentas cómo están las cosas por Melilla —le dijo.

Los vehículos oficiales arrancaron y Samuel regresó al interior, donde el cóctel continuaba. Se sentía importante, lleno de confianza y vigor. Los conocidos se disputaban su saludo, y ahora era él quien, deseoso de atender a todo el mundo, tenía que esforzarse por recordar rostros y nombres. Pasaba de un grupito a otro, y en todos le agasajaban y le trataban con extrema solicitud. En uno de esos grupitos, cuando menos se lo esperaba, se encontró cara a cara con Alegría y su marido. Como por la mañana habían hablado sobre todo de la enfermedad de Alegría, ni a ella ni a Samuel se les había ocurrido mencionar que por la tarde asistirían a la recepción... Todo su aplomo se desvaneció en un instante.

—¿Te acuerdas de mí? —dijo el marido—. Soy David Benchimol. Nos conocimos hace años, creo recordar que en este mismo sitio... Y ella es mi mujer, Alegría.

—Encantado.

—Mucho gusto.

Siguieron las presentaciones. Entre tanto pasó un camarero con una bandeja de dulces, que por unos minutos ocuparon el centro de la conversación. Junto a los clásicos dulces judíos había algunos marroquíes, como unas galletas con una mezcla de azúcar, miel y frutos secos tostados que alguien identificó como *sellu*. Las miradas de Alegría y Samuel evitaban cruzarse. Samuel observó largamente a David. Era un hombre alto, tirando a delgado, de rasgos afilados y sonrisa agradable. Objetivamente, tenía que reconocerle cierto atractivo físico, acaso mayor que el suyo propio. ¿Por qué una mujer casada con alguien así tendría que buscar amor en los brazos de otro hombre? Sintió una punzada de celos, como si él fuera el marido y no el amante, como si Alegría le perteneciera más a él que a aquel hombre. Se decidió a mirarla a los ojos. ¡Cómo le habría gustado poder ser él quien la llevara a recepciones así!

—Bonita fiesta —dijo.

—Muy bonita —asintió ella—. Nosotros venimos poco por el Círculo, porque mi marido siempre está de viaje. Pero esta vez...

Volvió a pasar el mismo camarero de antes, ahora con una bandeja con bebidas. David cogió una copa de vino y animó con un gesto a Samuel a hacer lo mismo. Samuel optó por un zumo. Apareció luego el fotógrafo, que les pidió que miraran a la cámara y sonrieran. Así lo hicieron, pero el fotógrafo era bastante lento y la conversación no tardó en reanudarse. David comentó:

—Hace un rato, cuando te hemos visto con el Alto Comisario, estábamos hablando de ti. O más bien de tu familia... ¿No tienes una hija que se llama Sara?

Samuel hizo un gesto de perplejidad, y justo entonces saltó el *flash*. El fotógrafo se fue y David miró a su alrededor hasta localizar a un joven pelirrojo, al que llamó por señas. Cuando el joven llegó junto a ellos, lo presentó como Daniel Cohén, uno de los mejores empleados de la banca de la familia Benchimol, todo un lince para los negocios pese a su aspecto inocentón.

—Y hermano de Aarón Cohén —añadió.

Samuel trató de verse a sí mismo en David Benchimol. ¿Así era él cuando era el que bebía vino mientras los demás tomaban zumos?

—¿Y quién es Aarón Cohén? —dijo.

—¡Ah, el interesado siempre es el último en enterarse! —exclamó David, guasón.

Samuel se puso alerta, pero enseguida descartó cualquier doble sentido. Alegría, sofocada, tiró a su marido de la manga para reprocharle la indiscreción. Samuel fingió no haberlo notado y se dirigió al joven con mansedumbre:

—¿Qué ocurre con tu hermano Aarón?

—Parece que su hija y él son... buenos amigos —contestó el otro en tono de disculpa.

—¡Menos mal! ¡Empezaba a preocuparme! Mejor que sean amigos que enemigos, ¿no? —trató de bromear, y todos rieron.

Hubo entonces un silencio incómodo, y Alegría agarró del brazo a su marido.

—Es tarde, David. Nos tenemos que ir.

Hicieron una inclinación de cabeza y el grupito se disolvió. Qué guapa estaba con ese vestido negro y ese hilo de perlas... Samuel, con el vaso de zumo en la mano, no podía dejar de mirarla mientras el matrimonio decía adiós a unos y a otros. Sabía que en algún momento Alegría se volvería y le dedicaría una sonrisa. Lo hizo justo antes de salir, cuando David se despedía de Benmaman. Por un instante, Samuel fue completamente feliz.

Ese año, Rosh Hashaná cayó el 28 de septiembre. Aquél fue el último Rosh Hashaná en el que Samuel hizo volar un globo en la plaza de España. La fiesta estaba ya acabando, y él iba por la casa dando instrucciones y reclutando niños. Se asomó a la cocina:

—¡Miriam, Sara! ¡Llevad a la fila a los niños que quedan!

En la cocina, al lado de Miriam, estaban Rebeca y Esther, que le observaron con esa expresión suya de alarma que tanto desagradaba a Samuel. Rebeca cogió de la mano a una niña y, al pasar junto a su hermano, susurró:

—Sara no está...

—Es verdad —dijo Samuel.

El tono de Rebeca quería decir algo más de lo que decía. Quería decir que Sara estaba fuera con su novio. La relación de Sara con Aarón había dejado de ser un secreto pero incomodaba tanto a Mercedes que los demás, con tal de no perturbar la paz doméstica, habían acabado silenciándola. Nadie mencionaba a Aarón en casa, jamás se hablaba de cosas que Sara y él hubieran hecho o fueran a hacer juntos y, siempre que ella contaba alguna anécdota que llevaba implícita la presencia del chico, alguien se apresuraba a cambiar de tema. Las conversaciones se habían cargado de omisiones y sobrentendidos, frases que quedaban a medias, gestos que pretendían completar los silencios. A Samuel le molestaba particularmente la actitud de sus hermanas, esas miradas suyas de comprensión y solidaridad que arrastraban quién sabía qué ambiguas admoniciones. Si por un lado Rebeca y Esther parecían reclamar respeto para Mercedes y su legítima autoridad materna, por otro ponían en evidencia su carácter amargo y retorcido. O, lo que era peor, sus prejuicios. Cuando Rebeca había dicho que Sara no estaba, Samuel habría podido entender: «Sara no está porque ha salido a dar una vuelta con ese novio judío al que tanto detesta tu mujer...» ¿Lo habría interpretado de forma correcta o estaría haciendo una montaña de un grano de arena? Y si ésa hubiera sido la interpretación correcta, ¿habría algo de cierto en la acusación? ¿Podría ser que en el fondo del corazón de Mercedes hubiera existido siempre algún tipo de recelo hacia los judíos?

A la vuelta de sus respectivos viajes a Tetuán y Zaragoza habían llegado a hablar un par de veces del supuesto noviazgo, y Mercedes se había limitado a decir que el único problema del chico era que no estaba a la altura de lo que Sara merecía. Que no tenía clase. Ahora que Samuel lo pensaba, en esas conversaciones Mercedes siempre fingía no recordar bien el nombre: «El peluquero, ¿cómo se llama?, sí, Aarón Cohén...» Y al decirlo ponía un raro énfasis en el apellido. Samuel no tenía nada ni a favor ni en contra del joven, y ahora ese énfasis le parecía sospechoso. ¿Eso de Cohén no le gustaba por vulgar? ¿O no le gustaba por judío? De repente, la duda amenazaba con envenenarlo todo, y había detalles que, inocentes en apariencia, tendían a dotarse de un significado perverso. Por ejemplo, el dolor de cabeza que en el último momento había impedido a Mercedes estar presente en la despedida de Moisés Eliachar. La fiesta se había celebrado en casa de Moisés Carciente, y a ella habían asistido todos los miembros de la junta comunal con sus esposas. Samuel era el único que había acudido solo. Habían bebido vino israelí, habían cantado y bailado, habían recitado viejos romances sefardíes y pugnado por expresar de la manera más bella posible sus buenos deseos para los muy queridos Simi y Moisés... Había sido todo tan inequívocamente judío que Samuel habría tenido que avergonzarse un poco. Y sin embargo no había sentido vergüenza alguna, sino más bien alivio. Alivio por haberle ahorrado todo eso a su mujer, que habría sido la única *goiah* del grupo, la única gentil, casi una intrusa. ¡Pero qué doloroso era ese alivio, que demostraba lo alejados que podían estar sus respectivos mundos! En el fondo, ocurría que esa historia de amor (o lo que fuera) entre Sara y el joven peluquero no era tan distinta de la suya propia, casi treinta años antes, y los desprecios de Mercedes arrojaban una luz inquietante sobre su vida en común. ¿De ese drástico rechazo suyo había que deducir algún tipo de reticencia retroactiva? ¿Se arrepentía Mercedes de haberse casado con él, un judío? ¿Volvería ahora a aceptarle como le aceptó entonces?

—¡Miriam! —gritó Samuel por el hueco de la escalera.

Los niños estaban ya formados ante el portal. Samuel, con el globo plegado bajo el brazo, sólo esperaba que algunos adultos bajaran a ayudar. Con Miriam llegaron Mercedes y tres mujeres más.

—¿Seguro que no nos hemos dejado a ninguno? —preguntó Samuel.

—Seguro —dijo Miriam.

Echaron a andar por General O'Donnell. Aquellos niños eran todos nietos de amigos. Ninguno pertenecía a la familia. Al llegar al cruce con la Avenida cogió en brazos al más pequeño y, aunque no pasaban coches, esperó a que llegaran los demás. Escuchó retazos de la conversación de las mujeres. Una de ellas, que tenía una hija casadera, hablaba de cómo habían evolucionado los vestidos de novia, y Mercedes se lamentó por no haber podido enseñarles fotos de su propia boda. Samuel intervino:

—Están en el álbum grande. El de las tapas rojas. En el salón.

—Ésas son del banquete, no de la boda —dijo Mercedes, y Samuel no se habría sentido ofendido si no hubiera dejado caer—: Acuérdate de cómo fue nuestra boda...

—Si es por las fotos, tenemos —dijo él.

—Del banquete sí, pero de la boda no. El banquete no es la boda —replicó ella, tajante, y el grupo siguió avanzando hacia la plaza.

Era cierto que la ceremonia había sido particularmente discreta, sin fotógrafo ni invitados. Pero, al fin y al cabo, el que había cedido era él, que había aceptado el rito católico. Estaban entonces tan enamorados que esos detalles les parecían insignificantes. ¿Por la Iglesia? Ningún problema. ¿En la Purísima Concepción? Muy bien. ¿En el altar mayor, delante de la talla de Nuestra Señora de la Victoria, patrona de la ciudad? Perfecto. Precisamente porque se casaban por la Iglesia habían acordado que a la ceremonia no asistirían más que los muy allegados: a algunos parientes de él les habría resultado embarazoso asistir, y habría quedado muy descompensada si sólo estaban presentes los de ella. Al banquete en la Hípica, en cambio, no faltó nadie. Fue una señora boda, con un servicio impecable y la mejor orquesta del Protectorado, y en *El Telegrama del Rif* habían publicado una fotografía en cuyo pie elogiaban la «esplendente belleza» de la novia y la «elegancia natural» del novio. Ahí estaban las otras fotos, las del álbum grande, el de las tapas rojas, para demostrar lo bien que había salido todo. ¿Cómo podía ser que, un cuarto de siglo después, toda esa felicidad se hubiera vuelto imperfecta de repente? Que la ceremonia religiosa hubiera quedado bastante deslucida nunca parecía haberle importado a Mercedes y, después de todo, era ella la que libremente había aceptado casarse con un judío. ¿Qué más podía pedir? En cuanto llegaron a la plaza, Samuel, atrapado por sus propios pensamientos, se volvió hacia su mujer.

—¿Qué habría pasado si nos hubiéramos casado en la *tefilá*?

Mercedes, que había saltado a otro tema de conversación, no le entendió. Samuel insistió:

—¿Habrías llevado al fotógrafo? ¿Y luego habrías puesto las fotos en el álbum bueno? ¿Las habrías enseñado hoy?

—Samuel, qué cosas tienes...

Hubo algo en sus voces que hizo que las otras mujeres se apartaran. Él prosiguió:

—La boda fue como fue, de acuerdo. Pero en todo lo demás siempre he sido yo el que ha hecho las concesiones. Las niñas recibieron una educación católica, estudiaron con las monjas del Buen Consejo, te acompañan los domingos a la misa del Sagrado Corazón... Todo como tú querías, ¿no?

Mercedes no respondió. Samuel se volvió hacia la chiquillería y trazó con la mano un círculo imaginario: ninguno de los niños podía cruzar la raya. Luego empezó a montar el globo de papel. Preparó la mecha. Sacó el chisquero. Preguntó quién lo sabía encender y todos los niños levantaron la mano. Lo intentó un niño gordito. Como no conseguía que la chispa prendiera, Miriam se acercó a ayudar. Samuel sostuvo el globo a la altura de su cabeza mientras el aire se iba calentando en su interior. Los niños, excitados, empezaron a gritar. Mercedes, que se había mantenido al margen, se acercó a su marido y dijo:

—Yo acepté que pusieras a las niñas nombres judíos.

Samuel la miró con rencor.

—¿Nombres judíos? ¡Nombres bíblicos! ¿O es que la Biblia ha dejado de ser cristiana?

—Me habría gustado que una de las dos se llamara Victoria. Como la patrona...

Samuel dejó escapar el globo, ya hinchado, y gritó:

—¡Aaaaarriba!

Los primeros aplausos distrajeron a Miriam, que luego se volvió hacia sus padres y, al verlos tan serios, dijo:

—¿Qué pasa? ¿De qué hablabais?

Samuel saludó al personal de la oficina y se metió en su despacho. Le recibió una cantinela que ya se había vuelto habitual:

—... *Nous conduisons, vous conduisez, ils conduisent.*

Unas veces eran los verbos irregulares, otras veces un dictado o un vocabulario. Pero siempre en francés. Sara había decidido aprovechar las mañanas para mejorar su francés, y Esther se había ofrecido a darle clases en el cuartito contiguo al despacho.

—Otra vez —dijo Esther.

—*Je conduis, tu conduis...*

—¿Ha pasado ya el cartero? —interrumpió Samuel.

—Nunca viene antes de las once.

Samuel les cerró la puerta y abrió el cajón inferior del escritorio. Al fondo de todo, oculta bajo unas agendas viejas, guardaba la foto de la fiesta en el Círculo Recreativo. La acercó a la luz. Ahí estaban los dos, ella tan guapa, él con esa extraña sonrisa atrapada en mitad de no recordaba qué... Estaban también el marido de Alegría y, en un segundo plano, el empleado pelirrojo y dos desconocidos, pero para él era como si no hubiera nadie más. Pasó la punta del dedo por el hilo de perlas y suspiró. Cuando más la necesitaba, más lejos estaba. No sólo no podía verla ni llamarla por teléfono, sino que tampoco podía saber de ella. Para no levantar sospechas, ni siquiera se atrevía a llamar a sus amigos de Tetuán y sondearles.

¿Cómo habría salido la operación? ¿Habrían encontrado los médicos algo con lo que no contaban? ¿Podría ser que su vida corriera peligro y él siguiera allí, en su despacho, haciendo lo mismo de siempre, como si tal cosa? Las mañanas eran para Samuel el tiempo del desasosiego. Rebuscó otra vez en el fondo del cajón. Sacó la otra foto, la del mono, la que les había hecho un fotógrafo callejero cuando eran medio novios. Eran sus únicas fotos con ella, y casi se asustó al calcular la fecha: ¡más de treinta años entre una y otra!

Se abrió la puerta del cuartito, y Samuel se apresuró a guardar las fotos y agarrar un papel cualquiera. Era Esther.

—Estoy revisando este contrato... —improvisó él.

—Agua, agua... Me ha dado la tos.

Esther salió y Samuel se incorporó en su silla para mandar una sonrisa a su hija.

—*Tout bien?*

Sara hizo un mohín.

—¿Cómo quieres que esté bien?

—Sarita...

—¡Es que todo lo que hago le parece mal! Si hago esto o lo otro, si voy con uno o con otro... ¡Todo le parece mal!

Aun en ausencia de Mercedes, costaba mencionar el nombre de Aarón.

—No te enfades tanto con ella. Ya sabes que, después de Rosh Hashaná, se pone siempre de mal humor.

—Para mamá siempre hay excusas. Ahora es por Rosh Hashaná. Antes del verano, porque estaba preocupada por la tía Tere... ¡Un viaje tan largo para descubrir que la tía Tere estaba tan campante y no le pasaba nada!

—Trata de comprenderla. Hay gente a la que le cuesta ser feliz.

—A mí, por ejemplo. Pero no por mi culpa. Nos educasteis para que encontráramos novio, y luego no hay ninguno que os guste. ¿Cómo se puede ser feliz así?

Se callaron en cuanto vieron aparecer a Esther con su vaso de agua. Llevaba también la correspondencia, y Samuel se esforzó por ocultar su ansiedad.

—Deja el correo por ahí —dijo.

Su hermana acercó una silla y se sentó. Habló de una empresa que llevaba semanas reclamando por el retraso en una entrega.

—¿Y qué culpa tenemos nosotros si en la aduana no nos dan el despacho? Todos los días nos dicen que al día siguiente estará resuelto, y luego... —dijo Samuel, mirando con el rabillo del ojo el montoncito de sobres.

—¿Seguimos con la clase o lo dejamos por hoy? —preguntó Sara desde el cuartito.

Esther hizo un gesto ambiguo con la cabeza y volvió al asunto de la reclamación. A Samuel siempre le daba la sensación de que sus hermanas disfrutaban con los problemas y las malas noticias. Cuando no estaban fiscalizándole o haciéndole toda suerte de velados reproches, estaban buscando nuevos motivos de preocupación. O eso al menos le parecía a él. No podía quejarse de su dedicación y fidelidad a la empresa, pero su compañía le fatigaba. Se acordó de cuando eran jóvenes. Habían sido bonitas las dos, sobre todo Rebeca, de la que su hija Sara era la viva imagen. ¿Cómo habían podido aquellas chicas alegres y vivarachas convertirse en las mujeres hurañas que ahora eran? ¿En qué momento se había producido la transformación? Esther le observó con impaciencia:

—¿Entonces qué?, ¿qué les digo?

—Déjame. Ya lo pensaré.

—¿Seguimos o no? —volvió a decir Sara.

En cuanto Esther cerró la puerta tras de sí, Samuel se abalanzó sobre la correspondencia y la esparció sobre la mesa. Allí sólo había cartas. Ninguna postal de Ginebra. No lo entendía. Según sus cálculos, esa postal tenía que haber llegado varios días atrás. ¿Qué podía haber pasado? ¿Qué debía de estar pasando? Trató de tranquilizarse. Si hubiera ocurrido algo verdaderamente grave, lo más probable era que por una vía u otra se hubiera enterado. Cogió un paquete de Camel del cajón superior y salió a echar un vistazo a la oficina. Briceño, el agente de aduanas, estaba a punto de marcharse. Samuel se ofreció a acompañarle. De camino al puerto, hablaron de la entrega a la que había aludido Esther.

—Lo de siempre... —dijo Briceño—. El jefe de la aduana dice que no es una mercancía ordinaria y que está sujeta a una legislación especial. Ganas de fastidiar.

—¿Cuánto hace que no le hacemos un buen regalo?

—Te lo iba a decir. Nos conviene tenerle contento.

Dejó a Briceño ante el edificio de la aduana y fue a buscar a Arturo. Éste era el hombre de Samuel en el puerto y se encargaba de contratar a los estibadores, organizarlos en grupos (o, como ellos decían, en manos) y supervisar toda la operación de desembarco y almacenamiento de la mercancía. Preguntó por él en el sindicato, que era como llamaban a la Organización de Trabajadores Portuarios, y lo encontró poco después en uno de los tinglados. Los motores de los camiones estaban en marcha y, para hacerse oír por encima del barullo, los hombres hablaban a gritos. Samuel gritó también:

—¿Cómo va?

—¡En un par de horas, terminado! —contestó Arturo, que luego se volvió hacia los operarios y gritó—: ¡Vamos, vamos, que parecéis dormidos!

Se quedó a mirar. Le gustaba ese trasiego constante de hombres y máquinas, las voces que mezclaban un poco al azar acentos e idiomas distintos, el olor mismo a gasolina y salitre. Ahora ya no estaba para demasiados esfuerzos, pero en sus años jóvenes jamás había tenido inconveniente en arremangarse y echar una mano. Así se había iniciado su padre en el oficio, y así se había iniciado también él:

empezando desde lo más bajo, como un trabajador más, demostrándose a sí mismo que era capaz de esfuerzos como los de ellos. Samuel podía ser cualquier cosa, pero no un perezoso ni un vago, y los estibadores más antiguos se lo reconocían con gestos amistosos.

Se asomó al muelle. Le apetecía fumarse un cigarrillo mirando el mar. Sara apareció a su lado y recostó la cabeza en su hombro.

—¿Otra vez has estado llorando?

Sara, por gestos, echó la culpa al humo, que se le metía en los ojos. Samuel aplastó el cigarrillo con la suela del zapato y abrazó a su hija. Permanecieron varios minutos en silencio, y luego ella dijo:

—¿Y si intento ser como tú? Fuerte, seguro de ti mismo, con las ideas claras... Siempre tienes la respuesta adecuada. Siempre sabes lo que tienes que hacer y cómo lo tienes que hacer. Cuando tenga dudas, me preguntaré qué harías tú en la misma situación. Pero, claro, tus situaciones no son como las mías. ¿Por qué no me enseñas a ser como tú? Las cosas me resultarían más sencillas. Y mi vida sería mil veces mejor... Estás contento con tu vida, ¿no?

—¿Por qué no habría de estarlo?

—Me gusta que seas como eres. Creo que eres la única persona verdaderamente feliz que conozco.

—¿Feliz yo?

—¿No lo eres?

—Claro que sí, Sarita. Estaba bromeando —dijo Samuel, y besó a su hija en la frente—. ¿Qué tal ha ido tu clase de francés?

Acabó el mes de septiembre y la postal de Ginebra seguía sin llegar. Pasaron también octubre y noviembre, y lo mismo. A Samuel cada vez le costaba más disimular su desesperación. Tan pronto pensaba que Alegría podía estar agonizando como se ponía suspicaz y daba por seguro que tan inexplicable silencio ocultaba algo más: ¿podía ser que la enfermedad la hubiera hecho recapacitar sobre su vida y que, totalmente restablecida, estuviera buscando la manera de poner fin a su relación? En sus fantasías, Alegría aparecía unas veces como la enferma a la que él querría entregar todo su amor y otras como una mujer decidida a arrebatarle la felicidad. ¡Qué difícil era convivir con unas imaginaciones en las que Alegría aparecía alternativamente como víctima y como verdugo! ¿Hasta cuándo se prolongaría esa incertidumbre?

Una mañana de mediados de diciembre, llegó Samuel a la oficina y le dijeron que acababan de llamarle por teléfono.

—Conferencia —añadió la secretaria—. De Suiza.

Samuel tragó saliva.

—¿Quién era? ¿Hombre? ¿Mujer? ¿No han dicho de qué se trataba?

—Yo sólo he hablado con la operadora. Ya he dicho que usted estaría a partir de las once.

Entró en el despacho. Saludó con la cabeza a Sara y a Esther y les cerró la puerta. La cantinela de las conjugaciones francesas seguía llegándole, pero muy amortiguada. Se sentó y miró fijamente el teléfono. No podía controlar el temblor de sus manos. Dieron las once en el reloj de pared, y cada vez que sonaba el timbre de la centralita un estremecimiento momentáneo le recorría el cuerpo. Su hermana hizo su habitual pausa para ir por agua y dejó la puerta abierta. A Samuel le pareció que en esa ocasión se entretenía más de lo normal. Rogó al cielo que estuviera de vuelta cuando se produjera la llamada. Sara, en el cuartito, completaba unos ejercicios de vocabulario, bisbiseando las respuestas. Esther regresó por fin con su vaso de agua, y Samuel se aseguró de que la puerta quedara bien cerrada. Volvió a mirar el reloj. Las once y media. No debía impacientarse. Poner una conferencia no era sencillo, y menos desde el extranjero. Sólo temía que, una vez establecida la conexión, ésta fuera deficiente y le obligara a levantar la voz. El teléfono sonó a las doce menos diez. Tenía los dedos agarrotados por la ansiedad. Descolgó.

—¿Diga?

Del otro lado de la línea sólo llegaba un turbio eco de sonidos mecánicos, como rodamientos girando en el interior de un cajón. Luego se oyó un campanilleo lejano y una voz femenina:

—¿Hola?

Era ella. Samuel se lanzó a hacer preguntas de forma atropellada: cómo estaba, qué tal la operación, cuándo tenía previsto volver a Tetuán, por qué no había mandado la postal... Alegría tardó en poder hablar.

—Surgieron algunas complicaciones, ya te dije que podía ocurrir. Unas hemorragias que tuvieron un poco preocupados a los médicos. Pero ya estoy bien. Y si no te mandé la postal fue porque de todos modos tenía que llamarte... Pero para otra cosa.

Samuel contuvo la respiración.

—¿Para qué? —dijo.

—Escúchame bien. Sólo tengo un minuto. Aquí la gente entra y sale sin parar.

—¿Todavía estás en la clínica?

—Escúchame, te digo. Vas a recibir una visita. Alguien que quiere hablar contigo irá a verte a Melilla. Se llama Ariel. Prométeme que le atenderás.

—¿Hablar conmigo? ¿Sobre qué?

—No puedo decirte mucho más. Él se las arreglará para localizarte.

—¿De qué va todo esto? ¿Por qué tanto secreto?

—Acuérdate de su nombre. Ariel. ¿Me prometes que le atenderás?

—Sí, claro. Pero háblame de ti. Cuéntame más cosas. Llevo meses sin saber...

—Tengo que colgar —le interrumpió ella—. Nos veremos pronto, amor mío. Entonces te lo contaré todo.

—Medio minuto, sólo medio minuto más...

Sin darse cuenta, Samuel había acabado subiendo la voz. Se entreabrió la puerta del cuartito. Esther, balanceándose sobre las patas traseras de la silla, asomó la cara.

—¿Ocurre algo? —dijo.

Samuel negó con la cabeza y adoptó un tono de voz neutro.

—De acuerdo. Espero su llamada. Hasta la próxima.

Cuando pronunció estas palabras, la comunicación ya se había cortado. Samuel colgó sin mirar a su hermana. Ésta soltó un bufido y cerró la puerta.

La fuga de Sara y Aarón se produjo la víspera de Reyes. Mercedes estuvo todo el día fuera de casa, colaborando en la tómbola benéfica y organizando el reparto de juguetes para los niños de la Gota de Leche. Samuel llegó a media tarde quejándose de la humedad.

—¿No hay nadie? —preguntó mientras se quitaba el abrigo y la bufanda.

—¡Hola! —se oyó primero la voz de Miriam y luego el ruido de la tapa del piano.

Samuel dejó sobre la cómoda las revistas que Mercedes le había encargado. Miriam jugueteaba con las teclas. Alguno de los acordes recordó a Samuel el comienzo de *Bésame mucho*. Canturreó unos versos sueltos:

—«Que tengo miedo a perderte, perderte después...» ¿Es ésa?

Su hija se encogió de hombros. Samuel señaló la vitrina.

—Ahí falta algo. Ahí había una foto.

Miriam dejó de tocar y se volvió.

—¿Qué foto?

—La de Sierra Nevada. La del marquito dorado. Salimos los cuatro. Con el trineo. ¿Qué ha pasado con esa foto? ¿La habéis cambiado de sitio?

Miriam rehuía su mirada. Samuel insistió:

—¿No sabes cuál te digo? La de Sierra Nevada. La favorita de Sara.

Fue citar su nombre y empezar a adivinarlo todo.

—¿Qué pasa, Miriam? ¿Dónde está tu hermana?

Samuel se acercó lentamente a su hija. Ésta hizo un puchero.

—¡No puede ser! —exclamó él, y echó a correr hacia la habitación de Sara.

En el armario sólo quedaba la ropa vieja que Sara no se había querido llevar. Abrió luego los cajones. Lo hizo con tanto ímpetu que alguno se escapó de sus guías y cayó al suelo con estrépito. Estaban también medio vacíos. La silueta de Miriam apareció en la penumbra del pasillo.

—Lo sabías, ¿verdad? —dijo Samuel sin volverse—. ¡Lo sabías y no has dicho nada!

Se puso otra vez el abrigo y la bufanda y salió a la calle. Recorrió toda la Avenida y se metió por General Margallo. Se detuvo ante la entrada de la peluquería. El letrero de El Nuevo Fígaro estaba en el suelo, apoyado en la pared, y en su lugar dos operarios terminaban de instalar uno nuevo en el que estaba escrito: PELUQUERÍA DE SEÑORAS JOSEFINA. Se asomó al local. Una mujer fue hacia él.

—¿Deseaba algo?

—Estoy buscando a Aarón Cohén.

—Esta peluquería ya no...

Samuel la interrumpió:

—¿Sabe si ha trasladado el negocio?

—No sabría decirle.

—¿Puedo hacer una llamada?

—Claro. Venga por aquí.

Llamó a Moisés Carciente pero no consiguió localizarle. Llamó después a Isaac Chocrón, que le trató con irritante paternalismo:

—Tenía que pasar... Tu hija es una Caro, pero es *goiah*. Los Cohén están un poco chapados a la antigua. Buenos judíos pero, ya te digo, muy respetuosos de las tradiciones. Todo el mundo en Melilla sabe que los padres de Aarón no veían con buenos ojos esa relación... En cuanto se dieron cuenta de que lo suyo con tu hija iba en serio, llamaron al *shadján*. ¿Qué te sorprende? ¿Que hayan recurrido a los servicios de un casamentero? ¿Creías que Mercedes y tú erais los únicos que debían bendecir la relación? ¿Por qué? ¿Porque tienes dinero e influencias? ¿Porque el abuelo de Aarón no era más que un modesto peluquero? Pero qué te puede decir un humilde pecador como yo... Samuel, tú siempre has tenido muy buena relación con Yaacob Benzaquén. Habla con él. Consúltale. Seguro que la palabra de un rabino te iluminará en estos momentos de incertidumbre.

Colgó y se dirigió al puerto. Preguntó por el capitán de la guardia civil. Le dijeron que en ese momento estaba en la sastrería militar, en la Avenida, por lo que tuvo que desandar lo andado. Encontró a Enríquez en mangas de camisa mientras el sastre le tomaba las medidas. La amistad entre ambos se remontaba a finales de los años cuarenta, cuando Enríquez llegó destinado a Melilla y le recomendaron que se pusiera en contacto con Samuel para ir familiarizándose con la ciudad. Entonces el oficial era un hombre delgado. Ahora rozaba la obesidad. Cuando le vio llegar, le envió una sonrisa a través del espejo y se clavó el pulgar en la tripa redonda.

—¿Has visto? Ningún año me vale el uniforme del año anterior. En eso se me van los complementos y buena parte del sueldo. ¿Qué pasa? Pareces apurado.

Samuel le puso al corriente de la situación. El sastre

terminó su trabajo. Enríquez quedó en volver a finales de mes para la prueba y bajó las escaleras con Samuel. A pesar de los años pasados lejos de su tierra, conservaba un fuerte acento gallego.

—Lo primero es lo primero —dijo—. No podemos dictar orden de busca y captura. Son mayores de edad y no han cometido ningún delito. Así que te puedo ayudar, pero como amigo, no como guardia civil. ¿Dónde crees que están? ¿En el Protectorado o en la Península?

—Últimamente a mi hija le había dado por aprender francés... ¿Y si se han ido al extranjero?

—¿Sin pasaporte? Tranquilo, Samuel, que no llegarán muy lejos. Al menos, no tu hija. Sin tu autorización podrá hacer muy pocas cosas. Déjame que haga un par de averiguaciones... Y no te preocupes tanto. Volverá. O al menos dará señales de vida.

Para que cupiera su enorme corpachón tuvo que abrir de par en par el portal. Ya en la calle, se despidió de Samuel diciendo:

—Es buena chica. Os quiere. ¿No me has dicho que se ha llevado una foto vuestra?

Samuel llegó a casa y se encontró a Mercedes yendo de un lado para otro por el pasillo y repitiendo:

—¿Cómo me dais estos disgustos? ¿Por qué me tienen que pasar a mí estas cosas?

En cuanto vio a su marido, se detuvo en seco y preguntó:

—¿Se sabe algo?

Él negó con la cabeza y miró con severidad a Miriam, que estaba hundida en una butaca con expresión acobardada. La mirada de Samuel quería decir: «Tú lo sabías todo desde el principio. Sabías que los Cohén estaban arreglando una boda por su cuenta y que Aarón traspasó en secreto su peluquería. Sabías que estaban organizando la fuga y no nos dijiste nada.» Miriam se tapó la cara y se echó a llorar. Samuel informó de su conversación con Enríquez pero, en presencia de Mercedes, se abstuvo de mencionar a los Cohén. ¿De qué serviría? Su matrimonio había llegado a ese estado en el que las adversidades no unen sino que distancian aún más. Qué mala época estaba atravesando... La tirantez con su mujer, las incertidumbres con respecto a Alegría, y ahora esto. En el fondo, se sentía culpable. Culpable por no haber sabido ver las cosas a tiempo. Culpable por no haber dedicado a su hija pequeña toda la atención que precisaba. Y, al mismo tiempo, se reconocía cobarde. Si no se lo contaba todo a Mercedes, no era por protegerla a ella sino por protegerse a sí mismo. ¡Esa anacrónica y absurda tradición judía de recurrir al *shadján*, al casamentero! No quería alimentar los prejuicios de su mujer. No quería darle la razón ni tener que enfrentarse a nuevos reproches del tipo: «¿Ahora entiendes por qué esa relación me parecía inaceptable?, ¡tenías que haberme apoyado!, ¡teníamos que haber actuado antes y cortado esto de cuajo...!» Mercedes seguía yendo de un lado para otro, y sus gritos pasaban directamente de la lástima a la imprecación:

—¿Qué va a ser de mi niña? ¿Qué desgracias le están aguardando en esos mundos de Dios? —decía, y acto seguido—: ¡Todo lo que le pase lo tendrá bien merecido! ¡Irse como se ha ido, sin dejar ni una nota de despedida! ¿Cómo se le ocurre hacernos esto? ¿Y con qué cara salgo yo mañana a la calle? ¿Por qué no ha pensado en mí, en nosotros, en el daño que nos está haciendo?

Sonó el timbre del teléfono. Samuel se apresuró a contestar. Mercedes pegó la oreja. Era Enríquez, que había hecho sus comprobaciones. Sara y Aarón habían embarcado por la mañana en el *Ciudad de Teruel*. Eso quería decir que a esas horas estaban ya en la Península.

—Yo no puedo hacer más —continuó Enríquez—. Pero te recomiendo que preguntes a familiares. En estos casos siempre hay alguien dispuesto a echar una mano a los tortolitos...

—¡Mi hermana Teresa! —exclamó Mercedes.

—Imposible —susurró Samuel, apretando un instante el tubo del teléfono contra el pecho—. Sarita casi ni la conoce...

—Algo es algo —volvieron a oír al guardia civil—. Por lo menos, ya puedes descartar a los parientes del chico en Ceuta, Tetuán...

Mercedes ya no abrió la boca hasta que concluyó la conversación. Luego Samuel colgó y ella se puso la mano a la altura del corazón y exclamó:

—¡Qué disgusto, Dios mío!

Aquella noche cenaron los tres en silencio. Samuel recordó las vísperas de Reyes del pasado, cuando las niñas eran pequeñas y sólo se hablaba de los regalos que habían pedido en la carta. Entonces todo eran risas y excitación: qué diferencia con aquella noche. Rachida reaparecía con fuentes y bandejas, que regresaban casi intactas a la cocina. Samuel cogió de la mano a Mercedes y se esforzó por sonreír. La vio fea, disminuida, avejentada, y pensó que mucho del amor que tendría que haberle dedicado se lo había llevado Alegría. ¿Cómo habría sido su matrimonio si Alegría y él nunca se hubieran reencontrado? ¿Cuánta de la felicidad que había regalado a su amante correspondía a su mujer? ¿Cuántos buenos momentos le habían sido robados? Buscó palabras de consuelo:

—Hablaré con Carciente y los demás. Seguro que alguien sabrá darnos alguna pista.

El que más le ayudó fue Yaacob Benzaquén, que le puso en contacto con los rabinos de las dos únicas Comunidades Israelitas más o menos organizadas que existían en la Península, las de Barcelona y Madrid. Habían pasado ya los años en los que el culto religioso debía practicarse de forma clandestina, y el gobierno había accedido a concederles el estatuto legal de asociaciones, que, aunque restrictivo, autorizaba al menos a disponer de sede social y sinagoga. Ni el rabino de Barcelona ni el de Madrid, sin embargo, supieron darle noticias del paradero de Aarón y Sara, y todo lo que Samuel consiguió fue el compromiso de que le llamarían en cuanto averiguaran algo. Esa temporada era habitual ver por las calles de Melilla a Samuel en compañía de su amigo Benzaquén, que se esforzaba por reconfortarle con palabras de ánimo:

—No te atormentes tanto, querido Samuel. Crees que la culpa de todo lo que te está pasando es tuya, y no es verdad. ¿Por qué habría de serlo? ¿Porque te casaste con una *goiah*? ¿Crees que Dios te está castigando por no haberte unido en matrimonio con una hebrea? Nada de eso. Dios bendice el amor, y en la Torá no hay ninguna expresión de condena hacia los matrimonios mixtos. Supongo que sabes que Séfora, la mujer de Moisés, también era *goiah*...

Sus paseos siempre acababan ante la entrada de la *tefilá*, donde se despedían con un abrazo. De vuelta de uno de esos paseos, mientras cruzaba distraído la calle López Moreno, un hombre se acercó a él y le dijo:

—Me habían dicho que no era usted muy religioso, y siempre le veo con el rabino.

Samuel se paró en mitad de la calzada y le observó. Pese a las abundantes canas, aquel hombre no llegaría a los treinta años. Alto, de complexión atlética, de nariz recta y ojos saltones.

—¿Quién es usted?

—Me llamo Ariel. ¿Tiene un minuto?

—¿Argentino?

—Lo era. Ahora soy israelí.

El viento había cambiado de levante a poniente y se había llevado las nubes. Samuel propuso dar un paseo por el Parque Hernández. Acabaron sentándose en un banco.

—Qué agradable día de invierno, ¿verdad? —dijo Ariel—. En el pasado, las cosas no serían muy diferentes. Quién sabe. Hace dos mil años, puede que un antepasado suyo y uno mío estuvieran también sentados a la sombra de un árbol.

—¿En Sion? —dijo Samuel con leve ironía.

—Somos judíos, ¿no? Y somos judíos porque nuestros antepasados lo eran. ¿Qué tendría de extraño que nuestros tatarabuelos hubieran coincidido en la tierra de los judíos? Pero tiene razón. Ese encuentro podría haberse producido en cualquier parte. Aquí mismo. O muy cerca de aquí. ¿Cuántos siglos llevamos viviendo en el norte de África?

—¿Qué es lo que quiere de mí, Ariel? No se ande por las ramas. ¿Quién es usted? ¿Quién le envía?

—Creía que algo le habrían dicho...

Samuel no dijo nada, y el otro prosiguió:

—Los tiempos están cambiando. Cosas que han permanecido inalteradas durante cientos de años pueden cambiar en un abrir y cerrar de ojos. Pueblos que durante generaciones han convivido en paz pueden de repente... ¿Sabe que los judíos de Marruecos tienen prohibido enviar correo a Israel? ¿Y que hay ciudades en las que se boicotean los comercios regentados por judíos? ¿Y que en algunos pueblos nuestros hermanos están obligados a andar descalzos? ¿Que en otros les prohíben bajar libremente al río para luego poder venderles el agua?

—Siempre ha habido injusticias.

—Pero mucho más desde la creación del Estado de Israel. ¡Samuel, por favor! ¡No niegue la realidad! ¿Se imagina lo que pasará cuando los franceses y los españoles se vayan? Es sólo cuestión de tiempo. Aquí se vive muy plácidamente, pero en el lado francés ya han empezado los atentados. ¿Cuánto tardará Francia en permitir el regreso del sultán y conceder la independencia? Y si la administración francesa se retira, ¿qué cree usted que hará la española? Ya le digo: es sólo cuestión de tiempo. De muy poco tiempo. ¿Y entonces qué? Que volveremos a la situación anterior. Recuerde el éxodo de 1904... ¿Cuántos judíos llegaron a Melilla huyendo de una muerte segura? ¡Y los que les perseguían y asesinaban eran sus propios compatriotas! Habrá que hacer algo por nuestra gente. Pero habrá que hacerlo bien. Esta vez tenemos que estar preparados.

Samuel sacudía la cabeza, pero lo hacía sin demasiada convicción.

—¿Trabaja usted para el Mossad?

Ariel cerró los ojos y levantó la cabeza. A Samuel le recordó un lagarto tomando el sol.

—Dentro de no mucho tiempo, puede que usted y yo volvamos a encontrarnos. Eso querrá decir que los nuestros nos necesitan. Ayer estuve en Ceuta, y anteayer en Tánger. Allí tengo buenos contactos, y los preparativos ya están en marcha. Aquí...

—¿Por qué yo?

El otro, aún con los ojos cerrados, sonrió.

—Samuel, usted y yo somos hombres de acción. La única diferencia es que usted no ha tenido ocasión de demostrarlo.

—¿Pero por qué yo? ¿Por qué precisamente yo, el menos hebreo de los hebreos de Melilla, el mal judío, el asimilado al que todos critican?

—Precisamente por eso. ¿No comprende que todo ha de hacerse con el máximo sigilo? ¿Y quién sospecharía de usted? Además están sus buenas relaciones con los militares, sus contactos en el puerto y en la aduana...

—Veo que está usted bien informado...

Ariel abrió por fin los ojos y le miró fijamente:

—No puede fallarnos, Samuel. No puede fallar a su gente.

Hizo con la cabeza un gesto que daba la conversación por terminada. Se levantó. Se acarició la frente.

—¿Un paseo? —dijo.

Los Cohén seguían viviendo en una de las viejas casitas del Polígono. Era un barrio de construcciones bajas, de uno o dos pisos, todas parecidas, todas austeras y sin adornos, como dependencias de un cuartel. Algunos de los vecinos habían acabado prosperando, pero las fachadas nunca traslucían esa prosperidad. Una vez dentro, bastaba con un simple vistazo al mobiliario para saber hasta qué punto esa familia se había abierto camino en la vida. La de Vidal Cohén, propietario de una tienda de comestibles llamada Coloniales Alborán, era decorosa, con muebles sencillos y retratos de familiares con *kipá*.

A la espalda del cabeza de familia, la mujer y las tres hijas (las tres en edad de cubrirse la cabeza con un pañuelo) le presentaron sus respetos con expresión apesadumbrada.

—Mi mujer no ha podido venir —se disculpó Samuel—. Está todavía muy afectada. Les manda saludos.

Vidal Cohén le invitó a sentarse en una de las sillas de anea, y las otras se sintieron autorizadas a marcharse. Una de las chicas volvió con una bandeja con té y dulces. Los dos hombres esperaron a que se fuera para romper el silencio.

—Supongo que sabe por qué estoy aquí... —dijo Samuel.

—Lo puedo imaginar.

—Ya le he dicho que mi mujer está muy afectada. Casi no duerme. Yo creo que esto está acabando con su salud.

No era fácil hablar. No tenían reproches que hacerse. Todo habría sido más sencillo si uno de los dos hubiera tenido que pedir perdón al otro. Los silencios entre frase y frase se hacían eternos, y en las pausas un ruido desacompasado de chasquidos llegaba del interior de la vivienda. Samuel prosiguió:

—¿Tiene alguna noticia? ¿Sabe dónde pueden estar? Si su hijo da señales de vida, le ruego que...

Cohén negó con la cabeza.

—No lo hará. Lo conozco bien. Siempre fue un muchacho rebelde y testarudo.

—Tal vez el chico no merezca un juicio tan severo...

—Yo no estoy juzgando a nadie. Sólo Dios nos juzga. Sólo ante Dios tenemos que responder de nuestros actos.

—Estamos hablando de su hijo.

—Por eso digo que lo conozco bien.

Se produjo otra de esas pausas incómodas, y volvieron a oírse los chasquidos. Cohén señaló las fotografías. Samuel observó que había algunos huecos con la pintura de la pared más clara. Los retratos de Aarón habían sido retirados. Cohén, tratando de adivinar sus pensamientos, escrutó su rostro. Samuel no dijo nada. El otro forzó una sonrisa:

—Aún sigue en las fotos de grupo.

Samuel, por hacer algo, se entretuvo mirándolas. En la más grande aparecía el viejo Aarón Cohén rodeado de sus hijos y nietos. Vidal era el segundo de sus cuatro hijos.

—Traté mucho a su padre —dijo Samuel—. Le cortaba el pelo al mío. Y durante años también me lo cortó a mí. Era una gran persona. Sentí mucho su muerte.

—Una gran persona, sí. Demasiado bueno, tal vez. Tener un trabajo honrado y sacar adelante a su familia: eso era todo lo que le pedía a la vida. Nunca hizo ningún mal a nadie y, cuando hacía el bien, lo hacía sin esperar nada a cambio...

Los chasquidos sonaban ahora más cercanos, y a veces se oía también un rumor más prolongado, como de una ola al romper. Samuel aprovechó que el otro estaba de espaldas y se asomó discretamente al resto de la casa, separado del cuarto de estar por una cortina. Vio a las mujeres de la familia cascando nueces en la cocina. Las cáscaras se iban amontonando en el suelo, y cuando las apartaban con el pie producían ese rumor como de ola. Las pulpas, mientras tanto, iban a parar a una de esas canastas de mimbre típicas de las tiendas de ultramarinos. Una de las chicas, la misma que les había servido el té, levantó la cabeza y le envió una sonrisa callada. Samuel soltó la cortina y prestó atención a Cohén, que seguía hablando de su padre:

—Cuando yo era niño, a veces le acompañaba a las casas de sus clientes. Más de una vez estuve en su casa viendo cómo les cortaba el pelo, primero a su padre, luego a usted...

—No me acuerdo, la verdad.

—Es normal. Yo era un crío y usted ya tendría cerca de veinte años. Me sentaba en una esquina y le miraba trabajar. Me gustaba. Me gustaba oír las conversaciones de los adultos. Creían que no entendía los dobles sentidos, pero no se me escapaba ni uno.

Los dos hombres sonrieron, relajados por primera vez. Cohén recuperó enseguida la seriedad:

—¿Nunca le dijo mi padre que pasó la guerra en la cárcel?

—¿Pero ése no fue su tío, el socialista?

—No, a mi tío lo fusilaron. A mi padre sólo lo metieron en la cárcel. Primero en la cárcel, en Rostrogordo, y luego en Zeluán, en el campo de concentración. Tener un hermano socialista no siempre era suficiente para que te fusilaran. Usted nunca lo supo, ¿verdad? Nadie le fue con el cuento de que el bueno de Aarón Cohén, su peluquero, estaba encerrado. No, mi padre nunca quiso pedir favores. De todas formas, ¿de qué habría servido? ¿Qué habría podido hacer usted? Clausuraron las sinagogas, convirtieron el colegio Talmud Torá en cuartel de la Falange, y usted no pudo hacer nada. Porque, si hubiera podido evitarlo, lo habría hecho, ¿no? Bastante mérito tuvo lograr que no le expulsaran de la Hípica...

El leve sarcasmo del principio había dado paso a una abierta recriminación. Lo que aquel hombre le estaba diciendo era que, mientras su padre era víctima de la injusticia, él asistía a las fiestas de quienes le habían encerrado. ¿Qué podía contestar a eso? Samuel se había quedado sin habla.

—¿Nunca le extrañó que le aceptaran como miembro del consejo? Se casó usted por la Iglesia. Con una gentil. Y sus dos hijas recibieron una educación católica... Jamás alguien así podría formar parte del consejo de la comunidad. Pero a usted no le extrañó que le aceptaran, ¿verdad?

—¿Qué quiere decir?

—Tiene razón: mi padre era una gran persona —añadió Cohén—. Y ahora, si me disculpa...

Llegó a casa disgustado y triste. Mercedes estaba en la habitación de Sara, a la que, debido a sus problemas para conciliar el sueño, se había mudado un par de semanas atrás. En principio se había tratado de una medida temporal, pero cada vez había menos cosas de Mercedes en la habitación del matrimonio, y Samuel empezaba a temerse que aquello pudiera convertirse en definitivo. Pidió a Rachida que la avisara para la cena. Mercedes apareció frotándose las sienes, como si le doliera la cabeza. Miriam y él estaban ya sentados a la mesa. Miriam agarró la jarra para servir el agua, y los cubitos de hielo tintinearon.

—¡Clin-clin! —dijo.

Su padre, distraído, no reaccionó. Ella insistió:

—¡Papá! ¡Clin-clin-clin!

—Sí, hija... ¡Clin-clin-clin!

—¿Sabes qué me recuerda? Me recuerda una boca cerrada. Pero una boca cerrada en una sonrisa. Me recuerda una sonrisa.

—¿Una sonrisa?

—Una sonrisa.

—Una boca, puede. ¿Pero una sonrisa?

—Una sonrisa femenina. La sonrisa de una mujer hermosa.

—¡A eso se le llama imaginación! Si fuera una sonrisa, sería una sonrisa fea. De labios resecos y arrugados.

—¿Resecos? ¿Arrugados?

Era una cicatriz horizontal, justo por encima del vello púbico. Samuel acercó la boca y la besó con suavidad.

—¡Me haces cosquillas! —exclamó Alegría, acariciándole la cabeza.

Luego, medio vestidos, se acabaron los restos del desayuno. Hablaron de las novedades políticas. Samuel estaba preocupado. De repente, tenía la sensación de que todo iba muy deprisa. Los vaticinios de Ariel se iban cumpliendo punto por punto. La Armée de Libération seguía atentando contra intereses europeos, la impopularidad del sultán impuesto por Francia crecía por momentos, el regreso de Mohamed V se preveía inminente... ¿Y después qué? ¿Cuánto faltaba para que Marruecos obtuviera la independencia? ¿Y quién garantizaba que Melilla seguiría siendo española? Podía ocurrir cualquier cosa. Samuel, por si acaso, había acabado asociándose a la constructora de la Malagueta.

—Hay que estar preparados para lo peor... —dijo, pasándole una tostada untada en mantequilla—. ¿Te imaginas que la nueva administración decidiera nacionalizar los negocios del puerto? Cosas más raras se han visto.

—¿Qué harás si reaparece Ariel?

—Mi vida ya es bastante complicada... No me siento capaz de arreglar los líos de mi propia casa. ¡Como para arreglar los de los demás! ¿Te he dicho que Mercedes casi no sale a la calle? Yo la veo poquísimo, sobre todo desde que se ha instalado definitivamente en la habitación de la niña...

—¿Sabes algo de ella?

Samuel negó con la cabeza.

—Miriam me dice que no me preocupe tanto, que seguro que está bien... Sospecho que sabe cosas que no nos puede decir. Que se escriben en secreto. Pero no me atrevo a preguntárselo. Prefiero seguir creyéndolo. ¿Y tu familia? ¿Sigue trasladando negocios a Suiza?

Alegría se encogió de hombros y estiró el brazo para coger el reloj de él, que había quedado sobre una silla. Se estaba haciendo tarde. Terminaron de vestirse. Mientras ella le hacía el nudo de la corbata ante el espejo, no dejaron de sonreírse. Luego Samuel bajó la cabeza compungido y dijo:

—Alegría, querida...

Pero fue incapaz de proseguir. A ella se le heló la sonrisa.

—Sabía que este momento acabaría llegando —dijo—. Has venido a decirme adiós, ¿verdad?

Él cerró con fuerza los ojos para contener las lágrimas.

—Has venido a decirme que no volveremos a vernos...

Samuel, sin atreverse a mirarla, hizo un leve gesto de asentimiento.

—Es mi deber. Compréndelo —dijo.

—Lo comprendo. ¿Cómo no lo voy a comprender?

—Sabes que yo...

Alegría le tapó la boca para hacerle callar. Luego le abrazó y le consoló como se consuela a un niño.

En cuanto Samuel anunció en casa que iba a comprar un piso en Málaga, Mercedes empezó poco a poco a recuperar el ánimo. Viajaban con regularidad para comprobar el estado de las obras: los largos trabajos de cimentación, la rápida irrupción de la estructura, el pausado avance de los cerramientos. Sebastián Monterde, con esos andares suyos característicos, les llevaba de aquí para allá, y aprovechaba para pegar unos cuantos gritos a los obreros: ¡ese cemento se estaba secando!, ¡y aquella pared seguía sin pintar!, ¿allí sólo se trabajaba cuando estaba él delante?, ¡no quería ver a nadie sin casco! Las indicaciones que luego daba a Samuel y Mercedes eran, como era habitual en él, telegráficas:

—Vuestro piso, el sexto. Ni muy alto ni muy bajo. Las mejores vistas.

De momento, no resultaba fácil imaginar el aspecto final del edificio, y Monterde lo resumía así:

—Moderno. Muy mediterráneo. Muy europeo.

Después, ya a solas, Mercedes señalaba los talleres y fábricas de alrededor: ¿no quedaría muy aislado?, ¿y seguro que de esas chimeneas no saldrían humos y malos olores?, ¿cuándo empezarían a construir los otros bloques de viviendas que estaban proyectados?, ¿y no sería muy molesto vivir en un barrio en obras? Utilizaba el verbo «vivir» como si ya hubieran tomado la decisión de abandonar Melilla y mudarse a la Malagueta, y Samuel no se atrevía a contradecirla. Uno de los comentarios que dejaba escapar Mercedes cuando estaban en Málaga era:

—Aquí tengo la sensación de estar más cerca... —decía, y no hacía falta que mencionara a Sara para que Samuel entendiera que estaba aludiendo a ella.

Para el otoño, la fachada y los muros habían sido terminados, y en las ventanas recién instaladas estaba escrito con pintura blanca el nombre de la empresa, CRISTASUR. En diciembre, aunque todavía faltaba algún tiempo para que las viviendas pudieran ocuparse, ondeaba ya en la azotea la bandera española que indicaba el final de las obras.

Meneses, que ese mismo año había solicitado el pase a la reserva, tenía un despacho en el piso piloto. A Samuel le seguía extrañando verle de paisano. Siempre que aparecía por allí con Mercedes, Meneses se los llevaba a tomar el aperitivo a una taberna decorada con carteles de corridas y cabezas de toros.

—Uno no se hace militar para acabar encerrado en un despacho. Para eso ya está Monterde. Pero qué le vamos a hacer... —les decía en tono de complicidad, y luego daba dos fuertes palmadas para llamar al camarero—: ¡Muchacho, sácanos una botella de ese jerez tan bueno!

Ahora que la casa empezaba de verdad a parecer una casa, la venta de pisos se había acelerado. La constructora, tras hacer una ampliación de capital, estaba comprando algunas de las viejas fábricas del barrio y proyectando nuevos bloques de viviendas.

—Esto no es aquello. Aquí se respira otro aire. Aquí hay futuro —dijo Meneses—. ¡Menos mal que supe vender a tiempo!

Se refería a los locales que a lo largo de los años había ido comprando en Tetuán para sacar adelante algunas de sus actividades extraoficiales. La independencia marroquí era ya irreversible. Estaba previsto que las negociaciones no fueran más allá de marzo o abril y, entre tanto, los españoles del Protectorado, confundidos por lo vertiginoso de los acontecimientos, comenzaban a poner en venta sus negocios. Pero todos querían vender y nadie quería comprar, y cada día que pasaba esos negocios valían menos que el día anterior.

—Vamos a ver a muchos irse de allí con una mano delante y otra detrás —auguraba Meneses con una mezcla de lástima y regocijo—. En Tetuán no acaban de hacerse a la idea. Dentro de poco se habrá convertido en una ciudad marroquí, mejor dicho, en una ciudad marroquí de provincias. Y del esplendor de la capital del Protectorado no quedará ni rastro. ¡Os lo digo yo! Los años de prosperidad se han terminado, y punto. ¿Que hay quienes no creen que las cosas vayan a cambiar demasiado y prefieren aferrarse a sus ruinosos negocios? ¡Peor para ellos! El que tiene un comercio o un taller o una casa de huéspedes piensa que sigue valiendo lo que valía hace unos meses, cuando sólo vale lo que valdrá dentro de unos meses: nada. ¡Qué ingenuos son algunos, Dios mío!

—En Melilla también —dijo Mercedes.

—En Melilla también ¿qué? —replicó Samuel.

—Que también se está yendo la gente. Por cada nueva señora que nos llega a la Gota de Leche hay cuatro o cinco que se despiden porque se vuelven con sus maridos a la Península.

—Pero eso es absurdo...

Meneses le rellenó la copita de jerez.

—¡Alegra esa cara, hombre! —dijo—. ¡Melilla es tan española como Valladolid!

—Qué pena, de todos modos... —dijo Mercedes.

—¿El qué? —dijo Meneses.

—Tetuán, con lo pintoresca que es... Tú ibas mucho por allí, Samuel. ¿No te da pena?

Samuel se encogió de hombros:

—Las cosas cambian.

Meneses sacudió la cabeza y siguió hablando. Había tenido acceso a informes confidenciales de la Alta Comisaría y sabía que, una vez firmados los acuerdos, el ejército español iría abandonando de forma gradual el territorio marroquí. Podía ser cosa de dos, tres años, quizá más. Durante ese tiempo, bastantes de sus amigos llegarían a la edad de retirarse. ¿Y qué mejor sitio que la Malagueta para disfrutar de la jubilación? La playa al lado, un clima inmejorable, pisos de lujo en el barrio más moderno de la ciudad... Mercedes se levantó un momento para ir al lavabo, y Meneses se inclinó hacia Samuel y susurró:

—¡Me los están quitando de las manos, Samuel! ¡Me los están quitando de las manos!

—No sabes cuánto me alegro...

—Pues nadie lo diría. Lo acabas de decir: las cosas cambian. No vamos a estar todo el tiempo suspirando por el pasado. ¿Qué se nos ha perdido a nosotros en Tetuán? ¿Eh? ¿Se nos ha perdido algo en Tetuán?

Samuel le observó, suspicaz. ¿Podía ser que su relación con Alegría hubiera llegado a oídos de Meneses? ¿Quién le aseguraba a él que durante años no hubieran sido la comidilla de sus amigos militares? ¿Cuántas bromas obscenas habrían hecho a sus espaldas? ¿Cuántos comentarios groseros habrían dedicado a Alegría y al amor que siempre le había inspirado? Meneses sonreía, y al hacerlo mostraba la funda de oro de uno de sus caninos. Samuel se alegró de que Mercedes volviera del lavabo y Meneses abandonara el tono confianzudo para decir:

—Me dijo Monterde que aún no habíais elegido no sé qué, creo que el color de las puertas... ¿Volvemos?

La nueva situación amenazaba también los negocios de Samuel en Melilla. Con la desaparición de la Alta Comisaría, perdería sin duda privilegios e influencias. Pero, sobre todo, perdería su mercado natural. Los españoles del Protectorado, con unas necesidades y unos hábitos de consumo muy distintos de los de la población nativa, constituían el mercado natural de los intermediarios a los que él proveía. Si los españoles se iban, también se irían esos intermediarios, los clientes de Samuel. Éste, de hecho, ya sabía de varios que estaban preparando el traslado a la Península. ¿Qué empresas ocuparían el vacío que ellos dejaran? Muy bien podía ocurrir que las importaciones se redujeran de forma drástica y que el puerto de Melilla, que no había parado de crecer en medio siglo, estuviera condenado a una ruina inminente. ¿Qué sería entonces de él y de su empresa? Las reuniones con el Niño Quiñones eran cada vez más frecuentes y prolongadas. Todos los asuntos de Melilla que podían gestionarse desde la delegación de Málaga fueron poco a poco siendo derivados a ésta, por lo que el personal de una oficina aumentaba en la misma medida en que disminuía el de la otra. En algún momento, Samuel comprendió que se había completado una inversión que de forma imperceptible había ido produciéndose durante meses: la sede central se había convertido en delegación, y viceversa.

También en su vida doméstica se había producido un vuelco similar. La idea de regresar algún día a la Península siempre había formado parte de los proyectos e ilusiones de Mercedes. Pero ese regreso pertenecía a un futuro lejano e inconcreto, y lo que, sin saberlo, había hecho Samuel al comprar el piso de la Malagueta había sido establecer un calendario. El tiempo que duraran las obras sería asimismo el tiempo que tardaría ese proyecto en volverse irreversible. Nunca llegaron a hablar de ello. Nunca llegaron a discutirlo, como no se discuten las cosas que todos dan por descontadas. El cambio acabó imponiéndose con tal naturalidad que el propio Samuel se preguntaba si no era él mismo el que, desde lo más profundo de su alma, estaba clamando por algo así: una nueva vida, una vida en un lugar distinto, con una Mercedes recuperada, dispuesta a ser la de siempre, un futuro libre de convulsiones e incertidumbres, un futuro como el de cualquier ciudadano, sin nadie que le reprochara su condición de mal judío...

En verano, Monterde les entregó las llaves del piso, advirtiéndoles:

—Aquí tenéis. Sois los primeros. Pero sin prisas. Faltan detalles. Pequeños detalles.

Mercedes y Miriam aprovechaban los viajes para ir por las tiendas reservando muebles y electrodomésticos.

Cada decisión que tomaban implicaba una selección a la inversa. Si compraban un armario para la habitación del matrimonio, eso quería decir que el viejo armario de Samuel y Mercedes seguiría en Melilla. Si compraban una mesa de comedor o una radio, lo mismo. De los objetos más grandes y pesados sólo se llevarían los que se conservaran en buen estado, como el piano de Miriam o la nevera Electrolux. Samuel no ignoraba que, de ese modo, la casa de Melilla terminaría mutilada, incompleta. Y, lo que resultaba más doloroso, que esa casa mutilada e incompleta estaba condenada a quedar como un monumento a su vida pasada, a lo peor de ella, a lo más averiado e inútil, como averiados e inútiles se le antojaban ya la butaca en la que le gustaba leer el periódico o el biombo del salón, que tan elegante les pareció cuando lo compraron, veintitantos años atrás, y tan anticuado y vulgar les parecía ahora. Había en ello algo simbólico, como si todos se hubieran puesto de acuerdo en purgar sus vidas, en desprenderse de lastres para llegar renovados y limpios a ese futuro ya inminente. ¿Y Sara? ¿Y la habitación de Sara en la nueva casa? Reservaron para ella uno de los dormitorios de atrás, de los que no daban al mar sino a la calle Reding, y simplemente cerraron la puerta y no la volvieron a abrir. Esa habitación cerrada y sin muebles reflejaba bien en qué se había convertido para ellos la vida de Sara: una incógnita, un vacío con el que tenían que acostumbrarse a convivir.

La mudanza se fijó para el jueves 25 de octubre. La tarde anterior, Samuel fue al cementerio a visitar la tumba de sus padres y su hermana Raquel, muerta de meningitis a los tres años de edad. Su madre, Sara, había muerto con sólo cuarenta y nueve años, cuando todavía Alegría y él eran medio novios y Mercedes no había aparecido en su vida. Su padre, Elías, aunque bastante mayor que Sara, había llegado a asistir al banquete de bodas en la Hípica e incluso a conocer a su primera nieta, Miriam. Samuel había pasado mucho más tiempo con su padre que con su madre, y sin embargo se acordaba mejor de ésta que de aquél. Se acordaba de su risa, la risa de su madre, una risa afilada y nasal, una risa de labios apretados que subía de tono hasta convertirse en un imm-imm-imm. Para él seguía siendo uno de los sonidos más bellos del mundo. Cerró los ojos y trató de evocarlo: «Imm, imm-imm...» ¿Cuántas veces la había oído reír así mientras le pasaba el peine por el pelo recién mojado o la ayudaba en la cocina a hacer ovillos de lana? Salió del cementerio y, casi sin darse cuenta, echó a andar hacia Melilla la Vieja. Hacía un montón de tiempo que no iba por allí. Subió las cuestas resoplando y se detuvo ante un pequeño portal de la calle Alta. Llamó a la puerta. Le abrió un niño de unos siete años. Desde el fondo de la casa llegó una voz preguntando quién era. Al cabo de unos segundos apareció una mujer secándose las manos en el delantal.

—Perdone que la moleste —dijo Samuel—. Yo nací aquí. ¿Le importa si...?

La mujer se hizo a un lado y Samuel entró. Todo seguía más o menos como lo recordaba: las escaleras estrechas a la derecha, el cuartito al final del pasillo, la cocina en la que pasaban la mayor parte del tiempo. Todo seguía más o menos igual, sólo que más pequeño, como si hubiera encogido con el paso de los años. Recordaba la casa más grande pero también más luminosa, con los rayos del sol enredándose en el pelo oscuro de sus hermanas y extrayendo de él insospechados brillos dorados. Aquélla había sido su casa cuando todavía su padre no había empezado a prosperar. Entonces era una casa pobre, pero ahora lo era más, con manchas de humedad en el techo, con las grietas de las paredes disimuladas detrás de lo que parecían ser estampas de viejos calendarios. Señaló el recodo en el que el pasillo se juntaba con el hueco de la escalera.

—Mis hermanas y mis padres tenían sitio arriba. Pero yo dormía aquí. Aquí tenía mi catre y mis cosas. Y desde aquí, cuando me despertaba, veía todo lo que hacían los demás... ¡Qué feliz era! ¿Y sabe qué es lo que más me sorprende? —Samuel aspiró una bocanada de aire—. Que sigue oliendo igual. Todo en esta casa huele como cuando yo era niño: a limón y a pan ázimo. ¿Son ustedes judíos?

La mujer negó con la cabeza. Hizo un gesto hacia la escalera:

—¿Quiere subir? Está todo desordenado, pero...

—No hace falta. Gracias.

Samuel se despidió con una sonrisa y volvió a la calle. Cuando llegó a casa, vio que algunos muebles, protegidos por mantas y atados con cuerdas, estaban ya preparados para la mudanza. Junto al piano había más mantas y más cuerdas para el día siguiente y, apiladas junto a una pared, varias cajas de cartón en las que estaba escrito con tiza: VAJILLA BUENA, RELOJ PAPÁ, CRISTAL. Miriam canturreaba distraída. Samuel se paró a escuchar. Su hija levantó las manos del teclado y le miró.

—¿Por qué te paras? Vuelve a cantar. Cántala desde el principio.

Miriam se aclaró la voz y obedeció:

—«Esther, mi bien, ¿qué haremos? Casa santa fraguaremos con la ayuda de los cielos. Melej Mashiaj veremos. Hagáis la teba de oro fino donde suba Israel *regmido*. Hagáis la teba de oro y plata donde suba nuestra ley santa...»

—¿Dónde la has aprendido?

—Me la enseñó la tía Rebeca. Me dijo que os gustaba cantarla de niños.

Hubo un silencio muy largo, y Miriam dijo:

—Papá, ¿estás bien?

—Claro que estoy bien.
—No sé. Te encuentro raro.
—Estoy perfectamente.

Villa Nador había vuelto a ser Nador a secas. Las calles seguían embarradas por las lluvias recientes. El Citroën Pato cruzó el paso a nivel y avanzó en dirección al puerto. Pasó despacio junto a la Escuela Elemental del Trabajo, la iglesia y la Junta Municipal. Al llegar a la esquina de la avenida del Generalísimo, Samuel ordenó frenar. Leyó el nuevo rótulo de la calle:

—Avenue Mohamed V... —Señaló hacia la derecha, hacia General Aizpuru—. Sigue para allá, Germán.

—Es hacia abajo —dijo Mordecai, que no había abierto la boca en todo el trayecto.

—Sólo será un minuto. Tenemos tiempo.

Muchos de los negocios mantenían aún sus nombres originales: Estanco Carmelo, Farmacia Caballero, Bar Caza y Pesca... Pasado el Refugio de Niños Huérfanos Rifeños, estaba el edificio del Banco Hispano Americano, y Samuel vio gente que entraba y salía. Habían sustituido los letreros de las calles, pero las cosas necesitaban algo más de tiempo para cambiar del todo. Bajaron por General Aizpuru, donde estaban el matadero, los talleres de la Junta y el campo de fútbol del Villa Nador. Tampoco el equipo de la ciudad había cambiado aún de nombre. Giraron dos veces a la izquierda, primero al llegar al paseo marítimo, luego cuando estuvieron a la altura del Club Náutico. Germán conducía pendiente de las indicaciones de Samuel, que volvió a hacerle parar. Esta vez Mordecai no dijo nada. Samuel miraba el pequeño puerto pesquero y la playa.

—Aquí gané yo unas cuantas carreras. Las organizaban a finales de julio, para las fiestas. Entonces no existía el Náutico. Me levantaba antes del amanecer y venía andando desde Melilla. Y nada más llegar, por muy cansado que estuviera, ¡hala, a la playa a correr! Si ganaba alguna carrera, ya tenía dinero para comprar dulces o pagar la entrada de la danza del vientre. Si no, nada. ¡Así que tenía que ganar! No quería perderme nada: el partido de fútbol, el tiro de pichón... O la corrida de la pólvora, que era impresionante, con todos esos jinetes moros corriendo a galope tendido y pegando tiros al aire...

Soltó un suspiro e hizo un gesto a Germán por el retrovisor. El Citroën arrancó. De vuelta hacia Generalísimo por el paseo de las Palmeras, Samuel fue recitando los antiguos nombres de las calles:

—General Marina, General Pinto, Díez Vicario, Canalejas... Si le cambias el nombre a una cosa, la cosa cambia, ¿no? Y, dentro de un tiempo, ¿quién se acordará de que estas calles alguna vez se llamaron así?

El lugar de encuentro era el cine Victoria, fácil de encontrar y previsiblemente solitario a esas horas de la mañana. Se metieron por Álvarez Cabrera y aparcaron en la esquina de la Avenue du Rif.

—Cómo demonios se llamaba esta calle... ¿Lo veis? Yo mismo he empezado a olvidar.

El edificio, de construcción reciente y estilo racionalista, con un ojo de buey sobre la puerta de entrada y cuatro arbolillos jóvenes delante, exhibía una modesta elegancia provinciana. En una vitrina se exponía la programación de la semana, con un cartel de *Marcelino pan y vino* en el que Pablito Calvo tendía una rebanada de pan al Cristo crucificado. Samuel echó un vistazo a la plaza. No fue difícil reconocerles. Llevaban demasiada ropa para esa época del año, con camisas y chaquetas superpuestas, como los mendigos, y tenían el equipaje semiescondido detrás del pequeño seto. Pero lo que de verdad les delataba era la ansiedad de la mirada. Eran diez, de edades muy diferentes, desde una pareja de ancianos vestidos completamente de negro hasta una niña que apenas si sabía sostenerse en pie. Samuel y Mordecai fueron hacia ellos. El que parecía el jefe del grupo, un hombre calvo y achaparrado, se puso en pie. Entre las instrucciones que les habían hecho llegar estaba la de que se abstuvieran de llevar prendas que les identificaran como judíos. A aquel hombre se le identificaba igual aunque no llevara puesta la *kipá*. Mordecai organizó los tres grupos y ordenó al primero que fuera metiendo sus bultos en el maletero. Viejos y jóvenes se despedían como si no fueran a verse en años.

—Pero si va a ser cuestión de un rato... —refunfuñó Germán.

El hombre calvo y los dos ancianos se metieron en el coche. Mordecai entregó a Samuel sus pasaportes.

—Después mandaré a otros cuatro, y en el último viaje iré yo con los tres restantes. Todo va a salir bien —dijo.

Samuel se sentó al lado de Germán y le hizo señas para que arrancara. Se volvió y observó a los pasajeros. Los dos ancianos estaban como acurrucados, con la mirada clavada en los pies. No parecía que hablaran español. El calvo sonrió con timidez.

—¿Es usted del Mossad?

Samuel se echó a reír.

—¿Yo? ¿Del Mossad?

En cuanto estuvieron en la carretera, les tendió sus pasaportes.

—Por un tiempo olvídense de sus nombres. En Israel volverán a llamarse como se llaman, pero ahora usted es Salvador Martínez Delgado y sus padres Bernabé Martínez Ros y Francisca Delgado Gimeno. Nadie les va a decir nada pero, si por casualidad les preguntan, recuerden que son de Hellín, provincia de Albacete.

—Albacete —repitió el hombre despacio, como saboreando las sílabas.

—Explíqueselo a ellos. Tienen unos minutos para aprendérselo.

Entrarían en Melilla por la frontera de Beni Enzar, la más transitada y por eso mismo la que más posibilidades ofrecía de pasar inadvertidos. Antes de llegar al puesto fronterizo, Samuel dio las últimas indicaciones:

—Hablaré yo. Si se dirigen a ellos dos, diga usted que son sordos.

En la cola, delante de ellos, esperaban dos camiones y media docena de carros. Los que viajaban a lomos de algún animal, generalmente burros esqueléticos con ronchas en la piel, pasaban por una calzada lateral junto a los que iban a pie, casi todos seguidos de cabras u ovejas o cargando con voluminosos fardos. Allí el alboroto era enorme, y unos policías ponían orden amagando fustazos con las varas. Cuando llegaron a la cabeza de la fila, Samuel echó un vistazo al asiento trasero. El calvo, con el rostro contraído en una mueca que pretendía ser una sonrisa, temblaba ligeramente. Un policía joven se les acercó por el lado del conductor. Samuel esperó a que pudiera oírle para decir con jovialidad:

—Salvador, tu pasaporte. Y los de tus padres.

Germán reunió los cinco pasaportes y los tendió a través de la ventanilla. El policía echó una ojeada rápida a los de Samuel y Germán y dedicó algo más de tiempo a los otros. Luego se inclinó y observó con atención a los tres pasajeros. Sin pronunciar una sola palabra se dirigió a una caseta cercana.

—¿Qué ocurre? —dijo el calvo, asustado, y Samuel trató de tranquilizarle:

—Nada. No ocurre nada. ¿Qué va a ocurrir? Somos cinco ciudadanos españoles que viajamos en un coche español.

El policía regresó acompañado de un oficial, que miró primero a Germán y a Samuel y luego a los otros tres.

Cuando ya temían que fuera a hacer alguna pregunta, rodeó el vehículo, miró la matrícula y se paró junto a la ventanilla de Samuel. Miró su pasaporte y dijo:

—Yo a usted lo conozco de vista. Ahora ya sé cómo se llama. Samuel Caro.

En su voz no había el menor indicio de hostilidad. Samuel sonrió.

—Viajo mucho por cuestiones de trabajo —dijo, e hizo un gesto hacia el asiento trasero—. Pero esta vez no. Esta vez estoy enseñando la zona a unos parientes de mi mujer que han venido a visitarnos.

El otro sonrió también. Antes de devolver los pasaportes, echó un último vistazo al interior del coche. Samuel le dijo adiós con la mano. El coche entró en Melilla.

—No se lo ha tragado —dijo Germán.

—Claro que no —dijo Samuel.

—Y yo tengo que hacer dos viajes más...

Rebeca y Esther esperaban asomadas a un balcón. Desde que Mercedes y Miriam se habían mudado a la Malagueta, sus visitas a la casa se habían vuelto frecuentes, y el propio Samuel les había dejado una llave. El Citroën se detuvo ante el portal. Samuel indicó a los tres fugitivos que salieran. En plena calle, ante los elegantes escaparates de General O'Donnell, parecían aún más encogidos y más pobres. Esther bajó para ayudar con los bultos. Samuel les sostuvo la puerta y volvió junto a Germán, que no había salido del coche. Le entregó una tarjeta de visita.

—Dásela.

—¿Al oficial?

—A quién va a ser. Pero dásela ahora que vas de vacío. No a la vuelta. Dile que pase a verme por la oficina. Que estaré encantado de ayudarle en todo lo que esté en mi mano.

La decoración de la casa reflejaba la provisionalidad

en la que se había instalado su vida. Por un lado, había quedado medio desamueblada tras la mudanza; por otro, sus hermanas, en su afán por colaborar y sentirse útiles, habían empezado a imprimir su propia huella a través de los adornos y utensilios con que iban rellenando los huecos dejados. Tenía todo un aire incongruente, con cosas demasiado nuevas junto a cosas demasiado viejas, con cosas fuera de sitio y sitios sin nada. Para reemplazar algunos ornamentos (y también, en palabras de Esther, para que los viajeros se sintieran como en casa), habían recuperado del arcón la *menorá* de siete brazos, los grabados del templo de Salomón y la lira lacada en plata, que ocupaba ahora un lugar de privilegio en la pared junto a la que había estado el piano de Miriam.

—¿Dónde estáis? —preguntó Samuel desde el salón.

Estaban en la cocina. Sus hermanas habían preparado unas fuentes de ensalada y sardinas, y los otros tres comían con auténtica voracidad. Medio en francés, medio en ladino, habían conseguido entablar conversación.

—Han tardado un día y medio en llegar a Nador —dijo Esther—. Vivían en un pueblecito al sur de Mequinez...

—Pobre gente —dijo Rebeca—. ¿Caliento agua? Querrán asearse un poco. Hay tiempo, ¿no?

Llegó la segunda tanda, y también se desvivieron por ellos. Samuel observaba a sus hermanas con una sonrisa. Si había personas que para ser felices necesitaban cuidar de otras, Rebeca y Esther eran de ésas. Habían recuperado un buen humor que no recordaba desde hacía muchos años, y hasta parecían más lozanas, con una energía y un desparpajo impropios de unas cincuentonas. Para amenizar la espera, Rebeca descolgó el arpa y Esther, con su vocecilla de gorrión, entonó una vieja canción hebrea:

—«Dice la nuestra novia: ¿cómo se llaman las cejas? No se llaman cejas sino cintas de telar. ¡Ay, mis cintas de telar...!»

Samuel se felicitó por haber confiado en ellas. La anciana se animó a tararear unas estrofas en haquitía, el ladino del norte de África, y los demás marcaban el ritmo con la cabeza y la animaban a seguir. Cuando se atascaba, todos se echaban a reír e improvisaban el final del verso. El vocerío fue creciendo. En algún momento, Samuel apartó a sus hermanas y les habló con seriedad:

—Acordaos de que todo esto es secreto. Nadie, ¿me oís?, nadie debe enterarse. Los de hoy son sólo los primeros. Quién sabe cuántos más necesitan nuestra ayuda, cuántas veces tendremos que hacer esto...

Cuando los tres últimos llegaron acompañados de Mordecai, los más jóvenes del grupo, cogidos de la mano, habían empezado a bailar. Samuel se llevó a Mordecai al salón y descolgó el teléfono.

—Supongo que no habéis tenido problemas en la frontera... En el puerto tampoco los habrá, ya me he asegurado. Así vas aprendiendo cómo se arreglan las cosas aquí: pagando. Llamo a Málaga y digo que adelante con los faroles.

La conversación fue breve porque el Niño Quiñones estaba sobre aviso. Luego volvieron a la cocina, y Mordecai dio las últimas instrucciones en español y francés y anunció que media hora después estarían todos en el barco que debía llevarlos a Málaga. De Málaga saldrían para Marsella a la mañana siguiente, y de allí, al cabo de un par de días, para Israel, Eretz Yisrael, la Tierra Prometida... Los fugitivos se abrazaban y lanzaban exclamaciones de júbilo. Mordecai pidió un instante de silencio para añadir:

—Nada de esto habría sido posible sin la generosa colaboración de nuestro hermano...

Samuel negó con la cabeza pero no pudo evitar que aquella gente se le acercara para besarle las manos. Lo hacían ordenadamente, uno detrás de otro, y utilizando distintas fórmulas de agradecimiento.

—El Dio te *'hadee* de malos caminos —dijo la anciana mirándole a los ojos.

Samuel recordó que ésa era una de las bendiciones clásicas que se decían en su familia. De repente, regresaron a él los olores de la infancia: el olor a limón y pan ázimo, el olor a trigo de la ropa de su madre, el olor también a los geranios de las ventanas que daban a la calle Alta. Sonrió. Desde una esquina, Rebeca y Esther le observaban orgullosas.

Germán se las arregló para repartir todo el equipaje entre el maletero y el interior del Citroën. No quedó espacio para nadie, así que todos echaron a andar detrás de Samuel en cuanto el coche arrancó. Avanzaban muy despacio, a la velocidad que imponían los más lentos, y cada pocos metros los que iban delante se paraban a esperar. No había ninguna prisa. Le apeteció llevarlos por el Parque Hernández. El puerto estaba muy cerca. Era cruzar el parque y caminar un poco más. Cuando estaban ya a punto de abandonar el parque, Samuel se volvió hacia la pequeña caravana. Los miró con detenimiento: el hombrecito calvo, que movía los labios como rezando, los dos ancianos vestidos de negro, agarrados del brazo como si temieran caerse a cada paso, una madre joven con su niña dormida en brazos, una mujer de edad indeterminada que para andar se ayudaba de un bastón... Quizás no fuera gran cosa esa gente, pero era su gente.

Por un momento, pero sólo por un momento, Samuel se sintió como un Moisés menor guiando a los suyos a través del desierto.

## LA NOVELA DE MERCEDES

Los fines de semana, la coral del Buen Consejo ensayaba en el patio del colegio. Era un orfeón de aficionados que se reunían para cantar por el simple placer de cantar. Aunque a veces, a lo largo del año, les llamaban para actuar en fiestas y solemnidades, su principal cita con el público era el llamado Concierto de Invierno, con el que el centro escolar clausuraba el primer trimestre: de ahí que en su repertorio abundaran los villancicos. A falta de sólo un mes para la mudanza a la Malagueta, Mercedes fue a recoger a Miriam a la salida de un ensayo. No acababa de entender por qué su hija seguía ensayando, si en diciembre no estarían ya en Melilla. Las ventanas estaban abiertas debido al calor, y desde la calle se percibía la untuosa modulación de sus voces:

—«A Belén, pastores, debemos marchar, que el rey de los reyes ha nacido ya...»

La combinación de aquella música con las altas temperaturas producía un raro efecto de extemporaneidad. A la entrada se cruzó con una monja que había sido maestra de sus hijas. Temiendo que fuera a preguntarle por Sara, se limitó a saludarla con la mano mientras se asomaba al patio. Miriam, con la mirada perdida en las alturas, ocupaba el extremo de la segunda fila. ¡Cielo santo, qué entusiasmo le ponía! Trató Mercedes de distinguir la voz de su hija y tuvo que reconocer que ninguna nota sonaba fuera de sitio. El director dio por terminado el ensayo y recogió las partituras. Debajo de una de las canastas de baloncesto, Miriam se entretuvo despidiéndose del único miembro del coro con uniforme militar. No pudo evitar ruborizarse al descubrir la presencia de su madre, que avanzaba abanicándose con la mano. Hicieron las presentaciones. El militar se llamaba Sebastián Solana. Mercedes, sin disimulos, le miró las tres estrellas de la manga.

—¿Capitán? —dijo.

—Dragones de Alcántara.

—Ah, caballería...

—Caballería. Pero guárdeme el secreto. Si en el regimiento se enteran de que me paso los fines de semana cantando villancicos, me perderán el respeto.

—Pues mucho gusto, Sebastián.

—Encantado, señora. Nos vemos mañana, Miriam.

Mercedes le miró marchar. Aunque de rasgos más bien corrientes, era un joven alto y apuesto. Miriam bajó los ojos. Ahora su madre creía saber por qué seguía asistiendo a los ensayos.

—Vamos —dijo—. Nos están esperando en la oficina.

Habían empezado a preparar la mudanza, y Sagrario, la empleada más antigua, les guardaba unas cajas para los objetos delicados.

—No me fío de las empresas de transportes —dijo Mercedes, siguiendo a Sagrario hasta el cuartito que usaban como trastero—. Todo lo tratan a golpes. ¡Y luego a ver cómo encuentras recambio para lo que rompen!

—¿Tendrá bastante con diez?

—Sí, hija. ¡Ni que fuéramos unos maharajás!

Las cajas estaban sin montar. Sagrario fue en busca de bramante y una grapadora. Los traslados a la delegación de Málaga habían provocado una redistribución del mobiliario, y la oficina ofrecía un aspecto algo destartalado. Mercedes pensó que no transmitía tanto la sensación de que sobraran metros como la de que faltaban cosas. Apareció Samuel en mangas de camisa y agarró a Miriam por la cintura.

—Podía haberlas llevado yo —dijo.

—Así adelantamos trabajo —dijo Mercedes.

—Mujer, qué prisas.

—Yo aquí pondría plantas. Unas plantas bien elegidas alegran mucho.

Mercedes y Miriam se pasaron la tarde escogiendo las cosas que debían meter en las cajas: unas bailarinas de cristal (una de ellas, sin mano) compradas en las Galeries Lafayette, las piezas supervivientes de la vajilla que les regalaron para la boda, la colección de retratos familiares, un reloj antiguo con fanal... Lo envolvían todo en trapos y toallas viejas y lo protegían con rebujos de papel de periódico. A Mercedes se la notaba alicaída. Cuando estaba así, se le quebraba la voz y hablaba como una niña haciendo pucheros.

—Este reloj fue primero de mi abuelo y luego de mi padre. Lo recuerdo en todas las casas en las que vivimos antes de llegar a Melilla. Porque mi padre se lo llevó a todos sus destinos. Vivíamos en pisos de militares, residencias... Ni los muebles eran nuestros. Esto era lo único verdaderamente nuestro, lo único que nos permitía decir: «Ésta es nuestra casa.» Aún me parece estar viendo a papá dándole cuerda por la noche, antes de irse a la cama. —Hizo el gesto como de espantar moscas—. En fin. Estira de aquí. Vamos a hacer otro nudo, para que no se suelte.

Colocaron las primeras cajas junto a la pared. Sin venir a cuento, Mercedes dijo:

—Me recuerda a ese actor, el larguirucho, el de *Botón de ancla*... ¿Cómo se llama?

—Ay, mamá...

Mercedes volvió a hablar con voz quejosa e infantil:

—Tenía dos hijas, y ahora mírame...

—Ya sé por dónde vas —dijo Miriam, muy seria—. Te veo venir. Sebastián tiene novia. En Madrid. Están prometidos. Se casarán en primavera. ¿Te quedas más tranquila?

—Entiéndeme. Yo sólo quiero que seas feliz. ¡Pero justo ahora que nos vamos de Melilla, sólo faltaría que tú...! En Málaga no te van a faltar ni amigas ni amigos, ya lo verás.

Miriam no dijo nada. Su madre sonrió, cohibida, y le hizo algún arrumaco.

—El actor ese. ¿Cómo se llama?

—Fernán-Gómez. Pero no se parecen en nada. ¡Y no te pongas pegajosa! ¿Hacemos una caja más o lo dejamos para mañana?

Entre los preparativos y un viaje que hicieron a Málaga para comprobar los acabados de ebanistería, las semanas se les pasaron volando. El día 20, último sábado antes de la mudanza, Mercedes llegó a casa y se encontró a Miriam y al militar sentados delante del piano. Pero no parecía que estuvieran ensayando nada. Sebastián tomaba notas en una libreta, al tiempo que Miriam tarareaba una cancioncilla marcando el compás con los dedos, como un obispo impartiendo bendiciones.

—Buenas tardes —dijo él, levantándose—. Encantado de volver a verla.

—Qué sorpresa... —dijo Mercedes, y por un momento no pudo ocultar su inquietud—. ¿Estáis solos? ¿No hay nadie más? ¿No está Rachida? ¡Rachida!

La criada asomó por la puerta. Mercedes, para justificar su primera reacción, le recriminó que no les hubiera sacado nada de beber.

—Ofréceles algo. Un refresco, una limonada. Lo que sea. ¡Esta Rachida...!

—No queremos nada, mamá. Gracias.

Sebastián mostró la libreta, en la que había anotado la letra de varias canciones sefardíes. Había salido el tema en el ensayo de la coral, y el director había propuesto incorporar alguna al repertorio. La cuestión era cuál. De momento, se limitaban a transcribir las que Miriam conocía.

—Preguntaré a la tía Rebeca —dijo Miriam—. Las pocas que yo sé me las enseñó ella.

—Algunas son muy hermosas —dijo Sebastián—. Y pueden tener cientos de años. Quién sabe si no fueron compuestas antes de la expulsión.

—Pues nada, nada —dijo Mercedes—. Seguid.

Últimamente, Miriam había cambiado de costumbres, y a su madre no se le escapaba: ya no la acompañaba a hacer recados, pasaba mucho tiempo encerrada en su habitación, le gustaba tener a todas horas encendida la radio del comedor... Ahora, durante la cena, escuchaban el parte (así era como Samuel llamaba al informativo de Radio Nacional), y cada vez resultaba más difícil conversar. Aquella noche, Mercedes estaba más habladora de lo habitual. Se interesó por los ensayos, por los otros miembros de la coral, por la ropa que llevarían en el Concierto de Invierno. No hacía sino dar rodeos en torno al tema que de verdad le interesaba. Se comportaba como un depredador que va acorralando a su presa a la espera del momento propicio para abalanzarse. Miriam, a la defensiva, procuraba esquivar los zarpazos con respuestas lacónicas y gestos de indiferencia. Mientras tanto, Samuel, que sólo a medias seguía la conversación, se obstinaba en hacer comentarios guasones que no hacían gracia a nadie. Mercedes se volvió hacia él.

—No te he dicho que esta tarde ha estado en casa uno de los cantantes. ¿Se dice así? ¿Cantantes? ¿Coristas? No, coristas claro que no... Un joven muy educado, por cierto.

—¿Se puede cantar en una coral y ser maleducado?

—Le gustan las canciones antiguas. Las de hace quinientos años.

—¿Pero ya se había inventado la música hace quinientos años?

Miriam se sirvió ensalada y cogió la vinagrera. Gritó:

—¡Rachida! ¡Se ha acabado el vinagre!

—Lo que oí el otro día me encantó —dijo Mercedes—. ¿Qué era? Un villancico, ¿no?

La llegada de la *fatma* dejó la pregunta en el aire. Miriam parecía de repente muy preocupada por los pequeños asuntos domésticos:

—Y rellena el salero. Acuérdate de meter algunos granos de arroz. Por la humedad.

—Quito esto. ¡Menuda murga! —dijo Samuel.

Balanceándose sobre las patas traseras de la silla, logró alcanzar el dial de la radio y cambiar de emisora. Parecían haberse puesto todas de acuerdo para hablar de lo mismo, de una visita de las autoridades a la base naval estadounidense de Rota, inaugurada unos meses antes. Mercedes esperó a que la sirvienta saliera y volvió a la carga:

—Me dijiste que tenía novia en la Península. ¿Qué tal es? ¿La conoces? ¿Ha estado por Melilla?

—No tengo ni idea, mamá. ¿Cómo quieres que lo sepa?

—Ay, hija. ¡Como siempre os veo juntos...!

—¿Siempre?

—¿Pero de quién habláis? —intervino Samuel, que con gesto de fastidio volvió a sintonizar Radio Nacional, y Mercedes se armó de paciencia:

—Del cantante. El de las canciones antiguas.

—No lo llames así —dijo Miriam—. ¡Ni que estuvieras hablando de Carlos Gardel!

—Tienes razón: no es cantante. Es capitán. De caballería.

—¿Un capitán de caballería ha estado cantando en mi casa?

—No estábamos cantando. Estábamos...

Mercedes había desarrollado la facultad de dirigirse a su hija mirando hacia cualquier parte menos hacia donde ella estaba. Esta vez miró el pequeño reguero de vinagre que Rachida había dejado en el mantel.

—Yo creo que le haces tilín.

—¡Qué tontería!

—¿Se puede saber de qué estáis hablando? —dijo Samuel—. ¿Quién hace tilín a quién?

Hubo unos instantes de silencio, y Samuel pareció comprender:

—¡Ah, el capitán! ¡El que ha estado cantando esta tarde! —Envió a su hija una sonrisa afectuosa—. ¡Con lo mal que tú cantas! ¡Tendría gracia que alguien se enamorara de ti por...!

No llegó a concluir la frase, porque de repente Miriam arrojó la servilleta, se levantó y se marchó del comedor conteniendo las lágrimas.

—¿Qué he dicho? —dijo Samuel, confundido—. ¿Qué he dicho?

El reloj del abuelo no era, en realidad, lo único que a Mercedes le quedaba de su familia. Entre otras pertenencias, estaban también unos prismáticos de teatro de oro y marfil, una colección bastante completa de sellos españoles de principios de siglo, un carnet de baile de nácar con filigranas de plata, un mantón de Manila auténtico, las medallas obtenidas por su padre en las campañas de África, un sello para lacre con el escudo familiar y unas cuantas joyas heredadas de sus abuelas y sus tías solteras, entre las que destacaban un brazalete con incrustaciones de brillantes y un raro conjunto de joyas de luto compuesto por varias pulseras y pendientes de ónice y azabache. Además estaba el dibujo, un pequeño dibujo original de Marcelino de Unceta en el que un picador y su montura eran derribados por la embestida de un toro inmenso. Todo eso fue a parar a una de las cajas el domingo por la mañana, mientras los demás aún dormían.

Mercedes, en el salón, iba sacando cada objeto de su estuche o envoltorio y limpiándolo con primor antes de guardarlo. En cuanto hubo concluido la operación, levantó la caja y la palpó por todas partes para asegurarse de que el fondo resistiría. Agarró la tiza y, tras algunas vacilaciones, escribió en el cartón: MIS COLECCIONES.

—Mis colecciones... —dijo después en voz baja, satisfecha de su elección.

En lugar de eso, podría perfectamente haber puesto MI TESORO, porque eso es lo que aquellos objetos eran para ella: de ahí que hubiera preferido embalarlos sola, sin la ayuda de Miriam. Constituían su tesoro porque eran sólo suyos, privativos, no debidos a la generosidad de Samuel, que hasta desconocía la existencia de algunos de ellos. Pero sobre todo constituían su tesoro porque en ellos estaba como cifrada su historia anterior a Melilla y a Samuel, la historia de su familia. Una familia que aquellas posesiones sugerían prestigiosa, próspera, cultivada, atenta a las novedades en el mundo de las artes, quién sabía si incluso benefactora de poetas y pintores. El dibujo de Unceta, dedicado a su abuelo Federico, así lo daba a entender, y Mercedes no desaprovechaba la ocasión de mencionarlo cuando por casualidad se hablaba de otros pintores españoles del siglo anterior, como Fortuny o Casado del Alisal. Que si Unceta por aquí, Unceta por allá: oyéndola hablar, se diría que Unceta fuera la medida del talento de todos los artistas de todos los tiempos. Como si su grandeza fuera comparable a la de un Goya o un Velázquez. O como si Goya y Velázquez hubieran aprendido los secretos de su arte en el estudio de Unceta, por supuesto muy posterior a ellos. De la reputación de Unceta, un pintor y cartelista a esas alturas semiolvidado, parecía depender la de su propia estirpe, los Campillo.

Con respecto a los otros objetos, la fantasía de Mercedes había procedido del mismo modo. No eran simplemente unas joyas, unas medallas, una colección de sellos, etcétera. Eran un patrimonio al que siempre podría recurrir si las cosas venían mal dadas. Nunca se había planteado contratar los servicios de un tasador, porque ello habría significado poner cortapisas a su imaginación. Para Mercedes, el valor jamás calculado de esas joyas y esas medallas y esa colección de sellos equivalía sencillamente a un valor incalculable.

Apareció Samuel en pijama y se detuvo a su lado.

—¿«Mis colecciones»? —leyó.

—Tú déjame. Yo ya me entiendo.

—¿Has visto la hora que es? Como no la despiertes, no llegáis.

Mercedes hizo un gesto teatral de alarma y fue hacia la habitación de Miriam:

—Y hoy tengo que despedirme de Victoria. ¡Niña! ¡Arriba, que es tardísimo!

Como todos los domingos, Samuel acudió a recogerlas a la salida del Sagrado Corazón y dieron un paseo hasta las terrazas de la Avenida. Victoria llegó acompañada de sor Rociíto y otras dos señoras de la Gota de Leche. El camarero les buscó acomodo en una de las mesas buenas, las que a esas horas recibían el suave sol de otoño. La madre visitadora era tan bajita que, al sentarse, los pies le quedaban colgando.

—Te hemos traído un detalle —dijo.

Era una bandeja de rosquillas hechas por las propias monjas de la Caridad. Mercedes abrió el paquete sin deshacerlo, sacó una y le dio un mordisquito de ratón.

—¡Cómo me conoce, madre! ¡Ya sabe usted que son mi debilidad!

—Y esto para que no te olvides de nosotras —anunció Victoria.

Enseñó una foto enmarcada en la que las señoras del patronato posaban en compañía de varios niños internos. El centro de la foto lo ocupaba precisamente Victoria, y la composición relegaba a la propia Mercedes a un segundo plano. Victoria, a la que Mercedes consideraba una advenediza, iba a ser su sucesora al frente del patronato. Pero lo que esa foto sugería le pareció infame. ¿Cuánto tardaría esa arpía en atribuirse sus méritos y sus logros? La odió con todas sus fuerzas y, a pesar de todo, trató de sonreír.

—¡Qué bonita! —dijo—. Mañana, por cierto, enviaré a la *fatma* con ropa que me ha ido saliendo con la mudanza.

—Te vamos a echar de menos —dijo Victoria, afectuosa, irritante.

Mercedes buscó con la mirada a su marido, que en esas reuniones solía mostrarse ensimismado y ausente.

—Supongo que hiciste ya el donativo. No será el último. ¿Verdad que no, Samuel?

Hacía más de un año que las reuniones de la Gota de Leche no se celebraban en su casa. La sacaban de quicio los rodeos que daban las conversaciones para no tocar el asunto de Sara. Y nada podía molestarle más que tener que hablar de eso en presencia de Victoria y en su propia casa. Sólo la generosidad de Samuel hacia la institución la protegía de posibles asechanzas.

—Por supuesto que no —dijo él.

—No sabéis cómo os lo agradecen los pobrecitos —exclamó la monja, balanceando los pies—. ¡Os tienen en un altar!

Rafita, el camarero, volvió con las consumiciones. La

tertulia se dividió en grupitos. Victoria, sentada al lado de Miriam, le cuchicheaba al oído, y la chica sonreía con timidez. Mercedes no les quitaba el ojo de encima. Victoria se volvió hacia ella.

—Le estaba diciendo que está guapísima. ¿Qué te has hecho, hija mía, para estar tan guapa?

Justo en ese momento, Mercedes vio a Sebastián Solana paseando por la acera contraria en compañía de otros dos oficiales. Estuvo segura de que Victoria le había visto un instante antes que ella. ¿Cómo se las arreglaba esa mujer para colar una insidia fingiendo que hacía un cumplido? Los militares cruzaron la calle y pasaron junto a su terraza. Sebastián saludó con un movimiento de cabeza y Miriam correspondió con una sonrisa. A Mercedes le pareció que Victoria lo seguía todo con el rabillo del ojo. Se preguntó qué cosas sabría esa mujer que ella misma ignoraba.

—Bueno —dijo, agarrando el bolso—. Habrá que ir pensando en...

—¿Ya? ¿Tan pronto? —protestó Victoria.

—Pero si ni siquiera te has acabado la horchata —dijo Miriam.

Mercedes se volvió hacia sor Rociíto y se interesó por la salud de una monja octogenaria a la que en realidad casi no había tratado. Los tres militares desaparecieron por la esquina de la plaza de España.

El miércoles por la tarde, estaba ya todo preparado para la mudanza. El desbarajuste era enorme, y Mercedes se quejaba de que las cosas no estaban donde debían.

—¿Alguien ha visto mis tijeritas? Estoy segura de haberlas dejado aquí. No, no las he metido en ninguna caja... ¡Me acordaría!

Samuel se fue pronto de casa. Mercedes se acostó e

intentó dormir. Desde el salón llegaba el mortecino sonido del piano. Mercedes no tardó en reconocer la melodía. Era una de esas viejas canciones sefardíes que había oído tararear a su hija en compañía de Solana. Con el pulso repentinamente alterado, se asomó al pasillo y gritó:

—¡Un poco de silencio, por favor! ¡Tengo la cabeza a punto de estallar!

—¿Y qué quieres que haga? —protestó Miriam—. ¡Es lo único que no está embalado!

Volvió la tranquilidad a la casa, pero ni siquiera así consiguió Mercedes conciliar el sueño. Repasar mentalmente la lista de cosas que había que hacer tras desembarcar en Málaga resultaba extenuante, y entre tanto se figuraba a la pánfila de su hija lánguidamente acodada a la tapa del piano y pensando en el dichoso capitán... ¡Cielo santo! ¿No podía haber esperado a enamorarse en Málaga y, a ser posible, de un joven que no estuviera comprometido? ¡En mala hora había aparecido ese Sebastián Solana! A media tarde fue a la cocina y ordenó que le prepararan la tabla de planchar. Para las prendas buenas no se fiaba de Rachida, demasiado expeditiva. Sacó de la cesta de la ropa una blusa de seda y exclamó:

—¡Qué zarrapastrosa!

En presencia de la criada le gustaba utilizar palabras así, sabiendo que no sería entendida. Miriam, hambrienta, entró y agarró el bote de las galletas maría. Rebuscó en su interior pero sólo encontró trozos sueltos.

—Se han acabado.

—Para lo que nos queda... —dijo Mercedes.

Por toda respuesta, Miriam volvió al salón y se sentó ante el piano. No cantó una canción cualquiera, sino precisamente la que un rato antes había dejado a medias. Su madre, reconcomiéndose, comprendió que se había quedado sin pretextos para hacerla callar.

Cuando Samuel llegó, Miriam seguía con sus canciones sefardíes. Hubo una pausa, y desde la cocina Mercedes oyó a su marido decir:

—¿Por qué te paras? Vuelve a cantar. Cántala desde el principio.

Miriam, obediente, canturreó unos versos que Mercedes entendía sólo a medias, y Samuel le preguntó dónde la había aprendido. Ella contestó que se la había enseñado la tía Rebeca y, después de una nueva pausa, bastante más prolongada que la anterior, dijo:

—Papá, ¿estás bien?

—Claro que estoy bien —contestó Samuel.

—No sé. Te encuentro raro.

—Estoy perfectamente.

Hubo algo en ese breve diálogo que inquietó o alarmó o irritó a Mercedes, no sabía muy bien. Así que dejó la plancha al cuidado de Rachida y fue a ver. Samuel permanecía inmóvil en el centro del salón, con el brazo apoyado en el respaldo de su butaca y la mirada perdida en un punto indeterminado junto a las pilas de cajas, el lío de mantas y de cuerdas y las alfombras enrolladas. Mercedes preguntó desde el pasillo:

—¿Seguro que estás bien?

—¡Estoy perfectamente! —exclamó Samuel, casi con rabia.

Durante la cena, Mercedes fingió un entusiasmo algo excesivo por la nueva vida que les esperaba en Málaga.

—Tendremos que ir pensando en buscar un sitio para las vacaciones. ¡La Costa del Sol es el lugar de moda! ¿Os imagináis lo que debe de ser dar un paseo por Torremolinos y cruzarte con Frank Sinatra y Ava Gardner, que han salido a dar una vuelta? Y quien dice Ava Gardner dice Grace Kelly...

—¡Sí! ¡Como que va a dejar Mónaco por un pueblecillo de pescadores! —dijo Samuel con rechifla.

—Estuvo hace unos meses. Salió en las revistas —replicó Mercedes, que luego hizo una pausa y añadió—: Lo primero que tendríamos que hacer es comprar un coche.

—¿Y quién lo va a conducir? ¿Tú?

—Eso es cosa de hombres. No puede ser tan difícil.

—No he conducido un coche en mi vida. —Samuel alargó una mano hacia el frutero y agarró un plátano—. No me pidas que ahora, con casi sesenta años...

—¡Rachida! ¡Platos de postre! —gritó Mercedes, a la que molestaba que su marido se apresurara a tomar fruta cuando los demás aún no se habían terminado el segundo plato.

—¡Mujer, si estamos en familia!

—¿Y a ti qué te pasa, que no dices nada? —dijo Mercedes sin mirar a su hija.

—Qué quieres que diga... —Miriam hizo un gesto hacia el frutero—. ¿No hay más fruta?

—Es lo que hay. Estamos en otoño.

Llegó Rachida a cambiar la vajilla. Samuel peló el plátano y fue a dejar la piel sobre el plato que la criada le estaba retirando. En el último instante rectificó y la dejó sobre el plato de postre. El de Miriam seguía vacío.

—Tú viniste con veintitantos años —dijo—. Pero yo nací aquí y nunca he vivido en otro sitio.

—¿Cómo me sales ahora con eso? —Mercedes exageró la sorpresa—. ¡Siempre has dicho que Málaga te encanta! Y no es para menos. ¡En Málaga hay más tiendas, más cines, más de todo! El problema de las chicas jóvenes es que no sabéis lo que queréis. Pero no te preocupes. Yo a tu edad era igual. Un día quería una cosa y al día siguiente la contraria, ¡y al final acababa quedándome con lo que menos me gustaba!

Su marido se hizo el ofendido:

—¡Eh, eh! ¡Que cuando tenías su edad empezaste a salir conmigo!

—No me enredes, Samuel. No me enredes.

Aquella noche tardó más de lo habitual en acostarse. Pasó un largo rato mirándose en el espejo del cuarto de baño. ¡Cielo santo, qué ojeras y qué arrugas y qué flacidez en el cuello y las mejillas! Ella atribuía su aspecto avejentado al hecho de que, desde la fuga de Sara, dormía poco y mal. Era una forma de consolarse, porque eso quería decir que, en cuanto las cosas volvieran a ser como antes, también ella volvería a ser la de siempre, una mujer bien entrada en la cincuentena pero aún guapa y estilosa, sin ojeras, casi sin arrugas, con un cutis terso y un talle fino que muchas jovencitas le envidiaban. En realidad, la imagen que tenía de sí misma se parecía más a la que mostraba en las fotos de la cómoda (las más recientes, de diez o doce años antes) que a la que le devolvía aquel espejo. Era como un hechizo: ahora que las fotos, metidas en quién sabía qué caja, no estaban a la vista, había dejado de ser ella misma para convertirse en esa mujer fea y mayor que la escrutaba desde el espejo. ¿De verdad ella era así? El problema no eran ni las ojeras ni las arrugas ni las flacideces. El problema era que en su rostro habían empezado a asomar los rasgos de una anciana. Como si la lozanía y la belleza fueran una capa de maquillaje que hubiera empezado a borrarse. Como si esa anciana hubiera habitado siempre en su interior y aprovechara esas fases de debilidad y desánimo para manifestarse. ¿Podía ser que ese rostro viejo y extraño en el que le costaba reconocerse y que seguramente la iba a acompañar hasta la muerte fuera su rostro auténtico? Mercedes alguna vez se había imaginado vieja, pero nunca así. Con el pelo blanco y sedoso, con las inevitables arrugas en las comisuras de los labios, con la piel acaso moteada por pequeñas manchas... Pero no así, no con esa nariz crecida ni con esas facciones caedizas ni con esos ojillos pequeños ni con esa barbilla afilada. Se recogió el pelo para irse a la cama, acercó la cara al espejo y vio a un hombre. O, lo que era peor, ¡a un hombre feo! Con la edad, sus rasgos se habían virilizado, mientras los de Samuel, más gordo ahora que años atrás, habían ido ablandándose y perdiendo mucha de su antigua masculinidad. ¿Acabaría ella pareciendo un hombre disfrazado de mujer y él una mujer disfrazada de hombre? Bastó con que sus pensamientos acogieran a su marido para que la repugnancia que en ese instante sentía hacia sí misma se hiciera extensiva a él. Últimamente, todo en Samuel le resultaba irritante. Por ejemplo, esa manía de lanzarse a coger fruta sin esperar a que le pusieran el plato de postre. O, por ejemplo, ese tic que, cuando estaba distraído, tenía en los labios, que primero los fruncía como poniendo morritos y luego los estiraba en una falsa sonrisa. ¿Lo había hecho siempre y ella nunca había reparado o se trataba de algo reciente y por ello doblemente reprobable? Lo que sí había tenido siempre Samuel era una facilidad extrema para conciliar el sueño: se metía en la cama, decía buenas noches y a los dos minutos ya estaba roncando. También eso la irritaba, porque era como descargar sobre ella el peso íntegro de la culpa y la humillación. ¿No era Sara tan hija de él como de ella misma? Entonces, ¿por qué la dejaba a solas con un dolor que también era de los dos? Mercedes le hacía responsable de sus propios insomnios, y lo más curioso es que tampoco le habría gustado tenerlo despierto a su lado en esos momentos, casi únicos, de intimidad conyugal. No se le escapaba la contradicción: si se dormía pronto, porque se dormía pronto, y si no se dormía, porque no se dormía. En ambos casos tenía motivos para el reproche, así que convenía no coincidir en esas circunstancias con él: el largo rato que ahora dedicaba a su aseo nocturno constituía en el fondo un rasgo de magnanimidad.

Se pasó los dedos por la frente para comprobar que la piel había absorbido los restos de crema y, de camino hacia el dormitorio, fue apagando las últimas luces. Tumbado boca arriba, Samuel roncaba con su habitual jej-jej. Mercedes se tendió a su lado con las piernas dobladas. Como era de prever, no tenía sueño. ¿Cuánto tardaría esa noche en dormirse? Al cabo de un rato, sumida ya en el habitual duermevela, el sonido de unos pasos se mezcló con un sueño difuso en el que sor Rociíto llevaba en brazos a Chitón, el perrillo de su infancia, el que su padre le había regalado para su primera comunión. Se acercó con sigilo a la puerta y murmuró:

—¿Quién anda ahí?

Al final del pasillo se percibía un leve resplandor. Si hubiera sido la luz del cuarto de baño o de la cocina, habría regresado a la cama. Le llegó un ruido como de un cajón cerrándose y salió a ver. A la luz de una de las lamparitas del salón, Miriam, vestida con ropa de calle, revisaba el contenido de su bolso y se retocaba el peinado con gestos nerviosos.

—¿Qué haces?

Miriam se llevó la mano al pecho e inspiró ruidosamente.

—Menudo susto me has dado.

—¿Te das cuenta de la hora que es?

—No puedo dormir. Necesito salir. Me voy a dar una vuelta.

—Es ese joven, ¿no? El militar.

Miriam intentó fingirse escandalizada pero no le salieron las palabras. Al final, se armó de valor para decir:

—Y si fuera él, ¿qué? Ya soy mayorcita. Tengo veintiséis años.

—Pero sigues siendo mi hija.

—Tengo derecho a vivir mi vida.

—Si te vas...

La amenaza de Mercedes quedó flotando en la penumbra del salón. Miriam, firme, aguantó la embestida:

—¿Si me voy...?

Mercedes no dijo nada. Miriam se colgó el bolso del hombro y fue hacia la puerta. Su madre, con los ojos cerrados, se la imaginó bajando de dos en dos los escalones. Se asomó al balcón a tiempo de verla cruzar en dirección al parque. Luego se dejó caer en la banqueta del piano y permaneció un rato inmóvil. Ya en la cama, se sentía la mujer más desgraciada del mundo. Ahora, al menos, su insomnio tenía un culpable concreto. Contaba mentalmente los minutos, y echaba a su hija la culpa de cada uno de esos minutos que pasaba acostada con los ojos muy abiertos. Cada cierto tiempo encendía la luz de la mesilla para comprobar la hora, y siempre era más temprano de lo que había calculado. Cuando creía que era la una, era la una menos cuarto, y cuando creía que las dos, la una y media. Mientras tanto, Samuel, ajeno a todas sus penalidades, seguía profundamente dormido. Hacia las tres, oyó el ruido de la cerradura. Se apresuró a levantarse y ponerse el salto de cama. Miriam, en la cocina, pelaba una mandarina y escupía las pepitas en el fregadero. Mercedes la observó desde la puerta. Su silencio estaba cargado de acusaciones. Miriam, calmada, señaló la nevera, abierta y semivacía. En el suelo había un charquito procedente de la descongelación.

—Con lo que a mí me gusta la fruta fría... —dijo.

—Mañana nos mudamos. Dentro de unas horas. ¿Lo habías olvidado?

—No sé qué haces todavía despierta.

—¿No lo sabes?

—Sí, sí lo sé. Era una manera de hablar.

Escupió las últimas pepitas y abrió el grifo para que se las llevara el agua. Al pasar junto a su madre, dijo:

—Tienes que dormir, mamá. Tienes que descansar.

A Mercedes le pareció que lo decía en el tono de quien pide disculpas. Pensó que había ganado una pequeña batalla.

El Niño Quiñones, siempre servicial, se ofreció a llevarlos en su coche mientras los estibadores del puerto descargaban los muebles y las cajas.

—¿Y qué hacemos hasta que llegue el camión? —dijo Mercedes.

—Es verdad. No pintamos nada —dijo Samuel.

—¿Por qué no vamos a la playa? —sugirió Miriam—. ¡Con un día así...!

Se apretaron en el interior del Fiat Topolino y cogieron la carretera en dirección al sur. Al cabo de un rato pasaron junto a un letrero que decía: BIENVENIDOS A TORREMOLINOS - WELCOME. El asfaltado de la calzada era todavía reciente, y a los lados todo eran caminos de tierra y piedras. Del mismo modo, las viejas casas del pueblo convivían humildemente con los modernos edificios acabados de construir. El coche aceleraba al pasar por delante de aquéllas y reducía la velocidad cuando se acercaba a alguno de éstos. El Niño Quiñones los anunciaba con orgullo de propietario:

—Aquí, el Banco de Málaga.

—Parece la aleta de un tiburón —dijo Miriam.

—Y aquello de allá, con forma de buque de guerra...

—Hotel Residencia Miami —leyó Mercedes—. ¡Qué curioso es! ¡Qué original!

—Y ahora verán el campo de golf. El hotel tiene una piscina circular. Es lo que les gusta a los americanos: golf, piscina, sol... No hace ni seis meses que está abierto. ¡El mismísimo Franco vino a inaugurarlo! Más hoteles... Aquel de allá. Qué vistas tiene, ¿eh?

Ahora la que leyó el nombre fue Miriam:

—Hotel Las Mercedes. ¡Se llama como tú!

—Y además está la vida nocturna. El club El Remo, el Mañana... Tienen baile todas las noches. ¡Con orquesta propia! —siguió diciendo Quiñones, que luego se volvió hacia Samuel—: ¿Qué tal vamos de apetito? ¿Paramos a comer algo?

Aparcaron en la plaza de José Antonio y esperaron a que en la terraza del bar Central quedara libre alguna mesa. Mercedes comentó que había moscas, pero sorprendentemente lo comentó como quien da una buena noticia.

—Aquí es verano todo el año —dijo—. ¡Como en el paraíso terrenal!

El camarero les sacó una jarra de cerveza, una fuente de ensalada y una ración grande de pescadito frito.

—Otra cosa no sé, pero aquí el *pescaíto*... —dijo Quiñones.

—Lo dicho: el paraíso —dijo Mercedes.

Estaban todos de buen humor. Mercedes y Miriam se entretenían echando comida a los gatos del bar. Samuel y Quiñones hablaban entre ellos de cosas del trabajo. Miriam, que casi no les prestaba atención, entendió que su padre tenía que volver a Melilla y dijo:

—Pues tráeme mis partituras. Me las dejé. Están en el cajón de abajo.

—¿Que te traiga qué? —intervino Mercedes, que aún prestaba menos atención, y miró a su marido con recelo—. ¿Pero es que tienes que volver? ¿Aún no nos hemos instalado y ya estás pensando en volver?

—Hay un montón de asuntos pendientes. Tendré que estar yendo y viniendo.

—Tienes allí a Sagrario. Tienes a los demás.

Samuel, con aire abrumado, se encogió de hombros.

—Las cosas son como son. ¡Si no está uno encima...!

Regresó el camarero con una nueva ración de pescadito. Miriam y Mercedes hicieron gestos de impotencia, pero luego comieron tanto como los otros dos. De repente, otros clientes empezaron a señalar hacia algún lado y todos se volvieron a mirar. De un extremo de la calle llegaba, lento, majestuoso, un inmenso y reluciente Cadillac blanco. Cuando pasó por delante del bar, vieron a una hermosa mujer de largo pelo negro que a través de la ventanilla les dedicaba una sonrisa distraída.

—¡Es María Félix! —exclamó Miriam, excitada.

—¿Qué os decía yo? ¿Qué os decía yo el otro día? ¡María Félix! —dijo Mercedes, juntando las palmas de las manos como si se dispusiera a rezar.

El Cadillac siguió su camino. Madre e hija se miraban entre ellas, maravilladas. Luego miraban a la gente de las otras mesas y decían:

—¡María Félix, la actriz mexicana!

Samuel y el Niño Quiñones soltaron unas risitas de incredulidad o asombro. Los otros clientes, aparentemente más acostumbrados a las estrellas de cine, se limitaban a asentir con la cabeza y sonreír. El camarero, sosteniendo en alto una bandeja llena de vajilla sucia, dijo que estaba rodando una película en el hotel La Roca. Y añadió:

—Ayer mismo estuvo aquí su marido. Un ricachón francés. Un banquero, creo. Ayer mismo. En esa misma mesa.

—¿Qué os decía yo el otro día? —volvió a decir Mercedes con una sonrisa de felicidad.

Pero se les empezaba a hacer tarde y tenían que ir a ver cómo andaba la mudanza, que habían confiado a la empresa Gil Stauffer. El Niño Quiñones les dejó en la Malagueta y quedó en pasar al día siguiente para acompañar a Samuel al puerto. El camión estaba aparcado delante del portal pero, para disgusto de todos, había aún muchos muebles en su interior. ¿En todo ese tiempo no habían sido capaces de subirlo todo? Samuel pidió explicaciones al encargado, que dijo:

—Ustedes dijeron que había ascensor.

—Y lo hay.

—Pero no funciona. Aún no ha pasado la inspección. Las cajas las estamos subiendo por las escaleras. Para las cosas más pesadas vamos a utilizar una polea. ¡Así que no nos pidan que acabemos hoy!

Mercedes señaló la fachada. En la mayoría de los cristales seguía poniendo CRISTASUR, lo que quería decir que muy pocas de las viviendas habían sido ocupadas. Miriam suspiró:

—Un sexto piso...

—Ni muy alto ni muy bajo —dijo su madre con sorna, recordando las palabras de Monterde.

Echaron a andar lentamente hacia las escaleras. Samuel se rezagó un poco. Quería aprovechar para subir algo. Cargando con una bolsa de ropa, las alcanzó a la altura del quinto.

—¡No puedo más! —resopló su mujer.

—Vamos, vamos, que ya queda poco —dijo él.

El piso olía a pintura fresca porque a última hora Mercedes había decidido cambiar el color de algunos techos. Había bultos y cajas por todas partes. Se consolaron pensando que, como las camas eran nuevas, al menos no tendrían problemas para pasar la noche con comodidad. Mercedes miró a Samuel.

—¿Qué es eso de que mañana mismo te vuelves a Melilla?

—Ya te he dicho, mujer. Asuntos pendientes.

—¿Y tiene que ser mañana, con el lío que habrá aquí?

Los de las mudanzas buscaban un lugar en el que instalar la polea. Por algún motivo que tenía que ver con el tráfico, decidieron que tenía que ser en la fachada trasera, la de la calle Reding, así que entraron en la habitación reservada a Sara, la única cuya puerta había permanecido todo el rato cerrada. Mercedes, con sequedad, se apresuró a echarles de allí.

—¿Quién les ha dicho que pueden entrar aquí? En esta habitación no tiene que haber nada. ¿Comprendido? Nada. Si está cerrada, es por algo.

Los hombres se miraron unos a otros sin entender. Samuel carraspeó e indicó vagamente el resto de la casa. Apareció Meneses, sonriente.

—¡Bienvenidos, bienvenidos! He visto el camión y he pensado...

Notó la irritación de Mercedes y no concluyó la frase. Samuel le agarró del brazo y se lo llevó al salón. Le dijo:

—Me dijiste que lo del ascensor...

—¿El ascensor? Nada, hombre, nada. Presentar un papel y ya está. Cuestión de un par de días.

—¿Seguro?

—¡Seguro!

Cuando volvieron a pasar por delante de la habitación de Sara, vieron que del picaporte estaba colgado un papel que decía: ¡¡¡NO ENTRAR!!!

Ahora Sara sólo era una habitación vacía y cerrada. Habían quedado tantos recuerdos encerrados entre esas cuatro paredes...: su sonrisa infantil coreando los cinco lobitos, las lágrimas de dolor de cuando se torció un tobillo en un columpio, las largas mañanas de playa antes del comienzo del curso, la angustia de aquella vez que se atragantó con un pedazo de carne... Mercedes pensaba que los hijos eran egoístas por naturaleza. Para ellos, los padres eran el presente. Para los padres, en cambio, los hijos eran sobre todo el pasado, y una discusión o un desencuentro no podían cancelar poderosas corrientes de afecto que venían de muy atrás, de antes incluso de su propia concepción. Por eso los hijos se fugaban de casa y los padres no. Por eso los padres sabían perdonar y los hijos no. Mercedes había sentido la traición de Sara como la ruptura de un vínculo profundo, sagrado, superior, pero eso no quería decir que no estuviera dispuesta a perdonarla. ¡Por supuesto que la acogería con los brazos abiertos si se decidiera a volver! De hecho, nada la haría más feliz que encontrársela de repente en el portal de su nueva casa de la Malagueta. Pero no parecía que eso fuera a ocurrir. El 5 de noviembre se cumplieron diez meses desde su desaparición, y en todo ese tiempo no habían tenido ninguna noticia de su paradero. ¿Podía ser que alguien desapareciera para siempre? ¿Podía ser que la fuga de una hija fuera definitiva, como la muerte: ahora está, ahora no está, y ya nunca más estará? Para sobrellevar el dolor y la incertidumbre tenía que neutralizar todos esos recuerdos, aislarse de ellos, expulsar de sí misma a Sara sin expulsarla del todo. La mudanza facilitó las cosas. Primero, como una declaración de intenciones, le adjudicaron una habitación. Después decidieron, muy pragmáticos, no apresurarse a comprar muebles nuevos o aprovechar los antiguos. Al final, de un modo natural, se impuso el respeto a la ausencia, y durante varias semanas nadie se atrevió a retirar el cartelito de ¡¡¡NO ENTRAR!!! ni a desobedecerlo. Y fue de verdad como si hubieran arrojado al interior de ese cuarto todos los recuerdos de Sara, que debían permanecer allí, protegidos, ocultos, todo el tiempo que hiciera falta.

Ocurría además que, al contrario que en Melilla, donde tantos lugares conservaban su rastro, en Málaga no había nada que aludiera a ella. Cuando Mercedes salía a pasear, ya no temía encontrarse con ningún conocido a quien hubiera que dar incómodas explicaciones. Sus paseos tenían siempre una finalidad concreta: comprar bombillas en una ferretería de la calle Strachan, asomarse a las iglesias para decidir en cuál de ellas asistiría a la misa de los domingos, visitar las academias de música por si a Miriam le apetecía proseguir sus estudios de piano. Era su forma de familiarizarse con la ciudad. No tenía en Málaga verdaderas amistades pero tampoco se impacientaba: sabía que llegarían con el tiempo. En cuanto Samuel terminara de instalarse, buscaría alguna institución benéfica con la que colaborar. Había oído hablar de la Casa Cuna de San José, pero lo más lógico sería que se ofreciera al patronato de la Gota de Leche local, que estaba en la calle Ollerías. Se lo pensaría. De momento, su vida social se había limitado a algunas meriendas con la mujer del Niño Quiñones y un par de vermús en el hotel Niza con lo que ella llamaba el grupo de África, aunque de ellos sólo Meneses y Eulate habían vivido en Tetuán. La primera, Esperanza, era una mujer solícita y gordezuela que iba a todas partes con el cochecito de su niño recién nacido y sostenía la taza de té con el meñique estirado, y a Mercedes la aburría la perspectiva de pasarse la tarde hablando con ella de los precios de las cosas: que si el kilo de café de Colombia salía más a cuenta aquí que allá, que si las telas mejores y más económicas (Esperanza nunca decía «baratas») las vendían en esta tienda y no en aquélla. Los del grupo de África eran casi todos militares retirados que habían coincidido en diferentes destinos y de vez en cuando, como una concesión especial, sacaban a sus mujeres a dar una vuelta. Mercedes no se sentía cómoda entre ellos, y hacía que Miriam la acompañara a esas reuniones. Sabía que, al cabo de un rato, en cuanto despacharan el asunto de las indemnizaciones con que el gobierno estaba ayudando a los antiguos residentes en el Protectorado, se formarían dos grupos, el de los hombres y el de las mujeres, y que le tocaría hablar del precio del café o las sederías más económicas. Tener a su hija al lado le daba seguridad. En cuanto la conversación se hiciera cargante, sería la propia Miriam la que inventaría cualquier pretexto para marcharse:

—¿Te acuerdas, mamá, de que tenemos que pasar por la tintorería? Cierran dentro de un cuarto de hora.

—¡Uf! ¡Qué rápido se me pasa el tiempo con vosotras! Vamos, hija, vamos...

Una de esas veces, cuando se levantaba para despedirse, notó en el grupo de hombres el tono cómplice y las sonrisas pícaras de ciertas conversaciones masculinas. En el instante mismo en que advirtieron su presencia, cambiaron abruptamente de tema.

—Pues sí —dijo Eulate con innecesario énfasis—. Está siendo un otoño muy pero que muy seco.

Mercedes comprendió que habían estado hablando de su marido. ¿Por qué ese tono y esas sonrisas? Una sospecha se abrió camino en su interior: ¿sería una mujer la verdadera razón de que Samuel siguiera en Melilla?

—Nosotras nos vamos —dijo.

Salieron del hotel. Mercedes, de mal humor, hizo una seña hacia la zona donde le parecía que estaban la calle Camas y el Muro de San Julián.

—Málaga es una ciudad llena de putas —dijo.

—¿A qué viene eso? —dijo Miriam.

—Que sí, que sí. Una ciudad llena de putas. ¿No te acuerdas de la mujer esa que aquella vez...?

—Hala, vámonos a casa.

No habían vuelto a hablar de lo ocurrido la víspera de la mudanza. Mercedes había temido que pudiera ser motivo de posteriores discusiones, pero no. Sencillamente, era como si nada hubiera ocurrido. Y en realidad, ¿qué podía haber ocurrido? ¿Que Miriam y ese capitán Solana se hubieran despedido con los ojos húmedos y la vaga promesa de seguir siendo amigos? A lo mejor ni eso. A lo mejor era verdad que sólo había salido a dar un paseo y tomar el aire... Tuvo que reconocer que se preocupaba demasiado por sus hijas. Pero esa preocupación era una manifestación de su amor, ¿no? Con Sara, en la que ya raras veces pensaba, sus desvelos no se habían visto recompensados. En cambio, qué buena chica era Miriam: sensata, cumplidora, atenta, perseverante, cariñosa. Estaba Mercedes orgullosa de la educación que le había dado. Sin esa educación,

¿quién sabía cómo habría reaccionado tras el alejamiento de ese Solana, un joven que de ningún modo le convenía? Aunque tal vez la pregunta fuera otra. Tal vez la pregunta fuera: ¿por qué con una hija había acertado y con la otra no, si a las dos les había dedicado la misma entrega, el mismo amor? Pararon en una floristería a comprar unas macetas de poinsetias (o de pascueros, como las llamó la florista) y, cuando llegaron al portal, Mercedes soltó un bufido ante la puerta todavía precintada del ascensor.

—¡Este Meneses! —dijo—. ¡Menudo tunante!

Se volvió un momento hacia su hija y descubrió en su rostro un gesto ambiguo que últimamente se había vuelto habitual en ella. Era como una media sonrisa de labios juntos y ojos entornados, la clásica sonrisita de quien creyéndose a solas se deja llevar por una ensoñación.

—¿De qué te ríes?

—¿Yo? De nada. ¿De qué me voy a reír?

—Bueeeno. Vamos para arriba —dijo Mercedes, y se encaminó hacia las escaleras.

En el primer descansillo dejó pasar a Miriam, que, a pesar de cargar con las macetas, subía bastante más deprisa. Dijo:

—En menos de un mes esas hojas se pondrán rojas. Ya verás.

En el segundo descansillo se detuvo a tomar aliento. Dijo:

—Si no fuera por estos esfuerzos, ya habríamos vaciado las cajas.

Sentada muy tiesa en el taburete de la cocina estaba Irene, la interina recomendada por la mujer de Quiñones. Era una muchachita flaca y oscura, recién llegada de un pueblo del interior. No tendría ni dieciséis años.

—¿No tienes nada que hacer?

—He hecho todo lo que me dijo, señora —contestó, intimidada.

—¿Has tendido la ropa? ¿Has cambiado las toallas? ¿Has hervido las judías?

—Sí, señora. Y he puesto la mesa.

—Pues yo qué sé... Pero no estés así, como un pasmarote.

—¿Puedo mirar las revistas?

—¿Mirar? —dijo Miriam.

—Es que no sé leer.

A partir de entonces, todas las tardes dedicaban un rato a enseñarle a leer. Al principio le enseñaban entre las dos. Pasado un tiempo, sólo Miriam. Mercedes se sentaba en el sofá a hacer punto, mientras Miriam e Irene ocupaban la mesa camilla y repetían una y otra vez las mismas frases: «la be con la a, ba, la be con la e, be...» Mercedes, distraída, hablaba de las muchas cosas que quedaban por hacer en el piso:

—A ver si de una vez por todas nos ponen el teléfono... ¿Cómo sé yo que a tu padre no le ha pasado nada? ¡Lo que tiene que hacer es venir de una vez y echar una mano!

Se sentía abandonada por su marido, cuyas visitas nunca duraban más de dos días. Sin proponérselo, trataba de compartir sus suspicacias con Miriam. Una y otra vez, daba a entender que la situación de provisionalidad sólo acabaría cuando Samuel se estableciera definitivamente. Que se obtendrían los permisos para el ascensor y la compañía telefónica les instalaría la línea. Que llegarían nuevos vecinos y se contrataría a un portero. Que la mudanza podría por fin darse por concluida. En realidad, lo único que faltaba por hacer en el piso era vaciar las cajas, que, repartidas por todas partes y aún cerradas, seguían transmitiendo la sensación de que las cosas estaban sólo a medio terminar. Mercedes, que no tenía mayores compromisos ni quehaceres durante la semana, lo dejaba siempre para el fin de semana y, cuando éste llegaba, inventaba algún pretexto para dejarlo para el siguiente. Era una manera de recordar a Samuel su negligencia. Que las cajas permanecieran ahí, tan visibles, equivalía a decir: «¿Te das cuenta, Samuel, de la cantidad de cosas que por tu culpa han quedado sin hacer?, ¿reconoces que tendrías que dedicar mucho más tiempo a tu mujer y tu hija y mucho menos a los asuntos de la oficina y al pelmazo ese de Quiñones?» La inquina que éste le inspiraba se había vuelto insuperable. Todo en él le parecía repugnante: su aspecto físico, sus modales remilgados, el ridículo amago de reverencia con que se abalanzaba a cumplimentarla. Que Samuel pasara tanto rato con él las pocas veces que estaba en Málaga no facilitaba las cosas.

—¡Qué secretos se traerán entre manos esos dos! —refunfuñaba, y la propia Miriam se sentía obligada a reprenderla:

—¡Ay, mamá! Son negocios. Tú no entiendes de eso.

La presencia de Irene aportó no poca alegría a la casa. La chica era espabilada y trabajadora, y aprendía muy deprisa. Animada por las atenciones y halagos de Miriam, bien pronto fue capaz de leer en voz alta (por supuesto, sin entender) los titulares del diario *Sur*. Fue aficionándose a las palabras más raras, cuyo significado consultaba a gritos desde la cocina: «¿Qué significa "occiso", señorita?, ¿y "reticencia"?» A Mercedes y a Miriam les hacía mucha gracia su pronunciación (*ossiso*, *retisensia*), y aún más su ingenuo afán por utilizar, a menudo de forma incorrecta, los vocablos recién aprendidos. Ansiosa por dejar atrás su rústica incultura y adquirir cierta distinción en el habla, le dio por llamar «turismos» a los coches y por decir «concisión» en vez de «brevedad». Pronunciaba esas palabras con irreprimible delectación, como quien paladea un dulce sabrosísimo. Muchas tardes, en cuanto se iba de casa, Mercedes y Miriam la imitaban entre risas:

—¡Ay, señora, cuánto turismo hay por la calle!

—¡Ay, señorita, qué siesta tan *consisa*!

Cuando llevaban tres semanas en Málaga, ocurrió algo inesperado. El domingo por la mañana, fue Mercedes a despertar a su hija para ir juntas a la catedral y se encontró el dormitorio vacío y la cama revuelta.

—¡Miriam! ¿Dónde estás, hija? ¿Dónde te has metido?

La buscó en vano por toda la casa. No podía ser que se hubiera ido sin decir nada. Por si acaso, se aseguró de que la puerta principal seguía cerrada por dentro. Estaba en el piso, eso seguro, ¿pero dónde? Al pasar por delante de la habitación de Sara, le pareció oír unos sollozos amortiguados. Abrió la puerta con prevención. Como la persiana estaba echada y la luz del pasillo era escasa, esperó unos segundos a que la vista se le acostumbrara a la oscuridad. Acurrucado en una esquina estaba el bulto solitario e inmóvil de su hija. Mercedes corrió a subir la persiana y se arrodilló a su lado.

—¿Qué te pasa? ¿Qué tienes, niña? ¡No me des estos disgustos!

La única reacción de Miriam fue prorrumpir en un llanto desesperado, animal. Lloraba con tal violencia que se le agitaba el cuerpo entero y casi se quedaba sin respiración. Mercedes, agobiada, la abrazó con fuerza.

—¿Qué tienes? ¿Estás mala? ¿Te duele algo? ¡Dime qué te pasa, por Dios!

Miriam, incapaz de articular una sola palabra, se limitaba a agitar la cabeza y llorar a moco tendido. Mercedes no sabía qué hacer para consolarla.

—¡Tranquilízate, por favor! ¡Tranquilízate y dime qué te pasa!

Sonaron tres timbrazos breves. Era así como llamaba Irene, que los fines de semana tenía permiso para no llegar hasta el mediodía. Mercedes no se atrevía a dejar a su hija en ese estado.

—¡Ya va, ya va! —gritó, y le limpiaba la cara con el pañuelo y le acariciaba el pelo—. ¿Estás mala? ¿Llamo a un médico? ¿Quieres que llame a un médico?

Volvieron a sonar los tres timbrazos y Miriam hizo una seña en dirección al pasillo.

—Ahora mismo vuelvo —dijo Mercedes, incorporándose.

Mandó a Irene a la cocina y se encerró con Miriam, que ahora gemía como un perro herido.

—No es nada —acertó por fin a decir—. Sólo es que... Nada, nada, ya te digo que no es nada.

—Pero, hija...

—Estoy bien, mamá. De verdad. No te preocupes.

—¿Te acompaño a tu cuarto? Te vendría bien acostarte.

La ayudó a levantarse, la cogió de la mano y la llevó a su dormitorio. Irene, desde la cocina, no se perdía detalle. Mercedes reapareció al cabo de unos minutos.

—La niña ha pasado mala noche. Procura no hacer ruido. Y no le prepares nada. Ya comerá cuando tenga hambre.

Volvió a echar de menos el teléfono. Le habría gustado poder llamar a Samuel para compartir con él su preocupación. ¿Por qué tenía que afrontar sola todos los problemas? Un olor a lentejas guisadas invadió la casa y le revolvió las tripas.

—¡No hagas nada para mí tampoco! —gritó desde el sofá—. ¡Tengo el estómago encogido!

A lo largo de las dos horas siguientes, se asomó varias veces a la habitación de Miriam, que parecía dormir plácidamente. A media tarde, la vio aparecer, todavía en camisón, y sentarse en la banqueta del piano. Corrió a su lado.

—¿Qué tienes? ¿Estás mejor? ¿Qué ha pasado? Cuéntame. ¿Te apetece una infusión? ¡Irene, prepara una tila!

—Ya está. Estoy bien. No ha sido nada. Una pesadilla o algo así.

—¿Una pesadilla? ¡Cielo santo, qué clase de pesadillas tienes tú! ¡No sabes el susto que me has dado! ¿Seguro que estás bien?

Miriam sonrió.

—Estoy bien. Perfectamente.

Con la infusión sacaron también una bandeja de pastas, y Mercedes respiró tranquila al ver que su hija comía con gran apetito. Irene iba de aquí para allá sin nada que hacer. Miriam señaló el reloj de pared.

—Me visto y damos la lección.

Esa tarde, qué reconfortante sonó, a oídos de Mercedes, la cantinela de los titulares que Irene recitaba con entonación infantil. Y qué gracia le hacía que se equivocara siempre en las palabras esdrújulas y que Miriam la corrigiera separando mucho las sílabas: crí-ti-co, no cri-ti-co, ré-mo-ra, no re-mo-ra... ¿Y qué significaba «rémora», señorita? La normalidad le parecía de repente algo tan necesario y tan frágil. Fue a la cocina y se entretuvo haciendo un bizcocho. En cuanto la clase acabó, Irene metió las sábanas de Miriam en el lavadero de la galería y dejó correr el agua.

—¿Dónde guardan los *apósito*, señora?

—¿Los qué?

—Los *apósito*.

Comprendió que se refería a las compresas de gasa, que ellas llamaban simplemente «paños», y se echó a reír. ¿De dónde habría sacado esa palabreja?

—Ah, los apósitos —dijo—. En el cuarto de baño grande. En el armarito de abajo.

La chica salió. A Mercedes, de golpe, se le heló la sonrisa. Salió a la galería. Cerró el grifo. Revolvió las sábanas hasta encontrar la mancha de sangre. Hizo un rápido cálculo mental. Desde aquella noche, desde la noche de la víspera de su mudanza, habían pasado veinte, veintidós días... En sólo un instante supo lo que significaba esa sonrisita, la sonrisita soñadora que tantas veces a lo largo de las últimas semanas había descubierto en el rostro de Miriam. Y en sólo un instante supo también lo que significaban los desconsolados llantos de esa misma mañana. Eso era lo que había hecho aquella noche, la de su salida nocturna. Había intentado quedarse embarazada. Quedarse embarazada, forzar una boda de emergencia, atrapar a ese capitán Solana y alejarse de ella como se había alejado su hermana... ¿Cómo había sido capaz de hacer tal cosa? ¿Cómo había sido capaz siquiera de urdir un plan así? Fue al salón y observó en silencio a su hija, que escuchaba la radio y hojeaba unas revistas. Miriam notó su presencia y le habló sin volverse:

—No te preocupes más, mamá. De verdad que estoy perfectamente.

—Me voy a misa —dijo Mercedes—. Tú mejor quédate y descansa.

El Niño Quiñones esperaba con el pie apoyado en un noray del muelle. Cuando les vio llegar, bajó el pie y se enjugó con el pañuelo el sudor de la frente. Samuel avanzó hacia él con la mano tendida.

—¿Qué tal esta semana?

Hacía varios meses que esa pregunta se había convertido en el saludo habitual, y Quiñones sabía que se refería al estado de Mercedes.

—Mejor, mejor. Ya debe de estar en Gil Stauffer.

—¿Vamos andando?

—Está aquí al lado. Ni un minuto.

Entre los pasajeros que desembarcaban del buque correo estaba también Mordecai. Saludó a Quiñones con un movimiento de cabeza y se volvió hacia un grupo de unas quince personas que, cargando con cestos, bolsas y maletas, esperaban instrucciones. Les indicó por señas que le siguieran y echaron todos a andar.

—¿Ha ido todo bien? —preguntó Quiñones.

—Todo bien —dijo Samuel.

—¿De dónde vienen éstos?

—Los hemos recogido en Chauen.

—Cada vez son más...

—Lo suponíamos. —Samuel sacudió la cabeza—. Desde que el rey echó del gobierno al único ministro judío...

—El hotel, el de siempre.

Se refería a la pensión del barrio de La Caleta en la que, a la espera de embarcar para Marsella, eran alojados los evacuados. Samuel miró a Mordecai:

—¿Has oído?

—Yo me ocupo de los parientes —asintió el otro—. Vosotros, a lo vuestro.

La situación de los judíos de Marruecos había empeorado de golpe, y las operaciones debían llevarse a cabo con más reserva que nunca. Al margen de las autoridades y los altos funcionarios que habían permitido a los servicios secretos israelíes operar en suelo español, podía ser que ellos tres, Samuel, Mordecai y Quiñones, fueran los únicos en la Península que estuvieran al corriente de los detalles. De ahí que hubieran acabado desarrollando un código privado. En ese código, los evacuados eran los parientes.

Se despidieron a la salida del recinto portuario. Mordecai se fue con los suyos a La Caleta, mientras Samuel y Quiñones cruzaban hacia la calle Casas de Campos, en la que estaba la delegación de la empresa de mudanzas. La voz de Quiñones adoptó un tono confidencial:

—El martes me dijo Esperanza que fue a llevarle un pastel y que se le echó a llorar en el hombro...

—Entonces es que no ha mejorado nada.

—No sabe cuánto lo siento.

—Todos pasamos malas temporadas. ¿Pero quién me asegura que una nueva mudanza es la solución? ¡Como si no acabáramos de hacer una! ¡Como si pudiéramos estar mudándonos cada seis meses! Ya te comenté, Niño, lo que dijo aquel médico tan finolis: que él no podía hacer mucho contra las enfermedades del alma... ¡Enfermedades del alma! ¿De qué novela barata habrá sacado esa expresión?

Desde la esquina de Casas de Campos vieron a Miriam apurar un cigarrillo a la entrada de Gil Stauffer.

—¿Tú fumando? —dijo Samuel.

Miriam tiró la colilla al suelo y besó a su padre.

—Bah, muy de vez en cuando... —dijo.

Mercedes estaba sentada en un sillón de espaldas a la calle. Al verles entrar, esbozó una de esas sonrisas afligidas que se habían vuelto habituales en ella. Samuel le acarició los hombros, como masajeándola. Luego se sentó a su lado y apretó una de sus manos entre las suyas. Se fijó en sus uñas, descuidadas y cortas. Después de una conversación breve e insustancial, Quiñones hizo unas inclinaciones de cabeza y se despidió.

—¿Has traído el dinero? —susurró Mercedes.

Samuel se dio unos golpecitos en el pecho para dar a entender que lo llevaba en el bolsillo interior. Pasaron los tres a un despacho. El empleado tenía ya preparado el presupuesto. A su espalda había un inmenso mapa de Europa con los nombres de las principales ciudades occidentales. Debajo del logotipo de la empresa estaba escrito: TRANSPORTE INTERNACIONAL — MEDIOS PROPIOS DE CARGA Y DESCARGA. Mientras Samuel, con las gafas a medio poner, revisaba el presupuesto, el empleado, dicharachero, habló de Zaragoza. Él no había estado, ¡pero ya le gustaría! Todos sus amigos que habían hecho la mili allí decían que las mujeres eran muy guapas... ¿Cómo se llamaba esa zona de tascas? El Tubo, ¿no? Mercedes asintió complacida, y Samuel le echó un vistazo furtivo. Toda su vida la había oído hablar de Zaragoza como de su ciudad, pero sólo ahora le molestaba. Le habría gustado que no hubiera extraños delante para poder decir: «¿Tu ciudad? ¡Pero si naciste allí casi de casualidad!» El empleado preguntó por la dirección a la que debía dirigirse el capitoné: ¿estaba cerca del Tubo? Mercedes negó con grandes aspavientos. ¡Noooo!, ¡estaba lejos del centro!

—Es un chalet —intervino Miriam—. En la carretera de Logroño. Cerca de la base americana.

Samuel no pudo evitar dar un respingo.

—¿Cerca de la base? ¡Pero eso son las afueras!

—Papá... —dijo Miriam, sacudiendo la cabeza.

—¿Papá qué?

—Que ya lo sabías. Te hicimos un plano. Y firmaste las escrituras.

—Pero no me dijisteis que estaba tan lejos. ¡En la carretera de Logroño! —Samuel hizo un gesto hacia el empleado y dijo—: ¿Me tengo que enterar así de las cosas?

El joven se sintió aludido y tamborileó nerviosamente con los dedos sobre el borde de la mesa. Miriam, con el ceño fruncido, evitaba mirar a su padre, que dijo:

—¿Tú has estado?

—Estuvieron mamá y la tía Tere...

Mercedes hizo un gesto expeditivo hacia el bolsillo interior de Samuel.

—Acabemos de una vez —dijo.

Samuel sostuvo el presupuesto entre el pulgar y el índice.

—Demasiado caro —dijo.

Los otros tres le miraron con fijeza.

—Todas estas cajas... —dijo—. ¿Por qué ponen tantas si la mayoría de las cosas están ya embaladas? ¿Cómo lo han calculado? ¿Me quieren cobrar por un servicio que no me van a prestar? Y el cálculo del kilometraje, la verdad, me parece excesivo...

Ahora Mercedes y Miriam le observaban con expresión ultrajada. Samuel depositó el papel sobre la mesa.

—O me hacen un nuevo presupuesto o buscamos otra empresa.

—¡Samuel! —exclamó Mercedes.

—¿Qué quieres que te diga? El dinero no crece en los árboles. Si no me preocupo yo... —Se señaló el pecho y luego, dirigiéndose al empleado, repitió—: ¡Demasiado caro, demasiado caro!

Durante unos instantes, nadie supo qué decir. En otras circunstancias, ante un silencio así, alguien habría dicho que había pasado un ángel. Miriam pensó que, en todo caso, había pasado un demonio. Samuel miró a Mercedes y volvió a la carga:

—¿Me has preguntado cómo me van los negocios desde lo del Protectorado? Las cosas no son como antes, y la broma esta de comprar una casa nueva cada año me está saliendo muy cara.

—Tu obligación es asegurar el sustento de la familia —replicó Mercedes—. Y en algún sitio tenemos que vivir. Vende el piso de aquí. No lo necesitamos.

—¿Qué tiene de malo?

—¡Cómo se nota que no has pasado nunca más de dos días seguidos! Casi no hay vecinos, el barrio está siempre en obras, todo son incomodidades...

Las últimas palabras las pronunció ya Mercedes con voz quebradiza. Miriam previó una nueva crisis de llanto y se apresuró a abrazarla. Samuel hizo un gesto de impotencia y miró el techo. El empleado, deseoso de acabar con aquella escena, agarró el presupuesto.

—Déjenme hacer una consulta... —dijo, levantándose.

Se quedaron a solas, y Miriam trató de reducir la tensión diciendo:

—Es un chalet precioso. Muy moderno. Verás las fotos, papá. Te va a encantar.

Pero Mercedes se había tapado ya la cara con las manos y gimoteaba:

—¡Con todo el amor que guardaba en mi corazón, con todo el amor que quería repartir entre mi marido y mis hijas...!

Samuel resopló. Miriam sacó un pañuelo. Mercedes se sonó ruidosamente y se lo guardó en la bocamanga mientras su hija le arreglaba el peinado.

—Ya está, mamá, ya está...

Permanecieron unos segundos en silencio.

—Ha pasado un ángel —dijo Miriam, sintiéndose estúpida.

Mercedes observó alternativamente a su marido y a su hija. De repente, parecía rabiosa. Dijo:

—Pero no penséis que no me entero de nada. Lo sé todo. Lo tuyo y lo tuyo.

—¿Qué estás diciendo? —dijo Samuel.

—¡Ya sabéis vosotros! ¡Ya sabéis a qué me refiero!

Samuel, perplejo, miró a su hija, que se había puesto colorada. Supuso que se sentía abochornada y quiso tranquilizarla:

—Tu madre no está en sus cabales.

—Mamá, por favor... —dijo Miriam, e intentó volverla a abrazar.

Ella la rechazó con un seco «déjame». La situación no podía ser más incómoda. Samuel sacó del bolsillo el sobre del dinero y dijo:

—Llama a ese muchacho. A ver si terminamos ya con todo esto.

El panteón de los Campillo en el cementerio de Torrero estaba en la calle E, pasado el mausoleo de Joaquín Costa.

Era la mañana del día de Todos los Santos, y por todas partes iban y venían mujeres de negro cargadas con cubos, trapos y cepillos. El chico poliomielítico que se había ocupado de la limpieza precedía a Mercedes con una escalera al hombro. Mercedes observó que, en los tramos de piso irregular, la cojera casi no se le notaba.

—¿Se ha acordado del candado? —dijo el chico.

Se detuvieron ante el pequeño panteón. El chico dejó la escalera en el suelo, al pie de un ciprés. Mercedes echó un vistazo al altarcito de obra, la lápida con los nombres y la puerta de chapa, y asintió con la cabeza. Una semana antes, aquello estaba hecho un desastre, con manchas de moho y humedad y enormes telarañas en las que se mecía un sucio arcoíris. Ahora presentaba un aspecto al menos decoroso. Tocó la verja de hierro para comprobar que no quedaban restos de orín.

—Buen trabajo —dijo.

El chico desenroscó la cadena y la sostuvo en el aire como quien sostiene la camisa de una serpiente. Luego desenganchó el candado viejo y mostró la costra de óxido y porquería que había acabado inutilizándolo.

—¿Lo ve?

—¡La de tiempo que llevará eso así! ¡Pensar que cualquiera podría haber entrado!

Sacó del bolso el candado nuevo. El chico lo encajó en el último eslabón y volvió a colgar la cadena de las rejas.

—Tráeme unas flores —dijo Mercedes.

—¿Cómo las quiere?

El chico, cojeando, salió en busca de una florista. Apenas cinco minutos después estaba ya de vuelta.

—¿Éstas le parecen bien? Si no le gustan, las puedo cambiar.

Mostraba un ramo en el que se mezclaban rosas, claveles y gladiolos. Lo colocaron en el jarro del pequeño altar. Luego arreglaron cuentas y el chico se fue con su escalera. Mercedes consultó su reloj. Hacía más de media hora que tenía que haber llegado Teresa.

—¡Ya estoy, ya! —la oyó gritar.

Su hermana era cuatro años menor que ella. Flaca, de ojos pequeños y rasgos afilados, vivía en un estado de constante agitación y parecía siempre a punto de ser desbordada por los acontecimientos: hacía las cosas como si le faltara tiempo, llegaba tarde a los sitios, acababa pidiendo disculpas de forma un poco aturullada... Mercedes, que por algún motivo atávico creía conocerla bien, nunca dejaba de sorprenderse. ¿A qué clase de tensiones estaría sometida su modesta vida de monja? Se dieron un beso. Teresa resopló.

—Te he mirado lo de la muchacha. ¿Cómo la llamáis vosotras? ¿La *fatma*? Luego te cuento. Y ya tengo medio montados los grupos. Los de música, quiero decir. No me mires así, como si no supieras de qué te estoy hablando. ¿No me dijiste que Miriam podía dar clase a las más pequeñas? Cobrar, no cobrará mucho, pero... Unos duros menos que tendrás que pedir a tu marido. ¿Tú qué? ¿Llevas mucho tiempo esperando? —Y sin cambiar de tono agregó—: ¿Rezamos un poco?

Inclinó la cabeza y cerró los ojos. Mercedes pensó que su hermana ponía la misma intensidad en las cosas pequeñas que en las grandes. A lo mejor era eso lo que la desconcertaba de ella y la inducía a equívocos. Como la vez aquella que de sus conversaciones telefónicas dedujo que estaba atravesando algún tipo de crisis religiosa o de salud. Luego resultó que a su hermana no le pasaba nada, y empezaron a pasarle cosas a ella.

—Ya entonces lo sabía —murmuró—. No sabía que lo sabía, pero lo sabía.

Teresa volvió la cabeza sólo a medias, como si pretendiera escucharla sin tener que interrumpir sus oraciones.

—¿De qué hablas?

—De mi anterior viaje. Sabía que mi vida estaba aquí, en esta ciudad, cerca de este cementerio...

Indicó con la cabeza la lápida del panteón. Pensó que, en realidad, aquellas tumbas eran lo que con más fuerza la ataba a la ciudad. Dijo:

—Siempre me he reprochado no haber estado en el entierro de papá. Una hija no puede vivir tan lejos que no pueda llegar a tiempo al entierro de su padre.

Teresa miró a su alrededor.

—Esto está distinto, ¿no? Más limpio y mejor.

—¿Ahora te das cuenta?

Mercedes se estaba acordando del viaje que tres años antes había hecho a Zaragoza. También entonces había visitado el cementerio. Ahí mismo, ante ese mismo panteón, había tenido por primera vez la sensación de que no pertenecía a ningún sitio en particular. Y ella quería pertenecer. ¿Dónde la enterrarían cuando muriera? ¿En Melilla? ¡Pero si ni entonces, en 1954, ni ahora, tres años después, estaba claro que Melilla fuera a seguir siendo española! Además, Melilla no era su ciudad sino la de Samuel, y ella aspiraba a tener su propia vida y no a vivir siempre instalada en la de otra persona, aunque fuera la de su marido. Seguramente, había sido ese día de 1954 cuando Mercedes había decidido tomar las riendas de su vida. Entonces, con cincuenta y tres años, había sido consciente de que el futuro, ese futuro que siempre había visto como un manantial inagotable, estaba comenzando a secarse para ella. ¿A todo el mundo le ocurría eso? ¿A todo el mundo le ocurría que, en un momento dado, empezaba a tener mucho menos futuro que pasado y que, por eso mismo, las decisiones que pudiera adoptar adquirían la trascendencia de lo definitivo? La voz de su hermana la sacó de sus cavilaciones.

—Me habría ocupado yo misma —decía, en referencia a la limpieza del panteón—. ¡Pero tiene una que estar encima de tantas cosas!

Había sido Teresa la que les había buscado el chalet. Era de los padres de unas alumnas que se iban a vivir a Madrid. Mercedes había viajado desde Málaga y, llevada por sus urgencias de esa época, había dicho que sí casi sin mirarlo. Entonces los propietarios sólo pensaban alquilarlo. Cuando faltaba poco para firmar el contrato, cambiaron de opinión y ya no querían alquilar sino vender. Teresa se lo anunció como una gran noticia: era una ganga, no la podía dejar escapar, la ciudad estaba creciendo en esa dirección, todo el mundo decía que era una inversión excelente... Mercedes llegó a sospechar que a quien de verdad su hermana estaba intentando favorecer era a los propietarios, y no a ella. Pero no le dijo nada. Prefirió planteárselo a Samuel en los mismos términos en los que Teresa se lo había planteado, y él, aunque a regañadientes, acabó cediendo. ¿Qué habría de cierto en las quejas de Samuel sobre el estado de sus negocios? ¿Sería verdad que desde la independencia de Marruecos la demanda no había parado de disminuir? Bueno, el caso es que se había salido con la suya y que ni delante de su hermana ni delante de su marido iba a admitir que podía haberse equivocado. No era que no le gustara el chalet. Al contrario. Le gustaban las viviendas modernas, en las que no había que reparar la instalación eléctrica cada pocos meses y el agua salía de los grifos en chorros generosos. Le gustaba ese chalet en particular, con la chimenea de obra, el salón a dos alturas y las cristaleras hasta el techo. Le gustaba también tener jardín, aunque luego ni cultivaba flores ni se preocupaba de mantener el césped cuidado. El gran inconveniente era tener que depender del coche de línea. Samuel tenía razón cuando decía que eso eran las afueras. Peor aún: las afueras de las afueras. Entre eso y los desmontes del barrio más cercano había campos y fábricas y pasos a nivel y, quitando alguna gasolinera y algún restaurante de carretera en el que vendían pan y revistas, no había comercios en los alrededores. Eso, desde luego, no era Zaragoza, no la Zaragoza a la que tanto había ansiado regresar. ¿Se había equivocado? ¿Había hecho una mala compra? Prefería no darle demasiadas vueltas.

—A la una es la entrevista con la chica esa —dijo Teresa—. Hoy tenía el día libre. Sé que trabaja de limpiadora en la Tudor. Debe de estar harta de trabajar por la noche.

—Tampoco se me ha olvidado cómo se utiliza una escoba. Si no encuentro ninguna que me convenza...

—¿Cómo puedes decir eso? ¡Una casa tan grande!

Salieron del cementerio y fueron a coger el tranvía. Bajaron en la última parada de General Mola, justo delante del muro del Sagrado Corazón. La verja estaba abierta. La fachada, como casi todas las del paseo, era de ladrillo visto. El edificio, de aspecto severo, no tenía más ornamentos que la hornacina con la figura de la Virgen que coronaba la puerta principal. Ante la escalera de entrada esperaba una mujer grandona con una bolsa del Sepu.

—Menudo marimacho quieres meter en mi casa... —murmuró Mercedes mientras se acercaban por el camino de gravilla.

—¡No empecemos!

La entrevista duró poco. Desde el principio quedó claro que Mercedes no estaba dispuesta a contratarla. Teresa se interesaba por sus circunstancias familiares, su lugar de origen, su experiencia laboral, sus referencias... Mercedes, mientras tanto, guardaba silencio. Sólo interrumpió a su hermana para preguntar:

—¿Sabe usted conducir?

—¿Conducir? —contestó la otra, acobardada—. No, señora, no.

Quedaron en darle pronto una respuesta y se despidieron. Mercedes subió las escaleras, cruzó el vestíbulo y no se detuvo hasta llegar al patio. Teresa la seguía rezongando. Mercedes sonrió.

—Me acuerdo perfectamente de todo. ¿Hasta qué edad estudié aquí? La que casi no se acordará serás tú, que tenías sólo cinco años cuando... Si quieres, te llevo a la que fue mi aula. Han pasado casi cincuenta años, pero seguro que no me pierdo.

Teresa, con gesto agrio, se plantó delante de su hermana:

—¿Cómo pretendes que una mujer así sepa conducir? ¡Si muchas de ellas no saben ni escribir su nombre!

Mercedes la apartó y echó a andar por un pasillo. Al pasar ante las puertas de las aulas, se frenaba un instante como para asegurarse de que iba por el buen camino. Teresa, a su espalda, no paraba de hacerle reproches.

—¿En qué mundo te crees que vives, alma de cántaro? ¡Que sepas que tengo muchas cosas que hacer y no puedo perder el tiempo buscándote muchacha! Esta mujer parecía limpia y decente, y las anteriores también... ¡Y, si lo que quieres es alguien que te traiga y te lleve, convence a tu hija para que se saque el carnet!

Mercedes, cada vez más decidida, se metió por un pasillo a la derecha y apuró el paso. Abrió una puerta.

—¡Ésta era! —exclamó, feliz.

Antes de que su hermana, ya sin resuello, asomara por la puerta, había entrado en el aula y se había sentado en un pupitre de la segunda fila.

—Aquí estaba yo. Y aquí Angelines Moreno. Y allí Chelo Ruiz de Alda y Pilar Sebastián. ¿Te acuerdas de la madre Valera? Nosotras la llamábamos la Bigotes. Se habrá muerto, supongo. El suelo es distinto, y los pupitres también. Pero lo demás sigue tal cual. Yo creo que hasta la pizarra sigue siendo la misma.

Teresa, más calmada, se sentó a su lado.

—Yo sólo me acuerdo de cuando, por la tarde, me pasabas a recoger por la maternal —suspiró—. Aprendíamos a leer en un libro que se llamaba *Can y Me*. Can era un perro y Me una oveja. Para las palabras difíciles había un dibujo que explicaba su significado. Así aprendí lo que quería decir «aprisco». ¿Para qué necesitaría una niña de cuatro años conocer el significado de aprisco?

—¿Aprisco? ¿Y qué es un aprisco?

—No sé. Algo de los pastores y los rebaños.

—¡Pues sí que lo aprendiste bien! —dijo Mercedes, apoyando la cabeza en el hombro de su hermana, y las dos se echaron a reír.

Samuel no fue a Zaragoza hasta las Navidades. La tarde del 24, su mujer y su hija acudieron a la estación de Campo Sepulcro a esperarle. El tren venía con retraso, y el viento soplaba con tal fuerza que tuvieron que refugiarse en la cantina.

—¡Dios, qué cierzo! —dijo Miriam, calentándose las manos con la taza de café con leche—. Tengo los dedos congelados.

—Mira el vaho de los cristales —asintió Mercedes.

Cada vez que la puerta se abría para que alguien entrara o saliera, había una especie de estremecimiento general. En un extremo de la barra, un grupito seguía con atención el programa de radio. Miriam aguzó el oído.

—Bobby Deglané —dijo.

Luego buscó en su bolso el paquete de Bisonte. Hacía un par de meses que no se escondía para fumar.

—No sé por qué tienes que fumar eso tan fuerte. ¡Entre el oído que tienes y la voz que se te está poniendo...!

—¡A ver cuándo llega ese tren! Tengo ganas de ver a papá. ¿Estás nerviosa?

—¿Por qué habría de estarlo? —replicó Mercedes, casi ofendida.

Desde que se despidieron el día de la mudanza, Mercedes y Samuel casi no habían hablado. Al igual que en Málaga, también en Zaragoza la instalación de la línea telefónica podía demorarse meses e incluso años. Él no podía llamarla y ella, para hacerlo, debía acercarse hasta la gasolinera, donde tenían un teléfono de fichas. No siempre conseguía dar con él, y a menudo su contacto no había ido más allá de los escuetos mensajes que le dejaba a través de Sagrario si llamaba a la oficina o de Rebeca o Esther si conseguía que alguna vez alguien le cogiera el teléfono de casa. El mensaje, interrumpido una y otra vez por el tintineo de las fichas al caer, solía ser: «Estamos bien, la casa es bonita, dile que volveré a llamar.»

—¿Por qué habría de estar nerviosa? —repitió.

Pero lo estaba. ¿Qué planes tenía Samuel? ¿Y cuál era el estado de su relación? ¿Seguían siendo una pareja o se habían convertido en uno de esos matrimonios rotos que para salvar las formas se dejaban ver juntos en algunas festividades? ¿Qué había de cierto en sus sospechas acerca de las infidelidades de Samuel? Y si realmente había algo, ¿se trataba de una relación aceptada y oficial? Se imaginaba a Sagrario y a Rebeca y a Esther sofocando una risita justo después de colgar el teléfono... ¿Qué comentarios harían sobre lo anómalo de su situación? ¿Y harían esos comentarios en presencia del propio Samuel y contando con su complicidad? ¿Qué se diría de ella en Melilla? Si Mercedes supiera las respuestas a estas preguntas, también sabría qué actitud adoptar. Lo peor era la incertidumbre, que la mantenía a la expectativa de no se sabía qué y a la larga la debilitaba. Ella, que nunca se había considerado una mujer débil, sentía que en un momento decisivo como aquél empezaban a fallarle las fuerzas.

Varios hombres salieron al andén. Una ráfaga de aire gélido invadió el local.

—Parece que ya llega —dijo Miriam.

—Espera, espera a que se pare del todo —dijo Mercedes, cruzando los brazos sobre el pecho.

Miriam se levantó y desempañó el cristal de la ventana con el extremo de la manga.

—¡Allí está! ¡Ya lo veo!

Acudieron entonces a su encuentro. Samuel, parado en mitad del andén al lado de su maleta, se subía las solapas del abrigo, procurando que el viento no le arrancara el sombrero de la cabeza. Miriam le abrazó.

—¿Cómo puede hacer tanto frío en esta tierra? —gruñó él—. ¡Lo que me faltaba después de un viaje así! ¡Salí de casa ayer por la mañana y mirad cuándo llego!

Su mal humor tranquilizó a Mercedes, porque era algo así como un indicio de normalidad. Se besaron en la mejilla.

—Habrás podido echar alguna cabezadita... —dijo ella.

Cogieron un taxi. Desde allí hasta el chalet la distancia no era excesiva. Samuel, de todos modos, tampoco prestaba demasiada atención al trayecto. Miriam dio las últimas indicaciones al taxista. Justo antes de llegar, agarró la mano de su padre y exclamó:

—Ya está todo más o menos en orden. ¡Te va a encantar!

Fue ella la que se ocupó de enseñarle las habitaciones. Primero el salón y el comedor con la mesa ya dispuesta para la cena, luego la cocina y el baño grande, después los dormitorios, el otro baño, el cuarto en el que pondrían el despacho de Samuel. Éste, sin terminar de quitarse el abrigo, la seguía en silencio por la casa y asentía muy levemente a los entusiastas comentarios: por las mañanas entraba una luz preciosa, ¿se había fijado en el papel de las paredes?, ¡y qué gusto que la calefacción funcionara tan bien...! Mercedes se había quedado en el escalón del salón, junto a la maleta de Samuel, que volvió, echó un vistazo a la cómoda y dijo:

—Los muebles de siempre los cambias de sitio y ya no parecen los mismos.

Luego, como si tal cosa, añadió:

—¿Yo dónde voy a dormir?

Era la pregunta clave, la que debía determinar si su situación se había modificado o no. Mercedes no contestó. La pausa amenazaba con hacerse interminable, y la responsabilidad acabó recayendo sobre Miriam, que, aturullada, exclamó:

—¡Qué pregunta! ¿Pues dónde vas a dormir?

—Ah —dijo Samuel nada más, y agarró la maleta y se dirigió al dormitorio más grande, el de la cama de matrimonio, el de Mercedes.

Las cosas, por tanto, seguían más o menos como siempre. Samuel se dio un baño y se puso ropa limpia. Luego se asomó a la cocina, inspiró con fuerza e intentó sonreír.

—Cardo con piñones —dijo Mercedes—. Te hice una vez, ¿te acuerdas?

—Y de segundo, cabrito —dijo Miriam—. No te quejarás.

Le indicaron por gestos que fuera a sentarse. Samuel, por hacer algo, sacó la bandeja de los polvorones. Para saber cómo se habían asignado los sitios se fijó en los servilleteros: su silla era la que miraba a la cristalera.

—Ya ni me acordaba de esta vajilla —comentó—. Es la de la boda, ¿no?

—¡Vamos allá! —oyó decir a las otras dos.

La cena resultó algo desangelada, con Miriam hablando de gente que había conocido en las últimas semanas y sus padres contribuyendo más bien poco a la conversación. A Samuel se le escapaba de vez en cuando la mirada hacia la radio, apagada. Lo más cariñoso que en todo ese rato le dijo Mercedes fue:

—Te sienta bien el traje. ¿Es de tergal?

Dejaron la mesa sin recoger y pasaron al salón para intercambiarse los regalos. Los de Samuel eran bastante más pobretones que los de Navidades anteriores: unas partituras elegidas al azar y unos guantes para Miriam, un marquito de plata y un monedero para Mercedes. Ellas, por su parte, siempre regalaban ropa: corbatas, pijamas, chaquetas tejidas a mano. Cuando ya no tenían nada que darse ni que decirse, Miriam abrió la tapa del piano y cantó un villancico. Sus padres sofocaron algún bostezo y al final la premiaron con unos aplausos. Miriam, como agotada por el esfuerzo, se retiró a su habitación. A solas por primera vez, Mercedes y Samuel se removieron incómodos en el sofá.

—Ha llegado una carta del notario con no sé qué que hay que pagar... —dijo Mercedes.

La conversación no fue más allá porque no parecía el momento más oportuno para hablar de dinero.

—¿Qué hay del piso de la Malagueta? ¿Tú crees que Meneses encontrará comprador?

Samuel se encogió de hombros. Tampoco era el momento.

—¿Pongo la radio?

—Pon, pon... —dijo ella, que inmediatamente, para suavizar el reproche implícito, añadió—: Pero que sea música, por favor.

Escucharon un poco de música clásica y Mercedes se levantó:

—Me estoy cayendo de sueño.

—Buenas noches —dijo Samuel, que luego esperó pacientemente a que se apagara la luz del dormitorio, se cambió en el cuarto de baño grande y se acostó también.

Los días siguientes fueron más relajados. Hacía muchos años que Samuel no había estado en la ciudad, y su mujer y su hija le llevaron a ver monumentos (que en realidad ellas tampoco habían visitado). Por la tarde se metían en algún cine de Independencia. Después merendaban chocolate con churros en alguna de las cafeterías del centro, y Miriam siempre se encontraba con amigas. Daba la sensación de que todo el mundo iba a los mismos sitios, porque a varias de esas amigas se las encontraban también cuando iban de compras. Pero lo que se dice comprar, compraban poco. Sin dar tiempo a que Samuel se quejara de los desorbitados precios de la Península, devolvían el género a su sitio y hacían gestos inequívocos de «¡demasiado caro, no nos lo podemos permitir!». Algunas veces, en ausencia de Samuel, la madre y la hija se habían preguntado si sería verdad que la empresa estaba pasando por dificultades. Eso era lo que él había dado a entender en Málaga delante del empleado de las mudanzas. ¿Había algo de cierto o formaba parte de algún tipo de chantaje sentimental? Por si acaso, preferían no preguntar. En algún momento, Mercedes llegó a pensar que eran más los temas de los que no podían hablar que los temas de los que sí. Por ejemplo, ¿hasta qué día tenía previsto quedarse? Que ella recordara, Samuel nunca había mencionado para cuándo tenía los billetes de vuelta a Melilla. A Mercedes le parecía que lo decente era que el marido estuviera donde tenía que estar: con su mujer y su hija. Y aunque estaba claro que Samuel no había ido a Zaragoza para instalarse, se comportaba como si esa posibilidad ni siquiera se le hubiera pasado por la cabeza. Que en esos cuatro meses no hubieran ido a visitar ciertos monumentos o a ver esta o aquella película de éxito podía interpretarse como que habían estado aguardando a que él llegara para hacerlo todos juntos. De esa simulación de unión familiar la figura de Sara había quedado definitivamente excluida, y ya nadie la mencionaba ni parecía echarla de menos.

La fecha de regreso a Melilla la averiguaron cuando fueron al Sagrado Corazón a visitar a Teresa, que fue quien en el momento mismo de los saludos le preguntó hasta cuándo iba a quedarse. En realidad, lo que le preguntó no fue «¿hasta cuánto te quedas?» sino «¿cuándo te vas?». Samuel, que había captado la intención de la pregunta, se hizo sin embargo el ofendido y replicó con un:

—¡Pero bueno! ¿Ya quieres que me vaya?

—Yo sólo... —se excusó la monja, confundida, y él se echó a reír y dijo:

—El día 4 por la tarde, el sábado. Con suerte, el lunes estaré en Melilla.

Teresa se dirigió a Miriam:

—¿Les has enseñado el aula de música?

El aula de música era un cuartito del sótano con una docena de sillas y una estantería para las flautas y las panderetas. Miriam se sentía orgullosa de su trabajo, pero no trataba de engañar a nadie. Ya sabía que la habían contratado más para entretener a las pequeñas que para descubrir entre ellas a futuras estrellas de la canción.

—Ya veis que ni siquiera tenemos piano —dijo—. Algunas tardes me las llevo al coro de la iglesia y tocamos el órgano.

—Qué lujo, ¿no? —dijo Teresa—. Mucho mejor un órgano, un órgano auténtico, antiguo, que el pianito ese que tenéis en casa. —Se volvió hacia Samuel—. ¡Qué bonito el chalet! ¿Verdad? Aunque ese jardín está desaprovechado... Cuando vivas aquí, tendrás que hacer algo. ¿Ya sabes cuándo vendrás? ¿Qué es eso tan importante que te retiene en Melilla?

—El trabajo, Tere —dijo Mercedes—. ¿Qué va a ser?

El atolondramiento de su hermana simplificaba las cosas. Con ella delante, resultaba más fácil hablar. Miriam agarró una pandereta y marcó un ritmo cualquiera. Teresa se arrancó a cantar con voz chillona:

—«Clavelitos, clavelitos, clavelitos de mi corazón. Hoy te traigo clavelitos colorados igual que un fresón...»

Miriam no podía parar de reír.

—¡Tú te crees que nací monja! —protestó su tía, que luego contraatacó con gesto pícaro—: ¿Ya saben tus padres lo popular que eres entre tus amistades?

La ambigüedad del sustantivo era deliberada, y Miriam se sonrojó. Mercedes escrutó su rostro: ¿tenía ya algún pretendiente y no había comentado nada? La joven dejó la pandereta en su sitio y se encaminó hacia la escalera, que estaba a oscuras porque se había fundido la única bombilla. Mientras subían, para cambiar de tema, preguntó también ella cuándo iría su padre a Zaragoza para quedarse. Samuel, como siempre, aludió vagamente a los muchos asuntos pendientes.

—¿Qué clase de asuntos? —preguntó Teresa.

—Pues eso. Asuntos.

—¿Asuntos y ya está?

—Asuntos. Negocios. ¿Cómo quieres que te lo explique?

No daba la impresión de que la insistencia de su cuñada le molestara. Mercedes, callada, no perdía ripio. Su marido se detuvo en el descansillo y dijo algo que nadie supo muy bien cómo interpretar:

—Tú, Tere, que eres monja, tal vez hayas oído hablar de los treinta y seis hombres justos... En la tradición religiosa hebrea se les conoce como los *Tzadikim Nistarim.* Son treinta y seis, ni uno más ni uno menos. No se conocen entre ellos, y algunos ni siquiera saben que lo son. Puede ser que alguno de ellos hasta tenga fama de malvado. Pero son esos hombres los que, haciendo secretamente el bien, soportan el mundo. Sin ellos, sencillamente, la justicia habría desaparecido hace mucho tiempo de la faz de la tierra.

—No sé dónde quieres ir a parar... —dijo Teresa.

—¿Te imaginas que fuera yo uno de esos treinta y seis?

A Mercedes le habría gustado que hubiera más luz para verle los ojos. ¿Desde cuándo era su marido tan enigmático y tan profundo? Siguieron subiendo. Teresa soltó una risita. Dijo:

—La faz de la tierra... A veces me parece que hablas como los judíos antiguos. Los de las películas. Los de *Los diez mandamientos* o *La túnica sagrada*.

—¿En *La túnica sagrada* salen judíos? —se oyó decir a Miriam en la penumbra.

Llegó el día del regreso. Como si tuviera prisa por marcharse, Samuel tenía el equipaje preparado desde primera hora de la mañana. Miriam se acercó a comprar pan al restaurante de la carretera. Le preparó dos bocadillos de sardinas para el viaje. Para que no se manchara, los envolvió con abundante papel de periódico y los metió junto a unas servilletas en una bolsa de plástico. Sonó el timbre de fuera. Se miraron los tres interrogativamente. Miriam se asomó a la ventana de la cocina, desde la que se veían de refilón la puerta y parte del seto.

—Es una mujer —dijo—. Pero es tan bajita que sólo se le ve el pelo.

—Me había olvidado —dijo Mercedes—. ¿Abres tú?

Ya entonces tenía Felisa cara de ratón. Llevaba los zapatos gastados y sucios de polvo, y la ropa oscura la hacía parecer mayor. De camino hacia el comedor, donde Mercedes y Samuel la estaban esperando, iba mirándolo todo sin ningún recato. Al ver la maleta en una esquina, preguntó:

—¿Se van de viaje?

—Buenos días —contestó Mercedes, dando a entender que no era de su incumbencia.

Samuel hizo un vago gesto de salutación y se levantó para ir al sofá. Cuando Felisa no podía verle, frunció el ceño como sugiriendo algo acerca de su aspecto o de su higiene. Mercedes la hizo sentar en la silla de Miriam, que desapareció en el interior de la casa.

—Me había avisado mi hermana. ¿Tiene referencias?

—¿Referencias?

—¿En qué casas ha trabajado antes?

—Pues en la mía. En el pueblo.

—Sabrá cocinar...

—¡Cómo no voy a saber!

Su rústica franqueza rayaba en grosería. Fingiéndose enfrascado en la lectura del periódico, Samuel seguía la conversación entre divertido y escéptico. Cada vez que la mujer soltaba una de sus ásperas respuestas, se las arreglaba para pasar ruidosamente las páginas.

—¿Y qué más sabe?

—¿Qué más hay que saber?

—¿Sabe leer y escribir?

—Y las cuatro reglas.

—¿Cuántos años tiene?

—Treinta y ocho. Los suficientes, digo yo.

Esta vez no hubo ruido de páginas. Mercedes miró a su marido justo en el instante en que hacía el odioso tic de los morritos.

—Hábleme de su vida —suspiró.

—¿Qué quiere que le cuente?

—No sé. Lo que quiera.

—Pero dígame qué.

Ahora Samuel soltó un bufido. Realmente tenía razón: no valía la pena seguir perdiendo el tiempo. Deseosa de dar aquello por acabado, buscó papel y lápiz para anotar su dirección o su número de teléfono o... Sin llegar a concluir la frase, hizo una última pregunta:

—¿No sabrá conducir?

—¿Conducir? Desde que era niña.

Mercedes no pudo ocultar su sorpresa. La otra se sintió obligada a dar explicaciones:

—En el pueblo quedan pocos hombres, y los que quedan no valen para nada. Cuando vienen los señoritos a las monterías, ¿quién se cree que lleva la camioneta?

Samuel apartó el periódico y le hizo un signo de advertencia, como diciendo: «¡Ni se te ocurra!» Mercedes dulcificó el gesto y dijo:

—Me ha dicho que se llamaba...

—Felisa.

—Muy bien, Felisa. Venga conmigo, que le voy a enseñar su cuarto.

De todos modos, como no tenían coche, tampoco servía de mucho que supiera conducir. Para ir al centro seguían utilizando el autobús. La parada estaba junto al desvío que llevaba a la Base Aérea, lo que quería decir que, una vez que salían a la carretera de Logroño y lograban cruzar al otro lado, aún tenían que caminar unos trescientos metros. El primer día que las acompañó, Felisa se negó a recorrer esa distancia.

—¿Para qué ir hasta allá lejos si puede parar aquí? —dijo, plantándose en el arcén.

—Pero es que aquí no hay parada —dijo Miriam.

—Habrá parada si para, digo yo.

—Eso no es lógico, Felisa.

—¿Es más lógico que tengamos que andar, pudiendo ir en autobús?

La mujer puso los brazos en jarras y se volvió hacia la caravana de vehículos que entraban en la ciudad. Mercedes, condescendiente, movió la cabeza. Dijo:

—Como perdamos éste, el siguiente no pasa hasta dentro de una hora.

—¿Pero quién dice que lo vamos a perder?

—No estás en el pueblo, Felisa. Aquí las cosas no funcionan así.

La otra la miró con displicencia y soltó un bufido:

—¡Las cosas!

Mercedes y Miriam se encogieron de hombros y echaron a andar hacia la parada, que no era más que un cartel con los horarios medio borrados clavado en un poste del tendido eléctrico. Desde allí, debido a una leve curva en el trazado, no alcanzaba a verse el punto en el que habían dejado a Felisa. Miriam se echó a reír:

—¡Cuánto le falta por aprender!

Cuando por fin vieron aparecer el autobús, reconocieron de inmediato la figura de la mujer, de pie junto al conductor. Subieron, muy dignas, y Mercedes sacó su monedero para pagar los tres billetes. Luego, sin decir nada, se desperdigaron en busca de asientos libres. La gente fue subiendo y bajando en las siguientes paradas. En la de la iglesia del Portillo el autobús quedó medio vacío, y Mercedes y Miriam se cambiaron a la última fila. Felisa se les unió poco después. Se mantuvieron en silencio durante gran parte del trayecto. En General Franco, a la altura de Escolapios, el autobús se detuvo para dejar pasar unos carros cargados de hortalizas que iban camino del mercado. Mercedes y Miriam, sin inmutarse, oyeron a Felisa murmurar:

—¡Ni que esto fuera Nueva York!

Durante un tiempo, era habitual que fueran y vinieran las tres juntas. Una tarde, Miriam les dijo que no hacía falta que acudieran a recogerla al colegio porque tenía un compromiso.

—¿Qué compromiso? —preguntó su madre.

—Un compromiso.

—Si quieres, pasamos más tarde o te esperamos en algún sitio...

Mercedes se acordó entonces de la última temporada en Melilla y de la irritante sonrisita de su hija. Se fue con Felisa a dar un paseo y, cuando llegó la hora, le dijo que volviera ella sola en el autobús y que ya se verían luego en casa. Felisa adivinó sus intenciones y se puso seria:

—Eso no está bien, señora.

—¿Qué sabrás tú lo que está bien y lo que no?

Un rato después estaban las dos espiando la salida del Sagrado Corazón desde la otra acera de General Mola. Los árboles del bulevar, al mismo tiempo que las ocultaban, les dificultaban la visión. Entre la gente que esperaba a las niñas había varios hombres. Felisa preguntó cuál de ésos sería el palomo, y a Mercedes le hizo gracia la expresión. Los grupitos se fueron dispersando. Vieron a Miriam estrechar la mano de un hombre y cruzar con él el paseo de las Damas. Caminaban despacio, como si no supieran muy bien adónde ir. Las dos mujeres echaron a andar detrás de ellos. A la altura de la plaza de Aragón estaban ya lo bastante cerca para que Felisa dictaminara:

—Nada del otro mundo. Bajito y culón. Le rozan los muslos al andar. La chica merece algo mejor.

Mercedes no dijo nada. Agarró a la otra por el codo y dejaron que la pareja se alejara.

No es que Mercedes disfrutara especialmente con la compañía de Felisa, tan brusca y tan huraña, pero mejor eso que pasear a solas. Aprovechaban las tardes para hacer recados. El problema era que tampoco tenían tantos recados que hacer. Con frecuencia, sólo para pasar el rato, se paraban ante una tienda de automóviles del paseo de Pamplona y miraban el reluciente Seat 600 que tenían en exposición. Entonces era todavía un modelo recentísimo y, como no se fabricaban demasiadas unidades, los compradores tenían que apuntarse en una lista de espera.

A Mercedes le encantaba aquel coche. Felisa, en cambio, lo consideraba demasiado pequeño: a ella lo que le gustaba era conducir camionetas.

—¡A ver cómo convenzo yo al rancio de mi marido! —seguía diciendo Mercedes sin escucharla.

Sus paseos fueron abarcando zonas cada vez más amplias de la ciudad. Al principio, visitaban sólo las tiendas de coches cercanas al centro. Después se acostumbraron a mirar los anuncios por palabras del *Heraldo de Aragón*, y eso las llevó a talleres de los barrios de Torrero y Las Fuentes que comerciaban con vehículos de ocasión. Allí los modelos eran más antiguos y bastante más asequibles. Para Mercedes, que cada dos o tres semanas recibía de Samuel una magra asignación por giro postal, esos coches seguían estando fuera de su alcance, pero no tanto. Por lo menos, no tanto como el bonito 600 del paseo de Pamplona. Si éste formaba parte de sus fantasías, aquéllos (anticuados, a menudo con abolladuras o directamente cascados) pertenecían al mundo de lo real.

—¡Ése de ahí! ¡Ése sí que es un señor coche! —exclamó Felisa.

Señalaba un Seat 1400 que estaba aparcado a la puerta de un taller, justo delante del Canal Imperial. Era un Seat 1400 negro, de los primeros, de los de formas redondeadas. Tendría unos cinco años, y enganchado al limpiaparabrisas del conductor había un letrero escrito a mano que decía: SEMINUEVO. Tenía matrícula de Madrid. Como las ventanillas estaban abiertas, se asomaron las dos a escrudriñar su interior. Mercedes se fijó en el tapizado marrón de los asientos, Felisa en el indicador de velocidad. Del taller llegaba el sonido acompasado de unos mazos golpeando chapa. Era un taller de carrocería, y cada golpe venía acompañado de otro similar pero más flojo, como un eco. Luego dejaron de oírse los golpes fuertes y ya sólo se oía el eco.

—¡Mírenlo cuanto quieran! ¡Es igualito que los coches americanos! —gritó el chapista, acercándose.

A su espalda, el aprendiz seguía trabajando con el mazo. El hombre levantó la tapa del motor y mostró el maletero. Felisa agarró el letrero del limpiaparabrisas.

—¿Qué quiere decir? —dijo.

—Pues eso. Seminuevo.

—¿Pero es nuevo o no? Porque, si es de segunda mano, ya no es nuevo. Las cosas o son nuevas o no lo son. Y los coches también, digo yo.

—Cuando decimos que es seminuevo, queremos decir que es de segunda mano pero no exactamente viejo.

—O sea que es viejo, porque ya me ha dicho usted que nuevo no es. O se está vivo o se está muerto, pero no sabemos de nadie que esté semivivo o semimuerto, ¿no?

El hombre se volvió hacia el aprendiz:

—¡Marcelino, las llaves! ¡Lleva a estas señoras a dar una vuelta!

Los mazazos se interrumpieron, y la voz de Mercedes sonó firme y clara:

—No hace falta que conduzca el chico. Ella sabe.

Como el del taller no se fiaba, se metió también él en el coche. Felisa introdujo la llave en el contacto y pisó con decisión el acelerador. Salieron a la avenida de América, dejaron a mano izquierda la cárcel y llegaron hasta las cuestas del cementerio.

—Aquí damos la vuelta —ordenó el hombre.

—Tendré que probar si corre —protestó Felisa, señalando la carretera.

—He dicho que aquí damos la vuelta.

—¿Qué le parece mi choferesa? —dijo Mercedes desde el asiento trasero—. Conduce bien, ¿eh?

Desde que Samuel había vuelto a frecuentar la *tefilá*, ocupaba siempre el mismo sitio: en la tercera fila, cerca del pasillo derecho, sólo detrás de los miembros más notables de la comunidad, todos con su *kipá* y su *talit*, todos hojeando con expresión piadosa sus libros de *meldar*. Eran los sillones de pago, y en el respaldo tenían una plaquita con el nombre. A partir de la quinta o sexta fila no había sillones sino bancos corridos, al igual que en la galería superior, reservada a las mujeres. Samuel se volvió hacia su izquierda e intercambió una sonrisa con Moisés Eliachar, que acababa de llegar de visita con su familia. Hacía cuatro años que no se veían. Cuando el oficio religioso concluyó, varios de aquellos hombres se reunieron en el vestíbulo, y Samuel corrió a abrazar a su amigo. La conversación se centró enseguida en su nueva vida en Israel, que seguía con las celebraciones de sus primeros diez años de existencia.

—Las cosas mejoran más deprisa de lo que esperábamos —decía Moisés—. Sé de buena tinta que los artículos de primera necesidad van a dejar de estar controlados por el Estado. Pensad que hasta hace dos días, como quien dice, estábamos en guerra...

Todos se felicitaban por las buenas noticias que llegaban de Israel. Mordecai, convertido ya en un melillense más, se unió al grupo y preguntó por Haifa, donde había vivido unos meses a comienzos de la década. Resultó que tenían amigos comunes, y Moisés le informó de las novedades de unos y otros. A Samuel no le extrañó la familiaridad con que Moisés trataba a Mordecai, al que acababa de conocer. No había duda de que sabía muy bien quién era y por qué estaba en Melilla. Y si sabía quién era Mordecai, también sabría por qué Samuel permanecía en Melilla y no había seguido a su familia hasta Zaragoza... Lo de su participación en el rescate de los judíos de Marruecos era, al menos entre los círculos más influyentes de la comunidad, un secreto a voces. Que nadie hablara abiertamente del asunto delante de él no hacía sino confirmarlo. ¿En qué momento lo había empezado a sospechar? Seguramente, el día en que Moisés Carciente cruzó la Avenida para saludarle e interesarse por su trabajo en la oficina de consignaciones. El presidente del consejo comunal no cruzaba la calle para saludar a nadie. Eran los demás los que cruzaban para saludarle a él.

Moisés Eliachar interrumpió su conversación con Mordecai y se volvió hacia él:

—Ya sé que estás a punto de salir para la Península, pero a ver cuándo te animas y nos haces una visita...

—¿Me prometes que me llevarás a un *kibutz* y me dejarás recoger un par de toneladas de naranjas?

Los presentes celebraron con risas su ocurrencia. Eso era lo que había cambiado. Desde que había recuperado la buena reputación, las risas eran de verdad risas, y no simples evasivas dictadas por el cálculo y la desconfianza. Ahora que todos le sabían un buen judío, sus sarcasmos se interpretaban como un rasgo de prudencia y sensibilidad. ¿Qué mejor que seguir jugando al judío mundano y asimilado para proteger el secreto de su misión en Marruecos? Carciente se abrió paso hasta él, le agarró las manos y le envió una mirada afectuosa a través de los gruesos cristales de sus gafas.

—No puede ser que no conozcas Israel. Es nuestra tierra. Es tu tierra —dijo, y Samuel pensó que esas palabras, que un par de años atrás habría interpretado como un reproche, ahora sonaban como una invitación.

Todos sabían que el domingo partía para Zaragoza. Isaac Chocrón se acercó a despedirse.

—¿Cuándo estarás de vuelta? —dijo—. Ya sabes que aquí somos muchos los que te estamos esperando...

Hablaban todos como con dobles sentidos, dando a entender que conocían su secreto y que éste no correría peligro por su culpa. Samuel echó un vistazo al callejoncito de la entrada, donde Rebeca y Esther esperaban pacientemente a que concluyeran las despedidas. Por supuesto, ellas habían estado desde el principio al tanto de muchos detalles de la operación. ¿Habría sido alguna de ellas la que se había ido de la lengua? Pero tampoco había motivos de alarma. El pueblo judío estaba acostumbrado a guardar secretos.

Mordecai le alcanzó cuando iba al encuentro con sus hermanas.

—Ya está todo arreglado con los titís —dijo nada más, y regresó con el grupo.

Era otra de sus claves privadas. Cada vez había más judíos que intentaban salir de Marruecos y, con el apoyo de Francia y el Reino Unido, el Estado de Israel estaba abriendo nuevas vías de escape. Las limitadas remesas que accedían a Málaga a través de Melilla se habían revelado insuficientes, y se estaba estudiando la opción de fletar barcos enteros con destino a Gibraltar. Para acoger a todos esos refugiados, sus contactos gibraltareños se habían comprometido a habilitar un antiguo campamento militar. A esos contactos Samuel y Mordecai los llamaban «titís», como los monos típicos del Peñón.

—Vamos —dijo Samuel, guardándose la *kipá* en el bolsillo, y sus hermanas le siguieron por la calle López Moreno.

A comienzos del verano, Rebeca y Esther se habían instalado en el piso de General O'Donnell. Tenía toda la lógica del mundo. Ante el previsible trasiego de evacuados a diferentes horas del día y de la noche, Samuel se había deshecho de Rachida buscándole otra casa en la que servir. Contratar a una nueva *fatma* estaba descartado, así que Rebeca y Esther se habían hecho cargo de la organización doméstica sin necesidad de que su hermano se lo pidiera. Al principio, le dedicaban una o dos horas al día, y sólo pasaban más tiempo en el piso si había que atender a algún grupo de judíos en tránsito hacia Málaga. A medida que esos tránsitos se hacían más frecuentes, las estancias se prolongaban, y en un momento dado las cosas cayeron por su propio peso: ¿para qué irse a dormir a su casa, teniendo habitaciones libres?

La convivencia con sus hermanas había devuelto a la vida de Samuel algunas de las tradiciones de su infancia. Por ejemplo, la clásica comida de Shabat, la *adafina*, que no todas las mujeres preparaban con tanto esmero como Rebeca y Esther. Daba gusto ver cómo la servían: las patatas, el arroz y las rodajas de carne en fuentes distintas, los garbanzos y el caldo juntos en la misma sopera. Samuel no sabía cómo sería la *adafina* en otras casas, pero a él aquélla le encantaba: la textura de la carne caramelizada, el penetrante aroma del caldo, el color oscuro de las patatas le retrotraían a los viernes de su niñez, cuando su madre, en la pequeña casa de la calle Alta, se pasaba horas cocinando la *adafina*, que luego mantenía a fuego lento hasta el sábado. También era cierto que no todas las semanas le apetecía comer lo mismo. Samuel habría podido exigir que algún Shabat le sorprendieran con un plato diferente, pero eso las habría obligado a cocinar por partida doble. Y por otro lado, ¿cómo negarse a compartir la *adafina* sin herir sus sentimientos? Al final, lo más práctico era contemporizar.

Había empezado contemporizando con lo de los cangrejos, y no se arrepentía. Una tarde había llegado a casa con unos cangrejos de río que le habían regalado en el puerto, y Esther los había agradecido con una sonrisa y se los había llevado a la cocina. Samuel ya casi ni se acordaba de que el único pescado que los buenos judíos podían comer era el pescado con escamas. Pasados unos días, cayó en la cuenta de que nunca habían llegado a servirle esos cangrejos, pero prefirió no protestar. Jamás supo qué había sido de los cangrejos.

Sus hermanas no buscaban imponerle nada. Se limitaban a hacer su vida como si siguieran viviendo en su propio piso, y a él le resultaba más cómodo adaptarse a la nueva situación que esperar de ellas que se adaptaran a la anterior. Pero eso no implicaba por su parte ningún reencuentro con la fe. El mismo hecho de que ahora, antes de cada comida, fuera él el encargado de bendecir el vino y el pan y los frutos de la tierra no debía interpretarse como un indicio de religiosidad. Para él era sólo una cuestión de respeto a la tradición: si alguien tenía que recitar las fórmulas de bendición (y estaba claro que, tratándose de Rebeca y Esther, iba a ser así), lo lógico era que fuera él, que era el hombre de la casa, ¿no? Lo mismo podía decirse de Mimona, la última noche de Pesaj, en la que la tradición prescribía que el cabeza de familia entregara un dátil untado en miel a cada uno de sus deudos. Si no entregaba él los dátiles a sus dos hermanas, ¿quién lo iba a hacer? ¿El vecino? Ni siquiera la recuperada frecuentación de la *tefilá* tenía para él tanto un sentido religioso como social: ¿cuántas de aquellas personas acudían, como él, a la sinagoga sólo para ver y dejarse ver, para no perder el contacto con los demás, para seguir sintiéndose parte de la comunidad?

La prueba de que Samuel no había cambiado estaba en las *mezuzás*, esas cajitas alargadas que atesoraban trozos de pergamino con versículos de la Torá. En las casas judías solía haber una *mezuzá* junto a la entrada y algunas más repartidas por las puertas de las habitaciones, y los creyentes posaban sus dedos encima cuando querían encomendarse a Dios o hacerle alguna petición. El día en que Samuel, entre otras pertenencias que Rebeca había traído de su casa, descubrió una de esas *mezuzás*, se limitó a comentar:

—No me parece mal que la pongas en tu habitación...

Y así quedó claro que no iba a consentir ninguna *me-*

*zuzá* fuera de sus dormitorios, que en realidad para él seguían siendo los dormitorios de Miriam y Sara.

El domingo, a punto ya de salir hacia el puerto, se despidió de sus hermanas, que le abrazaron y le desearon buen viaje. Cuando ya se iba, se volvió un momento a mirarlas y las descubrió tocando precisamente la *mezuzá* y susurrando una oración con los ojos cerrados. A su manera sencilla y antigua, eran buenas mujeres.

Viajó a Málaga en el buque correo, y de allí fue en tren a Madrid, y de Madrid nuevamente en tren hasta Zaragoza. Miriam le recibió en el andén y le acompañó a la calle, donde Mercedes y Felisa estaban esperando junto al Seat 1400 con el maletero abierto. Le hicieron sentar al lado de Felisa. No era la primera vez que iba en el coche, y siempre prestaba atención a la manera de conducir de Felisa. Lo hacía ésta con cierta brusquedad, anunciándose con un bocinazo en las curvas, sacando la mano por la ventanilla en los adelantamientos, esquivando los baches con inesperados golpes de volante. Samuel se volvió y buscó a su hija con la mirada.

—Pareces preocupada... —dijo.

Miriam negó con la cabeza y sonrió. Al día siguiente tenía la petición de mano, y la que de verdad parecía preocupada era Mercedes, quien, tras muchas vacilaciones, había decidido que el acto tendría lugar durante una comida en el restaurante del Gran Hotel. Sus explicaciones sonaban a excusa: que si en la casa todo estaba aún manga por hombro (no era cierto), que si todavía no les habían instalado el teléfono (¿y eso qué importaba?), que si ya habría tiempo de invitar a los consuegros al chalet... La comunicación entre Mercedes y Samuel seguía siendo complicada. Ponían tanto empeño en esquivar los posibles motivos de conflicto que casi no les quedaban temas de conversación. Samuel, incluso, ignoraba cómo se las había arreglado su mujer para financiar la compra del coche. Sabía que había empeñado o vendido algunos objetos valiosos, pero no sabía a ciencia cierta ni cuántos ni cuáles. Preguntarlo estaba descartado. La tarde en que se le ocurrió señalar la ausencia del reloj de pared, su mujer había reaccionado como una tigresa herida:

—¡Sí!, ¡y tampoco está el Unceta, el Unceta dedicado a mi abuelo! —había exclamado, dando a entender que cualquier otro sacrificio resultaba insignificante al lado de ése.

A veces, en los ratos muertos, Samuel se descubría a sí mismo tratando de hacer un inventario mental de cosas que faltaban y cosas que no. La plata de la cómoda: ¿estaba toda o no?, ¿y seguro que las piezas que no estaban no se habían quedado en el piso de Melilla o en el de Málaga? Y todos esos sospechosos huecos en la vitrina...: ¿a qué correspondían? En realidad, no tenía nada en contra de la compra del Seat. Más bien al contrario. Lo que no estaba eran cosas de las que apenas se acordaba y lo que sí estaba era el Seat, que hacía más cómodas sus estancias en Zaragoza. Para él el error (aunque se guardaba mucho de manifestarlo) no había sido comprar ese coche sino comprar esa casa.

Debido a los charcos y a los pájaros de la urbanización, el coche estaba casi siempre sucio de barro y cagadas. El día de la petición de mano de Miriam, Felisa se pasó dos horas limpiándolo concienzudamente. Luego, por adornarlo un poco, colocó unos lazos blancos en el espejo retrovisor y los tiradores de las puertas. Samuel, ya arreglado para la comida, salió a mirar. Golpeteó con el índice el paquete de Camel hasta que asomó un cigarrillo, y no pudo evitar exclamar:

—¡Cómo brilla! ¡Parece nuevo!

A partir de ese momento, todo fue mal. Salieron a la carretera y llegaron a la avenida de Madrid. En el primer ceda el paso les paró un guardia. Felisa mostró la documentación del coche pero no el carnet de conducir.

—No tengo —dijo, simplemente.

—¿Cómo que no tienes? —dijo Mercedes, incorporándose en el asiento trasero.

—No tengo.

—¿No dijiste que sabías conducir? —rugió Samuel.

—Saber, sé. Lo que no tengo es carnet.

—¡Válgame Dios! —dijo Miriam.

—En el pueblo nunca ha hecho falta —se justificó Felisa, tan tranquila.

Se llevaron todos las manos a la cabeza. El guardia ordenó a Felisa que aparcara. Luego les hizo salir y echó un vistazo a su ropa de fiesta: a la americana cruzada y el panamá nuevo de Samuel, al conjunto de organza y tul de rayón de Mercedes, al vestido de gasa con escote palabra de honor de Miriam. El inclemente sol de septiembre proyectaba sus sombras sobre la acera de la avenida y, así vestidos, la curiosidad de los transeúntes les hacía sentir doblemente ridículos. El guardia redactaba con lentitud la denuncia. Entre una cosa y otra, ya era la hora de la comida.

—¡Qué mala impresión se van a llevar los palomos! —se lamentó Mercedes.

—¿Los palomos? —preguntó Miriam, suspicaz.

—Ay, hija, es una forma de hablar...

—¿Pero cómo que los palomos? ¿Por qué los has llamado así?

En cuanto el guardia concluyó, Samuel mandó a Felisa de vuelta a casa y echó a andar. Su mujer y su hija, ambas con zapatos de tacón alto, le seguían en fila india y rezongando. Si Samuel se volvía de vez en cuando, no era para esperarlas sino para ver si por casualidad pasaba algún taxi libre.

No pasó ninguno. Llegaron al Gran Hotel con un humor de perros y más de media hora de retraso. Teresa y la familia de Ramiro llevaban todo ese tiempo esperando en uno de los salones, y parecían habérseles acabado los temas de conversación.

—¡Menos mal! ¡Ya creíamos que os había pasado algo! —exclamó la monja.

La petición de mano resultó bastante desastrosa. El padre y las hermanas de Ramiro, los tres con unos mofletes idénticos, hablaban poco. En cambio, la madre y la abuela, en su afán por ensalzar las virtudes del joven, se interrumpían la una a la otra en el uso de la palabra. «Un chico muy listo y trabajador», decía la madre. «Tiene un puesto estupendo en la caja de ahorros», decía la abuela. «Lo suyo no son las cartillas y todo eso», decía la madre. «¡Lo suyo son las inversiones!», decía la abuela. Parecían tratantes intentando subir el precio del género. Pero no había precio que subir porque el arreglo estaba ya hecho, y eso a Samuel se le antojaba aún más irritante: ¿qué pretendían esas dos cacatúas?, ¿dejar bien claro que en esa transacción eran ellas las que salían perdiendo? Se concentró en su trucha. Separó la piel, apartó unas cuantas espinas, le echó un chorrito de limón.

—¿Y la chica? —oyó preguntar a la vieja.

Mercedes pensó que le correspondía contestar a él y no dijo nada. Samuel, a su vez, esperaba que fuera ella la que hablara. Pasados esos segundos de incertidumbre, todo lo que Mercedes acertó a decir fue:

—Sabe cantar...

Samuel acudió en auxilio de su mujer:

—Y tocar el piano.

Hubo una pausa, y Miriam les miró desolada: ¿eso era ella?, ¿una chica sin ningún oído para la música que sabía cantar y tocar el piano?, ¿tanto pensar para eso? Menos mal que intervino Ramiro para decir:

—Y es buena y es hermosa y es delicada y es dulce...

Miriam entornó los ojos con modestia y le cogió de la mano. Samuel y Mercedes intercambiaron una mirada de reproche. Concluyó Ramiro:

—No hay en todo el planeta nadie mejor para ser la madre de mis hijos.

La conversación tomó otros derroteros. Las dos mujeres hablaron de varios miembros de la familia que en el pasado habían gozado de cierta posición social. Mercedes se sentía más cómoda en ese terreno, y contó algunas anécdotas que la tradición familiar de los Campillo atribuía a su abuelo Federico. En un momento dado, la madre de Ramiro se dirigió a Samuel para interesarse por su origen.

—Melilla —contestó él.

—Sí, pero ¿antes de eso? No puede haber apellidos de Melilla.

—El mío lo es. Caro. Un apellido de Melilla. Un apellido judío de Melilla.

La mujer, creyendo que bromeaba, soltó una risita. Pero Samuel no estaba para bromas.

—¿Los judíos no tenemos derecho a un apellido? —dijo, y Mercedes se sintió obligada a terciar:

—Ella no ha querido decir eso...

—Ha dicho lo que ha dicho: que no puede haber apellidos de Melilla.

—¡Samuel, por favor!

Nadie de la otra familia supo qué decir, y Teresa se apresuró a desviar la conversación. Samuel buscó con los ojos a Miriam pero ella se las arregló para esquivar su mirada. Su enfado no iba dirigido tanto hacia esa gente como hacia ella, a la que tácitamente responsabilizaba de haber querido borrar esa parte de su pasado. ¿No había tenido, en esos seis meses de noviazgo, una sola ocasión de comentárselo a Ramiro? ¿No había hecho la menor alusión a esa circunstancia en sus confidencias de enamorados, en las que lo normal es ansiar averiguarlo todo sobre el otro? Por lo que a él respectaba, Miriam y Ramiro se podían casar por el rito católico o por el esquimal o por el zulú. Eso a él ni le iba ni le venía y, desde luego, jamás se le ocurriría meter a un rabino de por medio. Pero una cosa bien distinta era que su hija tratara de ocultar su origen. ¿Se avergonzaba de él y de su sangre judía?

El vino fue poco a poco haciendo su efecto y, cuando llegó el carrito de los postres, el ambiente era mucho más relajado. Se hacían inofensivas bromas sobre la parejita, se recordaban travesuras de infancia, se formulaban deseos de salud y felicidad. Alguien volvió al tema de los hijos: ¿cuántos querían tener?, ¿preferían que el primero fuera niño o niña?, ¿cómo lo llamarían? Samuel, medio en broma, medio en serio, y también algo bebido, dijo:

—Si es niño, Samuel, ¿no? Como su abuelo.

Miriam y Ramiro, cogidos de la mano, no parecían muy convencidos.

—Nosotros habíamos pensado ponerle Jorge —dijo él—. O Ignacio. Y si es niña...

—¿Jorge? ¿Como Jorge Sepúlveda, el de *Mirando al mar*?

Todos sonrieron. Acompañándose de un leve contoneo, Teresa canturreó:

—«Mirando al mar, soñé que estabas junto a mí. Mirando al mar, yo no sé qué sentí que de ti me enamoré...»

—Yo también soy moderno. Ahora los niños no tienen por qué cargar con el nombre del abuelo —proclamó Samuel—. Pero Jorge, Ignacio..., qué nombres tan sosos. ¿Qué tal León? ¿O Moisés?

Mercedes y Miriam, que intuían por dónde iba, se pusieron serias. Los demás seguían sonriendo.

—Moisés es un nombre hermoso, sonoro, apropiado para alguien que está llamado a hacer grandes cosas.

Moisés de Miguel Caro. Suena bien, ¿no? El doctor Moisés de Miguel Caro, el ingeniero Moisés de Miguel Caro... Pero si no os gusta, pues nada. ¿Qué tal Isaac? ¡El notario don Isaac de Miguel Caro! O Saúl. ¿Y Daniel? ¿Qué os parece Daniel? ¡Desde luego, mucho más bonito que Jorge o Ignacio!

Ahora todos sabían de qué iba aquello, y nadie decía nada. Se oyó algún carraspeo. Samuel hizo un gesto histriónico de sorpresa y prosiguió:

—¿Qué os pasa que no os gusta ninguno de esos nombres? ¿Qué es lo que no os gusta de ellos?

—Daniel no está mal... —acabó admitiendo Ramiro, y Miriam le dio la razón:

—Sí, Daniel está bien.

—¡Claro que está bien! —Samuel asintió vigorosamente con la cabeza, y luego, dando el asunto por zanjado, añadió—: Bueno, ¿dónde está ese anillo de pedida? Hemos venido aquí para algo.

Las despedidas fueron breves y precipitadas, y diez minutos después cada familia se fue por su lado. El lunes por la tarde, una grúa acudió a la avenida de Madrid y remolcó el Seat 1400, que quedó arrumbado bajo unas mantas viejas en el jardín del chalet.

Desde que solicitaron la instalación del teléfono hasta que finalmente la consiguieron, pasaron nada menos que catorce meses, y eso a pesar de que a lo largo de todo ese tiempo Mercedes y Miriam se presentaban con frecuencia en las oficinas de la compañía para mostrar interés y tratar de acelerar las cosas. Las atendía siempre uno de los empleados de más edad, un hombrecito con cara de pájaro al que todos llamaban don Fermín. Éste parecía haberles cogido cariño: las hacía pasar antes que a otros, les preguntaba por la salud y la familia y, con un guiño amistoso, les susurraba que su solicitud había sido incorporada a la carpeta de lo que él llamaba los expedientes especiales. Mercedes y Miriam no sabían lo que quería decir eso pero lo interpretaban como una buena señal, y salían de allí con la sensación de que esa vez sí, esa vez seguro que les ponían el teléfono... Un domingo se pasaron la tarde copiando todos los números de parientes y allegados en una agenda obsequio de una casa de seguros. Otro día, como alguien les había comentado que a partir del tercer minuto el coste de la llamada se disparaba, compraron un reloj de arena en el que las ampollas de vidrio tardaban exactamente ese tiempo en vaciarse. Y otro día encontraron en una ebanistería la mesita ideal para el reloj de arena, la agenda y el teléfono, y la pusieron en el hueco dejado meses atrás por el reloj de pared (aquélla fue para Mercedes la manera de indicar a Samuel que ese reloj y el Unceta y todo lo demás no habían sido empeñados sino vendidos). Pero todos esos preparativos sólo servían para que la larga espera se les hiciera aún más fatigosa. Un año y pico después de solicitar la instalación, lo tenían todo menos el teléfono, y esa esquina del salón recordaba una triste hornacina de la que hubieran robado la talla del santo.

Desanimadas, madre e hija se pasaron otra vez por las oficinas de la compañía. Don Fermín las reconoció con una sonrisita y luego se las arregló para colarlas. Antes de que el empleado tuviera tiempo de interesarse por su salud, Miriam se encendió un cigarrillo y dijo:

—Mire, don Fermín, la verdad es que estamos hartas. Sé lo que me va usted a decir. Que ya falta poco. Que tengamos sólo un poquito más de paciencia. Que estamos en la carpeta de los expedientes esos... ¿Qué es lo que tenemos que hacer? ¿Ofrecerle una gratificación bajo mano? ¿Es eso lo que lleva todos estos meses sugiriéndonos?

A don Fermín pareció darle un sofoco: ¡pero por favor...!, ¿cómo habían podido ellas creer...? Miriam, implacable, contestó que ella ni creía ni dejaba de creer: se limitaba a constatar lo mal que funcionaban las cosas en España. La discusión se prolongó durante varios minutos en esos mismos términos, y Mercedes asistió a ella en completo silencio. Aquél fue el momento en el que Miriam, con veintiocho años bien cumplidos, se le apareció por primera vez como una persona hecha: una persona adulta, responsable, capaz de resistir las asperezas de la vida. También, para su disgusto, como una persona liberada de su influencia y su tutela. Mercedes, que tal vez tendría que estar satisfecha u orgullosa, experimentó en cambio una punzada de lástima por sí misma. Abolido ese resto de autoridad, se sentía más vieja y más inútil que antes.

—Déjalo ya, hija —intervino finalmente—. Estoy segura de que don Fermín es muy consciente de nuestra contrariedad.

¿Eran los planes de boda lo que había operado ese cambio en su hija? También podía ser que sólo fuera el paso del tiempo. A Mercedes le daba la impresión de que el tiempo había empezado a pasar muy deprisa. Los fines de semana, cuando veía a Miriam quedarse traspuesta en el sofá, la miraba con melancolía. ¡Cuántas tardes la había visto así y qué pocas le quedaban ya! Lo peor de todo era que, aunque con Miriam las cosas estaban saliendo tal como ella quería y no tenía ningún motivo de queja o reproche, eso no sólo no la hacía feliz sino que la sumía en una tristeza insuperable.

Oyó el sonido de unos tacones y dio un respingo.

—¿También hoy vas a salir? —protestó.

—Es domingo, señora. —Felisa sacudió en el aire su pañuelo de flores antes de ponérselo en la cabeza—. Digo yo que los domingos podré hacer lo que quiera.

—Como habíamos hablado de empapelar el despacho...

Delante del espejo, Felisa terminaba de ajustarse el pañuelo. Luego se puso unas gafas de sol.

—¿Y esas gafas?

—Me las ha dejado la señorita Miriam.

—¡Pero si está nublado!

—Bueno, me voy.

Mercedes fue hasta la ventana de la cocina y la vio cruzar el jardín. Tenía que reconocer que con la ropa de su hija parecía hasta distinguida. Sólo sus andares demasiado rígidos la delataban. No estaba acostumbrada a los zapatos de tacón, y cada varios pasos, como si temiera tropezar, arqueaba un poco las piernas para afirmarse mejor en el suelo. Al llegar a la verja, se volvió hacia la casa y dijo adiós con la mano. Mercedes resopló.

Era la época del novio cerrajero. Mercedes no sabía ni cómo ni cuándo se habían conocido, y fingía no tener el menor interés en averiguarlo. Por algún motivo, la irritaba la complicidad que se había establecido entre Felisa y Miriam. Quizás el hecho de tener aquélla un pretendiente y estar ésta a punto de casarse las hacía sentirse más cercanas la una a la otra, y había algo en su trato que la excluía. Y eso de que su hija le prestara ropa le resultaba cuando menos desconcertante...: ¡qué sensación tan extraña ver a Felisa paseándose por la ciudad disfrazada con las faldas y las rebecas de Miriam! Luego estaba el asunto de la edad. Felisa era sólo once años mayor que Miriam pero, a juicio de Mercedes, mediaba un abismo entre ellas: su hija estaba en edad de casarse, y Felisa no. Se guardaba mucho de criticarla abiertamente, pero en sus conversaciones se le escapaban con frecuencia comentarios del tipo:

—¿De qué habláis cuando estás a solas con tu novio? ¿Habláis de amor? ¿Os llamáis «pichoncito mío» y esas cosas? ¿Y no os sentís un poco ridículos, a vuestra edad? Eso se hace cuando se tienen veinte años.

Felisa nunca replicaba. Era Miriam la que a veces, con un gesto o un bufido, exigía a su madre un poco de consideración. Empezó a hacerlo cuando Mercedes se acostumbró a llamar palomo al cerrajero. ¿De dónde habría sacado esa palabra? Nunca se la había oído decir, y ahora resultaba que para ella todos eran palomos: el novio de Felisa, Ramiro, la familia de Ramiro... «¡Ay, hija!, ¡ni que fuera un insulto tan grave!», se defendía Mercedes, y Miriam decía: «Tal como tú lo pronuncias, sí.»

Quién sabe si debido a las presiones de Miriam o simplemente porque ya les correspondía, una mañana apareció un operario para instalar el teléfono. Fue ésa la única vez que Felisa replicó a las insinuaciones de Mercedes. Era un jueves del mes de marzo, y Samuel tenía previsto llegar dos días después. Mercedes, excitada, indicó al hombre la mesita con la agenda y el reloj de arena. El hombre se pasó un rato trayendo cosas del motocarro y calculando los metros de cable que serían necesarios. Ese año estaba de moda la canción *Volare*. El hombre, de unos cuarenta años, grandote, con cara de buena persona, no se sabía la letra, y se limitaba a repetir una y otra vez: «Vooolare, u-u, caaantare, u-u-u-u, vooolare, u-u, caaantare, u-u-u-u...» Dijo Mercedes:

—Felisa, ve a ayudarle.

—No creo que haga falta.

—Pues no vayas. Pero ofrécele algo. Un zumo, un café, lo que sea.

La criada salió a tender las sábanas en la parte de atrás. Luego llegó con el cubo vacío y se agachó a enjugar un reguero de agua que había dejado al pasar. Miriam, arreglada para salir, se asomó a la cocina, donde Felisa ponía ahora unas lentejas en remojo. El agua empezó a borbotear en la cafetera. El repiqueteo del martillo indicaba que el operario estaba todavía junto a la entrada. Felisa fue a llevarle el café. Cuando volvió, Miriam ya se había marchado y Mercedes se estaba sirviendo una taza pequeña.

—Qué hombre tan simpático, ¿verdad? —dijo, de buen humor—. Tendrías que buscarte uno así, uno que valga la pena...

Fue entonces cuando Felisa dijo:

—¿Quién es usted para dar consejos?

Mercedes interpretó que le estaba echando en cara sus fracasos familiares. Ofendida, dejó la taza en el fregadero y se encerró en su habitación. Tenía que despedirla. Tenía que despedir a Felisa ese mismo día. Si lo dejaba para más adelante, no sabía si tendría el valor suficiente. Ni siquiera lo consultaría con Miriam o con Teresa. Esperaría a que se fuera el del teléfono y le diría: «Recoge tus cosas y márchate, ya no necesito tus servicios.» Se miró un instante en el espejo del tocador. Se imaginó a sí misma unos años después: una vieja huraña a la que ni siquiera aguantaría la criada... Si la idea de acabar quedándose sola la intimidaba, la de acabar viviendo con una mujer como Felisa le parecía horrenda.

—«Vooolare, u-u...» —seguía oyéndose a través de la pared.

No salió del dormitorio hasta que definitivamente cesaron los martillazos. En el salón, Felisa repasaba los rodapiés con la punta de la escoba. El hombre, con la postura de quien está ejercitando los bíceps, utilizaba su propio brazo para enrollar el cable sobrante. Mercedes descolgó el teléfono y pegó el oído al auricular. Después abrió la agenda por la M de Melilla, dio la vuelta al reloj de arena y encajó el dedo índice en el disco. La operadora le puso con la oficina.

—¿Sagrario? ¿Me oyes? ¿Me oyes bien, Sagrario?

Por algún motivo, se sentía obligada a hablar en voz

muy alta, cosa que no le ocurría cuando llamaba desde el teléfono de fichas de la gasolinera. Así, a gritos, le dictó el número de teléfono y le preguntó si Samuel había embarcado en el buque correo. Cuando colgó, el operario estaba todavía rellenando impresos. Terminaron con los trámites y Felisa le acompañó a la salida. Mercedes pensó que ése era el momento de hablar con ella e intentó recordar alguna de esas fórmulas que poco antes le habían parecido sencillas e inapelables. Pero no llegó a decir nada, porque justo en ese instante sonó el timbre del teléfono. Su primera reacción fue de desconcierto: ¿qué ruido era ése? La segunda fue de incredulidad: ¿cómo podía ser que estuvieran llamando si nadie más que Sagrario conocía el número?

—Diga —dijo, y luego—: ¿Yaacob? ¿Yaacob Benzaquén?

Aunque sólo oía las respuestas entrecortadas de Mercedes, Felisa no tuvo problemas para deducir lo principal: el rabino Benzaquén estaba tratando de localizar a Samuel para decirle que Aarón Cohén, el peluquero con el que Sara se había fugado, había sido visto en la sinagoga de Barcelona... La conversación acabó y Mercedes se dejó caer en el sofá. Estaba como paralizada.

—Sarita... —dijo y, como hablando para sí, añadió—: ¿Cuánto tiempo ha pasado? Cuatro años. Cuatro años y dos meses.

Aturdida y llorosa, ni siquiera sabría decir en qué momento sacó Felisa su maleta de cartón y empezó a meter prendas de vestir.

—¿Se puede saber qué estás haciendo?

—No pensará estarse así toda la tarde... Le acaban de dar una pista para localizar a su hija, y no se le ocurre otra cosa que quedarse ahí como un pasmarote. ¿Dónde tiene el neceser? ¿Le pongo alguna colonia especial? He metido también un cepillo...

Mercedes miraba a Felisa sin comprender. Felisa iba y venía y no paraba de hablar:

—Tendría que estar contenta. La vida le está ofreciendo la oportunidad de corregir algo que hizo mal. Si no sale ahora mismo en busca de su hija, no se lo perdonará jamás. Y nunca volverá a dormir tranquila. Supongo que no es eso lo que quiere. Cada minuto que pasa es un minuto más que acabará echándose en cara. Pero dúchese, si quiere. Nos espera un largo viaje.

Felisa se sentó encima de la maleta para aplastarla. Al ver que la otra, atónita, seguía sin reaccionar, se impacientó:

—¡Si las cosas le salen mal, a lo mejor es porque también usted ha hecho algo mal! ¿O es que su idea de la felicidad consiste en expulsar de su vida a la gente a la que quiere? Una hija se le escapó de casa, con su marido casi no se habla desde aquella famosa comida... ¡Y usted, venga a lamentarse, como si no tuviera la culpa de nada! La culpa siempre es de los demás, nunca suya, ¿verdad? Piénselo, señora. Mire a ver qué es lo que hizo para que las cosas salieran como salieron. Y si hizo algo mal, tendrá que corregirlo, digo yo. Si no logró evitar que su hija se marchara, tendrá que luchar por recuperarla.

Mercedes, más débil que nunca, estaba a punto de echarse a llorar. Felisa, acuclillada, pasaba las correas por las trabillas. Luego se levantó y salió al jardín. Mercedes, desde el sofá, la vio sacudir y plegar las mantas que cubrían el Seat 1400. Cuando la criada entró buscando un sitio donde dejarlas, le dijo:

—Guarda esa maleta y coge una de las mías. Una de las buenas. Ésa es una birria.

Era ya noche cerrada, y a esas horas por la nacional sólo circulaban camiones. La sierra de los Monegros, a la izquierda, apenas si se distinguía del negro cielo. Con gesto desabrido, Mercedes mantenía la mirada fija en la zona de la carretera iluminada por los faros. Soplaba bastante viento. Cuando se cruzaban con un camión, Felisa agarraba el volante con ambas manos. Si durante un rato no se cruzaban con ninguno, canturreaba el estribillo de siempre: «Vooolare, u-u, caaantare, u-u-u-u...»

—Si no te la sabes, no cantes.

—Qué quiere. Se me ha pegado la cancioncilla.

Al cabo de unos kilómetros, intentó iniciar una conversación:

—Tendrían que inventar un teléfono que funcionara dentro del coche. ¿Se imagina ir hablando y conduciendo a la vez? Pero, claro, eso es imposible. ¡Menudo lío de cables por la carretera! Estarían todo el rato enredándose.

—¿Te quieres callar?

No volvieron a abrir la boca hasta que entraron en Fraga.

—Digo yo que algo tendríamos que cenar.

Como Mercedes no dijo nada, siguieron camino de Lérida.

—¿Y si nos para la policía y me pide el permiso de conducir? ¡Estaría bueno! Las dos aquí, a estas horas, sin tener dónde meternos...

—Para allí.

—¿Qué?

—Que pares junto a aquel cartel.

—¿El que tiene forma de cocinero?

Estaban ya a la entrada de Lérida. Era el clásico restaurante de camioneros, con manteles de hule y chorizos colgados detrás de la barra. El camarero les sugirió los caracoles *a la llauna*, y Felisa, al ver una foto con decenas de caracoles apretados sobre una plancha de hierro, no pudo evitar echarse a reír. Mercedes, algo más relajada, no se lo recriminó. Acabada la cena, volvieron al coche, y ya no la hacía callar si tarareaba algo o hacía algún comentario insulso. Subieron las cuestas de La Panadella y las del Bruc pegadas a un camión que no alcanzaba ni los treinta kilómetros por hora. Pararon en la primera gasolinera con la intención de echar una cabezadita, pero no se despertaron hasta que ya era de día. A pocos metros del coche, una señal decía: BARCELONA 50 KMS.

—¡Barcelona! —exclamó Felisa, desperezándose.

Llegaron a la ciudad y, después de mucho preguntar, consiguieron dar con la sinagoga, que estaba en la calle Porvenir. Era ésta una calle discreta y poco transitada, y entre dos elegantes villas con jardín estaba el edificio, una casa blanca de cuatro pisos y cierto aire neoclásico construida pocos años atrás. No había ningún rótulo o placa que la identificara como sede de la Comunidad Israelita. Llamaron varias veces al timbre pero nadie salió a abrir.

—¿Seguro que es aquí? —dijo Felisa.

Mercedes señaló el enrejado de las ventanas, en el que podían distinguirse motivos hebraicos como la *menorá* y la estrella de David.

—Yo me la imaginaba más... —Felisa se paró a pensar—. No sé. Más como una mezquita o una pagoda o algo así.

—¡Una pagoda! —Mercedes soltó una risita—. ¿Qué día es hoy?

—Trece.

—De la semana.

—Viernes.

—Vámonos.

Bajaron con el coche por Muntaner y cogieron una habitación en la primera pensión que encontraron. Después salieron a dar una vuelta. Felisa, que nunca antes había estado en una ciudad tan grande, lo miraba todo con curiosidad y entusiasmo. El lujo de los escaparates del paseo de Gracia la tenía hipnotizada. Mercedes le hablaba de sus estancias en París:

—Todo esto es muy bonito, pero donde estén los Champs-Élysées...

Recorrieron luego las Ramblas, parándose ante todos los puestos de flores y pájaros. Se asomaron al puerto y Felisa se santiguó, extasiada.

—No me digas que es la primera vez que ves el mar —dijo Mercedes.

—¡Qué grande es! Por mucho que te digan, nunca eres capaz de imaginártelo. Lástima no tener una cámara.

—Te compro una postal.

—No sería el mismo mar. Es como si, en vez de la foto de mis sobrinos, llevara en mi cartera la de los sobrinos de otra.

Visitaron también Santa María del Mar y la catedral y comieron algo en cualquier sitio antes de volver a la pensión a descansar. A Mercedes le resultó extraño tener que compartir habitación con alguien que no era de la familia. Era la primera vez que lo hacía desde hacía más de cuarenta años, desde el internado. Cuando vio a Felisa coger su toalla y salir en busca del baño, dijo:

—No tardes mucho. Tenemos que estar en la sinagoga antes de la puesta de sol. Es cuando empieza el Shabat.

—Para esta gente el domingo es el sábado y empieza el viernes por la tarde. Usted me perdonará, pero no hay quien los entienda.

Acudieron a la calle Porvenir, y ya estaba llegando gente. Mercedes tenía previsto entrar y preguntar por el rabino, pero no llegó a hacerlo porque un joven delgado y de grandes ojos oscuros fue a su encuentro. Era Aarón Cohén, que le dijo:

—Buenas tardes, doña Mercedes.

Las primeras dos semanas después de dejar Melilla las habían pasado en Torremolinos, en el Miami, uno de los modernos hoteles que Sara había visto desde el Fiat del Niño Quiñones. Era un hotel grande y bonito, muy andaluz, con las paredes blancas, puertas en forma de arco y tejadillos de tejas rojas. Aarón y Sara eran guapos y jóvenes y estaban enamorados, y la cantidad en metálico de la que disponían por el traspaso de la peluquería se les antojaba inagotable. ¿Qué más podían pedir? Durante esas dos semanas se dedicaron sólo a quererse y ser felices: paseaban por la playa cogidos de la mano, almorzaban pescadito frito en las terrazas, por la noche visitaban los salones de baile. La posibilidad de que un conocido (¿el propio Quiñones?) apareciera por allí era remota y, a pesar de todo, Sara sentía un leve escalofrío cada vez que se cruzaban con un policía o una pareja de la guardia civil. La felicidad parecía condenada a estar siempre amenazada y en peligro.

Pasadas esas dos semanas, viajaron a Madrid, donde un amigo de Aarón le había prometido un empleo, y se instalaron en una lúgubre pensión de la calle del Príncipe. El amigo, que había trabajado de fogonero en el ferrocarril que unía el poblado minero de Uixan con Melilla, no le defraudó, y a los pocos días fue aceptado a prueba en el elegante salón-peluquería del hotel Florida, en la plaza de Callao. El trato afable y la destreza con la navaja y las tijeras le confirmaron en el puesto, y Sara y él abandonaron la pensión para mudarse a un bonito piso de tres habitaciones en la calle Viriato. La propietaria, al enseñárselo, les había sugerido cuál de los dormitorios podía ser el de los niños y cuál el de las niñas. Al igual que esa mujer, todos aquellos con los que tenían algún trato los consideraban una pareja de recién casados, y con frecuencia rayaban en indiscreción las alusiones a esos niños que ya no podían tardar en llegar. Sara, encantada con su papel de joven ama de casa, bajaba la mirada y sonreía con modestia.

El problema era que no estaban viviendo la vida real sino una suerte de ficción. Se presentaban como marido y mujer, se comportaban como marido y mujer, se consideraban marido y mujer. Pero no eran marido y mujer, y para casarse, como para cualquier otro trámite legal, Sara necesitaba la autorización paterna. Ese detalle, que antes de la fuga les había parecido intrascendente, fue poco a poco modificando el sentido de su existencia. Sí, tenían tiempo de sobra para empezar a pensar en regularizar su situación o en tener niños, y podían seguir viviendo indefinidamente tal como entonces vivían, pero mientras tanto tenían la sensación de encontrarse en un estado de provisionalidad, como actores que una y otra vez ensayan su función a la espera del gran momento, el momento del estreno. ¿Les llegaría también a ellos su momento?

De todos modos, dejarse llevar por la melancolía era un desperdicio, al menos en una ciudad como Madrid. Sara, más guapa que nunca, acudía a la puerta del Florida a esperar a Aarón, y todas las tardes daban un paseo hasta el Retiro o se metían en uno de los cines de la Gran Vía o se acercaban al barrio de Salamanca a curiosear en los escaparates. En cuanto llegó el buen tiempo, se acostumbraron a sentarse en alguna de las terrazas de la Castellana a tomar una horchata o una leche merengada. Eran lujos menores, lujos que en aquel Madrid sudoroso y hambriento cualquiera podía permitirse. O eso al menos pensaba Sara, que jamás se preguntó hasta dónde alcanzaba el sueldo de un peluquero. Cuando llevaban poco más de un año en la ciudad, se acabaron de golpe los ahorros de Aarón, y con ellos los cines de la Gran Vía y las horchatas y las leches merengadas. La única solución para sus maltrechas finanzas pasaba por aceptar algún huésped en el piso de la calle Viriato. El primero fue un catalán que llevaba una representación de cosméticos. Era limpio, discreto y puntual en el pago, y lo único que a Sara le disgustaba de él era que careciera de horarios fijos: podía presentarse en el piso a cualquier hora de la mañana o de la tarde, lo que la obligaba a vestir siempre con decoro y a tener la casa arreglada en todo momento. Sacrificada así su intimidad, fue ella misma la que propuso a Aarón alquilar también el otro dormitorio: ya puestos, ¿qué más daba uno que dos? Además del viajante catalán, durante los meses siguientes pasaron por el piso una maestra de León, un opositor a notarías, un practicante, un pastelero mallorquín y la viuda de un músico de la banda municipal. Cuando estaban a solas, Aarón, compungido, aseguraba a Sara que se trataba de una situación temporal, y ella le acariciaba la barbilla en silencio. Para entonces se había vuelto habitual que se encerrara por las noches a llorar en el cuarto de baño, el único lugar de la casa en el que podía gozar de auténtica soledad.

Un día de la primavera de 1957, Aarón le anunció que dejaban Madrid: un compañero de trabajo que acababa de heredar un local en Barcelona le había ofrecido montar una peluquería a medias. No lo había dudado ni un segundo. La vida que él quería para Sara era muy distinta de la que hasta entonces había podido darle, y estaba convencido de que con un cambio de ciudad las cosas mejorarían. Empaquetaron sus escasas pertenencias y se plantaron en Barcelona, donde el socio, que se llamaba Eusebio Baños, les había buscado alojamiento en un entresuelo de la calle Calabria. La alegría volvió de golpe a sus vidas. Los preparativos les tuvieron ocupados durante un par de meses, y la propia Sara colaboró haciéndoles batas de verano e invierno y bordándoles las iniciales en el bolsillo. Para ponerle nombre a la peluquería combinaron sílabas de sus nombres hasta dar con el acrónimo Barón, que les pareció sonoro y distinguido: Salón de Caballeros Barón. Por desgracia, en esa misma zona, en la calle Sepúlveda cerca de la plaza de España, había ya bastantes barberías, y los comienzos no estuvieron a la altura de su optimismo. Pasados unos meses, surgieron los primeros roces entre los socios. Eusebio se quejaba con frecuencia de la renta que podía haberle sacado al local, y Aarón se lo tomaba como un reproche personal. Cuando llegaba a casa, estaba cansado e irritable. Sara volvió a llorar por las noches en el cuarto de baño. Ni siquiera se consolaba fantaseando con la idea de quedarse embarazada, porque tener hijos fuera del matrimonio estaba descartado. Le parecía que su vida había quedado atrapada en un callejón sin salida. ¿Qué podían hacer si las cosas no mejoraban? ¿Aceptar también huéspedes en el entresuelo de la calle Calabria? ¿Liarse la manta a la cabeza e intentarlo de nuevo en otra ciudad? Para colmo, había meses en que no le bajaba la regla, y Aarón elevaba la mirada al techo y suspiraba: «¡Sólo nos faltaría eso!» Esa irregularidad debía de ser síntoma de algún desarreglo mayor. Durante una época sufrió mareos e inapetencia. Después tuvo fiebre y dolores de cabeza. El médico no acertaba a descubrir el origen de sus males, y Sara se pasaba días enteros sin levantarse de la cama. Entonces supo lo que era la soledad. «En la enfermedad siempre estás sola», pensaba. «Si hace frío o calor, lo hace para todos, pero, si estás enferma, da lo mismo que tengas a alguien al lado, porque eres tú y sólo tú la que está enferma...»

La tirantez con Eusebio iba en aumento. Aarón tenía la sospecha de que quería expulsarle del negocio pero no encontraba el momento de decírselo y, cuando surgía la posibilidad de una discusión, acababa mordiéndose la lengua para no darle motivos. Eso había dado lugar a una enojosa desigualdad: mientras uno expresaba libremente sus opiniones, quejas y protestas, el otro callaba. Desde la cama, tiritando de fiebre, veía Sara a

Aarón escribir largas cartas y meterlas luego en unos sobres apaisados con unos ribetes rojos, blancos y azules que recordaban los paneles exteriores de El Nuevo Fígaro. ¡Qué lejos quedaban aquellos tiempos en que, en alguna cafetería de la calle General Margallo, hacían planes para escapar de Melilla y vivir para siempre como dos enamorados! Un día, Aarón le dijo que acababa de tener noticias de un buen amigo que vivía en Venezuela y que ésa podía ser la solución a todos sus problemas. «¿Venezuela?», dijo Sara con la expresión de quien por primera vez escucha pronunciar esa palabra. Aarón le explicó que hacía años que los judíos estaban abandonando Marruecos con destino a Israel, Estados Unidos, Canadá, Venezuela... «¿Venezuela?», volvió a decir Sara. Aarón siguió mandando y recibiendo cartas. Venezuela, gracias al petróleo, era el país de las oportunidades. Todos los conocidos que habían emigrado se habían abierto rápidamente camino en la vida. Y todos parecían dispuestos a ayudarles. Aarón calculaba que, vendiendo a Eusebio su parte del negocio, les llegaría para los pasajes y los primeros gastos. A partir de ahí, la vida volvía a ofrecérseles con todo su esplendor... Sara le escuchaba hablar y no acababa de creer lo que oía. ¿Se había olvidado Aarón de cuál era su situación? ¡Pero si ni siquiera tenía pasaporte! «Sólo tenemos que hablar con tus padres», dijo él. Ella se enfadó. No podía ir a casa de sus padres a mendigar nada: le faltaba valor y le sobraba orgullo. Aarón dijo: «De acuerdo. No irás. Que vengan ellos, si quieren. ¿Serías tan mala hija como para no recibirles si llegaran a venir?»

Desde su llegada a Barcelona, casi no se había dejado ver por la sinagoga. A partir de entonces, la frecuentó un poco más. Un día esperó a que saliera el rabino, le siguió hasta la calle Laforja y le abordó. Le expuso su caso y humildemente le pidió consejo. El rabino llegó exactamente a la conclusión a la que él quería que llegara, y un viernes a la caída del sol se produjo el encuentro. Sólo un detalle no se ajustó a sus previsiones: el que tenía que estar era el padre de Sara, y no la madre acompañada de una desconocida.

—Buenas tardes, doña Mercedes.

Por un momento pareció que la mujer fuera a soltarle un bofetón. Aarón hizo un movimiento ambiguo, como si no se decidiera a tenderle la mano.

—¿Dónde está mi hija?

—Déjeme que me presente primero...

Felisa, menudita y tosca como era, desprendía sin embargo una rara autoridad. Dijo:

—Sabe muy bien quién eres. Ha venido a llevarse a su hija. ¿Dónde está? Cuanto antes acabemos con esto, mejor para todos.

—¿Quién es usted? —dijo Aarón.

—Qué más da eso. Lo que importa es que tú raptaste a su hija y hemos venido a llevárnosla.

—¡Yo no rapté a nadie!

—¿Dónde está? ¿Tiene teléfono? Llámala y dile que vaya recogiendo sus cosas.

—¿Pero qué está usted diciendo?

La discusión era cada vez más tensa. Mercedes hizo callar a Felisa y dijo:

—Quiero verla. A solas.

La cita tuvo lugar en el vestíbulo de un hotel, el Avenida Palace. Mercedes estaba ya sentada cuando a través de la cristalera vio a Sara cruzar la Gran Vía. Se levantó, temblorosa, y la esperó de pie. Sara, en silencio, se dejó abrazar. Qué ajena le pareció a su madre. Sus manos, sus brazos, su cuerpo conservaban otro recuerdo de sus lejanos abrazos, y era como si no reconocieran la solidez de ese tronco o la angulosidad de esos miembros. Le habría gustado poder mantenerla apretada contra su pecho el tiempo que hubiera hecho falta para revivir las antiguas sensaciones.

—Hija mía, hijita mía... —dijo—. Tenía miedo de que no vinieras.

Salieron a dar un paseo. Mercedes pidió disculpas por el comportamiento de Felisa a la entrada de la sinagoga y le puso al corriente de las novedades: el breve paso por Málaga, la mudanza a Zaragoza, la compra del coche, la inminente boda de Miriam.

—Tu padre debe de estar ahora mismo en algún tren. No sabe que estoy aquí. Si no quieres, no le digo que te he visto.

—¿Para qué has venido?

—Para verte. Para saber cómo estás. Sólo quiero asegurarme de que estás bien y no necesitas nada.

—Pues ya lo ves. Estoy bien.

Se sentaron en un banco de la plaza de Cataluña. Mercedes sabía que era muy poco lo que tenía, pero bastante más que el día anterior. Y no quería perderlo. Se puso nerviosamente a contar anécdotas. Anécdotas de Felisa al volante del Seat 1400 y de Miriam con su novio y de Samuel enfadándose con los padres del novio de Miriam. Sara, tirante, no parecía dispuesta a corresponderle con historias de su vida con Aarón. En un momento dado, Mercedes intentó cogerle la mano y ella la apartó.

—¿Qué tengo que hacer para que me perdones? —dijo Mercedes, dolida—. ¿Tengo que arrodillarme y pedirte perdón? Si tengo que hacerlo, lo haré, pero dime por qué. ¿Qué es lo que hice mal? ¿En qué te fallé? ¿Qué es lo que tienes que reprocharme?

—No me puedo creer que te hayas olvidado...

Sara, que tantos esfuerzos había hecho por mostrarse entera, no aguantó más y se echó a llorar. Mercedes la estrechó contra su cuerpo para consolarla y descubrió con alivio que ésa sí empezaba a ser, por fin, su hija: eran su volumen, su tacto, su olor. ¡Qué alegría recuperar todas esas sensaciones tan queridas! Aprovechó para acariciarle el suave pelo castaño hasta que Sara, sobreponiéndose, se enjugó las lágrimas.

—Tenemos planes para irnos fuera de España y no podemos hacerlo sin la autorización de papá —dijo de corrido y como quitándose un peso de encima.

—¿Fuera de España? ¿Adónde?

—A Venezuela.

—¡A Venezuela! —exclamó Mercedes con horror.

Siguió un largo silencio. A Mercedes le había bastado con oír esa palabra para saber que, si su hija se marchaba tan lejos, la perdería para siempre, y Sara no necesitó insistir para comprender que lo de la autorización estaba descartado. Acabaron hablando de cualquier cosa. Sara miró su reloj y se levantó.

—Es tarde. Me tengo que ir.

—¿Necesitas algo? ¿Cómo vais de dinero? ¿Quieres que hable con tu padre?

—¿Crees que todo se puede arreglar con dinero?

Volvieron a la Gran Vía y se pararon en la esquina. Mercedes estaba a punto de llorar.

—No entiendo por qué estamos así. ¿Qué nos impide llevarnos bien, como cualquier madre y cualquier hija?

—Aarón es el hombre con el que quiero compartir mi vida. ¿Te recuerdo que me prohibiste verle y salir con él? ¿Te recuerdo que para vivir con él me tuve que escapar? Por tu culpa fui desdichada y por tu culpa no puedo ser feliz. Habla con papá, sí, pero para decirle que quiero casarme y largarme de aquí.

—¿A Venezuela?

—A Venezuela o adonde sea, a ti qué te importa.

Su rudeza dejó a Mercedes sin habla. Sara sacudió la cabeza, arrepentida.

—Ya no sé lo que digo. —Señaló con la mano en cualquier dirección—. Ahora sí. Me tengo que ir.

—¿Te puedo dar un beso?

Sara ofreció su mejilla. Su madre la abrazó con fuerza.

—Adiós, hija. Que sepas que te quiero como siempre te he querido.

—No empecemos con el chantaje de las lagrimitas, por favor...

Mercedes hizo un gesto de disculpa y trató de sonreír. Sara, impasible, se dio la vuelta y cruzó la calle.

—¿Qué tal estaba? —preguntó Samuel—. ¿Qué aspecto tenía? ¡No estaría enferma!

Estaban en el jardín, viendo cómo Felisa volvía a cubrir el coche con las mantas. Samuel había insistido en viajar inmediatamente a Barcelona, pero Mercedes le había disuadido: cada cosa a su tiempo.

—Me pareció... mal vestida —dijo—. Me pareció que la ropa que llevaba era vieja y fea.

—¡Con lo coqueta que ella era! ¿Te pidió dinero? ¿Se lo ofreciste tú?

Estuvo a punto de decirle que no todo se arreglaba con dinero, pero se contuvo. De Barcelona había regresado animada y optimista. Desde luego, el encuentro podía haber ido mejor, pero el simple hecho de que hubiera llegado a producirse le parecía muy buena señal. Si había habido un encuentro, podía haber otros y, de ser así, seguro que al cabo del tiempo las cosas acabarían arreglándose. Ahora Mercedes tenía algo que antes no tenía: una misión que cumplir. Necesitaba creer que podían volver a vivir como en ese pasado feliz en el que estaban todos juntos y, tal como su memoria se lo representaba, ningún problema serio se interponía entre ellos. ¿En cuántas fotos del álbum aparecían todos riendo, queriéndose, abrazándose como una familia normal? Eso no había desaparecido. Aunque formara parte del pasado, todo eso seguía existiendo en algún lugar y, por muchas cosas que ocurrieran, nada lo podría borrar.

—¿Qué vamos a hacer? —dijo Samuel.

A Mercedes le bastó con mirar a su marido para comprender que, a pesar de todos los conflictos vividos, seguían teniendo mucho en común.

—Tú déjame a mí —dijo.

Esa misma noche escribió la primera carta. Era, de acuerdo con sus propias palabras, una carta dictada por una irreprimible necesidad de expresarse. Todos los sentimientos que el breve encuentro barcelonés había agitado en su interior exigían ser nombrados: ansiedad, miedo, dolor, culpa, vergüenza, alegría, nostalgia... Poniendo esas palabras por escrito, le parecía que todo resultaba más pequeño y manejable, como cuando el médico las visitaba de niñas y reducía su sufrimiento a un par de términos inofensivos: empacho, anginas, vegetaciones. ¿Había probado Sara alguna vez a hacer lo mismo? Quizá, si se decidiera a hacerlo, estaría más cerca de perdonarla. El rencor, ese rencor que Mercedes sabía que todavía su hija le guardaba, no era más que eso, una palabra de dos sílabas. Y, en definitiva, ¿por qué ese rencor? ¿Porque los pretendientes que había tenido en Melilla siempre le habían parecido poco para ella? ¿No les pasaba eso a todas las madres? ¿Y no era, bien mirado, un indicio de lo mucho que la quería y el alto concepto en que la tenía? Pero Mercedes no estaba intentando justificarse. Lo que buscaba al escribir esa carta era explicarse algo que le resultaba inexplicable. ¿Cómo podían una madre y una hija estar cuatro años sin hablarse? ¿Qué crimen horrible, qué traición infame tenía que ocurrir para romper una familia y separar a una madre de su hija? Ella estaba dispuesta a pedir perdón por cada uno de los malos gestos del pasado, por cada momento en que con palabras o con silencios había censurado su relación con Aarón y puesto trabas a su felicidad... ¿Le parecía a Sara que estaba siendo demasiado indulgente consigo misma? Si trataba de hacer memoria, le costaría encontrar agravios mucho mayores. Gestos de reconvención, sí. Palabras de advertencia, sí. Silencios reticentes, también. Pero nada más que eso, ¡y bien sabía Dios cuánto se arrepentía Mercedes de haber adoptado esa actitud! Si entonces hubiera tenido la menor sospecha del daño que le estaba infligiendo, habría hecho cualquier cosa con tal de ahorrárselo. El amor de las madres hacia sus hijos no era uno de esos lugares comunes de los malos novelistas. El amor de una madre era algo real, poderoso, subyugante. ¿Habría alguien en el mundo capaz de creer que una madre podía, a sabiendas, causar sufrimiento a una de sus criaturas? Eso habría atentado contra las leyes más elementales de la naturaleza y, desde luego, Sara, como su hermana Miriam, jamás podría decir que le había faltado el amor de su madre. ¿Que se había equivocado? ¿Que había cometido errores e injusticias? No tenía motivos para dudarlo. Pero ni los errores ni las injusticias se solucionaban con nuevos errores y nuevas injusticias, y a ella le parecía que prolongar por más tiempo esa separación era a la vez un gran error y una gran injusticia. Se lo había preguntado en Barcelona y se lo volvía a preguntar ahora: ¿qué tenía que hacer para que la perdonara?

Tras mucho reflexionar, concluyó la carta con un «Tu madre que te adora» y por la mañana mandó a Felisa a echarla al correo.

Como no estaba segura de que Sara fuera a responder, prefirió no dejar pasar ni un solo día antes de empezar a redactar la segunda carta. Era una manera de decirle: «Contestes o no contestes, no te librarás de mí, porque nada ni nadie conseguirá desanimarme.» Era también una manera de hacer justicia. La suya no era la clásica correspondencia entre iguales, en la que uno debía esperar la respuesta del otro para volver a escribir. La suya era una correspondencia entre alguien que solicitaba algo y alguien a quien se reconocía la potestad de concederlo o no. En esa segunda carta, volvía Mercedes a lamentar sus errores del pasado e introducía un elemento nuevo: la posibilidad de que fuera Aarón la principal víctima de esa historia. En un cambio del singular al plural que inesperadamente incluía a Samuel, se preguntaba si era a Aarón al que habían juzgado de forma equivocada y al que tenían que pedir perdón. ¿Pero qué sabían de él en su momento, si ni siquiera le conocían? ¿Y qué motivos tenían entonces para considerarle el mejor marido posible para su queridísima hija? Regresaba Mercedes al singular para asegurar que cualquier hombre que Sara eligiera sería, por el simple hecho de haberlo elegido ella, el mejor de todos, el que atesoraba las mayores virtudes, el único que merecía su amor. Mercedes ni tenía ni había tenido nada contra Aarón: ni por su condición social ni, como muy bien podía imaginar, por su origen. ¡Esperaba que no le cupiera ninguna duda! ¿Cómo iba a tener nada contra alguien como Aarón ella, que se había casado con quien se había casado? Aquí volvía al plural para hablar de Samuel, que compartía con ella sus ansias e inquietudes. Aunque los negocios le retenían la mayor parte del tiempo en Melilla, la distancia no atenuaba su preocupación por la felicidad de su hija. Saber dónde estaba les había procurado no poco consuelo, porque era saber que estaba. Saber que no había desaparecido. Que al menos tenían derecho a imaginársela en una ciudad concreta, en una calle que tenía también un nombre concreto. ¿Se hacía una idea del dolor que su ausencia y, sobre todo, la falta de noticias suyas les habían causado? Durante un tiempo habían sido incapaces de mirarse a los ojos, y no pocas veces se habían descubierto detestándose el uno al otro, haciéndose mutuamente responsables de su desdicha. El corazón, Sara, era un órgano egoísta, que entendía sólo de sus propios sinsabores. ¡Cuántas veces, por buscar un alivio a nuestros dolores, tratábamos de traspasárselos a la persona que tuviéramos más cerca! Si Aarón era una víctima de esa historia, Samuel también lo era. ¡Cómo había cambiado en esos cinco años y, sin embargo, qué fácil sería que volviera a ser el de siempre, el padre afectuoso que la traía en brazos desde la playa de la Hípica, el que en Sierra Nevada le untaba con bálsamo los labios cortados, el que en las noches de fiebre la acunaba hasta que se quedaba dormida! Si Sara no creía que Mercedes tuviera por sí misma derecho al perdón, debía al menos pensar en lo mucho que ese perdón significaría para Samuel, su padre...

Después de esa segunda carta, hubo una tercera y una cuarta y una quinta, que en realidad eran como prolongaciones de las anteriores, porque Mercedes no hacía borradores ni guardaba copias de sus cartas y con frecuencia volvía a los mismos razonamientos y los mismos ruegos. Un día, por fin, llegó una carta de Sara. Era una carta extensa, meditada, en la que se replicaba a muchos de los argumentos de Mercedes. Ésta, según Sara, intentaba reducirlo todo a un simple malentendido. Pero no había habido tal. Si su madre no había llegado a conocer a Aarón, había sido porque no había querido. Porque en su mundo no había sitio para él y prefería pensar que no existía. Con el paso del tiempo, algunas heridas habían dejado de doler, pero en su momento el daño no había sido pequeño. ¡Qué sensación tan insoportable la de vivir como en una cárcel, siempre vigilada, siempre censurada! No decía Sara que su madre no la quisiera. Pero, cuando se quería a una persona, lo lógico era tratar de procurarle felicidad, ¿no? ¿Y cuánto tiempo hacía que a Mercedes había dejado de importarle su felicidad? De haber tenido algún indicio de que ésta le importaba, aunque sólo fuera un poco, seguro que no se habría marchado como se marchó. Nadie abandonaba por simple capricho a la gente que le quería. ¿De verdad su madre la había querido tanto? ¿Y de verdad la seguía queriendo? Qué cómodo y qué fácil resultaba decir eso ahora... Mercedes se quería tanto a sí misma que todas esas expresiones de amor y arrepentimiento resultaban sospechosas. Egoísta como era, se negaba a cargar con la culpa. Era eso. Todas sus declaraciones de afecto sólo buscaban exonerarla, desplazar hacia la propia Sara el peso de la culpa. ¡Qué generosidad tan engañosa! Con su viaje a Barcelona y con sus cartas había conseguido invertir la situación: ahora resultaba que Mercedes era la magnánima y Sara la resentida. ¿No se daba cuenta de que seguía comportándose con el mismo egoísmo de siempre? También cuando aludía al dolor que su desaparición había producido a papá y a ella demostraba lo egoísta que era. ¿Qué pretendía? ¿Inspirarle lástima? Y, por lo que veía, para inspirarle lástima estaba dispuesta a recurrir a todo tipo de trampas y subterfugios... Lo menos que podía hacer era dejar fuera de toda esa historia al bueno de papá, que no tenía ninguna culpa. Se escudaba Mercedes en él para afianzar su condición de víctima y, al hacerlo, la confirmaba a ella en la de verdugo. A tenor de lo que la madre decía en sus cartas, las cosas parecían resumirse del siguiente modo: mientras a ella sólo podía reprochársele algún que otro pequeño desaire, a la hija debía achacársele por entero la responsabilidad de haber llevado la desdicha a la vida del matrimonio. ¡Qué irritantes resultaban sus cartas, con todas esas acusaciones envueltas en un palabrerío almibarado y llorón! Lo mejor que Mercedes podía hacer era dejar de escribirle. Si todas sus cartas iban a ser como las anteriores, podía tranquilamente ahorrárselas, y todos, empezando por la propia Sara, saldrían ganando.

Mercedes no esperaba una respuesta tan rabiosa, y su primera reacción fue de desánimo. Pero se había prometido a sí misma no desfallecer. Releía la carta una y otra vez y, convencida de que lo importante era lo que se decía entre líneas, cada nueva lectura le proporcionaba nuevos motivos para la esperanza. Las últimas frases, por ejemplo, que tan tajantes le habían parecido al principio, encubrían en el fondo una invitación a seguir en contacto. Su hija no le prohibía que volviera a escribirle cartas: lo que Sara le prohibía era que volviera a escribirle cartas como las primeras. En sus palabras buscaba Mercedes algo así como unas directrices, las condiciones que el destino quería imponerle para que regresaran a su vida los buenos momentos del pasado, junto a sus dos hijas y también junto a su marido, porque daba por sentado que una cosa llevaría naturalmente a la otra y, en cuanto Sara volviera a formar parte de la familia, sus problemas con Samuel se solucionarían por sí mismos. Lo principal era evitar las quejas: una queja no era más que un reproche mal vestido. Las invocaciones a los sentimientos quedaban por tanto descartadas, pero la misma llave que le cerraba esa puerta le abría todas las demás. ¿Y qué mejor que hablarle a su hija de lo mismo de lo que le hablaría cualquier madre a cualquier hija separada por la distancia: las cosas de cada día, las novedades domésticas, los pequeños acontecimientos de los que estaba hecha su vida?

Los preparativos de boda se convirtieron en el tema principal y casi único de las cartas siguientes. La búsqueda de piso, la compra de muebles, el traslado del piano, la elección de restaurante, las dudas sobre el menú, la lista de invitados, etcétera, tenían tan ocupadas a Miriam y a Mercedes que tampoco a ésta se le habrían ocurrido muchas otras cosas sobre las que escribir. En lo que más se extendió fue en el traje de novia, que le parecía sencillamente precioso: la cintura muy marcada, la falda con mucho vuelo, el escote algo atrevido, los guantes por encima del codo... Era un traje digno de una estrella de Hollywood, y a Mercedes le parecía que, así vestida, Miriam recordaba muchísimo a Audrey Hepburn. ¡Si Sara viera a su hermana, se sorprendería de lo delgada que estaba! Con los nervios de la boda, casi había dejado de comer, y cada dos por tres tenía que acompañarla a la modista para que le arreglara la cintura. Como eso la ponía aún más nerviosa, seguía perdiendo peso, y un par de semanas después tenían que volver para nuevos ajustes, lo que a su vez volvía a ponerla nerviosa, etcétera. ¡Pero, a pesar de todo, estaba tan guapa! Elegía Mercedes con sumo cuidado las palabras con las que aludía a la belleza de Miriam, que no era sino la consecuencia directa de su felicidad. La dicha de una hija podía poner de relieve la desdicha de la otra, y lo último que deseaba era herir sentimientos o levantar suspicacias. Así, su prosa iba poco a poco ganando en sutileza, y hasta cuando hablaba de los detalles más anodinos, como los accesorios del traje o las pruebas de peluquería, se esforzaba por mantener a raya todas las posibles connotaciones. Sus cartas tenían un objetivo preciso: conseguir que Sara asistiera a la boda. Pero ese objetivo jamás podía ser enunciado y, sin proponérselo, Mercedes creyó descubrir la clave por la que, mucho tiempo atrás, la habían fascinado algunas lecturas de su juventud, como *La Regenta* o *Madame Bovary*, que parecían decir unas pocas cosas pero en realidad decían muchas más. ¡Qué difícil pero qué hermoso el arte de la sugerencia, que era como una brisa suave, apenas perceptible, nada más que una caricia del aire!

Sara tardaba en responder, pero Mercedes estaba segura de que sus palabras no caían en saco roto. La decepción llegó con la segunda carta de su hija, que no estaba dirigida a ella sino a Miriam, a la que felicitaba por su boda y deseaba lo mejor del mundo.

—¿Sólo eso? —dijo Mercedes.

—Sólo eso —dijo Miriam, que, para acostumbrarse a los zapatos de tacón alto, caminaba muy erguida de un extremo a otro del salón.

Esa carta fue el comienzo de una peculiar correspondencia en la que Sara contestaba a través de Miriam a las cartas que le escribía Mercedes y ésta contestaba a Sara a partir de las cartas que Miriam recibía. En una de sus cartas se extendía Mercedes sobre lo mucho que le había costado convencer a Rebeca y Esther de que viajaran a Zaragoza para la boda. En otra, sobre el buen gusto que había demostrado tener Miriam a la hora de decorar el piso que habían comprado. En otra, sobre la disposición de los comensales en el banquete... En todas daba a entender que tanto Sara como Aarón serían bien recibidos, pero sólo en esta última, que no obtuvo respuesta, lo formulaba de una manera más explícita.

Mercedes no perdió del todo la esperanza hasta el último momento. Incluso durante la ceremonia, que se celebró en la parroquia de San Miguel, volvía de vez en cuando la cabeza con la ilusión de verla aparecer por el pasillo. Fue ése el único detalle importante que omitió en el largo relato de la boda que escribió para Sara. Lo demás estaba todo: el emotivo sermón del sacerdote, las inevitables lágrimas de las mujeres (incluidas Rebeca y Esther), los nervios de Miriam en el momento de ponerse el anillo, las fotos de grupo delante de la iglesia, la elegancia de los invitados, el espléndido servicio del restaurante, la espectacular tarta nupcial, la simpática osadía de un pariente de Ramiro empeñado en sacar a Tere a bailar... De todas las anécdotas, la que más gracia le había hecho había sido la de la rotura de uno de los delicados tacones de Miriam, que acabó bailando descalza y, lejos de resultar vulgar, parecía más Audrey Hepburn que nunca. Nada, ni siquiera ese detalle, habría sido capaz de empañar la brillantez del banquete, ¡y qué bonita pareja hacían, ella tan delgada y tan guapa, él tan buen mozo y tan clásico! De creer a Mercedes, la boda de Miriam había sido uno de los grandes acontecimientos sociales del año, de esos de los que se seguiría hablando en la ciudad durante meses... Que las cosas hubieran sucedido o no tal como ella las contaba era irrelevante. Lo importante era explotar al máximo la capacidad de seducción del relato: atrapar a su única lectora a través de las palabras, hacerla definitivamente suya, adueñarse no sólo de su atención sino también de su espíritu, como siempre habían hecho los grandes novelistas, que cuando te contaban una historia sabían manejar tu estado de ánimo y tan pronto te conmovían con las penalidades de los personajes como te hacían sentir en toda su plenitud la inmensa dicha de estar vivos.

Tenía Mercedes la sensación de estar jugándose el todo por el todo. Ahora Miriam vivía ya en su propia casa, y podía ocurrir que Sara siguiera escribiendo a su hermana pero no a ella. Entonces las cartas dejarían de llegar a su dirección, y ella se sentiría expulsada de esa rara correspondencia triangular. ¿A qué se aferraría en tal caso? Esta vez, a diferencia de otras ocasiones anteriores, optó por no insistir. Si su elaborada narración de la boda quedaba sin respuesta, acaso tendría que empezar a pensar en darse por vencida... Pasados los primeros días, la impaciencia de Mercedes se convirtió en ansiedad. Todas las mañanas, en cuanto oía alejarse la Mobylette del cartero, corría a abrir el buzón. Pero allí no había más que notificaciones bancarias o alguna de las revistas (*Hogar y Moda*, *El Mueble Español*, *Selecciones del Reader's Digest*) a las que estaba suscrita. ¿Tanto resentimiento y tanta crueldad cabían en el alma de una hija como para negarle una simple respuesta? La carta de Sara, lacónica, impersonal, poco más que un acuse de recibo, no llegó hasta mediados de julio, justo cuando Miriam acababa de visitar a su madre para anunciarle jubilosa su primera falta. Miriam no se atrevía todavía a pronunciar la palabra «embarazo», pero Mercedes, sabedora de la regularidad de sus menstruos, lo dio por seguro. Se abrazaron, se besaron, enjugaron alguna lagrimita y, tan pronto como Miriam salió por la puerta, su madre se sentó a escribir. No podía desaprovechar una ocasión así. Quería ser ella la que comunicara a Sara la buena nueva, y en ningún momento le pasó por la cabeza que con ello pudiera estar traicionando la confianza de Miriam, quien, por prudencia, aún no había querido decírselo a nadie, ni siquiera a Ramiro. Con más razón, en ese caso: Mercedes había sido la primera en saberlo y Sara tenía que ser la segunda. La madre y las dos hijas compartiendo brevemente ese hermoso secreto. ¡Qué gran noticia, queridísima Sara! ¡Qué felicidad pensar que al cabo de muy pocos meses habría uno más en la familia! Las señoras de la Gota de Leche de Melilla solían quejarse cuando sus hijos las convertían en abuelas. Ella no. Ella, que más o menos cuando el niño naciera cumpliría los cincuenta y nueve, consideraba una bendición ser una abuela joven: ¡más tiempo tendría para disfrutar de sus nietos! Pero, por si acaso, prefería no hacerse demasiadas ilusiones: ¡qué chasco se llevaría si, después de tanto imaginarse al nietecito o la nietecita entre sus brazos, el médico acabara desmintiendo el embarazo! La carta de Mercedes abundaba en expansiones de ese tipo. Pero su candidez era sólo aparente, porque lo que sutilmente buscaba era, por un lado, asegurarse de que Sara no escribiría todavía a Miriam para felicitarla (y así excluía momentáneamente a ésta del secreto, que sólo existiría entre Sara y ella) y, por otro, comprometerse a confirmarle la noticia en cuanto fuera oficial (y así se dotaba de una buena razón para prolongar la correspondencia).

La confirmación del embarazo no tardó en llegar, y en esa carta y en las siguientes Mercedes le hablaba de muchos otros temas: de los frecuentes cortes de electricidad, que la obligaban a tener siempre una buena provisión de velas; de la ruptura de Felisa con su novio cerrajero cuando descubrió que éste tenía al menos otras dos novias; de cómo ella misma, para que se olvidara de ese golfo, se había ofrecido a pagarle los cursillos de la autoescuela; del carísimo televisor RCA (¡americano!) que Ramiro le había comprado a Miriam para que se entretuviera durante el embarazo; del viaje que Tere había hecho al Vaticano, donde las monjas del Sagrado Corazón habían conseguido hacerse una foto con Juan XXIII... Las cartas de Sara, tan escuetas siempre, llegaban de forma irregular, un mes ninguna y al mes siguiente dos, pero eso a Mercedes le daba igual. Lo importante era que lo había logrado: había logrado mantener una correspondencia estable con su hija.

Se daba cuenta, además, de que la prosa epistolar la convertía en mejor persona, como si hubiera dos Mercedes: la de la realidad, con sus miserias y suspicacias, y la de las cartas, en las que se mostraba siempre como un dechado de magnanimidad, entereza y buenos sentimientos. Por supuesto, no había en ello cálculo ni fingimiento. Ocurría, simplemente, que los problemas de la vida real quedaban reducidos a bien poca cosa cuando se ponía a escribir sobre ellos, y cualquier detalle que un rato antes podía haberla irritado o enfurecido parecía desactivarse en cuanto pasaba a formar parte del texto. El mero hecho de escribir la colocaba por encima del mundo, la hacía volar hasta una cumbre indeterminada desde la que todo parecía pequeño, insignificante, y en la que resultaba más fácil estar a buenas consigo misma y con los demás. Era como estar contemplando el presente desde un futuro lejano, cuando de esas heridas apenas si quedara el recuerdo de la cicatriz. Eso le proporcionaba, ¿cómo decirlo?, grandeza. En la Mercedes buena, la de las cartas, había amor y comprensión y piedad, ¡y qué gratificante resultaba descubrirse dueña de todo ese potencial! Porque esa Mercedes no podía estar sólo en las cartas, ¿no? Si en las cartas había una Mercedes así, algo de eso tenía que haber también en la de la realidad, y de lo que se trataba era de cultivar esa parte de sí misma con la constancia y el mimo de quien cultiva la flor más hermosa de su jardín. De ahí que ya ni le pasara por la cabeza la posibilidad de abandonar la correspondencia, que le procuraba un placer delicado que no encontraba en nada más.

En una de sus cartas rememoraba Mercedes la petición de mano en el Gran Hotel y el enojoso momento en que Samuel había impuesto el nombre de Daniel para su primer nieto varón. ¡Qué vergüenza había pasado entonces pero cómo se sonreía ahora recordándolo! En sus visitas a Miriam y Ramiro, nunca olvidaba preguntar si tenían ya decidido el nombre en caso de que fuera niña, y de cada nueva propuesta (Laura, Elisa, Pilar) recibía Sara puntual información. Las noticias que Mercedes le remitía sobre el embarazo de su hermana, de tan exhaustivas, resultaban abrumadoras: cierto mareo sufrido en un autobús urbano, los cuatro o cinco episodios de náuseas, los días que tenía un hambre canina y los que se levantaba inapetente, la variación del peso semana a semana, la emoción de las primeras pataditas, la cremas que le habían recomendado para prevenir las estrías, la elección de la ropa premamá, la compra de la cuna, la preparación de la canastilla... Alimentaba así la ilusión de que Sara no podría dejar de viajar para conocer al recién nacido. Pero nació Daniel, menudito, arrugado, llorón, y Sara se limitó a mandar un cesto de rosas blancas a la clínica San Juan de Dios. Mercedes salió al pasillo a dar la propina al chico de Interflora y, antes de regresar a la habitación, se entretuvo unos minutos redactando mentalmente el comienzo de su nueva carta.

Pese al mal estado de carreteras y caminos, habían conseguido llegar al Cabo Quilates. La construcción, con aquel faro que parecía un minarete, tenía algo de mezquita: una mezquita abandonada y solitaria. Apenas protegido por un murete del azote del viento, Samuel se esforzaba por distinguir algo en la superficie oscura y agitada del mar. A su espalda se oían los angustiados acelerones del coche, que había quedado atascado en el barro del camino. Un hombre con la cabeza cubierta por la capucha de la chilaba se puso a su lado. Sus manos de dedos largos y retorcidos indicaron el lugar de la tragedia. En una mezcla de bereber y español trataba de describir lo que había visto: las luces lejanas del pesquero español, las lanchas de los guardacostas, las otras embarcaciones que habían ido sumándose al rescate. La lluvia arreció y Samuel se subió las solapas del impermeable. Germán buscaba pedruscos que sirvieran de apoyo a las ruedas del coche, que ya no era el viejo Pato sino un Citroën Tiburón comprado a un francés de Tánger. Samuel preguntó por qué ya no se veían lanchas y el hombre dijo que las corrientes estaban arrastrándolo todo hacia la bahía. Pasados unos minutos, volvió a sonar el motor del vehículo.

—¡Ya está! ¡Por fin! —se oyó la voz del conductor.

Samuel hizo un gesto de despedida y fue hacia el camino. Germán, en cuclillas, observaba los bajos del coche, evaluando los posibles daños.

—Con lo delicada que este cacharro tiene la suspensión... —dijo, porque también a ese coche lo llamaba cacharro.

—Alhucemas —se limitó a decir Samuel.

Fueron por la carreterita que iba bordeando la costa, con playas de arena oscura e islotes de rocas blancas. En una de esas playas, mucho antes de llegar a la ciudad, vieron las primeras lanchas. Alrededor de una de ellas varias personas hacían grandes aspavientos. Una comitiva improvisada avanzó hacia el extremo más resguardado de la playa, donde había media docena de embarcaciones varadas. Sobre el casco de una de ellas quedó depositado un fardo del tamaño de un perro mediano. Ahora las voces llegaban hasta el coche, y las invocaciones a Alá se mezclaban con los gritos inarticulados de las mujeres. Samuel, seguido de Germán, se acercó a ver, y los demás se hicieron a un lado, como si en ese momento y en ese lugar ellos dos fueran los legítimos representantes de la autoridad. El bulto estaba cubierto por una lona, pero por un extremo asomaban dos piececitos con los dedos encogidos. Unas mujeres gordas se golpeaban la frente con las manos y recitaban algo que sonaba a letanía. Una de ellas levantó la lona, y el pequeño cadáver, con los ojos cerrados y la piel amoratada, permaneció por unos instantes bajo la lluvia a la vista de todos. Aquel niño, que había perdido buena parte de la ropa, no tendría ni diez meses. Samuel ordenó por gestos que lo volvieran a tapar. Luego se incorporó y respiró hondo.

—¿Se encuentra bien? —dijo Germán.

Asintió con la cabeza. De los cuatro o cinco bebés que la tarde anterior había ayudado a embarcar en brazos de sus madres, ¿cuál sería ése? ¿El que no paraba de toser? ¿El que decía adiós con la manita? ¿Alguno de los que estuvieron todo el rato durmiendo? Se encaminó hacia el Citroën Tiburón. Germán se adelantó a abrirle la puerta.

—Para en el primer teléfono público —le dijo.

Pararon en un grupito de casas cercano a la playa Sfiha. En una vivienda que era también verdulería y café tenían teléfono. Samuel llamó a Tetuán, al Círculo Recreativo Israelita, y pidió hablar con Jacob Benmaman. Del sonido de su respiración dedujo que acababa de subir por las escaleras. Preguntó qué noticias había.

—Malas, muy malas —dijo Benmaman—. Parece que con el temporal se abrió una vía de agua y se inundó la bodega. Debió de ser cosa de unos minutos: de repente se los tragó el mar. Que sepamos, sólo el capitán y dos marineros lograron ponerse a salvo en la lancha. Los tres son españoles. En cuanto a los demás...

—Los demás —repitió Samuel.

—¿Cuánto tiempo se puede resistir a esas temperaturas? Los cadáveres van apareciendo en diferentes puntos de la costa. Me pregunto...

No llegó a acabar la frase. Otra vez las cautelas, otra vez los sobrentendidos. Samuel sabía que Benmaman sabía que era él el que estaba a cargo de la operación. Pero Benmaman fingía no saber más que lo que esa misma mañana habían empezado a sugerir los partes informativos: que en aquel pequeño barco de bandera hondureña podría viajar algún hebreo que huía de Marruecos.

—Si es verdad —dijo, vacilante—, si es verdad lo que se dice, reclamaremos los cuerpos y nos encargaremos de enterrarlos... Pero no perdamos la esperanza. Acuérdate del versículo de la *Mishná*: «Salvar una vida es salvar la totalidad del mundo, porque cada vida tiene un valor infinito.» ¿No te parecen unas palabras muy hermosas, Samuel?

—Perdona, Jacob, pero tengo que colgar —le interrumpió Samuel.

Permaneció unos instantes apoyado a la pared. En ese momento odiaba a Benmaman tanto como se odiaba a sí mismo. ¿Si era verdad que los pasajeros eran hebreos? ¡Claro que era verdad! ¡Todos los pasajeros! ¿Y Benmaman ni siquiera se había atrevido a preguntarle cuántos cadáveres tendrían que enterrar? Era él, Samuel Caro, el que durante los últimos cuatro años había coordinado la red y ayudado a varios miles de judíos a escapar por Melilla. Benmaman sólo tenía que haberle dicho: «¿Cuántos son, Samuel?, ¿cuántos viajaban en el *Pisces*?, ¿cuántos de ellos eran niños y cuántos adultos?, ¿y cómo se llamaban, de dónde procedían, a qué familiares hay que avisar?» Junto a estas preguntas había muchas más: ¿qué vida habían dejado atrás esas cuarenta y dos personas?, ¿y qué vida les habría esperado en Israel?, ¿qué había sido de todos sus sueños e ilusiones? Pero, sobre todo: ¿qué pasaría ahora?, ¿qué hacer con los sueños e ilusiones de los que todavía estaban esperando escapar?

—¿Seguro que se encuentra bien? —volvió a decir Germán.

—Tenemos que arreglar cuentas.

—No hay prisa, señor Caro.

—Sí la hay.

Cuando llegaron a Melilla, era ya de noche. Rebeca y Esther, silenciosas, solícitas, con gesto grave, se apresuraron a sacarle ropa seca y prepararle algo de comer. Le sirvieron la cena en la cocina, que era donde solían hacer la vida desde que habían vuelto a vivir juntos. Sobre la mesa había un pequeño montón de telegramas y notas manuscritas.

—¿Ha preguntado mucha gente por mí?

Rebeca asintió:

—El teléfono no ha parado de sonar.

—El de la oficina tampoco —añadió Esther.

—La culpa es mía —dijo Samuel—. Con ese tiempo... Tenía que haberlo impedido.

—¿Cómo ibas a saber tú...? —dijo Rebeca.

—Come un poco. Se te va a enfriar —dijo Esther.

—No tengo hambre. Y no me encuentro bien.

—¡Todo el día con la ropa empapada! —dijo Esther—. Tendríamos que avisar a Mardones.

—A ver si vas a tener fiebre... —dijo Rebeca, que se levantó, le rodeó la cabeza con el brazo y pegó la mejilla a su frente—. Puede que sí. Puede que tengas algunas décimas.

Eso, exactamente eso, era lo que hacía su madre cuando eran pequeños y alguno caía enfermo. Percibir el calor y el olor y el tacto de su hermana le devolvió por un momento a las gratas penumbras de la casa de la calle Alta, en la que tan fácil resultaba sentirse protegido, invulnerable. Reproduciendo una broma de aquella época, agarró a Rebeca por la cintura y la estrechó con fuerza contra su cuerpo, como intentando derribarla. Rebeca le siguió el juego y, al igual que entonces solía hacer su madre, soltó un gritito de protesta y fingió luchar por desasirse. Samuel la soltó.

—Estás llorando —dijo Esther.

Su hermano se enjugó las lágrimas con la manga de la bata.

—Tienes que acostarte —dijo Rebeca.

Le acompañaron a la habitación y le prepararon la cama. Samuel las dejaba hacer. Le habría gustado que sus hermanas se tumbaran a su lado y, como hacían cuando eran niños, le cantaran canciones o le contaran historias. Rebeca cogió el vaso de la mesilla y fue a la cocina a llenarlo. Esther se quedó alisando el embozo y remetiendo las sábanas.

—Ríete —le dijo Samuel.

—¿Qué?

—Que te rías. ¿No te acuerdas de cómo reía mamá? Apretaba los labios, como intentando contenerse, y la risa se le acababa escapando por la nariz... ¡Imm-imm-imm! Haz tú lo mismo. Ríete como ella.

Esther esbozó una sonrisa forzada y echó el aire por la nariz: umm-umm. Samuel, sin ocultar su decepción, negó con la cabeza. Rebeca llegó con el vaso de agua y la caja de Cafiaspirina.

—¿Qué está pasando aquí? —dijo en tono jovial.

Por la mañana no había nadie en casa. Sus hermanas, que debían de estar en la oficina o de compras, le habían dejado el desayuno preparado en la mesa de la cocina.

Samuel se vistió con rapidez y bajó a la calle a comprar los periódicos. El *ABC* traía la noticia en la página 15. «Hasta ahora se han rescatado veintitrés cadáveres», decía uno de los destacados. Hacia el final del texto halló lo que andaba buscando: «El capitán del yate ha declarado que ignoraba la nacionalidad exacta de sus pasajeros. Sin embargo, todo hace creer que se trataba de marroquíes de confesión israelita que se dirigían a Gibraltar con el propósito de seguir luego para Israel.» Samuel volvió a casa y, sin quitarse el abrigo, sacó del armario una de las maletas grandes.

—¡Gurruño! —anunció Miriam, sosteniendo la rasera de forma que el aceite goteara en la sartén.

—Déjame a mí —dijo Mercedes—. Tú ve con el niño, que ya es su hora.

—Si no se queja, es que no tiene hambre.

—Que me dejes, te digo. —Y, para acallar las posibles réplicas, agarró con decisión el mango de la sartén.

Desde el nacimiento de Daniel, esas comidas dominicales se habían convertido en un hábito. Llegaban hacia las doce o doce y media en el Renault Dauphine de Ramiro y, mientras éste se entretenía podando el seto, la madre y la hija dormían al pequeño y freían las empanadillas.

—Esta espalda me está matando —dijo Miriam y, dando unos soplidos al gurruño, se dispuso a mordisquearlo.

Andaba entonces por el quinto mes del segundo embarazo. Aunque casi ni se le notaba la tripa, se movía como si estuviera de nueve meses: las piernas siempre separadas, las manos en los riñones, la nuca algo encogida por las molestias en las cervicales.

—¿Has tenido carta? —preguntó Mercedes como sin darle importancia.

—Aarón sigue dándole vueltas a lo de Venezuela —asintió Miriam.

—¡Todavía! ¿Cuándo comprenderán que no...?

No terminó la frase. Aprovechaban esas ocasiones para hablar de la correspondencia con Sara. Pero ni daban ni exigían demasiadas explicaciones: lo que Sara le escribía a su hermana, se lo escribía a su hermana.

—Venezuela... —refunfuñó Mercedes, dando la conversación por concluida.

Por supuesto, de lo que más hablaban era del niño, que proporcionaba constantes novedades: las vacunas que había que ponerle, la gracia con la que gateaba por la casa, los dientecitos que le iban saliendo.

—No para de babear. Me paso el día lavándole baberos —sonreía Miriam.

Su maternidad había establecido entre ambas un vínculo nuevo y poderoso. Por un lado, las había equiparado en rango (ahora las dos eran madres) y, por otro, había reforzado la autoridad de Mercedes, a la que Miriam acudía en busca de consejo. ¡Qué fácil era llevarse bien cuando había una que aceptaba ejercer la humildad y otra que estaba siempre en disposición de mostrarse solícita y generosa! La armonía entre las dos se extendía a Ramiro, que se desvivía por su mujer y su hijo, a los que no negaba ningún capricho. A través de la ventana le vieron amontonar la broza con un rastrillo y volver a empuñar las tijeras.

—Me alegro tanto de que hayas encontrado un buen marido... —dijo Mercedes.

—Todavía no es oficial, pero parece que antes del verano le mandarán a otra sucursal —dijo Miriam, orgullosa—. Una sucursal del centro. ¿Sabes lo que eso significa? Mejores clientes, cuentas importantes...

Su madre hizo una seña hacia el salón.

—He pensado que voy a poner la cómoda donde estaba el piano.

—¿Y dónde está la cómoda?

Mercedes se encogió de hombros. Entró Felisa a coger la vajilla.

—¡Qué crío tan hermoso! —dijo—. ¡Y qué bueno! ¡Es un bendito! Lleva todo este rato despierto y sin decir ni mu. ¿Se puede apagar este fogón?

Sonó el timbre de fuera. Las cabezas de las tres mujeres se arracimaron junto a la ventana para ver quién era.

—Me suena su cara —dijo Mercedes.

—Ya va Ramiro —dijo Miriam—. ¿Quién es?

—Un vecino, creo —dijo Mercedes.

Se mantuvieron pegadas al cristal mientras duró la breve conversación entre los dos hombres. Luego vieron a Ramiro hacer un ademán de perplejidad y volverse en dirección a la casa. Mercedes acudió a su encuentro y las otras dos la siguieron.

—Hay un hombre rondando las casas. Dice cosas raras —dijo Ramiro, que dejó las tijeras de jardinería en el banquito de la entrada y agregó—: Ha preguntado por vosotras.

Mercedes, Miriam y Ramiro siguieron al vecino por las calles de la urbanización. Delante de la puerta de un chalet, sentado en una maleta, había un hombre con aspecto de vagabundo.

—¡Papá! —gritó Miriam, echando a correr.

Samuel la miró con ojos acuosos. Llevaba manchas en el abrigo y los botones mal abrochados, y despedía un olor ácido e intenso, como los ancianos del asilo de la Gota de Leche. Miriam le dio un beso fugaz.

—¡Cómo pinchas! —exclamó y, antes de que llegara su madre, tuvo tiempo de limpiarle la saliva de las comisuras de los labios.

—¿Qué ha pasado, Samuel? —dijo Mercedes, consternada.

—Me he perdido. Eso es todo. No encontraba la calle.

—¿Pero cómo no has avisado de que...?

Ramiro tomó la iniciativa: le ayudó a levantarse, agarró la maleta. Samuel le miraba con curiosidad. Luego, como cayendo en la cuenta de algo, sonrió:

—¿Cómo está mi nieto? Para eso he venido. Para verle. Tengo derecho a ver a mi nieto, ¿no?

Parecía uno de esos locos inofensivos que pedían a las puertas de las iglesias. Cuando llegaron al chalet, Felisa les esperaba con Daniel en brazos, como protegiéndolo de algún peligro. Samuel pasó a su lado sin prestarle atención.

—¿Sabes qué es lo que me gusta de esta casa? —dijo, sin dirigirse a nadie en concreto y señalando el muro de mampostería—. Que se parece a las de las películas americanas.

Mercedes se llevó la mano a la boca y cerró momentáneamente los ojos. Samuel se sentó en el banquito de la entrada. Miriam, con gesto de alarma, se apresuró a apartar las tijeras de podar.

—Aquí no te puedes quedar —dijo—. Hace frío.

—¿Cómo se llamaba esa película? —Samuel hizo memoria—. La de esos dos que se encuentran en un tren y se ponen de acuerdo para... ¿A qué huele? ¿A empanadillas? ¿Me habéis guardado los gurruños?

—Te voy llenando la bañera —dijo Mercedes.

Mientras su marido se aseaba, llamó por teléfono a Melilla. Rebeca, acobardada, le dijo que Samuel había dejado una nota diciendo que las llamaría al llegar a Zaragoza.

—¿Qué día se marchó?

—El jueves.

—¿Se marchó hace tres días y no se os ha ocurrido llamar?

—Como en la nota decía...

—¿Qué ha pasado? ¿Me vas a decir qué es lo que ha pasado?

Rebeca le habló del naufragio del *Pisces*. Mercedes colgó y corrió a buscar los periódicos atrasados. Encontró la noticia. La leyó por encima y se acordó del extraño comentario de Samuel sobre los hombres justos que hacían secretamente el bien... ¿Cuántos eran? ¿Treinta y seis? De repente, hechos y frases de los últimos años empezaban a cobrar significado, y parecían como piezas de puzle que empezaran a componer una imagen aún inconcreta. Cogió unas toallas limpias, fue al cuarto de baño y llamó con los nudillos. Del otro lado llegaba el sonido del grifo de la bañera.

—¿Samuel? Soy yo. Las toallas.

Sólo entonces se dio cuenta de que el agua había comenzado a salir por debajo de la puerta. Forcejeó en vano con el picaporte.

—¡Samuel! ¡Abre!

Se abrió la puerta y Samuel asomó con expresión aturdida. Pese a que llevaba varios minutos ahí dentro, estaba todavía completamente vestido. Mercedes arrojó las toallas al suelo encharcado y corrió chapoteando a cerrar el grifo. Samuel se miró los zapatos y los bajos del pantalón empapados.

—Perdón —dijo—. No me he dado cuenta.

Los demás, que habían acudido al oír las voces, observaban la escena en silencio. Mercedes nunca había sido maternal con su marido, pero aquella vez lo fue.

—No te preocupes, cariño —le abrazó—. No es nada. Es sólo que no estás bien. Voy a llamar al médico.

Lo ingresaron esa misma tarde en la clínica Lozano y le inyectaron un sedante. Según los médicos, había sufrido una fuerte crisis nerviosa, y su agotamiento psíquico hacía aconsejable mantenerlo un tiempo en observación. Los dos días siguientes habrían podido ahorrarse las visitas porque los pasó dormido. La primera vez que lo encontraron despierto, pasaba, por efecto de los fármacos, de estados de sopor a estados de gran excitación en los que soltaba parrafadas incongruentes, cercanas al delirio.

—Siempre practiqué la *tzedaká*: eso nadie me lo puede negar —decía, con los ojos muy abiertos—. La rectitud es igual para todos: judíos, gentiles... ¡Pero la mía es una rectitud judía! ¿Os he contado alguna vez que, de joven, colaboré en la fundación del Hozer Dalim? Benzaquén lo sabe porque también él estaba allí... ¡Pero qué pronto se olvidan las cosas! Según ellos, siempre he llevado una vida indigna. Me creía un buen judío porque me habían aceptado en el consejo comunal, pero para ellos sólo era el agente del régimen, el vigilante, el traidor... ¡Qué equivocado estaba! —gritó de repente, y Miriam lanzó a su madre una mirada de alarma—. La cosa sólo podía acabar así. Primero fui el traidor, luego les defraudé... ¡Sí, la culpa es mía por haber hecho caso al capitán ese! «Lo peor que puede pasar es que alguno se maree», me dijo. Uno es dueño de sus actos pero no de las consecuencias. Todo empezó cuando te vi en aquel baile benéfico. ¡Qué guapa estabas, Mercedes! ¿Pero qué pretendían? ¿Que te obligara a convertirte? ¿Que te exigiera enfrentarte a un tribunal rabínico?

—¿Qué está diciendo? No entiendo nada —susurró Miriam—. ¿Aviso al médico?

Mercedes, atenta a las palabras de su marido, negó con la cabeza.

—En aquel baile de la Asociación de la Prensa quedó establecido mi destino. Todo lo que vino después estaba ya allí. Incluido ese pobre niño... ¿Cuántos meses tendría? ¿Ocho? ¿Diez? Sin darme cuenta, al fijarme en ti aquella primera vez, estaba matando a ese niño...

—¿Pero de qué niño habla? Ahora sí. Voy a llamar a alguien. —Miriam se levantó y se asomó al pasillo—. ¡Enfermera! ¡Enfermera!

A la mañana siguiente les dijeron que se lo habían encontrado de madrugada buscando la salida del edificio.

—Estaba sólo a medio vestir. Por lo visto, no encontró los zapatos —dijo Cristina, la robusta y expeditiva enfermera del turno de noche—. Y sigue teniendo desorientación: en lugar de bajar las escaleras, las subía, como si la calle estuviera en el último piso.

Entraron en la habitación. Samuel esperaba tranquilo y sonriente.

—Ya os lo habrá contado esa pécora —señaló a Cristina—. Pero estoy bien. Estoy perfectamente. Me quiero ir a casa.

La enfermera arregló las sábanas con gestos bruscos. Dijo:

—El doctor ya le ha advertido. Si lo vuelve a intentar, le atará a la cama con unas correas. Bueno, yo me voy. Ya no es mi turno.

Esperaron a que saliera, y Miriam se apoyó en la cama libre y suspiró.

—¿Por qué serás tan mal enfermo? Me acuerdo del mal humor que se te ponía cuando tenías que guardar cama por culpa de un resfriado. Todo lo que hacíamos te molestaba. «¡Silencio, niñas! ¿No os dais cuenta de que estoy malísimo?»

—Te repito que estoy bien.

—Estarás bien cuando lo diga el médico —dijo Mercedes, acariciándole las mejillas—. He traído espuma. Incorpórate un poco.

Extendió una toalla sobre la camisa del pijama y fue al lavabo en busca de un vaso de agua en el que humedecer la brocha. Mientras le afeitaba, le indicaba con muecas si debía levantar la barbilla o estirar el cuello, y Samuel se comportaba con docilidad. Miriam, con el paquete de Bisonte en la mano, los observó divertida. No recordaba cuándo había sido la última vez que había visto a sus padres en una escena similar de ternura conyugal.

—¿Vas a fumar en el cuarto de un enfermo? —le reprochó Mercedes sin mirarla.

—Si es por mí... —dijo Samuel.

Lo que Miriam no sabía era que, desde la irrupción de Samuel, Mercedes había telefoneado varias veces a Melilla y rastreado en la prensa las noticias sobre el naufragio. La que más la había impresionado había aparecido en *La Vanguardia Española* y hablaba de cómo las autoridades de Marruecos habían aprovechado la tragedia para desarticular las redes de emigración clandestina de hebreos marroquíes. El periodista no se extendía demasiado sobre las penosas circunstancias de ese éxodo, pero no resultaban difíciles de imaginar. Ancianos, inválidos, madres cargadas con niños que recorrían el país de punta a punta, expuestos siempre al riesgo de ser interceptados, objeto de quién sabía cuántos abusos y vejaciones... Toda esa pobre gente había acudido a Samuel en busca de ayuda, y Samuel les había ayudado. ¡Pensar que su marido había estado al frente de esa operación, que las autoridades marroquíes tildaban de sionista! De sionismo, nada: Mercedes estaba segura de que Samuel sólo había actuado al dictado de la caridad y la justicia. De repente, no encontraba más que razones para enaltecer su figura, que quedaba absuelta de cualquier otra posible acusación. Si alguna vez había tenido sospechas acerca de presuntas infidelidades, ya no las tenía. Si había tenido motivos de queja sobre sus desatenciones y distanciamientos, habían dejado de existir. Ahora veía a Samuel como un ser moralmente superior, un hombre bueno y decente, dispuesto a sacrificarse por los demás, y eso le redimía de todos los errores y miserias del pasado.

—Ya estás guapo —dijo, limpiándole los restos de espuma con un extremo de la toalla.

—¿Me has traído la prensa? —dijo él.

—Ahora bajaré a comprarla.

—Ya voy yo —se ofreció Miriam.

—He dicho que bajaré yo. Pero tú podrías ayudar. ¿Por qué no aprovechas para cortarle las uñas?

Miriam fue al cuarto de baño, tiró la colilla al retrete y agarró el neceser. Samuel, como si hasta entonces no hubiera reparado en lo que le rodeaba, exclamó:

—¡Qué sitio tan triste!

—Todos los hospitales lo son —dijo Miriam.

Pero Samuel tenía razón. La pared de baldosas blancas hasta media altura, la silla en la que dejaban bolsos y abrigos, los dos diplomas enmarcados que constituían toda la decoración del cuarto, la desangelada ventana sin cortinas... Aquello, más que una habitación de hospital, parecía una vieja cocina en la que se hubiera improvisado un dormitorio con muebles rescatados de aquí y de allá.

—Un poco de luz... —dijo Mercedes, abriendo los postigos y apresurándose a cerrar la ventana para que no entrara el frío—. Enseguida vuelvo.

Había puesto en antecedentes al médico, quien, para evitar posibles recaídas, había aconsejado que se ocultaran al paciente todas las novedades relativas al acontecimiento desencadenante de la crisis. Así lo hizo Mercedes, que, cada vez que compraba un periódico, lo revisaba de la primera a la última página para asegurarse de que no contenía información peligrosa. Ahora, cuando algún periodista aludía al asunto del *Pisces*, solía centrarse en el conflicto diplomático a que había dado lugar, ya que portavoces del gobierno de Mohamed V acusaban a Francia, Inglaterra y, sobre todo, a España de connivencia con el sionismo internacional. ¡Sólo faltaría que la cosa fuera a más y acabara desembocando en un enfrentamiento armado! ¡Entonces sí que sería difícil ocultárselo a Samuel, y cualquiera sabía cómo podría afectarle! Lo que estaba claro era que la operación de rescate había quedado truncada. ¿Cuántos hebreos marroquíes tendrían que resignarse a permanecer en el país o se arriesgarían a intentar la fuga sin ayuda de nadie? Mercedes estaba segura de que no serían pocos, y el destino de todos esos desdichados constituía también una amenaza para la frágil estabilidad emocional de Samuel.

—Te he comprado el *Heraldo* —anunció Mercedes desde la puerta.

Miriam la saludó con el dedo índice en los labios: Samuel había vuelto a quedarse dormido.

—Mejor así —susurró Mercedes—. No sabemos cuántos días va a estar aquí. Tenemos que organizar los turnos. Tere me ha dicho que, como está tan cerca, puede escaparse en los recreos.

—Yo, si Felisa se hace cargo de Daniel, tengo libres las mañanas.

—Pero no hace falta que vengas todas.

En realidad, Samuel daba poco trabajo. Se pasaba la mayor parte del tiempo durmiendo, y en sus ratos de vigilia ya no desvariaba como los primeros días. El médico se mostraba optimista. Si la recuperación seguía a ese ritmo, en menos de una semana podrían llevárselo a casa. Pero una noche sufrió una recaída. Miriam llamó a su madre para decirle que habían tenido que atarlo a la cama.

—Se ha levantado y ha salido desnudo al pasillo. Por lo visto, estaba fuera de sí. Dicen que gritaba cosas sobre Moisés y que recitaba versículos de la Biblia.

—O de la Torá... Voy para allí.

Miriam la esperaba en el pasillo con aspecto abrumado. Mercedes entró sin detenerse. Dos tensas correas amarraban por el pecho y las piernas a Samuel, que tenía los brazos separados y las manos atadas a los laterales del somier.

—¡Por Dios! —exclamó Mercedes—. ¡Esto es inhumano!

—Tendría que haberlo visto —se defendió Cristina—. No podíamos con él. Hemos tenido que pedir ayuda para inmovilizarlo.

—¡Suéltelo!

—Pero si está sedado. No se da ni cuenta.

—¡Que lo suelte, le digo!

En el suelo, a los pies de la cama, estaban los pliegos revueltos de un ejemplar del *YA*. Mercedes no recordaba haberle llevado nunca el *YA*. Se agachó. Fue apartando pliegos hasta encontrar lo que buscaba: «El hundimiento del *Pisces* pone al descubierto un triste contrabando.»

—¿De dónde ha salido esto?

—Si no lo han traído ustedes... —dijo Cristina mientras desenganchaba las correas—. Quién sabe. Por esta clínica pasa mucha gente. Puede que se lo haya pedido a alguna visita. ¡Ya está! ¿Satisfecha? Pero por la noche se las volveremos a poner.

A Mercedes le gustaba verlo dormir. Envejecido, desmejorado, casi completamente calvo, resultaba difícil reconocer en él al Samuel de toda la vida, y sin embargo a Mercedes le parecía que, dormido, seguía siendo el mismo del que se había enamorado casi cuarenta años antes, el mismo también con el que había compartido la dicha del nacimiento de las niñas y la zozobra de los primeros días de guerra... Era como si, por muchos cambios que se produjeran en las personas, hubiera algo en ellas que permanecía inalterable a lo largo del tiempo, una esencia viva y constante que triunfaba sobre los rigores de la edad. Si eso era lo que resistía, es que era lo puro y lo auténtico, ¿no?, y Mercedes recuperaba recuerdos que creía olvidados, como el de aquella vez en París en que el viento le arrancó el pañuelo de los hombros y Samuel lo fue persiguiendo por la orilla derecha del Sena, o como el de aquel

Rosh Hashaná en el que el globo se quedó atascado en las ramas de un árbol y el propio Samuel se empeñó en trepar para descolgarlo. Ése era él, un hombre que nunca renunciaba a sus objetivos, y Mercedes casi se rio al pensar que ella había sido alguna vez su objetivo. ¡Qué atractivo era entonces, con esos ojos castaños y ese aire como de galán de película! Volvió a representárselo en su primer viaje juntos a Málaga, cuando todavía no habían nacido las niñas: él probándose sombreros delante de un espejo de bastidor, ella haciéndole discretas señas para que se marcharan porque los precios de esa tienda le parecían desorbitados...

—¿En qué piensas? —le preguntó Miriam—. No paras de sonreír.

Se abrió la puerta, que siempre dejaban entornada.

—Me han cambiado una clase —saludó Tere—. ¿Qué tal está?

Samuel, como si hubiera estado esperándola, abrió los ojos y preguntó qué hora era. Las tres mujeres, sin parar de parlotear, estudiaron el mecanismo por el que se subía la cabecera de la cama. Con el barullo, Miriam volcó el vaso que se disponía a retirar de la mesilla.

—¡Manitas de plata! —exclamó Teresa, y Miriam se apresuró a secar el agua derramada.

Samuel dijo:

—¿Te acuerdas, Tere, de cuando Miriam hizo la primera comunión y con los nervios se le cayó el reloj que le acabábamos de regalar?

Mercedes y Teresa se miraron en silencio. ¿Con quién la estaba confundiendo? Miriam había hecho la primera comunión poco antes del final de la guerra y, desde luego, Teresa no había podido asistir. Samuel esperó a que su hija volviera con el vaso otra vez lleno. Dijo:

—¿Y mi nieto? ¿Lo tenéis escondido? Ya va siendo hora de que lo vea, ¿no?

Ahora fueron Mercedes y Miriam las que intercambiaron miradas. ¿No se acordaba de que Daniel estaba en el chalet el día de su llegada? Las incongruencias seguían siendo habituales, y el médico no descartaba que la crisis pudiera dejarle algún tipo de secuela en forma de lesiones cerebrales.

—Aún estás medio dormido... —dijo Mercedes para disculparle.

Precisamente a la mañana siguiente estaba prevista la visita del neurólogo, a la que no quería faltar. Cuando salía del taxi en General Mola, la saludó una mujer. Era Cristina, la enfermera, cuyo turno acababa de concluir, pero ella tardó en reconocerla porque iba en ropa de calle. Le dijo adiós con la mano, y la otra, apurando el paso hacia la parada del tranvía, añadió:

—Ya ha llegado su hija.

Mercedes torció por la esquina de Lagasca, franqueó la verja de entrada y subió los escalones que daban acceso al edificio. Ya dentro, se encaminó hacia las escaleras. Iba distraída, pensando en lo desconcertante que resultaba encontrarse por la calle con gente a la que sólo había conocido en el ejercicio de su profesión, como dando por supuesto que un camarero o un dentista o una enfermera era camarero o dentista o enfermera las veinticuatro horas del día. De repente, recordó que Miriam le había dicho que esa mañana la tenía ocupada con unos ensayos y no podría pasarse por la clínica hasta el mediodía. ¿Habría habido cambio de planes? Se detuvo en el primer descansillo. ¿Y si no había habido ningún cambio? ¿Y si Miriam estaba en ese momento ensayando con sus niñas y la enfermera no se había equivocado al anunciarle que ya había llegado su hija? El corazón empezó a latirle con fuerza. Se agarró al pasamanos de la barandilla y posó el pie en el siguiente escalón. Sentía, por un lado, que le fallaban las fuerzas y, por otro, que su organismo se cargaba de energía y vigor.

—¿Sara? —susurró.

Echó a correr escaleras arriba y ya no se detuvo hasta llegar a la habitación. La puerta estaba entreabierta, como siempre, y el sonido de su propia respiración no le permitía distinguir ningún ruido procedente del interior.

—Sara, hija mía... —volvió a decir.

Fue empujando lentamente la puerta con la mano. Vio primero la silla contra el fondo de baldosas blancas, uno de los dos diplomas enmarcados, la ventana sin cortinas... Se detuvo un instante y volvió a empujar. Vio ahora la esquina de la cama y el otro diploma. Tomó aliento antes de abrir la puerta del todo.

## LA NOVELA DE MIRIAM

El concurso de Radio Juventud se llamaba *Cantera de talentos* y se celebraba en el salón de actos del colegio La Salle, junto a la plaza de San Francisco.

—¿Nerviosas? —preguntó Teresa, y las cuatro niñas, vestidas según la moda ye-yé (pantalones capri, jersey de cuello cisne), no supieron qué decir.

—¿Cómo van a estar nerviosas? ¡Con lo que hemos ensayado! —trató de animarlas Miriam.

Estaban en una especie de almacén, entre viejos potros de gimnasio y sillas de tijera apiladas contra la pared.

—No vayáis a dejarnos en mal lugar... —se despidió la monja y, durante los escasos segundos que permaneció abierta la puerta, les llegó la voz del presentador y el sonido de los aplausos.

Si se habían presentado, había sido precisamente por insistencia de Teresa, que decía que no perdían nada por probar y que, en todo caso, seguro que se lo iban a pasar muy bien. Sentada en una banqueta de vestuario, una de las niñas no paraba de agitar las piernas. Miriam puso los brazos en jarras.

—¿Te quieres estar quieta, Charo? Vas a acabar poniéndome nerviosa a mí. ¡Hala! ¡Un último ensayo! A ver si así...

Las niñas, obedientes, se dispusieron por parejas. Miriam se sentó en la banqueta y apoyó los dedos en un teclado imaginario. Marcando el ritmo con la cabeza, dio entrada a dos de las niñas, que, mientras las otras dos ejecutaban unos pasos de baile bastante elementales, entonaron los primeros versos:

—«Vuelvo a la playa donde te conocí y el mar me canta así: *¡Downtown!* Y los amigos que antaño dejé van saludándome: *¡Downtown...!*»

Ahí las dos pequeñas cantantes se sumaban a la coreografía y la voz de Miriam tomaba el relevo:

—«Lo veo todo igual, nada ha cambiado en el ambiente, y con la mirada yo te busco entre la gente. Ya te vi, radiante tu cara de alegría viene corriendo de lejos, sonriéndome...»

El estribillo lo cantaban todas juntas:

—«¡*Downtown*, yo voy gritándote! ¡*Downtown*, tú contestándome...!»

La canción terminó y las niñas, en fila, saludaron inclinando la cabeza.

—¡Muy bien! —dijo Miriam, dando unas palmadas—. ¡Vamos a dar la campanada!

Con treinta y siete años recién cumplidos, seguía luciendo un aspecto lozano y juvenil. Sólo su voz había madurado: se había dotado de profundidad y aspereza, y la práctica continuada le había enseñado a dominar registros y modulaciones. Desde luego, aquella Miriam no era ya la que en el salón de la casa de Melilla atormentaba a los invitados con sus gorgoritos.

Oyeron un sonido de pasos y de risas. Miriam se levantó y abrió la puerta.

—Voy a ver.

Era el grupo que acababa de actuar, unos imitadores de Los Brincos con capas españolas, gafas de pasta y largos flequillos. Guardaban los instrumentos en sus estuches y comentaban excitados la acogida del público. «Si ganamos, brindaremos con coñac», bromeaban en alusión al premio, la grabación de un Disco Sorpresa Fundador, una colección de *singles* patrocinada por la conocida marca de coñac. Miriam siguió andando y se metió por el pasillo que llevaba a la parte trasera del escenario. Al otro lado de los bastidores, alguien cantaba a voz en grito una canción de aires italianos. Un joven con un lapicero en la oreja enrollaba cables de micrófono.

—Aquí no se puede estar —dijo en voz baja.

—¿Nosotras cuándo salimos?

—¿Quiénes sois vosotras?

—Repóquer.

—¿Cómo?

A Miriam le pareció que lo había oído perfectamente. Repitió:

—Repóquer. Las cuatro niñas y...

El otro se sacó un papel arrugado del bolsillo y lo iluminó con una linterna.

—Calcula veinte minutos. Yo os aviso.

En lugar de regresar, anduvo hacia una puerta lateral que daba al patio de butacas. La abrió con sigilo y se asomó. El salón estaba lleno de gente, principalmente de familiares de los concursantes. No le habían dado demasiadas invitaciones, y se había sentido obligada a repartirlas entre las niñas. De comprar entradas para su propia familia se había ocupado Ramiro. Los buscó con la mirada. Sí, estaban todos: en una fila el propio Ramiro con Mercedes, Samuel y Teresa, y en la de atrás Felisa (que ya era como de la familia), Sara y Felipe con Daniel, Elías y los gemelos. Eso era todo lo que quería, tenerlos localizados, así que cerró con cuidado y volvió sobre sus pasos.

Cuando el joven del lapicero en la oreja acudió a llamarlas, las niñas estaban ya histéricas.

—No os preocupéis —dijo Miriam—. En cuanto empecemos, se os pasarán los nervios.

En realidad, si había aceptado participar en el concurso, no era sólo debido a la insistencia de su tía Tere. Ese día, 27 de marzo, era el cumpleaños de Samuel, y Miriam se había imaginado a sí misma recogiendo el premio y dedicándoselo por sorpresa a su padre. ¡Qué gran momento sería! ¡Y cómo le gustaría poner un poco de emotividad y dulzura en la vida de su familia, siempre tan tirante! Pero, a medida que avanzaban los ensayos, la realidad había acabado imponiéndose sobre sus fantasías: esas cuatro niñas, siendo las que mejor cantaban de su clase, lo hacían bastante mal, bailaban de un modo descoordinado y sin gracia, y su actuación, aun en el caso de que todo saliera bien, sólo podía aspirar a resultar simpática. Al lado de los otros competidores, más próximos a los gustos de un público joven, no tenían la menor posibilidad de ganar el premio. La única solución era dedicárselo antes, y eso fue lo que hizo en cuanto el presentador, tras improvisar algún jueguecito de palabras con los nombres del grupo y de las niñas, las acompañó junto al piano.

—Hoy es un día muy especial para mí —dijo Miriam, agarrando el micrófono—, pero sobre todo para alguien muy querido que hoy mismo cumple setenta años. Es mi padre y está aquí.

Un foco le buscó entre el público. Samuel negó con las manos pero, ante la insistencia de Mercedes, tuvo que levantarse y hacer un gesto de agradecimiento. El presentador se volvió hacia Miriam y dijo con voz engolada:

—¿Le va a cantar el *Cumpleaños feliz*?

—Algo mejor. Le voy a decir... clin-clin.

—¿Clin-clin?

—Ya sabe él la felicidad que me evocan esas dos sílabas —dijo Miriam, haciendo el gesto de agitar un vaso de agua, y su padre le mandó un beso.

—¡Pues eso! ¡Clin-clin! —Y el público aplaudió.

La actuación salió bien, todo lo bien que podía salir. Luego intervinieron los últimos concursantes y se procedió a la votación. Ganó el grupo que imitaba a Los Brincos, pero todos los participantes tuvieron el privilegio de pasar por el escenario para recibir los elogios del jurado. Las niñas, excitadas, buscaban a sus padres entre el público y saludaban con la mano. Cuando todo acabó, Miriam se reunió con su familia a la salida del colegio. Samuel y Mercedes avanzaron hacia ella.

—¡Qué detalle tan bonito! —exclamó Mercedes—. Aún estoy temblando de la emoción. ¡Y eso que no es mi cumpleaños!

—¿Quieres decir que no me he emocionado lo suficiente? —dijo Samuel, acostumbrado a detectar insidias en los comentarios de su mujer—. Has estado estupenda, hija.

También los demás la felicitaron. Entre besos y abrazos, Miriam preguntaba por señas a Ramiro dónde estaban los niños.

—Han ido al coche —dijo él—. Están discutiendo sobre a quién le toca ventanilla.

—¿Cabremos todos? —preguntó Felipe, el marido de Sara, que tenía el coche en el taller.

Miriam saludó a su hermana pasándole la mano por la tripa. Era uno de sus pocos gestos privados, acaso el que más ternura expresaba. Sara se había acostumbrado a hacerlo cuando Miriam estaba embarazada de Elías, y luego Miriam lo recuperó cuando los gemelos. Ahora Sara estaba de cinco meses.

—¿Lo dices por mi barriga? —bromeó, aunque en sus bromas se percibía siempre un lejano matiz de desafío. Se volvió hacia Ramiro—. ¿Dónde tienes el Gordini?

—No es un Gordini...

—Que sí, Ramiro —sonrió Miriam—. Que no es un Gordini. Que es un Dauphine.

Por algún motivo, Ramiro se irritaba cuando a su Dauphine lo llamaban Gordini, que era el nombre de un modelo muy semejante pero algo posterior. Dijo:

—Dos niños en cada coche para que no armen demasiado alboroto. Y los adultos ya nos arreglaremos.

Mercedes, Samuel, Felipe y los dos gemelos siguieron a Felisa hacia el Seat 1400, mientras Ramiro iba a buscar el Dauphine. Sara y Teresa se quedaron con Miriam, que se despedía de los padres de sus alumnas. Cuando ya el Dauphine estaba esperándoles en doble fila, se acercó a felicitarla un hombre despeinado y ojeroso que recordaba un poco a Serge Gainsbourg. Miriam lo había saludado en el escenario un rato antes: era uno de los miembros del jurado. La conversación no duró ni un minuto.

—Me ha gustado mucho su versión de Petula Clark —dijo, y Miriam se fijó en que no pronunciaba Pétula, como todo el mundo, sino Petula—. Una voz muy personal, una presencia distinguida y sugerente... En la música española no hay nadie que ocupe ese hueco. ¿Qué otras canciones tiene en su repertorio?

Ella, halagada, no supo qué contestar. El otro prosiguió:

—Los cantantes melódicos de este país son todos una birria. Usted y yo tal vez tendríamos que hablar.

—¿Hablar?

—Me sobran las niñas, me sobra el piano. Tal vez con un órgano Hammond... —dijo el hombre, rebuscando en sus bolsillos—. ¡Aquí está! Trabajo en Belter.

—¿La casa de discos?

Miriam leyó el nombre que figuraba en la tarjeta: Sergio Morales. Teresa se acercó para decir que ya estaban todos en el coche. Miriam sintió una punzada de vergüenza porque aquel hombre la viera con una monja. Más para justificarse que para presentarla, dijo:

—Mi tía Tere.

—Encantado. Le estaba diciendo a su sobrina que, actualizando un poco su imagen, tal vez cambiándole el peinado... —Se volvió hacia Miriam—. ¿Cómo escribe su nombre? ¿Con i griega?

—¿I griega?

—Piénselo. Eme, i griega, erre, i latina...: Myriam. Es más estiloso, más internacional.

—Jamás se me habría ocurrido.

Miró a la monja. Ésta le hizo un gesto que ella erróneamente interpretó como de apremio. Morales se revolvió el pelo con la mano y dijo:

—Vayan, vayan, si las están esperando. Miriam, tiene mi tarjeta. Llámeme cualquier día y hablamos.

En el breve trayecto hasta el coche, a Teresa le dio tiempo de echar un vistazo a la tarjeta y exclamar:

—¿Te estaba ofreciendo grabar un disco? ¡Cielo santo! ¡Vas a ser famosa!

Miriam negó con modestia y guardó la tarjeta en el bolso. Ramiro, vuelto hacia el asiento trasero del Dauphine, reñía a sus hijos:

—Les estoy diciendo que ellos van en el centro. ¡Daniel, córrete un poco y deja la ventanilla a la tía Tere! —Miró a su mujer—. ¿Quién era ese hombre?

—Uno del jurado que quería saludarme —dijo Miriam, cerrando de un portazo.

—¡Le ha ofrecido grabar un disco! —exclamó Teresa desde su rincón en el asiento de atrás.

—¡A quién se le ocurre! —dijo Sara.

El tono burlón de Sara ofendió a Miriam, que sin embargo dijo:

—Sí, qué tontería... ¿Vais muy apretados?

—Vuestra madre va a ser famosa —insistió la monja inclinándose hacia los niños.

—¿De verdad, mamá? —preguntó Elías—. ¿Vas a ser famosa?

—¿Tú me imaginas a mí...? —empezó a decir Miriam, pero Ramiro la interrumpió canturreando:

—«Vuelvo a la playa tararí tararí tirararirarí...»

—«*¡Downtown!*» —corearon Teresa y los niños desde atrás.

En el chalet, Felisa lo había dejado todo preparado a media tarde: las bandejas de croquetas y empanadillas, las fuentes de espárragos y langostinos, las gigantescas tortillas de patata. Cuando llegó el segundo coche y todos elogiaron lo mucho que se había esmerado, ella no se esforzó en dar las gracias, porque ya los ocupantes del coche anterior se habían deshecho en alabanzas.

—Es sólo un tentempié —decía.

El barullo era enorme. El televisor estaba encendido con el volumen bajo. Los niños, que se habían abalanzado sobre los platos de aceitunas rellenas, mantenían en alto los vasos de plástico para que Sara les sirviera gaseosa. Mientras tanto, Teresa y Mercedes acercaban sillas, Felipe cargaba discos de música clásica en el brazo móvil del tocadiscos y Ramiro descorchaba botellas de vino. Samuel, con un pie encima del escalón como si no supiera muy bien dónde ponerse, fumaba y tosía. Miriam se le abrazó por la espalda.

—¿Te ha gustado la sorpresa?

—Mucho, hija.

Aquella noche nada podía salir mal. Desde que, seis años atrás, se había cumplido el sueño de Mercedes de volver a ver unida a la familia, los roces habían sido frecuentes. El Samuel de ahora no era ya como el de antes de su ingreso en la clínica Lozano, un Samuel irónico y zumbón pero también razonable y protector. El de ahora, suspicaz, ensimismado, sin temple, carecía por completo de sentido del humor y sufría frecuentes accesos de melancolía, que compensaba con inesperados arrebatos de ira. Aunque a veces pasaban días y hasta semanas sin que experimentara grandes altibajos, cualquier detalle insignificante podía de repente provocar la explosión, y eso era motivo de no poco desasosiego entre su mujer y sus hijas, que vivían con el alma en vilo. ¿Qué había ocurrido? Miriam pensaba que, con ese naufragio del que alguna vez le había hablado su madre, algo en su interior se había roto para siempre. ¡Qué fragilidad la del ser humano! Que un hombre como su padre hubiera podido venirse abajo de esa manera la tenía sumida en un estado de perpleja indefensión. Si él, tan fuerte siempre, tan firme y equilibrado, acababa acusando así los golpes de la vida, ¿qué sería de los que, como ella misma, se sabían vulnerables? Ahora, con tal de evitar que se alterara, en torno a Samuel todo eran cautelas. Pero a menudo esas cautelas daban lugar a equívocos, y el propio Samuel las interpretaba como señales de complicidad. Acercó los labios al oído de su hija y susurró:

—Creo que ya he encontrado el local...

—¿Qué local? —dijo Miriam sin entender.

—¿Sabes qué es lo mejor? Que está orientado hacia Jerusalén.

Miriam comprendió por fin y se le escapó un:

—Ay, papá. —Y para arreglarlo añadió—: Siéntate, que te preparo un plato.

Fue a la mesa y cogió un plato. Sara, a su lado, hizo un gesto disuasorio en dirección a los langostinos. Miriam asintió con la cabeza. Aprovechando que nadie las oía, imitó las voces de Mercedes y Samuel para reproducir una de sus discusiones clásicas de los últimos años:

—«Prueba los langostinos, están riquísimos.» «Ya sabes que no me gustan.» «Siempre te habían gustado.» «¡Pues ya no me gustan!»

Sara soltó un bufido. Dijo:

—¿Ya te ha dicho lo del local?

Ahora la que soltó un bufido fue Miriam, que terminó de servir el plato y volvió junto a su padre.

—¡Aquí está! Ya verás qué bueno está todo.

La chispa que inflamaba la ira de Samuel podía ser un malentendido nimio, una respuesta poco meditada, un comentario ambiguo. Y con frecuencia ese malentendido o esa respuesta o ese comentario tenían que ver con su condición de hebreo, condición que arrastraba de un modo conflictivo y atormentado desde la tragedia del *Pisces*. Seis años antes, al poco de abandonar la clínica, había montado una bronca memorable a propósito de la circuncisión, que trataba de defender con argumentos estrictamente higiénicos: «¡Es una simple operación de fimosis! ¡Ahora todos los médicos la recomiendan!» El episodio no terminó ahí. Poco después, el 5 de abril, nació Elías, y Samuel esperó los ocho días preceptivos para presentarse en casa de Miriam y Ramiro en compañía de un hombre de ropa oscura y largas barbas que cargaba con un maletín de practicante: era el *mohel* contratado para circuncidar al recién nacido. La cosa acabó en escandalera, con Mercedes llevándose al niño por la fuerza, Miriam llorando a moco tendido en el portal y Samuel, fuera de sí, acudiendo a comisaría a denunciar a su propia mujer nada menos que por secuestro de niños. Hubo otros episodios similares. Durante la Semana Santa de 1964, se puso a vociferar al paso de la Procesión del Silencio porque alguien, en un programa de radio, había recordado el calificativo de «Jesús Nazareno, rey de los judíos» que Poncio Pilatos había dedicado al Cristo crucificado. Y más tarde, a finales de julio del 66, los periódicos recogieron la noticia de que unos desconocidos habían escalado las verjas de la sede de la Comunidad Israelita de Barcelona y prendido fuego a la fachada del edificio, lo que (sumado a la inoperancia de la policía, que fue incapaz de detener a los agresores) era, para el vehemente de Samuel, una prueba irrefutable del arraigado antisemitismo español. La tibia acogida de Mercedes a sus especulaciones acerca de una vasta confabulación le decidió a hacer las maletas y anunciar entre gritos su inmediato viaje a Israel, «la tierra de sus antepasados». Sus hijas tardaron dos días en localizarle en una habitación de hotel, y con una combinación de firmeza y mano izquierda lograron disuadirle de sus propósitos.

—¿Has probado las croquetas? ¿A que están buenas?

Miriam se avergonzaba de sí misma cuando se descubría tratando a su padre con esa delicadeza algo medrosa con que se trata a los enfermos y a los niños, prohibiéndole algunos caprichos, consintiéndole otros. Pero es que tampoco él permitía muchas más alternativas. Últimamente, se había obsesionado con la idea de fundar una sinagoga en Zaragoza, y recorría las calles en busca de un local decoroso y bien situado cuya renta no resultara prohibitiva. «Una sinagoga pequeña, modesta, lo justo para cubrir las necesidades de la comunidad local», decía y, cuando Sara o Miriam le decían que no había noticias de que, aparte de él, hubiera más hebreos en la ciudad, replicaba: «¡Claro que hay! ¡Y seguramente bastantes! ¡Pero no querrás que vayan proclamándolo por ahí! Puede ser que ni siquiera se conozcan entre ellos. ¡Por eso precisamente hace falta una sinagoga! Para que no se sientan desamparados. Para que sepan que no están solos.» Él, que nunca en su vida se había planteado la cuestión en esos términos, veía ahora a los judíos como un pueblo perseguido, y se había propuesto sacarlos de sus escondrijos, rescatarlos de no se sabía qué inciertos temores, devolverles la dignidad perdida.

El asunto de la sinagoga podía llegar a convertirse en una nueva fuente de conflictos. Mercedes se las veía y se las deseaba para cuadrar las cuentas con la escasa asignación que su marido le pasaba, y no estaba dispuesta a aceptar que éste despilfarrara el dinero en un proyecto tan disparatado. La simple mención de la sinagoga la sacaba de sus casillas, lo que a su vez amenazaba con provocar nuevos ataques de ira de Samuel. Éste, después de dar buena cuenta de la cena, volvió a buscar a sus hijas y les guiñó un ojo. Dijo:

—¿No queréis saber dónde está el local? Detrás del Teatro Principal. En la acera buena, la de la izquierda. En la otra estaría dándole la espalda a Jerusalén. Es bonito. Muy espacioso.

Miriam sonrió porque no quería aguar aquella fiesta de cumpleaños, en la que todo el mundo estaba obligado a ser feliz. Para zanjar el asunto, Sara se volvió hacia el tocadiscos:

—¡Esa música! —exclamó.

—Sí, qué mal se oye... —asintió Miriam.

—Estos inventos alemanes... —dijo Samuel.

El aparato tenía un brazo metálico que permitía poner varios discos seguidos. El problema era que, cuantos más discos descargaba el brazo, más despacio giraba el plato y más distorsionada sonaba la música. Miriam apartó la aguja y retiró dos de los tres discos.

—Como vuelva a sacar el tema de la sinagoga, te juro que... —murmuró Sara.

Aprovechando esos instantes de silencio, alguien pidió a Miriam que cantara.

—¿No os parece que ya he cantado bastante? —respondió—. Además, aquí no hay piano.

En esos casos siempre ocurría lo mismo: que se improvisaba un coro de niños y acababa siendo Elías el único que cantaba. En eso había salido a su madre, que le enseñaba canciones y se quedaba embelesada escuchándole. Cantaron los cuatro niños un desafinado *Cumplea-*

*ños feliz*, y luego Elías, mientras su padre lo grababa todo con la cámara Super-8, anunció con voz de pito:

—Ahora una canción para la abuelita...

—Abuela. Llámame abuela. Tu abuelita es la otra.

Elías, imitando el acento extranjero de Mike Kennedy, cantó *La moto*, uno de los grandes éxitos del verano anterior:

—«Quiero una motocicleta que me sirva para correr. Y quiero una camiseta que tenga el número 100...»

La voluntariosa seriedad del niño aportaba un punto de comicidad que obligaba a los adultos a contener la risa. Mercedes, de pie junto a Miriam, prestaba poca atención a su nieto. En algún momento, se puso a cuchichear al oído de su hija, y Samuel soltó un ¡chist! y pidió con las manos un poco de respeto. Miriam pensó que, en su familia, los grandes reproches se escondían detrás de los pequeños y que, en todo caso, siempre se expresaban por gestos. Podría ser que ese chist engañara a un extraño. Pero no a ella, y tampoco a su madre. Las dos sabían que a Samuel la actuación de Elías le importaba bastante poco. Al hacerlas callar, las había acusado de estar murmurando a sus espaldas, y según él el tema de esas murmuraciones no podía ser otro que su proyecto de la sinagoga... ¡Ay, qué fatigoso resultaba todo! Se preguntó Miriam cómo se replicaba a las acusaciones implícitas. ¡Ojalá, en vez de chistar, hubiera interrumpido la canción de Elías para formular su protesta con claridad! Así, al menos, habrían tenido la oportunidad de demostrarle que sus sospechas no siempre eran atinadas. ¿Pero cómo decirle que simplemente estaban hablando de colchones, de los modernos colchones de muelles que Mercedes había comprado para sustituir los de lana de la cama de matrimonio y de su propia habitación, la habitación de Miriam, que después había sido la de Sara y desde hacía seis años era la de Samuel? Miriam recordaba muy bien el momento en que Sara le había dicho que sus padres ya no dormían juntos. Había sido justo después de la bronca por la frustrada circuncisión de Elías. Entonces Sara todavía vivía en el chalet y, con la excusa de que los ronquidos de Samuel no la dejaban dormir, Mercedes se había acostumbrado a dormir en el sofá. Pasadas unas semanas, en cuanto Sara se casó y su dormitorio quedó libre, Samuel se instaló en él y Mercedes regresó a la cama de matrimonio. Miriam recordaba muy bien ese momento porque tuvo la certeza de que sus padres ya nunca volverían a quererse.

Unos aplausos la sacaron de sus cavilaciones. El pequeño Elías sonreía con la cabeza hundida entre los hombros. Mercedes, todavía dolida por el trato injusto de su marido, exclamaba con un entusiasmo desproporcionado:

—¡Muy bien, muy bien!

Miriam pensó que había que hacer algo para que no volviera a aflorar la tensión, pero Sara se le adelantó:

—¿Y los regalos qué?

En ese mismo momento sonó el teléfono, y los gemelos, de cuatro años de edad, corrieron a descolgar. Era siempre lo mismo: una competición privada en la que sólo importaba quién llegaba primero. El que lo conseguía no articulaba luego ni una sola sílaba. Se limitaba a disfrutar del privilegio de escuchar esas voces enigmáticas llegadas de no se sabía dónde. Sara le arrancó el teléfono de la mano, dijo «dígame» y buscó a Samuel con la mirada. Eran Rebeca y Esther, que llamaban para felicitarle. La expectación creada con el anuncio de los regalos se mantuvo mientras duró la conversación telefónica, a la que en otras circunstancias nadie habría prestado atención. Samuel habló con sus dos hermanas, y con ambas se mostró agradecido y afectuoso.

—Hablan casi todos los días —dijo Mercedes, arqueando las cejas.

Miriam tradujo así el gesto de su madre: «Ya veis, le pone más contento esta llamada que cualquier fiesta o canción...»

—¿Vamos a ver esos colchones? —dijo.

Fueron. Miriam se sentó en la cama de matrimonio y con unos saltitos comprobó su elasticidad.

—Hablan casi todos los días —repitió Mercedes—. Y con Quiñones también. Eso sí: siempre les llama cuando no estoy delante.

—Ay, mamá... ¿Qué más te da? Son cosas del trabajo.

—¿Por qué tanto misterio? No quiere que me entere de cómo va la oficina. Podríamos ser millonarios, y yo sin enterarme. O podríamos estar en la ruina, y lo mismo. ¡Supongo que sabes que ya tiene local para su sinagoga!

—Ya verás qué bien vas a dormir —dijo Miriam, y se levantó para ir al otro dormitorio.

Encendió la luz y señaló lo primero que le llamó la atención: una serie de grabados del templo de Salomón que alguna vez habían decorado el salón de la casa de Melilla y de los que casi se había olvidado.

—Qué decoración tan triste para un dormitorio, ¿no? —dijo Mercedes a su espalda—. ¡Pero se ha empeñado y...!

Miriam se había prometido a sí misma que esa noche no habría discusiones y todo saldría bien, así que ignoró el comentario de su madre y repitió la operación de sentarse y comprobar el colchón.

—¡Qué cómodo! —dijo, y luego suspiró—. Ya casi ni reconozco mi habitación.

Era verdad. Habían desaparecido todos los detalles que en su momento había puesto para alegrar el cuarto (las fotos clavadas con chinchetas, el mueblecito para los discos, la lámpara con la pantalla naranja, el zapatero de tela de vivos colores que colgaba detrás de la puerta), y en su lugar había ahora un galán de noche con la ropa del día siguiente, los retratos de antepasados con *kipá* y los grabados del templo de Salomón. Apareció Sara para meterles prisa.

—¿Qué hacéis?

—Los regalos —asintió Miriam, poniéndose en pie—. Los nuestros los hemos escondido en la cocina.

—Voy un momento al baño —dijo Sara, acariciándose la tripa abultada.

Miriam descubrió a Daniel junto a la repisa de la cocina. En esa repisa, al lado de un cactus que con el tiempo había ido venciéndose hacia un lado y parecía un desmadejado muñeco de trapo, estaba el bote de cristal en el que Mercedes y Felisa dejaban el suelto para las propinas. El niño se puso colorado. Miriam cruzó los brazos.

—Devuelve inmediatamente lo que has cogido.

Daniel hizo un vago ademán de negación, pero enseguida se llevó la mano al bolsillo y sacó unas monedas de cincuenta céntimos. Su madre agarró el bote y lo sacudió con brío, igual que hacían los postulantes el día del Domund. Daniel dejó caer la calderilla en su interior.

—To-do —dijo Miriam.

Del bolsillo del niño salieron unas pocas monedas más. Miriam hizo ademán de darle un bofetón.

—Como se lo diga a tu padre... —amenazó—. Ahora ayúdame.

Cogieron entre los dos la bolsa de los regalos y se reunieron con los demás en el salón. Samuel y Mercedes discutían con acritud, lanzándose las palabras como dardos. Miriam pensó que en eso consistía la edad adulta: en tener que preocuparse a la vez por los padres y por los hijos.

—¡No es verdad que tuvieras que vender el cuadro ese por mi culpa! —decía Samuel—. Lo vendiste porque quisiste. Sin decirme nada.

—¡Si me hubieras dado más dinero, no habría tenido

que venderlo! —replicaba Mercedes—. Y de lo bien que te viene el coche no dices nada, ¿eh?

—¡El coche, el coche...! ¿Cuándo he querido yo tener un coche, si ni siquiera sé conducir?

Había en aquella escena una exhibición impúdica de la intimidad que los tenía a todos paralizados. Los niños, formando una fila de mayor a menor, aguardaban con los paquetes envueltos en papel de regalo. Los adultos, cabizbajos, intercambiaban miradas de soslayo. Pero, si alguien confiaba en que el temporal amainaría por sí mismo, estaba equivocado. Ni Samuel ni Mercedes renunciaban a decir la última palabra.

—¿Hasta cuándo vas a seguir dándome la lata con la historia del cuadrito? —decía Samuel—. ¡Ni que te lo hubiera robado! De hecho, mejor me iría si te lo hubiera robado. ¡Porque hasta el peor de los delitos acaba prescribiendo, y esto parece que no prescribirá jamás!

—¿Y tenerme cinco años abandonada? ¿Eso no es un delito? ¡Seguro que sí! ¡Y si no es un delito, tendría que serlo!

A Miriam, desolada, le dieron ganas de llorar. Con lo que se habían querido sus padres... ¿Cómo habían podido llegar a eso? Miró a Ramiro, que sostenía la cámara como quien sostiene un animalito herido: menos mal que ellos dos nunca llegarían a ese extremo. Dijo con voz suplicante:

—Por favor, por favor...

Con sus palabras logró al menos un instante de tregua. Durante ese lapso, precedida por el ruido de la puerta del baño y el gorgoteo de la cisterna, se impuso la voz de Sara, que dijo:

—¿Qué está pasando aquí? Vamos, vamos. Los regalos.

Samuel, que había alzado el dedo en actitud acusadora, se dejó conducir al sillón. Mercedes se sentó en una esquina del sofá. Hubo un murmullo general de alivio, y Ramiro grabó a los niños cuando, como pequeños súbditos que acudieran a homenajear a un rey de cuento infantil, depositaban las ofrendas en el regazo del abuelo: un albornoz de parte de Miriam, una chaqueta de parte de Sara, unas zapatillas, una corbata, una funda de gafas, un cartón de Camel. Samuel besuqueaba a sus nietos y les pellizcaba las mejillas. Sus efusiones más bien teatrales contribuyeron a relajar el ambiente, en el que sin embargo, como cenizas de un incendio reciente, seguían flotando vestigios de la anterior tirantez.

—¿No falta ningún regalo? —dijo Sara.

Mercedes, desde su rincón, hizo señas a Daniel para que sacara de un cajón un paquetito y se lo entregara a Samuel. Éste, rodeado de niños, seguía exagerando las expresiones de gratitud: ¡una pluma!, ¡con lo que le gustaban a él las plumas!

—¿No falta ninguno? —volvió a decir Sara, y los demás se miraron entre ellos y se encogieron de hombros—. Sí que falta uno. Pero es para los dos. Ven, papá.

Samuel se dejó llevar al sofá. Miriam observó su forma de andar, pisando con toda la planta, no levantando un pie hasta tener el otro bien afirmado sobre la alfombra. Cuando llegó junto a Mercedes, encogió el tronco y se dejó caer despacio. En muy poco tiempo se había convertido en un anciano. Miriam se dio cuenta de que nunca en su vida había tenido un trato estrecho con ancianos. Pero la novedad le estaba deparando más decepciones que sorpresas. Samuel y Mercedes no se miraron. Él tiró de las perneras de los pantalones, dejando al descubierto dos franjas de piel pálida por encima de los calcetines, y dijo, casi con fastidio:

—Bueno, ¿qué es?

Sara le entregó un paquete del tamaño de un libro. Samuel se dispuso a desenvolverlo. Mercedes, impaciente, le ayudó a apartar el papel de estraza y sostuvo aquel objeto a la altura de los ojos. Desde donde estaba Miriam sólo se veía la parte de atrás de un marco de plata. Sus padres parecían haberse quedado sin habla. Intrigada, rodeó el grupito de niños y se sentó junto a su madre en el brazo del sofá.

—Sierra Nevada —dijo.

El marco era nuevo pero la foto era la de siempre. La de la nieve y el trineo, la favorita de Sara, la que se había llevado en su fuga, doce años atrás. Ahí estaban los cuatro con los jerséis de lana gruesa y los labios cortados por el frío, ahí estaban con los ojos deslumbrados y las sonrisas de felicidad. Eran otros tiempos, los tiempos en que el mundo se presentaba amable, sencillo, promisorio, los tiempos también en que una secreta armonía presidía sus vidas. Qué lejos quedaba todo aquello y a la vez qué cercano, ahí mismo, a esa distancia de pocos centímetros en la que estaban comprimidos los veintitantos años transcurridos desde entonces.

—¿Os gusta? —dijo Sara, abriéndose un hueco al lado de su padre.

Mercedes y Samuel se mantenían inmóviles y en silencio, y Miriam pensó que aquella foto estaba propiciando un momento mágico. Apoyó la cabeza en el hombro de su madre al tiempo que su padre alargaba una mano hasta posarla en el que le quedaba libre. Por un instante, con un salto en el tiempo y el espacio, se olvidaron de sus miserias de los últimos años para volver a ser los de la foto, la misma familia acostumbrada a celebrar las mismas cosas y conmoverse por los mismos motivos.

—Nos gusta —dijo Mercedes con un hilo de voz.

—Sí —dijo Samuel—. Nos gusta mucho.

El hechizo sólo se rompió cuando Sara, tras dar a sus padres un beso de buenas noches, se levantó y dejó la foto en la repisa de la chimenea.

—Es tarde —dijo—. Mañana los niños tienen colegio.

Miriam sonrió. Después de todo, la noche no había acabado tan mal.

Miriam solía decir que se había casado con Ramiro porque era el primero que se lo había pedido. En cambio, sobre la precipitada boda de Sara ni ella ni nadie se atrevía a bromear. Entre su reaparición y su boda con Felipe habían pasado poco más de tres meses. ¿Por qué tantas prisas? Desde luego, no se trató de una de esas urgencias que algún malpensado había sugerido: los gemelos no nacerían hasta dos años después. Miriam tenía la teoría de que, para su hermana, el matrimonio había sido como arrojar las llaves de su pasado al fondo de un pantano: cerrarse el camino de vuelta, renunciar para siempre a la posibilidad de regresar junto a Aarón. De su enamoramiento y de los preparativos de la fuga no le había ocultado Sara ningún detalle, y en la hora de las despedidas se había sentido orgullosa de ser su cómplice y confidente. Aquella lejana víspera de Reyes, entre lágrimas, Sara le había prometido que de un modo u otro se pondría en contacto con ella y la mantendría al corriente de sus andanzas, pero luego, por las razones que fueran, no había cumplido su palabra. Durante más de cuatro años no habían vuelto a saber nada la una de la otra, y Miriam se había sentido primero preocupada y luego despechada: ¿así le pagaba su lealtad y sus desvelos? Después había habido dos años de relación epistolar y, para cuando por fin se reencontraron en la clínica Lozano, cada una había evolucionado a su manera y era ya poco lo que tenían en común. Ellas, que tan unidas habían estado, debían reconstruir su relación partiendo desde cero, inventando una intimidad nueva con nuevas claves privadas y nuevos gestos compartidos. A esa segunda etapa pertenecía la caricia en la tripa preñada, pero también ese «mira que eres tonta» que no siempre sonaba afectuoso.

El problema era que de las cosas importantes no era tan fácil hablar. ¡Ay, qué complicado resultaba todo! En Melilla, Mercedes había vetado cualquier alusión a la existencia de Aarón, y ahora, en Zaragoza, era la propia Sara la que ejercía esa censura. ¿Qué había sido de él? Durante los dos años en que las hermanas mantuvieron correspondencia, el proyecto de la pareja de emigrar a Venezuela parecía sometido a constantes vaivenes: en unas cartas se aludía a él como a un destino ineludible y, en cambio, de otras desaparecía hasta como simple expectativa. Miriam, que en su momento había informado a Sara de la crisis nerviosa de su padre, tenía la sensación de que de ese modo había precipitado los acontecimientos en una de las dos direcciones, la segunda. Pero tampoco estaba segura. ¿Cuándo se había producido la ruptura entre Sara y Aarón? ¿Entonces o antes? Y, si se había producido entonces, ¿en qué medida había influido en ella el ingreso de Samuel en la clínica? ¿Se había sentido Sara obligada a elegir entre su novio y su padre? ¿O simplemente las cosas habían salido así sólo porque sí, porque Aarón había conseguido su propósito de marcharse a Venezuela y al final Sara no había querido o no había podido acompañarle? Las dudas sobre si su regreso era o no definitivo se disiparon un domingo en que Felipe apareció por el chalet y Sara lo presentó como su prometido. Pero todas esas preguntas quedaron ahí, ya para siempre, y Miriam pensaba que, si en su familia no se podía aludir a la historia de amor de Sara con Aarón, habría muchas otras cosas de las que tampoco se podría hablar: todo secreto genera nuevos secretos.

Felipe constituyó para Miriam una tremenda decepción. No porque fuera una mala persona o un mal marido sino porque carecía del menor interés. Con su conversación sentenciosa, trufada de frases hechas y lugares comunes, con sus modales de persona intachable y temerosa de Dios, con su aspecto relamido, sus ojos tristones y su sonrisita forzada, encarnaba la imagen misma del aburrimiento y la inanidad. Unas semanas antes de la boda, en la primera salida de Miriam tras el nacimiento de Elías, acudió con Ramiro a conocer el piso de Felipe, justo encima de la papelería que había heredado de sus padres. Fue la clásica visita de compromiso: en tal sitio iría tal mueble, ¿qué les parecía su madriguera?, las paredes eran de verdad paredes, no como esos tabiquitos de ahora, ¡y qué luminoso el salón...! Sara se les unió al cabo de un rato, cuando ya la cosa no daba más de sí, y Felipe los condujo hasta la mesa camilla, sacó las fichas de dominó y dijo: «¿Qué? ¿Una garrafina?» Miriam ni siquiera sabía cómo se jugaba a la garrafina, y sintió un escalofrío al imaginarse a su hermana jugando a esa cosa con su marido en las frías y largas tardes de invierno.

Sara, sin duda, habría merecido algo mejor. Al menos la Sara idealizada, la que a Miriam le gustaba: la Sara vivaracha, soñadora, enamoradiza y melodramática de su juventud melillense. ¿Qué se había hecho de ella? Viéndola, Miriam pensaba que su hermana se había convertido en una persona diferente de la que estaba destinada a ser. Después de haber ido dando tumbos por la vida, parecía que lo único que ahora le importaba era esa estabilidad económica que el soso de su marido le garantizaba. Para Miriam estaba claro que aquélla había sido una boda sin amor, como esos arreglos entre viudos que sólo buscan seguridad y consuelo mutuo. O peor aún, porque las heridas de Sara no eran las previsibles, las que el paso del tiempo acaba infligiendo a todo el mundo. Las suyas eran unas heridas que llevaban aparejada alguna acusación, y Miriam se acordaba de la expresión de su hermana en las fotos de grupo que se hicieron al acabar la ceremonia, una expresión que nada tenía que ver con el candor y la ilusión de las recién casadas y que más bien parecía querer decir: «¿Veis lo que me habéis obligado a hacer?» Como si tuviera muchos agravios que reprochar al mundo pero no se le antojaran suficientes y necesitara agregar uno más. Como si estuviera deseosa de fracasar en su vida conyugal para tener más cosas de las que culpar a los demás... ¡Qué difícil era tratar con gente que se atribuía supuestos sacrificios y que, desde esa posición de víctima, se sentía legitimada para juzgar sin ser juzgada! Lo que menos le gustaba de su hermana era esa severidad nueva, desconocida, infranqueable. En su rostro se había instalado el rictus de quien está siempre listo para replicar a alguna ofensa real o imaginaria, un rictus semejante al que Miriam había identificado en las personas que preferían ser respetadas a ser queridas.

Pero ella quería a su hermana, o al menos quería quererla. A veces agradecía que entre sus padres hubiera tantas tensiones porque eso las colocaba a las dos en el mismo lado: el lado de las soluciones, no el de los problemas. Si Samuel y Mercedes discutían por cualquiera de los innumerables motivos por los que discutían, allí estaban sus dos hijas, juntas otra vez, mano a mano, dispuestas a sofocar ese fuego y todos los fuegos que vinieran detrás. No dejaba de ser triste que lo que más las unía fuera la desunión de sus padres... En esos casos, Sara actuaba investida de una autoridad a la que Miriam se sentía incapaz de aspirar. Ocurrió en la fiesta de cumpleaños: Miriam se afanaba por templar gaitas pero a la hora de la verdad, cuando Samuel y Mercedes se desmandaban, era Sara la que lograba restaurar el orden. Había en ello un agravio comparativo: Sara, que al fin y al cabo se había ido de casa y había hecho sufrir a sus padres, gozaba entre éstos de un respeto y una consideración muy superiores a los de Miriam, que siempre había observado un comportamiento ejemplar y se había mantenido al lado de su familia como una hija fiel y obediente. Pero para qué darle más vueltas, si sólo serviría para seguir echando leña al fuego...

Miriam y Sara no compartían amistades. Cada diez o doce días quedaban para hacer compras y pasear con los niños. Cuando en la conversación salían terceras personas, Miriam las mencionaba con nombre y apellido. Sara, en cambio, se expresaba siempre de un modo deliberadamente impreciso: una amiga le había dicho...

—¿Qué amiga? —dijo Miriam.

Estaban en el Sepu, en la sección de mujer, esperando a que quedara libre alguno de los probadores.

—Una amiga. Una del Stadium. No la conoces.

—Bueno, ¿qué te ha dicho tu amiga?

Miriam y Ramiro eran socios del Tiro de Pichón. Sara había estado una vez con ella y no había parado de quejarse: que si qué molesto el ruido de los disparos, que si cuántos mosquitos había. El último verano, Sara y Felipe se habían hecho socios del Stadium Casablanca, en la otra punta de la ciudad. A Miriam le parecía que en todos los gestos y decisiones de su hermana se ocultaba una voluntad tenaz de preservarse de ella.

—Fumas demasiado —fue la respuesta de Sara.

Los gemelos, vestidos igual, correteaban alrededor de unos maniquíes bajo la vigilancia de Elías. Daniel se asomaba al pasillo de los probadores, atento al movimiento de las cortinas, tras las que imaginaba sugerentes desnudeces.

—¡Daniel, por favor! —dijo Miriam, dando una última calada a la colilla y aplastándola en el cenicero.

El niño hizo un gesto de fastidio y se apartó. Miriam se arregló el peinado ante el espejo de la columna.

—¿Qué te has hecho? —dijo Sara—. Estás distinta.

—¿Te gusta?

Últimamente Miriam llevaba el pelo más corto de lo habitual, casi a lo *garçon*. Salió una mujer con varios vestidos plegados sobre el brazo. Miriam se quitó la gabardina e hizo un gesto de invitación a su hermana. Ésta se volvió hacia los niños con ademanes de institutriz:

—Os quedáis solos. Portaos bien. Daniel, tú que eres el mayor...

Entraron las dos en el probador. Sara anunció que había decidido reutilizar la ropa del anterior embarazo y no comprar nada hasta después del parto. Miriam colgó su ropa de la percha y se puso un vestido con el cuello cerrado y sin mangas. Sara le subió la cremallera hasta media espalda.

—¡Qué envidia! —dijo—. Yo, con esta tripa...

Miriam lo interpretó como un signo de aprobación y dijo:

—Me lo quedo.

—¿No te vas a probar ninguno más?

—¿Para qué, si éste me gusta?

—Te espero fuera. No me fío de esos demonios.

Miriam se preguntó si con esa palabra aludía a los cuatro niños por igual: al lado de Elías y sobre todo de Daniel, los gemelos eran unos benditos.

—Sí. Espérame fuera.

Volvió a ponerse su ropa y salió en busca de una caja para pagar. Sara agarró a los gemelos y sacudió la cabeza.

—Me tengo que ir.

Miriam intentó que sus palabras no sonaran como un reproche:

—Le he dicho a Ramiro que estaríamos merendando en Las Vegas...

Se dieron un beso y Miriam la miró marchar hacia las escaleras mecánicas. En realidad, momentos de intimidad como el que acababan de vivir resultaban por completo excepcionales. Sara siempre se las arreglaba para llegar tarde y marcharse pronto, y nunca le faltaban buenas razones para evitar quedarse a solas con ella. Había en su actitud una necesidad como de acotar y poner límites: hasta aquí de acuerdo, pero ni un milímetro más. Qué distinta era la relación que Miriam habría deseado, una relación en la que los fuertes vínculos del pasado se extendieran a los hijos y los maridos, los niños de una y otra creciendo juntos como auténticos hermanos, Ramiro y Felipe convertidos a pesar de todo en buenos amigos.

—¡Daniel! —gritó, malhumorada, y el pequeño se acercó con cara de «¿qué he hecho yo ahora?».

A los niños les gustaba merendar en Las Vegas porque allí (y sólo allí) tenían derecho a pastel. Para decidirse por uno u otro pastel se pasaban un buen rato parados ante el escaparate, señalándolos todos, anticipando la dicha del primer bocado. Se sentaron en una de las mesas del fondo. Mientras los niños se tomaban sus dulces, Miriam se entretenía garabateando su nombre en una servilleta de papel. Lo garateaba con la nueva grafía, la de la i griega: Myriam, Myriam. ¿Cómo lo había definido el de Belter? Ah, sí: más estiloso, más internacional... Llegó Ramiro con el pelo y la americana salpicados por la lluvia. Le bastó con echar un vistazo a la servilleta para adivinar lo que su mujer estaba pensando.

—¿Le has comentado algo a tu hermana? —dijo, levantando a Elías y acomodándolo en su regazo.

—Es que me parece que no le va a gustar.

—No entiendo por qué. Lo lógico sería que se sintiera orgullosa de ti. ¿No serán figuraciones tuyas?

—Además, no estoy convencida. ¿Para qué decirle nada si yo misma...?

Habían tenido esa conversación decenas de veces. Miriam no olvidaba la reacción de su hermana cuando, un par de años antes, le había anunciado su propósito de dejar los cursillos de música y probar otro tipo de salidas laborales, primero con el proyecto de montar una *boutique* de ropa infantil y luego con el de colaborar con unas amigas que trabajaban decorando pisos. En ambas ocasiones el comentario de Sara había sido: «¿Pero tu marido no gana bastante?» Parecía como si le molestara la simple idea de verla luchar por conseguir algo en la vida. ¿A qué tenía miedo? ¿A que llegara a tener algún éxito profesional y eso la hiciera sentirse relegada, inferior? A veces se culpaba a sí misma por haberse dejado encasillar: la hermana mayor que siempre se había comportado como si fuera la pequeña, la buena hija que nunca levantaba la voz ni tomaba iniciativas, el ama de casa que, como su propia madre, sólo debía preocuparse por el bienestar de la familia... De todos modos, ¿quién era Sara para utilizar un argumento así? Si alguien tenía derecho a mencionar ese asunto, el de los ingresos, era Ramiro, y éste, que efectivamente ganaba un buen sueldo, siempre se había guardado de expresar cualquier objeción. Tal vez los proyectos de Miriam no le causaran especial entusiasmo, pero nunca le había negado su comprensión y su apoyo. Cuando lo de la *boutique*, se ofreció a facilitarle la financiación inicial. Y cuando lo del interiorismo, se comprometió a ponerle en contacto con sus clientes de la caja que se dedicaban a la construcción. Ahora la cosa era más delicada porque, si de verdad acababa dedicándose a la música, eso le absorbería mucho tiempo y la obligaría a desatender algunas de sus obligaciones domésticas. Ramiro no había puesto ninguna pega, pero es que ella misma se había adelantado a ponerlas. Eran pegas que no le costaba imaginar en labios de Sara:

—¿Grabar un disco? ¿Dedicarme a la música? Si lo piensas, es una locura.

El camarero trajo un café con leche. Ramiro devolvió a Elías a su silla. Miriam seguía con lo suyo:

—A mi edad. Ya no soy una niña. Tengo treinta y siete años. ¿Qué pinto yo en ese mundo de jovenzanos?

Ramiro, revolviendo el café con leche, repitió la palabra como sopesándola:

—Jovenzanos...

—Imagínate que firmo un contrato y tengo que actuar, ¡yo qué sé!, en un crucero. ¿En qué consiste la vida de un músico? ¿En ir de aquí para allá, actuando en pueblos y en salas de fiestas y en programas de televisión?

—Al menos, si sales por la tele, te podremos ver.

Daniel y Elías se habían terminado ya su merienda. Daniel se cambió a una silla vacía y Elías ocupó la que quedaba libre, con lo que el otro se enfadó porque ésa seguía siendo su silla. Ramiro les ordenó regresar a sus sitios pero ellos, de pie, se pusieron a dar vueltas sobre sí mismos, compitiendo para ver quién perdía antes el equilibrio. Miriam los señaló e hizo un gesto melancólico.

—Qué pena que la oportunidad de dedicarme a la música se me haya presentado tan tarde... ¿Puede ser que la vida funcione así? ¿Que nos ofrezca todo lo que deseamos pero casi siempre a destiempo, cuando todavía no o cuando ya no? Me acuerdo de cuando Sara y yo éramos pequeñas. Tan monas, tan graciosas, tan arregladitas... La gente nos llamaba princesas, y nosotras nos considerábamos de verdad unas privilegiadas, como si perteneciéramos a la familia real o algo así, como si fuéramos las zarevnas. Porque también nuestros padres nos parecían los mejores, los más guapos, los más simpáticos... ¿En eso consisten las infancias felices? ¿En sentir que tu familia es la mejor que podía tocarte en suerte?

Se dio cuenta de que su argumentación no acababa de cuadrar y sacudió la cabeza. Lo que quería decir era que entonces, cuando Sara y ella eran pequeñas, sí que parecía que el mundo de los hechos y el de las posibilidades avanzaban al mismo paso. ¿En qué momento se había roto esa sintonía? Ramiro buscó al camarero e hizo el gesto de pedir la cuenta.

—¿Por qué le das tantas vueltas? ¿Qué te dijo ese hombre, el de la casa de discos? Que en España no hay ninguna cantante que ocupe ese hueco. Él sabrá, ¿no?

—Pero si tú no quieres o crees que no...

—¿A ti te hace ilusión o no?

—No es sólo que me haga ilusión. Es que cada cual tiene que hacer lo que mejor sabe hacer, ¿no?

—Pues ya está —dijo Ramiro, y tendió un billete al camarero—. Chicos, nos vamos.

Daniel y Elías echaron a correr hacia la calle. Ramiro agarró la bolsa del Sepu y esperó a que su mujer se pusiera la gabardina. Salieron de la cafetería cogidos de la mano.

En las pocas semanas que habían pasado desde el concurso, su aspecto había cambiado. Había probado diferentes peinados y renovado su vestuario para adaptarlo a la última moda, y se había acostumbrado a usar sombra de ojos, algo por lo que nunca antes había mostrado mucha afición. La imagen que buscaba dar tenía que ser más acorde con la nueva idea de sí misma que había empezado a crecer en su interior, y para inspirarse no acudía tanto a las fotos de las revistas como a las de los discos, incluidos los de Petula Clark. ¿Le gustaba pensar que algún día podrían compararla con esa inglesita de rasgos finos y frondoso flequillo pelirrojo? El cambio del piano por la guitarra obedecía también a imprecisas razones de imagen: se veía a sí misma en la foto del hipotético disco, el primer plano de una mujer moderna y todavía joven, con unos vivaces ojos castaños, una mano agarrada al mástil de la guitarra española y en algún lado ese MYRIAM vagamente extranjero. Sí, con la guitarra se sentía más favorecida que con el piano, lo que de ningún modo quería decir que hubiera renunciado a éste para las posibles actuaciones. Ahora estaba tratando de ampliar su pequeño repertorio, y las canciones de Sylvie Vartan, por ejemplo, le sonaban más naturales con un fondo de guitarra, mientras las de Nancy Sinatra parecían exigirle el acompañamiento de piano. Que su dominio de aquel instrumento, limitado al de unos pocos acordes básicos, fuera inferior al de éste no constituía a su juicio un obstáculo insalvable.

El piano, además, estaba instalado en el cuarto de estar, el del televisor, lo que limitaba sus horarios de ensayo. En cambio, con la guitarra podía practicar en cualquier lugar de la casa. Su preferido era la galería, luminosa, ventilada, separada de las otras habitaciones por la cocina y la despensa. Allí, entre cestas de ropa y bombonas de butano, plantaba su silla y su atril y se pasaba las horas aprendiendo nuevas canciones. No se conformaba con copiarlas. Buscaba hacerlas suyas, darles un toque personal, porque, si las cantaba igual, ¿quién querría escucharla a ella pudiendo acudir al original? A veces se tomaba algunas libertades y alteraba el estribillo o incorporaba estrofas de su propia cosecha y, si el resultado le parecía convincente, pedía luego la opinión de su marido, que solía decir:

—¡Qué bien suena! Tendrías que dedicarte a componer.

Lo siguiente era siempre preguntarle si había llamado al de la casa de discos, y Miriam contestaba:

—Aún no. En cuanto tenga un rato libre.

Por supuesto, no era una cuestión de tiempo libre sino de inseguridad. Por un lado, nada la haría más feliz que triunfar en el mundo de la música. Pero, por otro, todo eran dudas: no sabía si de verdad estaba capacitada o no para ello ni el precio que tendría que pagar o los sacrificios que se vería obligada a hacer para conseguirlo. Si realizar su sueño implicaba poner en peligro la estabilidad de su vida junto a su marido y sus hijos, prefería renunciar. Además, ¿hasta qué punto existía un interés cierto por parte de Sergio Morales, el hombre de Belter? Al fin y al cabo, sus comentarios la noche del concurso podían interpretarse como un elogio dictado por las circunstancias, y lo mejor era no hacerse demasiadas ilusiones: ¿a cuántos cantantes aficionados de cuántas ciudades españolas habría entregado esa misma tarjeta y mostrado idéntico interés e invitado también a telefonear? Que Miriam hubiera seguido punto por punto sus recomendaciones (el cambio de imagen, la estilización del nombre, la ampliación del repertorio) no le impedía pensar que lo que hacía lo hacía sólo porque sí, porque le apetecía, como si entre eso y la llamada pendiente a la casa de discos no hubiera conexión alguna. A veces, cuando Ramiro le preguntaba si por fin había hecho esa llamada, Miriam se hacía la despistada y decía:

—Es verdad. A ver si esta misma semana... Pero lo más probable es que ya ni se acuerde de mí.

Una mañana, estando sola en el piso, se decidió a buscar la tarjeta y marcar el número. Contestó una voz de mujer.

—Discos Belter. ¿Dígame?

—Quería hablar con Sergio Morales.

—¿De parte de quién?

—De... Miriam.

—En este momento no está. ¿Quiere que le deje algún recado?

—Gracias. Volveré a llamar.

Le escamó que primero le hubiera preguntado quién era y luego le hubiera dicho que no estaba. ¿No era más natural el orden inverso: decir primero que no estaba y luego preguntar de parte de quién? Y, aunque dar más explicaciones a la telefonista estaba fuera de lugar, qué triste había sonado ese Miriam... Había pronunciado su nombre con vergüenza, como admitiendo que Sergio Morales jamás podría asociarlo con ella o, peor aún, que ella sería siempre la última Miriam de todas las Miriams que Sergio Morales podía conocer. Unos días después, cuando Ramiro volvió a preguntarle si había llamado a la casa de discos, prefirió ocultárselo.

—¿Te puedes creer que no he tenido un minuto de descanso en toda la semana? —dijo.

Volvió a marcar el número de Belter y volvió a contestar la misma voz de mujer:

—¿De parte de quién?

Esa vez llevaba preparada la respuesta, y dio su nombre completo, Miriam Caro, y su número de teléfono.

—Le diré que ha llamado. Buenos días, señorita Caro.

Que la llamara señorita la puso de buen humor. Quería decir que, al menos por teléfono, su voz seguía siendo la de una chica joven (o, como ella decía, la de una jovenzana). No pasaron ni diez minutos antes de que sonara el teléfono. Miriam dio por seguro que era Morales. Se aclaró la garganta antes de contestar:

—Dígame.

—¡Tu madre se ha vuelto definitivamente loca! —oyó.

—¿Papá?

Eran frecuentes esas llamadas. Unas veces era su padre, otras su madre, pero siempre llamaban para lo mismo, para quejarse del otro.

—¡Ahora resulta que tu madre está celosa! —exclamó Samuel—. ¿Y sabes de quién? ¡De Sagrario!

Se oían por detrás las protestas de Mercedes, que decía que no era verdad, que ella no había dicho eso, que había mencionado a Sagrario como podía haber mencionado a cualquier otra. Miriam, armándose de paciencia, se encendió un cigarrillo y se sentó en el brazo del sofá.

—¡La buena de Sagrario! —seguía su padre—. Como se lo diga, se va a morir de risa. ¡Tu madre se piensa que en cuanto nos quedábamos a solas en la oficina...!

—Papá... —dijo Miriam.

—Te lo digo: se ha vuelto loca. ¡Sí! ¡Te has vuelto loca! —Samuel hablaba a medias con su hija y a medias con su mujer, que seguía parloteando a sus espaldas—. ¡Pero es verdad que te fui infiel con Sagrario! ¡Y no fue la única! ¡Hubo otras! Empezando por la monja esa, la enana..., ¿cómo se llama? ¡Sor Rociíto! ¿Sabes lo que soy? ¡Un sátiro! ¿Llevas toda la vida casada con un sátiro y sólo ahora te das cuenta? Ya lo oyes, hija: lleva toda la vida casada con...

—¡Papá!

—¿Qué?

—¿Por qué no llamas a Sara y se lo cuentas? ¿Por qué siempre que reñís por cualquier tontería me llamáis a mí y no a ella? ¿Por qué delante de mí no os importa comportaros como unos niños malcriados y delante de ella sí?

Al otro lado de la línea telefónica se callaron los dos, primero Samuel y luego Mercedes. Miriam disfrutó de aquel silencio como de una modesta victoria y lo alargó cuanto pudo.

—¿Qué te pasa? —preguntó su padre, intrigado—. ¿Ha ocurrido algo? ¿Los niños están bien? No habrás discutido con Ramiro... ¿Cuál es el problema?

Estuvo a punto de decir que el problema eran ellos, pero se contuvo.

—Los niños están en el colegio. No hay ningún problema —dijo, y mientras lo decía era consciente de estar desperdiciando su pequeña ventaja.

—¿Entonces? —gruñó Samuel, que enseguida volvió a la carga con lo de las supuestas infidelidades—: ¡Y también me entendía con Victoria y con todas las brujas de la Gota de Leche!

Miriam ahogó un sollozo y esperó a que la conversación concluyera como concluían todas, por simple consunción.

—En fin... No sé ni para qué te cuento esto —acabó diciendo Samuel, y colgó.

Desde hacía un par de años, Ramiro trabajaba en la oficina central de la caja de ahorros, en la calle de San Jorge. Su jornada laboral se alargaba casi siempre hasta más allá de las tres. Una tarde, mientras se despedía de unos compañeros, vio a su suegro, que le hacía señas desde la otra acera. Como nunca antes había ido a esperarle a la salida del trabajo, se preguntó qué podía haber ocurrido. Esperó a que terminara de pasar por la calzada un motocarro cargado de botijos y cruzó.

—Ven —dijo Samuel, indicando vagamente en dirección a la calle de San Andrés y la trasera del Teatro Principal, y como única explicación agregó—: Con las niñas no hay manera de hablar.

A Ramiro siempre le había extrañado que Samuel y Mercedes siguieran llamando niñas a sus hijas. Se detuvieron ante la persiana medio cerrada de un local.

—Ayúdame.

Terminaron de subir la persiana entre los dos. Ramiro tosió. Un polvo muy fino flotaba en el ambiente. Samuel buscó el interruptor. Una bombilla desnuda esparció una luz mustia y temblona. Había unos sacos de cemento apilados junto a la pared y cuatro o cinco botes grandes de pintura.

—Esto es lo único que falta —dijo Samuel, satisfecho—. Una semana. Dos como máximo.

Samuel apartó con el pie un teléfono viejo que había en el suelo y, tras meterse por un pasillo angosto, fue abriendo puertas y encendiendo luces. La última puerta daba a lo que parecía haber sido un almacén y ahora era el oratorio. Samuel se plantó en el centro, extendió los brazos y paseó la mirada a su alrededor.

—¿Qué? ¿Qué te parece?

Las paredes olían a pintura fresca y la madera del suelo estaba recién barnizada. Ramiro, cauteloso, se limitó a asentir con la cabeza. Samuel señaló dónde iría cada cosa. Al fondo, protegido por una cortina, el tabernáculo con los rollos de la Torá. Delante, la *menorá*, en recuerdo del candelabro del Templo de Jerusalén. Sobre la tarima, el pupitre que haría las veces de altar y sobre el que se leería la Torá. Y al otro lado, los asientos separados para los hombres y para las mujeres.

—Esto es sólo el principio. Con el tiempo habrá una *huppah*, el dosel bajo el que se celebran las bodas. Y, ¿por qué no?, un sillón del profeta Elías, el que se utiliza para las circuncisiones... Aún no me has dicho qué te parece.

Ramiro, que casi no había abierto la boca, se sintió obligado a hablar.

—Aquí cabe mucha gente —dijo.

—Hay que estar preparados. ¿Sabes que han decidido expulsar a los hebreos de Andorra?

—¿Y van a venir todos aquí? ¿Tantos son?

Samuel creyó que se estaba burlando y reaccionó con irritación.

—¡No estoy hablando de eso! Lo que intento decirte es que los judíos tenemos que organizarnos para evitar que ocurran esas cosas. ¿Es tan difícil de entender? Pasan los siglos y nos siguen expulsando de todas partes. ¿Quién gobierna en Andorra? El obispo de La Seo de Urgel. Es decir, la Iglesia. Pero es que también en España gobierna la Iglesia. ¿O es que no te has dado cuenta?

Ramiro echó un vistazo a su reloj.

—Qué tarde se me ha hecho —dijo—. Y aún no he comido.

Se lo contó a Miriam por la noche, cuando ya los niños estaban acostados. Era la única hora del día en la que podía entregarse a su afición a restaurar trastos viejos: máquinas de escribir, cajas registradoras, cámaras fotográficas. También era la única hora en la que podían hablar con tranquilidad. Miriam recogió una pelusa del suelo, la depositó en el cenicero y sacudió la cabeza con preocupación.

—Me van a volver loca... —dijo.

—Nos van a volver locos —puntualizó Ramiro, encendiendo el flexo.

Sobre la mesa del comedor, que sólo usaban cuando había invitados, había extendido las piezas desmontadas de una calculadora mecánica Odhner de color negro: la base de hierro macizo, la carcasa con las ruedas dentadas, las tres manivelas, la tapa cromada, los muelles, los tornillos. Se puso las gafas de vista cansada, que utilizaba sólo desde hacía unos meses.

—Te sientan bien —dijo Miriam—. Estás muy interesante.

Ramiro sonrió y repasó con un pincel untado en aceite el eje de una de las manivelas.

—Creo que tu padre no está bien.

—Siempre ha sido muy suyo.

—Esas obsesiones, esos cambios de humor... Espero que nosotros envejezcamos mejor.

Miriam se encendió el último cigarrillo y empezó a apagar luces. Antes de correr las cortinas del salón, echó un vistazo al bulevar de la Gran Vía, desierto a esas horas.

—Alguna vez podríamos dejar a los niños con mis padres y salir al cine o a cenar.

—Claro —dijo Ramiro, acercando a la bombilla dos muelles idénticos para examinarlos mejor.

—Buenas noches.

Hasta la pared del pasillo que se veía desde la cama de

matrimonio llegaba el lejano resplandor del flexo. Para Miriam su marido era eso, una luz suave que la iluminaba sin deslumbrarla. Tenía que reconocer que sin él se habría sentido débil, desasistida, incapaz de enfrentarse a los múltiples desafíos de la vida adulta. Que entre ellos no hubiera pasión amorosa no le parecía alarmante, porque, bien mirado, nunca la había habido. Ramiro era lo que tenía que ser, ni más ni menos: un hombre cabal, un buen padre, un marido atento. Muy de vez en cuando, Miriam se acordaba de Sebastián Solana y de lo enamorada que había llegado a estar. Pero comparar a Ramiro con Sebastián, que reinaba en el mundo de sus fantasías, era tramposo e injusto. Con quien debía compararlo era con alguien que también estuviera expuesto al desgaste de la realidad, como Felipe, su cuñado, y ahí siempre salía ganando Ramiro. Lo que Felipe tenía de vacuo y escurridizo lo tenía Ramiro de verdadero y consistente, y a veces Miriam no podía evitar asociar comportamientos de Ramiro y de su propio padre (del Samuel, claro está, de los buenos tiempos). ¿Tenían de verdad algo en común? ¿Era su marido, como en las malas novelas psicológicas, un sustituto de la figura paterna? En la comparación entre Ramiro y Felipe hallaba siempre una especie de consuelo. Un consuelo inevitablemente perverso, porque escondía (y Miriam no lo ignoraba) una sensación íntima de victoria sobre su hermana.

Oyó ruidos en el comedor, y el pasillo se quedó a oscuras. Ramiro entró a tientas en el dormitorio.

—Mmmm... —murmuró Miriam para indicar que estaba despierta.

—*Le montant de votre achat est indiqué ci dessous* —dijo Ramiro, acostándose a su lado.

Era una clave privada que no tenía ningún significado especial. Era la frase que figuraba en el letrerito de una de las mejores piezas de su colección, una caja registradora de principios de siglo con acabados de lujo. Miriam se abrazó a Ramiro y trató de hacer mentalmente una lista de reproches. Esa irritabilidad suya tan pueril, que se manifestaba en las situaciones más tontas, como cuando alguien llamaba Gordini al Dauphine o cuando no estaban de acuerdo en imponer o levantar un castigo a los niños o cuando Felisa (que iba dos veces a la semana a limpiar el piso) cambiaba de sitio sus herramientas. ¿Pero quién no se irritaba a veces por nimiedades? No, eso no podía recriminárselo. Se acordó de cuando todavía eran recién casados y hacían excursiones de fin de semana a ciudades y pueblos cercanos. Uno de sus juegos eróticos consistía en quitarse las bragas y subirse la parte de atrás de la falda de forma que sus nalgas tocaran el tapizado del asiento: ¡cómo les gustaba prolongar la excitación hasta que por fin llegaban a su destino y podían encerrarse en la habitación del hotel! Dejaron de practicar el jueguecito a mediados del primer embarazo y ya nunca lo recuperaron, y en realidad ninguno de los dos pareció echarlo de menos. ¿Por qué, entonces, le venía ahora a la cabeza? Notó en el brazo la respiración acompasada de Ramiro. Pero aún no se había dormido.

—Ah, no te he dicho que llamé ayer a la casa de discos... —dijo.

—¿Y?

—Dijeron que llamarían. Pero de momento...

—Si dijeron que llamarían, llamarán. Y si no llaman...

Miriam creyó percibir en su voz un lejano matiz de alivio. Por primera vez pensó que, si su marido nunca había expresado la menor reticencia a sus planes de dedicarse a la música, era sólo porque desde el principio había sabido que se quedarían en nada. Así todo era muy fácil y muy cómodo: sin sufrir jamás ningún estorbo, podría darle consuelo del mismo modo que le había ofrecido apoyo. Sintió una punzada de rencor y se volvió para su lado de la cama. ¿Tan poca confianza tenía en ella? Seguramente tan poca como ella tenía en sí misma: acababa de anunciarle que había llamado a Belter, pero le ocultaba que, antes de esa llamada, había habido otras tres, todas sin ningún resultado. La verdad es que estaba desmoralizada. Ahora le parecía evidente que, desde el día del concurso, el tal Sergio Morales no había vuelto a pensar en ella un solo instante. Qué ingenua había sido... ¿Cómo había podido hacerse tantas ilusiones? Notó que el corazón le latía más deprisa de lo normal y supo que tardaría en conciliar el sueño. Oyó a Ramiro revolverse entre las sábanas. Luego él apoyó una mano en su costado.

—Tenemos que ir decidiendo lo de las vacaciones —susurró.

—Mmmm... —murmuró ella, pero ahora para indicar que estaba tratando de dormir.

—¿Palamós, como el año pasado?

—No sé, ya veremos...

Que su marido ni siquiera fuera capaz de prever la posibilidad de cambios para el verano demostraba la escasa fe que tenía en sus proyectos y, por tanto, en ella.

—A los niños les gustó.

—¿Es necesario que lo hablemos ahora? —cortó Miriam con sequedad.

Ramiro apartó la mano y tiró con suavidad del embozo.

La primera vez había colgado apresuradamente. La segunda, había dejado su número y esperado en vano a que Morales le devolviera la llamada. Las otras dos veces había preguntado qué días y a qué horas era más fácil encontrarle en su despacho. Ahora tenía ya tomada una decisión. Insistiría sólo una vez más. Haría una última llamada, sólo una, y si no volvía a recibir noticias de Belter, renunciaría definitivamente a su sueño. ¡Se podían ir al cuerno sus horas de ensayo, su cambio de imagen, su sombra de ojos! Su determinación era firme pero también dolorosa y, como el explorador desorientado que se reserva para el final los restos de agua de la cantimplora, iba retrasando día tras día el momento de hacer esa última llamada. Acabó imponiéndose una fecha tope. Estaban en mayo, y de ese mes no podía pasar. Apuró el plazo cuanto pudo y, el miércoles 31, de vuelta de hacer la compra, mandó a Felisa a limpiar los cristales de los dormitorios y se sentó junto al teléfono.

—Discos Belter. ¿Dígame?

La voz de la secretaria se le había hecho irritantemente familiar. Preguntó por Sergio Morales, dijo que no era la primera vez que llamaba y volvió a dejar su número.

—Le diré que ha llamado. Buenos días.

Miriam colgó y se quedó un rato en el sofá intentando no pensar en nada. Apareció Felisa con trapos y un cubo.

—Lo mejor para los cristales es papel de periódico. —Se quedó mirando a Miriam—. Tienes mal aspecto. ¿Te pasa algo?

Desde hacía algunos años, Felisa ya sólo trataba de usted a Samuel y Mercedes.

—¿Qué me va a pasar? —Miriam se incorporó, agarró un par de *Heraldos de Aragón* del revistero y le tendió uno—. Éste es de ayer.

—Tu padre se enfada si cojo un periódico viejo sin preguntar. Compra varios y se los lee de cabo a rabo. Hasta la última coma. Y a veces recorta noticias. El otro día estuvo hablando con uno de la *Hoja del Lunes*. Quiere que saquen lo de la sinagoga.

Abrió la ventana. Acercó una silla, se subió y asomó medio cuerpo para alcanzar la parte superior del marco.

—Ten cuidado. No te vayas a caer.

—¿Te crees que soy tonta?

Miriam, por si acaso, se acercó y la agarró de la chaqueta.

—Suéltame, que es peor.

—No pienso.

Felisa sacudió el trapo fuera de la ventana y apoyó una rodilla en el alféizar.

—Que tengas cuidado, Felisa —dijo Miriam, sin soltarla.

—Que me dejes en paz.

En ese momento sonó el teléfono. Miriam permaneció inmóvil.

—¿Lo vas a coger o no? —dijo Felisa, que bajó de la silla y se encaminó hacia el teléfono.

Miriam, rodeando el sofá por el otro lado, se le adelantó.

—¿Diga?

—¿Miriam Caro?

Sergio Morales se excusó por no haber podido llamarla antes y le habló de los viajes que había hecho en las últimas semanas. Aturullada, Miriam no se atrevía más que a intercalar algún que otro comentario: Londres, Milán, qué maravilla... Luego Morales carraspeó y preguntó si había reflexionado sobre su propuesta. Que utilizara esa palabra la llenó de esperanza: lo de aquella tarde no había sido un comentario casual o de compromiso sino una propuesta.

—Precisamente... —empezó a decir.

De golpe no supo cómo seguir. Pasaron unos segundos.

—Se ha cortado... ¿Miriam? ¿Miriam?

—Estaba pensando en lo del órgano Hammond...

—¿Sí?

—No sé. He hecho unos arreglos para guitarra...

—Todo eso ya se verá. Primero quiero que mis colegas te oigan. ¿Cuándo puedes venir a Barcelona?

—El viernes —dijo ella sin pensárselo.

—Este viernes. Pasado mañana.

—El viernes de la semana que viene —corrigió para no parecer demasiado ansiosa, y aún afinó un poco más—: El viernes de la semana que viene por la tarde.

Morales le dio la dirección de Belter (en la calle Gomis, en la parte alta, cerca de República Argentina) y se despidió. Miriam colgó y se volvió hacia Felisa, que estaba recogiendo del suelo unos rebujos de papel de periódico mojado.

—Dime que no estoy soñando —dijo, llevándose la mano al pecho.

—¿Qué era eso del órgano?

Lo contó a la hora de la cena y estuvo muy atenta a la reacción de Ramiro. Éste, pese a la ligera incredulidad inicial, acabó acogiendo la noticia con una alegría que parecía sincera, e incluso se ofreció a pedir permiso en el trabajo para acompañarla. Los niños protestaron: ellos también querían ir. Miriam se mostró inflexible: no iba a permitir que perdieran un día de clase, así que hablaría con Felisa para que se ocupara de ellos. Por la noche, cuando Ramiro guardó sus trastos y herramientas y fue a acostarse, ella lo abrazó con ternura. El viaje a Barcelona podía ser como sus antiguas escapadas románticas: en el coche, los dos solos, sin niños. Tenía incluso decidido sorprenderle en algún momento con su viejo jueguecito erótico: esperaría a que estuvieran ya en alguna de las rectas de los Monegros, le distraería con cualquier detalle del paisaje y, ¡tachán!, se quitaría rápidamente las bragas, dejando que sus nalgas quedaran al aire. La conversación telefónica con Morales le había devuelto el vigor de unos años antes.

Dedicó esos últimos días a decidir el repertorio, hacer las maletas y dar instrucciones a Felisa. Ramiro, por su parte, llevó el Dauphine a revisión y se ocupó de reservar la habitación de hotel. Así pues, todo estaba preparado para el gran día. El único fastidio eran las llamadas de Mercedes. Hacía esas llamadas justo en las horas en que Felisa estaba limpiando en su casa, y siempre le pedía que le pusiera con ella porque tenía que darle algún recado o alguna indicación. ¿De verdad no había podido darle antes esos recados y esas indicaciones o no podía esperar a dárselos después? De repente, la ayuda de Felisa parecía haberse vuelto imprescindible para Mercedes, y a Miriam le daba la impresión de que esas llamadas eran su manera de hacerle pagar los dos días en los que su madre iba a tener que prescindir de ella. Cuando terminaba de hablar con Felisa, ésta le devolvía el teléfono y Mercedes aprovechaba para quejarse (¿cómo no?) de Samuel.

—¿Te has enterado de lo último? —Aunque Samuel no pudiera oírla, Mercedes bajaba el volumen de voz y adoptaba el tono cauteloso de los conspiradores—. No ha encontrado a nadie que quiera asistir a la inauguración de la sinagoga, y ya sabes que los judíos no pueden celebrar ningún servicio religioso si no hay eso que llaman *minián*, un mínimo de diez hombres adultos... ¿Y qué ha hecho? Ha llamado a las comunidades de Madrid y Barcelona para que le envíen gente. Como si fueran figurantes de un rodaje. ¡Él invita! ¡Les paga el viaje y el hotel! ¿Qué te parece?

Miriam aprovechó para poner un poco de orden en el revistero. Apartó las revistas más viejas e hizo un gesto a Felisa para que las llevara a la puerta de servicio.

—¡Tanto quejarse de que no tiene dinero y, cuando quiere, bien que lo malgasta! Y yo, mientras tanto, teniendo que contar hasta el último céntimo cada vez que salgo de compras...

Mercedes era capaz de pasarse toda la mañana dando vueltas y más vueltas a cualquiera de sus innumerables agravios. Más de una vez había estado Miriam tentada de cortarla con alguna frase expeditiva. Algo así como: «¿Para qué tienes el reloj de arena al lado del teléfono, si nunca lo utilizas?» Pero al final siempre optaba por armarse de paciencia y aguardar a que pasara el temporal. En cuanto veía la ocasión, procuraba cambiar de tema.

—Ya lo he arreglado todo con Felisa —logró decir—. Llevaremos a los niños al colegio antes de irnos. Y ella los recogerá al mediodía. No hará falta ni que pase por casa para preparar la comida: dejaré hechas unas albóndigas y sólo tendrá que recalentarlas.

—¿Para qué me dijiste que ibais a Barcelona? Ah, sí: para eso de los discos.

Miriam contuvo un bufido. ¡Con lo importante que era ese viaje para ella, y su madre lo despachaba con esa mezcla de indiferencia y desdén! Se dijo, dolida, que en el fondo todo eso lo estaba haciendo menos por sí misma que por los demás. Por su madre, por su padre, por su hermana: quería que todos se sintieran orgullosos de ella. ¿Pero de verdad alguno de ellos llegaría alguna vez a valorarlo?

—Sí, voy a hacer una prueba para una casa de discos —dijo—. Pero eso no quiere decir que...

—Cuando hables con tu padre, díselo —la interrumpió Mercedes.

—¿Qué?

—Que a ver si no se gasta el dinero en traer gente de otros sitios. ¿Pretende seguir haciéndolo todas las semanas? ¿Y también en las festividades? ¿También en Rosh Hashaná?

Miriam cerró los ojos como si fuera a echarse una cabezadita.

Llegó el viernes 9. Daniel remoloneaba en el cuarto de baño mientras Elías, en la cocina, soplaba para enfriar su tazón de leche con Cola Cao. Miriam, a su espalda, pasaba cacharros del escurreplatos al armarito superior.

—Daos prisa —dijo—. Papá llamará en cualquier momento. Y aquí no se puede aparcar.

—¡Quema! —protestó Elías.

Miriam cogió un vaso limpio y vertió la leche. Luego realizó la operación inversa y le devolvió el tazón. Se asomó al pasillo y miró la puerta entornada del cuarto de baño. Se preguntó a qué edad empezaban los niños a encerrarse para hacer sus necesidades. Gritó:

—¿Qué haces? ¿Estás ya?

Daniel salió con aire enfurruñado. Elías había formado sobre la mesa una fila de galletas maría con mantequilla y azúcar. Su hermano, al pasar, agarró una y se la metió entera en la boca. Elías se volvió hacia Miriam reclamando justicia con la mirada. Sonaron tres timbrazos largos.

—¿Qué os decía? ¡Ya está aquí!

Corrió al salón, abrió la ventana e hizo señas con la palma de la mano. De vuelta en la cocina, cogió uno de los juegos de llaves que guardaban en una caja de puros junto a la panera. Se lo dio a Daniel, que apuraba su desayuno.

—Guárdalas bien —le dijo—. No las pierdas. No se las des a nadie. Felisa también tiene, pero por si acaso. ¿Sabes usarlas? Es un día importante. Esto quiere decir que ya eres mayor. ¡Y ahora vamos!

Los niños agarraron sus carteras y corrieron a llamar al ascensor. Justo en el momento en que se disponían a cerrar la puerta, sonó el teléfono. Miriam se acercó y lo observó con aprensión, temiendo que fuera Sergio Morales. Descolgó.

—¿Sí? ¿Diga?

Ramiro les esperaba con el Dauphine subido a la acera. Miriam se sentó detrás con los niños e hizo un gesto de preocupación. Ramiro le interrogó con la mirada a través del retrovisor.

—Ahora te cuento —dijo ella.

Pararon delante del colegio. Dieron las últimas instrucciones a los niños y se despidieron hasta el día siguiente. Ahora Miriam se sentó junto a su marido.

—Cambio de planes. Vamos a casa de mis padres.

La que había llamado era Felisa. Mercedes se había despertado quejándose de un fuerte dolor en el pecho. Cuando llegaron al chalet, Mercedes estaba tendida en el sofá y el doctor Tabuenca le estaba tomando la tensión.

—¿Qué es lo que tiene? —dijo Miriam.

Felisa, a la espalda del médico, arqueó las cejas.

—Ahora sabremos —dijo Samuel, todavía en bata y pijama—. Seguramente no es nada.

—¿Habéis llamado a Sara?

—He preferido... —dijo Felisa nada más, y se llevó la mano a la tripa para indicar el avanzado estado de gestación.

Hablaban en susurros, como si estuvieran en misa o en el cine. Miriam se agachó al lado de su madre y trató de sonreír. Mercedes no tuvo fuerzas para devolverle la sonrisa. Su aspecto era alarmante: tenía los ojos medio cerrados, estaba pálida y sudorosa, más que respirar jadeaba. El médico le fue palpando zonas del tórax, y ella respondía con quejidos de diferente intensidad.

—Vamos a llevárnosla para no correr riesgos —dijo el doctor Tabuenca, recogiendo el instrumental.

Se refería a llevarla a la clínica Lozano, la misma en la que Samuel había estado ingresado y en la que todos los años se hacían un reconocimiento. Miriam la ayudó a cambiarse y le preparó una bolsa con el neceser y una muda. Ramiro y el médico la llevaron del brazo hasta el

Dauphine. «Estoy bien, estoy bien...», repetía Mercedes con una voz desfallecida que daba a entender exactamente lo contrario. Samuel, ya en ropa de calle, se acercó a Miriam.

—¡Precisamente hoy! —murmuró—. ¿Qué hago? Tengo cosas importantes que hacer.

—¡Papá, por favor!

Samuel asintió pesaroso y entró en el coche. A su llegada a la clínica, unas enfermeras sentaron a Mercedes en una silla de ruedas y se la llevaron. Mientras Ramiro buscaba aparcamiento, una monja acomodó a Samuel y a Miriam en una pequeña sala de espera. Se miraron los dos sin saber qué hacer. Miriam todavía tenía la esperanza de que fuera una falsa alarma y pudieran llegar a tiempo a Barcelona. Intentó no pensar demasiado en la salud de su madre. Dijo:

—¿Te acuerdas de cuando me diste por primera vez las llaves de casa? Hoy se las he dado a Daniel y le he dicho lo mismo que me dijiste tú. Que era un momento muy importante. Que eso quería decir que ya era mayor.

Samuel la miró como si no entendiera del todo sus palabras. Llegó Ramiro con las llaves del Dauphine en la mano.

—Me acaba de decir Tabuenca que tiene toda la pinta de una angina de pecho. Tendrá que permanecer unos días ingresada.

—¡Ay, Dios! —exclamó Miriam.

Buscaron un teléfono. Miriam marcó el número de Belter y repitió varias veces el mensaje que debían transmitir a Sergio Morales: había surgido un problema familiar grave, la cita de esa tarde quedaba anulada, en cuanto pudiera volvería a llamar para concertar una nueva cita. Luego regresaron a la salita de espera, y Samuel no estaba.

—¡Este hombre! ¡Será capaz! —dijo Miriam.

—¿Pero se puede saber...? —dijo Ramiro.

—Hoy es 1 de *siván*. La inauguración de la sinagoga.

Se tapó la cara, desconsolada. Ella había tenido que renunciar a la que podía ser la oportunidad de su vida, y su padre no estaba dispuesto ni a alterar sus planes. ¡Qué egoísmo, por Dios! Ramiro le acarició el pelo. No habían pasado ni cinco minutos cuando se abrió la puerta y apareció Samuel. Detrás de él y como bloqueándole la salida, estaba Sara, con los brazos en jarras y la barriga de ocho meses. Había salido de casa al poco de llamarla Felisa y se había encontrado con su padre por casualidad. No hacía falta conocerla mucho para darse cuenta de lo indignada que estaba.

—¿Qué hacías por ahí? ¿Adónde ibas? Mamá podría estar muriéndose, y tú a lo tuyo... ¡Vergüenza te tendría que dar!

Samuel, resoplando, se sentó en un sillón.

—Pero si no es nada, ya lo veréis —dijo—. Una bajada de tensión o algo así.

—¿Has hablado con el médico? No, claro que no. Es tu mujer, pero aquí todo tenemos que hacerlo los demás. ¿Sabes dónde tendrías que estar tú ahora? A su lado. Al lado de mamá.

Siguió riñéndole como se riñe a los niños malos. Un par de años antes, a Miriam la habría avergonzado que Ramiro fuera testigo de una escena así. Ahora, ya no. Por otra parte, que su hermana estuviera de tan mal humor la aliviaba: así ella podría, como siempre, tratar de suavizar las cosas. Cuando Sara se sentó a su lado, le acarició la tripa.

—¿Qué tal tú?

Sara, sin ocultar su disgusto, se encogió de hombros. Ésa era la diferencia entre ellas: cuando surgía un nuevo motivo de preocupación, Miriam se deprimía y su hermana se irritaba. Ramiro trató de relajar la tensión hablando de asuntos prácticos: él se ocuparía de cancelar la reserva del hotel y, en cuanto a los niños, ya hablaría con

Felisa. Samuel preguntó dónde había un teléfono: quería al menos llamar a la estación. Ramiro le acompañó. Miriam y Sara se quedaron a solas.

—¿Ha dicho el médico cuándo sabremos algo? —dijo Sara.

—Tal vez tendríamos que avisar a la tía Tere...

—¿Para qué? ¿Para amargarle el día? Mejor esperamos a ver qué dicen.

Miriam estaba dolida porque su hermana aún no había hecho ninguna alusión a su frustrada cita en la casa de discos, de la que le había hablado varias veces a lo largo de la semana. Si tan consciente era del papel de todos los demás, ¿por qué se empeñaba en ignorar el sacrificio que ella estaba haciendo? Prefirió no sacar el tema, pero tampoco se le ocurrían muchas cosas de las que hablar. Volvieron Samuel y Ramiro.

—Solucionado —dijo éste.

Al cabo de unos minutos se presentó el doctor Tabuenca, que dijo que con frecuencia se confundían los síntomas de la angina de pecho con los del ataque de ansiedad. Habían suministrado un sedante a la enferma, que ahora se encontraba en una situación estable. Por si acaso, la tendrían todo el día en observación. Se oyó a Samuel murmurar:

—¡Ja! ¿Qué os había dicho? ¡Un simple ataque de ansiedad!

—¿Podemos pasar a verla? —preguntó Miriam.

La habitación era la misma que Samuel había ocupado seis años atrás, sólo que se había modernizado el mobiliario y ahora las baldosas blancas de la pared llegaban hasta el techo. Mercedes dormía con la cabeza ladeada y el tronco apoyado en almohadas. Su aspecto era bastante mejor que el de una hora antes: respiraba de forma acompasada y había recuperado el buen color. Miriam suspiró. Samuel, a su espalda, dijo con tono triunfal:

—¿Tenía razón o no? Desde el principio he sabido que no era nada.

Sara miró a su padre con rencor.

—Chiss... La vas a despertar.

Desde el pasillo, una enfermera les hizo señas para que salieran. En la entrada había unos señores que habían preguntado por ellos. La enfermera vaciló al pronunciar la palabra «señores», como si previamente hubiera descartado llamarlos individuos o algo así. Se asomaron al hueco de la escalera, y allí estaban: un rabino viejo con largas barbas y gafas de montura metálica, un hombre flaco en el que Miriam reconoció al *mohel* que había intentado circuncidar a Elías, unos cuantos hombres más, quizás seis o siete, todos serios, todos vestidos de oscuro, todos con la *kipá* puesta.

—Supongo que ahora podré irme —dijo Samuel, enderezando la raya del pantalón.

Desde arriba de la escalera le vieron reunirse con sus invitados y saludarles uno a uno con solemnidad. Aquellos hombres lo trataban con respeto. Miriam se acordó de cuando el piso de Melilla se llenaba de gente para fiestas y reuniones. Sara debía de estar pensando en algo similar, porque dijo:

—Se monta su propia sinagoga para volver a sentirse importante. ¿Sabes lo que piensa mamá? Que está intentando resarcirse de su pasado, de cuando sus compañeros del consejo comunal lo consideraban un intruso...

—¿Un intruso?

—¿No sabías que era el hombre del régimen, el que los militares habían puesto para tener controlada a la comunidad judía?

—Se lo oí decir la otra vez, en esta misma habitación. Pero estaba delirando, ¿no?

—Estaba diciendo la verdad.

Miriam se preguntó qué otras cosas ignoraba sobre su

padre: crees conocer a una persona y de repente descubres que no sabes casi nada de ella. Le vieron salir de la clínica seguido de su peculiar comitiva.

—Bueno, a ver cómo nos organizamos... —dijo Sara.

Ramiro se fue a la caja de ahorros. Sara se comprometió a volver por la tarde. Miriam la acompañó a General Mola y compró unas revistas en el quiosco. Luego se sentó en el silloncito de escay que había al lado de la cama y miró a su madre. No era tan vieja. Tenía sesenta y seis años, y por coquetería solía comportarse como si fuera bastante más joven. Ahora, viéndola así, con el pelo descuidado, la boca entreabierta y esa expresión medio crispada de abandono, le pareció una anciana. Se incorporó un poco para observarla de cerca. Ahí estaba la diferencia: con lo que disfrutaba viendo dormir a sus hijos, una imagen que siempre le transmitía ternura y alegría, ¡qué desasosiego sentía al mirar a su madre dormida y examinar esos rasgos que eran en parte los suyos pero flojos y gastados! Siguió el rastro de unas arrugas que se torcían o ramificaban como alterando algún tipo de diseño original y de otras que se superponían entre ellas y acababan creando insólitos pliegues. Se fijó en la red de minúsculas venas que enlazaba el nacimiento del pelo con las sienes y la frente, y a ambos lados de la nariz descubrió unas manchas levísimas en las que nunca antes había reparado. Observó también sus labios sin color, la sombra de vello sobre las comisuras, el mentón desdibujado. Prestó atención al sonido de su respiración, que ascendía como por escalones para luego rodar con fuerza cuesta abajo, y a su olor, un olor agrio y espeso que la devolvía a las lejanas madrugadas en Melilla, cuando su madre la despertaba para ir al colegio... De repente dio un respingo. Acababa de asaltarla un presentimiento.

—¿Mamá? —dijo.

Mercedes no se movió.

—Mamá —repitió—. Estás despierta.

El rostro de su madre permaneció inalterado, pero Miriam estuvo segura de que, por una mínima fracción de segundo, se había dibujado en sus labios una tenue sonrisa.

—¡Mamá! ¿Cómo has podido?

Después de aquel episodio, Miriam pasó unos días desanimada. Oscuramente intuía que su suerte estaba echada: si de verdad había creído que tenía algún futuro en el mundo de la canción, ahora esa idea le parecía descabellada. ¿Cómo había llegado a pensar que alguien como ella, una mujer de treinta y siete años, con dos hijos, con una formación musical alejada de las últimas modas, podía encontrarse abiertas las puertas del estrellato? El hecho de tener que concertar una nueva cita con Sergio Morales se le presentaba ahora como un obstáculo insalvable. Era como volver a empezar de cero, o incluso de más abajo, porque los pequeños pasos que creía haber avanzado le parecían enormes ahora que los había desandado. Para ella las cosas estaban claras: había vivido dentro de un sueño y, al despertar, el sueño se había desvanecido.

Transmitía ahora una sensación de desengaño y resignación. Había dejado de preocuparse por su peinado y recuperado la ropa algo rancia de los otros veranos. Ramiro, preocupado, le preguntaba si había vuelto a llamar a Belter, y ella cambiaba de tema o no contestaba. Una mañana, mientras Miriam apremiaba a los niños a apurar el desayuno, Ramiro echó un vistazo al tarjetero que había al lado del teléfono. Por la tarde, al llegar a casa, anunció que ya tenían planes para el veraneo.

—Nada de Palamós. Este año iremos a Benidorm. Ya he llamado para que nos busquen apartamento.

—¿Benidorm? —dijo Miriam, secándose las manos en el trapo de cocina.

No parecía especialmente ilusionada. Ramiro la abrazó por detrás, metiendo las manos entre la falda y el delantal.

—¿No te sugiere nada? —dijo.

—¿Playa? ¿Hombros pelados? ¿Crema Nivea?

—¿Festival de la Canción? ¿En la plaza de toros? ¿Presentado por Joaquín Soler Serrano?

Miriam, sin soltar el trapo, se volvió. Ramiro sonreía.

—He llamado a Morales. Un buen tipo. Muy ocupado. Siempre de aquí para allá. Me ha dicho que la prueba te la pueden hacer en cualquier sitio. También en Benidorm. Y me ha prometido invitaciones.

Como Miriam no parecía reaccionar, su marido insistió:

—El Festival de Benidorm. El que consagró a Raphael. Supongo que te hará ilusión.

—Claro que me hace ilusión. Es que...

—¿Qué?

—Nada —dijo ella, y apoyó la cabeza en su hombro.

Ramiro le acarició la mejilla. Luego le apartó el pelo y la besó varias veces en el cuello. Al mirarla a los ojos, vio que estaba llorando.

—Fingió la angina de pecho —la oyó susurrar.

—¿Por qué dices eso? No lo sabes seguro.

—La conozco bien. Es mi madre. Fingió la angina de pecho para que papá no pudiera inaugurar su sinagoga.

—Y aunque así fuera... —dijo él, pero no terminó la frase porque Miriam le interrumpió:

—¿No lo entiendes? No les importa nada. A nadie le importa nada de los demás. Imagínate que me hacen la prueba y que les gusto y que me graban un disco... ¿Tú crees que eso aportaría un poco de felicidad a sus vidas, que alguno de ellos llegaría a tomárselo en serio? Nadie.

Ni papá ni mamá ni Sara. A nadie le importa lo que yo haga o deje de hacer.

—No digas eso. A mí me importa. —Ramiro le enjugó las lágrimas con los dedos.

—No hablo de ti. Tú eres diferente. Tú me quieres. Ése es el problema: que tú me quieres y ellos no.

Ramiro le quitó el trapo y volvió a besarla. Miriam cerró los ojos y le besó también.

Con los preparativos fue recuperando el buen humor. Los contactos de Ramiro para alquilar apartamento tardaban en dar resultado, así que confiaron en una agencia de viajes que les consiguió una reserva para un hotel en primera línea de playa recién inaugurado, el Montemar. Ramiro se aseguró de que Miriam no se enterara del precio, lo que quería decir que no debía de ser precisamente barato. La esplendidez de su marido se le antojaba una prolongación de su capacidad natural para organizar las cosas. A su lado todo parecía fácil, como cuando era niña y sabía que, estando con su padre, nunca tendría que preocuparse por nada. El mundo a veces se le presentaba sencillo, ligero, armonioso, como un juego que se atuviera a unas reglas claras y precisas, y entonces todo cobraba un sentido especial y se incorporaba a una escala más amable, en la que lo arduo se volvía llevadero y lo llevadero gustoso. Que Daniel se pasara el día haciendo trastadas o que Elías estuviera desarrollando una leve cojera no tenían por qué amargarle la existencia, y lo mismo le ocurría con las intempestivas llamadas de sus padres o con el desapego de su hermana. La vida podía ser hermosa sin ser perfecta. Más aún: la vida podía ser hermosa en su imperfección. Cuando pasaba por una de esas fases de exaltación, hasta Ramiro le parecía bastante más atractivo de lo que en realidad era: no veía en él ni las piernas gordezuelas ni la tripita tirante ni los ojos más bien juntos, y sí las manos sin pelos y la nariz recta y la distinguida arruga de la frente. No, nunca diría que Ramiro era un hombre guapo pero, como esos retratistas que captan los mejores rasgos del modelo y esconden sus imperfecciones, sabía distinguir su expresión más noble o su sonrisa más favorecedora, y era así como tendía a representárselo. Pensaba Miriam que el amor estaba unido a la belleza: o nos enamoramos de lo que nos parece hermoso o aquello que amamos nos lo acaba pareciendo. La naturaleza, por otro lado, había repartido entre Daniel y Elías los rasgos de Ramiro con tan rara equidad que, sin parecerse entre ellos, se parecían los dos a su padre. Uno tenía su mentón y sus ojos y su manera de mover los brazos, el otro su nariz y su cuello y la forma de su cara. ¿Cómo explicarse la belleza de sus hijos (que ella consideraba indiscutible) sin apreciar al menos un germen de belleza también en su marido? Querer a Daniel y a Elías era querer en ellos a Ramiro y viceversa, y ahora Miriam empezaba a vislumbrar las dificultades de ser hija y madre a la vez: en cuanto fundabas tu propia familia, dejabas de pertenecer a tus padres para pertenecer a tus hijos. Si de nuevo volvía a ilusionarse con la idea de grabar un disco, era sobre todo por ellos: por los niños, por Ramiro. Eran ellos los que tenían que sentirse orgullosos de ella, y nada la animaba tanto como saber que contaba con su respaldo.

Sara salía de cuentas pocos días antes del viaje. Como el parto se preveía complicado, los médicos optaron por practicarle la cesárea, así que tuvo que permanecer ingresada durante más de una semana. Miriam iba por las tardes a visitarla y echarle una mano. La víspera del viaje, en cambio, acudió por la mañana. La recién nacida era una muñequita pelona de cara redonda y grandes mofletes. A Miriam le gustaba apoyársela en el pecho y pasear por la habitación dando saltitos. Sara hacía gestos de dolor cada vez que cambiaba de posición en la cama.

—Ha llamado mamá —dijo—. ¡Qué pesada!

—¿Qué quería?

—Quejarse, como siempre. Decía no sé qué de una enciclopedia que ha comprado papá...

—Me encantan los bebés. Me da la sensación de que ha pasado tanto tiempo desde que los míos eran así... ¡Y en realidad sólo han pasado seis años!

—Pero algo de razón tiene. —Sara suspiró—. Después del asunto de la sinagoga, cómo no se va a quejar.

Miriam hizo un último arrumaco a la niña y preguntó por señas a su hermana dónde prefería que la colocara. Sara le hizo un hueco a su lado.

—Hemos decidido ponerle Marta —dijo.

La pequeña bostezó prolongadamente, cerrando con fuerza los ojos y mostrando las encías. Las dos hermanas lo celebraron con risitas. Luego Miriam agarró su bolso y se despidieron hasta finales de mes.

En cuanto abrió la puerta de casa, los dos maletones que había dejado preparados en el recibidor se abrieron de golpe, y de su interior saltaron Daniel y Elías con los disfraces de pirata y romano de las últimas Navidades. «¡Benidorm, Benidorm, uh, uh, uh...!», gritaban, haciendo muecas. Miriam, con la mano en el pecho, fingió haberse llevado un buen susto. Por el pasillo se cruzó con Felisa, que cargaba con el cubo y la fregona.

—Llevaban horas preparándolo —dijo.

—¿Se han ido bien las pisadas?

Se refería a las marcas que por la mañana había dejado Ramiro por toda la casa: Daniel y Elías se habían ofrecido a limpiarle los zapatos la noche anterior y, en su afán por esmerarse, habían puesto betún también en las suelas, por lo que Ramiro, sin darse cuenta, había ido dejando un rastro negro por donde pasaba. Miriam comprobó que ya no quedaban manchas. Entró en el cuarto de los niños y, subida a una silla, empezó a sacar la ropa de playa del altillo del armario. Oyó a Felisa vaciar el cubo en el retrete y tirar de la cadena. Las dos mujeres hablaron a voces.

—¡Acaba de llamar tu madre! ¡Ha dicho que la llames!

—¿Qué quería?

—¡Está enfadada porque tu padre ha comprado...!

—¿Una enciclopedia?

Miriam bajó de la silla y fue amontonando bañadores y camisetas sobre las camas. Felisa asomó por la puerta.

—Unos jarrones —dijo—. Unos jarrones chinos. Me ha dicho que ha llegado una furgoneta y ha descargado unos jarrones chinos.

—¿Desde cuándo le interesan los jarrones chinos?

Felisa se encogió de hombros.

—Estaba muy enfadada. Decía que en cuanto llegara tu padre...

—¡Ya estamos otra vez! ¡Ya tenemos bronca!

Pensó en llamar al chalet pero prefirió dejarlo para más tarde, para cuando el equipaje estuviera ya hecho y los niños hubieran terminado de comer. Felisa, que entre tanto se había cambiado de ropa, les deseó buen viaje. Miriam sacudió la cabeza:

—Nos vemos por la tarde. Pasaremos a despedirnos. Ojalá la sangre no llegue al río.

Como no tenía hambre, esperó a comer con Ramiro. Cuando ya estaban tomándose el postre, sonó el teléfono. Miriam soltó un bufido. Ramiro se levantó a contestar.

—¿Una qué? ¿Una canasta? —le oyó decir—. ¿Para qué querrá una canasta de baloncesto?

Miriam dejó el melocotón a medio pelar y salió al pasillo. Ahora Ramiro se limitaba a escuchar, intercalando algún que otro gruñido de preocupación. Cuando colgó, Miriam dijo:

—Mi madre, ¿no?

Ramiro negó con la cabeza:

—Felisa. Dice que tu madre está histérica. Y tu padre no aparece.

A Miriam se le fue la mirada a las maletas, que aguardaban junto al estuche de la guitarra en el recibidor. Tenía ya la intuición de que las cosas se habían vuelto a torcer y al día siguiente no podrían viajar a Benidorm.

—¡Ay, Dios...! —exclamó.

Montaron con los niños en el Dauphine y se plantaron en el chalet. Un motocarro estaba aparcado ante la entrada. Felisa se santiguaba una y otra vez mientras Mercedes discutía a voz en grito con el conductor.

—¿Qué está pasando aquí? —dijo Miriam.

—¡Tu padre se ha vuelto completamente loco! —dijo Mercedes, llevándose las manos a la cabeza.

El transportista agitó un papel.

—¡A mí alguien me tiene que firmar el albarán!

Daniel y Elías curioseaban alrededor de la caja que el hombre había descargado. En el cartón, debajo de la palabra «SIGMA», estaba el dibujo esquemático de una máquina de coser eléctrica. Ramiro, que se había adelantado a entrar en la casa, exclamó:

—¿Pero qué es todo esto?

Miriam y los niños corrieron a su lado. El acceso al salón estaba parcialmente bloqueado por cajas de diferentes formas y tamaños, algunas de ellas medio abiertas. Fueron inspeccionando su contenido en silencio: los veinte volúmenes de la Gran Enciclopedia del Mundo, dos tibores decorados con motivos florales, la canasta de baloncesto, una caña de pescar con todos sus aparejos, una bicicleta estática. A todo eso había que sumar la máquina de coser. Miriam, boquiabierta, miró a su madre.

—¿Qué locura es ésta? ¿Dónde está papá?

—¿No te digo que se ha vuelto completamente loco? —dijo Mercedes con despecho.

El transportista los había seguido al interior de la casa. Volvió a mostrar el albarán. Ramiro, tras comprobar que figuraba el sello de PAGADO y que la entrega iba a nombre de Samuel Caro, firmó.

—Tenemos que encontrarle antes de que se lo gaste todo —dijo, mientras el hombre se marchaba sin despedirse.

Los niños habían abierto la caja de la caña de pescar y se disponían a jugar con ella. Miriam los agarró con fuerza por las muñecas.

—¡Que nadie toque nada! Felisa, llévatelos al jardín.

Se sentó en el sofá y buscó en su bolso. En algún lugar había apuntado el teléfono de la sinagoga. Mercedes dio rienda suelta a su indignación: ¡no podía más!, ¡eso era lo que le faltaba!, ¿cuánto dinero llevaría ya gastado en todos esos chismes?, ¡a ella le controlaba hasta la última peseta y, sin embargo, él...! Ramiro, aunque no muy convencido, trataba de tranquilizarla. «Esto tiene que tener alguna explicación», decía. Miriam encontró por fin el número en su agenda. Con los nervios, se equivocó al marcar y tuvo que colgar y volverlo a intentar. Durante unos segundos larguísimos, mientras esperaban a que alguien contestara al otro extremo de la línea, guardaron los tres un silencio ansioso. Oyeron entonces una algarabía que venía de fuera, y Felisa entró con el rostro demudado y dijo:

—No se lo van a creer.

Corrieron al jardín. Un impresionante Dodge Dart gris con el techo negro acababa de detenerse ante la entrada. Lo conducía un joven desconocido, y en el asiento del copiloto iba un sonriente Samuel, que al verles se inclinó sobre el volante e hizo sonar varias veces el claxon.

—¿A qué esperas, Felisa? —gritó en tono festivo—. ¡Ya estás sacando de ahí esa antigualla!

Todos supusieron que se refería al viejo Seat 1400, que ya casi nunca utilizaban y, cubierto por una lona, ocupaba su sitio de siempre en un extremo del jardín. Los niños, que se habían apresurado a abrir la verja, proferían expresiones de admiración y daban vueltas alrededor del Dodge. Miriam se puso delante del coche para impedirle el paso.

—¿Qué significa esto?

—¿El qué? —dijo su padre, asomando la cabeza por la ventanilla.

—El coche, los jarrones, todo lo demás.

—Ah, veo que ya lo han traído.

—Que qué significa, te digo.

—Significa que es mi dinero y con mi dinero hago lo que quiero. ¿No os gusta el coche? ¡Pues si este coche no os gusta, ya me diréis cuál! ¡No es un coche! ¡Es un cochazo!

Estaba exultante. Sonreía a unos y a otros sin percibir en sus rostros ningún indicio de rabia o consternación.

—¡Papá! —gritó Miriam al borde del llanto—. ¡Estás enfermo! ¡Estás mal! ¡Lo que acabas de hacer no lo hace nadie que esté en su sano juicio!

—Habría que inhabilitarle o incapacitarle o lo que sea —murmuró Mercedes.

Samuel dejó de sonreír e hizo un gesto de perplejidad, como diciendo: «¿Pero se puede saber qué demonios os pasa?» El conductor aprovechó para salir del Dodge, hacer algún comentario que nadie escuchó sobre la documentación del vehículo y marcharse. Sin duda era entonces cuando, libres de la presencia de extraños, tendría que haberse desatado la bronca. Pero eso no ocurrió. A excepción de los niños, que se asomaban excitados al interior del Dodge, nadie se movía ni decía nada. Samuel soltó una risotada.

—¡No sabéis la suerte que he tenido! ¡Para estos coches hay lista de espera! ¡Si no tienes influencias, pueden pasar meses! ¿Sabéis cuáles son mis influencias? ¡Éstas! —dijo, y del bolsillo interior de la americana sacó un fajo de billetes de mil—. ¡Esto te abre todas las puertas, ja ja!

Miriam, desolada, se tapó la cara con la mano. Ramiro se le acercó.

—Voy a llamar al médico —dijo, y vaciló brevemente antes de añadir—: Y voy a intentar localizar a Sergio Morales. Le voy a decir que nuestro viaje se retrasa un par de días...

Miriam negó con la cabeza.

—Déjalo. Ni te molestes.

—Si la cita se cambió una vez, se puede cambiar otra.

—Te digo que lo dejes. Llama a la agencia de viajes y que cancelen la reserva del hotel. ¿No lo entiendes? Con Sara recién parida y papá así... Ni Benidorm ni festival ni nada. Todo eso se ha acabado.

Cuando volvieron a mirar a Samuel, éste, ya fuera del coche, había quitado la goma al fajo de billetes y los lanzaba alegremente al aire. Algunos, empujados por el viento, caían del lado del camino y, tras aletear brevemente sobre las roderas, se alejaban despacio y como a trompicones. Otros se arremolinaban en torno a las plantas del jardín o quedaban atrapados entre las ramas del seto. Los niños corrían alborozados detrás de ellos y discutían por alguno que Daniel decía que era suyo y Elías que suyo. Samuel, sin parar de reír, gritaba:

—¡Éstas son mis influencias! ¡Éstas!

Mercedes soltó un chillido y corrió a meterse en la casa. Felisa se sumó a la caza de billetes mientras Miriam pugnaba por rescatar los demás de manos de su padre. Éste, como jugando con un niño, estiraba los brazos para ponerlos fuera de su alcance, y Miriam correteaba a su alrededor implorando:

—¡Papá, por favor! ¡No hagas más tonterías!

A la mañana siguiente llegaron aún algunos repartidores más, uno trayendo una colección de discos de música clásica, otros con plantas de interior y mobiliario de jardín. Llegó también el doctor Tabuenca, que la tarde anterior se había encargado de administrarle un potente tranquilizante. Samuel seguía durmiendo desde entonces. Miriam, que se había quedado a pasar la noche en el chalet, se asomaba de vez en cuando a su antigua habitación para asegurarse de que todo estaba en orden. El médico se sentó en el sofá entre la madre y la hija y les habló de ciertas alteraciones químicas que se producen en el cerebro de las personas. Tabuenca no hablaba de trastornos ni de arrebatos ni de ataques. Tabuenca hablaba de episodios, y todo apuntaba a que el episodio de Samuel se había debido a una descompensación de litio.

—Litio —repitió Mercedes con repugnancia, como si le estuvieran hablando de ratas o culebras.

El médico explicó que esos desarreglos provocaban la alternancia de fases de depresión y de euforia, y que tanto unas como otras podían desembocar en comportamientos irracionales como el del día anterior. A partir de entonces, Samuel tendría que tomar una medicación específica, y los allegados deberían asegurarse de que no se la saltara ningún día. Mientras sacaba su talonario de recetas, oyeron ruido de pasos y de toses y le vieron asomar en bata y zapatillas. Mercedes se levantó con aire ultrajado y, dando un portazo, se encerró en su dormitorio. La mirada de Samuel, enajenada y ausente como la de algunos borrachos, vagó por la estancia hasta detenerse en las cajas, que seguían donde las habían dejado el día anterior. Miriam acudió solícita a su encuentro.

—¿Qué tal estás, papá?

Samuel no contestó. Apareció Felisa, y entre Miriam y ella, cogiéndole de los brazos, trataron de conducirle al sofá. Samuel se desasió y avanzó hacia las cajas. Miriam supuso que estaba tratando de reconstruir mentalmente los acontecimientos. Tabuenca, sin parar de rellenar recetas, seguía la escena por encima de la montura de las gafas.

—¿Qué tal estamos, Samuel? —dijo en tono condescendiente—. Vamos a procurar que lo de ayer no vuelva a ocurrir, ¿verdad?

Samuel husmeaba el contenido de las cajas que estaban a medio abrir. Cuando llegó a la caña de pescar, cruzó los brazos y la observó como quien observa una escultura en un museo.

—Tengo mucho sueño —contestó sin volverse.

En un par de días estuvo totalmente recuperado, y Miriam y Ramiro le acompañaron a los establecimientos en los que con tanta alegría se había gastado el dinero. Intentaron seguir el mismo orden, empezando por la Librería General, próxima a la sucursal bancaria en la que había comenzado la jornada, y siguiendo por la tienda de decoración y por la delegación de Sigma, que estaba en una bocacalle de Independencia. En todos esos sitios pedían hablar con el dueño o el encargado, le exponían los detalles del caso y, tras deshacerse en disculpas y ofrecer todo tipo de explicaciones, rogaban que aceptaran reembolsarles el dinero a cambio de la devolución del género. En las primeras etapas del recorrido, Samuel se comportaba con aparente aplomo, como si no se sintiera responsable de nada o como si el resultado de esas gestiones le resultara indiferente. A veces trataba incluso de justificarse:

—¿Qué tiene de malo que quiera tener una buena enciclopedia? ¿Y por qué no puedo darme el capricho de comprar unos jarrones tan bonitos?

—¿Te quieres callar? —le reñía su hija—. Estamos tratando de arreglar las cosas. Lo menos que podrías hacer es colaborar.

Pero eso fue sólo al principio. A medida que avanzaban en la reconstrucción de sus andanzas, parecía ir cobrando conciencia de la gravedad de los hechos. Sus reticencias iniciales no tardaron en convertirse en una suerte de avergonzada docilidad, y ésta acabó dando paso a un profundo y lastimoso abatimiento. En la tienda de artículos deportivos casi se echó a llorar.

—¿Para qué querría una canasta un viejo chocho como yo? —le decía a la dependienta—. ¡Si ni siquiera sé cómo se juega al baloncesto!

En varios de los comercios aceptaron sin problemas las devoluciones. En otros les obligaron a hacerse cargo de los portes. En la tienda de bicicletas estáticas, la delegación de Sigma y la floristería, en cambio, se mostraron inflexibles, pero, dado que el desembolso tampoco había sido astronómico, optaron por no insistir. Con lo que de ninguna manera podían permitirse transigir era con el Dodge Dart. Dejaron la visita al concesionario para la última hora de la mañana. A esas alturas, Samuel estaba ya desencajado y apenas si era capaz de levantar la vista del suelo. Nada más entrar, Miriam y Ramiro reconocieron al joven que había conducido el coche hasta el chalet.

—Es él, ¿verdad? —preguntó Miriam, tirando de la manga a su padre, que le miró de refilón, hizo un gesto casi imperceptible de asentimiento y hundió la cabeza entre los hombros.

El joven salió a su encuentro con una sonrisa. Ramiro le puso rápidamente sobre antecedentes y le enseñó el certificado médico redactado por Tabuenca. El otro, sin perder en ningún momento la sonrisa, se cerró en banda. Dijo que comprendía lo delicado de la situación pero que la licencia y el seguro del vehículo ya habían sido tramitados: el Dodge era, a todos los efectos, propiedad de don Samuel Caro. Miriam recurrió a los más variados argumentos, y el joven acabó pidiendo unos minutos para consultarlo con un superior. Le vieron entrar en un despacho acristalado y descolgar un teléfono. Cuando regresó junto a ellos, llevaba una carpeta en la mano.

—Parece que algo hemos conseguido —dijo.

Miriam y Ramiro intercambiaron un guiño de alivio. El joven abrió la carpeta y dijo:

—Déjenme que les muestre las tarifas.

—¿Las tarifas? —dijo Ramiro.

—Claro. Yo a don Samuel le vendí un coche de primera mano y ahora don Samuel me quiere vender un coche usado. No estamos obligados a comprarlo pero, dado lo extraordinario de la situación...

—¡Usted sabe que el coche no ha sido utilizado! ¡Desde que usted lo llevó no se ha movido del jardín! —protestó Miriam.

—Lo siento. Así funcionan las cosas. ¿Quieren que les diga cuánto estamos dispuestos...?

Miriam no esperó a que acabara la frase para levantarse. Ramiro y Samuel la siguieron en silencio hasta la puerta. Cuando estaban ya a punto de salir, oyeron que el otro les llamaba:

—¡Un momento!

Se volvieron y esperaron hasta que el joven les alcanzó.

—Déjenme que les haga un regalo —dijo, tendiéndoles un paquetito, que Samuel aceptó con mansedumbre.

Fueron en busca del lugar en el que habían dejado aparcado el Dauphine.

—¿Qué es? —dijo Miriam.

Samuel rasgó el envoltorio y mostró unos guantes de conducir. Se los probó y dijo:

—Algo es algo.

El Dodge Dart ni siquiera fue bien acogido por Felisa, que era la que tenía que conducirlo. El viejo 1400 llevaba años dando problemas, y últimamente lo sacaba raras veces y más que nada para asegurarse de que seguía funcionando. Dada la habitual parquedad (por no decir tacañería) de Samuel, la idea de sustituirlo por un coche nuevo estaba descartada y, si alguna vez la mujer se había hecho ilusiones al respecto, jamás habría pensado en un modelo así, tan grande, tan difícil de maniobrar. Conducía Felisa con la barbilla estirada y el pecho pegado al volante, su pequeña cabeza de ratón asomando apenas por la parte inferior del parabrisas.

—Si se raya contra una farola, yo no respondo —protestaba.

Lo que más la irritaba era tener que meterse por los angostos callejones del centro para llevar a Samuel a la sinagoga. Éste, hundido en el asiento del copiloto, se limitaba a gruñir:

—Tú calla y conduce.

Felisa estaba molesta porque entre que iba a llevarle y a recogerle perdía media mañana. No habría puesto objeciones si Samuel, adaptándose a sus horarios, se hubiera conformado con visitar la sinagoga las mañanas en que le tocaba servir en casa de Miriam. Pero no. Samuel, como si tuviera algún interés en desbaratarle el día, no solía aprovechar esos viajes y, en cambio, la obligaba a llevarle los días en que no tenía previsto acercarse al centro. Lo habitual entonces era que la mujer estuviera de morros y, aunque habría podido parar delante de la puerta, le dejaba en la esquina de Don Jaime con San Jorge y le hacía recorrer andando esos últimos ochenta o cien metros.

—A la una y media aquí —decía él al despedirse, y Felisa le miraba avanzar a pasitos cortos e inseguros en dirección a la calle de San Andrés.

Nadie sabía a ciencia cierta qué hacía ahí dentro durante esas horas. Que estaba buscando algún tipo de consuelo en la religión parecía seguro: en los últimos meses se había vuelto muy estricto (o muy quisquilloso, en palabras de Felisa) acerca de qué alimentos podía ingerir y cuáles no, y en los ratos muertos no era inusual encontrárselo repasando versículos de los libros sagrados en el sofá del salón. Así que todos daban por sentado que, cuando se hacía llevar a la sinagoga, era para asistir a algún ritual o servicio religioso en compañía de un rabino y otros fieles. Y eso era lo que a él le habría gustado. Según sus cálculos, no podía ser que en una ciudad como Zaragoza no hubiera varias decenas o incluso centenas de hebreos deseosos de disponer de un lugar adecuado para el culto. Lo cierto, sin embargo, es que nunca consiguió localizar a ninguno. En su afán por dar a conocer la existencia del templo, había llamado por teléfono a varios programas de radio, había escrito cartas a los directores de los periódicos (y conseguido que en alguno de ellos se le entrevistara), incluso había pagado de su bolsillo unos pequeños anuncios en los que figuraban la dirección y el número de teléfono del local. Pero, si existía esa secreta y descoordinada comunidad judía que él imaginaba, ninguno de sus miembros respondió jamás a su llamada, de modo que, desde el día de la inauguración, no había vuelto a celebrarse ningún servicio religioso en la sinagoga y nadie más que él la había visitado. Llegaba a primera hora de la mañana, comprobaba que no se había recibido correo y con una escoba y un recogedor adecentaba un poco el lugar. Se había convertido en el *shamas*, en el sacristán de su propia sinagoga. Concluidas las labores de limpieza, se ponía la *kipá* y el *talit*, se ataba los *tefilín* y, tras recitar alguna *berajá* delante de la *menorá*, acababa sentándose en una mecedora al lado del teléfono, por si a alguien se le ocurría llamar. Cuando llegaba la hora, apagaba luces y cerraba puertas y salía a la esquina de la calle Don Jaime a esperar a que Felisa le recogiera en el Dodge.

El mundo había empezado a venirle grande: la sinagoga vacía y a medio terminar, el coche desmesurado, la propia casa, en la que Mercedes evitaba sistemáticamente su compañía. Se diría que hasta había perdido estatura: aún no había cumplido los setenta y un años, pero su aspecto era ya el de un anciano apagado y encogido. Quizás por efecto de los fármacos, los fulminantes accesos de mal humor habían sido sustituidos por largos períodos de enfurruñamiento y desánimo. Y quizás también por lo mismo, la memoria había empezado a jugarle malas pasadas. Las pocas veces que se reunían todos en el chalet, la conversación acababa tarde o temprano atascándose porque Samuel no recordaba un nombre o un lugar y, antes de cambiar de tema, Miriam y Sara se miraban arqueando las cejas. De las pequeñas lagunas pasó pronto a los falsos recuerdos. Generalmente eran detalles intrascendentes, como echar de menos la compañía de un gato como el que afirmaba haber tenido en el piso de Melilla (donde nunca había habido animales domésticos) o como atribuir a sus hermanas Rebeca y Esther dichos o anécdotas que correspondían a Miriam o a Sara. Otras veces, la cosa adoptaba un cariz más preocupante. Un día, después de una comida familiar, los niños salieron a jugar y los adultos encendieron la televisión. El presentador estaba hablando de una resolución de las Naciones Unidas con respecto a la todavía reciente Guerra de los Seis Días. Entre las imágenes que acompañaban la información había algunas en las que aparecían políticos egipcios e israelíes.

—A ése lo vi yo una vez... —comentó Samuel, dejándose caer en el sofá.

—¿A quién? ¿A Nasser? —preguntó Miriam, mientras le encajaba unos cojines en la espalda.

—¡Cómo va a ser a Nasser! ¿Cuándo he estado yo en Egipto? Me refería al otro, a Ben-Gurión.

—Tampoco has estado en Israel —se justificó su hija.

Samuel la miró pero no dijo nada. Los otros fueron sentándose y Felisa llegó con la bandeja de los cafés. Se cruzaban retazos de conversaciones. Hubo por fin una pausa, y Samuel volvió a mirar a Miriam.

—Claro que sí —dijo.

—¿Que sí qué?

—Que sí que he estado en Israel.

Se oyeron unas risitas nasales, como cuando alguien se dispone a contar un chiste que los demás ya conocen. Samuel paseó la mirada a uno y otro lado.

—Claro que he estado en Israel —dijo—. ¿Dónde, si no, podría haberle visto?

Hablaba completamente en serio. Mercedes esbozó una sonrisa desdeñosa y exclamó nada más:

—¡Israel!

Samuel la miró con odio. Intervino Sara:

—Vamos a ver, papá. ¿Cuándo has estado tú en Israel?

—Del año no me acuerdo. Hace tiempo. En Haifa. Con Moisés Eliachar. ¿No recuerdas que se fue a Haifa, a trabajar en ese hospital...?

—No te acuerdas del año, no te acuerdas del hospital —dijo Mercedes, dispuesta a no dejarle pasar ni una—. ¡No has estado en Israel!

—¡Que sí he estado! ¿Cómo puede ser que no te acuerdes?

La discusión, por suerte, no llegó a más.

Teresa, entre tanto, había sido trasladada al internado que las monjas del Sagrado Corazón tenían en Santa María de Huerta, en la provincia de Soria. En sus esporádicos viajes a Zaragoza tenía permiso para alojarse en casa de su hermana, y Miriam y Sara aprovechaban para visitarla y llevarle algo de comida o de ropa. Hiperactiva a pesar de sus sesenta y dos años, se embarcaba en arreglos domésticos que no siempre le daba tiempo a terminar. Durante aquel viaje de otoño se dedicó a cambiar el empapelado del pequeño pasillo al que daban los dormitorios, el cuarto de baño grande y el despacho. A Miriam y a Sara no les quedó más remedio que ayudar. La monja, con ligera jactancia, les hablaba de las otras cosas que había hecho desde su llegada: cambiar algunos muebles de sitio, poner naftalina en los armarios, ordenar los álbumes de fotos...

—Samuel ha encontrado la foto de Israel —comentó mientras terminaba de extender un nuevo rollo de papel pintado.

Miriam y Sara la observaron con interés. Espesos goterones de cola se descolgaban de sus brochas.

—¿Qué foto?

—La de Israel, la del hospital ese...

El inesperado trasiego parecía haber contagiado a Mercedes y Felisa, que, en la cocina, desmontaban el filtro del extractor, lo metían en agua hirviendo para quitarle la grasa y lo volvían a instalar. Luego prepararon algo de merendar y salieron a buscar a las demás. Samuel esperaba sentado en el sillón. Su expresión sugería que llevaba un rato paladeando el inminente momento de gloria. Depositó la fotografía en la mesilla como quien deja una generosa propina en un restaurante.

—¿No me creíais? —dijo, exultante—. Ahí la tenéis. La foto con Moisés y Simi. Y el hospital —se volvió hacia Mercedes— se llama Rothschild. Hospital Rothschild de Haifa.

Miriam agarró la foto. Simi Eliachar, en el centro, miraba directamente a la cámara, mientras su marido, a su izquierda, y Samuel, a su derecha, parecían más atentos a algo que alguien hacía o decía fuera de plano. Llevaban los tres ropa de verano, y por su aspecto se diría que aquella foto no podía tener más de ocho o nueve años, lo que indicaba que se había hecho cuando ya ninguna de las mujeres de la familia vivía en Melilla. Sara, sentada al lado de Miriam, hizo un gesto de duda. ¿Y si Samuel, en alguno de sus largos períodos de ausencia, había viajado de Melilla a Israel sin decir nada a nadie? Al fin y al cabo, sus actividades durante esos cuatro o cinco años nunca habían dejado de ser un misterio...

—Ya os lo dije —decía Samuel—. Un primo de Moisés era el director general del hospital. ¿Por qué os creéis que lo dejaron todo y se fueron a vivir a Haifa?

La monja se acercó también a mirar.

—¡Qué bonito debe de ser Israel!

—Muy bonito, muy bonito —asintió Samuel, satisfecho.

—Algún día me gustaría ir a Jerusalén...

—Dame —dijo Mercedes, tendiendo la mano.

Miró la foto un par de segundos y volvió a dejarla en la mesilla.

—Esto puede ser cualquier sitio. Melilla, seguramente. La Hípica o la *tefilá* o la casa de alguien. ¿Dónde ves tú que esto sea Israel?

En efecto, a la espalda de las tres figuras, lo único que la imagen mostraba era una pared soleada, una puerta a medio abrir y el marco de una ventana.

—¿No hay monumentos en Haifa? —Mercedes empleaba un tono más burlón que agresivo—. ¿No hay ningún edificio histórico, ninguna sinagoga antigua, ninguna fortaleza? ¿No hay ninguna plaza bonita? ¿No hay mar en Haifa? ¿Y sólo estuviste en Haifa? ¿No fuiste a ningún otro lugar de Israel?

—¡Fui a visitar a Moisés! —replicó Samuel, ofendido—. ¡Estaba en Haifa! ¡Trabajaba en el hospital!

—¿Con quién fuiste? ¿Fuiste solo? ¿Y por dónde? ¡Por algún sitio tendrías que pasar! ¡No creo que fueras remando desde Melilla!

Samuel hacía gestos teatrales de incredulidad. Miriam trató de quitar hierro al asunto:

—Está bien. Si papá dice que es Israel, es Israel.

Pero Mercedes no estaba dispuesta a ceder:

—¿Cómo era el hospital? Si tenía algo especial, lo recordarás.

—Tenía... las paredes blancas.

—¡Todos los hospitales tienen las paredes blancas!

Samuel, en su esfuerzo por rescatar recuerdos, mantenía el ceño fruncido y los ojos entrecerrados. Los abrió del todo para decir:

—Estaba ingresada Alegría. Me acuerdo perfectamente. Por una operación de matriz.

—¿Quién? —replicó su mujer con sorna.

—Alegría Benchimol.

—¿Y quién es Alegría Benchimol?

Su marido, alterado, movió la cabeza como las lechuzas, primero hacia un lado, luego hacia el otro.

—Te lo estás inventando —remachó Mercedes, implacable—. Te lo estás inventando todo. Nunca estuviste en ese hospital. Nunca existió esa Alegría Benchimol.

Samuel, haciendo pulso en los brazos del sillón, consiguió ponerse de pie.

—¡Eres...! —exclamó, pero no fue capaz de acabar la frase y se encerró en el despacho.

A partir de entonces, Mercedes soltaba un sonoro bufido y Miriam y Sara desviaban la mirada cada vez que Samuel decía algo incongruente sobre algún episodio del pasado. Tenía unos recuerdos muy precisos de la vieja casa de la calle Alta, de la playa al lado del cargadero, de la bulliciosa alegría de la Avenida, de las fiestas de Nador, de los viajes a Tetuán y los paseos por Río Martín, de las primeras travesías en el correo de Málaga, incluso de la famosa excursión a Sierra Nevada o los dos viajes con Mercedes a París. Esos recuerdos y algunos más constituían una especie de tesoro para él, y exponerlos no ya a la rechifla o el desdén sino sólo al simple escrutinio de su familia era un riesgo que no estaba dispuesto a correr. Si hacía tiempo que había abandonado su antigua locuacidad, ahora tendía a encastillarse en un mutismo agraviado y suspicaz, y mostraba tanto interés en evitar a su mujer como ésta en evitarle a él.

Miriam y Sara se turnaban para visitarles cada dos o tres días. Luego, por la noche, se llamaban por teléfono para darse lo que ellas llamaban el parte. Últimamente, Sara no paraba de repetir que su padre tenía que dejar el tabaco. Miriam, que por entonces fumaba más que nunca, percibía en esa insistencia una velada acusación personal.

—Ayer le dio un ataque de tos tan fuerte que Felisa estuvo a punto de llevarle a la casa de socorro. Él no quiere ver a ningún médico, claro. Sabe que le van a prohibir los cigarrillos.

—Pero ya está bien, ¿no?

—¡Miriam! —Su hermana levantó la voz—. ¡Bien bien nunca va a volver a estar!

—El otro día estuvimos viendo la película del cumpleaños. Ya sabes que no las llevamos a revelar hasta que tenemos tres o cuatro...

—¿Y?

—Qué bajón ha pegado... ¡En menos de un año! Si le vas viendo cada semana no te das cuenta, pero si dejas pasar una temporada... ¿Y mamá qué tal?

—Buf... —dijo Sara para indicar que estaba como siempre: bien de salud pero mal de humor.

—Qué fácil parecía todo cuando éramos pequeñas... —susurró Miriam, pero su hermana cambió de tema:

—¿Qué tal los niños? ¿Habéis mirado lo de la cojera de Elías?

—No es cojera. Es sólo que anda raro.

—¿Lo habéis mirado o no?

—Dice el médico que tiene una pierna un poquito más corta que la otra. Pero que no nos preocupemos.

Miriam no había querido hablarle del ataque de tos que, un par de semanas atrás, Samuel había sufrido mientras Mercedes y Felisa estaban en el jardín. Habían sido unas toses feroces, horrísonas, más parecidas al rugido de un animal que a cualquier sonido de origen humano, y lo que más la impresionó fueron los violentos espasmos, impropios de un cuerpo constreñido a ejecutar siempre los movimientos más pausados. Viéndole convulsionarse de ese modo, pensó Miriam que hasta en el organismo más debilitado había siempre una desesperada reserva de energía. Primero le dio unos golpecitos en la espalda y después corrió a traerle un vaso de agua, que su padre agarró con pulso tembloroso. Superada la crisis (pero aún con la cara congestionada y las venas de las sienes hinchadas), pudo Samuel beber un trago para aclararse la garganta. Y entonces miró a Miriam con los ojos arrasados por las lágrimas y dijo: «Me quiero morir, hija, me quiero morir.» ¿Por qué no le había mencionado nada de eso a Sara? ¿Por qué se lo había ocultado? Podía ser que en parte fuera por lo del tabaco, como si su condición de fumadora la convirtiera en culpable de las bronquitis de su padre (y tal vez de las de todos los fumadores del mundo). Pero más bien se debía a que aquellas palabras no habían sonado como un lamento irracional y espontáneo sino como un anuncio, una declaración firme, y esa declaración se la había hecho a ella y nada más que a ella.

Hacía mucho frío, y Mercedes se entretenía rebuscando en su bolso.

—¿Lleva la llave? —gritó Felisa desde el Dodge.

—¿Te crees que soy tonta?

Era una de las mañanas en que a Felisa le tocaba ir a casa de Miriam. Había acercado a Mercedes al restaurante de la gasolinera y, comprados el pan y un par de revistas, la había dejado de nuevo en el chalet.

—¿La lleva o no?

Mercedes abrió la verja con un gesto de impaciencia y comprobó la temperatura en el termómetro del jardín. El coche se fue.

—¡Dos grados...! —murmuró Mercedes, entrando en la casa.

Felisa, como siempre, había madrugado para dejarlo todo fregado antes de irse. Las junturas entre las baldosas estaban todavía húmedas, y un zigzag de hojas de periódico señalaba el camino desde la entrada hasta la cocina. Con el abrigo aún puesto, se detuvo a hojear el *¡Hola!*, que publicaba unas fotos de los príncipes Juan Carlos y Sofía con sus rubísimas hijas. En la casa no se oía ningún ruido.

—¿Samuel?

Tenía Mercedes la sensación de que su marido no estaba ya en su dormitorio, pero en el salón todo seguía tal como lo había dejado un rato antes y la luz del cuarto de baño estaba apagada. Volvió sobre sus pasos para recoger las hojas de periódico, con las que iba haciendo una bola de papel que apretujaba contra su pecho. Cuando llegó a la cocina y vio a Samuel en el suelo, la bola de papel, grande ya, se le cayó de las manos y, tras rebotar en una de sus rodillas, fue a detenerse junto al rodapié de la pared.

—¡Samuel!

Estaba tirado al lado de la mesa en una posición extraña: las piernas flexionadas a distinta altura y un pie encajado bajo el tobillo del otro, el tronco de medio perfil con el brazo derecho estirado y el izquierdo apoyado en el vientre, la cabeza levemente descolgada. Tenía los ojos entornados y una herida en la frente. Lo primero que Mercedes pensó fue que se había resbalado con las hojas de periódico y se había dado un golpe en la cabeza. Su reacción inmediata fue agacharse y tratar de incorporarle, pero pesaba demasiado y sólo consiguió cambiarlo de postura. Ahora las piernas estaban rectas y en paralelo, y el brazo izquierdo fue deslizándose poco a poco hasta tocar el suelo. Esta posición le pareció más natural, como la de alguien que estuviera tomando el sol en la playa. Arrodillada y con la cabeza de Samuel apoyada en sus muslos, se detuvo a recuperar el aliento. Vio que en la ceja derecha le crecía una mancha de sangre y que tenía grumos de saliva en las comisuras de los labios. También vio que el pantalón del pijama, que asomaba bajo la bata mal cerrada, estaba empapado en orina. No, aquello no había sido un simple resbalón.

—¡Cielo santo! —exclamó.

Apartó la cabeza de sus muslos y la depositó con cuidado en el suelo. ¿Qué había que hacer en esos casos? Agarró una de sus muñecas con ambas manos, pero su propia ansiedad le impedía encontrarle el pulso. Luego acercó la mejilla a su boca y creyó notar un hilo de aliento. Muerto no estaba. Se levantó y corrió hacia el teléfono. Cogió la agenda. ¿A quién tenía que llamar? ¿A Tabuenca? ¿A sus hijas? Mientras trataba de aclarar las ideas, una pregunta se abrió camino en su pensamiento: ¿qué habría pasado si, en vez de volver con el pan y las revistas, hubiera aprovechado la mañana para irse de compras al centro? Se imaginó a sí misma llegando con Felisa a la hora de comer y encontrando a Samuel muerto en el suelo de la cocina. La idea, lejos de asustarla, le resultó reconfortante, aunque sólo fuera porque la compañía de Felisa habría simplificado las cosas y la habría eximido de tomar decisiones... Entre tanto, su cerebro, como si tuviera la habilidad de operar simultáneamente en varias direcciones, había llegado a una conclusión: a quien tenía que llamar era a su hija mayor. Felisa debía de estar a punto de llegar a su casa y, si se daban prisa, podían estar en el chalet en poco más de un cuarto de hora y ocuparse de todo. Un cuarto de hora: ése era todo el tiempo que tendría que permanecer velando a Samuel antes de que Miriam y Felisa la descargaran de toda responsabilidad. Descolgó el teléfono. Empezó a marcar el número de Miriam. Colgó. Dos narraciones de signo contrapuesto chocaban en su interior: una que buscaba acelerarlo todo y ganar tiempo, y otra que sugería dejar pasar los minutos y... ¿Y qué?

Regresó a la cocina. Samuel seguía tal como lo había dejado. Intentó recordar en qué postura lo había encontrado un rato antes. Sin tener una noción muy clara de lo que estaba haciendo, se agachó y empujó el tronco de forma que quedara apoyado sobre el costado derecho. Estiró luego un brazo, y el otro brazo y la cabeza recuperaron con naturalidad su anterior posición. Comprobó que la ceja herida coincidía más o menos con el papel de periódico manchado de sangre. Sólo quedaban las piernas. Mientras las doblaba, tuvo un instante de duda. ¿Y si se trataba sólo de un desmayo y a Samuel le daba por volver en sí en el momento menos pensado? Le pareció que a esas alturas no podía ya permitirse tal hipótesis. En muy poco rato se había aceptado a sí misma como una mujer que estaba dejando morir a su marido. Cuando creyó que no le quedaba nada por hacer, se quitó por fin el abrigo y lo colgó del perchero de la entrada. Después volvió al salón y se sentó en el sofá con la agenda en el regazo.

Hacia la una y media llegó Felisa en el Dodge. Mercedes, que en todo ese tiempo no se había movido del sofá, dio un respingo. La operación de meter y sacar el coche era lenta y trabajosa. Había que abrir las dos hojas de la verja, conducir hasta el extremo del jardín y desandar lo andado para volver a cerrar la verja. Cuando Felisa vio aparecer a su señora con el rostro demudado y la agenda en la mano, estaba a punto de meterse en el coche. No llegó a hacerlo. Dejó las puertas abiertas y el motor en marcha y fue al encuentro de Mercedes, que exclamó nada más:

—¡Mi marido...!

Corrió la sirvienta al interior de la casa. Mercedes la seguía con paso vacilante. Las fuerzas la habían abandonado. Incapaz de llegar a la cocina, se agarró con fuerza al respaldo de una silla. Asomó Felisa con las manos en la cabeza y expresión consternada.

—¡Ay, señor!

—¡Llama a las niñas, Felisa! ¡Llama a las niñas! —repetía Mercedes, respirando de forma entrecortada.

Felisa llevó a Mercedes al sillón y la obligó a sentarse. Llamó primero a la clínica y pidió que mandaran urgentemente un médico. Luego llamó a Sara y le dijo que creía que su padre había muerto.

—¿Muerto? —dijo Mercedes con los ojos muy abiertos—. Ha sido hace unos minutos... No sabía que estaba en... Me lo he encontrado en el suelo y he intentado...

Estaba histérica, y no había en ello ningún fingimiento: las manos le temblaban, la voz le salía con dificultad. Felisa trataba de calmarla al tiempo que daba explicaciones a Sara. Concluida la conversación telefónica, se sentó en el brazo del sillón y abrazó a Mercedes, que apoyó mansamente la cabeza en su pecho y rompió a llorar. Era la primera vez que se abrazaban. De hecho, era la primera vez que había entre ellas un ligero contacto físico.

—No me lo termino de creer... —dijo Felisa.

—¿Se lo has dicho a Miriam?

Felisa se levantó y fue a la cocina.

—No lo toques —dijo Mercedes con voz quebradiza—. Espera a que venga el médico. Cierra la puerta y espera a que venga el médico.

—Es que me da no sé qué dejarlo así.

Se agachó y tocó las manos aún tibias de Samuel. Luego le pasó un dedo por la costra de la ceja y le alisó un poco los faldones de la bata. Se asomó después al salón.

—No lo entiendo —dijo.

—¿Qué?

—El pantalón del pijama.

—¿Qué le pasa?

—Está sucio pero seco. ¿A qué hora...?

No concluyó la frase porque justo en ese momento sonó el teléfono. Felisa se apresuró a descolgar, pero tardó tres o cuatro segundos en contestar. Durante esos segundos, que a Mercedes se le hicieron larguísimos, mantuvo un rictus serio, inexpresivo, y no apartó la mirada de su rostro.

—¿Vas a contestar o no? —dijo Mercedes con inesperada severidad.

Felisa hizo un gesto como de sacudirse los malos pensamientos y desvió la mirada. Era Miriam. Mercedes permaneció atenta a la conversación.

—¿Que cómo está? —oyó que Felisa decía—. ¿Cómo quieres que esté? Destrozada, hija. Destrozada.

Que Samuel hubiera profesado otra religión hasta el final de su vida nunca constituyó un inconveniente para que cada 21 de febrero se oficiara una misa de aniversario en la capilla del Sagrado Corazón. Salvo el año en que caía en fin de semana, nada más asistían la familia y las monjas de la congregación, así que eran misas sencillas, casi íntimas, y sólo empezaron a hacerse con monaguillo cuando Elías, que durante la adolescencia vivió una etapa de acusado fervor, se ofreció para ayudar y leer las Escrituras. La del séptimo aniversario fue la primera. Aquélla, además, fue especial porque Mercedes y Felisa llegaron con casi veinte minutos de retraso. El cura, haciendo gestos de impaciencia que le obligaban luego a reajustarse la casulla, se asomaba desde la sacristía y enviaba a Elías a consultar cuánto tiempo más tendrían que esperar. Cuando por fin aparecieron las dos mujeres, todos se volvieron a observarlas. Ellas murmuraron unas disculpas confusas y ocuparon su sitio en la primera fila de bancos. La misa fue breve, sin sermón, y a la salida, ya en General Mola, explicaron el motivo del retraso:

—Llevábamos oyéndolo desde ayer por la tarde: ¡iuuu, iuuu...! —dijo Felisa—. A veces sonaba como el lamento de un animal, a veces como el llanto de un recién nacido. Y cuanto más lo oíamos, más convencidas estábamos de que era un niño...

—¿En qué calle hemos aparcado? —la interrumpió Mercedes—. Vamos ahora y lo veis.

—¿Lo tenéis encerrado en el coche? —dijo Sara.

—En el maletero.

—Entonces espero que no sea un bebé.

No era un bebé. Era una cachorrilla flaca y oscura, que se puso a temblar en cuanto el maletero se abrió y toda aquella gente, dando grandes voces, se inclinó para mirarla. Mercedes la agarró, la envolvió en una manta escocesa y se la apretó contra el pecho.

—¿Has pasado frío? ¿Verdad que no has pasado frío? —preguntó, juntando sus labios al morro del animalito, y luego se volvió hacia los demás—. Estaba en el callejón trasero, que está lleno de trastos por las obras de la guardería. Se había caído en un hoyo detrás de unos sacos y no podía salir. ¡El tiempo que llevaría sin probar bocado! Menos mal que la hemos encontrado... ¿Cómo es posible que esos obreros la oyeran gemir y no hicieran nada? ¡A saber lo que habrían sido capaces de hacerte, pobrecita mía!

Con lo arisca que se había vuelto con la edad, resultaba extraño verla así, tan cariñosa, tan protectora. Marta, la menor de sus nietos, tiraba con fuerza de la manta y le pedía que le dejara sostener a la cachorrilla. Los otros cuatro se limitaban a acariciarle la cabecita temblorosa.

—Me recuerda al perrillo que me regalaron para mi comunión. Se llamaba Chitón —dijo Mercedes.

—Suena bien —dijo Elías—. ¿Por qué no le llamamos igual?

—¿Estás tonto? ¿No ves que es hembra? —dijo Daniel.

Felisa, entre tanto, terminaba con su historia: habían llevado a la perrilla a casa, le habían dado leche y galletas, luego habían buscado un veterinario. ¡Y suerte habían tenido de que Lumbreras les hubiera atendido pronto!

—¡Fosca! —exclamó Mercedes, volviéndose hacia los adultos—. ¿Os gusta el nombre? ¡Como tiene el pelo tan oscuro...!

—¿«Fosco» significa oscuro? —dijo Elías.

Los gemelos, los únicos que le estaban escuchando, se encogieron de hombros simultáneamente. Entre tanto, Mercedes, aún con el animalito en brazos, se disponía a cruzar el paseo. Los cinco nietos la siguieron hasta el bulevar y celebraron con grandes risas la primera meada, que dejó un charco considerable.

—¿Veis qué limpia es? Ha estado aguantándose todo este rato —sonrió Mercedes—. Señal de que no es un chucho callejero. Alguien le ha enseñado.

—Entonces habrá que buscar a su dueño —dijo Daniel.

Mercedes no ocultó su contrariedad. La idea de renunciar a la perrilla ni siquiera se le había pasado por la cabeza. Se fijó por primera vez en su collar, un collar barato, de goma negra, sin ninguna chapa que diera pistas sobre la identidad del propietario.

—Seguro que la estarán buscando —insistió Daniel.

—Puede que no. Puede que la hayan abandonado —dijo su abuela—. Hay gente así.

Lo que no tenía era correa y, para evitar que escapara hacia los coches, los cinco nietos habían formado un círculo a su alrededor. Fosca, de todos modos, seguía tan asustada que parecía incapaz de echarse a correr.

—Tenemos que poner carteles —dijo Elías—. Es lo que se hace en estos casos, ¿no?

—Vámonos. Hace frío —dijo Mercedes, agachándose a coger a Fosca.

Algunos domingos se juntaban todos para comer en el chalet. El domingo siguiente, Fosca seguía siendo el centro de atención. Había ganado algo de peso y cobrado confianza. Era una perrilla alegre y agradecida, que agitaba el rabo en cuanto alguien le hacía un gesto o la llamaba. «¡Fosca!, ¡Fosca!», gritaban los nietos, y ella corría incansable de un extremo a otro del jardín. Después de comer, se entretuvieron haciendo los carteles: ENCONTRADA PERRITA NEGRA... La propia Mercedes dictaba el texto, corregía la caligrafía y amontonaba las cuartillas. Luego salieron a pegarlas en las farolas de la urbanización. Habían hecho demasiados carteles, así que en las últimas farolas pegaron dos y hasta tres. Cuando volvieron al chalet, los coches estaban ya preparados para marcharse. Mercedes despidió con la mano a unos y a otros. Fosca, asomando la cabeza entre las rejas de la verja, los siguió con la mirada. Pasados unos minutos, Mercedes anunció que salía a pasear a la perra. Repitió exactamente el recorrido que acababa de hacer con sus nietos, y fue arrancando uno a uno todos los carteles y rompiéndolos en trozos pequeños.

—¡Vamos, Fosquita! —exclamaba, y la perra trotaba feliz a su alrededor.

A la muerte de Samuel, Ramiro se había ocupado de poner orden en sus papeles y sus cuentas. Para sorpresa de todos, su situación económica resultó ser más que desahogada. Las oficinas de Melilla y Málaga mantenían un nivel de ingresos moderado, aunque no inferior al de años anteriores, y lo que se había convertido en una auténtica mina de oro era la constructora de la Malagueta, que había extendido su área de operaciones a varios municipios de la Costa del Sol y se había aprovechado del vertiginoso desarrollo económico propiciado por el turismo. ¿Quién les iba a decir a ellos que, tantos años atrás, al asociarse con Meneses y Monterde y toda esa panda de cantamañanas había puesto Samuel la semilla de la actual fortuna familiar? Según Ramiro, su acierto había consistido en mantenerse siempre en un discreto segundo plano y acudir a todas las ampliaciones de capital. Mientras Meneses y los demás se apresuraban a realizar beneficios, Samuel, sin molestarse siquiera en participar en la gestión, los reinvertía una y otra vez hasta acabar convirtiéndose en uno de los máximos accionistas. ¡Menudo olfato había demostrado tener! Ahora su viuda no sólo era la propietaria de dos oficinas de consignaciones y una valiosa cartera de acciones sino también de las plazas de aparcamiento y los locales en los que Samuel había ido colocando prudentemente réditos y dividendos. Sí, el mismo Samuel que había revuelto Roma con Santiago para encontrar un local de renta económica para su sinagoga era, por extraño que pareciera, propietario de media docena de locales en la propia Zaragoza. La primera vez que el asunto salió en una conversación, Mercedes lo calificó de sinsentido. En esas conversaciones, escasas porque la aburría hablar de dinero, solía manifestar una mezcla de alivio y resentimiento: alivio por saber que tenía asegurado un buen pasar y resentimiento por las injustificadas estrecheces del pasado.

Pero eso fue sobre todo al principio. Durante los primeros meses de viudez, Mercedes se dedicó a borrar de su casa y de su vida todos los rastros dejados por Samuel. A pesar de que jamás invitaban a nadie, decidió convertir su dormitorio en habitación de invitados, y con tal pretexto mandó los grabados del templo de Salomón y los retratos de antepasados con *kipá* al despacho, que poco a poco fue convirtiéndose en un cuarto trastero. A él fueron también a parar otros objetos que de un modo u otro le recordaban a Samuel, como las teteras marroquíes compradas en un viaje a Tetuán, la nunca utilizada bicicleta estática o la máquina de coser Sigma, a la que se le había roto una pieza que Mercedes siempre se negó a reemplazar. Cuando ya no quedaba nada en la casa que le recordara a él, empezó a inventarse o a reconstruir un Samuel a la medida de sus necesidades. A Miriam no se le escapó esa transformación. De no hacer jamás la menor mención a Samuel pasó Mercedes a recuperar recuerdos de la época en que las niñas eran pequeñas y no había conflictos en el matrimonio: ¿se acordaban de cuando papá las iba a buscar a la salida de misa y las llevaba a tomar el aperitivo en la Avenida?, ¿y de cuando hacía volar un globo para Rosh Hashaná?, ¿y de cuando se quedaba traspuesto en las reuniones de la Gota de Leche? Por arte de magia los recuerdos ásperos o amargos habían quedado arrinconados, y el Samuel que regresaba en esas evocaciones era otra vez un Samuel bueno y afectuoso, alguien a quien echar de menos. Miriam pensó que la viudez era el estado ideal de muchas mujeres, y entre ellas de su madre, liberada de las turbaciones de los últimos años junto a su marido y nostálgica de ese inconcreto pasado de armonía y bienestar.

Aquélla fue para Mercedes una etapa de felicidad, y la aparición de Fosca vino a redondearla. Le gustaba que la despertara por las mañanas apoyando las patitas en el extremo de la almohada y que la recibiera con grandes alharacas cada vez que llegaba a casa. Le gustaba llevarla a pasear por los caminos y descampados de la urbanización y enseñarle a adoptar diferentes posturas. Le gustaba lavarla con Elías en el jardín y ver después las carreras frenéticas con las que trataba de sacudirse el agua. Le gustaba tenerla dormida a sus pies mientras Felisa y ella se entretenían con sus artesanías de estaño. A veces la descubrían mirándolas con atención, y Mercedes no podía evitar afirmar que los animales eran más humanos que muchos seres humanos. Se convirtió ésta en una fórmula recurrente, y como ésta hubo otras que se hicieron célebres en la familia. Cuando sobraba algo de comida en un plato, Mercedes lo echaba en el cacharro de Fosca diciendo: «Si un perro no sirve para comerse las sobras, ¿para qué sirve?» Y cuando la perra atrapaba un trozo de chocolate o una galleta que se le hubiera caído a alguno de los nietos, la frase era: «¡De ellos es el reino de los suelos!» Esas frases empezó diciéndolas Mercedes pero, cuando se presentaban las circunstancias, siempre había alguien que se le adelantaba: si un perro no servía para, de ellos era el reino de, etcétera.

Aquélla fue también su etapa más viajera. Cada cierto tiempo, mientras hojeaba un periódico o una revista, levantaba la mirada y hacía un comentario del tipo: «Segovia. No me gustaría morirme sin conocer Segovia.» Felisa ya sabía lo que eso quería decir: que esa misma tarde llamaría Mercedes a la agencia de viajes para que les fueran reservando un hotel y que el viernes por la mañana tendría que tener preparado el Dodge para salir de viaje a Segovia o donde fuera. En aquella época visitaron Pamplona, San Sebastián, Burgos, Valladolid, Teruel, Burdeos, Toulouse... Al empleado de la agencia le decían que les buscara habitación en hoteles en los que admitieran mascotas y, cuando esto no era posible, dejaban a Fosca al cuidado de Miriam. Escogían siempre hoteles de cuatro o cinco estrellas o paradores nacionales pero, para evitar dispendios, compartían habitación. En un par de ocasiones, tuvieron incluso que compartir cama de matrimonio debido a errores en la reserva. A esas alturas, tras más de quince años de convivencia, ese detalle les resultaba intrascendente. Si el lado penoso de la intimidad consistía en aguantarse mutuamente ronquidos, olores corporales y malos despertares, les quedaba bien poco por descubrir. Formaban una pareja singular, siempre juntas, siempre discutiendo. Lo único que indicaba su diferente condición era que Felisa seguía tratando de usted a su señora, a la que ante terceras personas se refería como doña Mercedes. Incluso habían empezado a parecerse la una a la otra, como dicen que ocurre con los matrimonios duraderos. Mercedes había ido encorvándose con la edad, y los rasgos se le habían ido afilando hasta confluir en un arrugado hociquito de ardilla. Por su parte, Felisa, que a sus cincuenta y tantos años había desarrollado cierta coquetería, dedicaba más tiempo al cuidado de su aspecto y se ahuecaba el pelo con el cepillo como había visto hacer a Mercedes. Algunos recepcionistas, cuando rellenaban las fichas de registro, se sorprendían al comprobar que no eran hermanas.

En San Sebastián se alojaron en el hotel Londres. Como no estuvieron de vuelta hasta el lunes por la mañana, llamaron a Miriam para decir que pasarían por la tarde a recoger a Fosca. Hacía un par de años que Miriam había dejado los cursillos, así que podían ir a la hora que quisieran. Lo hicieron hacia las cinco, después de pasarse por la tienda de la plaza de Santa Cruz en la que se aprovisionaban de láminas de estaño y botes de cera para los repujados. La perra las recibió con grandes saltos de alegría.

—¿Qué tal se ha portado mi Fosquita? ¿Has sido buena? —dijo Mercedes, cogiéndola en brazos—. ¡Lametazos no! ¡Lametazos no, que llevo colorete!

Por el pasillo apareció Ramiro con los faldones de la camisa fuera del pantalón y aspecto de acabar de despertarse de la siesta.

—Bueno, ¿qué tal el viaje? —dijo Miriam, cogiendo el paquete que le tendía Felisa—. ¿Esto qué es?

—¡Fatal! —exclamó Felisa—. Hemos tenido un pinchazo y, como te puedes imaginar...

—Es para vosotros —la interrumpió Mercedes—. Para la casa. Por haber cuidado a la perra.

Miriam y Ramiro intercambiaron una mirada de resignación. Cada vez que Mercedes tenía que agradecerles algo, les regalaba uno de sus bajorrelieves en estaño. Tenían ya media docena y no sabían qué hacer con ellos. Si los ponían en el salón, acabaría pareciendo una chamarilería. Y si no los ponían, Mercedes podría disgustarse. Miriam desenvolvió el paquete.

—¡Una Última Cena! ¡Qué bonita os ha quedado!

—¿Verdad que sí? ¡No sabes el trabajo que nos ha dado!

Pasaron todos al comedor. En una parte de la mesa estaba el viejo zoótropo que Ramiro estaba restaurando y, en la otra, unas cuantas fotos desparramadas y el álbum de las tapas rojas abierto por la mitad. Miriam llevaba toda la tarde escogiendo antiguas fotos familiares de las que pretendía hacer copias para su colección. Sobre todo quería fotos de su padre: de su padre antes de casarse o justo después, de su padre con ella y con Sara cuando eran pequeñas. Mercedes, aún con la perra en brazos, pasó distraídamente las páginas del álbum. Mientras tanto, Felisa seguía contando cómo habían continuado con una rueda pinchada hasta llegar a un taller a la entrada de Tudela en el que les habían tenido que cambiar los cuatro neumáticos. Miriam señaló el álbum y miró a su madre.

—Si quieres, te lo puedes llevar. Las fotos que faltan te las devolveré en un par de semanas.

Mercedes señaló una de las fotos apartadas.

—¿No te acuerdas? —dijo Miriam—. Ya te pregunté. Esta foto no estaba en el álbum. La encontró Ramiro entre los papeles de papá.

Era la foto de Samuel con Alegría, la vieja foto con el mono, la que les había hecho el fotógrafo callejero. Mercedes se la acercó a la cara y entrecerró los ojos.

—No sé quién es. ¿No es Rebeca? Pues entonces alguna prima, supongo. Estaba guapo, tan delgado. Más o menos era así cuando le conocí.

Dejó la foto en su sitio y se acercó a Felisa, que contemplaba fascinada el zoótropo. Ramiro, sonriente, sustituía las tiras interiores y hacía girar el tambor.

—¿Queréis ver a un niño columpiándose? ¡Aquí lo tenéis!

—¡Parece cosa de magia! —exclamó Felisa.

—Yo tuve uno de niña —comentó Mercedes—. Salía un caballo saltando.

En el otro lado de la mesa, Miriam observó con atención la foto de su padre y la colocó junto a las otras.

—¿Quién quiere café? He pasado por Soconusco para comprar pastas.

Ya en el sofá, las dos mujeres hablaron de San Sebastián: de lo bonita que era la playa de La Concha, del esqueleto de ballena que habían visto en la visita al Aquarium, del Palacio de Miramar, en el que habían veraneado los reyes... Volvió a salir el asunto del pinchazo.

—En realidad, casi mejor —dijo Felisa—. Ya no tendremos que preocuparnos por las ruedas durante un tiempo.

—¿Pero se te ha ocurrido llevar alguna vez el coche a revisión? —le reprochó Mercedes, que luego se volvió hacia Ramiro—. Por cierto que hemos tenido que buscar una sucursal de la caja y sacar dinero para pagar el taller. De paso, he aprovechado para preguntar por los intereses esos, los de los plazos fijos... Nunca sé qué día me los ingresan.

Ramiro dio un respingo. Dijo:

—El primer día laborable del trimestre, ya lo sabes.

—Lo sé, lo sé. Pero siempre se me olvida. Al principio, el hombre no encontraba mi nombre... Ha tenido que hacer unas llamadas para comprobar no sé qué. Todo se ha arreglado cuando le he dicho que te ocupabas tú y que eras mi yerno. ¡Y oye, ha sido mano de santo!

Ramiro, que tendría que haberse sentido halagado, se había puesto tenso.

—¿Pero has mencionado mi nombre? ¿Lo has mencionado tú o te lo ha preguntado él?

—¿Cuál es el problema? Necesitaba sacar dinero para pagar las ruedas. Lo he pedido y me lo han dado. Y ya está. Eso es todo.

—Mercedes, para cualquier gestión que tengas que hacer ya sabes que me tienes a mí.

Interrumpió la conversación la ruidosa llegada de Elías, que corría por el pasillo seguido por la perra.

—¡Mirad! ¡Mirad! —gritaba, apurado.

Las tres mujeres se asomaron con él a una de las ventanas que daban a la Gran Vía. En un banco del otro lado del bulevar, Daniel se comía a besos a una chica. Aunque estaba a bastante distancia, no había ninguna duda de que era él.

—¡Quince años! ¡Pronto empieza! —dijo Felisa.

—¿No podrían haber elegido un sitio más discreto? ¡Les van a llamar la atención! —dijo Mercedes.

—¿Quién es la chica? Así, de lejos, parece un poco ordinaria —dijo Miriam—. ¿La conoces?

Elías, en vez de contestar, agachó la cabeza con aire contrito. Debía de estar pensando en la perdición a la que su hermano estaba condenando su alma. Entonces Mercedes soltó una especie de ronquido, que no era tal sino el borbotón de una risa a duras penas sofocada, y las otras dos la miraron y se taparon la boca. De repente, estallaron las tres en una carcajada unánime, incontenible. Elías las miró consternado.

—¡Está pecando y os reís! ¡Está ofendiendo gravemente la voluntad divina!

—¡Lo siento! ¡No lo puedo evitar! —se excusó su madre con lágrimas en los ojos.

—Nosotras nos vamos —dijo Mercedes, tratando de recuperar la compostura—. Menos mal que tenemos el coche en la calle de atrás. ¡No me gustaría interrumpir!

Volvieron las tres a reír. Elías se llevó la mano a la frente como si fuera a santiguarse pero acabó conteniéndose. Ramiro, que se había mantenido todo ese rato apartado, acudió a despedirlas. Cuando ya Mercedes y Felisa se habían marchado, Miriam se le acercó con las dos fotos de su padre con Alegría, la del mono y la del Círculo Recreativo de Tetuán.

—Entre estas dos fotografías hay unos treinta años de diferencia... ¿Tú qué crees? ¿Es la misma mujer o no?

—¡Y yo qué sé! ¡Yo qué sé si es la misma!

—¿Qué te pasa? ¿Por qué te pones así?

—Perdona. Quiero acabar esto de una vez —dijo él, frotando concienzudamente la base del zoótropo con un algodón.

A partir de esa tarde, todo se vino rápidamente abajo en su matrimonio. Las dos o tres veces que Miriam le llamó a la caja le resultó imposible hablar con él. Al principio, como la actitud de Ramiro en casa seguía siendo la de siempre, no sospechó nada. Una mañana tenía que recoger unos zapatos para Elías en una ortopedia de la calle

Mayor y, al igual que había hecho en tantas ocasiones, se acercó a la oficina para saludar. Los compañeros, con una cortesía algo azorada, le dijeron que ahora Ramiro trabajaba en otro edificio, en un despacho sin atención al público. Por la noche, cuando le preguntó por qué no le había hablado de su nuevo destino, su reacción de sorpresa parecía sincera:

—¿No te lo había comentado? Aún no me han hecho tarjetas nuevas. Luego te apunto el teléfono. ¿En la o de oficina?

—¿Pero el trabajo sigue siendo el mismo?

—Más o menos. Inversiones y todo eso. —Ramiro bostezó—. Qué te voy a contar...

Miriam asintió con la cabeza. A la primera ocasión que tuvo, cogió la agenda y la abrió por la letra o. Sí, justo debajo del número anterior estaba el nuevo, escrito con la caligrafía pulcra y menuda de su marido. El solo hecho de encontrarlo le devolvió la tranquilidad. No había que darle más vueltas. Habían cambiado de despacho a Ramiro. Eso era todo.

Pero no le duró mucho esa tranquilidad. Dos días después, apareció Felisa para limpiar el piso y le entregó una carta que había recibido de la caja.

—No entiendo lo que quiere decir —dijo—. ¿Se la enseñarás a Ramiro?

Miriam leyó en voz baja algunos fragmentos de la carta, que, con la retórica acostumbrada, agradecía a su distinguida clienta la confianza depositada en la entidad, le recordaba que sus depósitos estaban totalmente garantizados y se ponía a su disposición para mejorar el servicio en caso de que hubiera detectado alguna irregularidad en el cobro de intereses... Felisa, a su lado, señaló con el índice esa parte del párrafo.

—¿Irregularidad? ¿Por qué dice eso de irregularidad?

—Supongo que es una de esas cartas que mandan

a todo el mundo... —dijo Miriam, encogiéndose de hombros.

—Supongo. —Felisa terminó de abrocharse la bata—. Tu madre también la ha recibido. ¿Hoy qué toca? ¿Los cristales de atrás?

—Me la quedo y ya te diré si es importante. Pero yo creo que no.

Felisa, canturreando, se encaminó hacia la galería. Miriam apretó el puño y se lo llevó a los labios. Estaba muy preocupada. ¿Qué otras personas que ella conociera habían confiado sus ahorros a su marido? Desde luego, Sara y Felipe, y seguro que también los padres de Ramiro y alguna de sus hermanas... ¡Dios santo! ¿Qué estaba pasando?

Tenía tanto miedo de descubrir la verdad que no llegó ni a mostrarle la carta. Y jamás le llamó al despacho nuevo ni volvió a tocar el tema en presencia de su madre o de Felisa ni sondeó a Sara o a sus cuñadas sobre sus depósitos bancarios. Prefería no enterarse de nada y que ocurriera lo que tuviera que ocurrir. Ramiro seguía siendo el mismo de siempre, si acaso un poco más taciturno, y, como tampoco él hablaba de su trabajo, resultaba más sencillo eludir el asunto que afrontarlo. La vida seguía adelante con sus propios problemas y, de un modo natural y espontáneo, los pequeños motivos de preocupación fueron creciendo hasta llenar el gran vacío dejado por la preocupación principal. A finales de ese curso, lo que quitaba el sueño a Miriam era el desastroso rendimiento académico de Daniel, que durante el verano iba a necesitar la ayuda de profesores particulares, y el creciente misticismo de Elías, que todos en la familia consideraban extravagante y enfermizo. En la resolución de ambos problemas encontraba Miriam una promesa de alivio.

Empezó de verdad a agobiarse con Elías el día en

que éste le confió que su máxima aspiración era ver a Dios.

—¿Ver a Dios? ¿Qué tontería es ésa? Dios es invisible. Nadie nunca ha visto a Dios.

—¡Pues entonces a la Virgen María! ¿No la vieron los pastorcillos de Fátima? ¿No la vio santa Bernadette Soubirous? Si no crees en las apariciones marianas, es que no eres una buena cristiana.

Cuando hablaba de religión, los ojos se le ponían como ascuas, y Miriam no podía evitar sentirse intimidada. Una tarde, de vuelta de hacer unos recados, oyó unos ruidos procedentes de su dormitorio y, como estaban haciendo obras en el patio interior, temió que pudiera haber entrado algún ratón. Fue a la cocina y agarró la escoba. Como un soldado con la bayoneta calada, avanzó dando chasquidos con la lengua para ahuyentar al animal. Se detuvo al llegar a la habitación y vio luz en el vestidor. Creía estar sola y ahora comprobaba que había alguien más en la casa.

—¿Quién anda ahí?

El vestidor era una pequeña pieza que unía el dormitorio con el cuarto de baño. Tenía un armario a cada lado. Las puertas de ambos armarios estaban abiertas y sus espejos enfrentados de forma que se reflejaban el uno en el otro hasta el infinito. Elías, situado justo en el centro, observó a su madre con displicencia.

—¿Qué haces con esa escoba?

—Y tú —replicó Miriam, sintiéndose ridícula—. ¿Qué haces tú en mi vestidor?

Elías señaló su imagen multiplicada en los espejos. Dijo:

—Está ahí, ¿no? Tiene que estar ahí.

—¿Quién?

—¿Quién va a ser? ¡Dios! Si estoy viendo el infinito, Dios tiene que estar por ahí cerca. Porque Dios es infinito.

Miriam soltó un largo suspiro y preguntó:

—¿Has merendado?

El colegio nuevo estaba en las afueras, pegado al río Huerva y pasada la Casa Grande, que era como en la ciudad se conocía la Residencia Sanitaria José Antonio. Siguiendo las indicaciones del conserje, Miriam y Ramiro accedieron a un pasillo con fotos de antiguas promociones de alumnos en las paredes. Cinco años después de su inauguración, el edificio aún olía a pintura.

—Creo que es aquí —dijo Miriam.

Estaban ante el despacho del padre Maldonado, consejero espiritual del curso de Elías. Llamaron varias veces con los nudillos. Un cura anciano que rezaba el rosario arrastrando los bajos de la sotana les dijo que lo encontrarían en el museo. Llegaron a lo que aquel cura llamaba museo, una sala alargada con una heterogénea colección de piezas de arte sacro, artesanías precolombinas y animales disecados. El padre Maldonado, con la camisa a medio desabrochar, sostenía un frasco con lo que parecía ser el feto de algún mamífero conservado en formol.

—Adelante, adelante... —Hizo un gesto de desánimo—. ¡Qué desastre! Con el traslado, las cosas se fueron colocando al buen tuntún. ¿Y ahora quién pone orden en todo esto? —Señaló una vitrina—. ¡Miren esos fósiles! Amontonados, sin clasificar... ¡Si el padre Navás levantara la cabeza! En fin...

Se abotonó la camisa y les invitó a dar un paseo por el patio. Se pararon junto a la pista de hockey, en la que se estaba jugando un partido. Cuando el equipo del colegio atacaba, el sacerdote interrumpía la conversación, que reanudaba en cuanto el equipo rival iniciaba el contraataque.

—Que de niño jugara a confesar a sus primos no tiene la menor importancia. Pero Elías ya tiene catorce años...

¿No creen que es lo bastante mayorcito para que empecemos a tomárnoslo en serio? ¿A qué edad se creen que sentí la llamada de la religión? A los trece. ¡Más joven de lo que es ahora su hijo! Y mírenme: aquí sigo. —El otro equipo marcó un gol y Maldonado sacudió la cabeza con fatalismo—. ¡Estos chicos! ¡Qué malos son!

—Nosotros, la verdad... —empezó a decir Miriam, y buscó con la mirada a su marido, que se mantenía silencioso y ausente.

—La Iglesia necesita savia nueva. Ahora que sabemos que su vocación va en serio...

—Es que no lo sabemos. Y es una decisión tan... Primero tiene que acabar el bachillerato, y luego ya se verá.

—¿Qué se creen? ¿Que en el seminario no estudian? Si el chico lo tiene claro, no veo por qué hay que darle más vueltas. Ni siquiera ustedes, los padres, pueden ir contra la voluntad de Dios. Y no se preocupen, que nada es definitivo. Si dentro de un tiempo vemos que la voluntad de Dios es otra... —Su atención volvió a centrarse en el partido—. ¡Pero dispara ya, hombre! ¡Dispara!

De camino al aparcamiento, vacío a esas horas de la tarde, ninguno de los dos dijo nada. Aunque Miriam deseaba reprocharle que no hubiera intervenido ni una sola vez, sabía que su silencio era mucho más elocuente. Ahora tenían un Seat 132 marrón. Ramiro metió la llave en el contacto pero no llegó a arrancar. Miriam le miró y vio que tenía lágrimas en los ojos.

—¿Qué pasa?

—¿Con qué cara voy a mirar yo a mis hijos? —Ramiro sacudió la cabeza.

—¿Pero qué pasa? ¿Qué demonios está pasando?

—Hoy me lo han dicho. Me trasladan a Logroño.

—¿Y eso es malo? No está tan lejos...

—¡No lo entiendes! ¡No entiendes nada!

Se tapó la cara con las manos y explotó en un llanto

incontenible. Miriam estaba asustada. Nunca había visto a su marido en ese estado. Esperó a que el llanto quedara reducido a simples sollozos y le puso la mano en el hombro. Habló con voz suplicante:

—Sabes que me tienes a tu lado...

—No lo entiendes... —repitió él—. Primero fue ese despacho siniestro, después este traslado... ¿Y luego? Luego a la calle sin armar ningún escándalo y, si te he visto, no me acuerdo.

—¿Pero qué has hecho para que te traten así? ¿Has... robado?

Ramiro la miró desafiante. Miriam apartó la mano.

—¡No! ¡No he robado! Nadie podrá decir jamás que he robado. No soy ningún ladrón. Todo el mundo tiene su dinerito a salvo, ¿no? Tu madre, Felisa, tu hermana...

—¿Entonces?

—Este coche, la casa, las vacaciones, un colegio como éste... —Señaló con el pulgar por encima de su hombro—. ¿Nunca te has preguntado de dónde salía el dinero? Lo único que hacía era asumir ciertos riesgos.

—Riesgos...

—Jugar a la bolsa. Siempre sobre seguro. ¿Verdad que todos recibían sus intereses puntualmente? ¡Si tu madre no hubiera hablado de más, si no hubieran tenido ese maldito pinchazo en Tudela...!

El cerebro de Miriam trabajaba a toda velocidad. ¿Estaban en la ruina? ¿No podrían ni pagar el colegio de los chicos? ¿Tendría que ponerse a trabajar?

—¿Qué puedo hacer yo? —dijo, aturullada—. No soy tan mayor. ¿Tú crees que aquel hombre, el de la casa discográfica, todavía...?

—¡Ja! —dijo él nada más, pero lo dijo con tal desprecio que Miriam se sintió profundamente humillada. Luego él, para suavizar las cosas, añadió—: No me irás a echar la culpa de no haber triunfado como cantante...

Permanecieron unos segundos en silencio. Ramiro agarró otra vez la llave de contacto y dijo:

—Bueno, qué más da... No soy el primero ni seré el último. Algo saldrá. Todo acabará arreglándose. ¿Nos vamos?

Durante el trayecto de vuelta a casa, Miriam no pudo parar de llorar.

En las temporadas de rebajas solía echar una mano en una *boutique* de ropa infantil que se llamaba Chavalines. Maite, la dueña, era la madre de una de las niñas con las que había actuado en el concurso de Radio Juventud. Lo hacía más que nada por sentirse útil, por entretenerse, y no esperaba otra recompensa que la gratitud de su amiga. Ésta, de todos modos, siempre acababa teniendo algún detalle con ella: una pulserita o un reloj o un bolso. Si normalmente Miriam sólo se dejaba caer por la tienda a las horas de más actividad, aquel mes de julio cumplió el horario como una dependienta más. Cuando tuvo ocasión, le comentó a Maite que esa vez prefería cobrar un sueldecito. La otra la observó con curiosidad, como tratando de descifrar algo en su rostro, y Miriam notó que las orejas se le enrojecían.

—Quiero hacerle un regalo a Ramiro... —Fingió despreocupación—. ¿No te parece del género bobo que tenga que pedirle dinero para comprarle su propio regalo?

Maite sujetó con la barbilla el extremo de la blusa que estaba plegando. Habló con la boca torcida:

—Ayer vi a tu hijo mayor. En un banco.

—¿En un banco?

—En un banco de Marina Moreno. Estaba estudiando.

—Estás de guasa.

—Te lo juro. ¿Qué tal Ramiro por Logroño?

—Bien, muy bien. Es una sucursal grande y bien situada. Mejor que las que le ofrecían aquí.

Delante de familiares y amigos habían presentado su penitencia como un pequeño ascenso. Y a Miriam, en realidad, no le costaba tanto fingir, porque aún confiaba en que el castigo no iría más allá de un alejamiento temporal. ¿Por qué tendría la caja que prescindir de Ramiro, si no había hecho daño a nadie y nadie le había denunciado? Lo que más la desasosegaba era la sensación de provisionalidad, no saber qué sería de ellos el mes siguiente. Ramiro, descorazonado, pesimista, ni siquiera había buscado un apartamento de alquiler, y seguía en la misma pensión mal ventilada en la que se había instalado el primer día. Los sábados, en cuanto cerraba la oficina, cargaba en el coche una maleta llena de ropa sucia y se echaba a la carretera. El poco tiempo que pasaba en Zaragoza habría preferido pasarlo en casa, descansando, pero para mantener esa ficción de normalidad se obligaba a asistir a las comidas familiares en el chalet siempre que Mercedes lo proponía.

—De ellos es el reino de los suelos —dijo Felisa, porque Fosca acababa de atrapar un trozo de pan que Elías, sin querer, había empujado con el codo.

—¡Qué agilidad la de esta perra! —exclamó Ramiro, jovial.

—Pues si en vez de pan fuera chocolate... —dijo Mercedes—. ¿Qué me decís de la tele?

—¡En color! ¡Qué lujo! —dijo Daniel, corriendo a encenderla.

Se la habían instalado esa misma semana. La televisión era en color pero la mayoría de los programas seguían siendo en blanco y negro. En aquel momento estaba a punto de empezar el telediario de las tres, y aún no sabían si sería en color o no. Se mantuvieron todos expectantes hasta que terminaron los anuncios y apareció el reloj. Era el mismo reloj en blanco y negro de toda la vida. Se oyeron algunos resoplidos.

—¡Tanto esperar...! —dijo Felisa—. ¿Preparo café?

Ramiro salió al jardín a cortar el seto, Elías jugó un poco con la perra y Daniel se tumbó en el sofá con el código de circulación. Eso era lo que Maite le había visto estudiar. Daniel tenía previsto sacarse el carnet de moto nada más cumplir los dieciséis. Miriam se sentó en el brazo del sofá y le acarició el pelo. Dijo:

—Nunca te habíamos visto coger un libro con tanto interés...

—¿Si el año que viene apruebo me compraréis una moto? Quiero una Lobito.

—¿Una qué?

Ésa era la vida a la que Miriam creía tener derecho, la vida risueña de una familia normal, sin más problemas que los de las familias normales. La invadió una honda melancolía al mirar por la cristalera y ver a su marido agacharse para meter en una bolsa las ramas cortadas. Ese simple gesto le transmitió una rara sensación de orden y calma, y también en el aire concentrado de Daniel y en los silbidos de Elías percibió armonía. ¿De verdad todo eso no era real? Desde la cocina le llegó olor a café. Su madre apareció con un abanico.

—Qué calor, ¿no?

Miriam asintió en silencio. ¿Por qué el calor era real y todo lo demás no? Soltó un suspiro.

—¿Estás bien, hija? —dijo Mercedes—. Pareces cansada.

—Los domingos me paso la mañana planchando —dijo, haciendo una seña en dirección a su marido.

El viaje desde Logroño no era largo pero sí pesado y, acabado el verano, Ramiro ya sólo lo hacía dos fines de semana al mes. Como Daniel y Elías apenas si paraban en casa para comer y dormir, Miriam dedicaba las largas horas de soledad a pensar. ¿Cómo podía ser que le estuviera pasando eso a ella? La vida había dejado de parecerse a sí misma. O, mejor dicho, la vida seguía pareciéndose a sí misma, pero ya no era la misma. Después de una temporada en la que había conseguido reducir su ración diaria de cigarrillos, otra vez fumaba tanto como en sus peores épocas. Se sentía impotente ante las dificultades e incertidumbres que se avecinaban y, al lado de éstas, sus toses matinales le parecían un inconveniente llevadero y menor. Tenía miedo al futuro, un miedo que a menudo se manifestaba en forma de fantasías tétricas muy concretas. ¿Cómo se llamaba eso que los amigos de Daniel hacían con las motos? Ah, sí, trial... Se imaginaba a su hijo mayor pidiendo prestada una moto y volcando en una cuesta de tal modo que se golpeaba la espalda contra una piedra y quedaba tendido boca arriba, braceando desesperadamente pero incapaz de mover las piernas. Podría describir la escena hasta el último detalle: la rueda trasera girando en el vacío, la nube de polvo, la posición antinatural del cuerpo, la expresión angustiada de Daniel. Podría también describir el tono desgarrado con el que Felisa la informaba por teléfono de que Mercedes había perdido el conocimiento mientras estaba paseando con Fosca. Se veía a sí misma llegando al descampado al mismo tiempo que unos camilleros vestidos de blanco la acomodaban en el interior de la ambulancia... Tenía la impresión de que la Desgracia (así, con mayúscula) había empezado a acechar su vida, y no sabía cómo precaverse. En su fuero interno culpaba más a Ramiro de ese desamparo que de las supuestas irregularidades financieras, cuya gravedad no acababa de calibrar. Se preguntaba por qué tenía que enfrentarse ella sola a todo eso, y ni siquiera reconocía que todo eso aún no era nada. ¿Dónde estaba él mientras tanto? ¿Por qué no estaba a su lado cuando lo necesitaba, cuando Daniel corría el riesgo de quedarse paralítico o su pobre madre se debatía entre la vida y la muerte?

Lo peor, sin embargo, fue descubrir que la compañía de Ramiro, lejos de aliviar sus temores, añadía nuevos motivos para la inquietud. De una de esas comidas dominicales a la que también asistieron Sara y los suyos tuvieron que irse antes de tiempo porque todos los comentarios que se hacían, hasta los más inocentes, parecían ofenderle. Ya en casa, estando a solas los dos, dijo con gesto sombrío:

—Lo saben.

—Es imposible. Son mi familia. Me habrían comentado algo. ¿No te ha preguntado mi madre por no sé qué vencimientos? Si de verdad supiera algo, no te habría dicho nada.

—Lo ha hecho para disimular. Te digo que lo saben. Alguien se lo ha dicho.

—¿Quién? Nadie les ha podido decir nada.

—Se ha corrido la voz. Esto es un pueblo. Aquí todo el mundo lo sabe todo de todo el mundo.

Perder la estima, el prestigio social: también eso formaba parte de la Desgracia que les amenazaba. Las suspicacias de Ramiro, con o sin fundamento, ayudaban más bien poco, y Miriam se sabía cada vez más insegura.

Durante las rebajas de enero se enteró de que una de las dependientas fijas dejaba el puesto y se ofreció a reemplazarla. Aunque Maite la admitió sin hacer preguntas, Miriam se sintió obligada a dar explicaciones: había llegado a la conclusión de que quería sentirse útil y ocupar su tiempo en algo provechoso. Era su manera de indicar que todo en su vida seguía como siempre y no lo hacía por necesidad. Y en realidad era cierto que las cosas no habían cambiado. Ramiro seguía en Logroño y la caja seguía ingresándole el sueldo a fin de mes. Y Miriam se aferraba más que nunca a la esperanza de que todo acabara solucionándose por sí solo. ¿Por qué no creer que algún día llegaría Ramiro con una sonrisa de oreja a oreja y diría algo así como: «Ya está. Se acabó el castigo. Vuelvo a mi puesto de siempre. Volvemos todos a la vida normal»? Por si acaso, prefería no preguntar. Por si acaso y porque la comunicación entre ambos no había dejado de deteriorarse. El poco rato que pasaban juntos hablaban poco, y siempre de asuntos prácticos e intrascendentes. La convivencia se había vuelto complicada. Un comentario inofensivo y casual podía desencadenar una violenta discusión, y Miriam haría cualquier cosa con tal de evitar choques y conflictos. Ramiro, además, había desarrollado una faceta autoritaria desconocida en él. Con el pretexto de poner orden en esa «casa de locos», abroncaba ruidosamente a Daniel por sus reiteradas salidas nocturnas y a Elías por su obstinación en asistir a ejercicios espirituales. Miriam compartía las razones de su marido, pero se sentía tan incómoda apoyándole que en esas circunstancias prefería ausentarse. Estaba descubriendo que cuando estaba a su lado se sentía incluso más vulnerable que cuando estaba sola. El Ramiro de ahora ya no tenía nada que ver con el de siempre, y hasta había abandonado su afición a restaurar trastos viejos. De vez en cuando, Miriam observaba su colección de máquinas de escribir y calculadoras antiguas y las repasaba con el plumero. Una tarde, de vuelta de la *boutique*, se encontró con las maletas de Ramiro en el recibidor.

—¿Hola? —dijo.

No contestó nadie, pero ella sabía que su marido estaba en casa.

—¿No teníamos una botella de coñac por ahí? —le oyó decir desde el salón.

Le sirvió una copa y se sentó a su lado en el sofá. Ramiro dio un sorbo e hizo un gesto de repugnancia. Intentó bromear:

—Todo podría ser peor, ¿no? Imagínate que me gustara el alcohol...

Miriam se acurrucó contra él y cerró con fuerza los ojos. Ramiro le pasó el brazo por encima del hombro.

—No estés triste. Saldremos adelante —dijo.

Un par de meses después, Ramiro se fue a vivir a Las Palmas. Un antiguo cliente le había contratado para llevar la contabilidad de la pequeña cadena hotelera de la familia. No cobraría ni la mitad que en la caja, pero mejor eso que pasarse el día de brazos cruzados. Desde el principio se dio por sentado que iría solo, sin mujer ni hijos, y quedó en el aire la promesa de volver a reunirse tan pronto como las circunstancias lo permitieran. Llegó su primer giro postal y Miriam comprobó que, sumando ese dinero a su pequeño sueldo, no le salían las cuentas. Maite, que en muy poco tiempo se había convertido en algo así como su confidente y estaba al corriente de sus preocupaciones, le sugirió llevar la representación de algunas marcas de ropa. Si algo tenía Miriam era facilidad para tratar con la gente y, en cuanto a su horario laboral, bastaría con que concentrara sus entrevistas con los posibles clientes en las primeras horas de la mañana y de la tarde, en las que casi no había trabajo en la tienda. La comisión de un representante era razonable, de alrededor del veinticinco por ciento, pero había un problema: para hacerse con una buena marca le exigían un desembolso previo por conceptos tales como prorrateo de gastos de almacenaje o traspaso de cartera de clientes. Miriam no tenía ese dinero, y pedírselo a Ramiro estaba descartado. ¿Qué podía hacer? ¿Tratar de convencerle de que suscribieran una hipoteca sobre el piso, el único bien valioso que poseían? Le parecía demasiada responsabilidad, y sólo imaginar que las cosas pudieran salir mal y acabaran echándoles de su casa le producía un vértigo insuperable. Poco a poco, se fue abriendo camino la idea de recurrir a su madre. Al principio se trataba de una opción remota, a la que sólo estaba dispuesta a acudir en caso de desesperación. Luego, a medida que se acumulaban facturas impagadas, fue cargándose de razones. Al fin y al cabo, ese dinero que a su madre le sobraba no lo había ganado ella sino su padre, y tanto derecho tenían Sara o ella como la propia Mercedes. ¿Tendrían las hijas que esperar a su muerte para disfrutar de esa fortuna paterna que al menos en parte les correspondía? Pero todo esto pasaba por su cabeza sin que en ningún momento se hubiera decidido a plantearlo abiertamente. Cada vez que Daniel o Elías le venían con algún gasto extra del colegio, rezongaba: «¿Qué os pensáis que hago tantas horas en la tienda? ¿Pasar el rato? ¿Os creéis que me regalan el dinero? ¿Por qué no se lo pedís a la abuela, que no sabe en qué gastárselo?» Y luego, enfadada consigo misma, les advertía: «¡Ni se os ocurra pedirle nada!»

Había en su actitud una mezcla de orgullo y humildad que se resolvía en despecho: era su madre, ¿no?, y una madre tenía que darse cuenta de cuándo un hijo o una hija estaba pasándolo mal, ¡ella, desde luego, siempre estaría dispuesta a ayudar a Elías y a Daniel si es que de verdad lo necesitaban...! Con tales razonamientos, lo que Miriam reclamaba a Mercedes era que adivinara todo lo que ella misma se esforzaba en ocultar. Más de una vez, con un regocijo inequívoco, anunció en su presencia que le habían ofrecido la representación de tal o cual marca de ropa, algo que ella consideraba la oportunidad de su vida, y ni siquiera se molestaba en aludir a la inversión que le exigían o a su falta de recursos, porque eran detalles que confiaba a la intuición y el buen juicio de su madre. Miriam esperaba que ésta le ofreciera su apoyo sin tener ni la necesidad de pedirlo. Más aún, esperaba que le impusiera ese apoyo. Que la acompañara al banco y la obligara a aceptar un sobre con dinero. Que le dijera: «Si de veras es la oportunidad de tu vida, ¿qué haces que no la aprovechas? ¿Cuánto necesitas? ¡Lo que no tiene sentido es que te pases todo el día trabajando en esa tienda para luego cobrar cuatro perras!» Todo lo que no fuera eso sería percibido como un agravio por parte de Miriam, y la cuestión era que Mercedes estaba lejos de sospechar la naturaleza de los problemas de su hija.

Frente a lo que Ramiro había terminado dando por sentado, ninguna noticia sobre sus irregularidades en la caja había llegado jamás a sus oídos. Para ella, la de su yerno seguía siendo la trayectoria imparable de un triunfador. Sus sucesivos traslados no los había interpretado como castigos sino como la inapelable confirmación de su valía: primero le habían liberado del engorro de la atención al público para que consagrara su talento a las altas finanzas, después le habían promovido a delegado de zona para Logroño y provincia... Que hubiera acabado aceptando una oferta de lo que ella consideraba un importante grupo empresarial canario entraba dentro de la misma lógica: estaba claro que, tarde o temprano, la caja de ahorros se le habría quedado pequeña. No tenía, por tanto, motivos para suponer que su hija estuviera atravesando un período de estrecheces. Si en ocasiones la notaba alterada o inquieta, lo atribuía a otras causas. Para alguien como Mercedes, que había visto tambalearse su matrimonio por los cuatro años largos de ausencia de Samuel, lo único que ocurría era que su propia historia se estaba reproduciendo en Miriam. Le habría gustado poder decirle: «Yo ya pasé por esto. No cometas los mismos errores.» Pero, en realidad, ¿qué errores habían sido ésos? ¿Exigirle demasiado a su marido o exigirle demasiado poco? ¿Y estaba segura de tener alguna legitimidad para dar consejos ella, que ni siquiera en sus ensoñaciones de viuda podía enorgullecerse de las etapas finales de su matrimonio? Las circunstancias la inducían a comportarse con discreción o, lo que era casi lo mismo, a desentenderse del asunto, y que fuera lo que Dios quisiera. Su preocupación por su hija se limitaba a pedirle que cuidara un poco más su salud y tratara de dejar de fumar.

—No me des la lata —replicaba Miriam—. ¿A quién le importa si fumo o no?

De las diferentes representaciones a las que aspiraba sólo pudo hacerse con las más modestas, aquellas que no exigían ningún desembolso (y que, en consecuencia, garantizaban muchas molestias pero pocas comisiones). Uno de sus muestrarios constaba sólo de patucos y manoplas infantiles. Otro, de unas camisetas de un novedoso tejido sintético que preservaba el calor (pero, por desgracia, también los olores corporales). Y el último, nada menos que de tirantes para caballero. Como no todos esos artículos se vendían en los mismos comercios, sus visitas a minoristas se multiplicaban, y el tiempo que sustraía a la *boutique* pocas veces le procuraba la recompensa debida. Con Maite no había problemas de horarios porque habían acordado que trabajara sólo media jornada. Pero, si Miriam había pensado en dejar la tienda para dedicarse en exclusiva a las representaciones, estaba claro que eso no ocurriría en un futuro inmediato. Así iban pasando los meses, y los planes que había hecho para viajar a Las Palmas iban posponiéndose una y otra vez: al principio hablaron de la Semana Santa, luego de mediados de junio... Llegaron las rebajas de verano, y todo quedó aplazado hasta el mes de agosto.

Uno de esos días de julio, una clienta se interesó por unas zapatillas de las que sólo quedaba un par suelto en el escaparate, justo en la zona menos accesible, en un expositor pegado a la pared. Miriam apartó el biombo y se coló de costado. Luego avanzó de puntillas, esquivando los grandes dados de colores sobre los que se desplegaban pantalones y camisetas y tratando de no derribar ningún maniquí. Buscó un punto de apoyo para alcanzar el expositor sin caerse y, cuando estaba ya estirándose hacia las zapatillas, oyó el golpeteo de unos nudillos en el cristal. Sin cambiar de postura, como una patinadora que se hubiera quedado congelada en pleno movimiento, volvió la cabeza hacia la calle y vio la figura de un militar uniformado que le hacía señas con la mano. Se fijó primero en el uniforme, que no era el clásico uniforme de paseo sino el de gala, con medallas y distintivos en el lado izquierdo y un cordón en el derecho, la banda de seda cruzándole el pecho, los guantes blancos. Sólo se fijó en su cara cuando el militar se quitó la gorra de plato y saludó con una leve inclinación de cabeza.

—¡Sebastián! —murmuró.

Agarró las zapatillas con movimientos maquinales y luego no supo muy bien qué hacer con ellas. Permaneció un instante entre los maniquíes, sin decidirse a salir ni a responder al saludo. Habían pasado casi veinte años... Le envió una sonrisa a través del cristal y le pidió por gestos que esperara. Mientras caminaba a pasitos cortos entre los dados de colores se sintió observada. No se atrevió a mirarle hasta que llegó al biombo. Sebastián volvió a inclinar la cabeza. Lo que más sorprendió a Miriam fue comprobar que su imagen mental de él había ido evolucionando con los años y que el Sebastián de ahora, el auténtico, no era tan distinto de como solía representárselo: la misma expresión en el rostro, el cuerpo robusto pero no gordo, si acaso con bastante menos pelo en la cabeza. En sólo un segundo, ese Sebastián a medio madurar se había acomodado al actual, como si sus rasgos y su apostura fueran un líquido que hubiera cambiado de vasija, y a Miriam le resultó imposible recuperar la estampa precisa del joven capitán Solana del que tan enamorada había estado y hasta había intentado quedarse embarazada.

—Qué absurdo, ¿no?: yo en un escaparate mientras tú... —dijo, ya en la calle.

—No sabía que ahora... —dijo él—. Lo último que podía imaginar era que fuera a...

Ninguno de los dos fue capaz de concluir una frase hasta que Sebastián dijo:

—Pensaba que seguías viviendo en Melilla.

—¡Uf! ¡Hace años que nos fuimos! Tantos años que casi me da vergüenza decirlo.

La clienta se asomó con aire de impaciencia. Miriam seguía con las zapatillas en la mano. Hizo un gesto de disculpa y se metió en la tienda. Cuando volvió a salir, había tenido ya tiempo de ordenar sus pensamientos. Sebastián, sin dejar de sonreír, contestó a todas sus preguntas. Sí, se había casado, pero no con su novia de entonces. Y tenían tres hijos, dos chicos y una chica. Ahora era coronel. De Estado Mayor. ¿Sabía lo que era eso? Bueno, el caso era que vivía en Madrid. Y estaba en Zaragoza porque había acompañado a sus superiores a un acto en la Academia General Militar, la entrega de despachos a los nuevos oficiales: por eso iba así vestido.

—Disfrazado más bien —puntualizó, y luego se echó a reír—. ¡Y no sabes el calor que da! ¿Algo más? Nada más. Ya lo ves: en medio minuto te he puesto al día. Así que no me han pasado tantas cosas... ¿Y tú? —Echó un vistazo al rótulo de vivos colores y trazos infantiles—. Chavalines. ¿Hace mucho que trabajas aquí? Y dime. ¿Estás casada? ¿Tienes hijos? ¿Sigues cantando en alguna coral?

Ahora fue Miriam la que resumió su vida. Cuando mencionó a Ramiro, estuvo tentada de decir que hacía tres meses que no se veían, pero al final prefirió omitirlo. Luego soltó una risita.

—¿Qué ocurre? —dijo él—. ¿Qué es eso tan gracioso?

—¿Sabes a quién decía mi madre que te parecías? —Miriam, al tiempo que Sebastián se encogía de hombros, se llevó las manos a la cabeza—. ¡A Fernán-Gómez! Pero no es cierto. Y menos con el uniforme... ¡Qué bien te sienta!

Permanecieron un instante en silencio, sonriendo los dos. Ya se lo habían dicho todo y, sin embargo, les quedaba todo por decir.

—Tengo que pasar por el hotel... —dijo él—. Mi tren sale dentro de un rato.

—Claro.

—Me ha dado mucho gusto verte.

—Y a mí también.

Sebastián le cogió una mano y la retuvo entre las suyas, enfundadas en guantes. Luego se la llevó muy despacio a los labios y, sin llegar a besarla, la soltó. No dijeron nada más. Sebastián se puso la gorra y se encaminó muy erguido hacia el paseo de la Independencia.

Cuando cerraron la tienda, Miriam no tenía ganas de irse a casa. Caminó hasta la plaza de José Antonio y se sentó en un banco cerca del quiosco de la música. Al otro lado de los árboles, estaban las fachadas de ladrillo visto del museo y la biblioteca, y del centro de la plaza llegaba el balsámico rumor de la fuente. Miriam se sentía a la vez contrariada y eufórica. Se encendió un cigarrillo y aspiró con fuerza el humo. Ahora no fumaba Bisonte sino Ducados. El sol declinaba lentamente a su espalda. Se volvió a mirar a unos niños que jugaban a las cuatro esquinas entre las columnas del quiosco. Dio la última calada al cigarrillo y se levantó.

Desde que estaba tan ocupada, sólo veía a Sara las pocas veces que ésta se dejaba caer por la *boutique* o coincidían en alguna de las comidas dominicales. Además del piso y la papelería, Felipe había heredado de sus padres un apartamento en el centro de Jaca. Era allí donde pasaban el mes de agosto. El último domingo de julio quedaron en

Las Vegas para despedirse, y Miriam llevó las dos fotos de su padre con Alegría. Sara había empezado a usar gafas de vista cansada. Se las puso para estudiarlas.

—¿Es o no es? —la apremió Miriam.

En el álbum las tenía ordenadas por épocas, alejadas una de la otra como para evitar que alguien pudiera relacionarlas. Ahora tenía intención de ponerlas en la misma página.

—Sí, yo diría que sí —dijo Sara, devolviéndole las fotos—. ¿Y?

—¿No te extraña?

—¿Qué?

—Que aparezca la misma mujer... ¡Treinta años después!

—No sé dónde quieres ir a parar.

Cuando Sara la miraba por encima de las gafas, su expresión de severidad se acentuaba. Miriam puso una de sus vocecitas de niña:

—Si papá hubiera podido, yo creo que las habría destruido antes de morir...

—¡Qué tontería! Encuentras dos fotos viejas y eso te basta para acusar a papá de haber tenido una amante durante treinta años... Seguro que también hay fotos suyas con Quiñones y su mujer, ¡y a nadie se le ocurriría pensar que montaban tríos cada vez que iba a Málaga!

Miriam no esperaba una réplica tan visceral.

—¿Y lo de que las guardara aparte tampoco te llama la atención? —dijo, dolida—. Más que guardadas, las tenía escondidas. Para que ni tú ni yo ni mamá pudiéramos verlas...

Sara hizo un gesto olímpico de desprecio.

—No lo sabes. Y de lo que no se sabe, mejor no hablar. ¡Papá está muerto! ¡No puede defenderse!

—No le estoy atacando. Sólo...

—Eso que crees que ocurrió no es cierto. Y en el caso

de que fuera cierto, ¿para qué remover unos hechos del pasado que no benefician a nadie y sólo pueden causar amargura?

Las fotos habían quedado sobre la mesa, entre las dos tazas de chocolate. Miriam las cogió y las metió en su bolso. Sin ellas a la vista, no parecían tener nada que decirse. Sara se quitó las gafas y le preguntó por el veraneo:

—Canarias, supongo.

Miriam, enfurruñada, negó con la cabeza.

—¿Por qué? ¿Ha pasado algo? ¿Qué ha pasado?

Había cometido un error. De su negativa se desprendía que o su matrimonio atravesaba un mal momento o tenían problemas económicos, posibilidades ambas que contradecían la versión sostenida oficialmente ante la familia. Trató de arreglarlo:

—Maite aún no sabe si... En definitiva, que tengo un lío de fechas.

El rostro de Sara se relajó en una sonrisa. Le puso la mano en el hombro.

—Pero mira que eres... —Vaciló unos segundos y acabó dejando la frase a medias—. ¿Qué? ¿Nos vamos?

—Nos vamos.

Miriam se consideraba una mujer infiel aunque no hubiera cometido ninguna infidelidad. Tras el inesperado encuentro con Sebastián no había parado de hacerse reproches: ¿por qué no había sido capaz de retenerlo unos minutos más?, ¿cómo había podido dejarle ir sin preguntarle siquiera su dirección o su teléfono...? Si en ese momento Sebastián le hubiera propuesto ir a su hotel, no lo habría dudado ni un segundo. De hecho, fue eso lo que le pasó por la cabeza justo después, mientras todavía le veía caminar hacia Independencia. Llamarle. Gritarle: «¡Espera!» Acompañarle a recoger el equipaje y aprovechar para besarle en cualquier sitio. O mejor, en todos los sitios: en el vestíbulo, en el ascensor del hotel, en el taxi a la estación, en el mismo andén, apurando hasta el último minuto. El deseo de estar a su lado había sido tan intenso que por sí mismo bastaba para convertirla en una adúltera. Y la idea no le desagradaba. Al contrario: le transmitía una arrebatadora sensación de plenitud, la hacía sentirse otra vez viva y dichosa y dueña de sí misma. Si en alguna ocasión se había avergonzado de sus antiguos amoríos, ahora tenía las cosas muy claras. Junto a Sebastián, ella era mejor. Junto a él, todo era mejor. ¿Qué tenía que ocurrir para que sus deseos se cumplieran? ¡No podía ser que una energía tan intensa y tan hermosa se esfumara en el aire y acabara quedando en nada! ¡No sería justo!

Lo de enseñarle las fotos a su hermana no había sido casual. Era su manera de reclamar su complicidad. Si Sara se hubiera mostrado al menos comprensiva con el hipotético adulterio de su padre, no se habría encontrado tan sola. Tendría alguien con quien compartir su exaltación y su zozobra, y eso le habría dado confianza. Pero saltaba a la vista que en su hermana no iba a encontrar una aliada. Su intransigencia con respecto a las fotos sugería una más que probable intransigencia con respecto a las ensoñaciones de Miriam. La cuestión era que no poder confiar en Sara para esas cosas la condenaba a la soledad más absoluta. Aisladas de la realidad, alimentadas por la propia fuerza del secreto, sus fantasías corrían el riesgo de desbocarse. En algún momento se planteó la posibilidad de localizarle. ¿Pero cómo? Consultó en las oficinas de telefónica el listín de Madrid, pero no constaba ningún abonado que se llamara Sebastián Solana. ¿Qué más sabía de él? Que trabajaba en el Estado Mayor del ejército. ¿Y qué demonios sería eso? Se lo imaginó como un despacho sin ventanas en el que unos generales barrigudos colocaban banderitas de colores sobre un mapa del tamaño de una mesa de ping-pong... No, en un sitio así seguro que no había ningún teléfono normal, al que cualquiera pudiera llamar. Si ella carecía de información precisa sobre su paradero, él, en cambio, sabía muy bien dónde encontrarla. Miriam se acordaba perfectamente del momento en el que Sebastián había alzado la mirada hacia el rótulo de la tienda y había dicho: «Chavalines. ¿Hace mucho que trabajas aquí?» Con eso tenía bastante, porque la *boutique* sí que aparecía en el listín. El mismo camino que había recorrido ella podía recorrerlo él, así que sólo era cuestión de esperar. ¿Cuánto tardaría Sebastián en averiguar el número de la tienda? Miriam creía que, para no mostrar excesiva impaciencia, dejaría pasar algún tiempo y no llamaría hasta mediados o finales de septiembre. Eso era, al menos, lo que ella habría hecho y, cuando llegaron esas fechas, cada vez que Maite la reclamaba desde el teléfono del mostrador los latidos del corazón se le disparaban. Pero los que llamaban siempre eran minoristas que protestaban por un retraso en un envío o discutían la calidad del género.

Pasaron más semanas de las previstas y, aunque Sebastián seguía sin dar señales de vida, el ansia de Miriam no disminuía. Una nueva posibilidad se había abierto camino en sus fantasías. Conociendo como creía conocer la delicadeza y la caballerosidad de Sebastián, ahora estaba segura de que esa llamada jamás se produciría. Pero no porque él no lo deseara, no. Más bien porque alguien como él, con unos arraigados principios morales, no se consideraría legitimado para irrumpir de esa forma en la vida de una mujer casada. ¡Ay, qué gran error había cometido aquella tarde al informarle sin más de su estado civil! ¡Si al menos, para darle a entender que el suyo había dejado de ser un matrimonio sólido y estable, le hubiera dicho que su marido vivía a más de dos mil kilómetros de distancia...! Si Sebastián no la había llamado era en buena medida por su culpa, por no haberle abierto ni el más pequeño resquicio. Pero también podía ser que Sebastián no tuviera ninguna necesidad de precipitar las cosas. ¿Qué era lo que le había llevado a Zaragoza? Un acto en la Academia General Militar al que asistía para acompañar a sus superiores y que, según pudo averiguar, se celebraba todos los años por las mismas fechas. Eso quería decir que el próximo mes de julio tendría que volver... ¿Y qué duda cabía de que, estando en Zaragoza, se acercaría de nuevo a la tienda para verla y charlar con ella? Eso, planear su reencuentro como una visita de simple cortesía, se avenía muy bien con su prudencia y su decoro, y Miriam se lo imaginaba otra vez en su uniforme de gala, llegando muy erguido desde la esquina de Independencia y parándose delante de la puerta con la gorra de plato en la mano y haciéndole señas para que saliera a la calle y pudieran hablar de sus sentimientos a salvo de oídos indiscretos...

Cuando Miriam se reprochaba su comedimiento de aquella tarde de julio de 1976 era deshonesta consigo misma. Entonces, a pesar de los disgustos y de la lejanía, no albergaba la menor duda acerca de la fortaleza de su vínculo conyugal, y cualquier insinuación en contra le habría parecido ofensiva. Que en la radio y los periódicos comentaran que, muerto ya Franco, acabaría legalizándose el divorcio no cambiaba las cosas: el suyo era un matrimonio para toda la vida. El encuentro casual con Sebastián había activado en su alma oscuros resortes que escapaban por completo a su control. De repente, su pasado empezó a presentársele bajo una apariencia nueva en la que las desdichas primero se multiplicaban y luego se transformaban en agravios. Ya no importaba tanto lo que había ocurrido como lo que habría tenido que ocurrir, y por esa sima entre lo real y lo ideal se despeñaba sin remedio la figura de Ramiro, que concentraba todas las culpas y responsabilidades. A Miriam le parecía que con cualquier otro marido (no necesariamente con Sebastián) su vida habría seguido su curso lógico y natural: no sería la suya una familia rota, ella no se vería agobiada por el trabajo, sus hijos no pasarían penurias, ningún secreto oprobioso la habría alejado de su madre y su hermana... Y, lo que era más importante, no experimentaría esa sensación de lástima y vergüenza que la embargaba a cada momento. Esa implacable revisión del pasado no atañía únicamente al Ramiro reciente (el que había abusado de la confianza de clientes y superiores, el que con sus operaciones irregulares había convertido a su propia familia en objeto de represalias) sino que sus efectos se alargaban en el tiempo y lo desvirtuaban todo: ¿cómo había podido convivir durante tanto tiempo con un hombre como él, un maniático cuya pasión eran esos horrendos cacharros viejos, un tiranuelo doméstico que se afanaba en organizar las vidas de todos hasta el último detalle, un soso que sólo parecía disfrutar cortando el seto de los demás? Sus manejos financieros habían ascendido de golpe a la categoría de estafa, y la pregunta ya no era por qué un hombre como él había tenido que mezclarse en algo así sino por qué ella, Miriam, había cometido en su momento el inmenso error de elegirlo para compartir su vida y fundar una familia. Si durante más de un año había confiado en que todo acabaría arreglándose y su apoyo a Ramiro había sido inquebrantable, ahora se sentía liberada de esa deuda. Y ese sentimiento de liberación le permitía entregarse sin cortapisas a sus renovados anhelos por Sebastián.

Desde luego, el viaje a Las Palmas tantas veces pospuesto nunca llegó a realizarse. La idea de reencontrarse con él se le había vuelto repulsiva. ¿Ser presentada a la gente con la que ahora se relacionaba? ¿Visitar con él alguna playa? ¿Alojarse quizás en alguno de los hoteles de la cadena? ¿Dormir juntos en la misma cama? Sólo de pensarlo, torcía el gesto. Cuando Ramiro llamaba, Miriam se apresuraba a pasar el teléfono al hijo que tuviera más cerca. Ni siquiera se molestaba en ocultar la aversión que el sonido de su voz le producía. Sin mencionar de forma explícita la separación, las cosas quedaron claras el día en que él, con voz titubeante, le propuso que hablaran de su relación y ella dijo nada más:

—¿Aún no te has dado cuenta, Ramiro? No hay nada de que hablar. Prefiero que llames cuando yo no esté. Ya conoces mis horarios.

Oficialmente, nada cambió. Ramiro seguía enviando algo de dinero todos los meses y Miriam seguía siendo una mujer casada. A su alrededor, sin embargo, todos empezaban a dar por hecha la ruptura. Ella, que no se creía obligada a dar ninguna explicación, lo notaba sobre todo en los silencios. Ni Daniel ni Elías mencionaban a su padre más allá de lo estrictamente necesario. Maite ya nunca le preguntaba por él. Sara hasta cambiaba de conversación si alguien, en presencia de Miriam, hablaba de la separación de algún famoso. Mercedes era la única que, con ligero retintín, le preguntaba de vez en cuando:

—¿Qué tal Ramiro?

—Bien, bien. Ahí sigue —contestaba ella, tan campante.

Tenía la sensación de no deber nada a nadie, y en especial a su madre, que no le había prestado ningún apoyo cuando lo había necesitado. Tenía también la sensación de hallarse en un período de interinidad, a la espera de ese mes de julio en el que todo cambiaría, y la certidumbre de que sus penalidades quedarían entonces definitivamente redimidas la llevaba a vivir en un estado de rara exaltación. Ni siquiera la desalentaban los frecuentes encontronazos con Elías, que no dejaba pasar la menor oportunidad de hacerle recriminaciones. Si la comida no estaba lista a tiempo o en la pila de la ropa planchada faltaba determinada camisa o se fundía una bombilla para la que no tenían repuesto, ponía inmediatamente el grito en el cielo: ¡aquélla era una casa de locos!, ¡nada en ella funcionaba como debía!, ¿por qué no habría nacido él en una familia normal? Miriam pensaba que todas esas quejas y protestas escondían siempre un reproche mayor, que ni él mismo se atrevía a formular y que nacía de sus profundas convicciones religiosas.

El adolescente espiritual y candoroso se estaba convirtiendo en un joven atormentado e intolerante, y la posibilidad de que la separación acabara consumándose le torturaba. El matrimonio era un sacramento inviolable: ¿cómo podían sus padres osar rebelarse contra la autoridad divina? Las leyes de los hombres le traían sin cuidado. Lo que importaba era la ley de Dios, y hasta esas nulidades matrimoniales con las que traficaban los tribunales eclesiásticos le parecían una ofensa a la voluntad del Señor. ¿No lo expresaba con claridad el Evangelio? ¡Lo que Dios había unido no podía separarlo el hombre! Temía Elías el momento en que su madre o su padre o ambos se dirigirían a él y a Daniel para, con ese tono medroso que conocía por las películas americanas, anunciarles que el amor entre ellos, bla-bla-bla... El amor. Si tanto les importaba el amor, ¿por qué no se habían esforzado por conservarlo? No, el amor no era tan importante como el deber de amarse, y Elías, que hacía más culpable a su madre que a su padre sólo por tenerla más cerca, ni siquiera iba a hacerle el favor de acusarla porque eso sería como certificar la ruptura, como reconocerle el derecho a contravenir las disposiciones más sagradas. Por eso su rabia acababa desatándose por los motivos más nimios. Algunas noches se sentaban los tres a ver la televisión y, si algún humorista contaba un chiste ligerísimamente subido de tono, Miriam no se atrevía a secundar los comentarios y carcajadas de Daniel porque se exponía a que Elías la fulminara con la mirada. Creía saber lo que era para su hijo pequeño, una mala mujer, una réproba, y se había resignado a no esperar de él compasión (al fin y al cabo, una virtud cristiana) sino censura. ¿Por qué era tan injusto con ella? ¿Ni siquiera se daba cuenta de lo mucho que trabajaba para sacar a la familia adelante? Sólo la certeza de que vivían una etapa de provisionalidad y muy pronto las cosas se arreglarían por sí mismas le daba la fuerza que necesitaba para aguantar: era todo una simple cuestión de tiempo.

En cuanto llegó el mes de julio, entró Miriam en un estado de excitación que atribuía al frenesí de las rebajas. Tenían niños correteando por todas partes, familias entrando y saliendo de la tienda, dependientas nuevas que nunca sabían dónde estaban las cosas... Maite, además, se había torcido un tobillo bajando unas escaleras, y Miriam se veía obligada a hacer muchas de sus tareas. Entre una cosa y otra, como quería estar guapa cuando llegara el momento, aprovechaba además para acercarse al espejo del probador a pintarse los labios y retocarse el peinado. La propia Maite la veía tan acelerada que de vez en cuando le aconsejaba que se fumara un cigarrillo para relajarse. Miriam no sabía qué día aparecería Sebastián, pero sabía que podía ser cualquiera y a cualquier hora, y estaba siempre alerta, lanzando miradas furtivas a su espalda como la gacela que intuye la proximidad de un depredador. Lo que tenía que pasar era bueno pero, extrañamente, ella lo aguardaba con desasosiego, como quien espera una sentencia. Cada día que empezaba tenía que ser el día, y a las ocho, cuando cerraban la tienda, tenía la absoluta certeza de que sería el día siguiente.

Pero los días seguían pasando y aún no había ocurrido lo que tenía que ocurrir. Un martes, mientras recogía unos vestidos que acababa de probarse una niña, echó un vistazo a un ejemplar de *ABC* que alguien había dejado abierto en el mostrador. En la esquina inferior derecha había una foto de un militar inclinándose en una tribuna para ponerle una condecoración a una mujer rubia. Dejó lo que estaba haciendo y agarró el periódico. El pie de foto decía: «Ayer se celebró en la Academia General Militar de Zaragoza la entrega de despachos a los componentes de la XXXIV promoción. En el transcurso del acto, el director del Centro, general don Antonio Rey Ardid, impuso la Cruz al Mérito Militar con distintivo blanco a doña María Rosa de Val, profesora del curso selectivo de...»

—Disculpe... —oyó decir.

—¿Sí?

A su lado estaba el abuelo de la niña que había estado probándose vestidos.

—El periódico. Es mío. Nos tenemos que ir.

—Perdone.

El señor se fue con su mujer y su nieta, y Miriam, sin saber por qué, les siguió con la mirada. Maite, junto a la caja, la observó con curiosidad. Señaló el montón de vestidos sin guardar.

—¿Y eso?

Miriam se llevó la mano al pecho.

—No me encuentro bien.

—¿Qué tienes? ¿Te duele algo?

—Siento como si... No sé...

—Tienes mala cara. Vete a casa. Te llamo por la tarde a ver qué tal estás.

Maite se acercó cojeando y le puso la mano en la frente. Miriam seguía inmóvil al lado del mostrador.

—Puede que tengas algo de fiebre. Bien no estás. ¿Quieres que llame a un médico?

Miriam negó con la cabeza y echó a andar hacia la puerta.

—Descanso un poco y seguro que me recupero.

—Ay, chica, no me des estos sustos.

Una tarde, un año después. Tras atender a los últimos clientes, Miriam ayudó a Maite a bajar la persiana metálica y se despidieron hasta el día siguiente. Como ya era costumbre en ella, en lugar de irse a casa fue a dar un paseo. Los bancos que le gustaban, al lado del quiosco de la música, estaban ocupados por parejas de novios y madres con niños. Encontró un banco libre en la otra punta de la plaza, casi en la esquina con Zurita, y se encendió un Ducados. Aquél era para ella el mejor momento del día. Aspiró con fuerza el humo y cerró los ojos. Luego pisó la colilla y se entretuvo observando a un niño que, vigilado de cerca por su padre, aprendía a ir en bicicleta. Su mirada se cruzó con la del militar que ocupaba otro de los bancos. Su uniforme no era el de gala sino el de paseo. Estaba en una posición algo extraña, con el tronco medio ladeado y las piernas abiertas, como si hubiera calculado mal al sentarse y luego no hubiera corregido la postura. El militar le envió una sonrisa y Miriam apartó la mirada. Se encendió otro cigarrillo sintiéndose observada. ¿Cuánto hacía que no iba a la peluquería? Si hubiera tenido un espejo a mano, habría evitado mirarse: se sabía fea y desmejorada. Echó un vistazo furtivo a su derecha para comprobar que, en efecto, el hombre la seguía mirando. ¿Qué graduación tendría? Tal vez comandante. Se arregló el pelo con la mano y se levantó. Dudó un segundo. Su casa estaba hacia el otro lado, hacia la izquierda. Pasar por delante significaba dar una vuelta innecesaria y, aunque nadie fuera a percatarse, también ridícula. Para su propia sorpresa, se descubrió encaminándose directamente hacia el banco del militar, que volvió a sonreír.

—¿Necesita algo? —dijo ella.

—Sí, quería preguntarle... —El hombre improvisaba y ni siquiera se esforzaba en fingir credibilidad—. Quería saber...

—¿Conoce usted a un coronel llamado Sebastián Solana?

—Yo conozco a mucha gente.

—Es de Estado Mayor. Vive en Madrid.

—Claro. En Madrid —asintió él, y dando unas palmaditas en el banco la invitó a sentarse a su lado.

—¿Le conoce o no?

—¿No le digo que conozco a mucha gente? Conozco a todo el mundo...

Era evidente que estaba achispado. Miriam arrugó la nariz y se dio la vuelta. El otro, para retenerla, se apresuró a decir:

—¡Le estoy diciendo que conozco al coronel Solano!

—Solana.

—Eso he dicho. Siéntese conmigo y le cuento cómo le conocí...

Estas últimas palabras estaban teñidas por un matiz de súplica que la enterneció. Le recordó las ingenuas mentiras de sus hijos cuando eran pequeños. Dijo:

—¿Ha estado en la entrega de despachos?

El hombre hizo un gesto teatral de sorpresa y se desplazó unos centímetros para hacerle sitio en el banco.

—¡Qué perspicaz! —farfulló.

—¿Por qué no se va a su casa? No está en condiciones.

—No sea tan dura conmigo. Sólo estoy tratando de...

—¿De? —Miriam sonrió.

—De hablar con alguien. Eso los jóvenes no lo entienden: que hay momentos en la vida en los que sólo necesitamos hablar con alguien. De cualquier cosa. ¿Se va a sentar o no? Siéntese un rato conmigo y le hablo del coronel ese.

—Ya no importa. No quiero volver a oír su nombre —dijo ella y, sin embargo, se sentó.

El hombre se incorporó un poco. Tenía los ojos oscuros y las cejas pobladas. Su sonrisa era agradable.

—Cuéntemelo. Cuénteme qué le hizo ese malnacido.

—¿No era usted el que necesitaba hablar con alguien?

—Ah, a lo mejor es que se siente culpable. Por eso prefiere olvidar.

Era verdad. Ese desconocido había dado en el clavo. Se sentía culpable por odiar el recuerdo de Sebastián. Al principio había tratado de culparle a él de sus desdichas, pero eso ni resultaba coherente ni le procuraba ningún consuelo, y finalmente se había esforzado por olvidarle. El hombre inclinó la cabeza hacia ella.

—¿Le digo lo que vamos a hacer? Vamos a ir al Fiesta, que está aquí al lado, y nos vamos a tomar un whisky. Usted y yo.

—No bebo whisky. No aguanto el sabor. ¿Ha estado en la entrega de despachos o no?

—Si no le gusta el Fiesta, vamos a La Espiga. Está muy cerca también. Es el bar al que iba el Rey cuando era cadete... ¿Quiere conocer a Juan Carlos? Es amigo mío. Estuvimos juntos en la Academia. ¡Ya le he dicho que conozco a todo el mundo!

—De verdad, ¿por qué no se va a descansar?

—¿No me cree?

—Sí le creo.

—Porque he perdido el tren. Por eso estoy en este banco. ¿Le parece una buena respuesta? He bebido demasiado y he perdido el último tren y ahora tendré que llamar a mi mujer para... Háblame de ti. ¿Estás casada?

—Ah, veo que ahora nos tuteamos... Bueno, yo me voy.

El hombre le agarró la mano.

—Quédese, por favor. Aunque sólo sea un minuto. Si quiere, me callo. Pero quédese. Se lo ruego. Quédese.

Miriam, que estaba ya incorporada, volvió a recostarse en el respaldo.

—Un minuto —dijo—. Un minuto y me voy.

El hombre apoyó la cabeza en su hombro y cerró los

ojos. Miriam no podía creérselo: se había quedado dormido en su hombro. La inquietaba la posibilidad de que pasara algún conocido y la viera así. Pero, al mismo tiempo, el calor de ese cuerpo tan próximo le resultaba extrañamente placentero. Apuró cuanto pudo esa sensación. Luego le apartó la cabeza con sumo cuidado y fue separándose de él centímetro a centímetro hasta que ya no hubo el menor contacto entre ellos. Tratando de no hacer ningún movimiento brusco, se levantó. El militar dio un respingo y la miró con gesto afligido.

—Aún no ha pasado el minuto.

—Claro que ha pasado.

—Para usted sí, para mí no.

Miriam, indulgente, sacudió la cabeza y volvió a sentarse a su lado.

## LA NOVELA DE ELÍAS

Casi todos los colegios habían empezado a implantar la educación mixta. En el de Elías lo hacían de forma progresiva, empezando por el último curso, así que ese año las únicas chicas que había en los patios y pasillos del inmenso colegio masculino eran sus compañeras de COU. A él, que nunca había tenido una amiga o una novia, su presencia le resultaba al mismo tiempo estimulante e intimidatoria. Le parecían enigmáticas, distantes, mujeres ya hechas o casi, dotadas de algo semejante a un pasado, como esos extranjeros que veraneaban en las Canarias a los que era incapaz de imaginar en su medio natural. Sí, más que extrañas, le parecían extranjeras, como si hubieran crecido en una ciudad remota aunque seguramente idéntica a la suya, con el mismo idioma, el mismo clima, las mismas calles y los mismos edificios, o en otra dimensión de la misma ciudad. ¿Dónde habían estado hasta entonces? ¿Y cómo habían podido irrumpir en su vida así, tan de repente, con sus pestañas largas, sus jerséis anudados a la cintura, el sonsonete de sus risas, sus conversaciones de adultos? Ante ellas vivía en un estado de tensión constante. Le atenazaba un miedo impreciso a delatarse: algún día, por un error nimio, por un gesto intrascendente, acaso un saludo no devuelto en el pasillo o un inoportuno temblor de voz, se descubriría que era un impostor, alguien que fingía y no debería estar allí, tal vez un niño haciéndose pasar por un hombre. Era un miedo que no le abandonaba ni cuando estaba a solas. A veces, sin querer, hacía algo ridículo, como tararear el estribillo de una canción infantil o salpicarse la camisa al beber directamente del grifo, y la sola posibilidad de que eso pudiera ocurrirle delante de una compañera le angustiaba. Se imaginaba los muchos comentarios mordaces que podrían hacerse al respecto y la rapidez con que se difundirían y le caracterizarían para siempre como el típico niñato que canturreaba canciones de los payasos de la tele, tan torpe que no sabía ni beber a morro. ¡Qué bochorno!

Así pues, la compañía de las chicas no cesaba cuando se despedían a la salida del colegio. Si en algunas de sus fantasías aparecían para mortificarle con su desdén, en otras se mostraban seductoras y complacientes. Elías, que esa primavera iba a cumplir dieciocho años, no sólo no había mantenido nunca relaciones sexuales sino que ni siquiera se había masturbado. De hecho, no sabía lo que era la masturbación. Cuando algún amigo contaba chistes de pajas y meneos, él se los figuraba como esos tocamientos impúdicos de los que tantas veces se había acusado en el confesionario: un frote involuntario que provocaba una erección súbita y culposa pero que jamás pasaba de ahí. Tenía, eso sí, frecuentes poluciones nocturnas, que ocultaba a su madre lavándose en secreto el pantalón del pijama, y le gustaba demorarse entre las sábanas porque esos momentos de duermevela eran los únicos en los que el remordimiento no estorbaba el asalto de sus ensoñaciones. Una de esas noches trató de prolongar el instante ejerciendo presión arriba y abajo con la palma de la mano. Estaba más dormido que despierto, pero no lo bastante para ignorar la magnitud del descubrimiento. A partir de entonces se entregó con entusiasmo a la tarea de perfeccionar sus técnicas. Como Miriam salía tarde de la tienda y Daniel estaba haciendo la mili, lo normal era que casi nunca hubiera nadie más en casa, así que nada le impedía procurarse, a muy diferentes horas del día, un alivio del que andaba muy necesitado. A tal efecto, él, que sólo había entablado relación con las chicas feas del curso (las únicas que no le imponían especial respeto), convocaba en sus fantasías a las más guapas, las inalcanzables, aquellas con las que apenas si se había atrevido a cruzar alguna frase, y en esa dócil intimidad imaginaria se le mostraban risueñas, afectuosas y hasta agradecidas.

La proximidad de las chicas precipitó una transformación que venía gestándose desde finales del curso anterior. Su rabioso misticismo se había debilitado cuando dejó de frecuentar el local de la Congregación Mariana. En él, decorado con fotografías y carteles de la Semana Santa, se reunían para ensayar con sus bombos y tambores los miembros de la cofradía del colegio, y el padre Maldonado, para atraer a los más pequeños a la catequesis, había hecho instalar unas mesas de ping-pong y unos futbolines viejos. El alboroto producido por unos y otros había sido la excusa. La verdadera razón tenía más que ver con un creciente sentido del ridículo: ¿qué hacía él rodeado de toda esa chiquillería, a la que trataba de forma invariablemente altiva y burlona? También por sentido del ridículo empezó a ocultar a sus nuevas compañeras su exaltada religiosidad, hasta que llegó un momento en que le quedaba ya muy poco que ocultar. Seguía considerándose un creyente, pero de una manera bastante laxa, al estilo (según él) de los primeros cristianos, obligados a obedecer los mandamientos de la Ley de Dios pero no los de la Santa Madre Iglesia, así que ni iba a misa los domingos ni comulgaba por Pascua de Resurrección ni respetaba ayunos o abstinencias.

De su anterior religiosidad le quedaba un incontrolable miedo a la muerte. O, más que a la muerte, a la inexistencia. No temía la enfermedad, de la que tenía poca experiencia, sino ese vacío inmenso al que todos los seres parecían abocados. Su teórica fe en la vida eterna no le procuraba suficiente consuelo. Se esforzaba por creer en la resurrección de los muertos y, al mismo tiempo, anticipaba con horror el instante posterior al último suspiro. ¿Qué era lo que había cuando todo desaparecía? ¿Nada? ¿Una nada sin límites? El cerebro (o al menos su cerebro) era incapaz de concebir algo tan grande, y tal vez por eso la especie humana se había aferrado durante miles de años a esa otra versión más doméstica y abarcable de la eternidad. Pero, de ser así, ¿cómo había podido Dios crear unos seres a su imagen y semejanza para luego abandonarlos en esa inexistencia sin espacio ni tiempo? A veces pensaba que la vida era como una película que acababa con la muerte del protagonista. Sí, el personaje moría pero sólo de mentirijillas, porque el actor seguía vivo y a los pocos meses volvíamos a verlo en otra película... E inmediatamente le sobrecogía una angustiosa certeza: ¡no, nosotros no éramos el actor!, ¡nosotros éramos el personaje!, ¡para nosotros no había ninguna otra película después de ésta! Era una certeza que le asaltaba de repente, en mitad de cualquier ensimismamiento, y lo hacía con tal intensidad que el pulso se le aceleraba y dejaba escapar un gemido:

—¡Ay!

Tendido en el sofá y todavía con el uniforme puesto, Daniel entreabrió los ojos:

—Qué.

—Nada.

La única vez que había confiado esos miedos a su hermano, éste se había echado a reír: «¿Por qué le das tantas vueltas a las cosas? ¿Existías antes de nacer, hermanito? No, ¿verdad? Pues es lo mismo.» Ahora, cerrando de nuevo los ojos, se limitó a rezongar:

—¡A ver si se puede dormir en esta casa! ¡Que me he levantado a las siete!

Había una imagen que se le aparecía con frecuencia para recordarle su condición mortal. Cuando tenía diez años, acudió Elías en compañía de sus padres y su hermano a visitar en el hospital a su abuelo paterno, al que había que extirpar la vesícula. Durante el preoperatorio, cada vez que en la habitación entraba un médico o una enfermera, hacían salir a los niños. La última vez que vio a su abuelo antes de que lo pasaran al quirófano, le habían quitado la dentadura postiza y, por motivos que desconocía, la habían pegado a la almohada con un esparadrapo. La visión de esa dentadura al lado de la cabeza de su abuelo, convertido de pronto en un anciano de rostro arrugado y deforme, constituyó apenas un atisbo de la decadencia física y la muerte, pero le perseguía con el desasosegante vigor de las grandes revelaciones. Se le presentaba a menudo en las pesadillas, aunque no siempre del mismo modo. A veces el desdentado no era su abuelo sino su madre o un profesor o él mismo, todos con la dentadura pegada o colgada de algún sitio o simplemente apartada, todos exhibiendo de alguna forma el futuro cadáver que llevaban en su interior.

No era su único *memento mori*. Estaba también la colección de radiografías que el médico había ido encargando a lo largo de los años: radiografías de sus pies y sus piernas, de sus caderas, de su columna vertebral. Miriam las guardaba en sus grandes sobres en uno de los cajones del vestidor, y a veces, conteniendo el aliento, Elías las sacaba para contemplarlas. Esos huesos grises y flacos eran él. Lo eran más que cualquier otra parte de su organismo: más que la piel o las uñas, más que el pelo. Esos huesos eran él porque así sería él algún día, ¡y lo sería para siempre, si es que el verbo «ser» podía usarse para referirse a alguien que precisamente había dejado de ser! Y ese siempre, esa eternidad tan pavorosa, podía iniciarse en cualquier momento, ese mismo día si un infarto le reventaba el corazón o un autobús le atropellaba al cruzar la calle. En ese instante, mientras con pulso tembloroso sostenía las radiografías, estaba vivo, pero ¿cómo saber si seguiría estándolo sólo un minuto después? La muerte estaba en todos los sitios en los que él estuviera, porque la muerte estaba en su interior.

La colección de radiografías recorría las sucesivas etapas de su crecimiento desde que, doce años antes, habían visitado al primer especialista. Su pierna derecha, ligeramente más corta que la izquierda, le provocaba frecuentes dolores de espalda y de cadera, además de unos andares algo ridículos, y le impedía mantenerse mucho tiempo en determinadas posturas (por ejemplo, inclinado sobre la mesa o el pupitre). A menudo le dolía también la rodilla de la pierna larga: sentía como si se le doblara hacia dentro de un modo totalmente antinatural. Algunos médicos consultados se mostraban partidarios del uso de alzas y plantillas. Otros, por el contrario, lo desaconsejaban, y en lugar de eso prescribían natación y tablas de gimnasia. Él, al final, acababa haciendo lo que le venía en gana o no haciendo nada.

Podría decirse que, debido a ese pequeño defecto físico, en Elías convivían tres personas diferentes. Por un lado estaba el Elías que, temeroso de exponerse a chanzas, usaba calzado ortopédico para ir al colegio y trataba por todos los medios de ocultar su cojera. Por otro lado, el Elías de casa, que, como sugiriendo oscuramente algún tipo de responsabilidad, no desaprovechaba ninguna ocasión de quejarse de molestias y dolores en presencia de su madre. Y, finalmente, el Elías que en el chalet de su abuela se burlaba de sí mismo renqueando de forma cómica y exagerada. Tres ámbitos distintos, tres actitudes distintas, como si una combinatoria elemental hubiera jugado con su leve malformación para aplicar un efecto multiplicador a su personalidad.

—¡Eres un jaimito! —exclamaban Mercedes y Felisa a dúo.

—¡El mago Jaimito! No suena muy solemne, la verdad...

—Vuélvelo a hacer. A ver si pillo el truco —decía Felisa, rascándose unos restos de laca de uñas.

—¿Truco? ¡Pero si no hay truco!

Donde más a gusto se sentía era, claro, en el chalet, con las dos mujeres agasajándole y riéndole las gracias. Habían abandonado las artesanías en estaño por la decoración de figuritas de escayola, que luego regalaban a un mercadillo benéfico. Elías les hacía compañía varias tardes a la semana y, mientras ellas trajinaban con sus pinceles y sus frasquitos de esmalte y sus láminas de pan de oro, él ensayaba juegos de manos. Se había aficionado al ilusionismo gracias a un sacerdote que frecuentaba la Congregación, y después había seguido practicando por su cuenta. La mayoría de sus trucos eran con cartas. Las desplegó en abanico para que su abuela escogiera una.

—Mírala bien. ¡Y no se te ocurra decirme cuál es!

Mercedes se la acercó tanto a la cara que sus ojos casi bizquearon.

—¡Lo has vuelto a hacer! —la acusó Elías.

—¿El qué?

—Echarle el aliento. ¿No te das cuenta de que la identifico por el olor?

—¡Qué tontería!

Felisa le arrancó la carta de la mano y con movimientos briosos la ventiló a la altura de sus rodillas. Elías hizo un bailoteo ridículo y la invitó a colocarla sobre uno de los dos mazos. Los cogió, los mezcló, barajó. Mientras tanto, hacía chistecitos sobre el serio problema de olor corporal que tenían en esa casa. Las dos mujeres resoplaban y fingían ofenderse. Elías formó varios montoncitos con los naipes y los fue olisqueando. Se detuvo en uno de ellos y, exagerando un gesto de repugnancia, sacudió la cabeza.

—De verdad: ¡menuda halitosis, abuela! —Y, sin dudarlo, sacó una carta, que sostuvo en el aire como quien sostiene un gusano—. Es ésta, ¿verdad?

—¿Pero cómo demonios...? —exclamó Felisa con regocijo—. ¡Nos tienes que explicar el truco!

—Ya te he dicho que no hay truco. Sólo un olfato muy desarrollado.

Todos sus trucos con cartas eran variantes del mismo, y todos muy sencillos si se disponía de unos naipes biselados, es decir, de unos naipes con el canto superior cortado en trapecio. En el momento de partir la baraja había que volver discretamente una de las dos mitades para que luego, al juntarlas, quedara entre ellas una mínima hendidura que, perceptible al tacto pero no a la vista, indicaba el lugar exacto en el que había quedado la carta. Lo demás era el paripé de barajar cuidando de que ésta estuviera siempre localizada.

—¡Hazlo otra vez! —insistió Felisa, testaruda.

—Si me pagáis, de acuerdo. ¡Estoy harto de actuar gratis para vosotras! —dijo él y, agitando en el aire unas maracas imaginarias, inició una solitaria conga.

El barullo creció con las protestas de las mujeres. Fosca, adormilada hasta ese momento, saltó sobre las piernas de Elías, que golpeó sin querer una esquina de la mesa. Las otras dos, riendo, se apresuraron a sujetar los frascos y los botes, lo que hizo que él se animara a simular más choques casuales y que las figuritas de escayola se tambalearan, provocando nuevos gritos de alarma: ¿quería dejar de hacer el bobo?, ¡a ver si iban a tener una desgracia!

Mercedes nunca había ocultado su debilidad por sus dos nietos mayores, y en los últimos tres años, los mismos que Ramiro llevaba instalado en Las Palmas, la relación se había vuelto aún más estrecha. Para ella era como si la separación de Ramiro y Miriam (que había sido la primera en dar por hecha y que a sus ojos convertía a Daniel y Elías en algo parecido a unos huérfanos) los hubiera expuesto a unas tensiones imprevistas que la obligaban a tomarlos bajo su protección. Mercedes los seguía viendo como diez o doce años antes, en la época en que, los sábados por la tarde, los llevaba con Samuel a merendar y a ver películas de romanos. Para entonces ya sólo aguantaba a su marido si los niños estaban delante. Con sus peleas, con sus rarezas, con sus caprichos de nietos consentidos, Daniel y Elías siempre habían sabido sacar lo mejor de ambos, tanto de Samuel como de ella misma, y todos sus desaguisados estaban disculpados de antemano. Ahora, al lado de esa débil y arrugada Mercedes de setenta y ocho años, resultaba paradójico que los desvalidos siguieran siendo ellos, dos chicarrones fuertes, bien plantados, de huesos grandes y cuello poderoso, con rasgos ya de adulto y no de niño, el pelo del pecho asomándoles por encima de los botones superiores de la camisa. Entre su abuela y ellos seguían rigiendo pautas de comportamiento que tenían más que ver con el pasado que con la realidad, y nadie parecía descontento con su propio papel. ¿Que la abuela les atosigaba a veces con sus interrogatorios y sus consejos y sus admoniciones? Estupendo: eso significaba que les quería y se preocupaba por ellos. ¿Que además estaba dispuesta a mostrarse magnánima siempre que se le presentara la oportunidad? Mejor aún: ella disfrutaba ejerciendo la generosidad y ellos querían ponérselo fácil. ¿Había algo más sencillo que plegarse a la única exigencia que se les imponía, que no era otra que la de dejarse querer?

La anciana Mercedes dependía más de sus nietos que

éstos de ella, y eso era algo que, conscientes del secreto poder que les otorgaba, no solían desaprovechar. Una y otra vez ponían a prueba su pacto de lealtad mutua sometiéndola a chantajes inofensivos. Si tenían previsto algún viaje (las ocasionales visitas a Ramiro en Las Palmas, las excursiones con el colegio, alguna escapada con los amigos), sabían que contaban con su apoyo financiero y, cuando Daniel (contra la voluntad de su madre, que le había castigado por sus malas notas) quiso sacarse el carnet de conducir, Mercedes no tuvo inconveniente en pagárselo.

Pero su respaldo no era sólo económico. Daniel, que a los dieciocho años se presentó voluntario a la mili, le apareció un día con los números de teléfono de unos militares que habían estado destinados en Melilla.

—¡Pero si hace más de veinte años que no vivo allí!

—Tú llámales. El abuelo tenía muy buenos amigos en el ejército, ¿no?

—¿Seguro que esto no es delito?

—¿Cómo va a ser delito copiar unos números de teléfono?

A Mercedes ninguno de esos nombres le resultaba familiar. Llamó sin embargo a unos y a otros y, tras aguantar unas cuantas reacciones más bien desabridas, acabó localizando a una mujer, casada con un teniente coronel, que resultó tener una lejana relación de parentesco con uno de los militares que habían fundado con Samuel la constructora malagueña. Se vieron un par de veces para hablar de los viejos tiempos y acabaron confiándose mutuamente los pequeños problemas domésticos. Una mañana, Daniel llamó al chalet desde su nuevo destino. Estaba eufórico.

—¡Eres un genio, abuela! ¡Oficinas! O mejor aún: ¡las oficinas de la residencia de oficiales! Aquí los jefazos están siempre de paso... ¿Sabes lo que significa eso? Que, si eres discreto, nadie te controla. Que puedes entrar y salir cuando quieras. ¡Más que una mili, voy a tener unas vacaciones!

A Elías no tuvo que buscarle ningún enchufe porque, debido a su cojera, fue declarado inútil para el servicio. El favor que Elías pidió a su abuela fue aún más comprometido que el de Daniel y estuvo a punto de enfrentarla para siempre a Miriam.

Estaban en el chalet. Era uno de esos plomizos domingos de mediados de junio que anticipan los rigores del verano. Mientras Felisa terminaba de quitar la mesa, Mercedes, Miriam y Elías se disponían a sestear ante el televisor. De camino hacia el sofá, Miriam señaló distraídamente la estantería y dijo:

—Esos tomos están inclinados. ¿Cuándo devolverás los que faltan?

Elías, sabiendo que se refería a la *Historia del arte* del marqués de Lozoya, se tomó unos segundos para contestar:

—Todavía me falta la selectividad.

—Que se los lleve todos, si quiere —dijo Mercedes, dejándose caer en el sillón—. ¡Para el caso que les hacemos en esta casa!

A veces, la más anodina de las conversaciones es capaz de alterar el curso de una vida. Mientras las mujeres dormitaban viendo *La casa de la pradera*, Elías no paraba de darle vueltas en la cabeza. Por un lado, Miriam no tenía por qué saber que él se había llevado prestados esos tomos, que guardaba junto a sus pertenencias más personales en el cajón de debajo de la cama. Y por otro, aunque no era del todo falso que los necesitaba para la asignatura de arte, su interés iba mucho más allá. ¿Qué habría sido de él sin los exuberantes desnudos que poblaban sus páginas, esas Evas, esas Venus (¡esa *Olympia* de Manet!) que le permitían modelar su deseo en torno a una carne y una piel visibles y concretas, desde luego mucho más que las de sus recatadas compañeras de COU? Se imaginó a su madre fisgando entre sus cosas, averiguándolo todo sobre su intimidad y sus secretos. Se la imaginó imaginándole y se apoderó de él una mezcla de rabia y repugnancia: rabia porque no concebía una profanación mayor, y repugnancia porque en su relación con su madre cualquier atisbo de carnalidad le parecía envilecedor. Una certidumbre se abrió camino en su pensamiento: no quería a su madre. Aún más: no recordaba haberla querido nunca. Los buenos recuerdos del pasado perdían sustancia, desleídos en la ebullición del presente. Por motivos que él mismo no era capaz de especificar, se sentía maltratado por Miriam, y su mera compañía le resultaba difícil de sobrellevar. Tenía que alejarse de ella. Tenía que iniciar una nueva vida en otra ciudad.

Esa misma semana, aprovechando el lapso entre los exámenes y la selectividad, debía viajar a Las Palmas. Era la cuarta vez que visitaba a su padre pero la primera que lo hacía a solas, sin Daniel, que no había obtenido (o no había pedido) el permiso. Lo peor era el madrugón para coger el tren, un expreso que paraba en todas las estaciones y apeaderos y tardaba más de cinco horas en llegar a Madrid. A partir de ahí, todo se aceleraba: el autobús al aeropuerto, la búsqueda de la sala de embarque, la propia excitación del vuelo, que para él seguía siendo una novedad... Entre unas cosas y otras, cuando por fin su avión aterrizaba en el aeropuerto de Gran Canaria, hacía más de doce horas que se había puesto en marcha: demasiadas para una estancia de sólo dos días.

Ramiro asomó entre el grupito de gente que esperaba en la terminal. Al ir a saludarse, vacilaron entre el beso y el abrazo, y acabaron chocando las narices. En los tres años que llevaba viviendo en Las Palmas, Ramiro había ganado peso y perdido pelo. Bromeó:

—¡Vaya maletón! ¿Llevas ahí metido al Santo Padre? No me hagas caso. Es un chiste. Vamos. Estoy aparcado en doble fila.

Seguía teniendo el Seat 132 marrón, a pesar de que en las Islas Canarias los coches eran bastante más baratos que en la Península. Todas las veces que habían hecho juntos ese trayecto, se había empeñado en comportarse como un guía turístico: en aquella dirección estaba Maspalomas, ahora pasarían junto a Telde, ¡qué vistas tan bonitas...! Se incorporaron al tráfico de la ciudad. El hotel estaba frente a la playa de las Canteras, en la zona de la Puntilla. El conocido que tres años antes le había contratado como contable había ido desprendiéndose de hoteles y ya sólo poseía uno, el Iris, en el que ahora Ramiro trabajaba como gerente. Elías descubrió que no sólo trabajaba sino que también vivía en el Iris. Su padre le enseñó la habitación, más bien pequeña, y él pensó por un momento que le iba a tocar dormir en el estrecho sofá. Ramiro señaló la ventana, por la que a esas horas sólo entraba un resto de luz rebotada.

—Da al patio interior pero mejor así —dijo—. Menos follón, ¿no?

—La última vez tenías tu propio apartamento —comentó, intentando que no sonara como un reproche.

—¡Figúrate! Todo el día yendo y viniendo...

En una esquina se amontonaban varios pares de zapatos, y en la mesilla, al lado de un transistor, había unas cuantas hojas de periódico abarquilladas por la humedad. Elías se imaginó a su padre en la cafetería arrancando las páginas de pasatiempos para tener algo con lo que entretener sus horas de soledad. Permanecieron unos segundos sin decirse nada, hasta que Ramiro señaló el pasillo con la cabeza y agarró la maleta.

—Bueno... —dijo.

La habitación que le había reservado a él era de las buenas, de las que miraban a la playa. Ramiro lanzó el pesado llavero sobre la cama de matrimonio y paseó por la estancia con orgullo de propietario, husmeando en armarios y cajones, comprobando grifos e interruptores. Abrió la puerta corredera y accedió a la terraza agitando los brazos como para indicar su amplitud o agradecer unos aplausos imaginarios.

—¿Es una maravilla o no es una maravilla? —dijo.

Elías recorrió con la mirada la fila de palmeras que delimitaba el paseo y asintió con la cabeza. Su padre inspiró con fuerza.

—Y esta brisa... ¡Llénate los pulmones!

Antes de dejarle a solas, hizo el gesto de quien cae en la cuenta de algo. Se sentó en la cama y descolgó el teléfono.

—¿Maribel? Soy yo. ¿Qué pasa con los bombones de bienvenida? A la 114. Es mi hijo Elías, un chico estupendo. Lo que te pida, ya sabes... —Aquí Ramiro le guiñó un ojo—. Y súbele también algo de fruta. Unos plátanos. Lo dicen en la tele: «Todos los días un plátano, por lo menos.» Sí, eso es, la 114.

Luego, como si el ejercicio de su autoridad le hubiera fatigado, soltó un suspiro y le dijo adiós con la mano. Elías deshizo el equipaje. El neceser y la escasa ropa de verano fueron a parar a una silla. Todo lo demás siguió dentro de la maleta, incluidos los libros de la selectividad, que había llevado consigo porque confiaba en estar a tiempo de hacer el traslado de matrícula. Guardó la maleta en el armario y se lavó los dientes. Media hora después, los bombones de bienvenida y los plátanos seguían sin llegar. Bajó por las escaleras. Como no vio a su padre por ningún lado, salió a la calle y echó a andar. Aún era de día. Cogió la guagua y llegó al barrio de Vegueta, que ya conocía de los viajes anteriores: la catedral, la Casa de Colón, el Teatro Pérez Galdós... Estaba tratando de convencerse a sí mismo de que aquél era un buen lugar para iniciar su nueva vida. Volvió andando al hotel. Nadie en recepción supo decirle dónde estaba su padre. Cenó cualquier cosa en la cafetería y se encerró en la habitación. A través de la terraza llegaban voces y risas y ruido de motos que parecían acelerar hasta el infinito. No era muy tarde. Elías esperaba que en cualquier momento su padre diera señales de vida. Hacia las doce sonó el teléfono.

—Sólo quería asegurarme de que estabas bien. Hoy he estado muy ocupado. ¡No sabes lo que es esto! Mañana nos vemos. Supongo que querrás ir a misa... Mañana es domingo, ¿no?

Al día siguiente bajó temprano a la playa. Extendió la toalla cerca de unas barcas y se entretuvo mirando a la gente que paseaba por la orilla. Volvió al hotel a la hora de comer, y Ramiro, que hablaba en inglés por el teléfono de recepción, le hizo señas para que pasara al comedor. Le extrañó escuchar a su padre hablando en otro idioma. Ni siquiera sabía que su padre pudiera defenderse en inglés, y le pareció que hablaba con una voz que no era la suya, impostada como la de los actores de doblaje. Elías escogió una mesa pequeña junto a la ventana y se levantó a servirse ensalada. Era la primera vez que comía en un bufet y, como si se sintiera vigilado, procuró no abusar de las bandejas que más le gustaban: la de la remolacha en vinagreta, la del cóctel de gambas. De segundo plato eligió calamares a la romana. Ramiro se demoraba en las mesas de los que parecían ser clientes habituales. Elías, desde su rincón, no podía evitar escuchar los chistes de unos y otros. Por muy viejos que fueran, los de su padre eran celebrados con grandes risas: «Van un inglés, un francés, un alemán y un español...» Elías no le recordaba esa afición. De hecho, no recordaba que nunca hubiera sido una persona festiva y dicharachera. Por hacer algo, se levantó a servirse un trozo de pastel de manzana. Ramiro desapareció detrás de la puerta de la cocina. El comedor empezaba a vaciarse, y Elías no sabía si debía esperar a su padre o no.

—¡Por fin un poco de tranquilidad! —le oyó exclamar al cabo de un rato.

Se sentó a su mesa con un plano de la isla. Se había cogido la tarde libre. ¿Dónde le apetecía ir? ¿A la playa del Inglés? ¿A San Agustín? ¿Por qué no a Mogán? Elías creía recordar que en todos esos sitios habían estado ya con Daniel, pero dijo que cualquiera de ellos le parecía bien. Le irritaba un poco esa exhibición de hospitalidad. No quería que su presencia allí fuera tratada como algo insólito o excepcional. Al fin y al cabo, eran padre e hijo, ¿no? Los camareros, ya en ropa de calle, iban pasando y despidiéndose hasta la noche. Ramiro, como si estuviera tratando de demostrarle algo, los llamaba a todos por su nombre y les preguntaba por la mujer y los hijos. De uno de ellos, cuando ya no podía oírles, comentó:

—Éste también iba para cura. Estudió en el seminario.

—Yo no voy para cura —le cortó Elías, y luego, suavizando el tono, añadió—: ¿Ya no restauras aparatos viejos?

—Todos hemos cambiado. Cuando quieras, nos vamos.

Se marchó de la isla sin llegar a insinuarle el propósito que le había llevado hasta allí. No porque no se le presentara la ocasión sino porque habría sido peor el remedio que la enfermedad. Si no recordaba haber querido jamás a su madre, tampoco recordaba haberse sentido querido por su padre. Durante el viaje en tren estuvo tentado de bajar en cualquier apeadero desconocido. ¿Por qué no hacía como esos vagabundos de las películas que iban por las granjas ofreciéndose a trabajar a cambio de un jergón de paja y algo de comida? Pero en el fondo sabía que nunca llegaría a hacerlo. Le faltaba valor. Llegó a Zaragoza cuando ya el sol se estaba poniendo. Salió de la estación de El Portillo cargando con la maleta y pasó por delante de una parada de autobús. Consultó los itinerarios. Una de las líneas llevaba a su casa, en la Gran Vía; otra, a la autovía de Logroño y los chalés de los americanos.

—¿Quién puede ser, a estas horas? —oyó la voz alarmada de Felisa.

—¡Soy yo! —gritó, aporreando el timbre de fuera con la palma de la mano.

No pudo evitar sonreír ante la visión de las dos mujeres en bata y camisón, el pelo recogido con horquillas, los ojos entrecerrados escudriñando la oscuridad.

—Esto parece una película de miedo. ¡O de risa! —dijo, y su abuela fingió indignación:

—¿Se puede saber qué demonios...?

Le prepararon unos huevos fritos con chistorra en la mesa de la cocina. Del salón llegaba como a ráfagas el sonido de la televisión. Elías se quitó los mocasines sin ayuda de las manos. Trataba de mostrarse alegre y despreocupado:

—¡Qué bien os lo vais a pasar cuidándome! He decidido venirme a vivir con vosotras. Felisa, ya puedes ir metiendo la ropa en la lavadora.

—¿Qué modales son ésos? —Mercedes hizo ademán de pegarle un cachete—. ¿Y la tontería esa de venirte a vivir? Tú ya tienes una casa. ¡Esto no es un hostal!

Elías habló con la boca llena:

—A mi madre no hay quien la aguante.

—Tu madre es tu madre —sentenció Felisa, acercándole el plato de ensalada.

—¿Se lo has dicho? —preguntó Mercedes.

—Llámala tú y díselo. No me apetece hablar con ella.

—¡Cielo santo! —exclamaron a la vez las otras dos.

—¡Cielo santo, cielo santo! —las imitó él, aflautando

la voz, y luego buscó a la perra con la mirada—: ¿Quieres un poco de chistorra, Fosquita? ¡Pues te jorobas!

Tras más de veinte años de convivencia, Mercedes y Felisa compartían multitud de gestos y expresiones, y ya nadie sabría decir quién copiaba qué a quién. Quedaban muy lejos los tiempos en que, para irritación de Mercedes, Felisa tomaba prestadas las gafas de sol y las rebecas de Miriam, y ahora ella misma le regalaba las prendas de vestir que no se ponía. Casi iguales de talla (Mercedes seguía encogiéndose poco a poco) y con el pelo casi totalmente blanco, hasta habían empezado a desarrollar cierto aire de familia. Para Daniel y Elías, que conservaban muy pocos recuerdos de su abuelo, formaban una unidad compacta y natural que daba la sensación de haber existido siempre, y ninguno de los dos era capaz de imaginar a la una sin la otra: de ahí que dieran a Felisa una consideración muy superior a la de simple criada y que, en consecuencia, la hicieran también objeto de pequeños chantajes.

—Hazme la cama, Felisita.

—¡Ni se te ocurra llamarme así!

—No habrás dicho en serio lo de quedarte a vivir... —terció Mercedes.

—¿Aún no has llamado a mi madre? ¿A qué estás esperando? ¿A que se acueste?

Mercedes soltó un gruñido y fue hacia el salón. Felisa se puso a fregar cacharros. Elías aguzó el oído, pero el murmullo mezclado del agua y el televisor sólo le permitía captar retazos sueltos de la conversación telefónica. Mercedes volvió con cara de circunstancias.

—No se lo ha tomado muy bien.

—Ya se le pasará.

—Ha dicho que va a venir a buscarte y que te va a llevar de la oreja.

—¡Bah! —Elías escogió del frutero las cerezas más grandes.

—Yo le he dicho que aquí podrás estudiar mejor.

—Si piensas que sólo me voy a quedar hasta la selectividad, estás muy equivocada.

Apenas media hora después, oyeron el ruido de un motor y la cerradura de fuera. Miriam entró dejando la puerta abierta y, sin darles tiempo a reaccionar, se plantó delante de ellos con los brazos en jarras. Estaba rabiosa, fuera de sí.

—¿Qué está pasando aquí? Me has tenido no sé cuántas horas preocupada. He llamado a tu padre, he llamado a la estación... ¡Vístete y recoge tus cosas! ¡Tengo el taxi esperando!

Felisa, que ya se había acostado, se asomó al salón con gesto de inquietud. Elías, como si su delito fuera estar en pijama, se tapó con un cojín. Luego miró a su abuela en busca de auxilio. Miriam, mientras tanto, no paraba de gritar. Había algo ancestral o bíblico en su ira, una ira sagrada que sin embargo no iba tanto dirigida a Elías como a Mercedes.

—¡Son mis hijos y los educo como quiero! ¿Quién te has creído que eres para inmiscuirte en mis asuntos? ¿Tan orgullosa estás de ti misma? ¿Tengo que recordarte lo que pasó con Sara cuando tenía muy pocos años más que Elías? ¿Qué es lo que pretendes? ¿Que cometa tus mismos errores? ¿Que fracase también yo donde fracasaste tú? ¡Supongo que eso te hará sentir mejor!

Los demás seguían sin habla. Lo desmedido de su indignación dotaba a ésta de una legitimidad turbia e incontestable. Miriam señaló a su hijo con el índice.

—Te he dicho que te vistas y recojas tus cosas.

Elías se levantó, intimidado. Eso bastó para que los comportamientos de unos y otros entraran en una dinámica nueva. Mercedes trató de mostrarse razonable:

—¿Por qué te pones así? El chico sólo quiere pasar unos días en casa de su abuela. No es tan grave.

—Si se tiene que ir, se tiene que ir —terció Felisa, que luego hizo un gesto a Elías—: La maleta está debajo de la cama.

—Tengo el taxi esperando.

—Tranquilízate un poco... —dijo Mercedes.

—¡No me digas que me tranquilice!

—Por lo menos siéntate.

Elías tenía ya hecha la cama en la habitación de invitados, la misma habitación que primero había sido de Miriam, más tarde de Sara y finalmente de Samuel. Hizo la maleta un poco a la diabla, mezclando el pijama con la ropa limpia y los libros. En el salón, su madre y su abuela seguían dando voces. Fosca, ajena a todo y excitada, pugnaba por arrebatarle una zapatilla. Elías acabó apartando a la perra de una patada. Cuando se reunió con las mujeres, la discusión había alcanzado un grado de tirantez extremo.

—Eres injusta —decía Mercedes, a la defensiva—. Yo nunca te he echado en cara tu fracaso matrimonial...

—¿Lo ves? ¡Fracaso! ¡Lo acabas de decir!

—Llámalo como quieras. Llámalo ruptura.

—¿Por qué no te separaste tú de papá? ¡Porque no tuviste coraje!

—¡Qué estupidez!

—Pero en realidad no hizo falta que te separaras de él. Te bastó con dejarle morir. Mucho mejor así, ¿no?

Sus palabras tuvieron un efecto fulminante. Elías miró a su madre con estupor. Felisa se llevó una mano a la boca y dio unos pasitos sin objeto. Mercedes abrió mucho los ojos.

—¿Qué estás diciendo?

—¿Te crees que no lo sé? ¿Cuánto tiempo estuvo papá agonizando en el suelo?

—¡Miriam! —exclamó Felisa—. ¡Ya está bien!

Mercedes miró a la criada con más curiosidad que rencor. Felisa no fue capaz de sostenerle la mirada. Consciente ahora de la gravedad de sus acusaciones, Miriam habló con voz temblorosa:

—Si hubieras avisado a tiempo, todavía podría estar vivo...

—¿De dónde te has sacado esa patraña? Tu padre sufrió una embolia y murió. Iba a cumplir setenta y un años. Esas cosas pasan —replicó su madre, que luego soltó una risita—. ¿Tanto me odias? ¿Tanto me odias que me crees capaz de algo así?

Miriam no supo qué responder. Mercedes asentía lentamente con la cabeza y sonreía. Elías seguía aún con la maleta en la mano.

—Vámonos ya, mamá —dijo con un hilo de voz—. Nos va a salir carísimo el taxi.

—¿Cómo puedes dormir con este follón, hermanito?

—¡Déjame, coño! —murmuró él, tapándose la cara con la almohada.

Últimamente, la chica que más frecuentaba sus fantasías matinales era una compañera de COU B llamada María Izquierdo a la que alguna vez se había encontrado por la calle y no se había atrevido a saludar. En esas fantasías solía aparecérsele como una modelo que posaba para unos estudiantes de Bellas Artes entre los que estaba el propio Elías, que nunca había tenido buena mano para el dibujo. Más que su desnudez, lo que le excitaba (y al mismo tiempo le turbaba) era que ésta estuviera expuesta a las miradas de los demás. La suya era una espléndida desnudez pública. Y, sobre todo, sumisa: se le ofrecía en las posturas más variadas sin que hiciera falta requerírselo. Esa mañana de mediados de julio, María se había prestado a ser la *Venus del espejo*, y Elías deseaba que no acabara nunca el deleite de esas nalgas rotundas y esa cintura fina y esa piel blanquísima. Se esforzó por prolongar su contemplación pese a la irrupción primero de un extraño zumbido, semejante al tableteo de una ametralladora, y luego de las inoportunas preguntas de su hermano. Por unos instantes creyó haberlo conseguido y se mantuvo aferrado a ella. De repente, un estrépito de cristales rotos sacudió su duermevela, y un oscuro telón ocultó definitivamente la imagen de María. Elías se incorporó entre las sábanas.

—¿Qué ha sido eso?

Daniel, sentado en el borde de su cama, reía tontamente. A sus pies había tres bolsas de plástico llenas de botellas. Alrededor de una de ellas, que tenía las asas rotas, se iba extendiendo un charco, al tiempo que un penetrante olor a pacharán invadía la habitación.

—Mira que eres torpe... —dijo Elías, y su hermano, visiblemente borracho, siguió riendo.

Fue a la cocina a buscar la escoba y el recogedor. Envolvió los trozos de cristal en papel de periódico y los tiró a la basura. Luego pasó la fregona.

—Se ha metido debajo de la cama —rezongó—. Este olor no se va a ir nunca.

—No te pongas histérico —dijo Daniel, dejándose caer en la cama—. ¡Y déjame dormir!

—Algún día te pillarán.

—¿Cómo me van a pillar? Esos militarotes beben un montón. A partir de la segunda copa pierden la cuenta.

—Escóndelo, al menos. No querrás que se entere mamá.

—Ayer me paró una pareja de la policía militar y los mandé a tomar por culo, ja ja... ¿Quién se creen que son, con sus cascos blancos y su PM? ¡Una Puta Mierda! ¡Eso es lo que son!

Volvió a oírse el zumbido que había estado a punto de interrumpir las ensoñaciones de Elías. Dijo:

—¿Qué es eso?

—¿No te has enterado? Un incendio. En el Corona.

Estaban solos en casa. Miriam, que unos meses antes había dejado el trabajo en la tienda para dedicarse en exclusiva a su cartera de representaciones, tenía una reunión en Madrid y no volvería hasta la noche. Elías fue al salón y se asomó a la ventana. Como una libélula gigante, un helicóptero sobrevolaba la Gran Vía a la altura del cruce con Goya. Encendió la radio y sintonizó una emisora local. Lo del hotel Corona de Aragón, el único de cinco estrellas de la ciudad, no era un simple incendio. Era una catástrofe. El locutor, con la voz entrecortada por la emoción, hablaba de decenas de muertos, tal vez un centenar, muchos de ellos huéspedes que, acorralados por el humo y las llamas, habían optado por arrojarse al vacío. Los relatos de los testigos eran estremecedores. Una mujer, entre sollozos, decía haber visto más de treinta cadáveres alineados en la acera. Un vecino describía la desesperación de una madre intentando descolgar a su pequeña hija atada a unas sábanas. De vez en cuando, el locutor tomaba la palabra para recordar que las autoridades habían descartado que se tratara de un atentado terrorista, hipótesis que había cobrado fuerza al hacerse público que en el hotel estaban alojados muchos familiares de militares (incluidos Carmen Polo y cuatro miembros de la familia Franco), que esa mañana iban a asistir en la Academia General a la entrega de despachos a los cadetes. Elías, alterado, corrió al dormitorio.

—¿Te has enterado? ¡Casi muere la viuda de Franco!

Profundamente dormido, Daniel entreabrió un momento los ojos y, antes de volverlos a cerrar, murmuró algo ininteligible. Ni siquiera se había quitado los zapatos. Las botellas robadas seguían ahí delante. Elías abrió los cajones inferiores de la cama en busca de un sitio donde esconder el botín, pero también allí había botellas. ¿Para qué querría tantas? ¿Tenía intención de traficar con ellas? Al final, las metió en el armario, detrás de las cajas con la ropa de invierno. Luego volvió al salón y siguió escuchando la radio. Ahora decían que el fuego se había declarado en una cocina de la primera planta y los materiales inflamables con los que estaba decorado el edificio habían facilitado su rápida propagación. Tanta insistencia por parte de las autoridades resultaba sospechosa, y a Elías le parecía que eso no restaba dramatismo a los hechos. El ruido atronador de los helicópteros le recordaba que todo eso era verdad y que estaba ocurriendo cerca, muy cerca de allí, en una calle por la que había pasado cientos de veces. Le sobrecogía pensar que en ese momento pudiera haber alguien como él colgado de una ventana y dudando entre arrojarse contra el asfalto o dejar que las llamas le devoraran. ¡Morir, y además de esa manera! Nuevos testimonios aportaban más detalles de sufrimiento, y sólo algunos rasgos de solidaridad espontánea y valentía procuraban algún consuelo en medio de aquel horror: los transeúntes que habían amortiguado con mantas el impacto de un salto desesperado, el bombero que había cargado a hombros con una anciana, las numerosas llamadas de gente anónima que se ofrecía para donar sangre y colaborar... Elías permanecía atento a la radio como los niños a los cuentos de miedo, con la misma sensación de angustia y escalofrío. Daniel apareció en calzoncillos y gruñó:

—¡Putos helicópteros!

Entró en el cuarto de baño y, sin molestarse en cerrar la puerta, vomitó ruidosamente. Luego se refrescó la cara con agua y salió al pasillo.

—¿Vas a pasarte toda la mañana así? —dijo, señalando la radio.

Sonó el teléfono. Daniel contestó con desgana.

—¿Dígame? Sí, pero está de viaje. Llame mañana —dijo, y colgó.

Volvió a sonar el teléfono cuando ya Daniel iba camino del dormitorio. Esta vez lo cogió Elías. Su interlocutor, que se identificó como subinspector de la policía municipal, preguntó si ése era el domicilio de doña Miriam Caro Campillo.

—¿Qué ha pasado?

—¿Es usted pariente suyo?

—Soy su hijo.

Su tono de voz alertó a Daniel, que se detuvo en mitad del pasillo. Las respuestas de Elías casi siempre quedaban a medias:

—Sí, claro que me he enterado de lo del incendio... ¿En el Hospital Provincial...? ¿Con crisis nerviosa y síntomas de intoxicación por inhalación de...? No puede ser, tiene que ser un... ¡Le digo que no puede ser...! Está de viaje. Está en Madrid y no vuelve hasta...

Daniel se acercó al teléfono y torció la cabeza hacia el auricular. Elías, angustiado, sólo acertaba a farfullar frases inconexas. El policía, que tenía voz de viejo, trataba de tranquilizarle:

—Ha tenido mucha suerte. Se encuentra en buen estado. Sólo un poco conmocionada, como es lógico. Supongo que los médicos no tardarán en darle el alta. Y también a don Higinio Lafuente Abadía.

—¿A quién?

—Al comandante Lafuente, el que estaba con ella en el momento de...

Los dos hermanos cruzaron una mirada de incredulidad. Luego Elías colgó, y la expresión de uno y otro se fue transformando lentamente, la de Elías en un rictus de desolación, la de Daniel en una sonrisita pícara. Ahora los dos lo entendían todo.

—Conque en Madrid, ¿eh? —dijo Daniel—. ¡Vaya con la mosquita muerta!

Sin poder contenerse, Elías le lanzó un puñetazo a la

barbilla. Daniel trastabilló y cayó al suelo. Aunque era más alto y más fuerte que él, en el suelo y en calzoncillos parecía muy vulnerable. Elías le dio primero un pisotón en la espalda y luego varias patadas en el costado, y mientras tanto gritaba:

—¡Retira eso que has dicho! ¡Retíralo!

—¿Pero qué he dicho? ¡Dime qué he dicho! —gritaba el otro, tratando de esquivar los golpes—. ¿Te has vuelto loco?

Elías paró por fin, pero siguió amenazándole con los puños. Daniel se puso en pie y se frotó la barbilla.

—Te has vuelto definitivamente loco... —dijo.

Miriam creía haber tomado por fin las riendas de su vida. A sus representaciones de patucos, camisetas térmicas y tirantes para caballero se habían sumado otras dos de ropa deportiva, lo que no sólo le había procurado una estabilidad económica desconocida desde la caída en desgracia de Ramiro sino también una gratificante sensación de seguridad en sí misma. Lo demás vino casi rodado: las insidias de su madre y su hermana se esfumaron con el anuncio de su voluntad de divorciarse tan pronto como las leyes lo permitieran, y ella descubrió aliviada que, por el motivo que fuera, en su familia ya no se sentían con derecho a tenerle lástima. ¡Que le guardaran rencor si eso les sentaba bien, pero que nunca más volvieran a compadecerse de ella! Por supuesto, le quedaba por resolver su relación con sus hijos: de algún modo tenía que arreglárselas para enderezar al tarambana de Daniel y vencer las eternas suspicacias del problemático Elías. Pero la nueva Miriam no era como la de antes, pusilánime, conforme, acostumbrada a ceder la iniciativa y rehuir los enfrentamientos. Ahora Miriam se sabía con fuerzas, y esas mismas fuerzas la habían llevado a convertir en una misión superior lo que en otras circunstancias habría sido un lastre. Ahora tenía algo por lo que luchar, y se sentía a gusto viéndose a sí misma como una mujer animosa, desprendida, ejemplar, que hacía las cosas que hacía por sus hijos y no por ella y que no se permitía más alegrías que las que ellos estuvieran dispuestos a proporcionarle. De ese espíritu de esfuerzo y sacrificio le venía esa autoridad recién estrenada, una autoridad que explicaba por ejemplo su irrupción nocturna en el chalet de Mercedes para reclamar sus derechos sobre Elías, que eran todos (y todos irrenunciables). Sus sobreactuaciones y sus intransigencias estaban a su juicio más que justificadas: ¡ella no debía nada a nadie y, en cambio, sus hijos le debían obediencia y respeto!

La nueva Miriam ofrecía una estampa de abnegación e integridad en la que no encajaba su relación con Higinio: también por eso (y no sólo porque Higinio tuviera mujer e hijos) se esmeraba en mantenerla en secreto. Un año antes, cuando se conocieron en los bancos de la plaza, se había limitado a darle un poco de conversación y acompañarle al hotel. Pasados unos días, él la llamó desde Madrid para disculparse: había bebido demasiado y no estaba seguro de no haber dicho ninguna inconveniencia. A Miriam le hizo gracia tanta delicadeza, y en su respuesta iba implícito cierto coqueteo. «Si estando borracho eres tan gentil, no puedo ni imaginar cómo serás cuando no bebes», dijo. En el primer viaje de Higinio, de regreso del funeral de un compañero de arma asesinado en el País Vasco, paró en Zaragoza y la volvió a llamar. Miriam lo vio tan desvalido que no fue capaz de negarle el consuelo, y esa tarde pasaron unas horas juntos en una habitación del hotel Don Yo. Tal vez su relación no habría ido más allá si ella no hubiera obtenido las representaciones de ropa deportiva, que la obligaban a viajar a Madrid con cierta regularidad. Higinio se ofreció enseguida como guía y anfitrión, y las siguientes veces se encontraban directamente en un hotel de la calle Juan de Austria en cuanto concluían sus reuniones de trabajo. Que acabaran inventándose compromisos ficticios para poder verse en terceras ciudades surgió de un modo natural. En Toledo o en Salamanca o en Ávila podían meterse en un restaurante, sentarse en una terraza o pasear por la calle sin miedo a ser descubiertos. Con frecuencia hasta se besaban en público. Esa sensación ya casi olvidada de libertad absoluta resultaba muy placentera, y Miriam sabía que le costaría renunciar a ella.

Lo que había empezado como una relación azarosa y accidental se fue convirtiendo en algo estable. Higinio y ella estaban manteniendo una relación adúltera. Higinio, con sus ojos oscuros y sus cejas pobladas, con esos brazos cortos y recios, con ese cuello ancho que tanto le gustaba acariciar, Higinio, del que durante cuarenta y ocho años no había sabido nada y al que en otras circunstancias ni siquiera habría prestado atención... Ese hombre y ella eran amantes. ¡Amantes! ¿De verdad lo que había entre ellos era amor? Miriam sentía un intenso afecto por él, y jamás negaría que le quería. Pero el amor era otra cosa, ¿no? El amor no era buscar fuera de casa ese cariño que no encontraba en sus hijos ni en su madre ni en su hermana. El amor no era conformarse con Higinio porque Sebastián se había olvidado de ella. El amor no era agradecer esos momentos de intimidad que tanto había echado de menos desde su fracaso matrimonial... No, el verdadero amor era algo demasiado grande y demasiado hermoso para que pudiera haberse construido sobre miserias y derrotas. Sabiéndose lejos de estar enamorada, reconocía que sus encuentros en habitaciones de hotel constituían los únicos momentos de dicha que a esas alturas podía esperar de la vida, momentos en los que volvía a ser esa Miriam dulce, alegre y despreocupada que siempre había creído ser y que confiaba en seguir siendo: la Miriam feliz. ¡Con lo fea que siempre le había parecido la palabra «adulterio», y ahora su felicidad dependía de ella!

Por discreción, no habían vuelto a citarse en Zaragoza desde la tarde en el hotel Don Yo. Casi un año después, la entrega de despachos en la Academia General Militar se les presentó como una buena excusa para volverse a ver. La mujer de Higinio, que muy pocas veces le acompañaba a los actos oficiales, nunca recelaría de ese viaje, y él, para no levantar sospechas, aceptó que los compañeros de promoción con los que iba a compartir coche le reservaran habitación en el mismo hotel. A Miriam, por su parte, no le costó convencer a sus hijos de que ese día tenía una reunión de trabajo en Madrid y, para disimular, hasta metió un par de muestrarios en su bolsa de viaje. Se despidió de Elías a tiempo de coger el talgo pero, en vez de encaminarse hacia la estación, se dirigió al hotel, donde Higinio estaba ya esperándola. Era la tarde del miércoles 11 de julio, y tenían por delante más de quince horas para estar juntos. Se abrazaron, se besaron, se prepararon unos cócteles con las botellitas del minibar. Luego pidieron que les subieran la cena a la habitación. Cuando Miriam fue a sacar al pasillo las bandejas con las sobras, Higinio se echó a reír: «¿Tantas cautelas para eso? ¡No querrás que mañana me pregunten todos por qué he pedido dos cenas!» Encendieron la televisión con el volumen apagado y se metieron en la cama. El resto del tiempo lo pasaron queriéndose y jugando a poner voz a los presentadores del telediario: el Skylab se desintegraría o caería en el Índico, los españoles podían dormir tranquilos, bla-bla, los científicos de la NASA, bla-bla-bla...

Lo último que Miriam recordaba de esa noche era que se había quedado dormida en brazos de Higinio con la luz encendida. La despertaron unos golpes en la pared y unas voces que parecían venir de muy lejos. Higinio, desnudo, saltó de la cama y se abalanzó sobre la puerta. Un humo oscuro y espeso se coló rápidamente en la habitación. Cerró de un portazo. Se miraron a los ojos, aterrorizados. Higinio pulsó varios interruptores, pero no se encendió ninguna bombilla.

—¡Rápido! ¡Hay que salir de aquí! —gritó, buscando a tientas el pantalón y los zapatos.

Miriam, envuelta en una sábana, se apresuró a descorrer cortinas. En la calle ya era de día y no parecía ocurrir nada anormal. Descolgó el teléfono de la mesilla pero no había línea. Cuando volvió a mirar a Higinio, éste, a medio vestir, había abierto el grifo del lavabo y estaba mojando unas toallas. Miriam se tapó la boca para toser. Le habían empezado a llorar los ojos, y entre las lágrimas y el humo le costaba mantenerlos abiertos. El súbito frescor de la toalla en el pecho la hizo reaccionar. Higinio volvió a gritar:

—¿Pero qué haces? ¡Date prisa! ¿No ves que es un incendio?

Ahora ella no tenía más que la toalla para cubrirse. Él rescató del suelo un rebujo de ropa y se lo entregó. «¡Los zapatos! —decía—, ¿dónde dejaste los zapatos?, ¡no puedes salir descalza!» Miriam se puso las bragas y buscó debajo de la cama. Mientras terminaba de vestirse, Higinio cogió la papelera y fue a llenarla a la ducha.

—¡Voy a abrir! ¡Voy a abrir y vamos a echar a correr! —le oyó decir con una voz áspera y apremiante que no parecía suya.

Miriam quiso creer que había dicho «¡sígueme!», pero no fue así. Asintió con la cabeza, conteniendo el aliento. La lengua de humo que entraba por debajo de la puerta se enroscaba un poco sobre sí misma y luego se extendía informe por la habitación. Con el humo entraban también partículas de ceniza que se le pegaban en el pelo y la cara. Su olor era intenso, penetrante, un olor como a neumático quemado, y Miriam se acordó de cuando en casa se les estropeó la vieja nevera Electrolux.

—¡La toalla! ¡Póntela en la cara para respirar! —dijo Higinio y, sosteniendo el cubo con el brazo izquierdo, se dispuso a abrir la puerta.

En el pasillo no había llamas. Sólo humo, una densa pared de humo que al momento se desplomó sobre ellos. Con un gesto de desesperación, Higinio vació el cubo en el aire y desapareció.

—¡Espérame! —gritó Miriam.

De repente se encontró en mitad de la nube de humo, con la toalla pegada a los labios y sin saber qué hacer ni para dónde correr. Estaba totalmente desorientada. No recordaba ni en qué piso se encontraba ni si las escaleras estaban cerca o lejos. Lo único que sabía era que Higinio estaba intentando salvarse por su cuenta y, en su desolación, le pareció lógico que la abandonara para no tener que dar explicaciones. Caminaba sin ningún rumbo. En torno a los ojos se le había formado una costra que le impedía distinguir algo más que las débiles luces de emergencia. El sabor a goma quemada se le había instalado en la garganta. Oyó gritos y sintió carreras de personas en algún lugar cercano pero imposible de precisar.

—¡Socorro! —exclamó.

Varias personas, quizás tres o cuatro, se cruzaron con ella en la oscuridad, y trató de seguirlas. Luego chocó con alguien y cayó al suelo. Se quedó unos instantes ovillada contra la pared. Entre las voces y las toses se distinguía también el llanto de un niño. Volvió a pasar gente por el pasillo. Como iban tanteando la pared, tropezaban con ella o la pisaban. Intentó nuevamente sumarse al grupo, pero caminaba a ciegas, concentrada sobre todo en absorber el escaso aire respirable. Se dijo que habían cometido un error saliendo al pasillo. Pero ya era tarde. ¿Dónde estaba la habitación? Tocó el pomo de una puerta. Estaba muy caliente. Por primera vez reparó en lo elevado de la temperatura. Estaba ya desfallecida. ¿Ésa iba a ser su muerte? ¿Así iba a morir? ¿En un incendio de un hotel? Alguien la agarró de un brazo y la arrastró por el pasillo. Quienquiera que fuese le estaba dando órdenes, que ella, de todas maneras, era incapaz de entender. De golpe se encontró en un balcón. Allí al menos se podía respirar. Se oían ya las sirenas de las ambulancias y los camiones de bomberos. Incapaz de contenerse, se dejó caer en un rincón y tuvo varias arcadas. A su lado, una joven en albornoz soltaba unas toses tan ruidosas y desgarradoras que ni siquiera parecían humanas. En el balcón había tres personas más.

—¡Las llamas acabarán llegando! —gritó alguien.

—Conserven la calma. Ya están aquí los bomberos.

El que hablaba era el hombre que la había llevado hasta allí, corpulento, con bigote, tal vez un militar compañero de Higinio. Miriam, respirando por la boca, miró a través de los barrotes de la barandilla. Una gran masa de humo que subía desde la izquierda lo teñía todo de negro y apenas si dejaba entrever los camiones desde los que los bomberos atacaban el fuego con sus potentes mangueras. Por el otro lado, hacia la Puerta del Carmen, se distinguía el amplio perímetro de seguridad establecido por la policía, fuera del cual se agolpaba la multitud de curiosos. De la calle llegaban gritos que el sonido de las sirenas hacía casi inaudibles. El hombre del bigote agitó la cabeza con preocupación: a sus espaldas el humo iba haciéndose más espeso por momentos.

—No podemos esperar —dijo—. ¡Son sólo tres pisos!

Entró a coger sábanas y dio instrucciones para que las fueran anudando con fuerza por los extremos. Miriam se asomó por encima de la barandilla. Eran sólo tres pisos pero a ella le pareció una enormidad. A su lado, el del bigote y otro hombre estiraban con fuerza de las sábanas para apretar los nudos. Luego las ataron por un extremo a la barandilla, comprobaron su longitud y tiraron de nuevo hacia arriba.

—Usted que pesa poco irá primero.

—¿Yo?

—Con esto llegará hasta el balcón del primero. —El hombre del bigote improvisaba alrededor de su cintura una especie de arnés. Miriam, temblorosa, se dejaba hacer—. Desde ahí podrá saltar. Están poniendo colchones. Todo irá bien. No mire abajo. Agárrese con todas sus fuerzas y mire sólo para arriba. Míreme sólo a mí.

Ella se abrazó a él, un desconocido. Al tenerle tan cerca, se fijó en su nariz torcida y en el blanco de sus ojos, que refulgían en el rostro tiznado.

—¿Cómo se llama? —dijo.

—Andrés. ¿Y usted?

—Miriam.

—Ánimo, Miriam.

Entre unos y otros, la ayudaron a pasar al otro lado de la barandilla. Emitió un gemido al tocar los barrotes, que estaban quemando. Andrés trató de sonreír.

—No me falle, Miriam. Si usted se salva, nos salvamos todos.

Ella asintió con la cabeza. Soltó una mano y se aferró a la sábana. Luego soltó la otra y descendió bruscamente varios metros. Quedó unos segundos pataleando en el vacío. Intentaba mirar hacia arriba, pero las lágrimas le impedían ver con claridad. En algún momento, el borde duro de un objeto golpeó su espinilla. Luego sus codos rozaron contra una pared rugosa. No tenía la sensación clara de estar bajando, sólo la de estar suspendida mientras el mundo oscilaba a su alrededor.

Media hora después estaba en una cama del Hospital Provincial recibiendo los primeros auxilios. La habían lavado con una esponja. Le habían vendado la pierna e inyectado un sedante. Le habían preguntado su nombre y dirección, su número de teléfono, si estaba sola en la habitación del hotel, cómo se llamaba la persona con la que estaba. Luego le habían puesto una mascarilla de oxígeno. Veía como entre brumas traer y llevar heridos en sillas de ruedas, instalar soportes para el suero, aplicar pomadas. Los párpados le pesaban. Sólo quería dormir.

—¿Cómo estás? ¿Estás bien? —oyó.

Abrió los ojos un instante, y enseguida los volvió a cerrar. Higinio llevaba puesto un pijama de hospital pero por lo demás tenía buen aspecto.

—Ha sido terrible. No sabes cuánto me alegro de que...

—Vete —murmuró ella a través de la mascarilla.

—¿Qué?

—Te tienes que ir. No puedes quedarte aquí. No querrás que...

Tenía muy clara la idea de lo que quería decirle, pero las palabras no acudían a sus labios.

—Miriam, yo...

—¿Conoces a uno que se llama Andrés?

—¿Andrés...?

—Alto, con bigote. Me ha salvado la vida pero nunca sabré quién es.

Higinio se encerró en un mutismo avergonzado y culpable.

—Vete ya. ¿No te he dicho que te vayas? Déjame dormir.

Cuando despertó, se encontró con la mirada expectante de sus hijos, su madre, su hermana. Estaba en una habitación con dos camas. En la otra cama, la del lado de la ventana, dormía una anciana. La luz que entraba era débil, luz de últimas horas de la tarde. Le vinieron a la cabeza unas imágenes como fogonazos: la bolsa de viaje con los muestrarios, el humo pasando por debajo de la puerta, la joven en albornoz tosiendo en el balcón, el extremo de la sábana atado a la barandilla, la desasosegante aparición de Higinio... Le bastó con eso para reconstruir el itinerario que la había llevado hasta esa cama de hospital.

Mercedes, sin decir nada, le cogió una mano. Miriam vio que Daniel tenía la barbilla enrojecida e hinchada.

—¿Qué te ha pasado ahí?

—Nada. Un golpe sin importancia.

—¿Te has puesto hielo?

Nadie se decidía a decir nada. Miriam se sintió de repente la mujer más desdichada del mundo.

—Lo siento —dijo con la voz quebrada—. Lo siento mucho. Perdonadme.

Ramiro no había vuelto a Zaragoza desde abril del 76. Elías y Daniel fueron a buscarle a la casa de la tía Marisa, su hermana menor, la única que seguía soltera. Como la cita en el juzgado era a las once de la mañana, les daba tiempo de desayunar juntos. Entraron en Espumosos. Daniel, en opinión de su padre, llevaba el pelo demasiado largo.

—¡Hace casi dos años que acabé la mili! —protestó.

Ramiro preguntó al camarero si tenían plátanos. El hombre le miró como si le estuviera tomando el pelo, y él por toda respuesta dijo: «Potasio.» Luego contó anécdotas de su servicio militar, que había hecho en Córdoba. A Elías esas conversaciones le aburrían.

—Dice la abuela que justo hoy entra en vigor la ley —dijo—. La ley del divorcio, quiero decir. Vais a ser los primeros.

También Ramiro cambió de tema.

—¿Cuál de los dos es más alto? A ver. Poneos en pie, que quiero veros.

—Ay, no vamos a hacer el numerito aquí —protestó Elías.

Al final, acabaron accediendo. Daniel le sacaba un par de centímetros a Elías. Éste tenía el pelo más rojizo y los rasgos más vulgares, pero saltaba a la vista que eran hermanos. Los dos eran guapos a la manera en que lo eran los guapos de la familia: un poco cabezones, con la nariz grande y los ojos castaños.

—En la barbilla y los labios habéis salido a vuestra madre. ¿Qué tal está últimamente?

Volvieron a ocupar sus sillas y mojaron el cruasán en el café con leche.

—Como siempre. Un poco histérica. Hace todo lo que le dice la abuela —dijo Daniel.

—¿Está guapa?

—¡Qué pregunta! —dijo Elías.

Ramiro había seguido engordando y perdiendo pelo. Lo primero que sus hijos habían pensado al verle era que no querían ser como él cuando tuvieran su edad.

—¿Canta en alguna coral o en algún grupo? —Los chicos se echaron a reír y él se defendió—: ¿Qué pasa? ¿He dicho algo gracioso?

—Si te quedaras hasta el domingo, podrías venir a verme hacer trial —dijo Daniel.

—¿De dónde te vendrá esa afición a las motos?

—¿Y a éste lo del teatro? —dijo Daniel señalando a su hermano.

—Es verdad. Cuéntame. ¿Qué obra estás preparando?

—Lo mío no es teatro del de toda la vida. Lo mío es la vanguardia.

—Se disfraza de Isabel II y acaba enseñando el culo al público —dijo Daniel, malicioso, y Elías le pegó un codazo.

—¿Es cierto eso? —dijo Ramiro, contrariado.

—¿Has oído hablar de Bajtin y sus teorías sobre el carnaval?

—¿De quién?

—Pues eso.

Un ciego se movía entre las mesas ofreciendo lotería. Ramiro dijo:

—¿Todavía necesitas tener una luz encendida para dormir?

Elías se ofendió como si hubieran traicionado su secreto más íntimo:

—¡Eso es mentira!

Daniel soltó una risita que sonó como un hipido.

—¿Qué hora es? —dijo Ramiro, estirando el brazo para que el reloj asomara fuera del puño de la camisa—. Me voy a tener que ir.

El edificio de los juzgados, con porche y muros de ladrillo visto, estaba frente a la basílica del Pilar. Mercedes, con Fosca en brazos, discutía con los policías de la entrada.

—¡Pero si es sólo una perrita! —decía, poniendo voz de niña—. ¿De qué tienen miedo? ¿De que se coma al juez? Fosquita, saluda a este señor. ¡Patita, patita!

—Señora, haga el favor.

Miriam descubrió su presencia y durante unos segundos se miraron en silencio, como estudiándose. Ramiro se mantuvo muy serio. Que fueran a ser ellos los primeros en acogerse a la ley del divorcio le parecía una humillación innecesaria. Con ello se daba a entender que su matrimonio había sido una completa catástrofe y que Miriam llevaba décadas aguardando la ocasión de desembarazarse definitivamente de él. Ella, titubeante, fue a ofrecerle la mejilla para un beso. Ramiro se adelantó a tenderle la mano. A los dos les resultó extraño saludarse de esa manera. También Carbonell le estrechó la mano. Carbonell era el abogado que a la muerte de Samuel había ayudado a Mercedes con el asunto de la testamentaría. Dijo:

—¡Ya estamos todos! Ramiro, no he recibido respuesta sobre el borrador del convenio. Supongo que quiere decir que lo acepta en todos sus términos...

—Hola, Miriam —dijo él nada más.

—Hola.

A espaldas de todos, Mercedes había aprovechado para intentar colarse con la perra. Uno de los policías la retuvo por el brazo.

—¿Quiere soltarme? ¡Me está haciendo daño!

El viejo Carbonell indicó con la cabeza una señal de tráfico:

—Ya llegamos tarde. Puede dejar a la perra atada, doña Mercedes. No le pasará nada.

—¿Usted de qué lado está? —se revolvió ella, rabiosa—. ¿Para eso le he contratado?

—Mamá, por favor... —suplicó Miriam.

Ramiro entró en el edificio y esperó. A través de la puerta de cristal y rejas vio a Mercedes intentarlo en vano por última vez. Miriam y el abogado se reunieron con él.

—Disculpa a mi madre. Ya sabes cómo es —dijo ella, y Ramiro no contestó.

Echaron a andar detrás del abogado, que, con las gafas a medio poner, resumía en voz alta los puntos principales del convenio: liquidación de la sociedad conyugal, determinación de la pensión alimenticia, titularidad de la vivienda de su propiedad y de cualesquiera otros haberes que... Tenían que subir al primer piso. En el segundo tramo de escaleras la voz del abogado se volvió entrecortada y jadeante. Miriam se paró en el descansillo y buscó en su bolso el paquete de Ducados.

—Ni siquiera estás escuchando.

—Mejor para ti, ¿no? —dijo Ramiro, y alcanzó a Carbonell, que se había detenido a recuperar el aliento—. Acabemos de una vez. ¿Dónde hay que firmar?

Se cruzaron con varios grupitos de hombres y mujeres, y Ramiro supuso que entre esas personas habría otros matrimonios ansiosos de decirse adiós. Miriam apuró el cigarrillo y lo apagó en un cenicero de suelo. Un funcionario les hizo pasar a un despacho. Sobre el escritorio, entre montones de carpetas con sumarios y expedientes, había un pequeño retrato del Rey. Una máquina de escribir eléctrica descansaba en una mesita auxiliar al lado de la ventana. Carbonell se sentó en la silla de en medio. Miriam, a su izquierda, lo observaba todo con cierta aprensión. Ramiro se inclinó hacia delante para captar su mirada.

—¿Qué es eso de que Elías va por los teatros enseñando el culo a la gente?

—Chiquilladas. Ya sabes cómo es.

—No. No lo sé. Viven contigo.

—¿Qué se pensaban? —dijo el abogado para relajar el ambiente—. ¿Que sería en una sala de vistas? Por muy novedoso que sea esto de los divorcios, no parece que vaya a haber mucho público.

—¿Cómo llevan los estudios? ¿Hay esperanzas de que lleguen a terminar alguna carrera?

—Si lo que quieres saber es hasta cuándo tendrás que pagar la pensión...

—No lo digo por eso. No me hagas sentir mezquino.

Ahora Carbonell fingía ordenar sus papeles. Miriam suavizó el tono de voz:

—Te agradezco que no hayas dejado de mandar dinero ni un solo mes. Ya sé que...

—No te preocupes por mí.

—En cuanto las cosas me vayan un poco bien, te prometo...

—Te digo que no te preocupes. Mi sueldo no es nada del otro mundo pero no tengo gastos. La habitación y las comidas corren de cuenta del hotel.

La conversación había adoptado un cariz peculiar, casi íntimo, como si hubieran vuelto a ser un marido y una mujer arreglando sus pequeños desacuerdos domésticos. El abogado puso algún pretexto para salir del despacho. Pero fue quedarse a solas y no tener de golpe nada que decirse. Ramiro carraspeó y se miró las puntas de los zapatos.

—Son buenos chicos —dijo—. Acabarán encontrando su vocación.

Miriam sonrió como agradeciendo un cumplido. Daniel había abandonado Derecho en segundo y, tras no presentarse a ningún examen de primero de Hispánicas, había anunciado su voluntad de matricularse en alguna especialidad de Ingeniería. Elías, por su parte, había conseguido pasar a tercero de Historia, pero arrastrando dos asignaturas de segundo y una de primero.

—Sí —dijo Miriam al cabo de un minuto—. Son buenos chicos.

Oyeron ruido de voces en el pasillo y se incorporaron en sus asientos. Entró Carbonell y ocupó su sitio. Poco después entraron el juez y la secretaria que debía levantar acta. Ésta se entretuvo emparejando las holandesas de papel cebolla con los papeles de calco y colocándolas en el rodillo de la máquina. El juez terminó de acomodarse y apoyó su reloj de pulsera sobre una de las pilas de carpetas. Alto, ojeroso, macilento como un modelo del Greco, su mirada transmitía una sensación de espiritualidad atormentada que podría ser simple cansancio. Sin molestarse en hacer ningún tipo de introducción, leyó como para sí párrafos sueltos del auto. Luego esbozó una sonrisa tensa y habló con voz pausada, consultando con desgana sus papeles.

—Don... Ramiro de Miguel Sancho y doña... Miriam Caro Campillo, ¿es así?

Ellos asintieron con un murmullo. La máquina de escribir tapaba los embarazosos silencios con su tableteo de ametralladora.

—¿Se ratifican en la demanda y en el convenio que en representación de ambos ha aportado el letrado don Bernabé Carbonell Esteban?

Ellos volvieron a murmurar su asentimiento. La máquina prolongaba las palabras de unos y otros en un eco difuso y después callaba.

—Díganme cuál es la razón del divorcio —dijo el juez.

Miriam y Ramiro se volvieron hacia el abogado, que intervino para decir:

—Es un divorcio de mutuo acuerdo, señoría. Y se ha acreditado el cese efectivo de la convivencia.

—Sé leer, señor letrado —dijo el juez, señalando el auto, y luego miró a los otros dos e insistió—: Díganme la razón. ¿Alcoholismo, toxicomanía, adulterio, violencia doméstica...?

—¡No, señor! —protestó Ramiro.

—Doña Miriam. ¿Alcoholismo, toxicomanía...?

—No, no. Nada de eso.

—Bueeeno... —dijo el juez, que se quitó las gafas, se frotó el puente de la nariz y se volvió a poner las gafas—. Tienen hijos, ¿verdad?

—Dos —dijo Ramiro.

—¿Cómo se llaman?

—Daniel y Elías.

—¿Se dan cuenta de que una decisión como la que han tomado afecta directamente a terceras personas? Y no a cualquier persona: a sus dos hijos. Ahora díganme: ¿por qué se quieren divorciar?

El sonido de la máquina de escribir introducía un ligero desfase en las reacciones de unos y otros, que parecían esperar a la siguiente pausa para tener ocasión de manifestarse. Carbonell se removió inquieto en su asiento.

—Le repito, señoría...

—No me interrumpa, señor letrado. Y ustedes préstenme atención unos minutos. —Aquí el juez calló brevemente para darles tiempo de intercambiar una mirada de desconcierto—. Es evidente que no se unieron en un matrimonio civil sino religioso y que, al hacerlo, eran plenamente conscientes de los compromisos que estaban contrayendo. ¿Me equivoco? No, no me equivoco. Estaremos de acuerdo en que el matrimonio, tanto el civil como el religioso, es un vínculo que no debe tomarse a la ligera. Por mucho que la ley lo autorice, una simple riña, una discusión, ni siquiera unas..., ¿cómo decirlo?, unas ocasionales diferencias de criterio... Nada de eso puede bastar para deshacer la sociedad conyugal. Ustedes son gente culta y sensata, ciudadanos respetuosos de la ley, y comprenderán fácilmente que no sería razonable. No lo sería para ustedes mismos ni para sus hijos ni para la sociedad en general, que tiene en la familia, y por tanto en el matrimonio, el fundamento último de su cohesión y su razón de ser. En su caso no concurren circunstancias como el alcoholismo, la toxicomanía, el adulterio... Ustedes quieren divorciarse porque quieren divorciarse, pero eso no es una razón: eso es una tautología. ¿Saben lo que es una tautología?

Carbonell no podía disimular su irritación:

—Señoría, ¿quiere usted decir que...?

El juez se armó de paciencia:

—Quiero decir que el caso está visto para sentencia, señor letrado, y no espere que haya sorpresas. Y en cuanto a ustedes... Seguro que los lazos afectivos que les han unido durante años y que les llevaron a crear una familia siguen existiendo. No puede ser de otra manera, así que dense una oportunidad. Es su obligación. Buenos días.

Para bajar las escaleras, Carbonell se agarraba con fuerza al pasamano. Estaba indignado.

—¡Esto es surrealista! Conozco a este juez y sé de qué pie cojea, ¡pero jamás me habría imaginado que podía llegar a este extremo! A ver cómo se lo explico yo ahora a doña Mercedes... Ustedes no se preocupen. Y a usted, Ramiro, voy a ahorrarle el viaje y las molestias. Pásese esta tarde por el despacho a firmarme unos papeles. No hará falta que esté presente la próxima vez.

—¿La próxima vez?

—¡Claro! Habrá que presentar otra demanda de divorcio. ¡Confiemos en que en el reparto no nos vuelva a tocar el mismo juez! Por si acaso, adornaré un poco la redacción.

—¿Qué quiere decir? —dijo Miriam.

—Si no basta con el mutuo acuerdo, tendremos que poner algo más, ¿no? Eso déjenlo en mis manos. —Y luego como recitando una letanía agregó—: «Han surgido graves desavenencias que impiden seguir con la vida en común, bla-blabla, así como una conducta injuriosa o vejatoria, bla-bla, o cualquier otra violación grave y reiterada de los deberes conyugales...»

—Pero es que no es cierto —dijo Ramiro.

—Me da lo mismo si es cierto o no —dijo el abogado.

—¿De verdad es necesario poner todo eso, lo de la conducta injuriosa, lo de la violación grave? —dijo Miriam.

Estaban ya llegando al vestíbulo. Carbonell soltó la barandilla y se ajustó la americana, que, como si no fuera de su talla, le formaba grandes pliegues en los hombros. Se volvió hacia los otros dos.

—A ver si nos aclaramos. ¿Quieren divorciarse o no? —dijo y, dándoles la espalda, salió al encuentro de Mercedes.

Miriam y Ramiro se miraron en silencio y echaron a andar, muy despacio. Cuando no estaban en presencia de otras personas, les costaba comportarse con naturalidad.

—¿Por qué lo has aceptado todo sin rechistar? —dijo ella—. ¿Tanta prisa tenías?

—Prisa la tuya, ¿no? Yo no elegí al abogado. ¿Qué le dijiste? ¿Que querías que fuéramos los primeros?

—Son cosas de... —Miriam apartó la mirada y agregó—: Tienes razón. Lo siento.

Ramiro sonrió y soltó aire por la nariz. En su voz se mezclaron ahora el resentimiento y la ternura:

—Estás muy guapa. Te conservas bien. No como yo... Trabajo demasiado. Pero no me quejo. Me gusta lo que hago, sólo que no tengo tiempo libre ni vida privada...

—Tendrás alguna amiga, supongo...

Ramiro negó con un bufido, y se las arregló para dejar en el aire la misma cuestión. Miriam se apresuró a negar con la cabeza. Se pararon delante de la puerta. A través del cristal veían a Mercedes discutir con el abogado. Ramiro empezó a tararear suave, muy suavemente:

—«Vuelvo a la playa donde te conocí y el mar me canta así...»

Si creía que ella se le iba a unir en el estribillo, se equivocaba, y su «*¡Downtown!*» sonó triste y desangelado. Miriam tragó saliva. Ramiro dejó pasar unos segundos y volvió a susurrar:

—«Y los amigos que antaño dejé van saludándome: *¡Downtown...!*»

Miriam cerró los ojos con fuerza. Estaba a punto de echarse a llorar.

—No, por favor...

Ramiro le cogió una mano.

—¿Y si el juez tiene razón? ¿Y si tenemos que darnos una oportunidad? Piénsalo. Tal vez sea lo mejor. Podríamos volver a ser los de antes, ¿te acuerdas? Empezar de nuevo, en cualquier sitio. Seguro que los chicos... —En su voz había un matiz de apremio y ansiedad—. He quedado esta tarde con ellos para despedirme. Estaremos en la piscina. Ven, por favor. Ven.

No siguió hablando porque Mercedes, que había dejado a la perra a cargo de Carbonell, se acercaba haciendo ostensibles gestos de disgusto. Miriam se soltó de la mano de Ramiro para ajustarse en el hombro el asa del bolso.

—¡Si el policía ese no me hubiera prohibido entrar, esto no habría pasado! —clamó Mercedes—. Carbonell me ha asegurado que es sólo cuestión de tiempo. ¿Pero qué se puede esperar de un inútil como él? Vámonos, hija. Aquí no pintamos nada.

Miriam envió a Ramiro una mirada de despedida y siguió a su madre. Ramiro le dijo adiós con la mano.

—Miriam... —susurró.

El Tiro de Pichón estaba en un soto junto a la ribera del Ebro, en el barrio de la Química. El portero saludó a los chicos e hizo un gesto en dirección a Ramiro.

—Es nuestro padre —explicó Elías.

Se encaminaron hacia el edificio central, un caserón de vaga inspiración Tudor, con las paredes cubiertas de hiedra y enredadera.

—¿Ya no está José Mari? —dijo Ramiro.

—Se jubiló hace tiempo.

—¿Le habéis dicho a vuestra madre que pasaríamos la tarde aquí?

Daniel y Elías asintieron con la cabeza. Ramiro sonrió. Estaban de buen humor. Dieron un paseo por la terraza y la piscina y se acercaron a la cancha de tiro, donde había un hombre entrenando. De sendos lanzaplatos protegidos por vallas de madera salían cada pocos segundos los platillos de arcilla. Cada vez que el tirador disparaba, se desplazaba unos pasos por la amplia media luna que unía los lanzaplatos.

—¿Os acordáis de cuando erais pequeños? —dijo Ramiro—. Os gustaba recoger los restos de los platillos y luego en casa intentábamos recomponerlos. ¡Qué difícil era conseguir que encajaran los trozos!

Ramiro, que no había llevado bañador, se sentó en una silla a la sombra. La piscina estaba casi vacía. Daniel y Elías se cambiaron en el vestuario y se dieron un chapuzón. Luego se dejaron caer sobre el césped para secarse al sol. Ramiro hizo señas al camarero. Cuando éste terminó de servirles los refrescos, esperó a que se alejara y dijo:

—¿También Manolo se ha jubilado?

—A Manolo lo echaron —dijo Daniel.

—Dicen que espiaba el vestuario de mujeres —dijo Elías.

—¡Menudo pájaro!

Hablaron de cualquier cosa. Como Ramiro iba corriendo la silla a medida que el sol la alcanzaba, cada vez tenían que levantar más la voz. Para no alejarse tanto que tuvieran que acabar conversando a gritos, también ellos, sin cruzar nunca la línea de sombra, iban poco a poco cambiando de sitio. El resultado era un lento pero continuado movimiento de rotación en torno a la piscina.

—¡Acabaremos dando la vuelta al jardín! —rio Ramiro.

Hacía tiempo que el tirador había acabado su tanda de disparos, y del río llegaban ráfagas de brisa que mecían con suavidad las ramas de los árboles. Se estaba bien a la sombra, arrullados por el rumor de las hojas. Al cabo de un rato, volvieron a oírse disparos. Aunque desde donde estaban no podía verse la cancha, sonaban como si estuviera justo al lado. A Ramiro se le estaba pasando el buen humor.

—¡Pum, pum, pum! —exclamó—. Lo peor son los intervalos: ¡pum!, tres segundos, ¡pum!, tres segundos... Casi me molesta más el silencio que el ruido.

Llamó al camarero y pidió otra ronda de refrescos. Indicó con la cabeza la cancha de tiro. Protestó:

—¿Ese hombre no se cansa nunca?

El sol se ocultó detrás de los árboles. Los chicos, ya en ropa de calle, arrastraron unas sillas y se sentaron junto a su padre. Ya no quedaba nadie en la piscina.

—¿A qué hora nos iremos? —dijo Daniel.

—¿Tanta prisa tenéis? —dijo Ramiro con gesto sombrío.

Se fueron cuando ya era de noche y sólo quedaban los empleados del club.

—Cogeremos el taxi en Echegaray y Caballero —anunció, avanzando con determinación por el mal iluminado camino de grava.

Encontraron pronto el taxi. Ramiro se sentó delante y sus hijos detrás. Hizo casi todo el trayecto vuelto hacia ellos.

—¿Seguro que le habéis recordado...? —empezó a decir, pero se interrumpió—. ¿Cómo iba vestida? ¿Cómo iba vestida vuestra madre?

Daniel y Elías se miraron extrañados.

—¡Sí! ¿Cómo iba? La habéis visto por la mañana, luego habéis comido con ella... ¿Cómo iba? ¿Qué llevaba puesto?

—Un pantalón vaquero —dijo Elías—. Le gusta llevar pantalones vaqueros.

—¿Qué más?

—Una camisa blanca —dijo Daniel—. De manga corta.

—Con uno de esos colgantes medio *hippies*... —añadió Elías—. Un colgante con piedrecitas de colores.

—¿Y el bolso? —dijo Ramiro—. ¿Qué bolso llevaba?

—Uno de esos de trozos de tela... —dijo Daniel—. ¿Cómo se llama?

—*Patchwork* —dijo Elías.

—Eso: *patchwork*.

—¿Y los zapatos?

—Unas sandalias, creo —dijo Elías—. Unas sandalias blancas con un poco de tacón.

—¡Es verdad! ¡Unas sandalias! ¡Unas sandalias blancas! —exclamó Ramiro, esbozando por primera vez en varias horas una sonrisa. Había logrado fijar para siempre su último recuerdo de Miriam.

Al acabar COU, se había matriculado en Historia sólo porque era la carrera elegida por la protagonista de sus fantasías, María Izquierdo. Aunque en el colegio no habían llegado a cruzar más de dos frases seguidas, creía que en la universidad, rodeados de desconocidos, le resultaría sencillo entablar algún tipo de relación. Lo cierto, sin embargo, es que el primer día de clase se saludaron con frialdad y ya nada fue como lo había imaginado. María Izquierdo seguía siendo tan guapa como dos meses antes, pero su belleza, que tantos momentos de exaltación solitaria había inspirado, ya sólo le provocaba una admiración indiferente, como los elaborados retablos de las catedrales o el vistoso diseño de las alas de las mariposas. Qué extraños mecanismos los del deseo, que un día es capaz de ofuscarnos hasta el delirio y al día siguiente nos abandona sin razón aparente...

En la facultad, ciertamente, nada era como lo había imaginado. Elías, que en COU se había acostumbrado a verse a sí mismo como un impostor o un intruso en un mundo que no era el suyo, veía ahora a los demás también como impostores o intrusos. Nadie parecía ser quien de verdad era, y de ahí el bullicioso desconcierto de los primeros días y el manifiesto desdén de los profesores y esa sensación como de estar siempre equivocándose en algo. Con alguna frecuencia soñaba que estaba desnudo o medio desnudo y que el profesor le buscaba con la mirada para hacerle una pregunta que él ni siquiera era capaz de descifrar. Su sueño copiaba al menos un elemento de la realidad: las aulas estaban siempre atestadas y los estudiantes que llegaban últimos se repartían por la tarima, el pasillo y las repisas de los radiadores. Por huir de ese amontonamiento pidió el cambio al horario nocturno, en el que el número de inscritos era muy inferior y su asistencia a las clases muy irregular. En nocturno, casi todos los alumnos pasaban de los veinticinco años y compatibilizaban los estudios con el trabajo. Ante ellos, para alivio suyo, era imposible fingir ser algo distinto de lo que era: un neófito, un principiante, un bisoño. Como Elías era de los pocos que no tenían motivos para faltar, a menudo recurrían a él para pedirle los apuntes, lo que le ayudó a hacer las primeras amistades. Le halagaba la simple idea de relacionarse con esos compañeros ocho o diez años mayores que él, que vivían por su cuenta y no pedían dinero en casa. Algunos eran de pueblos y ciudades en los que nunca había estado y tenían aficiones (o, como se decía entonces, «inquietudes») que los situaban en un nivel muy superior al de los estudiantes de diurno. Sí, había hecho muy bien en cambiar.

De todos modos, el hacinamiento de las aulas no había sido la única razón. El Elías de ese mes de septiembre no era ya el mismo de antes del verano. El incendio del Corona de Aragón había sacudido su vida con violencia. Por un lado, se había visto obligado a perdonar o, más bien, a preguntarse qué autoridad tenía él para juzgar a nadie. Que su madre pudiera tener un amante era el más arraigado de sus temores adolescentes. ¡Su madre practicando el sexo, su madre compartiendo su intimidad con un desconocido, su madre cuchicheándole cosas al oído y lanzándole besos como una colegiala casquivana! Elías se decía que no era una cuestión de honra o reputación, y que lo que le dolía era la ocultación y el engaño. ¿Pero cómo podía sentirse engañado alguien a quien ocultaban algo que por nada del mundo querría conocer? El volumen de sus propias contradicciones le tenía aturdido. Poco a poco, fueron abriéndose camino unas pocas certezas inesperadas: su madre, sencillamente, no era como él creía que era, y él no podía seguir comportándose de la misma manera ante una persona que se había revelado tan diferente.

Felisa seguía encargándose de la limpieza doméstica, pero de fregar los cacharros se ocupaban los chicos. Una mañana, mientras Elías buscaba en la nevera algo para desayunar, la mujer señaló el fregadero, rebosante de vajilla del día anterior.

—¡Eso díselo a Daniel! —protestó él—. Yo fregué mi parte.

—Cuánto egoísmo... ¿Cómo sería el mundo si sólo arregláramos lo que estropeamos?

—Vaaale, vaaale... Aparta —dijo Elías, y las palabras de Felisa siguieron resonando en su cabeza con la fuerza de las verdades antiguas.

Era todavía la época en la que Miriam apenas si se levantaba de la cama. Las pocas veces que había intentado salir de casa lo había hecho atenazada por el miedo a una de sus habituales crisis de ansiedad. La primera vez le había ocurrido el mismo día en que le dieron el alta en el Hospital Provincial. Aparentemente, no había habido nada que la hubiera provocado. Estaba cruzando la Gran Vía a la altura del Bingo Real Zaragoza y, de repente, empezó a sentirse mal.

—¡Ay, Dios! —exclamó, llevándose una mano al pecho.

Mercedes y Sara estaban con ella.

—¿Qué tienes, hija? ¿Qué te pasa?

—¡Ay, Dios! —decía ella nada más.

La sentaron en uno de los bancos del bulevar. Sara corrió a mojar un pañuelo en una fuente. Le refrescaron la frente y el cuello. Pasados unos minutos, empezó a recuperarse.

—Creía que me moría... —dijo—. Todo daba vueltas a mi alrededor, se me ha disparado el corazón... No podía ni respirar. Y lo más raro es que no tenía la sensación de estar aquí, con vosotras.

—¿Estás mejor ahora?

—Vámonos a casa.

Las crisis siguientes se desataron de forma igualmente inesperada y siempre fuera de casa (en un ascensor, en un taxi, en el supermercado), y Miriam llegó a creer que la cama era el único refugio seguro. Pero tampoco era así, porque en la cama le asaltaban de vez en cuando imágenes de pesadilla en las que se veía a sí misma arrinconada en un pasillo lleno de humo o asomándose a un balcón como el del Corona. Era todo tan vívido que hasta percibía un sabor como a ceniza en los labios, y luego, al despertar, le costaba creer que nada de eso fuera real.

Mercedes dormía varias noches a la semana en el piso para cuidar a su hija. Daniel y Elías eran buenos chicos, pero tan inútiles que era imposible fiarse de ellos. No sólo había que ocuparse de la casa y de Miriam sino también de las marcas de ropa que representaba. Esto era, curiosamente, con lo que más disfrutaba. Se sentaba junto al teléfono y despachaba con unos y con otros como si los conociera desde siempre y llevara toda la vida vendiéndoles patucos y camisetas térmicas. Para mandar las facturas y enseñar los muestrarios recurría al principio a Elías y luego, en cuanto Daniel hubo terminado la mili, a los dos nietos, que cumplían los encargos con cierta indolencia. Al final de la tarde, ordenaba los nuevos pedidos sobre la cama de la postrada y lloriqueante Miriam, hacía las cuentas con la ayuda de una de las viejas calculadoras restauradas por Ramiro y decía:

—La cosa es tener contentos a tus fabricantes. —Así lo decía: tus fabricantes—. Mañana haré otra ronda de llamadas.

—No sabes cómo te lo agradezco, mamá. No me veo con fuerzas para...

—¡Tú te callas! ¡No hay nada que agradecer!

La vieja Mercedes ya sólo sabía expresar ternura de un modo brusco y expeditivo, como si lo considerara una manifestación de flaqueza. Anotaba entradas y salidas en el libro de contabilidad e inclinaba la cabeza para mirar a su hija por encima de la montura de las gafas.

—Mañana iré a correos para el giro postal. ¿No habría que decirle a Ramiro que mandara más dinero? Los chicos son mayores. Tienen más necesidades.

—Déjalo. Hace lo que puede.

—Está bien. No quiero meterme en tus cosas.

Decía que no quería meterse en sus cosas, pero estaba claro que había invadido definitivamente su vida. Hasta parecía fastidiarle tener que delegar algunas funciones en sus nietos, y a veces, si le cogía de paso para algún recado, aprovechaba para visitar a algún cliente y alabar las nuevas piezas del muestrario. Elías se avergonzaba de ver a su anciana abuela yendo con la maleta de tienda en tienda y trataba por todos los medios de disuadirla. Daniel, en cambio, se reía. «¿Por qué te esfuerzas? ¿No ves lo bien que se lo pasa?», decía, y la mayoría de las veces se limitaban a llamar a Felisa para que la llevara a las tiendas en el Dodge.

Una tarde, después de hacer las cuentas, encendió todas las luces del dormitorio de Miriam y dijo:

—¿Cuánto hace que no se pintan estas paredes? ¡Cielo santo, qué desconchados!

El lunes siguiente, una cuadrilla de pintores estaba ya trabajando en el pasillo. Mercedes, que casi ni se molestó en consultar los colores con su hija, no paraba de dar instrucciones: en cuanto acabaran con el pasillo, el salón, y después los baños y el cuarto de los chicos... La cocina no se había reformado desde que, veinte años antes, compraron el piso, y los azulejos estaban agrietados y el techo sucio de grasa. Mercedes dijo que aquello era un desastre y fue decidiendo sobre la marcha qué muebles y electrodomésticos podían salvarse y cuáles no. Del dinero que costaba todo aquello nunca llegaron a hablar. Ahora que Mercedes conocía el estado de las finanzas familiares, se sobrentendía que los gastos corrían de su cuenta, cosa que madre e hija aceptaron con naturalidad.

Hacia el verano siguiente, coincidiendo con una notable mejoría de la salud de Miriam, la reforma pudo darse por concluida. El piso, renovado, alegre, luminoso, parecía proponerse como una metáfora de la nueva etapa que se abría en su vida. ¿Podía ser que eso contribuyera a su restablecimiento? Mercedes no le permitió entrar en la cocina hasta que los obreros hubieron terminado su trabajo. Miriam se llevó una mano a la boca y abrió mucho los ojos.

—¡Dios bendito! ¡Qué maravilla!

Los nuevos azulejos resplandecían bajo los potentes neones. Donde antes estaba la mesa había ahora un mostrador con taburetes altos y armaritos empotrados. En el tabique habían abierto un arco que permitía que entrara toda la luz de la galería. De la única pared que quedaba libre colgaban varios platos de cerámica (y, ¡ay!, también un par de escayolas de las que Mercedes y Felisa coloreaban). Miriam se asomó al interior del horno y abrió y cerró un par de cajones, que se deslizaban ligeros sobre sus rieles.

—¡Qué maravilla! —volvió a decir—. ¡Qué cocina tan...!

Mercedes, satisfecha, señaló el hueco reservado para el reloj.

—El que había era un tastarro. Pero no nos hemos puesto de acuerdo —dijo en alusión a Felisa, que aclaró:

—Quiere decir que no ha encontrado ninguno que le gustara.

Mercedes ignoró el comentario y descolgó el teléfono de pared.

—¿Te has fijado? He hecho poner un supletorio. Más cómodo así, ¿no?

Miriam agarró el receptor, que en lugar del clásico disco con los números tenía teclado.

—¡Qué moderno!

Para entonces habían pasado más de dos meses desde su última crisis de ansiedad. Había recuperado algo de peso y empezado otra vez a preocuparse por su aspecto. A sus cincuenta años (y a pesar de sus acusadas patas de gallo), seguía siendo una mujer guapa. Lo único que le faltaba, como decía su madre, era actitud. Y la actitud, como si tuviera algo que ver con el bronceado, regresó a ella durante las dos semanas de agosto que pasó con Mercedes y Felisa en un hotelito cercano a Fuenterrabía. ¡Qué felicidad tumbarse bajo una sombrilla y notar cómo la brisa del Cantábrico le erizaba el vello! ¡Qué felicidad volver a sentirse viva! Todo fue bien entre ellas durante esas dos semanas, y a comienzos de septiembre estaba otra vez en condiciones de ponerse a trabajar. Desde la tragedia del Corona, que nadie osaba mencionar en su presencia, había pasado algo más de un año. Ahora ni la madre ni la hija querían recordarlo, pero apenas unos días antes del incendio, cuando Miriam acudió de noche al chalet en busca de Elías, habían estado en un tris de romper relaciones y enemistarse para siempre... Mercedes sabía que a menudo la vida avanzaba dando bandazos. Una desgracia como la del hotel Corona le había servido al menos para recuperar a su hija, que volvía a ser suya como cuando vivían en Melilla, sin intromisiones de otras personas, de gente que no fuera de su sangre.

Fue Mercedes la que puso a trabajar a Carbonell en la demanda de divorcio. Lo hacía todo con la mejor intención. Como Miriam se había convertido en una mujer definitivamente dubitativa e insegura, alguien tenía que ayudarla a tomar decisiones, ¿y qué mejor decisión que liberarla para siempre del oneroso lastre del pasado? Sus creencias religiosas no constituían ningún impedimento: ante la ley de Dios el mal ya estaba hecho, y ahora se trataba de regularizar la situación conforme a la ley de los hombres, una ley que a esos efectos estaba todavía a medio hacer. En las reuniones con Carbonell, Miriam dejaba a su madre llevar la voz cantante y se limitaba a asentir. Cuando se produjo el fiasco del juzgado, la que más se disgustó fue la propia Mercedes, que por el bien de su hija confiaba en un desenlace rápido y sin consecuencias, como una pequeña intervención quirúrgica. Esa tarde, temiendo que estuviera pasándolo mal, fue a visitarla después de comer. Abrió con su propia llave y se la encontró delante del espejo del recibidor, preparada para salir.

—¿Ibas a algún sitio?

Miriam contestó con voz temblorosa, como una niña cogida en falta:

—Pensaba... dar una vuelta. Ir de tiendas. Cualquier cosa. Para distraerme.

—¿Y los chicos?

—En la piscina.

—Te veo muy arreglada. —Sonrió para dar a entender que sus halagos no iban del todo en serio—. Si te lo propusieras, los tendrías a todos a tus pies. Un viudo es lo que te convendría. Un viudo sin hijos. Aunque, en realidad, ¿para qué, con lo bien que se está sola?

—Mmm... —dijo Miriam, encogiéndose de hombros.

—Felisa está abajo con el coche. Vámonos a una terraza a tomar un helado. ¡Hace una tarde tan buena!

Miriam se sentó en el asiento trasero. Felisa se frotó las manos.

—¿Dónde vamos? —dijo.

El Dodge arrancó en dirección a la plaza de Paraíso. Llevaban todas las ventanillas bajadas y el aire les alborotaba el pelo. Para que Miriam la oyera, su madre tenía que alzar la voz.

—¡Tú no te preocupes de nada! ¡Ya has oído a Carbonell! ¡Es sólo cuestión de tiempo! Pero ese hombre..., ¡qué decepción! ¡Seguro que cualquier abogadillo joven lo habría hecho mejor! ¿Quieres que la nueva demanda la presente otro abogado? ¡A Carbonell no le debemos nada! ¡Si quieres que cambiemos, cambiamos!

Miriam, ovillada en una esquina, guardaba silencio.

—¿Dónde vamos? —repitió Felisa.

Sin rumbo preciso, el coche dejó atrás Independencia y el Coso y siguió en dirección al Ebro. Pasaron el Mercado Central y, al llegar al puente de Santiago, doblaron hacia la izquierda por Echegaray y Caballero. Mercedes no paraba de hablar:

—¡Entre tus antiguas alumnas habrá varias que habrán terminado la carrera! ¡Seguro que alguna de ellas habrá estudiado Derecho! ¡Tendríamos que haber preguntado! ¡Para las nuevas leyes, nuevos abogados! ¡Hay que adaptarse a los tiempos...!

A pesar del ruido, se dieron cuenta de que Miriam se había echado a llorar. Felisa subió al bordillo las ruedas del lado derecho y paró el motor. A no muchos metros de ellas, el río bajaba casi sin agua.

—¿Qué te ocurre, hija? ¿Por qué lloras? —Mercedes estaba alarmada—. ¿Te está dando otra crisis?

Miriam negó con la cabeza. Desde donde estaban, si aguzaran el oído, podrían seguramente oír el sonido de los disparos en el Tiro de Pichón. Los mismos disparos que sin duda estaban oyendo Ramiro y los chicos.

—No me digas que no te pasa nada... ¡Algo te ocurre!

Felisa le pasó un pañuelo. Miriam se sonó los mocos.

—Un helado te sentará bien. Felisa, ¿no íbamos a una terraza?

—Llevadme a casa, por favor.

—¡Pero, hija...!

—Quiero ir a casa.

—Si estás preocupada por lo de esta mañana, ya te he dicho que... ¡Cambiamos de abogado! ¡Lo tengo decidido! No quiero que dentro de unos meses tengas que volver a pasar por esto.

—No es eso, mamá. No es eso.

—¿Entonces qué es?

—He echado mi vida a perder. Eso es.

—¡Pero, hija...! ¿Por qué dices eso?

—Felisa, llévame a casa, por favor.

Felisa y Mercedes intercambiaron una mirada de inquietud. El Dodge, haciendo un giro no permitido, tomó Echegaray y Caballero en sentido inverso. El viento seguía entrando por las ventanillas y alborotándoles el pelo.

Resultaba engorroso dar explicaciones sobre la presencia de su madre en el hotel el día del incendio, así que, si alguna vez le preguntaban por ella, se limitaba a decir que llevaba meses enferma. Con la excusa de las muchas horas que supuestamente dedicaba a sustituirla en el trabajo, faltaba a clase con frecuencia, y ahora eran otros los que tomaban los apuntes para él. Llegaron las fechas de los exámenes finales, y Elías se los preparó sólo a medias y ni siquiera se presentó a la recuperación del suspenso que arrastraba desde primero. Dos años después de haber comenzado Historia, seguía sin estar convencido de su elección. Si no había abandonado la carrera era sobre todo por el grupo de teatro de la facultad. Los había conocido a finales del primer curso, cuando le pidieron que firmara una reclamación dirigida al decano.

—¡Es una vergüenza que se subvencione a los tunos! ¿Para qué necesitamos una tuna en la facultad? ¿Sabías que más de la mitad de los miembros no son ni universitarios? ¡Esos mamarrachos disfrazados de vampiros!

La que con tanta exaltación hablaba de la tuna de Historia era Ángela, una chica de tercero con la cara moteada de pecas. Elías no tenía una idea formada sobre los tunos, pero dijo:

—¡Sí! ¡Menudos mamarrachos!

No sólo firmó el documento sino que se incorporó a la delegación de alumnos que acudió a entrevistarse con el decano. Éste prometió estudiar el caso con atención e incluirlo en el orden del día de la siguiente junta de facultad. Cuando salieron del despacho, todos daban por seguro que al menos una parte de los fondos destinados a la tuna iba a ser para ellos, el grupo de teatro.

—La cuestión es armar jaleo —dijo Miguel Ángel, un esmirriado al que los demás reconocían algún tipo de liderazgo intelectual.

En efecto, el dinero de la tuna acabó siendo para ellos, y con el patrocinio de la facultad resultó sencillo conseguir que el vicerrectorado les cediera un local donde ensayar. El grupo se hacía llamar Duelos y Quebrantos en referencia a la fritada de sesos y torreznos mencionada al comienzo del *Quijote*. A todos les parecía que esa mezcla de alta cultura y casquería reflejaba muy bien el espíritu de lo que querían hacer: una revisión del pasado español a la luz del esperpento y el carnaval. Las ideas que manejaba Miguel Ángel procedían directamente de los artículos semanales de José Monleón, crítico teatral de la revista *Triunfo*: depuración y búsqueda de un lenguaje teatral propio, lucha por conseguir coherencia ideológica y estética, reflexión sobre el fenómeno dramático, organización del trabajo en cooperativa y abolición de las jerarquías, el teatro como lugar de encuentro y confrontación, superioridad de la representación sobre el texto... A esas alturas, tales conceptos desprendían ya un inequívoco tufillo a lugar común, pero ellos no se daban cuenta. Cuando Miguel Ángel se enardecía hablando de Valle-Inclán y de Bajtin, los demás, para ocultar su propia ignorancia, le daban la razón y se apresuraban a hablar de los autores que habían leído. A Elías aquellas discusiones teóricas le parecían muy estimulantes, aunque luego todo se reducía a disfrazarse de personajes históricos y hacer un poco el ganso sobre el escenario.

El primer espectáculo en el que participó estaba claramente inspirado en el Fellini de *Roma*. Los actores, disfrazados de obispos y de monjas, improvisaban un pomposo pase de modelos. Luego uno de ellos se presentaba como el cardenal Cisneros y, tras dar unos pasos de claqué, contaba un par de chistes anticlericales. Después, sin atenerse nunca a un orden preestablecido, una Santa Teresa de Jesús explicaba el funcionamiento de una yogurtera y una Sor Patrocinio anunciaba un novedoso producto para la depilación a la cera... Así todo. Hacían las representaciones en colegios mayores, asociaciones de vecinos y centros culturales de pueblos, y con lo poco que recaudaban compraban cajas de bebidas y se encerraban a emborracharse en el local. En esas juergas siempre había alguna amiga dispuesta a pasar un buen rato. Eran chicas libres de prejuicios y enemigas de los convencionalismos. Elías, que procuraba no beber demasiado, sabía esperar su momento. En cuanto veía que empezaban a formarse las parejas, se acercaba a alguna de las chicas que iban quedando libres y apoyaba la cabeza en su hombro. Si no percibía ningún gesto de rechazo, le rodeaba el talle con el brazo y no tardaban en buscar un sitio apartado donde darse un revolcón, y lo que más le sorprendía era que al día siguiente nadie parecía acordarse de lo ocurrido.

Los periódicos y radios locales, cuando no les ignoraban, les dedicaban unas críticas más bien tibias, que ellos atribuían a la clásica mojigatería provinciana. «Lo importante es lo que dirán en *Triunfo* y en *Cambio 16* cuando vayamos a algún festival», decía Miguel Ángel, pero nunca fueron invitados a ningún festival y, por tanto, ni *Triun-*

*fo* ni *Cambio 16* llegaron a hacerse eco de su existencia. Para entonces, el teatro independiente, que muy pocos años antes había gozado del favor del público joven, estaba ya en decadencia, y cada cierto tiempo alguno de los miembros del grupo se desanimaba y lo abandonaba. Elías intervino muy activamente en la preparación del que sería su mayor éxito, una comedia satírica sobre la reina Isabel II que titularon *Patochada de la Isabelona (vodevil vil vil).* Con un cojín en la tripa para simular un embarazo, la reina compartía escenario con su amanerado esposo, su intrigante madre y una disparatada corte de favoritos en diferentes grados de cachondez (que coreaban versos del tipo «Isabelona tan frescachona y don Paquito tan mariquito» o «Paco Natillas es de pasta flora y mea en cuclillas como las señoras»), y en el último acto, sin el menor respeto a la cronología, aparecía el cura Merino para acabar con todos a cuchilladas. En su afán por dar la campanada (y también porque había más actrices que actores), decidieron que los papeles masculinos los interpretarían mujeres y los femeninos hombres, de tal modo que al propio Elías le correspondió hacer de reina Isabel. Las primeras funciones (que ellos llamaban ensayos con público) las hicieron en pueblos de los alrededores, y allí descubrieron que el efecto sorpresa del cambio de sexos duraba muy poco y que a partir de cierto momento la gente empezaba a bostezar. También descubrieron que lo que más gracia hacía era que actores y actrices enseñaran el culo. Lo descubrieron de forma accidental cuando a la chica que interpretaba a Serrano, «el general bonito», se le soltaron los imperdibles del pantalón y sus nalgas blancas y temblonas quedaron al aire. Como la *Patochada* era lo que Miguel Ángel llamaba una *work in progress*, decidieron incorporarlo a la representación, y no sólo para el personaje de Serrano sino para todos los demás, que en un momento u otro se alzaban las levitas o se bajaban las faldas para exhibir con orgullo sus redondos culos.

—¡El culo es subversivo! —exclamaba Miguel Ángel, alborozado—. ¡El culo es una herramienta al servicio de la revolución!

La presentación en Zaragoza la hicieron en el Colegio Mayor Cerbuna, y el público, compuesto sobre todo por universitarios desharrapados y chillones, les premió con carcajadas y aplausos. Cuando acabó la función, descorcharon unas botellas de sidra en el camerino y brindaron con vasos de plástico por lo que ellos consideraban la consagración definitiva de la compañía. Aún no se habían cambiado de ropa. Elías llevaba todavía puestos los tules baratos y las joyas falsas con que se caracterizaba como Isabel II.

—Preguntan por ti —le dijo Ángela.

Se asomó al patio de butacas, ya medio vacío, y en una de las filas delanteras vio a tres mujeres. Eran su madre, su abuela y Felisa. Tenían los bolsos sobre las rodillas y parecían haberse arreglado para un estreno en la Ópera de París, pero en su atildamiento había algo como descompuesto o raído. Esperaron muy serias a que llegara hasta ellas, y Mercedes dijo:

—Así que un drama histórico sobre conjuras palaciegas...

—¿Eso os había dicho Daniel? —dijo Elías, que lo había llevado todo en secreto—. Menudo cabrón.

—¡Esa lengua! —le advirtió Miriam.

—¡Qué escándalo, qué escándalo...! —exclamó Felisa, consternada.

—Sí —asintió Miriam—. No sé cómo hemos aguantado hasta el final.

—¡Pero qué antiguas sois! —se defendió él—. No tenéis ni idea de teatro moderno. ¿Habéis oído hablar de Beckett, de Brecht...?

—¿Otros que se disfrazan de señora y van enseñando el culo? —le interrumpió Mercedes, y Felisa agregó:

—¡Qué buenos azotes te daría yo!

—¡Y yo! —dijo Mercedes y, sin pensárselo dos veces, lanzó la mano hacia su nieto, que se apartó de un brinco.

—¿Te quieres estar quieta? ¡Tengo veintiún años!

—Soy tu abuela. Para mí sigues siendo el mismo mocoso de siempre.

Felisa, envalentonada, se puso de pie y consiguió alcanzarle el culo con la punta de los dedos.

—¿Te has vuelto loca?

Ahora la que, medio en broma, se levantó para pegarle fue Miriam, y Elías retrocedía dando pequeños pasos y recogiéndose la falda para no pisarse la cola. De repente, las tres mujeres lo encontraban todo muy divertido, y le seguían por el pasillo soltando cachetes en el aire.

—¡Que paréis de una vez! ¡Esto no es normal!

—¿Normal? ¡Tú sí que no eres normal! —gritaban ellas—. ¡Te vamos a enseñar lo que es normal y lo que no!

—¡Que os estéis quietas! ¡Que me dejéis en paz! —clamaba Elías, que tomó un poco de distancia e hizo ademán de levantarse el vestido—. ¿Conque no os gusta que vaya mostrando el culo por ahí? ¡Pues os vais a enterar!

Ellas, en vez de enfadarse más, soltaron ahora unos fingidos grititos de escándalo y echaron a correr. Elías salió en su persecución, balanceándose a uno y otro lado como si llevara un pie descalzo y el otro calzado. Atraídos por el follón, Miguel Ángel y los otros se asomaron a tiempo de verle levantar en brazos a su arrugada abuela como se alza a una recién casada.

—¡Pero si no pesas nada, abuelita! —reía—. ¡Si pesas menos que Fosca!

—¡Bájame inmediatamente! ¡Bájame! ¡Y no se te ocurra llamarme abuelita!

Elías ya no fantaseaba con la idea de iniciar una nueva vida donde nadie le conociera. Ahora sabía que su sitio estaba allí, al lado de su madre, siempre sometida a la voluntad de Mercedes, siempre temerosa de las suspicacias de Sara. ¿Qué derecho tenían las demás a juzgarla? Veía a su madre como a un pequeño animal herido, incapaz de valerse por sí mismo. Si no se encargaba él de protegerla en el delicado e inestable equilibrio familiar, ¿quién lo haría? Desde el incendio del Corona y la prolongada depresión posterior, se sentía responsable de su felicidad, que en realidad consistía en muy poca cosa: ocultarle los desaguisados de Daniel, atenuar el afectuoso pero opresivo autoritarismo de Mercedes, proporcionarle un mínimo de paz y confianza. No le costaba ningún esfuerzo. De todos los Elías posibles, había elegido ser el que usaba la cojera para reírse de sí mismo. El menos vulnerable, por tanto, y también el que de forma más natural podía ejercer la generosidad. Claro que siempre se las arreglaba para sacar algo a cambio, y ahora gozaba de una impunidad absoluta tanto ante su madre como ante su abuela, quienes, hiciera lo que hiciera, no sólo no se lo reprochaban sino que acababan riéndole las gracias. Elías era, ya se sabe, un jaimito, y de alguien como él lo más grave que podía esperarse no pasaba de ser una simple chiquillada.

—¿Cuánto va a tardar ese café? —gritaba, repantingándose en el sofá del chalet—. ¡Qué desastre! ¡Cómo está el servicio!

—¡Te voy a dar yo a ti servicio! —gruñía Mercedes desde la cocina.

Con la *Patochada* estuvieron casi dos años dando vueltas por pequeños escenarios de pueblos y barrios y, aunque ganaron muy poco dinero, en algún momento llegaron a creer que podrían vivir del teatro. Cuando Elías empezó a rumiar el proyecto del musical sobre Carlos V, consiguió que su abuela y Felisa le llevaran a conocer el monasterio de Yuste. Él mismo se ocupó de llamar para reservar habitaciones en el parador de Jarandilla de la Vera, un viejo castillo en el que el propio emperador se había alojado mientras concluían las obras de acondicionamiento del monasterio. Con esa displicencia cómica y pomposa con que se refería a su madre o a su abuela como «el servicio», hizo la reserva a nombre de «la Ilustrísima señora doña María de las Mercedes Campillo de Caro». Y, dando por sentado que el recepcionista le seguía el juego, añadió:

—Doña Mercedes agradecería que tanto su habitación como la de su edecán fueran silenciosas y soleadas. Buenas tardes.

Cuando llegaron a Jarandilla después del largo viaje en el Dodge, se había olvidado por completo de la bromita. Salieron del coche. Elías aprovechó para estirar las piernas y echar un vistazo al exterior del edificio mientras Mercedes y Felisa se llevaban a Fosca a hacer sus necesidades. Apareció un mozo para cargar con el equipaje, y Elías le siguió por el pequeño puente que daba acceso al castillo. Su sorpresa fue mayúscula cuando descubrió que los empleados, ataviados con fantasmagóricas vestimentas regionales, habían formado dos largas filas, al final de las cuales aguardaba el que parecía ser el director del establecimiento. Éste, un hombre al que un abigarrado mapa de psoriasis le asomaba por el cuello, saludó con una leve inclinación de cabeza.

—Usted debe de ser el edecán. Sea bienvenido. Confío en que las habitaciones sean de su gusto —dijo, ceremonioso, y Elías le devolvió la reverencia.

¿Por quién demonios les habían tomado? ¿Por unos Grandes de España? Pasaron unos segundos, y Mercedes y Felisa, ojerosas, despeinadas, con la ropa arrugada, entraron tirando de la correa de la perra. Tras un instante de estupor, observaron con recelo las dos filas de sirvientes.

Elías, carraspeando de forma ostentosa, improvisó un saludo protocolario que consistía más o menos en llevarse la mano al pecho y cabecear ligeramente hacia un lado. Para su sorpresa, muchos de los presentes le imitaron, y entonces se produjo un extraño hechizo. Dejando a Felisa atrás, Mercedes adoptó una pose de gran dama victoriana y, el busto erguido, la barbilla alta, la mirada puesta en algún punto alejado del mundo, avanzó decidida entre las dos filas de personas, repartiendo sonrisas a uno y otro lado. Su figura menuda parecía investida de una indiscutible majestad, y el propio director estaba tan impresionado que sólo acertó a decir:

—Hágame el honor, ilustrísima... —Y, abrumado, los condujo personalmente a sus habitaciones en la parte noble del edificio.

Aquélla sería para siempre la «entrada triunfal», una expresión que se incorporó al léxico de la familia para designar la llegada de cualquiera que hubiera levantado curiosidad o expectación o se hubiera hecho esperar más tiempo del previsto, y seguiría viva en sus conversaciones años después de la muerte de Mercedes. A partir de entonces, cada vez que alguien (fuera o no miembro de la familia y viniera o no a cuento) utilizaba esa expresión, Miriam o Daniel o Elías la completaba adoptando una actitud entre compungida y solícita y diciendo:

—Hágame el honor, ilustrísima...

Pero el viaje a Yuste también quedó grabado en la memoria familiar por la fractura de cadera por la que Mercedes hubo de ser trasladada a Talavera de la Reina e ingresada en el Hospital Nuestra Señora del Prado. La caída se produjo en la terraza del primer piso. Desde el principio, Elías había tenido algo así como el privilegio y la exclusiva de bañar a Fosca, y se enfadaba si la bañaban sin contar con él. La perra se dejaba hacer, intimidada y sumisa, y luego, para secarse, corría enloquecida de un lado para otro, salpicándolo todo, revolcándose en las alfombras, refrotándose con furia en los bajos del sofá. La bulla que acababa montándose hacía reír a Elías. Una noche, en el parador, mientras hacían tiempo para la cena, se la llevó a su habitación y aprovechó para bañarla. En cuanto la sacó de la bañera, la perra se sacudió el agua con violencia y escapó por la puerta, que había quedado entreabierta. Elías, riendo, la siguió por los pasillos y salones del primer piso. Mercedes y Felisa, en la terraza, los oyeron llegar y se levantaron para recibirles. Fosca pasó entre las piernas de Felisa y luego al lado de Mercedes, sin llegar siquiera a tocarla. Mercedes, no obstante, se tambaleó un poco, y para recuperar la estabilidad se agarró al respaldo de la silla más cercana, que resultó ser una mecedora. Fue una caída a cámara lenta. La mecedora se fue inclinando muy poco a poco y Mercedes iba como agachándose a la par, hasta que soltó la mano y la mecedora salió rebotada. Mercedes ni siquiera llegó a caerse del todo, porque paró el golpe con el brazo y quedó recostada sobre un lado. Pero al instante supo que se había roto algún hueso, y su manera de decir que no podía levantarse y que la lesión podía ser grave fue exclamar:

—¡Qué tontería, cielo santo! ¡Qué tontería! —Y Fosca, ajena a todo, proseguía con sus frenéticas carreras.

A la mañana siguiente, mientras los médicos trataban de reconstruirle la cadera con unos clavos, Felisa fue a la estación de Talavera a recoger a Miriam y a Sara. Elías permaneció todo ese tiempo en la sala de espera del hospital. Las circunstancias del accidente le habían provocado un intenso sentimiento de culpabilidad. ¿Por qué no había tenido más cuidado? ¡Nada de eso habría ocurrido si no se hubiera dejado abierta la puerta de la habitación! Por primera vez en cinco años volvió a rezar, y le parecía que ahora sus oraciones tenían un sentido. No era lo mismo rogar por la salvación espiritual de la humanidad que pedir algo concreto, como el restablecimiento de la salud de su abuela. Cuando el Dodge llegó de la estación, el médico ya había comparecido para decir que todo había ido bien y que en tres o cuatro semanas Mercedes volvería a hacer vida normal. Elías salió a recibirlas con los ojos aún enrojecidos.

Para el otoño, en efecto, las cosas recuperaron la normalidad. Pero algo había cambiado con el accidente. Mercedes regresó de Talavera con anemia, y Miriam y Sara empezaron a verla como a una anciana necesitada de vigilancia y cuidados. Era como si de golpe se hubieran dado cuenta de su avanzada edad, ochenta y dos años, y como si por primera vez hicieran cálculos sobre el poco tiempo que le quedaba de vida.

—Yo te llevaré a rehabilitación, abuela —se ofreció Daniel—. ¿Lunes, miércoles y viernes?

—¡Martes y jueves! —contestó Felisa a través de la ventana de la cocina.

—¿Pero tienes coche? —dijo Sara.

—¡La llevo en el Dodge! —asintió él—. En Residencial Paraíso, ¿verdad?

—Claro, en el Dodge... —murmuró Sara con leve retintín.

—Sí. En Residencial Paraíso —dijo Miriam.

—La puedo llevar yo —dijo Felisa, abriendo la puerta con ayuda de la cadera y dejando la bandeja de los cafés en la mesa del jardín.

—La puede llevar ella —concedió Sara, y Miriam la miró con rencor.

¡Qué irritante podía resultar su hermana! Daniel se ofrecía a ayudar, y Sara insinuaba (o eso le parecía a Miriam) que lo único que quería era exhibirse en el Dodge por las terrazas de los bares.

—La llevará Daniel —dijo, pero Mercedes negó con la cabeza:

—A rehabilitación ya veremos si voy.

Las dos hermanas intercambiaron una sonrisita condescendiente. Miriam pensó que la fuerza de su hermana y la de su madre apuntaban en direcciones opuestas. Como la corriente de un río: la de Sara en contra, la de Mercedes a favor. Su propia fuerza tal vez no fuera más que una prolongación de la de ésta, lo que hacía aún más angustiosa la idea de que algún día no muy lejano pudiera faltar. Sara señaló la puerta:

—Tendrías que poner una de esas cortinas de tubitos —dijo—. Como en los bares de pueblo. Por los bichos.

—Estamos en otoño —dijo Felisa—. Ya casi no hay bichos.

Los hijos de Sara estaban dentro, viendo la televisión. Elías, tirado en el césped, alargaba el brazo para coger las bolas secas caídas del seto y las lanzaba con desgana. La perra, a su lado, se limitaba a seguirlas con la mirada.

—Está vieja. Se cansa pronto —dijo.

—¿Hablas de mí? —dijo Mercedes.

—Hablo de Fosca.

—Pues como si hablaras de mí. Tal para cual.

—¡Ay, mamá! —protestó Sara, zalamera.

Siguieron organizándose. A la próxima revisión médica la acompañaría Miriam, a rehabilitación unos días Daniel y otros Felisa, del papeleo del seguro se encargaría también Miriam... Sara había decidido que su madre ya no podía valerse por sí misma, y a Miriam le parecía que, en el reparto de funciones, su hermana se comportaba como si le correspondieran menos obligaciones que a cualquiera de los otros. ¿Resabios de ese pasado en el que Sara tendía a interpretarlo todo como un agravio dirigido a su persona? Lo más sencillo era no discutir. Salió Marta, la hija de Sara. Dijo:

—Se ha acabado la película. ¿Cuándo nos vamos? —Y puso morritos para ocultar la aparatosa ortodoncia.

—¡Qué guapa estás, Martita! —dijo Mercedes, a pesar de todo.

Salieron también los gemelos. Seguían teniendo el mismo aspecto aburrido de toda la vida, con sus medias sonrisas, sus polos bien planchados y sus pantalones de pinzas, de los que siempre se les deslizaba calderilla que luego Felisa encontraba entre los cojines del sofá.

—Y vosotros también, ¡qué buenos mozos!

Por mucho que se esforzara, Mercedes era incapaz de esconder sus preferencias por Elías y Daniel, que al lado de los otros eran unos andrajosos: Elías con esas camisas de *hippy* y esos fulares arrugados que se enroscaba en torno al cuello, y Daniel con esas botas camperas acabadas en punta y esas cazadoras de cuero como pringosas.

—¡Da gusto tener unos nietos así! —insistió Mercedes.

Unos minutos después se deshizo la reunión. Sobre la mesa del comedor, abierto por la página de los retratos que Tiziano pintó de Carlos V, estaba el volumen de la *Historia del arte* del marqués de Lozoya. A su lado había varios patrones en papel de seda. Sara cogió uno y lo miró al trasluz.

—¿Y esto?

Era la basquiña del emperador, pero a primera vista podía ser cualquier cosa.

—El chico se ha empeñado... —refunfuñó Felisa—. ¡Ya le he dicho que no se haga ilusiones!

Miriam y Sara se volvieron hacia la cristalera. Elías, todavía tumbado en el césped, se hurgaba una oreja con lo que parecía ser una brizna de hierba o un tallito seco.

—El teatro, ¡qué maravilla! ¡Cómo me gustaría poder ir más a menudo! —dijo Sara, pero sus palabras no sonaron muy convincentes.

La preparación del musical se hizo interminable porque los miembros del grupo no se ponían de acuerdo en nada. Durante varios meses manejaron la idea de rodar un largometraje y, cuando por fin lo desecharon por irrealizable, empezaron a discutir sobre el tipo de teatro que querían hacer. ¿Seguir con las bufonadas de siempre o lanzarse a un proyecto más serio y ambicioso que les abriera las puertas de los grandes teatros? Entre tanto, el tiempo pasaba y las deserciones (incluida la de Miguel Ángel) aumentaban. Unos dejaban la compañía para centrarse en buscar trabajo o preparar oposiciones; otros, por simple cansancio. La idea del musical surgió al final, y para entonces quedaban ya pocos de la formación original, de modo que Elías, uno de los veteranos, podía imponer sus criterios con cierta facilidad. Fue a él al que se le ocurrió la idea de promocionar la obra haciendo breves representaciones callejeras. Se plantaban con los músicos (bajo, guitarra eléctrica, batería) en los porches de Independencia y representaban, por ejemplo, la agonía y muerte del emperador, con el propio Elías girando sobre sí mismo al son de una especie de *Kasachoff* y media docena de actores y actrices dando palmas a su alrededor. Los viandantes se paraban a curiosear y acababan preguntando si formaban parte de una secta budista o algo así. La cosa no mejoraría mientras no tuvieran listo el vestuario.

—¡Pero qué jaimito estás hecho! —exclamó Mercedes la primera vez que le vio con los calzones, el jubón y la basquiña.

—Sí —dijo él—, Jaimito I de España y V de Alemania, por la divina clemencia emperador de los Jaimitos, augusto rey de Jaimitolandia...

Su abuela y Felisa, más que reír, ululaban. Elías, satisfecho de su éxito, adoptaba poses estatuarias y desencajaba la mandíbula inferior para reproducir el prognatismo del emperador.

Las semanas siguientes, en su campaña de promoción callejera, se limitaba a reproducir esas mismas poses y esos mismos visajes, lo que causaba un irresistible efecto cómico, debido tal vez al contraste con la fúnebre gravedad de los otros actores, ya perfectamente ataviados como monjes jerónimos, con escapulario y todo. Permanecían así, inmóviles, mientras los músicos tocaban una rumba o un charlestón, y luego agradecían los aplausos y las monedas de los transeúntes. Aunque la obra aún no tenía ni fecha ni lugar de estreno, las reacciones de la gente les permitían augurar un éxito superior al de la *Patochada*.

La maleta de imitación piel parecía a punto de reventar. Felisa la arrastró hasta el recibidor y la dejó caer ruidosamente al lado del paragüero. Estaba rabiosa. Volvió a su habitación y fue metiendo en cajas de cartón las pertenencias que no habían cabido en la maleta. También cuando llevó las cajas al recibidor intentó hacer el mayor ruido posible. Mercedes, en la cocina, fingía no darse cuenta de nada. De espaldas a la puerta, estaba sentada en una silla al lado de Fosca. Ésta, tumbada en su manta escocesa, dormitaba con los ojos en blanco y la boca abierta.

—Lumbreras ya está avisado —dijo Mercedes sin volverse—. Cuando quieras, vamos.

Felisa se asomó y la miró con rencor.

—¿Y si no quiero?

—Pobre Fosquita... —se limitó a decir Mercedes, que luego, hablando para sí misma, añadió—: ¡Qué buena es! Se está muriendo y aún intenta mover el rabo.

A Felisa no le quedaba ya nada por sacar. Fue a su dormitorio, hizo un rebujo con las sábanas y la funda de la almohada y volvió a la cocina. Lo metió todo en la lavadora y seleccionó un programa de ropa blanca. Ahora Mercedes sostenía entre los brazos a la perra como si fuera un recién nacido. Fosca miraba a su dueña con los párpados entornados. Felisa permaneció un rato apoyada en la encimera. Ninguna de las dos mujeres decía nada. Se oyó primero el fluir del agua en el interior de la lavadora y luego el revolverse de la ropa en el tambor. En las pausas se distinguían los lamentos mortecinos que dejaba escapar la perra.

Felisa salió de la cocina y fue al salón. Sin dudarlo un segundo, se sentó en el lado del sofá en el que solía sentarse Mercedes. Ésta apareció al cabo de un par de minutos con la perra en brazos.

—Bueno. Vamos —dijo.

La otra no se movió.

—¿No me has oído? —dijo Mercedes, y Felisa, como si llevara un buen rato tratando de elegir las palabras, habló de un tirón:

—¿Se acuerda de lo que pasó hace diecisiete años en ese mismo sitio? ¡Sí, en la cocina! ¡En el suelo de la cocina! ¿Necesita que se lo recuerde? ¡Porque, si lo necesita, se lo recuerdo! ¿Se acuerda de que, cuando llegué de casa de Miriam, su marido estaba ya muerto?

—¿A qué viene eso ahora, Felisa?

—¡Don Samuel estuvo toda la mañana agonizando en la cocina! ¡Usted lo vio y lo dejó morir!

Mercedes acercó la cara al hocico de Fosca y murmuró:

—Lo mejor de los perros es que nunca te hacen reproches...

Luego sacudió la cabeza con displicencia:

—Sí, ya sé que una vez le fuiste a Miriam con esa historia... —Y, como cayendo en la cuenta de algo, agregó con una risita—: ¿Esto qué es? ¿Una venganza porque te dije que ya no necesitaba tus servicios? ¿Qué pretendes? ¿Chantajearme? ¡Déjame que me ría!

—¡Yo estaba ahí! ¡Yo vi cómo tenía el pijama: sucio

pero seco! ¿Sabe lo que eso quiere decir? ¡Que tuvo el ataque a primera hora y estuvo toda la mañana agonizando! ¿Y qué hizo usted? Nada. ¡Nada! ¡Dejarle morir!

Mercedes, cansada de sostener a la perra, se la cambió de brazo y se la acomodó contra el pecho.

—¿Y qué tienes pensado hacer? ¿Vas a ir a la policía con ese cuento? —La miró con una mezcla de lástima y asco—. Estás vieja, Felisa. Te estás volviendo loca. La cabeza ya no te funciona bien. Confundes las cosas. Te inventas cosas que nunca ocurrieron. ¿De verdad crees que alguien te va a hacer caso?

La criada, desolada, no supo qué decir.

—Venga. Prepara el coche. Lumbreras nos está esperando —dijo Mercedes, y echó una mirada conmovida a la carita exánime de la perra—. Mi pobre Fosca, mi Fosquita...

Llegaron a la clínica veterinaria. El Dodge Dart aparcó en el paso de cebra con la rueda delantera derecha subida al bordillo y el parachoques tocando la base de la farola.

—Cada vez conduces peor, hija. Se nota que te estás haciendo vieja —dijo Mercedes, abriendo la puerta del copiloto y soltando un bufido.

Apenas una hora después, estaban ya de vuelta en el chalet, y Felisa empezó a meter las cosas en el maletero. Las cajas que no cabían fueron a parar al asiento de atrás. En la parte de delante aún quedaba sitio, y Mercedes le ordenó que fuera a la cocina y cogiera la cesta de las ciruelas claudias.

—¿Entera?

—Entera. ¡Con lo que te gustan!

Felisa obedeció y luego permaneció junto al Dodge sin saber muy bien qué hacer.

—¿Necesita algo? ¿Quiere que le deje la cena preparada? —dijo, por fin.

—Hijo mío, ¿hace falta que lleves... eso? —dijo Miriam, indicando con un gesto el desproporcionado relleno de los leotardos a la altura de la entrepierna.

Estaban en la plaza de San Francisco, delante del campus. Miriam, semiescondida entre el corrillo de estudiantes, había esperado a que acabara el espectáculo para acercarse.

—¿Qué? —dijo Elías—. ¿Te ha gustado?

—Pero si no hacéis ni decís nada...

—Ésa es la gracia. El que quiera ver la obra tendrá que pasar por caja.

—¿Has hablado con Daniel?

—¿Qué te pasa? Pareces preocupada.

—He llamado varias veces a la abuela, pero no me lo coge. Digo yo que a lo mejor Daniel se la ha llevado a dar una vuelta...

—En el Dodge, no creo.

A su lado, los falsos jerónimos ayudaban a los músicos a cargar los bafles y los instrumentos en una furgoneta de Panificadora Aragonesa, que era donde trabajaba el padre de una de las chicas.

—¡Qué locura! —exclamó Miriam—. ¿Por qué discutirían esas dos locas? No es normal que después de tanto tiempo... ¿Y cómo ha podido Felisa desaparecer así, sin decir ni pío, sin despedirse de nadie?

—La abuela dice...

—La abuela dice muchas cosas.

—Llámala otra vez. Seguro que ya está en casa.

Miriam hizo un gesto con la cabeza y se fue. Elías quedó con los demás en volver a verse al día siguiente. Por la esquina de Arzobispo Apaolaza asomó el Dyane 6 de Ángela, con la que mantenía una relación intermitente que ellos preferían calificar de abierta. Se sentó en el asiento del copiloto. Ángela le besó en los labios. Dijo:

—¿Dónde vamos? ¿Al Cabezo? —se refería a una zona

del Parque Primo de Rivera en la que las parejas follaban en los coches.

—Primero tendrás que cambiarte. Con los monjes no se me levanta.

—Tampoco es que a mí me pongan muy cachonda los emperadores gotosos...

El Dyane 6 se incorporó al tráfico de la Gran Vía.

—Espera —dijo Elías.

—Qué —dijo Ángela.

—Sigue recto y luego te digo.

Había tenido un presentimiento. Siguieron por Vía Hispanidad hasta Los Enlaces y luego hasta la autovía de Logroño. Indicó la calle de acceso a los chalés de los americanos.

—Por allí.

El Dyane 6 se detuvo delante de la puerta. Elías llamó al timbre. Todavía le extrañaba que el Dodge Dart no estuviera en su rincón del jardín.

—Qué raras son las casas en las que ha habido un perro hasta hace poco —dijo—. Ahora mismo estaría con las patitas subidas a la cristalera, moviendo el rabo, muy tiesa. Fosca, Fosquita... La echo de menos.

—¿Qué le pasó?

—Estaba muy enferma y tuvieron que sacrificarla. Es como si también la casa hubiera muerto un poco, ¿no crees?

Volvió a llamar, ahora con insistencia.

—Nadie —dijo ella—. ¿Nos vamos?

—Ayúdame. Pon las manos así.

—¿Y si nos ve alguien? ¡Unos locos vestidos como mamarrachos intentando...!

—Que pongas las manos.

Ángela unió las manos en forma de estribo. Elías apoyó un pie y se impulsó con fuerza hasta quedar a horcajadas sobre la verja. Mientras trataba de pasar la pierna a la otra parte para luego descolgarse con cuidado, sus ropones de emperador se le enredaron en los muslos, por lo que tuvo que levantar el culo para liberar los faldones de la chamarra. Se quitó la boina que hacía las veces de sombrero plano y la lanzó por encima de sus hombros para que Ángela la atrapara en el aire. Ésta, desde el camino, le vio asomarse primero a la ventana de la cocina y luego a la cristalera que daba al jardín. Como todavía la luz solar se reflejaba en el cristal, Elías tuvo que arrimar la cara y hacer visera con ambas manos para distinguir el interior. Pasados unos segundos, retrocedió de un salto.

—¡Abuela! ¡Abuela! —le oyó gritar, desesperado.

El grifo de la cocina, tras gorgotear un poco y soltar un violento escupitajo, dejó escapar un débil chorro de agua parduzca.

—Todo así —dijo Juan Pablo, cerrándolo—. Veintiocho años son muchos años.

Juan Pablo era el hijo del Niño Quiñones. Elías abrió un armarito y observó su interior con aprensión.

—¡Hormigas! —exclamó—. ¿Cómo puede haber hormigas en un piso tan alto?

—¿Seguro que quieres quedarte a dormir? Ya has oído a mis padres. Hasta puedes elegir habitación. Si no te gusta la de invitados, tienes la mía. Sigue como la dejé. Con las raquetas en la pared y las fotos del equipo de baloncesto. —Le guiñó un ojo—. Un hijo único nunca se queda sin cuarto.

Con medio cuerpo fuera de la cocina, Elías jugueteaba con los interruptores del pasillo.

—¿Y esas luces? ¿Cómo pueden fundirse unas bombillas que no se han encendido?

—Goteras —murmuró Juan Pablo, señalando unas manchas—. Vete a saber de cuándo serán.

—¿Por qué no lo vendieron, si no pensaban volver?

—A lo mejor lo guardaban para ti.

—¡Pero si yo ni siquiera había nacido! —rio Elías.

En una de las habitaciones había varios trastos viejos, incluida la cama en la que tenía previsto dormir. Fueron asomándose a las otras. El empapelado de las paredes conservaba, en forma de rectángulos, un tenue recuerdo de cuadros y muebles que alguna vez ocuparon un sitio en esa casa. Había, sin embargo, una habitación en la que el papel, aunque envejecido, no presentaba esa diferencia de tonalidades.

—Tu tía.

—¿Mi tía?

—¿No sabes que se fugó con un novio que tenía? Esta habitación se la reservaban a ella.

—¿Mi tía Sara se fugó? —Elías hizo una mueca de incredulidad: ni siquiera era capaz de imaginársela de joven.

—Tu abuela estaba desesperada. Mi madre me ha contado que se pasaba el día consolándola.

—¿Cómo puede ser que sepas cosas de mi familia que yo no sé?

—Mis padres dicen que por eso no se adaptó a la ciudad...

—¿Por qué?

—Porque no aguantaba estar sin su hija. —Juan Pablo se encogió de hombros—. Vamos. Aún no has visto el resto.

No funcionaba ninguna de las bombillas del salón. Iluminados sólo por la luz que llegaba del pasillo, avanzaron hasta la puerta de la terraza. Juan Pablo buscó a tientas la cinta de la persiana, que se rompió al primer tirón y quedó colgando lacia y medio enroscada sobre sí misma.

—Ayúdame —dijo.

Se agacharon los dos y la subieron a pulso, cuidando de que fuera encajándose de forma regular. La soltaron con cautela, no fuera a ser que se les cayera de golpe. Salieron. Juan Pablo señaló un barco en el horizonte.

—Un petrolero de trescientas mil toneladas —dijo y, abriendo los brazos como para abarcarlo todo, añadió—: Qué maravilla de vistas, ¿no?

Elías hizo un gesto callado de asentimiento. Desde allí sólo se veían el mar y la playa, que las tormentas del pasado septiembre habían reducido a una franja de arena y piedras. Hacia el este, que era hacia donde estaba orientada la terraza, se prolongaba la línea costera formada por La Caleta, los Baños del Carmen, Pedregalejo. Una bruma ligera impedía que la vista llegara mucho más allá. Ahora Juan Pablo señaló el perfil de un carguero que apenas si se adivinaba en la lejanía.

—Ése no es de los más grandes —dijo—. Algunos pueden llevar tres mil o cuatro mil contenedores. Desde tierra no parecen gran cosa. ¡Pero cuando los ves de cerca...! Auténticas catedrales flotantes. Verdaderos prodigios de la ingeniería naval.

Elías, a la derecha de Juan Pablo, observaba su perfil chato y almohadillado. Había muchas cosas en él que le inspiraban curiosidad. Cinco años mayor, el hecho de que su madre y su abuela lo hubieran tenido en brazos cuando era un recién nacido establecía entre ellos un extraño vínculo, y Elías se preguntaba si él mismo no habría acabado pareciéndosele en el caso de que su familia se hubiera quedado definitivamente en Málaga. Así lo veía: como una versión insólita pero posible de sí mismo. ¿Cómo sería él si entonces, tantos años antes, su madre no se hubiera trasladado a Zaragoza? ¿Hablaría con ese acento repleto de sonidos aspirados, vestiría también americana de lino y camisa de rayas, se peinaría el pelo hacia atrás, sabría tanto de barcos y de fletes? Trató de imaginarse su contrafigura malagueña, y de ahí pasó a la de su hermano Daniel y a la de sus primos, los gemelos, y a la de Martita, todos hablando a la vez con un acusado acento andaluz, diciendo *mushasho* en vez de muchacho y *muher* en vez de mujer...

—¿De qué te ríes? —dijo Juan Pablo.

—Tienes toda la razón. Qué vistas tan maravillosas.

—Mi madre sabe de un electricista de confianza. Y en cuanto a la persiana...

—Te agradezco mucho tu ayuda, Juan Pablo.

Le resultaba raro llamar Niño al padre y Juan Pablo al hijo. Cumplidos los sesenta y cinco años, el Niño Quiñones era ahora un hombre hinchado más que gordo, con la frente siempre sudorosa y la voz algo arrastrada de quien respira por la boca y no por la nariz. Aunque Elías nunca había llegado a tener una noción precisa de su existencia, Quiñones y su mujer le habían acogido como a un pariente que regresa después de muchos años. La oficina seguía estando en el piso de la calle Panaderos, a un paso del viejo mercado de Atarazanas. A Elías le asignaron un despacho del mismo tamaño que el de Quiñones pero, a diferencia de éste, sin máquina de escribir ni papeles de ningún tipo sobre la mesa. En una de las paredes había una estantería hasta el techo con archivadores idénticos, de un color verde que el tiempo había ido desgastando de manera uniforme: más apagado en los de abajo, más vivo en los de arriba. El Niño mandó que pusieran también dos sillas de anea. «Para las visitas», dijo. Como sabía que los arreglos del piso iban a exigir un notable desembolso, se ofreció a adelantarle el sueldo de esos dos primeros meses.

—Me ha dicho Esperanza que la llames para lo de las toallas y la ropa de cama —dijo, sentándose trabajosamente en una de las sillas—. Las mujeres sí que saben comprar.

Sacó un sobre del bolsillo interior de la americana y lo dejó sobre la mesa.

—Cuéntalo por si acaso —dijo, rumboso.

Elías levantó las manos para indicar que no era necesario. No se le escapó el detalle de que el Niño manejaba el dinero como si fuera suyo y no de la empresa. Dijo:

—No me imagino a mi abuela aquí, en Málaga. Para mí siempre será una mujer mayor, viuda, con una perra... Mi abuelo murió cuando yo tenía seis o siete años.

—¿Mercedes con una perra? Tampoco yo me la imagino, con lo especial que era. ¡Cómo cambian las personas! —Señaló los archivadores de abajo, los más antiguos—. Por ahí andará la letra de tu abuelo, de cuando montó esta agencia. Todo lo que soy se lo debo a él. Él me dio mi primer empleo, me enseñó el oficio, me puso al frente de todo esto... —Se volvió hacia la puerta—. ¡Juan Pablo! ¡Tráeme las fotos que te dije!

—Eso es lo que yo quiero —dijo Elías—. Que me enseñes lo que me tengas que enseñar.

—¡Claro que sí! —El Niño rio, alborozado—. Pero cada cosa a su tiempo. ¡No querrás aprenderlo todo en dos tardes!

Entró Juan Pablo con las fotos. Eran casi una docena, todas en blanco y negro, todas con los bordes dentados, y en todas ellas, a veces en compañía de otras personas, aparecían Samuel y el Niño Quiñones. Elías cogió una en la que, junto a un jovencísimo Quiñones, Samuel y Mercedes agarraban de la mano a Miriam y Sara, niñas entonces de en torno a los diez años, las dos con el cutis muy bronceado y ropa de invierno: sin duda, se habían hecho esa foto de vuelta del famoso viaje a Sierra Nevada del que tantas veces había oído hablar en casa. En otra, la que parecía más reciente, Samuel, flanqueado por el matrimonio Quiñones, sostenía sobre sus hombros a un rechoncho y sonriente Juan Pablo de unos cuatro o cinco años.

Entre esas dos fotografías se situaban todas las demás, en las que los dos hombres posaban a solas o junto a empleados o clientes de la agencia. Las ordenó mentalmente atendiendo a la evolución física de Quiñones, que de cada foto a la siguiente envejecía a ojos vistas. A su lado, el aspecto de Samuel se mostraba prácticamente inalterable a lo largo de esos casi veinte años: un cuarentón con aire de galán antiguo en las primeras fotos, un sesentón bien conservado en las últimas.

—Tu abuelo fue un gran hombre. Ya te iré contando cosas —dijo el Niño, y el padre y el hijo, quitándose la palabra el uno al otro pero dándose siempre la razón, le pusieron al corriente:

—Hemos pensado enmarcar estas fotos y ponerlas en el recibidor...

—El sector atraviesa una época de cambios.

—De grandes cambios. Los sistemas de trabajo se modernizan, surgen agencias nuevas...

—Surgen agencias nuevas, pero ésta tiene algo que las otras no tienen. —Aquí Quiñones se puso solemne y su hijo respetó la pausa—. Ésta tiene historia.

—El pasado y el futuro —remachó Juan Pablo—. El pasado y el futuro, juntos.

—Pero a ti te queda cuerda para rato —dijo Elías, halagador, y el Niño negó con coquetería:

—Bah, yo ya estoy mayor. Ahora sois vosotros dos los que tenéis que sacar esto adelante.

Un par de semanas después, las viejas fotos decoraban las paredes del recibidor. Junto a ellas había otra, la única en color, en la que el Niño Quiñones, con aire patriarcal, rodeaba con sus brazos los hombros de Juan Pablo y Elías. «El pasado y el futuro, juntos», se dijo éste al verlas.

Era verdad que el sector estaba viviendo una época de grandes transformaciones. Del tradicional sistema de palés se estaba pasando al de contenedores, que permitía un mayor aprovechamiento del espacio para el almacenaje y transporte de las mercancías pero implicaba grandes esfuerzos de adaptación: reformas en los buques, ampliación y acondicionamiento de las dársenas, instalación de nueva maquinaria, cambios en el sistema de trabajo de los estibadores, cambios también en los trámites ante la aduana y las aseguradoras, adopción de nuevas medidas de seguridad, etcétera. Aunque la mayoría de esos asuntos competía a la autoridad portuaria, los consignatarios, como representantes legales de las navieras, estaban obligados a supervisarlos para evitar errores y desajustes y, en la medida de lo posible, prevenir los posibles perjuicios para sus clientes, de modo que el Niño Quiñones y Juan Pablo, desbordados, tenían que asistir a reuniones de trabajo que a menudo comenzaban a primera hora de la mañana y se alargaban hasta bien entrada la tarde.

Elías, entre tanto, se encargaba de coordinar las cuadrillas de pintores, fontaneros y electricistas que habían ocupado su piso de la Malagueta y, aunque ansiaba familiarizarse con los quehaceres de la oficina, por el momento no le quedaba más remedio que dejarlo todo para más adelante. La mujer de Quiñones le acompañaba con frecuencia a las tiendas de muebles y electrodomésticos para aconsejarle sobre precios, calidades y estilos. Los gustos de Esperanza, ahora una mujer redonda y pintarrajeada y cargada de collares, habían quedado anclados en algún punto indeterminado en torno a los años cincuenta y sesenta y, por ejemplo, consideraba que el colmo de la elegancia era tener un mueble bar en el salón. Seguramente eso encajaba con el tipo de vida social que en su familia atribuían a las nuevas generaciones, más mundanas y desenvueltas. Que tales muebles ya sólo se vendieran en comercios anticuados y polvorientos no la desalentaba en absoluto. Más bien al contrario: según ella, era allí donde uno podía confiar en encontrar auténticas joyas, y no en El Corte Inglés o en esas tiendas impersonales en las que la gente hacía cola para comprar unas piezas irremediablemente ramplonas y adocenadas. A Elías la decoración de su piso le importaba poco y, de entre todos los que Esperanza encontró para él, acabó eligiendo un mueble bar cuyas vitrinas móviles se abrían y dejaban al descubierto una barrita semicircular forrada de escay. Cuando se lo instalaron en casa, optó por dejarlo siempre abierto: cerrado, tenía el siniestro aspecto de un confesionario.

Esperanza influyó también en la elección del tresillo, los apliques y el secreter, mueble este último al que Elías no veía ninguna utilidad. Si se sentía forzado a transigir con ella era porque le reconocía esa autoridad inapelable de las madres, la autoridad dulce pero férrea de quien siempre parece saber qué es lo mejor para sus hijos. No como si Esperanza fuera Miriam. No como si Esperanza fuera su madre, sino como si Esperanza fuera la madre. La madre que Miriam no había sabido ser pero en la que tal vez habría acabado convirtiéndose si en su momento no hubiera cambiado Málaga por Zaragoza. ¿Esa vida reglada y acomodaticia era la que el destino le tenía reservada en esa ciudad? De ser así, ¿podía ocurrir que esa vida siguiera esperándole allí mismo desde hacía tanto tiempo, desde antes incluso de que fuera concebido?

—Aquí era donde siempre se alojaban tus abuelos —dijo Esperanza al pasar por delante del hotel Larios, recién restaurado—. Pero entonces no se llamaba así. Entonces se llamaba Niza. La gente lo sigue llamando Niza.

—Necesito sentarme —dijo Elías, que llevaba toda la tarde cargando con la cubertería nueva y un juego de sartenes.

Entraron en una cafetería. Elías pidió una cerveza.

—Pues una cervecita —dijo ella, haciendo un gesto de picardía.

Era el mismo gesto con que solía acompañar las palabras que le parecían atrevidas, como «pompis» y «cuchipanda». Elías asintió, sonriente. Esos mismos dengues, que en Miriam le habrían resultado insufribles, en Esperanza tenían un encanto antiguo y modesto.

—Háblame de mi familia —dijo.

—Tu madre era una belleza. Todos los solteros de Málaga iban detrás de ella.

—¿Llegó a tener algún novio?

—¡Si no le dio ni tiempo! Y vosotros, ¿lo pasasteis mal cuando la separación?

—No.

—Pobres chicos...

—Ya te digo que no nos afectó —insistió él, sincero.

—Pues pobre Miriam. No se merece algo así. ¿Vendrás el domingo a comer? Haré cazón. Espero que te guste.

También en el salón de los Quiñones había un mueble bar, aunque bastante más discreto que el suyo. Hecho de una madera que había acabado adquiriendo una pátina oscura, tenía forma de globo terráqueo y al abrirse parecía un inmenso coco partido por la mitad. Varias botellas de Cinzano, whisky DYC y malvasía de Sitges se apretaban en su interior y, dispuestos como pequeñas almenas a lo largo del listón circular que lo rodeaba, había media docena de vasos boca abajo. Había asimismo botellas en el compartimento inferior, una especie de bandeja taraceada sujeta a las patas justo por encima de las ruedecitas giratorias. Los domingos, cuando terminaban de comer, Juan Pablo arrastraba el mueblecito con gran tintineo de cristales, y los demás se repartían por los sillones con un vaso en la mano: de licor en el caso de los hombres, de malvasía en el de Esperanza, que se hacía la finolis y pronunciaba algo así como *Siyyyes*.

—¡Después de una semana tan dura qué bien sienta una copita! —exclamó el Niño, descalzándose y apoyando los pies en el puf.

De momento, Elías iba poco por la oficina y, cuando iba, no siempre coincidía con el Niño y con Juan Pablo, que pasaban muchas horas en el puerto. En las sobremesas dominicales aprovechaban para ponerle al corriente de trámites y negociaciones. Las navieras, a través de las agencias de consignación, se habían comprometido a financiar parte de las obras de reforma de tinglados y almacenes. El Niño utilizaba expresiones que a oídos de Elías sonaban como una música exótica: racionalización del trabajo, líneas de crédito, rendimiento a medio plazo. Él se limitaba a asentir con la cabeza, en una actitud que tenía más de conformidad que de aprobación: se comportaba como el perfecto invitado en casa ajena. Fueran cuales fuesen las responsabilidades teóricas de unos y otros, las jerarquías habían quedado establecidas desde el principio, y valían igual para el ámbito familiar y el laboral. Los Quiñones le habían acogido como a un segundo hijo, y Elías era, en casa, algo así como el hermano menor de Juan Pablo y, en la oficina, una especie de aprendiz distinguido, con autoridad nada más para pedir pequeños favores a los otros empleados.

—¿Qué tal llevas el inglés? —le preguntó Juan Pablo.

—Así así —dijo él, con una falsa modestia que era bastante más falsa que modesta: su nivel de inglés apenas si pasaba de elemental.

—Bien. —El otro se dio por satisfecho—. Cuando termines de instalarte, te harás cargo del télex.

—Tu abuelo tenía una facilidad innata para los idiomas. Los aprendía todos sin necesidad de estudiarlos —dijo el Niño, descruzando y volviendo a cruzar los pies sobre el puf, y su mujer intervino para decir:

—¿Cómo se llama eso? ¿Don de lenguas?

Elías se acordó de su padre hablando en un inglés impostado por el teléfono del hotel de Las Palmas. En eso, por desgracia, él había salido a Ramiro y no a Samuel.

—El piso ya casi está. ¿Verdad, Esperanza? —dijo—. A partir de enero recuperaré el tiempo perdido. Lo prometo.

Para las Navidades el piso ofrecía un aspecto más que presentable: el salón terminado de amueblar, la cocina reformada, las paredes pintadas. Aquello era algo. Algo que él había hecho y de lo que podía sentirse orgulloso. Deseaba enseñárselo a alguien que no fuera un Quiñones y, alegando una discutible equidistancia, propuso que su hermano y su madre se reunieran con él para pasar la Nochebuena. Miriam reaccionó haciéndose la dolida: «¿Me estás hablando en serio? ¿No quieres venir? ¡Serían las primeras Navidades sin mis hijos!» Así que Daniel embarcó en Melilla en el *Ciudad de Santa Cruz de la Palma*, y los dos hermanos subieron juntos en el expreso *Pablo Picasso*, que viajaba por la noche.

—¡Entre la ida y la vuelta, dos días enteros de viaje! ¡Vaya paliza! —se quejaba Daniel mientras se abrían paso por el estrecho pasillo del vagón en busca del coche-cama.

Como el día de Navidad caía en miércoles, habían optado por viajar el domingo anterior. Los únicos días que pasarían completos en Zaragoza eran el lunes y el martes: de ahí la irritación de Daniel, que ya venía cansado de la travesía. El *Pablo Picasso*, además, no iba a Zaragoza sino a Miranda de Ebro y Bilbao, de modo que tenían que bajarse en Madrid, cambiar de estación y esperar un par de horas a que saliera el talgo.

—¡A quién se le ocurre! —seguía protestando, al tiempo que se ponía de puntillas para acomodar su maleta en el portaequipajes.

Ahora sus protestas iban dirigidas al cruel destino que le había llevado a Melilla. A diferencia de Elías, no parecía nada contento con la experiencia de esos dos primeros meses.

—Eso es el culo del mundo. Te mueres de asco. Como no hay donde ir, la gente se pasa el día yendo arriba y abajo por la Avenida. ¡Pensar que tengo que aguantar cinco años!

Las literas tenían un protector lateral en forma de tubo, como las camas de hospital. Daniel se adjudicó la de abajo. Luego se asomó al minúsculo cuarto de baño y se tiró un sonoro pedo.

—¡Ahí tienes mi opinión! —dijo.

Elías, ya descalzo, trepó a su litera y se puso los auriculares. Daniel cruzó los brazos sobre el borde del colchón.

—Un *walkman* —dijo—. ¡Qué moderno! ¿Qué estás escuchando? ¿Tienes a los Dire Straits?

Le quitó uno de los auriculares y se lo puso en el oído.

—*Build built built, burn burnt burnt*... —recitó, burlón—. ¿Ahora te ha dado por estudiar inglés?

—Déjame en paz.

—Estoy pensando que igual no vuelvo. Llamo a la tía Esther y le digo que me envíe mis cosas a Zaragoza.

Elías pulsó el botón de *pause*.

—¿Estás loco?

—¿Qué pasa si lo mando todo a tomar por culo? ¿Quién se queda con la agencia? ¿Los gemelos?

—Nadie de la familia. El Estado, supongo.

—¡Por mí como si se la regalan a Cantinflas! —Y se le ocurrió una idea—: ¿Por qué no te ocupas tú desde aquí? El trabajo es el mismo. No te costaría tanto. Sólo tendrías que ir de vez en cuando...

—Me recuerdas a Esaú.

—¿A quién?

—A Esaú. El hijo de Isaac. El hermano de Jacob. El que vendió su primogenitura por un plato de lentejas.

—¿Lentejas? Sabes que me gustan poco. Hasta te las puedes ahorrar.

Elías soltó un bufido y volvió a su lista de verbos irregulares. El tren se puso en movimiento. Daniel apoyó la cabeza en el cristal y escrutó en silencio la oscuridad.

Miriam les abrazó y les besó como si hubieran pasado no dos meses sino dos años desde la última vez.

—¡No achuches, no achuches! —refunfuñaban ellos.

—¡Ay, mis niños...!

—¿Quieres dejar de llamarnos así?

Pero estaban contentos. Contentos de regresar y ver que las cosas seguían más o menos como siempre: el bidé repleto de revistas de decoración, los diferentes frascos de champú Klorane alineados en la repisa de la bañera, los extremos de los trapos de cocina asomando por la rendija del cajón, Miriam dejándose los cigarrillos a medio fumar por los distintos ceniceros de la casa. Esos detalles les confirmaban que la vida seguía su curso aunque no estuvieran presentes. Sólo en el cuarto de estar había cambios.

—¿Y el piano? —dijo Daniel.

—Lo mandé llevar al chalet.

—Había olvidado que ahora el chalet es tuyo —dijo Elías, y luego puso cara de espanto—. ¡No estarás pensando en mudarte!

—Lo pensé pero ahora no sé. Estoy hecha un lío.

—¿Y nosotros no tenemos derecho a opinar? ¡Ésta también es nuestra casa, la casa en la que siempre hemos vivido!

—Ya os digo que no sé... No sé si quedarme en el piso y alquilar el chalet o mudarme al chalet y alquilar el piso. Pero es que el chalet me recuerda tanto a mamá...

—¿Y cuándo tocas? —dijo Daniel, recorriendo con los dedos un teclado imaginario.

—No toco.

Daniel entró en el cuarto de baño a ponerse colonia, cosa que siempre hacía en abundancia. A los pocos segundos, la casa entera olía a colonia.

—Yo me voy. He quedado —se despidió desde el pasillo.

—¿Ya? ¿Nada más llegar?

Oyeron el portazo. Miriam acarició el pelo de Elías.

—¿Qué hago? ¿El chalet o el piso? El administrador me dice que esto lo tendría alquilado al día siguiente. En cambio, el chalet... A la gente le gusta vivir en el centro.

—¿Y a ti no te gusta vivir en el centro? Aquí estás bien, muy bien. —Elías se lo había tomado muy a pecho—. ¿Cuánto tiempo llevas viviendo en esta casa? ¡Veintiséis años! Eso no se cambia así como así. Cuanto antes te traigan el piano, mejor.

—Es que aquí, sin vosotros... Esté donde esté, siempre me falta alguien.

Por la tarde, la acompañó a hacer la compra para la cena de Nochebuena. Fueron al supermercado habitual, en la calle Latassa. Aunque sólo de niño solía acompañarla a comprar, en la memoria de Elías aquello se presentaba como un continuo: si en su infancia había estado allí con su madre y ahora volvía a estar, eso quería decir que siempre había estado. Siempre: ¡qué importante se había vuelto de repente esa palabra! Para él, que estaba descubriendo hasta qué punto le incomodaban los cambios y las novedades, todo lo que formaba parte de su vida anterior estaba situado en ese territorio inconcreto llamado Siempre: la casa de Siempre, la tienda de Siempre, los amigos de Siempre... Recordó las Nochebuenas de siempre, cuando Mercedes y Felisa preparaban para toda la familia una enorme fuente de cardo con piñones.

—¿Cardo? —replicó Miriam—. Creía que no te gustaba.

—Con piñones sí.

—¿No prefieres marisco?

—¡No!

—Pues compraré cardo —dijo Miriam—. Pero marisco también.

Compraron de todo y sin reparar en gastos: cardo, langostinos, almejas, salmón ahumado, huevos de codorniz, jamón de Guijuelo, solomillo de ternera, quesos nacionales y extranjeros, vinos blancos y tintos, champán medio bueno, polvorones, mazapanes. Iban por los pasillos del supermercado empujando no uno sino dos carros y cogiendo todo lo que se les antojaba, cosa que a Elías no dejaba de resultarle extraño, acostumbrado como estaba a las estrecheces domésticas y a comparar precios y a privarse de caprichos. Cuando llegó la hora de pagar, les abrieron una caja sólo para ellos, y Miriam dio una buena propina al mozo para asegurarse de que se lo llevarían todo esa misma tarde.

Al día siguiente, Elías quedó con Ángela en la barra de Espumosos. Pidieron gambas con gabardina y cañas con limón, que allí preparaban tirando la cerveza sobre un fondo de jarabe dulzón y espeso.

—No sé por qué hemos quedado aquí —dijo Elías—. A mí me gustaba el otro Espumosos, el de Independencia.

—La caña con limón sigue siendo igual.

—Detesto los bares con televisión. —Hizo un gesto desdeñoso hacia el fondo del local.

—¿Para eso me has llamado? ¿Para quejarte? ¿Tan mal te va en Málaga?

—¡Al contrario!

Hablaron de Duelos y Quebrantos. Seguían intentando sacar adelante la obra sobre Carlos V, pero nadie daba el tipo del emperador tan bien como Elías, y se estaban planteando embarcarse en un nuevo proyecto. A él le halagó descubrirse irreemplazable. Al mismo tiempo, le inquietó la posibilidad de que el grupo llegara a disolverse. Le daba la sensación de que, de ser así, una parte importante de su vida podría entrar en vía muerta. Apuró su caña con limón.

—¿Has venido en coche? —dijo, lo que en el código privado de ambos equivalía a una proposición sexual, y ella se mostró reticente:

—¿Te has echado ya una novia andaluza?

—Podríamos ir un rato al Cabezo —insistió él, y la palabra «Cabezo» le pareció definitivamente ridícula.

Cuando llegó a casa, la mesa estaba ya dispuesta, con el mantel bueno y un centro de flores. Reconoció la vajilla y la cubertería de la abuela.

—¿Sólo tres?

—¿Qué te pensabas? —dijo Miriam, depositando una bandeja de langostinos pelados.

—Que cenaríamos con Sara y los suyos. Como todos los años. ¡Con todo lo que compramos ayer...!

—Ahora Sara tiene su familia y yo tengo la mía.

Al pasar junto a la mesa, Daniel atrapó un langostino.

—¡Esa mano! —le reprendió su madre—. ¡No se pica nada hasta que empecemos!

—¿Qué más da antes o después?

Elías soltó una risita e intentó hacer lo mismo. Miriam le dio un golpe en el dorso de la mano. El langostino cayó a la alfombra.

—De ellos es el reino de los... —dijo Daniel, pero dejó la frase a medias.

La cena fue muy animada. Elías habló de las largas comidas dominicales en casa de los Quiñones, que siempre acababan rematando con una copita del mueble bar.

Daniel imitó el acento de los rifeños que vendían cosas por las calles de Melilla: «Bonito, *paisa*. Bonito y barato. Para tu *mukera*. Compra.» Por hacer una gracia, cada vez que Miriam se levantaba a coger algo, uno de los dos le rellenaba la copa de vino, y luego ella fingía escandalizarse. Para los postres estaba ya bastante achispada y trataba de recordar la letra de algunos villancicos que cantaba con la coral del Buen Consejo.

—¿Qué es eso de que la tía Sara se fugó con un novio de Melilla? —dijo Daniel.

—¿Quién te lo ha contado? —preguntó Miriam, seria.

—Éste —dijo Daniel.

—Es lo que me dijeron los Quiñones... —se justificó Elías, temeroso de haber cometido una indiscreción.

—Hace mucho, mucho tiempo —dijo Miriam—. Era muy joven. Casi una niña.

—No tan niña —dijo Daniel—. Tenía veintidós años.

—A veces tengo la sensación de que en las familias las cosas se repiten —dijo Miriam—. De generación en generación.

—¿Lo dices por este imbécil? —dijo Daniel, y su hermano hizo ademán de lanzarle un puñetazo—. Entonces yo sería tú, ¿no? Yo nunca quise irme de casa. Aquí vivía muy bien. ¿Y dónde he acabado? ¡En Melilla!

—¿Qué fue del novio? —preguntó Elías.

—Parece ser que emigró a Venezuela. Sara nunca volvió a hablar de él. Ha sido siempre tan...

—¿Tan...?

—Tan suya.

Daniel volvió a llenarle la copa, y esta vez su madre no protestó. Dio un trago y prosiguió:

—Hace días que no nos hablamos. Y todo por tonterías. Que si mamá siempre dijo que los pendientes buenos serían para mí, que si tú para qué quieres esta cómoda si no tienes ni sitio en casa... ¡Pejigueras! Sara no es así. No es tan mezquina. ¡Yo creo que es cosa de Felipe, que está todo el rato chinchando por detrás!

—¡La policía no es tonta! —Daniel trató de imitar la voz de su tío, pero nadie le rio la bromita.

—Pero no lo va a conseguir. Ya os digo yo que no. Mi hermana y yo nunca nos vamos a enemistar.

Su declaración sonó demasiado solemne. La propia Miriam trató de restarle gravedad alargando la mano hacia la copa de champán y añadiendo con vocecilla infantil:

—¿Y el champán qué? ¡Para algo lo hemos comprado!

Elías se encargó de descorchar la botella. Los otros dos, entre risas, sostenían las servilletas delante de sus caras para protegerse del posible taponazo. El corcho saltó con un golpe seco. Elías llenó las copas hasta arriba, sin preocuparse de que la espuma se derramara sobre el mantel.

—¿Por qué brindamos? —dijo Daniel.

—Por la abuela, ¿no? —dijo Miriam—. Pobrecita. Aún no hace ni tres meses que...

—¡Por la abuela!

Hicieron chocar las copas. Bebieron un poco. Luego Miriam agitó la cabeza con aire de disgusto.

—En realidad, no sé.

—¿Qué es lo que no sabes?

—No sé si lo merece. ¡Mala pécora!

La miraron perplejos.

—¿Por qué dices eso? —preguntó Daniel.

—¿A quién se le ocurre hacer un testamento así? —Los ojos de Miriam tenían ahora un brillo de rabia—. ¿Qué pretendía, alejándome de mis hijos? Le he dado muchas vueltas y me parece... ¡Me parece que hizo ese testamento para castigarme!

—Mamá, por favor —dijo Elías—. A ti la abuela te dejó el chalet y los pisos de Málaga y Melilla. Y a nosotros...

Miriam fue a dejar su champán en la mesa, pero al hacerlo derribó una de las copas vacías. Ésta rodó brevemente sobre el mantel describiendo un irregular semicírculo. Aturdidos, ninguno de sus hijos se preocupó de recogerla.

—¡Sí, castigarme! —repitió su madre—. ¿No os dais cuenta? Es como si hubiera querido seguir moviendo los hilos de mi vida después de muerta... ¡Primero me alejó de mis hijos y ahora me aleja de mi hermana! ¡Todo eso está en ese maldito testamento! ¡Todo eso lo tenía ella previsto!

En su voz, como en la de algunos enajenados o borrachos, había ahora una modulación desgarrada, feroz. Daniel y Elías, paralizados, incapaces de reaccionar, intercambiaron una mirada de alarma. Luego la vieron volver lentamente la cabeza a un lado y a otro, como buscando a alguien que se hubiera escondido entre los muebles, y por un instante llegaron a sentir el escalofrío de una presencia invisible, la certidumbre de que el fantasma de su abuela estaba ahí mismo, vigilándolos, controlándolos. Con los ojos puestos en todas partes y en ninguna en particular, Miriam gritó, desesperada:

—¿Qué pretendías? ¿Que me quedara sola? ¡Tú al menos me tenías a mí! ¡Siempre me tuviste a mí!

Instalaron el terminal de télex en su despacho. Era un aparato extraño, de un rebuscado anacronismo, como si alguien en los sesenta se hubiera propuesto diseñar una máquina de escribir del año 2000 y sólo hubiera acertado a medias. La carcasa, de un color gris tirando a verduzco, tenía el aspecto hueco y tripudo de las cámaras Polaroid. A la derecha del teclado había un disco de teléfono y cuatro botones, y en la parte superior, que Elías aprendió pronto a montar y desmontar, estaba el visor transparente por el que asomaba el extremo del rollo de papel continuo. Instalaron el terminal en un lado de la mesa, lo que daba a entender que el envío y la recepción de escritos ocuparían nada más una pequeña parte de su tiempo, pero el resto de la mesa seguía casi tan vacío como el primer día: un diccionario bilingüe inglés-español, unas cuartillas con el membrete de la agencia, un plumier, una grapadora. Si no hubiera sido por el télex, no habría tenido mucho que hacer, y el breve timbrazo que precedía a cada recepción le rescataba a menudo del suave sopor de la inactividad. Los comunicados y cartas salientes se los daban ya redactados en inglés, y él se limitaba a transcribirlos cuidando de no cometer demasiados errores. Los entrantes, en cambio, se esforzaba en traducirlos. Arrancaba el fragmento de papel continuo, consultaba algunas palabras en el diccionario y, tras golpear con los nudillos la puerta siempre abierta del Niño Quiñones, anunciaba:

—Ya tenemos respuesta de Hamburgo. Serán noventa y ocho contenedores. Estarán aquí el 23.

Una mañana llegó un técnico y le instaló un fax en el otro extremo de la mesa. Era negro, compacto, curvilíneo, con un elegante teclado y una moderna pantallita de cristal líquido. Ahora el télex, por contraste, parecía definitivamente anticuado, como una reliquia de los viejos tiempos. Pero aún había clientes que lo seguían utilizando, así que unas veces era el timbre del télex y otras el del fax el que interrumpía la somnolencia de Elías. Su despacho tenía algo de sala de comunicaciones de un transatlántico, y él se veía a sí mismo como una especie de experto telegrafista. Su trabajo en la oficina no iba mucho más allá. Dada su nula experiencia laboral, le resultaba imposible discernir si era poco o mucho. Nunca se le ocurrió acercarse al puerto a supervisar una descarga de mercancía, cosa que Juan Pablo hacía con frecuencia. Daba por hecho que eso podía formar parte de las atribuciones de Juan Pablo pero no de las suyas y, en todo caso, la agencia ya tenía en nómina a un capataz, que se llamaba

Elpidio. Algún día, tal vez cuando el Niño Quiñones se retirara, tendría Elías que asumir más responsabilidades, pero entre tanto le bastaba con ir preparándose para ese futuro lejano e inconcreto. ¿Y acaso no formaban parte de esa preparación el estricto cumplimiento de su horario de trabajo y el tiempo que dedicaba al estudio del inglés?

Para familiarizarse con la ciudad, dedicaba sus ratos libres a dar largos paseos. Lo hacía casi siempre con el *walkman* sujeto al cinturón y los auriculares puestos. Cuando se metía por las calles y callejas del centro (la calle Fresca, la calle Granada, el pasaje de Chinitas), acababa desorientándose y llegando a un sitio que no era el que había previsto. Le gustaba caminar por la Alameda y luego, de regreso, sentarse a descansar en los bancos del paseo del Parque. También le gustaba acercarse al anochecer hasta el faro, al que los malagueños llamaban la Farola, y mirarlo todo desde allí: el mar oscuro, las siluetas de los barcos, las ventanas iluminadas más allá de las palmeras, las copas de los cipreses adivinándose entre los muros de la Alcazaba.

Su escasa vida social dependía en buena medida de Juan Pablo, que los sábados por la noche quedaba con su grupo a tomar pinchos y raciones. El grupo estaba formado sólo por solteros y solteras de unos treinta años, todos bastante parranderos, todos aparentemente orgullosos de su propia soltería. Elías dedujo que en el grupo habían acabado confluyendo los que iban quedándose solos a medida que la gente iba casándose y teniendo hijos, y lo que les unía no era tanto la amistad o la confianza como la afición a la juerga. El propio Juan Pablo, tan serio y cumplidor en el trabajo, no paraba de hacer bromas y chistes. Sus chistes, como los de los otros, hablaban a menudo de bodas desastrosas, suegras mal encaradas, esposas autoritarias, maridos que llegaban borrachos a casa. ¿De verdad les hacía tan felices no haberse dejado pescar?

A una de las habituales, Sonia, se la encontraba a menudo por la Malagueta y el paseo del Parque, y llegó a sospechar que no siempre era por casualidad. ¿Estaba haciéndose la encontradiza? La chica no le atraía especialmente. Le parecía agradable y pizpireta pero nada más, y siempre tenía la sensación de que hacía grandes esfuerzos por gustarle. Por primera vez se vio a sí mismo como alguien distinto del que creía ser: como un buen partido. ¿Era así como le veían los demás: el heredero venido de fuera, el propietario de la agencia de consignaciones, el jefe de Juan Pablo y de su padre? ¿Le veía Sonia como a una buena pieza por la que estaría dispuesta a renunciar a su tan cacareada aversión al matrimonio? Donde antes veía una gracia y una simpatía naturales ahora adivinaba buenas dosis de cálculo e interés. Sonia decía que su actor favorito era Paul Newman. Quedaron en ver juntos su última película, *El color del dinero*, en el Aleixandre. Elías acortó por la calle Huerta del Obispo y luego torció por Ríos Rosas en dirección a Armengual de la Mota. El cine estaba en una esquina. Era un edificio viejo, de dos plantas, con ventanas a dos calles. Llovía un poco, y Sonia, con gabardina y bolsito, esperaba muy quieta bajo la marquesina. Elías se pegó a la pared para no ser visto. La idea de darle un plantón se le presentó de repente con una fuerza irresistible. Sonia no era una de esas chicas liberadas que frecuentaban las fiestas de Duelos y Quebrantos, y el más tímido escarceo corría el riesgo de ser interpretado como el inicio de un noviazgo más o menos formal. Qué pereza le daba pensar en ese tipo de noviazgos y, por otro lado, qué perverso gozo experimentaba al verla así, desairada, insignificante, mientras la gente iba accediendo al interior del local. Esperó a ver qué hacía. La vio consultar varias veces su reloj de pulsera y echar un último vistazo a su alrededor antes de acercarse a la taquilla a comprar una entrada. Elías buscó una cabina telefónica y le dejó un mensaje en el contestador: sentía mucho no haber podido acudir a la cita, un fortísimo dolor de cabeza se lo había impedido, ojalá hubiera podido avisarla a tiempo... Luego, exultante, volvió sobre sus pasos y se acercó al cine Alameda a mirar qué película ponían.

En uno de sus paseos por el centro descubrió el Terral. Estaba en Pedro de Toledo, muy cerca de la catedral. Era un bar de techos altos, ventanas siempre abiertas y barra de mármol blanco que organizaba lecturas poéticas y exposiciones de pintura. La primera vez que entró, un poeta con gafas recitaba sus versos ante un público de jóvenes que no paraban de fumar.

—«Un nudo amable te ata. Así el papel picado que, acabada la fiesta, perdura entre el servicio sucio: lodo menudo que se pega al zapato...»

—¿Quién es? —preguntó Elías en un susurro.

—Justo Navarro —le dijeron.

—¡Ah! —asintió con convicción.

Alguien le chistó a su espalda. El poeta leía sin gesticular ni alzar mucho la voz. Elías oía sólo a medias, y lo que oía lo entendía también a medias. Le llamaron la atención unos versos que decían: «Cada cosa cansa, como un joven endeble, vergüenza de los suyos.» Siguió con la mirada a la camarera, que se abría paso entre las sillas para vaciar ceniceros y retirar vasos vacíos: muy rubia, muy guapa, con falda de cuero y zapatillas de deporte. El recital concluyó, sonaron unos cuantos aplausos y la gente se agolpó en la barra para pedir copas.

Elías se consideraba un intelectual sólo porque había formado parte de un grupo de teatro universitario. Aquél era su ambiente, y no la pandilla de Juan Pablo. Se acostumbró a frecuentar el Terral cuando no había lecturas ni presentaciones de libros. Se acodaba a la barra y se las arreglaba para entablar conversación con la camarera rubia, que se llamaba Andrea y era de Hamburgo. Cuando

Elías le dijo que vivía en la Malagueta, ella comentó que solía ir a bañarse a esa playa incluso en invierno.

—¡Yo también! —exclamó él y, aunque aún no se había bañado en la Malagueta, no tuvo la sensación de estar mintiendo: el médico le había aconsejado la natación para aliviar los dolores de espalda.

Fue Andrea quien le presentó al dueño del bar, José Antonio, un barcelonés criado en Málaga que hablaba con un acento extraño, mezcla de catalán y de andaluz y de no se sabía muy bien qué. Resultó que José Antonio también escribía teatro. Acababa de terminar una obra breve.

—Trata de una pareja en crisis que está encerrada en un refugio nuclear. La he presentado al premio Romero Esteo. Se titula *Aquellas añoradas sirenas roncas y despeinadas*.

—¿Cómo?

—*Aquellas añoradas*... —No lo repitió entero—. ¿Y tú?

—¿Yo qué?

—Que si tienes algo escrito.

—Con el grupo hicimos una especie de esperpento sobre Carlos V. Ya sabes: Valle-Inclán, Bajtin...

—¿Cómo se llamaba?

—*Las almorranas del emperador* —dijo Elías, muy serio.

—¡*Las almorranas del*...! ¡Qué cachondo!

Por el Terral iba más gente que se dedicaba al teatro, y no le costó relacionarse con unos y con otros. Algunos habían pasado de hacer un rabioso teatro experimental a montar funciones colegiales que la Junta de Andalucía y el Ayuntamiento financiaban con generosidad; otros, directamente, se habían instalado en los despachos de la Junta y el Ayuntamiento en los que se repartían las subvenciones. En eso consistía su victoria sobre lo que ellos llamaban «las zancadillas de la vieja burocracia franquista». Algunas mañanas se escapaba de la oficina para asistir a los ensayos de algún grupo, casi siempre de obras como *La casa de Bernarda Alba* o *Doña Rosita la soltera*. «¿Sólo hacéis cosas de Lorca?», preguntó él con candidez. «¡Claro! —le dijeron entre risas—, ¿quién se atrevería a negar una subvención a Lorca?» A Elías le pareció una forma grosera de aprovecharse del legado del poeta, pero no dijo nada porque tampoco le convenía ponerse a malas con esa gente. A veces le pedían su opinión sobre algún detalle del vestuario o los decorados, y él apelaba a su propia experiencia para consolidar su magisterio.

—Cuando yo monté el espectáculo sobre Isabel II... —decía.

Una mañana se encontró a la gente de la agencia en un estado de agitación. Las dos secretarias cuchicheaban en una esquina mientras Elpidio, que casi nunca iba por la oficina, permanecía sentado con expresión sombría. Juan Pablo, frenético, abría y cerraba cajones en busca de no se sabía qué. El Niño, al contrario de lo habitual, estaba encerrado en su despacho. A través de la puerta de cristal esmerilado se le veía de pie hablando por teléfono.

—¿Qué pasa? —dijo Elías, alarmado.

—Hemos recibido una carta de cese —dijo Juan Pablo—. De Róterdam.

—¿Qué quiere decir eso?

—Menos trabajo, menos dinero... —murmuró Elpidio desde la esquina, y Juan Pablo, sin parar de rebuscar en los cajones, añadió:

—Quieren concentrar sus actividades en el puerto de Lisboa. Tenemos que demostrarles que es una locura. ¡Les iría mejor trayéndolo todo aquí!

La de Róterdam era una de las cuatro compañías navieras representadas por la agencia y, según Elías creía recordar, ni siquiera la más grande. El trabajo que les proporcionaban las otras tres compañías no paraba de crecer, pero tal vez no bastara para recuperarse del golpe. Al menos eso era lo que daba a entender la alarma de unos y otros. Siguió a Juan Pablo hasta el despacho del Niño. Éste hablaba en un inglés fluido pero brusco. Elías pensó que sus palabras sonaban como piedras arrojadas a un estanque. Juan Pablo depositó sobre la mesa un rimero de papeles y carpetas.

—¿Y los clientes?, ¿cómo traerán la mercancía desde Lisboa? —hablaba al oído libre de su padre, que no le prestaba demasiada atención—. ¿Se creen que el transporte por tierra es gratuito? Diles que vuelvan a hacer sus cálculos. ¡Lo que ellos se ahorran no es nada en comparación con lo que le costará al cliente! Diles que vuelvan a hacer sus cálculos y que piensen en el volumen de negocio que pueden perder...

El Niño colgó el teléfono y se frotó el entrecejo. El cansancio le hacía parecer más viejo.

—¡Tenemos que hacer que revoquen el cese! —exclamó Juan Pablo, impetuoso.

—Déjame que me siente, por lo menos.

—Necesito diez días. Diles que no firmen nada y que me den diez días. ¡Una semana!

—¿Crees que servirá de algo?

—¡Sólo pido una semana! ¡Este año no salgo en la procesión!

Estaba a punto de empezar la Semana Santa, que aquel año cayó a finales de marzo. Miriam había llamado para anunciar su visita. Para Elías, que tenía previsto aprovechar para acercarse algún día a alguna playa cercana, era casi un engorro. El Domingo de Ramos le preparó el dormitorio y fue a recogerla a la estación. Tenían el tiempo justo para dejar el equipaje y salir pitando hacia la casa de los Quiñones, que les habían invitado a comer.

—¡Ésta era mi habitación! —exclamó Miriam, dejando caer el bolso, y fue señalando los sitios en los que habían estado sus cosas: el mueble de los discos, el zapatero de tela, la mesita en la que amontonaba las revistas—. Me resulta extraña, con la cama al otro lado.

—El colchón es nuevo. Aquí dormirás bien.

Miriam se acercó a la ventana.

—Qué luz tan bonita...

—Por la tarde te enseño el resto del piso. Tu piso. Verás lo bien que te lo estoy dejando.

—¡Hijo, qué prisas!

Cogieron un taxi. Los Quiñones vivían en un edificio moderno junto a la plaza de Uncibay. Les estaban esperando a la salida del ascensor. Se besaron, se abrazaron, se elogiaron unos a otros el buen aspecto. Nada más entrar al salón, Miriam se detuvo ante una foto reciente del matrimonio con su hijo.

—¡Juan Pablo, vaya hombretón! ¡Cómo pasa el tiempo!

—Te manda recuerdos —dijo Esperanza—. Le habría gustado saludarte pero tenía trabajo.

—¿En domingo? —dijo Miriam.

El Niño se volvió hacia Elías. Dijo:

—¿No se lo has contado a tu madre?

—¿El qué? —dijo Miriam.

—Nada —dijo Elías—. La oficina. Que estamos hasta aquí de trabajo.

Miriam dio unas palmaditas infantiles:

—¡No sabéis la ilusión que me hace volver a Málaga!

Durante la comida hablaron de los viejos tiempos y de lo mucho que la ciudad había cambiado en esos casi treinta años. Elías escuchaba y no intervenía. El pasado pertenecía a Miriam y la ciudad a los Quiñones, de modo que a él no le quedaba nada. Aspiró con fuerza los olores mezclados que llegaban de la cocina.

—¿Cazón? —dijo.

—¡Le encanta el cazón! —dijo Esperanza, agarrando por el brazo a Miriam, que dijo:

—A mí también me encantaba. —Y volvió a hablar del pasado.

Había vivido sólo diez meses en aquella Málaga de su juventud pero, oyéndola hablar, daba la sensación de que esos diez meses la habían marcado para siempre. Los días siguientes, en cuanto salía de la oficina, Elías la llevaba a pasear por los lugares que en su época había frecuentado. Muchas de sus frases empezaban con esa expresión: en mi época tal, en mi época cual... También pronunciaba muchas frases que empezaban con la palabra «aquí»: aquí estaba, aquí había, aquí compramos tal o cual cosa... Una tarde subieron a un autobús que llevaba a Torremolinos. Miriam conservaba un recuerdo muy nítido del sitio en el que había visto a María Félix en el interior de un imponente Cadillac blanco, pero todo había cambiado tanto que, cuando bajaron del autobús, ni siquiera fue capaz de orientarse.

—¿María qué? —dijo Elías.

—María Félix, la mexicana —dijo ella y, al ver el gesto indiferente de su hijo, añadió consternada—: ¡No me digas que no sabes quién es María Félix!

Se acercaron hasta el paseo marítimo y buscaron una terraza en la que sentarse a tomar algo. Elías iba leyendo los rótulos de los bares:

—Los Amigos, La Bastilla, Café Bar Virginia...

—Me acuerdo de que echábamos comida a los gatos —comentó Miriam sin venir a cuento—. Y también me acuerdo del *pescaíto* que nos sirvieron. ¡Qué rico estaba!

—Café Bar Virginia. ¿Nos sentamos aquí mismo? Me está empezando a doler la espalda...

Desde la llegada de su madre, habían vuelto los viejos dolores de espalda y de cadera, y Elías creía que las largas caminatas habían agravado su cojera. Pero tampoco estaba seguro de dónde terminaban sus dolencias y dónde empezaba el desasosiego que le causaba la presencia de Miriam. ¿Qué era lo que le mantenía en ese estado de irritabilidad constante? Seguramente el hecho de que los papeles se hubieran intercambiado: parecía que no era ella la que estaba de visita en la ciudad de él sino él el que había sido invitado a conocer una ciudad ya inexistente, la de la juventud de Miriam, la de su memoria o su fantasía. Y todavía quedaba lo peor: la procesión de Viernes Santo.

—Los Quiñones quieren que vayamos a su casa.

—No, no —dijo ella—. Nada de ver la procesión desde un balcón. Yo quiero verla donde siempre.

En Málaga, la que utilizaba la palabra «Siempre» como si fuera un topónimo era Miriam. A Elías le parecía deshonesto y abusivo: él había vivido toda su vida en su ciudad natal, Zaragoza, mientras que ella había estado en Málaga poco menos que de paso, así que su Siempre estaba plenamente justificado y el de su madre no. El único Viernes Santo que ésta había pasado en Málaga era el de 1957. ¿Por qué no llamaba a las cosas por su nombre? ¿Por qué no decía algo así como que le gustaría ver la procesión desde el mismo sitio en que la había visto una lejana tarde de hacía veintinueve años?

—Está bien. Como quieras —transigió, a pesar de todo—. La veremos donde tú digas.

Los distintos itinerarios de las cofradías confluían en el tramo central, el que iba desde la Alameda hasta la plaza de la Constitución por la calle Larios, y el punto elegido por Miriam estaba justo donde la procesión iniciaba la curva para entrar en Larios. Es decir, donde previsiblemente habría más gente. Fueron pronto para coger sitio y plantaron sus sillas de tijera en la primera fila.

—Me acuerdo tanto de mamá... —suspiró Miriam.

La muchedumbre no tardó en invadirlo todo. Adelantaron un poco las sillas para que nadie se les pusiera delante, pero un guardia les obligó a retroceder. Había ya tanta gente que les costó recuperar su hueco. Estaban todos apretados e incómodos.

—También entonces había mucha gente —protestó Miriam—. ¡Pero no era como ahora!

Empezó a oírse la primera banda de cornetas y tambores. Las cofradías avanzaban despacio, con los largos cortejos de nazarenos portando velas o faroles o libros de reglas. Miriam comentaba en alta voz la belleza de los pasos (o tronos, como los llamaban en Málaga) y comparaba su época con la actual: entonces, en su juventud, había más fervor, con esos penitentes de gesto sombrío y esas mujeres que arrastraban cadenas en los tobillos, y todo era más auténtico, mientras que ahora parecía un espectáculo casi festivo.

—Decían que la democracia iba a acabar con la Semana Santa y fíjate —dijo—. Se ha convertido en una de esas tradiciones locales que en todas partes quieren proteger.

—No te muevas de aquí —dijo Elías—. Enseguida vuelvo.

—¿Dónde vas?

La calle Panaderos estaba muy cerca de allí. Vio luz en la oficina y subió por la escalera. Juan Pablo, en el despacho de su padre, copiaba en unas cuartillas datos extraídos de un grueso *Anuario del transporte marítimo en España*. Cuando vio a Elías, soltó el bolígrafo y se desperezó aparatosamente.

—Tengo todo el cuerpo entumecido —dijo.

—¿Quieres que te ayude? ¿Necesitas algo?

Por las rendijas de las ventanas se colaba el retumbar de los tambores.

—Necesito conocer las expectativas de crecimiento en el sur de España. Eso es lo que necesito.

Elías no supo qué decir. Juan Pablo se echó a reír.

—Tengo ya casi listo el informe. Lo importante es que la estimación de gastos y beneficios sea detallada y precisa. Que vean que en esta agencia somos serios. Si hace falta recurrir a barcos *feeder*, se recurre. ¿Sabes lo que son los barcos *feeder*? —Y sin esperar la respuesta continuó—: Con frecuencia se llega a acuerdos para que una naviera traiga contenedores de otras navieras. Ahí es donde entran los *feeder*. —Señaló una de las fotos de buques que colgaban de la pared—. Son cargueros con una capacidad menor, aunque el arqueo puede variar mucho...

*Feeder*, arqueo, porte neto, tonelaje de registro: había aún muchos términos y expresiones con los que Elías no se había familiarizado. Cuando el otro concluyó su explicación, dijo:

—Si se te ocurre algo que yo pueda hacer...

—¿Estás en la procesión?

—Con mi madre —asintió.

—¡Ya me gustaría a mí! Pero esto hay que enviarlo cuanto antes. Esta misma noche lo mandaré por fax.

Le costó Dios y ayuda abrirse camino entre la gente para llegar junto a Miriam, que le miró enfurruñada.

—¿Dónde estabas? ¿Por qué has tardado tanto? ¡Llevo todo este rato guardándote el sitio!

Cuando todo acabó, la gente se repartió por las cafeterías cercanas. Miriam no se molestaba en ocultar su cansancio y su irritación.

—En mi época los bares estaban cerrados en Semana Santa. Y los cines. En cambio, ahora... —Señaló unos excrementos de caballo que ya alguien había pisado—. ¡Cuidado con eso!

Elías plegó las sillas y siguió a su madre hacia el paseo del Parque.

—Estos pies me están matando —dijo ella en cuanto llegaron al piso, y lanzó los zapatos en dirección al salón.

—Queda tortilla de patata —dijo Elías—. ¿Preparo también algo de ensalada?

Volvió de la cocina con los cubiertos y la tortilla, y se la encontró llorando en una esquina del sofá.

—¿Qué te pasa?

—No me pasa nada.

—Algo te pasa.

—¿No te digo que no me pasa nada? Bueno, sí me pasa. Me pasa que me siento inútil y que me estoy haciendo vieja. Ya voy para los sesenta...

—Tienes cincuenta y seis.

—Pues eso: para los sesenta. Venía a cuidarte un poco, pero veo que no me necesitas. —Trató de sonreír—. ¿Me acompañarás el lunes al puerto?

—¿Al puerto? ¿Para qué?

—Quiero ir a Melilla. A ver a Daniel. Ya que estoy aquí... —dijo, como si Melilla estuviera a unos minutos de taxi.

—Lo que tú digas. Pero ya sabes que en esta casa puedes quedarte todo el tiempo que te apetezca. Como si quieres quedarte a vivir... ¡De hecho, el piso es tuyo! ¡Yo aquí vivo de prestado!

—No consiste en tener uno o mil pisos. Consiste en tener un sitio en el mundo. Todos debemos de tener un sitio en alguna parte. Pero yo ahora mismo no lo encuentro.

Elías esperó a que su madre se acostara para marcharse. No se había acercado por el Terral en toda la semana. El local estaba abarrotado, y varios de los clientes iban vestidos de nazareno. Le sorprendió reconocer entre ellos a Fernando, un tipo del mundillo teatral al que siempre había tenido por izquierdista y anticlerical. Su túnica era de color crema, con los puños y la capa morados.

—Aquí, si no eres de una cofradía, no eres nadie —sentenció Fernando, y alargó el brazo hacia la barra para alcanzar unos vasos de whisky.

Elías le siguió a su mesa, al lado de la ventana. Los capirotes, encajados unos dentro de otros como los cucuruchos de las heladerías, descansaban en el suelo. Los amigos de Fernando estaban tan borrachos como él mismo. Con los faldones de la túnica recogidos a la altura de los muslos, buscaban en sus monederos viejas monedas con la efigie de Franco (que seguían en circulación tantos años después de su muerte) y las lanzaban a la gente que pasaba por la calle.

—¡Fuera pesetas de Franco! —gritaban entre risas—. ¡No queremos dinero de Franco!

Fernando le anunció que estaban montando una cooperativa teatral. De hecho, tenían previsto llamarla así: La Cooperativa.

—Por supuesto, contamos contigo —añadió, y los demás emitieron un murmullo de aprobación.

Elías, halagado, se levantó para pedir otra ronda. Eran tantas copas que la guapa Andrea tuvo que ayudarle a llevarlas. Volvió a sentarse al lado de Fernando.

—¿Y con qué debutaremos? —preguntó.

—Estamos trabajando en eso —dijo el otro.

—¿Estáis escribiendo? ¿De qué va la obra?

—De lo de siempre. —Se frotó el pulgar y el índice—. ¡De ganar dinero!

Y soltó una carcajada. Luego le pasó un brazo por encima del hombro y bajó la voz para decir:

—Que quede entre nosotros: tenemos ya la financiación asegurada. Dinero público, claro. Sin dinero público no habría teatro. Nosotros ponemos el trabajo y el talento; ellos sólo ponen el dinero. Un trato justo, ¿no?

—¡Un brindis por La Cooperativa! —propuso alguien, y todos se levantaron e hicieron chocar sus vasos.

Por la mañana, resacoso, se metió en el cuarto de baño para refrescarse la cara y la nuca. Miriam, en el salón, estaba hablando por teléfono con Daniel.

—Pasado mañana, ¿te parece bien...? En el *Ciudad de Santa Cruz*... ¿Miras a ver a qué hora llega y me vienes a recoger? No por mí, claro. Por el equipaje. ¿Necesitas algo? ¿Hace falta que te lleve alguna cosa...? Te arreglaré el piso. Pondré un poco de orden. ¡Seguro que lo tienes hecho una leonera...!

Enchufó la maquinilla de afeitar y empezó por el mentón. Cuando ya estaba terminando, sonaron unos golpecitos en la puerta.

—Tu hermano quiere hablar contigo.

Se roció las palmas de las manos con Varón Dandy y caminó hacia el sofá dándose masaje en las mejillas. Llevaba puesto el pijama de rayas de las penúltimas Navidades, de cuando todavía la familia se reunía en el chalet a intercambiar regalos y felicitarse las fiestas.

—Dime.

—Creo que esos dos acabarán robándote. —La voz de Daniel sonaba muy cercana.

—¿Esos dos?

—Los Quiñones. No estoy seguro de que no hayan estado robando durante todos estos años.

—¿Quieres dejar de decir estupideces?

—Piénsalo: el abuelo muerto, la abuela ajena a todo, y ellos en Málaga, solos, sin nadie que les vigilara... De repente, llegas tú y se acaba el chollo. No creo que tu presencia les haga mucha gracia. Pronto se jubilará Quiñones. ¿Y qué crees que hará su hijo? ¿Resignarse a ser tu empleado toda la vida? Si no te han robado ya, seguro que acabarán haciéndolo.

—Lo dices porque tú lo habrías hecho, ¿no?

—No te enfades, hermanito.

—¡No me enfado! ¡Sólo te digo que no conoces a la

gente! ¿Te crees que todo el mundo es como tú? —gritó Elías, y colgó sin despedirse.

Miriam, asomada al pasillo, dijo:

—¿Qué ocurre?

—Nada. Tonterías.

El lunes al mediodía la acompañó al puerto. Por un lado, su marcha le aliviaba. Por otro, tenía la vaga sensación de haber hecho algo mal, de no haber estado a la altura de las circunstancias. ¿Pero de qué circunstancias? ¿Y qué más tendría que haber hecho, aparte de invitarla a quedarse todo el tiempo que quisiera? Su madre siempre había sido una mujer frágil e inestable, y eso no cambiaría ni en esa ciudad ni en ninguna otra. Compraron el billete y salieron a hacer tiempo. Elías, con la maleta entre las piernas, se sentó en un murete. Miriam, tratando de atrapar los débiles rayos del sol de primavera, estiró el cuello y cerró los ojos. A Elías le parecía que, cuando se ponía así, su expresión era dulce y relajada, una expresión que le devolvía a su infancia.

—¡Qué bien se está! —dijo ella sin abrir los ojos—. ¡Casi no apetece ni fumar!

—Cuando vuelvas, te llevaré al Jardín Botánico —dijo él—. No sé por qué no hemos ido. Me han dicho que es precioso. Conozco a uno que nos lo puede enseñar.

Volvió la cabeza hacia el viejo edificio de la autoridad portuaria, con las banderas en la terraza del primer piso y el reloj eternamente detenido en las siete y veinte. Desde allí también se veía el caserón de la aduana, tosco, cuadrado, con aparatos de aire acondicionado en las ventanas. Miriam abrió los ojos y sonrió. Dijo:

—No me quiero quemar. Creo que tengo un bote de crema por algún lado... —Y rebuscando dentro del bolso dio con el paquete de Ducados—. ¡Ahora sí que apetece!

Una fila de coches avanzaba despacio en dirección al *Ciudad de Santa Cruz*. Era un buque del tipo que llamaban canguro, denominación que Elías asociaba con su capacidad para transportar vehículos en su interior. Esperó a que Miriam se fumara el cigarrillo y volvieron a la terminal, donde estaba ya formada la cola para embarcar. Elías acompañó a su madre hasta el límite del acceso. Se despidieron con un abrazo rápido.

—De niña siempre me mareaba —dijo ella—. Seguro que hoy también. Ya lo verás.

Luego él volvió al muelle y trató de distinguirla entre las personas que se asomaban a la cubierta. A su lado, unas señoras mayores decían adiós con la mano. Miró el reloj: se le había hecho tarde para ir a la oficina. Decidió ir bordeando el mar hasta la Malagueta. En lugar de meterse en su calle, siguió hacia el paseo de la Farola y luego hacia el dique de Levante. Enfrente, a bastante distancia, tenía los muelles de carga. Las únicas veces que había visto cargar o descargar buques lo había visto también desde ese dique. Impresionaba la visión de las grúas pórtico, unas estructuras ciclópeas de unos cuarenta metros de alto que, con las gruesas columnas de acero y la enorme viga para trasladar los contenedores en el aire, parecían el esqueleto de algún animal antediluviano. Cada uno de esos contenedores podía pesar veinticinco o treinta toneladas pero, suspendidos de la grúa, transmitían una sensación casi de ligereza. Elías se acordó de que un día Juan Pablo le había explicado su funcionamiento: el *spreader* enganchaba las cuatro esquinas superiores, que quedaban bloqueadas por un mecanismo llamado *twist-lock*, y apilaba los contenedores formando unas construcciones geométricas que tenían algo de gigantesco juguete infantil.

El *Ciudad de Santa Cruz de La Palma*, mientras tanto, abandonaba la dársena muy despacio. Desde donde Elías estaba, parecía totalmente inmóvil.

**LA NOVELA DE DANIEL**

El taller estaba en la avenida de los Donantes de Sangre. El mecánico comprobó la presión de las ruedas y pasó un trapo arrugado y grasiento por el motor.

—Ya la tienes —dijo, incorporándose.

Era una Mike Andrews Replica, de la casa Ossa: doscientos cincuenta centímetros cúbicos de potencia, amortiguadores nuevos, el depósito blanco atravesado por una franja de color verde. Daniel montó y dio un golpe seco al pedal de encendido. Luego probó en el sitio el acelerador y los frenos. La moto tendría unos doce años pero parecía sin estrenar.

—Estupendo —dijo, ajustándose el barboquejo del casco, y salió a la avenida.

Recorrió un par de veces el paseo marítimo, se metió por las calles que rodeaban el parque y acabó torciendo hacia la carretera de Hidum. El casco urbano quedó bien pronto atrás. La cuesta se hacía cada vez más pronunciada. A la izquierda, separado por una pequeña alambrada en la que las bolsas de plástico se enganchaban e hinchaban como globos, estaba Marruecos. A la derecha quedaba Melilla. Pero el paisaje era el mismo en los dos lados: laderas secas y pardas en las que a nadie se le ocurriría tratar de cultivar algo. En la parte española, entre caminos y calles a medio pavimentar, había algunas construcciones desperdigadas, toscas, seguramente ilegales. Eran casi todas de techo plano y un solo piso, y por las esquinas de la azotea asomaban los dedos de hierro de las pilastras de hormigón. No eran las únicas casas de ese tipo que había visto en torno a la ciudad. La tía Esther le había explicado que ésa era la costumbre entre los musulmanes: ocupaban un pequeño solar y levantaban de un día para otro una casita así, dejando la estructura al aire para cuando la familia creciera y tuvieran que ampliar la vivienda con una segunda planta. Le vino a la cabeza el nombre de aquella zona: la Cañada de la Muerte.

Siempre cuesta arriba, la carretera giraba hacia la derecha, en dirección al barrio de Cabrerizas Altas. También allí las casas eran bajitas y pobres, con los muros desconchados y sin enlucir y pequeñas ventanas protegidas por rejas, pero al menos las calles se atenían a un trazado racional y no carecían de bordillo ni de farolas. Se fijó en el nombre de una calle, Ceriñola. Le sonaba a batalla antigua y también a algún episodio histórico que tenía que ver con Melilla. ¿El Desastre de Annual? ¿No había leído alguna vez algo sobre un regimiento llamado Ceriñola? Pasadas las últimas casas, el paisaje cambiaba: primero unos arbolitos enclenques, casi sin sombra, luego un bosque de pinos. Esos terrenos pertenecían al ejército. Ante la fortaleza de Cabrerizas Altas no había llegado a detenerse, pero sí lo hizo ante la de Rostrogordo. Con su foso, sus almenas y sus matacanes, le recordó un castillo medieval de plástico con el que jugaba en su infancia. En la explanada delantera había aparcados varios camiones militares, y una compañía de infantería descansaba con toda la impedimenta en lo que tal vez fuera una pausa previa a las maniobras. No muy lejos de allí, junto a unos carros tirados por burros, unos legionarios en pantalón corto quemaban basura entre los pinos, mientras unas morillas recogían piñas secas caídas de los árboles y las amontonaban en sus delantales. Tirados en el suelo, los soldados que estaban más cerca trataban de atraer la atención de las chicas haciendo ruido con el cazo metálico de sus cantimploras.

La carretera continuaba hasta un acantilado. Daniel dejó la Mike Andrews y se subió a un peñasco. Desde allí, siguiendo la línea del litoral, la vista llegaba por un lado hasta el cabo de Tres Forcas y por el otro hasta las islas Chafarinas. Enfrente, a una distancia imposible de calcular, estaba la Península, que sólo alcanzaba a verse los días muy claros, y a su espalda, en el lado marroquí, asomaba por encima de los árboles la mole oscura del Gurugú y sus estribaciones. El viento de poniente soplaba con fuerza: no era aquél un buen sitio para liarse un porro. Volvió a montar en la moto y se metió por un camino de piedras que bajaba zigzagueando hasta el mar. Aquello no era propiamente una cala. En todo caso, una oquedad que las corrientes habían abierto entre las rocas y rellenado con guijarros y arena tosca. Pero se estaba bien allí, resguardado del viento, sin otro ruido que el de las olas. Se quitó el casco y se sentó a liarse un porro. El hachís era bueno. Se lo conseguían algunos de sus amigos del puerto, como Driss o Khalil. La primera calada la dio con fuerza, sintiendo cómo el humo se le adhería a las paredes de los pulmones. Las siguientes fueron más suaves y pausadas. Dejó que su mirada se meciera siguiendo el vaivén de las olas, cuyas crestas se rizaban aquí y allá y se teñían momentáneamente de blanco. «Cinco años así», pensó. Se levantó de un salto, trepó a una roca y, haciendo altavoz con las manos, gritó:

—¡Mierda! ¡Mierdaaaa!

Volvió a la moto. En lugar de regresar por la carretera del Polvorín, retrocedió hasta Rostrogordo y tomó el desvío de Cabrerizas Bajas. Ahora todo el camino era cuesta abajo. Casi ni tenía que dar al acelerador. Esa sensación de liviandad le devolvió el buen humor. Al fin y al cabo, aquél era un gran día: por fin, después de años de pedir prestada la moto a los amigos, había cumplido su sueño de tener una que fuera suya y sólo suya. ¿Cómo era la canción esa que hacían cantar a Elías en las fiestas familiares?

—«Quiero una motocicleta que me sirva para correr...» —canturreó.

El tráfico estaba atascado en la Avenida. Los conductores, algunos de ellos desde fuera de los coches, hacían sonar sus bocinas con insistencia. Daniel fue avanzando entre los vehículos hasta que un guardia le hizo parar.

—¿Qué ocurre? —dijo, pero el guardia se llevó el silbato a los labios y no contestó.

Lo que estaba bloqueado era el acceso a la plaza de España. Algunos coches maniobraban para cambiar de sentido y desaparecían por las calles laterales. Daniel se metió por General Chacel y dejó la moto delante de su portal. Desde la esquina de la calle vio varios grupos de musulmanes que caminaban presurosos por General Marina, una de las calles que delimitaban el triángulo del Parque Hernández. Se asomó a ver qué ocurría. En el trozo de plaza que se veía desde allí se habían congregado bastantes personas. Le llegaba un murmullo extraño, como un cántico, interrumpido de vez en cuando por el sonido ininteligible de una voz distorsionada por la megafonía. Se acercó tanto como pudo. Por encima de las cabezas de los curiosos logró ver lo que ocurría: unas doscientas mujeres se estaban manifestando ante el edificio del ayuntamiento. Iban todas vestidas de blanco de los pies a la cabeza, las mayores con chilaba, las más jóvenes con *jabador* y velo. Algunas llevaban pancartas en las que estaban escritas frases del tipo POR LA PAZ Y LA IGUALDAD o POR LOS DERECHOS HUMANOS. Otras sostenían ejemplares del Corán, del que leían versos con una cadencia unánime, como niños recitando las tablas de multiplicar. Junto a él, un hombre de bigotito fino exclamó:

—¡Melilla siempre será española!

En el corrillo había varios musulmanes, que prefirieron no darse por aludidos. Ante la entrada del ayuntamiento, un guardia civil sostenía el altavoz del megáfono. Pero el que hablaba a su lado por el micrófono iba vestido de paisano. Anunció que las fuerzas del orden iban a proceder a desalojar la plaza y que cualquier intento de resistencia sería sancionado según la legislación vigente. Empleaba jerga administrativa, con expresiones que parecían sacadas de un atestado policial: proceder a, personarse, diligenciar... Daniel se preguntó cuántas de esas mujeres de blanco entenderían lo que decía. Ellas, lejos de ceder a sus conminaciones, reaccionaron sentándose en el suelo. Algunas eran tan viejas que necesitaban ayuda para moverse. El hombre elevó el tono de sus amenazas: habló de desórdenes públicos, resistencia a la autoridad, atentado. Las mujeres, imperturbables, seguían con su cantinela. Un destacamento de la guardia civil había tomado posiciones en varias esquinas de la plaza. Ninguno de los reiterados ultimátums surtió efecto. Sin que pareciera haber mediado una orden o señal, los guardias avanzaron hacia las manifestantes y las rodearon. Mientras unos las cogían por las axilas y las arrastraban hacia el centro de la plaza, otros forcejeaban para quitarles las pancartas y arrojarlas lo más lejos posible. Ellas se agarraban unas a otras y protestaban con grandes voces y aspavientos. Algunas, con el rostro contraído por la tensión, lograban desasirse y corrían a pasitos cortos hacia los parterres. Tenía todo un aire un poco bufo: las caras de esfuerzo de los guardias, las manchas de tierra en el blanco de las chilabas, la teatral indignación de las mujeres, que se aferraban con fuerza a sus velos y pañuelos. A las que oponían más resistencia los guardias las amenazaban con golpearlas con los palos de las pancartas. Entre los musulmanes que observaban el espectáculo crecía la irritación. Cuando una mujer gorda recibió un golpe en la frente y empezó a dar berridos, los más exaltados corrieron a interponerse. Con ellos los guardias tenían muy pocos miramientos: les lanzaban patadas y puñetazos, los tiraban al suelo, los inmovilizaban con su peso. Desde la esquina de la Avenida también se proferían gritos. Algunas de las mujeres magulladas fueron hacia allí en busca de refugio y pronto se les sumaron las demás, de forma que se acabó improvisando una manifestación que echó a andar por el carril derecho de la Avenida, libre de vehículos. La plaza de España se vació en cuestión de minutos, y en el suelo quedaron unos cuantos pañuelos pisoteados y los restos de alguna pancarta. Los corrillos empezaron a dispersarse. Daniel dudó entre pasarse por la oficina o dar otra vuelta en la Mike Andrews. El hombre del bigotito volvió a hablar:

—¡Así, así! ¡Leña al mono hasta que aprenda el catecismo!

Tras la marcha de Samuel en enero del 61, Rebeca y Esther se habían puesto al frente de la agencia, que no tenía grandes secretos para ellas. Llevaban toda la vida colaborando con su hermano. Además de mantener al día la contabilidad y traducir la correspondencia, ahora debían ocuparse de tratar con las compañías navieras, las casas de seguros y los trabajadores del puerto. Nada que no hubieran visto hacer mil veces y para lo que no estuvieran capacitadas. En la oficina, por tanto, no se notó demasiado la ausencia de Samuel. Cumplidoras, infatigables, escrupulosas siempre en todo lo que hacían, actuaban sin embargo como por delegación, y ellas mismas no ocultaban la situación de provisionalidad en la que se encontraban. Cuando alguien les preguntaba por su hermano, se limitaban a decir que estaba en la Península por motivos familiares y que no tardaría en reincorporarse al trabajo. Y lo creían de verdad. Del mismo modo que había desaparecido inopinadamente tras la tragedia del *Pisces*, podía ser que se presentara en Melilla en cualquier momento y sin previo aviso. Su misión, entre tanto, estaba clara: mantener vivo su legado hasta que se produjera el ansiado retorno. Sus problemas de salud primero, la reaparición de Sara después y el nacimiento de Elías más tarde les parecieron razones más que justificadas para que ese retorno fuera aplazándose un mes tras otro. En mayo, cuatro meses después de la espantada de Samuel, viajaron a Zaragoza para asistir a la boda de Sara y Felipe, y por primera vez intuyeron que esa situación de provisionalidad podía acabar convirtiéndose en definitiva. Avejentado, voluble, suspicaz, sacudido por inesperados ataques de melancolía, aquél no era ya el Samuel de antes: responsable, firme, bienhumorado. Ellas lo achacaban precisamente al cambio de ciudad, y se aferraban a la esperanza de que volvería a ser el mismo de siempre en cuanto estuviera de nuevo en Melilla, en su ambiente, entre los suyos. ¿Cuánto tardaría él en darse cuenta? Samuel, desde luego, no tenía la menor intención de desentenderse de la agencia. Sus llamadas telefónicas eran frecuentes. Más que para darles indicaciones o consejos, llamaba para mantenerse al corriente de todo, y después ellas, con ilusión de niñas, se felicitaban de que siguiera llevando la agencia entera en la cabeza: había preguntado por la última descarga de mercancía, se había acordado del tonelaje exacto, se había interesado por el capataz recién contratado o por la última reclamación a la aseguradora... Esas conversaciones habían desarrollado su propia liturgia. Primero se ponía al teléfono Rebeca y luego Esther, y en algún momento una de las dos le preguntaba si tenía previsto ir pronto por allí, y él decía: «Sí, claro. Claro que iré.» La respuesta acabó también formando parte del ritual, y eso la vació de significado.

Aunque ellas no llegaron a perder la esperanza, el hecho es que Samuel jamás volvió a Melilla. Esa provisionalidad perpetua en la que se habían instalado las vidas de Rebeca y Esther iba mucho más allá de la propia agencia. La comunidad hebrea de la ciudad no había parado de reducirse. A la muerte de Benjamín Gaón, todos sus hijos y nietos se habían trasladado a Israel. De los Garzón y los Beniachar, unos se habían ido a Israel, otros a Venezuela, otros a Canadá. La mitad de los Salama se habían establecido en la Península. Los Benatar y los Safra también se habían repartido por el mundo... En la *tefilá*, los nombres de unos y otros iban poco a poco desapareciendo de las plaquitas de los sillones. Luego fueron desapareciendo las propias *tefilás* hasta que sólo quedó una, la de la calle López Moreno. Ellas mismas no estaban seguras de no acabar yéndose. Dependían de la agencia, que a su vez dependía de si el gobierno de Marruecos se decidía o no a construir un puerto al otro lado de la frontera de Beni Enzar, lo que amenazaba con condenar a la ruina al de Melilla. Y dependían del futuro de la propia Melilla, que sólo estaría asegurado mientras la metrópoli no se cansara de subvencionar su artificial nivel de vida y de enviar funcionarios y militares... Pero, si algún día las cosas cambiaban, ¿dónde podrían ir ellas, dos mujeres mayores que prácticamente no habían salido de Melilla? Mientras Samuel estuvo vivo, siempre pensaron que les quedaba la opción de liquidar la empresa y mudarse con él a la Península. La muerte de Samuel en febrero de 1968 las dejó sin alternativas. Rebeca estaba a punto de cumplir sesenta y nueve años y Esther sesenta y seis, y su destino estaba ya escrito de forma definitiva: vivirían el resto de sus vidas en Melilla y, mientras el cuerpo aguantara, velarían por los intereses de la agencia.

Ésta se convirtió en el centro de sus vidas. Incluso en algo más: en una misión, una causa superior a la que consagrarse sin escatimar esfuerzos ni sacrificios. Ellas habían recibido de su hermano un legado que éste a su vez había recibido de su padre y, al igual que él había hecho, su deber era acrecentarlo para en su momento acabar transmitiéndolo a quien correspondiera de entre las generaciones posteriores. Más que al servicio de una empresa, estaban al servicio de la memoria familiar, un bien eterno del que no se consideraban poseedoras sino meras depositarias. Ellas no eran más que dos modestos eslabones de una cadena larguísima y, en esa especie de homenaje constante al hermano muerto, no sólo se ocuparon de preservar ese legado sino también de seguir engrandeciéndolo. Su eficiencia recibió el merecido reconocimiento cuando dos de las compañías navieras que en los años setenta empezaron a operar en Melilla solicitaron incorporarse a su lista de consignadores. La gente que hacía negocios en el puerto, incluidos algunos consignatarios de la competencia, les felicitaba por su buen hacer, pero a ellas las únicas felicitaciones que les habría gustado recibir eran las de su hermano Samuel. Austeras como eran, la prosperidad de la agencia no era un medio para ganar más dinero y vivir mejor sino un fin en sí mismo. Un fin, además, que constituía su propio acicate: cuanto mejor les fueran las cosas, más razones tendrían para seguir haciéndolo bien.

En 1979 se inauguró el puerto marroquí de Beni Enzar, que concentró la exportación de mineral pero afectó poco a las importaciones y, por tanto, a la actividad de la agencia. A esas alturas de la vida, Rebeca y Esther eran dos viejecillas de tez pálida y figura redonda que iban juntas a todas partes, paseaban por la Avenida con una sonrisa algo envarada y dedicaban poca atención al aliño personal. Cuando les tocaba renovar su vestuario, se las arreglaban para comprarse prendas de corte anodino y tonos discretos que antes de ser estrenadas ya parecían gastadas. Por ser solteras, no estaban obligadas a cubrirse el pelo, que se cortaban la una a la otra, siempre a la altura de media oreja, siempre demasiado corto por detrás, como esas monjas de paisano que por entonces proliferaban. Su antigua religiosidad, al igual que la de los ya escasos miembros de la comunidad hebrea, había ido poco a poco relajándose. Ya no eran tan estrictas con las comidas ni conservaban *mezuzás* en las puertas de las habitaciones y, aunque intentaban respetar el Shabat y no solían faltar a los servicios religiosos de la sinagoga, no tenían inconveniente en hacer una excepción cuando lo requería algún compromiso profesional inaplazable. Para ellas, como para Samuel muchos años atrás, no era tan importante cumplir con las pascuas como obedecer la Torá, la ley de Moisés. Se consideraban unas buenas judías.

Por esa época se acostumbraron a cumplir las *mitzvot* o mandamientos de *Bikur Jolim* y *Nijum Avelim*, que prescribían la obligación de visitar a los enfermos y consolar a los dolientes. En Melilla no había hospital hebreo, y los miembros de la comunidad preferían morir en su propia cama. Cuando se enteraban de que algún anciano había caído gravemente enfermo, se presentaban en su casa para, con sus vocecillas de pájaro y su alegría algo impostada, tratar de infundirle alivio y serenidad. Pero el cumplimiento de la *mitzvá* no quedaba limitado a los suyos. En una callecita cercana a la oficina estaba el Hospital Civil, que antiguamente había sido la Cruz Roja. Levantado al amparo de la prosperidad que la Guerra del Rif había traído aparejada, seguía siendo un edificio soberbio, con amplios ventanales, majestuosas escalinatas y una característica torre de ladrillo y cristal que en la ciudad era conocida como la Torre del Reloj. Como por entonces se estaban construyendo otros hospitales y centros de salud, su mantenimiento se había descuidado y algunas partes amenazaban ruina. A los enfermos terminales solían instalarlos en las habitaciones del sótano, mal ventiladas y carentes de luz natural. Rebeca y Esther iban a visitarlos dos o tres veces por semana. Les llevaban algo de fruta, se ofrecían para leerles periódicos o revistas, les comentaban las noticias de la actualidad. Algunas veces no hacían otra cosa que cogerles de la mano y esperar en silencio a que se quedaran dormidos. El profundo y desesperado agradecimiento que percibían en sus ojos les proporcionaba una satisfacción egoísta que les impedía considerarse un modelo de virtud. Al lado de esos hombres y mujeres que seguramente no seguirían allí a la semana siguiente, qué gratificante resultaba sentir el latido de la propia sangre... Los primeros meses, el capellán del hospital las trataba con desconfianza y rudeza, como si esos moribundos le pertenecieran a él y temiera que las dos mujeres estuvieran tratando de arrebatárselos. A veces salían juntos al jardín y mantenían conversaciones sobre asuntos de religión. El padre Cerrada no acababa de entender que en la religión hebrea no existiera la práctica del apostolado. Decía: «Si tan seguros estáis los judíos de que vuestra religión es la verdadera, ¿por qué no tratar de convertir a todo el mundo e intentar que acabe siendo la única del planeta?» Según él, eso demostraba la superioridad de su propia fe sobre la de ellas, que soltaban unas risitas y decían: «No se preocupe, padre, que no estamos aquí para hacerle la competencia.» Terminó surgiendo entre ellos algo muy parecido a la amistad, y el sacerdote las llamaba para pedirles ayuda cuando coincidían demasiados enfermos y requerían más atenciones de las que podía ofrecer por sí mismo.

Fue el padre Cerrada el que, una tarde de tormenta, alertó a Esther de los primeros desvaríos de su hermana.

—¿Qué es eso de la Titán?

—¿La Titán?

—Eso ha dicho Rebeca: que habéis ido a ver la Titán.

Se oyó la explosión lejana de un trueno. Esther, esforzándose por hacer memoria, entrecerró los ojos:

—Supongo que se estaba refiriendo al puerto. Hemos ido a dar un paseo... Cuando éramos niñas, había una grúa que se llamaba así.

Se acordaba perfectamente de la grúa Titán, cuyas ochenta toneladas le permitían desplazar en el aire los gigantescos bloques de cemento con los que se construían las escolleras. De eso hacía muchos, muchos años. Las pequeñas Rebeca y Esther se acercaban algunos días desde su casa en la calle Alta hasta las obras del puerto para observar desde la distancia las lentas evoluciones del coloso, y lo que más llamaba su atención era lo minúsculas que parecían las figuras de los operarios que deambulaban por la plataforma superior. Ante la grúa Titán tenían la sensación de encontrarse ante una criatura sobrehumana. Daba la impresión de que no había nada en el mundo capaz de igualar su consistencia, su fuerza, su grandeza. Y sin embargo, en marzo de 1914, un temporal la arrancó limpiamente de sus carriles y la arrastró sin problemas hasta el fondo del mar. La noticia se difundió con rapidez, y toda Melilla acudió a observar el triste y grandioso espectáculo: uno de sus enormes brazos asomando como pidiendo auxilio, las olas rompiendo con fuerza contra la estructura de hierro, la superficie del mar convertida en una manta de espuma. Rebeca tenía entonces catorce años y Esther once.

—Sí, seguro que se estaba refiriendo al puerto...

Podía, en efecto, tratarse de una confusión sin importancia: Rebeca habría querido comentar algo sobre las modernas grúas del puerto y, por una jugarreta de la memoria, se le habría colado el recuerdo de aquella primera grúa. Cuando intentó sonsacarle, Rebeca se limitó a hacer un gesto ambiguo y a decir:

—La Titán, ¿te acuerdas? ¡Cómo lloramos al ver que se hundía...!

Pasaron semanas antes de que Esther volviera a inquietarse. Estaban de nuevo en el sótano del hospital. Separadas por una mampara de tela, una hermana daba conversación a un enfermo y la otra a otro. Esther no podía dejar de escuchar a Rebeca describiendo el espectáculo de los cientos de rifeños de vistosos ropajes que hacían cola ante el puesto de desinfecciones de la autoridad portuaria cada vez que tenían que embarcar con destino a Orán, donde eran contratados para trabajar en el campo. Conjugaba Rebeca los verbos en tiempo presente, y a Esther la asaltaron las dudas: ¿todavía se producían esas aglomeraciones, que ella recordaba muy bien, o eran sólo cosa del pasado? Las dudas se disiparon cuando su hermana empezó a hablar de la descarga de mineral: los hombres formando una cadena humana y pasándose unos a otros los capazos de esparto, que primero se amontonaban en barcazas y luego se transferían al buque que aguardaba fondeado en la rada... ¿Capazos de esparto? ¿Barcazas? ¿A qué época se remontaba el relato de Rebeca? ¡El cargadero se había construido en los años veinte, y desde entonces siempre se había utilizado su viaducto, que a través de las bandas transportadoras y las torres descargaba el mineral en la bodega del barco! ¡Esa imagen de los hombres pasándose los capazos llenos de mineral debía de tener más de sesenta años! Soltó Esther la mano de su enfermo y se asomó sigilosamente al otro lado de la mampara. El moribundo, un nonagenario reducido a poco más que huesos y piel, atendía a Rebeca con una expresión de arrobo casi infantil, y a Esther le pareció que en ello había una lógica inapelable: esa sustitución del presente por el pasado transportaba a un mundo sin tiempo y proporcionaba una reconfortante ilusión de eternidad.

A partir de esa tarde, las confusiones de Rebeca se hicieron habituales. Al principio, curiosamente, se producían sólo durante las visitas a los enfermos, como si la vecindad de la muerte activara algún oculto mecanismo de regresión o como si el sótano del hospital fuera una máquina del tiempo que la devolvía a un tiempo remoto pero aún vivo, real. Esther nunca la interrumpía ni contradecía. Por el contrario, el vigor de sus evocaciones la tenía medio fascinada, y muchos recuerdos que creía definitivamente olvidados volvían a ella con el frescor de las cosas recientes. El trasiego de tropas y bestias que desembarcaban para defender la ciudad después del Desastre de Annual, el temor a los bombardeos desde el Gurugú, los desfiles con que se celebraba cada victoria militar, la construcción de los edificios de la Avenida, cuyas fachadas rivalizaban en originalidad y esplendor, el espectáculo del regreso de las embarcaciones pesqueras (prácticamente desaparecidas tras los acuerdos con Marruecos), el olor de las sardinas asadas que los moros comían en unas casetas junto al Mantelete, los trenes cruzando despacio la ciudad con los vagones cargados de piedra para las escolleras, la algarabía de vendedores y curiosos en la estación de la plaza de España...: eran recuerdos de una Melilla que ellas habían visto nacer y ya casi había dejado de existir. En los más lejanos, en sus primerísimos recuerdos, Melilla era poco más que una fortaleza militar con unas cuantas viviendas apiñadas a su alrededor. Después la ciudad había surgido casi de un día para otro. Los barrios nuevos, las vías del ferrocarril, la construcción del cargadero... Ahora, con la inauguración del puerto de Beni Enzar, el mineral había dejado de pasar por Melilla y bien pronto empezaría el desmantelamiento de vías, bandas transportadoras, cintas del muelle, torres de carga, talleres, maquinaria, etcétera, cuyo destino no era otro que el desguace. Del ciclópeo cargadero, que se adentraba trescientos metros en la bahía, sólo se iba a respetar el viaducto, que quedaría, hueco e inútil, como un vestigio del pasado, y Esther lo veía como una metáfora de su propia vida: también ellas pertenecían más al pasado que al presente.

Las primeras incongruencias de Rebeca en la oficina no tuvieron consecuencias graves: una fecha mal puesta, una dirección antigua en lugar de una nueva, algún contrato guardado en el archivador equivocado. Pero para Esther eran la certificación de que la agencia, como el ferrocarril de la Compañía de Minas o el propio cargadero, formaba también parte de esa vieja Melilla que había nacido con ellas y estaba desapareciendo ante sus ojos. Aunque a esas alturas Rebeca era más un estorbo que una ayuda, se empeñaba en llevarla todos los días a la oficina y, con tal de tenerla ocupada, le encargaba tareas sin la menor trascendencia: ordenar facturas antiguas, recortar noticias del periódico, traducir algún télex. Desde su despacho, Esther la oía canturrear mientras tanto canciones del pasado y sonreía con melancolía. Entre ella y los dos empleados de la agencia se bastaban para mantener los asuntos al día. Pero la cuestión no era ésa. La cuestión era si tenía o no algún sentido mantener viva la empresa. Estaba cansada. Estaba vieja y cansada. Si de ella dependiera, habría buscado la manera de organizar un traspaso o llegar a algún tipo de acuerdo con otros consignatarios. Las cosas, sin embargo, eran como eran, y el testamento de Samuel no había dejado lugar a dudas. Mercedes era la propietaria única. Sólo ella podía tomar una decisión así, y no parecía que el asunto le quitara ni un minuto de su sueño. Su relación con la agencia se limitaba a cobrar puntualmente sus beneficios. Cada dos o tres meses, cuando Esther la llamaba para anunciarle un próximo ingreso, Mercedes despachaba el asunto con despreocupación y pasaba rápidamente a hablar del tiempo: del fuerte viento que soplaba en Zaragoza, de las lluvias que según el telediario habían caído en el mar de Alborán. Si en alguna de esas llamadas conseguía expresar su inquietud por el futuro de la agencia, Mercedes la cortaba con un tono entre jocoso y displicente:

—¡El futuro, Esther! A nuestra edad, ¿qué importa el futuro?

La noticia de la muerte de Mercedes llegó a Melilla con tres semanas de retraso. Aparentemente, nadie se acordó de las cuñadas de la fallecida hasta el día de la visita al notario. Fue Miriam la que llamó por teléfono, y ni siquiera era consciente de que nadie se había acordado. Con su aturullamiento habitual, empezó a hablar del piso de General O'Donnell y de su hijo Daniel y de los cinco años que, según el testamento, tenían que pasar antes de...

—A ver si nos aclaramos, Miriam —la interrumpió Esther—. ¿De qué testamento me estás hablando?

Al otro extremo de la línea hubo una larga pausa, que las dos aprovecharon para poner en orden sus pensamientos.

—Ay, cuánto lo siento... —farfulló Miriam.

Para entonces, Esther ya casi lo había adivinado todo. Un cúmulo de sentimientos contrapuestos se agolpó en su corazón. Por un lado, tenía motivos para sentirse maltratada. Por otro, se sabía obligada a expresar sus condolencias. Y al mismo tiempo se abría camino en su interior la gozosa certidumbre de que los largos años de dedicación a la agencia no habían sido inútiles.

—¡Qué gran noticia! —acabó exclamando.

—¿Gran noticia la muerte de mi madre?

—No me refiero a eso. Me refiero a lo de tu hijo.

—¿No te parece mal que Daniel se haga cargo de la empresa?

La conversación duró aún un buen rato, y Miriam no cesó de deslizar advertencias: que si Daniel no sabía muy bien en qué consistía el trabajo, que si al principio tal vez tendrían que armarse un poco de paciencia y echarle una mano...

—No te preocupes —dijo Esther, feliz—. ¡Ya verás qué pronto lo aprenderá todo!

El destino podía escoger las rutas más intrincadas, pero siempre acababa llegando. Cuando todo parecía a punto de venirse abajo de puro viejo, se abría un inesperado atajo hacia la modernidad y el futuro. La modesta empresa de importaciones que Samuel había heredado de su padre y convertido en una próspera agencia de consignaciones tenía la supervivencia asegurada. El interregno en el que Rebeca y ella habían acertado a mantenerla a flote tocaba a su fin, y de una vez por todas se iba a restablecer la línea sucesoria que los azares de la vida habían quebrado. Así pues, durante este cuarto de siglo nada había sido en balde: ni las prolongadas rutinas ni las ocasionales zozobras ni los muchos sinsabores (y tampoco, ¿por qué no decirlo?, la eterna ingratitud de Mercedes). La agencia no iba a correr la misma suerte que el ferrocarril y el cargadero y, en fin, todos esos apéndices de la vieja Melilla que Esther había visto nacer, desarrollarse y morir. La agencia no pertenecía al pasado sino al futuro, y todo gracias a un joven sobrino que, como los príncipes de la antigüedad, nunca había puesto los pies en el reino del que estaba llamado a ser soberano. ¿Y si, en realidad, quien había dispuesto que así fuera no era Mercedes sino Samuel, que muy bien podía habérselo estipulado a Mercedes en su propio testamento? ¡Era muy propio de él eso de nombrar un heredero pero no darle libertad para vender durante los cinco primeros años, el tiempo que el chico necesitaría para ser consciente de su misión! A éste, a Daniel, ahora un joven de veinticinco años, lo había visto sólo tres veces (en el 61, cuando la boda de Sara y Felipe; en el 66, cuando Rebeca y ella, de viaje por la Península, hicieron una parada en Zaragoza para visitar a la familia; y en el 68, cuando el entierro de Samuel, al que llegaron por los pelos), y lo recordaba como un niño simpático y bullicioso. Después de eso, no había habido mucho más: los *christmas* navideños con su vacilante firma entre las del resto de la parentela, las fotos familiares que de vez en cuando les hacía llegar Samuel, alguna conversación telefónica que quedaba reducida a un breve y convencional intercambio de saludos y buenos deseos. De su rendimiento académico y su posible experiencia laboral no tenía Esther la menor noticia. Pero no importaba. Lo que tuviera que aprender lo aprendería rápido, y una suerte de providencialismo garantizaba su feliz adaptación al nuevo medio: cuando el destino tomaba una determinación, no había fuerza en el universo capaz de alterarla.

A lo largo de los años, las dos hermanas se habían ocupado de mantener en buenas condiciones el piso de General O'Donnell, vacío desde la espantada de Samuel. Por si acaso, antes de salir con Rebeca hacia el aeropuerto, mandó Esther a una *fatma* a adecentarlo. Daniel, que había tratado de aliviar la larga espera en Barajas tomándose algunos cubalibres, se tomó un par más durante el vuelo. El viento de levante soplaba esa tarde con especial intensidad, y los bandazos que sacudían al pequeño avión de hélices se hacían más violentos a medida que éste se aproximaba a la pista de aterrizaje. Cuando por fin tomaron tierra, Daniel tenía el estómago completamente revuelto. Logró controlar las primeras arcadas y se apresuró a bajar por la escalerilla. Luego, mientras se incorporaba a la fila de pasajeros que se dirigían a pie hacia la terminal, le pareció que lo peor había pasado. Recogió la maleta en la cinta y se encaminó hacia la salida. En el momento mismo en que pasaba junto al control de la guardia civil notó cómo las tripas volvían a rebelársele. Se detuvo y respiró hondo. Al otro lado de la puerta, en el área de espera, distinguió a dos mujerucas regordetas que sostenían el bolso con la mano izquierda y saludaban con la derecha. Trató de sonreír. Avanzó hacia ellas buscando con la mirada el rótulo de los lavabos, que no aparecía por ningún lado. Llegó junto a las anhelantes ancianas justo cuando una serie de espasmos a la altura del pecho anunciaba la explosión inminente.

—¡Samuel! —dijo una de ellas, emocionada—. ¡Por fin has vuelto!

—Daniel. Se llama Daniel y es hijo de Miriam —corrigió la otra, y él abandonó la maleta y alcanzó a balbucir:

—Perdonadme un instante... —Y, llevándose ambas manos a la boca, echó a correr hacia la papelera más cercana.

Fue una vomitona tremenda: una masa informe, desbordada, que escapaba entre grandes rugidos y parecía no acabar nunca. Cada vez que Daniel trataba de incorporarse para coger aire, regresaba con el mismo ímpetu y le obligaba a hundir de nuevo la cabeza en la papelera. Al cabo de unos minutos, con la nariz moqueante y los ojos húmedos, pudo por fin ponerse en pie. Rebeca y Esther, a un par de metros de distancia, le observaban consternadas. Daniel se limpió la boca con el pañuelo e, intentando todavía controlar la respiración jadeante, dijo:

—Una entrada triunfal, ¿eh?

Y como ninguna de las dos mujeres reaccionaba, indicó la salida y añadió tontamente:

—Háganme el honor, ilustrísimas...

Al cabo de una semana, ya estaba asqueado de Melilla, que le parecía una ratonera, tan alejada del mundo, tan pequeña, tan provinciana. Lo más entretenido que se podía hacer era sentarse en una terraza y esperar a que fueran pasando los limpiabotas con su grito de «¿Limpia, limpia?» o los vendedores ambulantes con su carga de almendras, babuchas, baratijas...: eso era Melilla. Las pocas chicas con las que había conseguido brevemente entablar conversación se le habían mostrado infranqueables: las musulmanas por musulmanas, y las cristianas porque sólo pensaban en cazar a alguno que las sacara de allí, de modo que en sus preferencias él siempre estaría por detrás de los militares de carrera y los funcionarios, que en cualquier momento podían solicitar el traslado a la Península. En Melilla nadie parecía ser de allí, y los que lo eran parecían ansiosos por marcharse. Si en un bar se tomaba una cerveza con algún desconocido, solía ser con algún soldado que contaba los días que le faltaban para licenciarse y volver a casa. También él, como si de una condena se tratara, inició pronto la cuenta atrás. ¡Cinco años! ¡Cinco interminables años! ¿Cómo iba a aguantar tanto tiempo en ese minúsculo rincón del norte de África?

Las circunstancias, además, no ayudaban. El piso de General O'Donnell, con ese empapelado de floripondios y esos muebles tan solemnes e historiados, tenía algo de tenebroso, como los decorados de una vieja película de crímenes. Y en la oficina lo único que le esperaba eran la mirada severa de la tía Esther, que desde el momento mismo de su llegada lo tenía conceptuado como un inútil y un juerguista, y los disparates de la atontolinada de Rebeca, que se empeñaba en confundirle con su abuelo y le decía:

—¿Nos acompañarás esta tarde a visitar a los enfermos, Samuel?

—¿Pero quiénes son esos enfermos? —preguntaba él—. ¿Son de la familia?

—No, son sólo unos que se están muriendo.

Daniel no se lo podía creer. ¿Dónde había ido a parar? ¿Y qué tendría que hacer para resistir? Como los asuntos de la agencia le aburrían, hacía todo lo posible por escaquearse. Algunos días llegaba tarde a la oficina o directamente no iba. Otros días aprovechaba cualquier excusa con tal de ausentarse. Si había que entregar algún documento al agente de aduanas, se ofrecía él a llevárselo y luego ya no volvía. Si se enteraba de que tocaba descarga de mercancía, pretextaba una supuesta necesidad de familiarizarse con el trabajo y se pasaba la mañana en el puerto. El capataz de la agencia le presentó a sus estibadores de confianza, todos rifeños, y él se las arregló para que le consiguieran hachís. ¡Muchos porros iba a tener que fumar para aguantar esos cinco años!

Los dos meses escasos que pasaron hasta las Navidades se le hicieron eternos. En la estación de Málaga, mientras se acomodaba con Elías en el coche-cama, se planteó la posibilidad de abandonar. Dijo:

—Estoy pensando que igual no vuelvo. Llamo a la tía Esther y le digo que me envíe mis cosas a Zaragoza.

Fue entonces cuando Elías le habló de Esaú, el hermano de Jacob e hijo de Isaac que vendió su primogenitura por un plato de lentejas. ¿Qué coño le importaba a él el tal Esaú? Lo malo era que en Zaragoza no tenía trabajo y que, si por su renuncia la agencia pasaba a pertenecer al Estado o a quien fuera, nadie en la familia se lo perdonaría. Cuando Miriam brindó por la abuela en la cena de Nochebuena y luego, medio borracha, la acusó de seguir moviendo los hilos de su vida después de muerta, Daniel supo que tenía toda la razón. Sí, también a él le había tendido una trampa en el dichoso testamento, una trampa de la que no era posible escapar. Le gustara o no, no le quedaba más remedio que resignarse a su destino y procurar que esos cinco años se le hicieran lo más llevaderos posible.

De regreso en Melilla, lo primero que hizo fue comprarse la Mike Andrews Replica. Qué paradoja: cuando por fin él, tan aficionado a los motores, conseguía tener una moto de su propiedad, se encontraba encerrado en un sitio en el que casi no había espacio para conducir. Buena parte del término municipal era terreno del ejército, al que los civiles tenían vedado el acceso, y el resto de carreteras y caminos daba para poco más que un par de vueltas rápidas. Se veía a sí mismo como un hámster corriendo incesantemente sobre el rodillo de su minúscula jaula.

Aun así, ese ir y venir en la moto por los rincones más apartados y solitarios de Melilla le transmitía una gratificante sensación de libertad. Algunos días se lanzaba a recorrer las carreteras marroquíes pero las colas que se formaban en los pasos fronterizos de Beni Enzar y Farhana eran imprevisibles, y tanto a la ida como a la vuelta se exponía a largas esperas. Lo más entretenido era ir a campo través. Abandonaba el camino y se internaba en los eriales. En aquella época, el perímetro de Melilla estaba delimitado por los restos de una vieja alambrada que el ejército había instalado tras la desaparición del Protectorado. Era de alambre de espino, de poco más de un metro de alto y otro tanto de ancho, oxidada en toda su extensión y rota o desaparecida en varios tramos. En esos casi treinta años, nadie se había preocupado por su conservación. Daniel hizo varios recorridos de reconocimiento junto a la alambrada. Ni en la parte española ni en la marroquí parecía haber vigilancia de ningún tipo. Un día, casi sin pensárselo, se metió por una torrentera que se abría paso entre los barrancos y llegó hasta un grupito de casas. Un perro dormitaba al sol, mientras tres o cuatro gallinas picoteaban el suelo. De algún sitio salieron unos niños que jugaban con unos palos y corrieron a rodear la moto. Daniel, de buen humor, montó a los dos más pequeños sobre el depósito y los llevó a dar una vuelta en torno a las casas. Luego se fijó en el rastro de herraduras impreso en la tierra seca de un camino. Ese rastro sólo podía venir de Melilla. Decidió seguirlo. El camino se abría paso entre maleza y acababa desembocando en un lugar en el que quedaban algunos restos dispersos de la alambrada. Así de fácil era pasar de un país a otro.

Un territorio abandonado y virgen, lleno de anfractuosidades y desniveles: para la práctica del trial era un paraíso. Algunos obstáculos parecían haber sido dispuestos por especialistas: ciertos pedruscos que usaba a modo de trampolín, una especie de escalones naturales en los que hundía la suspensión delantera y rebotaba con ligereza, unas rampas casi verticales que superaba con un acelerón sostenido y el pecho pegado al manillar. A veces se limitaba a buscar una zona particularmente abrupta y pedregosa para recorrerla muy poco a poco, tratando de notar el contacto de las ruedas con cada una de las irregularidades: a eso él lo llamaba «leer el terreno». Otras veces, en cambio, para poner a prueba sus reflejos forzaba un poco el motor y trataba de completar un recorrido determinado en el menor tiempo posible. Pero tampoco quería arriesgar. Si sufriera una caída y quedara inconsciente o malherido, ¿cuánto tiempo pasaría antes de que le localizaran en aquellos parajes por los que nunca pasaba nadie?

Una mañana descubrió que en realidad sí que pasaba gente por allí. Era muy temprano. De hecho, aún no había amanecido. Daniel, de horarios siempre desordenados, se había despertado pronto y para despejarse había salido a dar una vuelta en moto. Pasado Cabrerizas Altas, vio a un rifeño cruzar la carretera tirando del ronzal de una mula con las desfondadas alforjas de mimbre rebosantes de bultos. Un poco más allá, entre los pinos, vio a otro conduciendo una reata de asnos. Le sorprendió ese trasiego de personas y caballerías moviéndose con ligereza al amparo de las últimas sombras. Detuvo la moto. Fue a pie hasta la alambrada, que en ese punto reptaba sobre la cresta de un barranco. Abajo, en el lado marroquí, los primeros rayos de sol permitían distinguir en la distancia otros hombres con burros o mulas. Estaba claro que huían de la luz y del día. Le vino a la cabeza la imagen de las cucarachas corriendo hacia sus escondrijos en cuanto se encienden las luces de la casa.

—¡Tira!

—¡Ya está!

—¡Listo!

A Daniel le parecía que los estibadores de la cuadrilla sólo se expresaban en español cuando estaba él delante y como una especie de deferencia. Si en ese momento se alejara unos metros, no le extrañaría que pasaran a hacerlo en su lengua. La primera vez que oyó a uno de esos hombres hablar en bereber, se acordó de su abuelo Samuel, que a veces, sin venir a cuento, soltaba frases en un idioma para él desconocido. Daniel siempre había creído que era hebreo o sefardí o lo que fuera que en su época hablaran los judíos del norte de Marruecos, pero ahora no estaba seguro.

—¡Vamos, vamooos!

La pluma de la grúa sostuvo en el aire un contenedor y lo apiló encima de otro de forma que quedaron perfectamente encajados. Daniel acompañaba al representante de la empresa importadora, Bretón, cuyo trabajo consistía en verificar uno tras otro todos los precintos de seguridad para asegurarse de que llegaba íntegra la mercancía de los contenedores.

—¿Cuántos faltan de los míos? —Bretón consultó su cuaderno.

—Ocho más y ya estamos —dijo Daniel, y luego se volvió hacia los otros y alzó la voz por encima del ruido de los motores—: ¡Ocho y estamos!

—¡Lo que tú digas, *jefesito*! —dijo Hamid, el capataz.

La grúa efectuó un giro de ciento ochenta grados. Las eslingas colgaban como las patas de un enorme insecto volador. Cada vez que había descarga, los hombres tenían que repetir una y otra vez los mismos movimientos. Arriba, en el barco, estaban Hamid, el amantero (que era el que de verdad dirigía las operaciones) y los cuatro que se encargaban de enganchar las eslingas. Abajo, en el muelle, se ponían dos hombres para desenganchar, y con ellos estaban un controlador y dos eventuales, generalmente aprendices cuyo trabajo consistía en abrir las puertas de los contenedores. La cuadrilla era casi siempre la misma porque a Hamid le gustaba trabajar con estibadores de su confianza: Driss, Mimoun, Hassan, Ali, Khalil... Todos, incluso los más jóvenes, se habían acostumbrado a llamarle *jefesito*. A Daniel eso no le molestaba. Lo que le molestaba era que, siendo el *jefesito*, estuviera por debajo incluso de los eventuales, ya que quienes no formaban parte del sindicato tenían prohibido trabajar. A él no le habría importado ejercitar sus músculos ayudando a descargar y, sin embargo, lo único que podía hacer era pararse a mirar y dar conversación a los importadores que aparecían por ahí para vigilar que nadie robara nada. Terminaron con los últimos contenedores. Bretón se guardó el cuaderno en el bolsillo de la americana.

—Hecho —dijo.

Ahora sólo faltaba pagar lo que llamaban el «arrumbo», una propina que la tradición había convertido en obligatoria. Los estibadores fueron pasando, y Bretón les entregaba la cantidad que correspondía a su categoría laboral. Hamid, por su parte, fue a arreglar cuentas con el gruista. Allá todo funcionaba así. Aunque en teoría los gruistas cobraban de la autoridad portuaria, los que trabajaban rápido y bien solían recibir bajo mano generosas gratificaciones de parte del consignatario, que de ese modo ahorraba en el alquiler de las grúas y en las horas de trabajo de los estibadores. Daniel ya había tenido tiempo de darse cuenta de que en Melilla buena parte de la economía desbordaba con frecuencia los cauces de la legalidad, pero nadie protestaba porque todos de un modo u otro se beneficiaban de ello. Ocurría lo mismo con el contrabando, que eufemísticamente se conocía como «comercio atípico».

—Siempre ha existido y siempre existirá —le explicaba Hamid—. Y es bueno para todos. ¿A quién hace daño? Si no fuera por esos tipos que has visto pasando a Marruecos con sus burros y sus mulas, nosotros no tendríamos trabajo y nos moriríamos de hambre. ¿De dónde te crees que sale la mercancía? ¡De los barcos que nosotros descargamos! ¡De tus barcos, *jefesito*!

—¡Que no son míos, coño! —protestaba Daniel—. ¡Ya me gustaría!

Hamid fue su primer amigo en la ciudad. Tenía unos cuarenta años y desde hacía cinco era el capataz de la agencia, lo que para un rifeño de Melilla constituía todo un triunfo: un cuarto de siglo antes, en la época de Samuel, los moros estaban en el puerto para recibir órdenes, no para darlas. La primera imagen que tuvo de él fue en el bar del puerto. Hamid, con el casco ya puesto, observaba con una concentración extrema un mapa de carreteras de la Península. Lo tenía desplegado como si fuera un periódico y seguía las líneas con el dedo, como hacen algunos viejos cuando leen. Conocía nombres de pueblos y aldeas que Daniel jamás había oído mencionar (como Fontiveros, en la provincia de Ávila, o Soutadoiro, en la de Orense), y lo más curioso era que nunca había puesto los pies en la Península. Pese a ese interés por España y lo español, su mundo estaba reducido a Melilla y alrededores. Fue Hamid quien le explicó que, cuando las nubes se acumulaban al oeste del Gurugú, significaba que soplaba el levante, y el cielo se volvía plomizo, opresivo, y la gente se comportaba como si estuviera trastornada. Por el contrario, cuando las nubes, arrastradas por los vientos de poniente, quedaban atascadas en el otro lado, el día se presentaba claro y luminoso, y todo el mundo parecía de buen humor. ¿Qué interés podría tener alguien como él, tan apegado a su tierra, en memorizar los nombres de los ríos y los montes peninsulares? También fue Hamid quien le enseñó las leyes no escritas de los hombres del puerto: lo del pago del arrumbo, lo de la gratificación a los gruistas.

Un día, entre el centenar de contenedores que había que descargar, había algunos compartidos por diversos importadores. Los metieron en un tinglado para retirar los precintos y proceder al vaciado. Los representantes de las empresas que no estaban presentes fueron apareciendo a lo largo de la semana, y todos se quejaban de que faltaba mercancía. Se trataba sobre todo de pequeños electrodomésticos (un par de pletinas, un sintonizador), pero también de ropa deportiva, zapatillas, balones de fútbol. Aunque todo indicaba que los hurtos sólo podían haberse producido en el tinglado, Hamid insistía en defender la inocencia de sus hombres.

—¿Tenéis alguna prueba o simplemente sospecháis de ellos porque son moros? —gritaba, dándose fuertes palmadas en el pecho—. Por aquí pasa mucha gente. Puede haberlo robado cualquier otro. ¡Pedid que pongan más vigilancia! Y también puede ser que no sea un robo sino un simple error... ¿Quién os asegura que en Hamburgo no se confundieron al cargar la mercancía? ¡Hablad con ellos! ¡Hablad con Hamburgo! ¡Igual os lleváis una sorpresa y resulta que los ladrones no son moros sino alemanes!

Estaba tan alterado que Daniel se vio obligado a terciar. Tras expresar su plena confianza en los miembros de la cuadrilla, se ofreció a hacer la reclamación ante la aseguradora. Entonces, curiosamente, el capataz y los importadores no tardaron ni un minuto en ponerse de acuerdo.

—No hables de robo —le aconsejaba uno, y los otros añadían:

—Di que se ha mojado el cartón del embalaje...

—Y que el agua ha deteriorado la mercancía.

En cuanto se quedaron a solas, Hamid le guiñó un ojo.

—Gracias, *jefesito*.

—¿Qué es esto? ¿Un paripé?

—¿Qué significa paripé?

Ésa era otra de las normas no escritas: ante los pequeños hurtos era mejor no hacer preguntas. Los estibadores, que habían acogido a Daniel con cierta hostilidad, empezaron pronto a tratarle con confianza. Mejor así: su misión en el puerto era velar por los intereses de la agencia y no por los de las compañías de seguros, de modo que, cuando hacía falta, no tenía inconveniente en mirar para otro lado.

Algunos días, al acabar la jornada, les invitaba a tomar algo en su casa. En general, rechazaban beber alcohol, pero de vez en cuando alguno aceptaba una cerveza, y entonces discutían acerca de si el Corán prohibía todo consumo de alcohol o sólo su consumo público. Lo que más llamaba la atención de Daniel era que esos hombres, curtidos en las asperezas de la vida del puerto, mostraran en privado una delicadeza y un respeto exquisitos: no se sentaban hasta que él lo autorizaba, agradecían en extremo su hospitalidad, parecían siempre temerosos de manchar o estropear algo. Al principio atribuía a ese comportamiento un origen de orden cultural. Luego comprendió que se trataba de una cuestión de atavismos sociales. El piso de General O'Donnell, viejo y descuidado, seguía pese a todo siendo un piso de ricos, de esos ricos de Melilla ante los que los padres y los abuelos de esos hombres se habían sometido durante décadas. Si algún día él y su familia se hundían en la miseria y ellos acababan prosperando, ese piso seguiría marcando unas diferencias insalvables entre unos y otros.

Hamid vivía al comienzo de la carretera de Hidum, en una casa de fachada anodina que parecía bastante más pequeña de lo que en realidad era. Tenía hasta un patio central con una fuentecita en medio y dos bancos de obra revestidos de azulejo. Por ahí andaban siempre su mujer, Zahida, y sus tres hijas, las tres de caritas redondas y expresión de asombro, que le agasajaban con vasos de té y bandejas de dulces y luego se alejaban cuchicheando entre ellas. A la boda de la mayor, que se celebró en una explanada a medio asfaltar que había delante de la casa, asistieron, entre muchas otras personas, las pocas que Daniel conocía en Melilla: trabajadores del puerto y de la aduana, empleados de la agencia. Era de noche. Daniel acudió en taxi con sus dos tías, que caminaban con dificultad por el suelo cubierto de alfombras. Habían instalado una inmensa jaima, con farolillos por todas partes y muchos adornos de tules y lazos. Hamid, muy agradecido por su presencia, salió a recibirles y les acompañó hasta una de las mesas principales. Sus compañeros de mesa eran todos musulmanes. Entre los hombres había algunos que llevaban ropa occidental. Las mujeres, en cambio, iban todas vestidas según la tradición marroquí. La elegancia de unos y otras resultaba un poco aparatosa.

—Todo un bodorrio —murmuró Daniel—. Aquí hay más de cien personas.

—Los musulmanes, ya se sabe —dijo Esther con leve desdén.

—¿Se enfadarán si voy a buscar vino o cerveza?

—¡No seas gamberro!

A Daniel aquella boda le inspiraba por igual curiosidad y pereza. Al final, la primera acabó imponiéndose sobre la segunda. Nunca había estado en una boda así, y ese embarullado despliegue de lujo le tenía fascinado. Los tronos dorados en los que los novios eran llevados a hombros, el recargado caftán de la novia, que paseaba entre las mesas con las manos levantadas para exhibir la abundancia de pedrería y lentejuelas, los músicos haciendo sonar sus laúdes y tambores, las mujeres dando palmadas y emitiendo su característico trémolo agudo y sostenido... Los invitados comían directamente de la fuente, sin necesidad de vajilla ni cubiertos. Mientras Rebeca y Esther daban buena cuenta del cordero con fruta, Daniel permanecía atento al espectáculo.

—Come un poco —le dijo Esther—. Está riquísimo.

—¿Has visto? —Rebeca estiró las piernas para enseñarle las babuchas brillantes—. Son como las de la novia.

—Como las que lleva ahora, querrás decir. Las novias musulmanas se cambian varias veces de ropa.

—Supongo que las bodas judías no serán tan distintas... —dijo Daniel, que añadió—: ¿Cómo fue la boda de mis abuelos?

—Samuel y Mercedes se casaron por la Iglesia.

—¿Y vosotras por qué no os casasteis? ¿Nunca tuvisteis novio?

Rebeca soltó una risita entre pícara y avergonzada. Esther la miró con severidad. Daniel sabía que siempre podía aprovecharse de la inocente de Rebeca para comprometer a la otra. Insistió:

—¿Me vais a contestar? ¿Por qué no os casasteis?

—Alguien tenía que ocuparse de nuestro padre... Y luego, cuando papá murió, éramos ya demasiado mayores.

—¿Eso qué quiere decir? ¿Que sí o que no? —insistió Daniel.

—¿Que sí o que no qué?

—Que si tuvisteis novio.

Rebeca, juguetona, hizo a espaldas de su hermana unas señas que querían decir: «¡Ella sí, ella sí!» Esther le dedicó un gesto de displicencia que no sirvió de nada.

—¡Era muy guapo! ¡Cuéntaselo!

—No hay nada que contar. Se cansó de esperar y se marchó. ¡Hace muchos años de eso! Fue cuando lo del desembarco.

—¿El desembarco?

—El de Alhucemas. Cuando acabó la guerra. La guerra trajo a muchos hombres y la paz se los llevó.

—¿Y nunca te has arrepentido de haberle dejado marchar? —Daniel, con falsa ingenuidad, seguía metiendo el dedo en la llaga.

—¿A qué vienen tantas preguntas? —Esther fingió despreocupación mientras Rebeca, los ojos muy abiertos, sacudía las manos con fuerza.

—¡Huy, lo que lloraba! ¡Si la hubieras visto...!

—¿Te quieres callar de una vez? —la interrumpió su hermana, y dieron la conversación por terminada.

Unas adolescentes se animaron a bailar. Lo hacían con recato, manteniendo los brazos pegados al tronco y limitándose a balancear suavemente el pecho y las caderas. Daniel trató de imaginarse a sus tías de jovencitas. No parecía que hubieran podido ser muy atractivas, pero quién sabía... Ahora los recién casados iban pasando por las mesas para hacerse fotos con los invitados. Hamid se acercó a interesarse por ellos. Estaba contento porque todo estaba saliendo bien y la gente le felicitaba por su prosperidad. Daniel observó que en presencia de sus tías no le llamaba *jefesito*.

—Eres joven, Daniel —le dijo—. ¿Qué haces que no bailas?

—¡Eso, eso! ¡Vamos a bailar! —dijo Rebeca, animándose.

—Tú no eres joven. —Su hermana la fulminó con la mirada.

—¡Pero mira que sois sosos! ¡Daniel, ayúdame!

Sin comerlo ni beberlo, se encontró en medio de las adolescentes tratando de sostener a una octogenaria que parecía a punto de descoyuntarse cada vez que avanzaba un brazo o un pie. En las mesas cercanas, sin levantarse de sus sillas, las mujeres seguían el ritmo haciendo ondular el tronco y los hombros y emitiendo grititos. Daniel hizo unos movimientos a lo Michael Jackson.

—¡Muy bien! ¡Muy bien! ¡No sabía que bailabas tan bien! ¡Qué calladito te lo tenías, golfo, más que golfo! —decía Rebeca, dando palmaditas.

Hamid, mientras tanto, seguía su ronda por las otras mesas. Daniel se fijó en un hombre bajito de frente despejada y orejas de soplillo al que Hamid y los demás prestaban una atención reverencial. Apareció el taxista preguntando por sus tías. Daniel acompañó a Rebeca a recoger sus cosas. Esther, de pie, esperaba con gesto impaciente.

—¿Quién es ése? —dijo Daniel.

—Duddu.

—¿Quién?

—El líder de los musulmanes. Un liante. ¿No lees los periódicos?

—¡Qué bien lo hemos pasado! ¡La próxima vez tráete a la novia y así la conocemos! —dijo Rebeca, alborozada, y Daniel sospechó que nuevamente le estaba confundiendo con su abuelo Samuel.

Como el taxi se había quedado lejos para no ensuciar las alfombras, tardó varios minutos en acompañarlas y despedirse de ellas. Antes de volver a la jaima, se metió en la casa en busca de alguien que le invitara a unas caladas de hachís. En el pequeño patio, sentados en el suelo y los bancos, había una docena de hombres que hablaban con las cabezas muy juntas, como conspirando. Entre ellos reconoció a Driss y a otros estibadores con los que alguna vez había coincidido en el puerto. Daniel se fijó en que algunos bebían cerveza. Encontró la caja detrás de la puerta de la cocina. Estaban calientes pero no le importó. Abrió una y le dio un buen trago. No podía llevar alcohol a la fiesta, así que se acabó esa botella y abrió otra. Salió al patio, y Driss le ofreció una calada de porro. En el grupo estaba también Duddu, que le miró y dijo:

—Supongo que viste la manifestación de ayer... ¿Tú qué piensas?

Había visto varias desde que llegó a Melilla, unas de musulmanes en contra de la Ley de Extranjería, otras de cristianos a favor. La del día anterior había sido a favor: pancartas enormes bloqueando la Avenida, motoristas paseando grandes banderas españolas, familias enteras cantando a voz en grito *Que viva España*... Duddu se llevó la mano al bolsillo y sacó un carnet.

—¿Sabes lo que es esto? —dijo.

Daniel asintió con la cabeza. Era lo que llamaban la tarjeta de estadística, la documentación habitual de los musulmanes de Melilla.

—Si esto es España, nosotros, que hemos nacido aquí y vivimos aquí, somos españoles, ¿no? ¿Crees que por ser musulmanes no tenemos los mismos derechos que vosotros? Y si tenemos los mismos derechos, ¿por qué tú puedes viajar libremente con tu pasaporte español y yo no?

Daniel se acordó de Hamid estudiando en el mapa de

carreteras los nombres de pueblos y ciudades peninsulares que nunca había visitado. Duddu siguió hablando. En su voz no había hostilidad, y tampoco la había en las miradas de los otros. Señaló a uno:

—Mira a Abdel. Su padre estuvo en el ejército español. En regulares. Y ni su padre ni él tienen pasaporte español. O mira a cualquier otro... Toda la vida aquí y lo único que tenemos es esta tarjeta. Una tarjeta que no da derecho a nada. Una tarjeta que sólo sirve para tenernos controlados. ¿Te parece justo? ¿Te parece justo que alguien esté condenado a ser extranjero en su propia tierra?

—No —dijo Daniel—. No me parece justo.

—Pues díselo a los tuyos. —Duddu sonrió.

—¿Quiénes son los míos? —Daniel sonrió también—. ¿Los cristianos? Mi familia de aquí es judía, mis únicos amigos son musulmanes, y yo debo ser muy mal cristiano porque hace años que no piso una iglesia...

Todos celebraron con risas su respuesta. Los que estaban bebiendo algo hicieron el gesto de brindar. Daniel les correspondió levantando la botella. Driss le hizo sitio a su lado. Duddu esperó a que estuviera sentado para volver a hablar:

—Te voy a decir lo que les molesta. No les molesta que queramos ser españoles. Les molesta que queramos ser españoles de primera, como ellos. Les molesta que nos creamos con derecho a protestar y a manifestarnos.

El banquete acabó muy tarde, ya de madrugada. Daniel volvió andando a casa. Vio pasar en dirección a la plaza de España la caravana que recorría las calles celebrando la felicidad de los recién casados. Los coches, adornados con flores y con lazos, derrapaban en las curvas y daban frenazos y acelerones por el simple placer de hacer ruido. En algunos de ellos las chicas asomaban medio cuerpo por las ventanillas y, sin parar de gritar, agitaban sus pañuelos de vivos colores o golpeaban con brío las panderetas. En el silencio de la noche, los bocinazos podían oírse casi desde cualquier punto de la ciudad.

A Daniel le traía sin cuidado que en la oficina le hubieran dejado por imposible. De hecho, se lo había ganado a pulso. Sus frecuentes inasistencias al trabajo, su escasa aplicación, sus despistes auténticos o fingidos expresaban el disgusto que experimentaba hacia un destino que se le había vuelto inexplicablemente adverso. Se sentía desdichado, y lo peor de todo era que no tenía nadie a quien hacer responsable de su desdicha. No desde luego a Rebeca, bendita ella, pero tampoco a la sufrida y ceñuda Esther, a la que no dejaba de reconocer ni sus méritos ni su autoridad. Que ésta le reprochara una y otra vez su inmadurez le resultaba indiferente. Había crecido en un ambiente en el que todos (desde su abuela a su hermano, pasando por su madre, su tía e incluso Felisa) adoptaban en su presencia una actitud de superioridad moral, y sabía que quienes menos poder tenían para imponer castigos eran siempre los que más se empeñaban en juzgarle. ¡Cuántas veces había oído de labios de su madre amenazas que nunca llegaban a materializarse! Las palabras «internado» o «reformatorio» con las que Miriam había tratado de amedrentarle desde niño carecían por completo de capacidad disuasoria, y su sollozante «¡un día me iré de casa, y a ver cómo os las arregláis sin mí!» se había convertido en una de las letanías domésticas más inútiles y recurrentes. Del mismo modo que siempre había ignorado todo eso, ignoraba ahora los bufidos de impaciencia de Esther, sus miradas de desaprobación, todas esas frases admonitorias suyas que comenzaban con un imperativo «tienes que» (y que sonaban a reproches anticipados por algo que ambos sabían que terminaría no haciendo). ¿A qué se arriesgaba? ¿A que le echaran de la empresa? Imposible, porque la empresa era suya. ¿A que se desentendieran de todo y le abandonaran a su suerte? Imposible también, porque Esther jamás toleraría que se viniera abajo algo que con tanto sacrificio había contribuido a levantar.

Daniel explotaba su reputación de bala perdida porque sabía lo fácil que era hacerse perdonar. Bastaba con un inesperado detalle de simpatía y un par de mohínes afectuosos para que le tuvieran, sí, por un crápula, pero de buen corazón. Más o menos así era como le tenían conceptuado sus tías, con las que, tras la vomitona inaugural en el aeropuerto, no había tenido grandes tiranteces. Daniel sentía por ellas una curiosidad casi antropológica. Le parecía sorprendente que fueran familia suya, empezando por su condición de judías: ¿qué podía tener él en común con unas mujeres que muchos atardeceres se apresuraban a encender velas y a recitar extrañas fórmulas para bendecir los alimentos, o que se regían por un calendario que andaba por el año cinco mil setecientos y pico y en el que los meses del año (¡trece!) se llamaban *nisán* o *siván*, o que cuando realizaban obras de caridad lo hacían en cumplimiento de una cosa que llamaban *mitzvá*? El único judío con el que había tenido relación era su abuelo Samuel, y su judaísmo formaba parte de ese repertorio de extravagancias familiares que, tras su muerte, tanto juego había dado en las cenas de Nochebuena: la legendaria aparición del *mohel* para circuncidar a Elías, el capricho senil de la sinagoga unipersonal, etcétera. Con esos antecedentes, ¿cómo no observar con extrañeza todas esas manifestaciones de religiosidad, que por tradición familiar habrían tenido que pertenecerle en alguna medida?

Pero aún le sorprendía más lo anticuadas que eran. Todo en ellas era rancio, como de otra época: la casa, el peinado, la ropa, que olía a las enormes pastillas de jabón Lagarto con las que en su infancia le lavaban las rodillas magulladas y sucias. También el lenguaje era vetusto: cuando les oía pronunciar expresiones como «cabeza de chorlito» o «tener la cabeza a pájaros» (ambas utilizadas siempre en referencia a él, aunque de forma afectuosa), se acordaba de los viejos tebeos de los años cincuenta que compraba por una peseta en el mercadillo dominical de Zaragoza. Las tías pasaban los ratos libres dormitando junto a la mesa camilla, que calentaban con un brasero. Daniel, que no había visto un brasero en su vida, jamás habría imaginado que para alimentarlo se utilizara esa mezcla menuda de carbones vegetales. ¿A esas alturas del siglo XX seguía habiendo sitios donde fabricaban y vendían eso que sus tías llamaban picón? Como vivían en un primero sin ascensor, algunas veces les subía la compra y se quedaba unos minutos a hacerles compañía. Tenían un televisor portátil marca Sharp que estaban siempre trayendo y llevando entre la cocina y el cuarto de estar. Cada vez que lo enchufaban, había que reorientar sus antenas para captar bien la señal. Lo tenían encendido durante horas, pero sólo prestaban atención a la información meteorológica y, muy de vez en cuando, a los espectáculos musicales. Si aparecía un humorista, no paraban de criticarlo. No les gustaban los chistes largos y elaborados ni tampoco los que tuvieran que ver con la actualidad, de la que no estaban muy al tanto. Cuando alguien hacía un comentario irónico o deliberadamente equívoco, lo interpretaban en su sentido más literal y se miraban entre ellas como diciendo: «¡Qué simpleza acaba de decir este hombre!» Daniel no estaba seguro de si su sentido del humor era antiguo o simplemente infantil. Se reían cuando a alguien se le trababa la lengua o pronunciaba algo que sonaba incongruente, como ese «lo demás es lo de menos» que en cierta ocasión habían oído pronunciar a Santi, uno de los empleados de la agencia, o como ese «calmilidad» que, en la duda entre calma y tranquilidad, se le había escapado un día a la propia Esther. Pero lo que más gracia les hacía eran los apellidos vascos: si alguien mencionaba en su presencia a algún Iparraguirre o Ibargüengoitia, lo repetían con vocecillas escolares y se desternillaban de risa en cuanto se quedaban atascadas en alguna sílaba. Para seguirles el juego, Daniel, exponiéndose a las miradas de censura de Esther, decía: «A ver, tía Rebeca. Repite conmigo: del coro al caño, del caño al coro, del coro al caño, del caño al coro...» Rebeca aceptaba excitada el desafío y enseguida se le escapaba el primer coño, y las dos ancianas estallaban en carcajadas. Luego, como agotadas por el esfuerzo, se quedaban dormidas delante de la televisión, y Daniel, viéndolas así, con los ojos apretados y la boca entreabierta, se acordaba de un compañero de mili que sufrió una lipotimia durante la jura de bandera y al que tuvo que llevar a rastras hasta un banco a la sombra.

La aparición de Miriam puso en peligro el raro equilibrio que había alcanzado en la relación con sus tías. Desde que Esther tuvo noticia de su inminente llegada, se sintió legitimada para invadir el piso de General O'Donnell y criticar el desbarajuste: pelusas de porquería en los rincones, ropa puesta a secar en los respaldos de las sillas, mugre en las baldosas de la cocina, pilas de cacharros sin fregar, fruta podrida en la nevera, ¡y hasta gusanos en las lechugas!

—¿De verdad crees que tu madre puede vivir en esta pocilga?, ¿de verdad crees que una persona normal...? —rezongaba, abriendo puertas y ventanas.

Daniel, en calzoncillos y camiseta, se sentó en el borde de la cama y buscó un pantalón.

—No te pongas así. Ya pensaba barrer —dijo.

—¿Barrer? ¡Desinfectar!

Dedicó ese fin de semana a poner un poco de orden en la casa, y el lunes por la tarde fue a buscar a sus tías para ir al puerto. Hacía ya tiempo que Rebeca caminaba con lentitud y torpeza, y desde ese mismo mes de marzo la traían y llevaban en una silla de ruedas que guardaban en el hueco de la escalera. Miriam estaba al corriente de su deterioro mental pero no del físico. Cuando bajó del barco y la vio en ese estado, no pudo ocultar un gesto de alarma. Agachándose para besarla, se apresuró a rectificar:

—¡Qué guapa estás, tía Rebeca! ¡Qué pelo tan bonito!

Fueron primero a dejar las cosas. Por mucho que Daniel hubiera limpiado, el piso seguía presentando un aspecto caótico y desaseado. Esther no hizo ningún comentario, pero Miriam, como leyéndole el pensamiento, dijo:

—Para eso estoy aquí, ¿no? Para ocuparme de este hombrucho y poner un poco de orden en su vida. —Y dio unas palmaditas en la espalda de su hijo—. ¿Qué? ¿Salimos a dar una vuelta? ¡Necesito ver Melilla! ¡Necesito pasear!

Fueron primero a la Avenida, y Miriam iba señalando balcones y ventanas y diciendo: «Ahí vivían los Salama. Y ahí los Benhamú. Me acuerdo de Susana, la de la polio, la que andaba con muletas. ¡Qué simpática era! Esa casa tan bonita era la de los Melul. ¡Lástima de fachada...! Y ésa, la de los Gaón.» Y Rebeca, comportándose como dueña y señora del pasado melillense, corregía: «Los Gaón no, los Garzón. Los Gaón vivían en aquella de allá. Y la de las muletas no era Susana sino Elisa Benhamú.» Cruzaron después el Parque Hernández, y Miriam dijo:

—¿Dónde están las vías? ¿Qué ha sido de las vías del tren? ¡No me digáis que ya no existe el tren de las minas!

Daniel empujaba la silla de ruedas de Rebeca, y las otras dos tenían que pararse a esperar en cada esquina. Cuando llegaron al barrio del Real, estaban ya todos cansados. Muchas de las casitas típicas, de no más de tres pisos, despintadas, hermosas en su sencillez, habían desaparecido para hacer sitio a edificaciones modernas, grandonas, sin gracia. Iban por el bulevar central, más estrecho ahora que como la memoria de Miriam se lo representaba y con una sola hilera de árboles donde ella recordaba dos. ¿Estaban siguiendo un itinerario distinto del que ella pensaba? Se detuvo ante una de las casitas, cuya inminente demolición se anunciaba en un cartel de una empresa de derribos.

—¿Qué derecho tenemos a creer que las cosas no pueden cambiar mientras estamos fuera? —comentó con melancolía, y luego añadió—: ¿Volvemos a casa?

Como en el piso de Daniel casi no había de nada, fueron a cenar al de las tías. Esther, en la cocina, preparaba ensalada y tortilla de patatas, mientras Miriam se esforzaba por afinar una vieja guitarra que había encontrado en un armario.

—¡Cántame alguna de esas canciones tan bonitas que tú sabes! —le insistía Rebeca.

Miriam, tras hacerse de rogar, acabó cediendo. A petición de Daniel, cantó dos canciones de los Beatles y una de Cat Stevens, ninguna de las cuales estaba particularmente asociada a ningún episodio de su pasado. Rebeca aplaudía con entusiasmo y Daniel se esforzaba por recordar otras piezas del repertorio de su madre.

—¿Cómo era aquella canción de cuando éramos niños, la de Nancy Sinatra?

—No me acuerdo.

—¡Cómo no te vas a acordar! —Daniel, imitando el sonido de un bajo eléctrico, tarareó las primeras notas—: ¡Tun-tun-tun-tun...!

—Que no me acuerdo, te digo.

—¡Vamos! «*You keep saying you got something for me...!*»

Por toda respuesta, Miriam metió la guitarra en su funda de tela y la apoyó en el brazo del sofá: el recuerdo de Ramiro se había colado como un intruso en una fiesta. Daniel, decepcionado, se encogió de hombros.

—Entonces que cante la tía Rebeca —dijo—. ¿No te ganabas la vida dando clases de música?

—De piano —puntualizó Miriam.

—Pues eso. ¡Canta, Rebeca, cántanos algo!

Entró Esther con la jarra de agua y la fuente de la ensalada. Rebeca, feliz, sonreía y se frotaba las manos. Miriam se levantó a poner la mesa. Esther dio la última vuelta a la tortilla y la pasó a un plato. Miriam iba y venía con servilletas, vajilla y cubiertos. Desde el comedor llegaba la quebradiza vocecilla de Rebeca cantando:

—«Esther, mi bien, ¿qué haremos? Casa santa fraguaremos con la ayuda de los cielos...»

Con la pila de platos en las manos, Miriam se apoyó en la pared de la cocina y cerró los ojos. ¡Qué pesado lastre el de los fracasos del pasado! ¿Cuándo conseguiría liberarse de él? Esther entró en busca de la panera de mimbre y se la encontró llorando.

—¿Qué te ocurre? ¿Qué tienes?

Miriam negó con la cabeza y trató de sonreír.

—Estoy bien, estoy bien...

—No estás bien. Estás llorando. ¿Me vas a decir qué te ocurre?

En el comedor, ajenos a todo, Daniel fingía tocar un violín imaginario mientras Rebeca seguía cantando con temblorosa voz de niña:

—«Melej Mashiaj veremos. Hagáis la teba de oro fino donde suba Israel *regmido*. Hagáis la teba de oro y plata...»

Miriam estaba atravesando una de sus etapas de profundo abatimiento. Ella a su depresión la llamaba el Monstruo, porque era como un ser diabólico y sobrenatural que la acompañaba a todas partes, aterrorizándola con su sola presencia, haciéndola sentir desgraciada e inútil. Cuando estaba a solas por la noche era cuando más sufría, porque su sensación de indefensión era absoluta, y el Monstruo no tardaba en reaparecer para acecharla. Últimamente, el Monstruo parecía haberse convertido en portavoz de su hermana Sara. Tras la lectura del testamento, las dos hermanas habían vivido un breve período de armonía. Ni siquiera las indirectas de Felipe, que consideraba que Mercedes había tratado injustamente a sus hijos, parecían hacer mella en su relación. Poco antes de las Navidades se habían reunido un par de veces en el chalet para repartirse las pertenencias sobre las que su madre no había dejado nada dispuesto ni en el testamento ni en el certificado de últimas voluntades. Se trataba en general de objetos de escaso valor material: algo de bisutería, la colección de teteras marroquíes, varios juegos de sábanas sin estrenar compradas en un viaje a Portugal, etcétera. A Miriam le sorprendió desde el principio la insaciable rapacidad de su hermana. Sin consultárselo con un gesto o una mirada, Sara iba metiendo en cajas cuantas cosas se ponían a su alcance. Por toda justificación soltaba de vez en cuando un «esto me lo prometió a mí» o un «a ti esto ni te va ni te viene», y lo apartaba. Aunque Sara jamás lo había verbalizado, Miriam suponía que también ella, como Felipe, creía que su familia había salido malparada en la herencia, y ese afán suyo de arramblar con todo lo interpretaba como una revancha o el intento de reparar una supuesta injusticia. Después de las Navidades se decidió a poner el chalet en alquiler y le pidió ayuda para terminar de vaciarlo mientras esperaba a los transportistas que debían llevar el piano de vuelta al piso. Quedaban ya muy pocas cosas cuya propiedad pudiera ser objeto de discusión. Aun así, Sara fue llenando varias bolsas con lo que encontraba en armarios y cajones: cacerolas, pequeños electrodomésticos, alfombrillas de baño, el paragüero del recibidor. Miriam, dispuesta hasta entonces a tolerárselo todo, se puso a la defensiva cuando su hermana echó un vistazo al salón y dijo:

—¡Casi me olvidaba! —Y caminó con determinación hacia el piano, sobre el que descansaba el metrónomo.

—El metrónomo es mío —advirtió Miriam.

—Éste no. Éste es el mío. El tuyo no era así, de baquelita.

—Te digo que es el mío. Lo compré hace casi veinte años, cuando lo de Belter y el disco...

—¿Qué disco? —dijo Sara, y Miriam se sintió profundamente humillada—. Si lo compraste hace veinte años, no puede ser éste. ¿No ves que es de los antiguos? Éste me lo regaló papá en ingreso.

—¿Y para qué quieres tú un metrónomo?

—Para Marta. Ya te dije que ahora le ha dado por estudiar música. Quiere montar un grupo de rock.

—¿Martita, un grupo de rock?

Sara, por toda respuesta, alargó la mano. Miriam le agarró la muñeca.

—Es mío, Sara. —Un arrebato de ira incontenible teñía su voz—. Y no voy a permitir que te lo lleves.

La otra se desasió con gesto ofendido.

—¿Estás tonta? Este metrónomo me lo regaló papá en ingreso. Supongo que mamá lo metió entre las cosas que se llevó de Melilla y al final acabó aquí.

No era verdad. Pero eso ya resultaba intrascendente. Miriam tuvo la certeza de que su hermana sólo pretendía hacerle daño. Ese aparatito no tenía ningún valor o utilidad para Sara y, si quería quedarse con él, era sólo para impedir que ella lo tuviera. Miriam cogió el metrónomo y le dio cuerda. La varilla empezó a marcar el ritmo en *allegro*. Sara resopló y dijo:

—Aún no hemos discutido lo de la reforma.

—¿Qué reforma?

—La de tu piso. ¿Verdad que te la pagó mamá? Y el dinero de mamá era el que había heredado de papá. Es decir, el nuestro. Es como si yo te hubiera pagado la mitad de esa reforma, ¿no?

Miriam se quedó sin habla. ¡Le estaba echando en cara la ayuda que su madre le había prestado años atrás, en la etapa más negra y dolorosa de su vida, cuando se estaba recuperando de las secuelas provocadas por el incendio del Corona! ¿Cómo podía caber tanta ruindad en el corazón de su hermana, que convertía lo bueno en malo: la generosidad en agravio, el amor de una madre en motivo para el rencor eterno? No, eso sí que no se lo iba a consentir.

—No tienes más que decirme cuánto te debo —dijo con aspereza.

Sara esbozó una sonrisita:

—Felipe y yo siempre nos hemos pagado todo lo nuestro. Pero no te preocupes, que no pienso reclamarte nada. No soy tan miserable como tú... —aquí, malévola, hizo una pausa brevísima— ...crees.

Caminó hacia la cocina y cogió las bolsas repletas de cachivaches.

—Me voy. No puedo esperar a que lleguen los del piano. Cogeré el autobús —dijo, y el tac-tac-tac del metrónomo siguió sonando, demasiado rápido.

Desde entonces no habían vuelto a hablar. Tal vez, si Sara la hubiera llamado para disculparse, las cosas se habrían arreglado. Miriam, desde luego, no iba a llamar: ella no tenía que disculparse por nada. Con el paso de los días, crecía el tamaño de la ofensa y se hacía más remota la posibilidad de una reconciliación. «Mejor así», trataba Miriam de convencerse. Si por un lado le dolía esa ruptura, por otro no dejaba de experimentar una inequívoca sensación de alivio. Retrospectivamente, la historia de su relación con su hermana se le aparecía ahora como una fuente inagotable de sinsabores. ¿Cuántas veces a lo largo de los últimos años había aportado Sara a su vida un ápice de alegría o de felicidad? La respuesta era taxativa: ninguna. ¿Por qué entonces esa tendencia suya a sentirse en deuda con Sara? ¿Sólo porque eran hermanas? ¿Sólo porque desde el principio habían quedado distribuidos los papeles y a Miriam, la hermana mayor, le había tocado ser la juiciosa, y a la otra la complicada, la imprevisible, la errática? Cuando más convencida estaba de haber actuado correctamente era cuando el Monstruo reaparecía para hacer su ronda nocturna, y Miriam se recriminaba a sí misma su soberbia y se decía que tenía que llamarla por teléfono, fingir que nada había ocurrido, que entre ellas todo seguía igual que siempre... Pero con las luces del día regresaba a su cabeza la absurda discusión por el metrónomo, y volvía a verlo todo de otro modo. Si realmente su hermana estaba buscando el distanciamiento o la ruptura, ¿de qué servirían sus esfuerzos por arreglar las cosas? ¿Cuánto tardaría Sara en provocar una nueva discusión, la definitiva? Le habría gustado tener cerca a alguien de confianza a quien pedir consejo y con quien compartir sus zozobras, pero esa persona (que en circunstancias ideales habría sido la propia Sara) no existía, así que su dolor y sus agravios acabaron buscando refugio en el territorio de los secretos. Llegado un momento, ya ni siquiera sabía por qué se obstinaba en mantenerlos ocultos. ¿Tal vez porque el comportamiento de Sara le producía una abrumadora sensación de vergüenza, lo que demostraría que pese a todo seguía intentando protegerla y que entre ellas persistía una turbia y profunda corriente de afecto?

En Málaga estuvo tentada de contárselo todo a Elías, pero jamás llegó a presentarse la ocasión. Su hijo, irritable con frecuencia, taciturno siempre, le pareció más esquivo que nunca. ¿También Elías tenía secretos que no quería o no sabía compartir? Pues si no podía alcanzar ese grado de comunicación con él, el más sensible y receptivo de sus hijos, mucho menos con Daniel, que siempre había vivido a su aire, indiferente a los problemas ajenos, desentendiéndose de todo lo que no le reportara una gratificación inmediata... En Melilla, el Monstruo ni siquiera esperó a que Miriam se quedara a solas.

—No estás bien. Estás llorando. ¿Me vas a decir qué te ocurre? —dijo Esther, quitándole de las manos la pila de platos.

Miriam se acercó al fregadero, abrió el grifo y se mojó la cara. Intentaba no prestar atención a la vieja canción sefardí que llegaba del comedor. Cuando Rebeca calló y sonaron los aplausos de Daniel, se volvió hacia Esther y dijo:

—¿No te digo que estoy bien? —Y, agarrando de nuevo los platos, fue a reunirse con los otros dos.

La primera tarde que Daniel se dejó caer por la agencia, Esther le hizo pasar al despacho y cerró la puerta. Siempre que hacía eso era para sermonearle por haber desatendido alguna de sus obligaciones, y a Daniel casi le sorprendió que no le hablara de él sino de su madre, cuyo estado la había dejado muy preocupada: ¡no había más que verla fumar un cigarrillo tras otro! Él trató de quitarle importancia:

—Mi madre siempre ha fumado demasiado. Yo creo que ahora está mejor que otras veces... ¡Si la hubieras visto después del incendio!

—¿Qué incendio? —Esther dio un respingo.

—Hace años, en un hotel. —Por prudencia no quiso decir cuál—. Creía que lo sabías. Estuvo a punto de morir asfixiada. Tardó un año en restablecerse del todo: pesadillas, crisis de ansiedad...

—¡Pobre Miriam! Veo que no la podremos dejar sola, no vaya a ser que haga una locura.

—¿Una locura? Ya te digo que otras veces ha estado mucho peor. Tampoco hay que dramatizar. Yo creo que ha sido ver a Rebeca así. Como el abuelo también acabó...

—¿Samuel? —le interrumpió su tía—. ¡Samuel nunca perdió la cabeza! ¡Si lo sabré yo, que hablaba con él todos los días!

Todo lo que Daniel decía surtía el efecto contrario al pretendido. Intentó arreglarlo:

—En casa siempre se ha dicho que al final de su vida compraba cosas sin ton ni son y confundía los recuerdos. Que decía haber estado en países en los que no había estado. Pero sólo al final de su vida.

—¡Paparruchas! ¡Mi hermano fue un gran hombre que salvó a mucha gente! El naufragio del *Pisces* le causó un trauma del que tardó en recuperarse. ¡Pero la cabeza le funcionó perfectamente hasta el final!

—¿Qué es eso de que salvó a mucha gente?

Esther estaba escandalizada: ni a ella la habían informado del incendio ni a esos chicos les habían hablado de su abuelo. ¿De verdad no le habían contado nada? Su abuelo había sido un héroe. En el mundo había miles de personas que le debían la vida y veneraban su memoria: los hebreos a los que había rescatado de la opresión y ayudado a salir de Marruecos. ¿Por qué la miraba con esa cara? ¿Ahora se enteraba de que los judíos llevaban miles de años siendo perseguidos? Por un instante, Daniel se preguntó si ese plural le incluía también a él. Dijo:

—¿Y lo del naufragio?

—En el 61 se hundió un barco que llevaba refugiados. Murieron todos. Más de cuarenta. Entre ellos, muchos niños. No fue culpa de nadie, pero Samuel nunca se lo perdonó. —Hizo el gesto de caer en la cuenta de algo y exclamó—: ¡El buzón!

—¿Qué?

—Que me estoy imaginando el buzón de tu madre a punto de reventar. Tienes que hablar con el portero para que le recoja las cartas. Cuando era jovencita, estaba suscrita a muchas revistas. ¿Lo sigue estando? Tienes que llamar para cambiar la dirección. —Y, por si no se había expresado con la suficiente claridad, añadió—: En este estado tu madre no puede irse a Zaragoza... Hazte a la idea de que se quedará una buena temporada en Melilla.

Lo curioso era que, cuando por las noches se quedaba a solas con su madre, también ésta le insistía en lo mal que había encontrado a sus tías, no sólo a Rebeca (cosa que se daba por descontada) sino también a Esther, que al fin y al cabo iba a cumplir ochenta y cuatro años y no estaba ya para muchos trotes.

—Y no me refiero sólo a la artrosis y el reúma —decía—. Siempre ha tenido la tensión alta. Como no presta ninguna atención a su salud, cualquier mañana se quedará en la cama, muerta como un pajarito. ¡Dios no lo quiera! Tenemos que procurar que descanse más, que no dedique tanto tiempo al trabajo... Que se cuide, en definitiva.

Cuando Miriam empezaba uno de sus monólogos, Daniel se ponía a jugar con su cubo de Rubik y fingía concentración. Su madre seguía hablando como si tal cosa:

—¡No quiero ni pensar qué sería de Rebeca! ¡Sólo te tendría a ti! ¿Qué harías con ella? ¿Contratarle unas enfermeras, traértela al piso, buscarle una residencia...? Tal vez tendríamos que ir mirando ya residencias, para no tener que decidir luego deprisa y corriendo. ¡Qué lío! —Y, como vio que su hijo no le hacía caso, le dio unos golpecitos en el brazo—. ¿Pero qué tiene el juguete ese que no puedes parar de cacharrear?

—¡Ya casi lo tengo! —exclamó Daniel, aunque no era verdad: lograba poner cuatro caras del mismo color, pero luego ya no sabía pasar de ahí.

—Ese cuarto de baño hay que reformarlo de arriba abajo. La mitad de las baldosas están sueltas. Voy a pedir presupuestos. Y cambiaré la bañera por un plato de ducha. Con las personas mayores, es más práctico y más seguro.

—¿Te has vuelto loca? ¡Estás dando por hecho que Esther se muere y Rebeca se viene a vivir conmigo!

Daniel se preguntaba si eso de anticipar las desgracias era exclusivo de su madre o le ocurría a todo el mundo a partir de cierta edad. ¡Qué estupidez tan monumental! De ese modo, lo único que se conseguía era sufrir más de la cuenta: primero, mientras prefigurabas la desgracia, y después, cuando ésta se acababa materializando. ¿Producía algún tipo de consuelo o satisfacción pasarse la vida presagiando lo peor?

—¡Pobre tía Esther! —suspiró Miriam—. Será mejor que no la dejemos mucho tiempo sola...

Era curioso que las advertencias de una y otra fueran tan parecidas. Era como si sus existencias estuvieran vacías y necesitaran llenarlas con lo que fuera, incluso con motivos de preocupación: yo me preocupo por ti, tú te preocupas por mí, y las dos juntas nos preocupamos por todos los demás. De ahí esa tendencia a exagerar las contrariedades y a avanzar al presente las contrariedades del futuro. ¿Que su madre necesitaba sentirse útil y ocupada? Muy bien. ¡Adelante! Entre la confusión mental de Rebeca, los supuestos achaques de Esther y su proyecto de reformar el piso no le iba a quedar ni un minuto para aburrirse. ¿Pero por qué misteriosa razón esa necesidad suya, en lugar de facilitarle la vida, le comprometía a él a desplegar una hiperactividad similar?

Con Miriam en la ciudad, ya no hacía falta tener a Rebeca en la oficina. Miriam se ocupaba de ella desde el punto de la mañana hasta últimas horas de la tarde. Mientras duraron las obras del cuarto de baño, la instalaba en el sofá y le daba conversación y, si el tiempo era bueno, la sacaba a pasear por el Parque Hernández o la acompañaba a visitar moribundos. A Daniel la entrega de su madre le resultaba excesiva, y su actitud daba a entender que el cuidado de la tía Rebeca no era sólo asunto suyo sino de los dos: le enviaba a la farmacia a comprar medicinas, le hacía calentar el agua para el té, le pedía que se sentara a su lado mientras salía a hacer un recado. En cuanto podía, ponía Daniel alguna excusa y desaparecía con la moto. Pero sus estratagemas no siempre funcionaban y, por ejemplo, jamás se libraba de las visitas al hospital, dado que tenía que ayudar a la anciana a bajar y subir las escaleras (y, cuando salían, tenía la sensación de que la ropa le olía a cadáver). Qué engorroso y qué absurdo: acabar haciendo el doble de cosas cuando había el doble de personas para hacer las mismas cosas...

Para Miriam, curiosamente, el tiempo que dedicaba a su tía no parecía constituir ningún sacrificio. La parlanchina de Rebeca, que enseguida olvidaba lo que acababa de hacer, mantenía muy vivos los recuerdos más lejanos, y en sus historias se mezclaban el pasado y el presente de forma que resultaba imposible discernir qué había ocurrido la semana anterior y qué sesenta o setenta años atrás. No había evocación en ellas, del mismo modo que no la había en un comentario sobre las lluvias anunciadas en el parte meteorológico o la subida del precio de los tomates. Daniel, sin embargo, había aprendido a distinguir cuándo Rebeca hablaba de algo que Miriam había conocido en su infancia y cuándo no, porque la emoción y la nostalgia le iluminaban el rostro: ¡qué bien lo pasaban en Rosh Hashaná, con toda esa gente en casa, y las partidas de *sebibón*, y esos dulces tan ricos, los *fazuelos* rellenos de miel, y luego el globo de papel de vivos colores que hacían volar en la plaza...! A Daniel, oyendo esas conversaciones que no acababa de comprender, le invadía la misma sensación de estupor que cuando la vio en el Hospital Provincial después del incendio: un hijo cree saberlo todo sobre su madre hasta que de golpe la descubre como una completa desconocida, una extraña.

Poco a poco iban estableciéndose rutinas que tenían todos los visos de convertirse en duraderas. Desde el principio había quedado claro que la visita de Miriam no iba a ser, como la que había hecho a Elías en Málaga, de unos pocos días. Su estancia se prolongaría a lo largo de un período indeterminado pero no breve: lo que Esther había llamado «una buena temporada». Pasadas dos o tres semanas, Daniel empezó a intuir que la presencia de su madre en Melilla podía alargarse indefinidamente. La veía aparecer por el piso con bolsas de ropa y calzado, y se daba cuenta de que el volumen de esas compras excedía en mucho el de un equipaje razonable: la idea de regresar a Zaragoza se difuminaba en su cabeza como el vaho en las lunas de un coche. Terminada la reforma del cuarto de baño, se dedicó Miriam a arreglar el resto del piso, que seguía a medio amueblar desde hacía treinta años (o, mejor dicho, a medio desamueblar, pues así había quedado tras la mudanza). Hizo acuchillar la tarima del suelo, cambió el empapelado de las paredes, sustituyó los somieres viejos por somieres modernos y tiró las sillas, desvencijadas y cojas.

Cuando llegó el momento de elegir los nuevos muebles, Daniel se desentendió. A él le daban lo mismo unos muebles que otros. A Miriam, en cambio, no le parecía un asunto menor: un buen mueble te acompañaba el resto de tu vida y acababa formando parte de ella. Se recorrió todas las tiendas de Melilla y no encontró nada que la convenciera. Consiguió varias direcciones de Málaga y llamó a Elías para que fuera a pedir catálogos. Cuando los recibió, se pasó varias tardes examinándolos. Marcaba las páginas doblándolas por el borde y, en cuanto Daniel aparecía por casa con el casco de motorista en la mano, le perseguía por el pasillo y le asaeteaba a preguntas: ¿qué le parecía esa cómoda?, ¿y ese espejo?, ¿y esa mesa de comedor? «Todo muy clásico, ¿no?», respondía él, sin apenas detenerse. Las cómodas y los espejos y las mesas de comedor que le mostraba respondían, en efecto, a un gusto muy clásico, si no anticuado: maderas oscuras muy trabajadas, formas robustas tirando a rechonchas, nada que ver con los estilizados diseños que estaban de moda. Una noche, echando un vistazo a uno de esos catálogos, tuvo Daniel la sensación de estar viendo una foto del salón del chalet, no sólo por el tipo de muebles sino también por las cristaleras hasta el techo, el suelo a dos alturas, la chimenea. ¿Empezaba su madre a sentirse agobiada y echar de menos su vida en Zaragoza? Los muebles fueron llegando, y no tardó en descubrir que estaba totalmente equivocado. Lo descubrió un domingo por unas palabras de Rebeca, que necesitaba las tijeras para hilvanar unas cortinas y señaló la cómoda recién colocada.

—El costurero, en el cajón de abajo.

—¿Y tú cómo lo sabes?

—Es su sitio. Siempre ha estado ahí.

Daniel torció la cabeza con escepticismo. Estaba claro que Rebeca, que sólo había visitado un par de veces el chalet de sus abuelos, no podía saber en qué cajones se guardaban las cosas...

—¿Me voy a tener que levantar yo? —le apremió ella, mostrándole la labor.

Se levantó Daniel y, para su sorpresa, allí estaba el costurero: pequeño, de mimbre, con las brillantes bobinas de hilo de diferentes colores atravesadas por agujas. Agarró las tijeras y permaneció unos segundos pensativo.

—¿Las encuentras o no?

—¿El dedal también?

—Yo nunca me he pinchado.

Volvió a sentarse al lado de Rebeca. Ahora lo entendía todo. Algunos de los muebles que siempre había visto en el chalet procedían de Melilla, de ese mismo piso. Y esa cómoda y esa mesa de comedor y quién sabía si también las vitrinas que debían llevarles a lo largo de la semana venían a llenar el hueco dejado por otras piezas semejantes muchos años atrás, en una época tan lejana que ni siquiera él mismo había nacido... Lo que su madre, acaso sin ser plenamente consciente de ello, estaba tratando de reproducir no era el chalet de Zaragoza sino el piso de su infancia, el de los veintitantos años que vivió con sus padres y su hermana en Melilla, en General O'Donnell, y cada vez que escogía un mueble para la casa estaba dando un salto de cuarenta o cincuenta años en el tiempo. ¿Qué era lo que de ese modo trataba de recuperar? Era extraño, porque siempre que Daniel trataba de imaginarse a su madre de niña o adolescente, incurría en el anacronismo de situarla en el chalet, recortando el seto o descansando en una de las sillas del jardín. Como si en realidad nunca hubiera sido niña o adolescente. Como si hubiera venido al mundo convertida ya en la joven madre de sus recuerdos más antiguos y no hubiera existido su anterior vida en el norte de África. ¿Tanta nostalgia sentía por la Melilla del ayer, por ese tiempo anterior a él en el que la familia celebraba festividades hebreas y utilizaba palabras como *sebibón*? De ser así, era lógico que la compañía de Rebeca, instalada definitivamente en el pasado, no constituyera para ella ningún sacrificio. Se preguntó Daniel cuánto tardaría su madre en hacerse enviar el piano. Sólo una cosa estaba clara: Miriam había viajado a Melilla para quedarse.

—¿Ése no es el general que estaba en Comandancia, el que era amigo de papá? ¿Cómo se llamaba?

—García-Valiño —confirmó Rebeca—. Era muy simpático. ¿No te acuerdas de su mujer? Ayudaba a tu madre en la Gota de Leche...

Miriam negó con la cabeza. Rebeca estiró el cuello hacia la siguiente foto. Señaló la figura que ocupaba el centro de la imagen, un hombre de pelo escaso y gafas de cristales muy gruesos.

—Moisés Carciente. ¡De él sí que te acordarás! —En sus ráfagas de lucidez, Rebeca estaba encantada de ejercer de médium entre su sobrina y el pasado—. Era toda una personalidad. En aquella época, ser presidente de la Comunidad Israelita no era como ahora. En los actos públicos se sentaba siempre con las autoridades. ¿Y el que está a su lado? ¡No me digas que tampoco te acuerdas de Moisés Eliachar, que se fue con su familia a Israel! ¡Samuel y él eran inseparables!

Ahora Miriam hizo un vago gesto afirmativo. Durante treinta años no había vuelto a pensar en ninguna de esas personas, que tan familiares le habían resultado en otro tiempo.

—Me acuerdo de su mujer, una rubia de voz cantarina que nos daba dulces de Purim. ¿Cómo se llamaba?

—Lo tengo en la punta de la lengua...

—¡Simi! —Miriam dio un chasquido con los dedos.

—Eso —asintió su tía—. Moisés y Simi Eliachar.

Estaban en una sala de la caja de ahorros. Cada varios meses se organizaba un mercadillo benéfico con las donaciones que hacían artistas locales e instituciones. El periódico de la ciudad, que desde 1963 se llamaba *El Telegrama de Melilla*, contribuía todos los años con viejas fotos de su archivo. Tenían éstas mucho éxito entre las escasas familias melillenses de toda la vida. Eran casi siempre fotos de la vida social de la ciudad (recepciones, bailes, puestas de largo, concursos de belleza, corridas de toros, actuaciones para las fiestas de la Virgen de la Victoria, visitas de famosos), y los vecinos de más edad se entretenían reconociendo en unas y otras los rostros familiares. Rebeca, en su afán por demostrar su buena memoria, no paraba de recitar nombres. A cada uno le añadía un breve comentario, generalmente luctuoso: tal persona había muerto atragantada con una almendra, tal otra había dejado su fortuna a las hermanitas de los pobres, a aquellas dos se las habían llevado a morir a Cartagena... En esas imágenes eran mayoría los desaparecidos, gente que había muerto veinte, treinta años antes. Pero también había muchos de la edad de Miriam, e incluso más jóvenes. Identificó a varias compañeras del Buen Consejo, a algunos asiduos de las misas del Sagrado Corazón, a un par de amigos de Sara que tal vez habían llegado a ser algo más que amigos... Le importaba poco saber qué habría sido de todos ellos. Le importaba más saber que alguna vez habían existido, y que en esas fotos seguirían existiendo del mismo modo y para siempre. A diferencia de las calles y rincones de la ciudad, que le habían decepcionado con su mutabilidad, esas fotos le devolvían su vieja Melilla, intacta y fiel a sí misma. Tal como Daniel había empezado a intuir, el pasado se le estaba agolpando en su interior, y eso la llevaba a revisarlo todo. ¿Por qué, por ejemplo, nunca había prestado atención a las esquelas del *Heraldo de Aragón* y sí se la prestaba ahora a las de *El Telegrama de Melilla*, entre cuyos «apenados» siempre encontraba el nombre de algún conocido? ¿Qué tenían los muertos de Melilla que eran más suyos que los de Zaragoza, ciudad en la que al fin y al cabo había vivido más años? Había hecho un rápido cálculo mental y llegado a la conclusión de que le estaba ocurriendo como a su madre, quien, a la misma edad que ella tenía ahora, había optado por irse de Melilla en busca de sus raíces. Trayectorias opuestas, pero idéntico regreso al origen. Si descartaba que se tratara de una simple casualidad, aquello sugería la existencia de leyes secretas que gobernaban las vidas de las personas a lo largo de generaciones. ¿Estaba sin saberlo cerrando un círculo que era al mismo tiempo un eslabón de una cadena larguísima iniciada por quién sabía qué antepasado y continuada por su madre? Eso la ayudó a entender retrospectivamente unas cuantas cosas: los vaivenes de Mercedes, su desconcertante inestabilidad, la brevedad de su paso por Málaga, que en realidad no fue más que una escala momentánea en su largo viaje de vuelta. Su propio itinerario, aunque invertido, reproducía fielmente el de su madre, y tal vez las crisis de una y otra, separadas por treinta años, no fueran tan distintas... ¿Qué había de azar y qué de predeterminación en todo ello? ¿Por qué también a ella la vida la había obligado a detenerse en Málaga para alcanzar su destino final? Si unas semanas antes le hubieran dicho que necesitaba encontrarse a sí misma y que para ello tenía que regresar a su ciudad natal, lo habría considerado una solemne majadería. Ahora, apenas un mes después de llegar a Melilla, lo que le parecía absurdo era no haber vuelto nunca por allí. ¡Treinta años eran muchos años! ¿Cómo podía ser que, a lo largo de su convivencia con Ramiro, jamás se le hubiera pasado por la cabeza la idea de enseñar su ciudad a su marido y sus hijos? Ni a ellos les había inspirado la menor curiosidad ni a ella se le había ocurrido proponerlo. De hecho, se recordaba a sí misma comentando lo poco que, en contraste con el chalet de Zaragoza, echaba de menos la casa de Melilla. ¿De verdad alguien se creía capaz de cercenar tan limpiamente su pasado? Había sido volver a pisar las calles de Melilla y darse cuenta de lo mucho que las necesitaba. ¿Qué era lo que la ciudad le transmitía? ¿Una sensación de orden, de pureza, de felicidad? Podía ser que la gente retratada en las fotos de la exposición hubiera muerto décadas atrás, pero en esas imágenes todavía estaba viva. Gente que vestía ropa de fiesta y posaba ante la cámara con una sonrisa y parecía invitarla a compartir el motivo de su celebración. Sí, esa gente era feliz, y alguna vez esa felicidad había sido también la suya...

—¡Mira! —exclamó.

Rebeca se volvió hacia ella con rostro inexpresivo. Miriam temió que, como solía suceder, se le hubiera pasado el momento de lucidez.

—¡Mira! —repitió—. ¡Mi padre! ¿No ves que es él? ¿No lo reconoces?

—¿Cómo no voy a reconocer a mi hermano? —protestó Rebeca, molesta.

Para ella podía ser sólo una foto en la que aparecía su hermano Samuel. Para Miriam era algo más. Dijo:

—¿Quiénes son?

—Tu padre, claro...

—Los otros. ¿Quiénes son los otros dos? ¿Quién es ella? —Acercó la silla de ruedas para que pudiera observarla de cerca.

—No sé. No la he visto nunca.

—¿Y el otro hombre, el alto?

—Tampoco conozco a todo el mundo...

Era una de las dos fotos de Samuel con la mujer que Miriam creía que había sido su amante. No la foto con el mono sino la más reciente, de en torno a los años cincuenta: su padre con una americana cruzada y sonrisa de circunstancias, la mujer con un vestido de fiesta negro y un elegante hilo de perlas, los dos con sendos vasos de zumo, el desconocido con una copa de vino.

—Haz memoria. Si tú no sabes quiénes son, no lo sabe nadie.

—No sé... Parecen actores o algo así. ¿No será que te resultan familiares porque son estrellas de cine?

Se había puesto de mal humor. Tenía la sensación de que su sobrina la estaba poniendo a prueba y de que, por algún motivo que le ocultaba, tenía la obligación de recordar a esas personas. ¿Serían clientes de Samuel? ¿Tal vez amigos de la Península? Lo cierto es que no le sonaban de nada. Así eran, al fin y al cabo, las lagunas de su memoria.

—¿No te digo que no los he visto nunca? —Echó la cabeza hacia atrás.

—¿Y el sitio? ¿Dónde pudo hacerse la foto? ¿En el Casino Militar? —Miriam examinó las siguientes fotografías—. Éstas también parecen de la misma fiesta... ¿Por qué no aparece mi madre? ¡Se supone que iban juntos a los sitios! Échales un vistazo, tía Rebeca. ¿Te parece que esos espejos del fondo son los del Casino Militar?

—¡Ay, hija! ¿Qué más te da? ¡Qué pesada te pones a veces!

Miriam se volvió hacia la puerta, donde un ordenanza apuraba un cigarrillo. Reflexionó en voz alta:

—La tía Esther. Puede que la tía Esther se acuerde...

Empujó la silla de ruedas hacia la entrada. Rebeca refunfuñó:

—Si a mí no me suenan, ¿por qué le van a sonar a mi hermana?

El ordenanza apagó la colilla en un cenicero de pie y las hizo pasar a un despachito. Una joven de pelo rizado tomó nota del número de la foto, su nombre, su dirección. Miriam sacó la cartera para pagar.

—¿Me la puedo llevar ya?

La joven levantó la vista del resguardo que estaba rellenando y puso cara de sorpresa:

—¡Pero si acabamos de inaugurar!

Miriam no ocultó su decepción. Se había imaginado que todo sería muy sencillo: pagar la foto, llevársela, enseñársela a Esther esa misma tarde... La joven se sintió obligada a dar explicaciones:

—La exposición concluye el sábado de la semana que viene. Para mediados de la siguiente estará lista la copia. Tendrá que ir a la redacción del periódico y entregar este papel.

—¿Tan tarde? —dijo Miriam, que se reprochaba a sí misma no haber tenido, un mes y pico antes, la precaución de sacar esas dos fotos del álbum y meterlas en la maleta.

—Las cosas funcionan así. Puede haber más gente interesada en comprar una copia de esa foto...

—¡Quién más va a querer comprarla! —replicó ella y, al darse cuenta de que no estaba siendo muy cortés, añadió—: Entrar a ver una exposición y encontrar una foto en la que sale mi padre... ¿No le parece mágico?

La otra asintió con la cabeza. Miriam hizo un gesto de despedida.

Al día siguiente volvió con sus dos tías. La memoria de Rebeca no le inspiraba ninguna confianza, y estaba convencida de que, nada más ver la fotografía, Esther la sacaría de dudas acerca de la misteriosa amiga de su padre (y quién sabía si también de la naturaleza de su relación). No fue así. Esther, las gafas bien afirmadas en el puente de la nariz, los labios fruncidos en un gesto de extrema concentración, dedicó medio minuto a observar la foto y luego dictaminó:

—No la conozco de nada. No sé quién es. Y el otro hombre tampoco.

Rebeca, alborozada, soltó una risita.

—¿Lo ves? ¿Qué te decía yo? ¿Te lo dije o no te lo dije?

Miriam suspiró. Esther hizo algún comentario sobre la elegancia natural de su hermano y siguió mirando fotos. Rebeca no quería desaprovechar la ocasión de celebrar su pequeño triunfo personal.

—Decís que me olvido de cosas pero parece que mi memoria no funciona tan mal... ¡O a lo mejor es que Esther se olvida de las mismas cosas!

Esther observaba ahora las otras fotos de la fiesta.

—A éstos sí los recuerdo. Salvador Madani, Jacob Benmaman... Estas fotos no son de Melilla. Esos espejos, esas lámparas... Esto es Tetuán. Esto es el Círculo Recreativo de Tetuán. —Se volvió hacia su hermana—. Estuvimos una vez. Para una boda. La de Susana Bentolila, la hija de Salomón Bentolila, que había hecho negocios con nuestro padre. ¿No te acuerdas? ¿No te acuerdas de que perdí el bolso y resultó que lo había cogido sin querer una prima del novio que tenía uno muy parecido?

Cuantos más detalles daba Esther, mayor era el resentimiento que expresaba el rostro de Rebeca. Miriam, en cambio, casi ni le prestaba atención. Rebeca prosiguió:

—Ten en cuenta que en aquella época era *El Telegrama del Rif* y cubría toda la zona del Protectorado. Traía noticias de Tetuán, Alhucemas, Larache...

—Ya da lo mismo. —Miriam se encogió de hombros.

—¿Tantas prisas y ahora dices que te da lo mismo? ¿Por qué te interesan tanto esos dos?

—Por nada especial, la verdad. Simple curiosidad.

—Muchacha, a ti no hay quien te entienda... —Esther se hizo la ofendida.

—¡No hay quien os entienda a ninguna de las dos! ¡Llevadme a casa! ¡Estoy cansada! —explotó Rebeca.

Su hermana la miró con los ojos muy abiertos.

—¿Y a ésta qué le pasa ahora?

A veces se alejaba hasta veinte o treinta kilómetros de Melilla, pero generalmente se quedaba practicando trial en la zona de los barrancos y las torrenteras. Tenía unas cuantas rutas favoritas. Las recorría con tanta frecuencia que las ruedas habían acabado formando surcos, que permanecían inalterables hasta que un chaparrón las borraba al cabo de varias semanas. En algunos puntos, esas roderas le servían de referencia para trazar la curva. Siempre podía apurar un poco más hacia la derecha o la izquierda, pero para poner a prueba su destreza trataba de salirse lo menos posible. Era como acelerar sobre un alambre imaginario que le señalara el trayecto en el vacío. Cuando iba cuesta arriba, era sólo una cuestión de habilidad. Cuando iba cuesta abajo, la velocidad le restaba precisión y obligaba a una concentración absoluta. La rodera y nada más que la rodera. Ni siquiera se permitía echar vistazos al frente o a los lados, a un paisaje de tierra y maleza que por otra parte no podía depararle muchas sorpresas. La extrema tensión, unida al ruido del motor y al azote del viento, ejercían un efecto liberador, no muy diferente del que había intuido en alguna experiencia con alucinógenos: suspendía la impresión de los sentidos y, aislándole de la realidad, le transportaba a un ámbito en el que las leyes físicas habían sido sustituidas o directamente abolidas. Si alguna vez podía llegar a creerse capaz de sortear la ley de la gravedad era entonces, cuando una combinación de fuerzas diversas parecía tirar de su cuerpo hacia un punto inconcreto situado muy por encima y muy por delante de él. Durante la conducción eran frecuentes los momentos en los que se sentía tan ligero y sin peso que hasta desaparecía la sensación de velocidad y peligro.

En uno de esos momentos se produjo el accidente. Daniel no tuvo tiempo de ver más que el bulto indefinido del hombre con el asno. ¿Qué hacían allí? ¿De dónde habían salido? Lo siguiente fue un ruido sordo y el cielo sin nubes. Permaneció varios segundos boca arriba, intentando controlar el ritmo de la respiración. Tosió con fuerza y escupió un salivazo que le supo a tierra. Notaba en la cara una humedad espesa que podía ser sudor o sangre. Movió primero los brazos y luego las piernas, que por un instante creyó atrapadas bajo la rueda trasera de la moto. Cuando consiguió ponerse de pie, estaba totalmente desorientado. Se arrancó el casco de la cabeza y tardó varios segundos en situarse. Melilla estaba a su izquierda, Marruecos a su derecha. Ver al burro alejándose con las alforjas vencidas y un trotecillo desigual le devolvió, como en un destello, la última imagen del hombre antes del golpe: a la izquierda del animal, con un palo en una mano y la otra colgada del ronzal, el rostro medio vuelto y crispado ante la inminencia del choque. Y ahora el hombre estaba allí, tirado contra las piedras del borde del camino, con los ojos cerrados, la cara sucia de polvo y un rictus inmóvil de preocupación. Daniel se agachó a su lado y le sujetó la cabeza, que le pareció muy pesada.

—¡Oiga, oiga...! ¿Puede oírme? ¡Contésteme!

De unos cincuenta años, la tez muy oscura, rasgos vulgares, barba descuidada, le llevó a pensar en esos mendigos de Velázquez que recordaba de las diapositivas del colegio.

—¡Contésteme! —repitió.

¿Estaba muerto? No, no podía ser... Depositó la cabeza con suavidad y se dispuso a tomarle el pulso. Se dio cuenta de que tenía sangre en la mano. También en la cabeza del hombre había sangre, que formaba un pringue espeso con la tierra y el pelo. ¿De quién era esa sangre? ¿Suya o del otro? Le apretó la muñeca por diferentes puntos, incapaz de percibir ningún latido. Estaba muy nervioso. Tenía que calmarse. ¡No podía ser que estuviera muerto! Corrió hacia la Mike Andrews, la levantó y se miró en el retrovisor. Tenía un profundo corte en la mejilla, como si se le hubiera clavado una piedra afilada. Buena noticia: tal vez la sangre fuera suya y el hombre, después de todo, no hubiera sufrido un golpe tan fuerte. Dejó caer la moto y volvió a su lado con la esperanza de que hubiera recuperado la consciencia. Pero no era así, e incluso le pareció que ahora había más sangre que antes. ¿Eran nuevas esas gotas sobre las piedras o estaban ya unos minutos antes y no había reparado en ellas? Acercó el oído a sus labios para tratar de sentir su respiración. Nada. Le agarró la barbilla con la mano y le sacudió la cara para ambos lados. Nada tampoco. ¿De verdad estaba muerto? ¿Tan fácil era matar a un hombre? ¿Bastaba con eso, con no haber podido esquivarle a la salida de una curva?

—¡Por favor, diga algo! —suplicó, desesperado—. Si me está oyendo, mueva los labios o haga algún gesto... ¡Haga algo, por Dios!

¿Qué podía hacer? Levantó la vista, y a unos cien metros vio al asno, que mordisqueaba tranquilamente unos hierbajos. En su huida había ido perdiendo parte de la mercancía, que formaba un rastro irregular de bolsas y paquetes. Examinó el envoltorio que tenía más cerca: productos de cosmética, cremas infantiles, algún frasco de colonia barata. Llegó donde estaba el burro y se las arregló para reequilibrar y asegurar las alforjas. De vuelta hacia la curva, fue recogiendo objetos y cargándolos sobre el animal sin orden ni concierto. Su idea era montar al hombre y llevarlo al núcleo habitado más cercano. Se agachó para agarrarle por las axilas, pero no llegó a hacerlo. Lo más probable era que estuviera muerto, con lo que el esfuerzo sería inútil. Y si no lo estaba, siempre había oído decir que lo aconsejable era no moverle hasta que llegaran a auxiliarle. Se pasó la manga de la camisa por la herida de la cara, que le empezaba a escocer. ¿No sería mejor limitarse a pedir ayuda? Iría donde tuviera que ir, contaría lo ocurrido y, mientras a él le curaban el corte, alguien se ocuparía de todo lo demás. Lo intentó por última vez:

—¿Me oye? ¿Puede oírme?

Observó con atención las facciones del hombre en busca del más leve atisbo de vida: los ojos hundidos, la nariz ancha, los labios finos, los pliegues del cuello, del que apartó unas moscas dando un manotazo al aire. Todo seguía igual que unos minutos antes. Tampoco parecía que las manchas de sangre sobre las piedras se hubieran extendido, pero eso tal vez no fuera una buena señal, porque, como Daniel recordó haber oído en una película, los muertos no sangran. Ató al burro a un arbusto cercano para que no se marchara y anduvo hacia la moto. La levantó y comprobó que el alineado de las ruedas no había sufrido daños. Se montó y puso el pie en el pedal de encendido. Si conseguía ponerla en marcha, iría a Melilla a pedir socorro. Si no, tal vez tendría que caminar hasta la casa más próxima para que avisaran a quien fuera. Funcionaba. Se puso el casco, echó un último vistazo al hombre y enfiló la torrentera hacia la izquierda, hacia los barrancos.

A la altura de la alambrada, se detuvo un momento y miró a su alrededor. Nadie. Nadie en suelo marroquí, nadie en suelo español. Nadie a quien pedir ayuda. Era lógico: ¿a quién se le ocurriría meterse en tierra de nadie a esas horas, en las que los contrabandistas estaban ya de vuelta en sus aldeas? El lamento por su infortunio empezaba muy sutilmente a velar su sensación de culpa. Ésta, que hasta ese momento le había correspondido en exclusiva, buscaba ahora otros dueños: el destino en general, el propio contrabandista... ¡Qué demonios estaría haciendo allí! ¡Quién le mandaría retrasarse tanto ese día, justo ese día! Estaba ya en la ciudad, bajando a buena velocidad por la carretera de Hidum, y las cosas se le presentaban ahora envueltas en nuevos matices. Pero su intención seguía siendo acudir directamente a la Cruz Roja. Al llegar a la Avenida, se detuvo ante un semáforo en rojo.

—¿Daniel? ¿Eres tú? —oyó.

Se volvió hacia la acera. Ante una sucursal de la caja de ahorros, su madre y sus tías interrumpieron su discusión para observarle con sorpresa.

—¿Se puede saber qué has hecho? —dijo Esther.

—¿Has visto cómo vas? —dijo Miriam—. ¡Estás hecho un cromo!

Daniel ni siquiera había tenido tiempo de prestar atención a su aspecto: la cazadora tejana llena de polvo, un desgarrón en la pernera izquierda, el tobillo sucio asomando por los bajos. Desde la silla de ruedas, Rebeca dio el grito de alarma:

—¡Sangre! ¡Tiene sangre!

Las otras dos se le echaron encima con grandes admoniciones y muestras de pesadumbre: ¡cuántas veces le habían dicho que tuviera cuidado!, ¿cómo se había hecho esas heridas?, ¿le dolían mucho?, ¿se sentía aturdido o mareado?, ¡podía ser que tuviera un coágulo...! Le ayudaron a quitarse el casco y observaron con aprensión el corte de la mejilla.

—¡Eso hay que desinfectarlo inmediatamente! —exclamó Esther.

—¿Cómo ha ocurrido? —preguntó Miriam.

—Pasamos por la farmacia y compramos de todo. —Esther empleaba un tono acusatorio—. Seguro que en el piso no hay ni tiritas.

—¿No sería mejor llamar al médico?

—¡Tampoco hay que exagerar! —replicó Esther con acritud.

Daniel se mantenía en silencio. Cederles toda la iniciativa resultaba muy gratificante. No pensar, no hacer nada, no decir nada. Buscó un hueco en el que dejar la moto y esperó con Rebeca delante de la farmacia.

—No han parado de discutir por unas fotos viejas —comentó la anciana.

Cuando las dos mujeres salieron, seguían de mal humor.

—¿Nos vas a decir de una vez qué ha sido? —dijo Miriam, y contestó la propia Esther:

—Una caída. ¿Qué quieres que sea?

Miriam consultó con la mirada a su hijo, y éste se limitó a encogerse de hombros. De camino al piso de General O'Donnell, Esther y Miriam seguían hablando de los riesgos de circular en moto. Las dos conocían diferentes casos de jóvenes que arrastraban graves secuelas de algún accidente. Sólo de vez en cuando se volvían hacia Daniel y le observaban con gesto ceñudo. Él, cansado, trató de acabar con la discusión al llegar al portal.

—Una caída es una caída. Y ya está —dijo.

Lo dijo como hablando de todas las caídas de moto y sin referirse directamente a sí mismo. No mintió, por tanto, pero quedó ya establecida la versión que acabaría convirtiéndose en definitiva. Se puso el pantalón del pijama, y la propia Miriam se apresuró a tirar la ropa a la basura. Daniel se dio cuenta de que, al hacerlo, su madre se estaba comportando involuntariamente como el cómplice que destruye las pruebas del delito. Habría preferido que no lo hiciera, pero tampoco intentó impedírselo. No tenía ganas de nada, sólo de que le cuidaran y le consolaran. Sentado en un taburete en mitad de la cocina, su madre le lavaba con una esponja y le cerraba las heridas con mercromina. Las magulladuras le cubrían buena parte del pecho y la espalda. Las otras dos mujeres le observaban ahora con admiración y decían: «¡Cómo tiene que doler, pobrecito!» Sus palabras tenían un extraño efecto balsámico. Oyéndolas, resultaba muy sencillo sentirse víctima y no causante de la desgracia. Se distrajo un rato viendo la televisión. Cuando le llamaron para cenar, había descartado definitivamente la idea de dar aviso a la policía o la Cruz Roja. Si el hombre estaba muerto, ya nada podía servirle de ayuda. Alguien, de madrugada, acabaría encontrando el cadáver.

Se acostó pronto y no tardó en quedarse dormido. A eso de las tres, se despertó angustiado. Había tenido una pesadilla en la que unos gatos gordos y sucios se daban un festín con los despojos de lo que parecía ser un animal muerto. Él no podía evitar acercarse a curiosear y descubría que entre la carroña que los gatos se disputaban había una cabeza de hombre, de un hombre vivo que le contemplaba con ojos lastimeros y la expresión de un niño haciendo pucheros. Encendió la lamparita de la mesilla y, como tratando de cerciorarse de algo, se llevó la mano a la mejilla vendada. A partir de ese momento le fue imposible conciliar el sueño. La visión de esos ojos le había transmitido la rara certidumbre de que el hombre no estaba muerto, sólo inconsciente. Se lo imaginaba volviendo en sí en mitad de la noche, dolorido, asustado, inmovilizado por las lesiones, sintiendo a su lado la oscura e inquieta presencia del burro, que tal vez estuviera hambriento y hubiera empezado a mordisquearle la ropa o la cara. Y si no el burro, una víbora o unas ratas o (¿quién sabía?) unas hienas. Empezaba a intuir que había hecho mal en no dar inmediatamente aviso, aunque sólo fuera por acotar sus responsabilidades. Ya no sólo estaban la imprudencia cometida y el daño producido. Ahora estaban también el ocultamiento deliberado y la tardanza en reconocer su culpa. ¿Y cómo se llamaba eso otro? ¿Denegación de auxilio? Que nadie frecuentara esos parajes a esas horas de la tarde lo había considerado una garantía de impunidad, porque no había testigos que pudieran acusarle de nada. Pero eso también quería decir que nadie habría aparecido para ayudar a ese hombre en el caso de que no estuviera muerto sino inconsciente... ¡Sólo pensar que, abandonándolo así, podía haberlo condenado a una muerte lenta y cruel! La probabilidad de que el hombre hubiera pasado horas y horas agonizando y no hubiera muerto hasta bien entrada la noche crecía sin parar, y eso ampliaba y agravaba el conjunto de acusaciones que podría existir contra él. ¿Por qué demonios no había acudido directamente a la policía o la guardia civil? Se preguntaba si no sería ya demasiado tarde.

Se levantó antes del amanecer. Mientras se preparaba la ducha, se miró en el espejo. Los moratones más pequeños habían empezado a adoptar un tono amarillento por los bordes. Se puso un chubasquero y agarró el casco.

—¿Qué hora es? —oyó la voz soñolienta de su madre—. ¿Otra vez vas a coger la moto?

—Voy a llevarla al aparcamiento.

Era mejor así. No decirle nada. No darle motivos de preocupación. Llegado el momento, ya se enteraría de lo que tuviera que enterarse. ¿Tal vez por una llamada de la policía? Eso siempre sería menos duro que tener que confesárselo él: «He matado a un hombre. He atropellado a un hombre y lo he matado.»

—Pero no tardes —añadió Miriam asomándose en pijama a la puerta del dormitorio.

El sol estaba todavía muy bajo y, al atravesar las nubes, se multiplicaba en haces de luz blanca que conferían al paisaje unos perfiles inusuales. Cruzó la alambrada por el mismo punto que el día anterior y enfiló la misma torrentera. Tocaba más los frenos que el acelerador, y el ruido del motor se asemejaba al de un chisporroteo suave, como cuando se remueven las últimas ascuas de una hoguera. Dejó atrás las primeras curvas y bajó muy despacio por la empinada cuesta que conducía a la zona de maleza, en la que la visibilidad quedaba muy reducida. Por allí, medio escondida, estaba la curva del accidente. No era ni la primera ni la segunda curva... ¿Sería la tercera? ¿Tal vez la cuarta? Siguió avanzando hasta donde el paisaje volvía poco a poco a cambiar. Más allá de ese punto no podía ser. Retrocedió. Reconoció sin lugar a dudas la pequeña loma en la que había quedado tendido junto a la moto. Con el golpe, la pintura del depósito se había descascarillado un poco. Se agachó y encontró los pequeños fragmentos, blancos y verdes. En las piedras del camino, en cambio, no halló el menor rastro de sangre, que la humedad de la noche tal vez había borrado. Pero tenía que ser ese sitio. No podía ser otro, pese a que las referencias espaciales y las distancias no acababan de encajar. ¿No había recorrido desde allí los cien metros que le separaban del burro? Ahora, la parte del camino que estaba a la vista se le antojaba mucho más corta. Y las propias piedras no parecían ser las mismas... ¿No recordaba unas piedras más grandes y más planas? Pero no tenía que darle más vueltas. Había sido allí, y la cuestión era que ya no había nada que recordara lo que había ocurrido apenas trece o catorce horas antes. Había dado por supuesto que no estarían ni el asno ni el hombre. O éste se habría recuperado y marchado por sus propios medios o lo habrían encontrado y se lo habrían llevado para curarlo o enterrarlo. Lo sorprendente era que ya no quedara ni rastro. Nada. Aparte de los restos de pintura de su moto, no había nada. Como si todo hubiera sido un sueño. Como si lo ocurrido la tarde anterior formara ya parte, igual que los gatos gordos y sucios, de su pesadilla nocturna.

Pero no, estaba claro que no lo había soñado. Intentó aclarar sus ideas. Si había habido una muerte violenta, tendría que haber una investigación policial. Incluso en el último rincón de Marruecos, en esa tierra olvidada de Dios y de Alá por la que sólo pasaban contrabandistas, la policía investigaba ese tipo de muertes: precintaba el lugar, hacía fotografías, buscaba pistas, analizaba restos de sangre. Allí no había la menor señal que indicara que la policía hubiera hecho acto de presencia. ¿Descartaba eso la posibilidad de que el hombre hubiera muerto? Recorrió una cincuentena de metros en busca de no sabía muy bien qué: nuevas gotas de sangre, alguna huella reconocible. Nada otra vez. Nada que le ayudara a resolver sus dudas. El hombre era sin duda un contrabandista. Si lo habían encontrado otros contrabandistas, seguro que se lo habían llevado de allí para proteger su territorio y evitar que la policía se pusiera a husmear. ¿Habrían hecho desaparecer el cadáver? ¿Lo habrían abandonado en un lugar menos comprometedor? Estaba otra vez dando por sentado que el hombre había muerto. ¿Y si todo había quedado en un susto y lo habían rescatado con vida y los médicos estaban en ese momento curándole las heridas? Eso explicaría por qué todavía no había habido ninguna investigación: no había dado tiempo. Aguzó el oído. El rumor del viento era muy suave, un mero matiz del silencio. Pero en cualquier momento, si el hombre había pasado por un hospital, aparecería alguien para investigar. La herida en la mejilla, los moratones, la propia moto acusaban a Daniel. Permanecer allí un solo segundo más era una imprudencia. Montó en la Mike Andrews y regresó a Melilla.

Cuando llegó a la carretera, torció en dirección a Rostrogordo y los acantilados. Sin bajar de la moto, estuvo un buen rato mirando el mar. Todavía no había descartado acudir a comisaría... ¿A una comisaría española o marroquí? Su cerebro se esforzaba en poner trabas y buscar subterfugios que mitigaran su aspiración a la rectitud. Poco a poco fue abriéndose paso en su pensamiento una hipótesis que, manteniendo a salvo los buenos propósitos, obraba el milagro de redimirle por completo. En un momento dado, esa hipótesis se le presentó ya como una certeza irrefutable. Sí, el hombre estaba vivo. ¡Pero no era un peatón normal! ¡Era un contrabandista, un delincuente, alguien que en el instante del accidente estaba desarrollando una actividad ilícita! ¿Quién le aseguraba que su aviso a la policía no acabaría convirtiéndose en una denuncia contra él? Así pues, si no acudía a la policía, no era por egoísmo o cobardía sino por prudencia y generosidad, para no perjudicar al otro, para no exponerle a un riesgo de imprevisibles consecuencias. ¡Estaba claro! Puso en marcha la moto y maniobró para coger la carretera en dirección a Cabrerizas Bajas. Había encontrado la manera de sentirse otra vez en paz consigo mismo y con su conciencia. Por arte de magia se había convertido en una especie de benefactor secreto.

A la entrada del garaje se encontró con su madre y con Rebeca, que llevaba en su regazo las bolsas de la compra.

—Sí que has tardado —dijo Miriam.

—He pasado por el taller. Quería que le echaran un vistazo.

—Hoy tienes mejor aspecto. ¡Menudo susto nos diste!

—Esperad un minuto y os ayudo a subir eso.

—¿De qué vais disfrazados? —dijo Esther, señalando una de las fotos.

—De bandidos. ¡Pero de bandidos buenos! —dijo Elías.

—¿Como el Zorro? —dijo Miriam.

—Más o menos.

—¡A ver, a ver! —Rebeca alargó la mano hacia la carpeta—. ¡Déjame ver!

Era el primer sábado de junio. Elías había ido a pasar el fin de semana con su madre y su hermano. En la carpeta llevaba recortes de periódico y fotos del primer montaje de La Cooperativa, un recitado de fragmentos de *Fulgor y muerte de Joaquín Murieta*, de Pablo Neruda.

—El premio Nobel —aclaró, y Rebeca asintió convencida:

—Ya sé. Yo hablaba mucho con él.

Elías sofocó una risita y buscó con la mirada a su hermano, que se había tumbado en el sofá dándoles la espalda. Se volvió de nuevo hacia Rebeca.

—¿Y de qué hablabais?

—No sé. De muchas cosas.

—¿De qué cosas?

Miriam zanjó la burla con gesto severo:

—A ver. Recítanos algo.

Elías no se hizo de rogar. Con aires de rapsoda clásico, apoyó el pie en el borde de una silla y se llevó una mano al pecho mientras con la otra escandía los versos.

—«Todo lo que me has dado ya era mío, y a ti mi libre condición someto. Soy un hombre sin pan ni poderío: sólo tengo un cuchillo y mi esqueleto. Crecí sin rumbo, fui mi propio dueño, y comienzo a saber que he sido tuyo desde que comencé con este sueño: antes no fui sino un montón de orgullo.»

Aplaudieron las tres mujeres. Elías explicó:

—Era Murieta hablando con su amada.

—¡Cállate ya! —gruñó Daniel desde el sofá.

—¿Qué? ¿Estamos de resaca? —replicó Elías, susceptible.

Llevaban toda la tarde encerrados en el piso por culpa de la lluvia. En cuanto escampó, salieron con Rebeca a pasear por el centro. Elías echaba vistazos distraídos a las fachadas modernistas.

—Ahora que te veo... —dijo Miriam—. Estás engordando. Estás echando barriga.

—¿Quién? ¿Yo? —Elías, haciéndose el ofendido, se plantó de perfil ante la luna de un escaparate e hizo varias veces el movimiento de sacar y meter tripa—. Tengo que comprarme una báscula.

—Te la regalaré yo para las Navidades —dijo Miriam.

—¡Para las Navidades falta mucho!

Esther se interesó por el Niño Quiñones y familia, con los que desde la muerte de Samuel mantenía sólo un trato esporádico. Elías despachó el asunto con un:

—Bien, bien, todos bien. —Y volvió a hablar de la acogida que sus representaciones estaban teniendo en la provincia de Málaga.

—¿Y el hijo? —insistió Esther.

—¿El hijo de quién?

—¿De quién va a ser? Del Niño Quiñones.

—¿Juan Pablo? Bien también.

—Me llegaron rumores de que tuvisteis problemas con alguna naviera...

—¿Problemas? Un malentendido nada más. —Elías parecía incómodo con las interrupciones—. Y ya se arregló.

—Espero que no les moleste tu afición al teatro...

—¿Por qué les habría de molestar?

Esther, que no sabía muy bien por dónde salir, exclamó:

—¡Neruda, un comunista!

—¿Neruda comunista, con lo educado que era? —Rebeca les miró escandalizada.

Estaban en ese momento pasando por delante del número 19 de la Avenida. Miriam se detuvo y rebuscó en su bolso.

—¿Me esperáis un minuto? —dijo.

En ese edificio estaba la redacción de *El Telegrama de Melilla*. Miriam entregó el resguardo al conserje, que sacó unos sobres azules de un cajón. Tenían todos un número anotado en una esquina. El conserje se acercaba los sobres a la cara e iba leyendo los números en voz baja.

—¿Es ésta? Compruébelo, por favor.

Miriam abrió el sobre y asintió con la cabeza. La foto llevaba un marquito de cartulina con el nombre del periódico en huecograbado. Calculó mentalmente la edad del conserje: de los sesenta no bajaba.

—Tal vez usted podría ayudarme... —dijo.

—Dígame.

—Me gustaría saber los nombres de estas personas —señaló la foto.

El hombre juntó los labios para un silbido que no llegó a formarse.

—Sólo llevo diez años en Melilla... —se excusó.

—Pero la foto pertenece al periódico. Si se llegó a publicar, tendría que poner los nombres. O a lo mejor el fotógrafo...

—No sabría decirle, la verdad.

—Gracias de todos modos. Buenas tardes.

Miriam guardó el sobre en el bolso y se encaminó hacia la salida.

—Puede que alguien del archivo... —oyó a su espalda.

—¿Sí?

—Félix. Félix Suárez. Lleva toda la vida en el archivo del periódico.

—¿Puedo hablar con él?

—Hoy es sábado.

—¿Félix Suárez, me ha dicho? Gracias otra vez.

En la esquina de la Avenida, Esther y Elías estaban hablando de Daniel. Esther decía que llevaba unos días de un humor de perros. Elías, medio en broma, medio en serio, decía que su hermano siempre había sido así.

—Ni siquiera le veo coger la moto —añadió Esther.

—¡Mejor! —exclamó Miriam.

Elías se empeñó en asomarse al puerto deportivo y tomar algo en la terraza del Club Marítimo, que era ahora el más selecto de la ciudad, del mismo modo que en el pasado lo había sido la Hípica. Un cartel bien grande decía que la entrada estaba reservada para los socios. Esther se acercó a la caseta del portero y preguntó por unos conocidos que formaban parte de la junta. Luego se volvió e hizo señas con la mano: podían pasar. Mientras esperaban las bebidas, hacían comentarios sobre alguno de los yates atracados.

—Cuando sea rico, me compraré uno de éstos para venir a veros cuando me apetezca —dijo Elías, y miró a su madre—. ¿Por qué no vendes el chalet y te compras un barquito?

—¡Eso me recuerda...! —dijo ella—. Tengo que llamar a la agencia. Parece ser que por fin voy a tener inquilinos.

—Buena noticia, ¿no? —dijo Esther.

—¿De qué chalet estáis hablando? —dijo Rebeca.

Daniel, en efecto, no había vuelto a coger la moto, que seguía en el mismo rincón en el que la había dejado. Los primeros dos o tres días, sencillamente, no le apetecía. Una mañana bajó al garaje y se pasó un buen rato arrancando con cuidado las escamas de pintura que se habían medio desprendido del depósito. La débil luz de los tubos de neón se apagaba cada pocos minutos, lo que le obligaba a incorporarse y buscar a tientas el interruptor de la columna. Pasó luego un trapo humedecido por el carburador, el motor, los guardabarros. Su idea inicial había sido acercarse a una droguería para comprar pintura y dejarla como nueva. ¿Pero qué sentido tenía, si de verdad no le apetecía montar? Se preguntó si, en el fondo, no estaba tratando de borrar huellas. Se preguntó también si eso no resultaría contraproducente. Volvió a quedarse a oscuras y comprendió que esos restos de pintura blanca y verde (que ya habrían sido encontrados y analizados) eran la primera y tal vez única pista que podía seguir la policía, en el caso de que se hubiera abierto una investigación... ¿Cómo se le había pasado por la cabeza la absurda idea de arriesgarse a comprar pintura? ¿Cómo no se había dado cuenta del peligro al que se habría expuesto? Pulsó nuevamente el interruptor. Intentó imaginar los pasos que daría si fuera policía y estuviera al frente de la investigación. Por supuesto, visitaría los comercios en los que vendieran pintura de esas características. ¿Preguntaría también en los talleres de motos de Melilla? El blanco del depósito de la Mike Andrews era un blanco corriente, pero el verde era bastante peculiar: un verde limpio, fresco, intenso, como el césped de un campo de fútbol recién regado. ¿Cuánto tardarían en averiguar el modelo de la moto?

Y una vez que tuvieran claro este extremo, ¿qué les impediría localizar las escasísimas Mike Andrews que circulaban por Melilla y alrededores, la suya entre ellas? En realidad, daba lo mismo que pintara o no el depósito y que saliera o no a dar vueltas con la moto. Bastaba con que ésta existiera (o, peor aún, con que hubiera existido) para tener la certeza de que la policía llegaría hasta él tan pronto como se lo propusiera. Tiró el trapo en un cubo de basura y salió del garaje en el mismo momento en que volvía a apagarse la luz. Debía reconocerlo. No era que no le apeteciera montar en moto. Era que en esa moto estaban concentrados sus temores más oscuros.

En ese momento supo que iba a tener que vivir sometido a una tensión y una incertidumbre constantes. Cualquier día, a cualquier hora, en el piso o en el puerto o en cualquier calle de la ciudad, podía presentársele un inspector y pedirle que le acompañara un momento a comisaría... ¿Pero cuándo ocurriría eso, si es que llegaba a ocurrir? Y entre tanto, sin saber a qué atenerse, ¿qué podía hacer él sino esperar, dejar que el tiempo pasara? Todas las mañanas examinaba con detenimiento el periódico en busca de referencias que pudieran aportar algo de luz: noticias sobre operaciones recientes de la policía, información sobre accidentes e ingresos en hospitales, avisos de búsqueda de testigos. Que, pasados los primeros días, *El Telegrama* no hubiera publicado ni una sola línea remotamente relacionada con el asunto tampoco significaba nada. El atropello había tenido lugar en suelo marroquí. ¿Cómo saber si en los periódicos y emisoras de radio de ese país se había hablado de él? Se planteó incluso la posibilidad de huir. No huir a cualquier parte y de cualquier manera, dejándolo todo, sino alejarse de esa Melilla más pequeña y más cerrada que nunca, inventarse algún pretexto para viajar a Málaga o Zaragoza y esperar allí las noticias que pudieran llegar a través de su tía o su madre: sólo cuando éstas llamaran para decirle que la policía había preguntado por él, se plantearía si convenía desaparecer y cómo. Pero tenía que reconocer que incluso ese proyecto de fuga a medias era una insensatez. ¿Por qué huir si de momento nadie le estaba buscando? ¿De qué o de quién huir? Lo lógico era permanecer en Melilla y seguir viviendo como si nada. Si de verdad la policía tenía motivos para buscarle, esconderse no le serviría de nada, y todos sus sacrificios y molestias habrían resultado inútiles.

Un día, tras asistir un rato a las labores de descarga, entró en el bar del puerto. Pidió un café con leche en la barra y se metió en el cuarto de baño a mojarse el pelo y la cara. Dormía tan mal por las noches que necesitaba esos remojones para espabilarse y no quedarse dormido a media mañana. Estuvo unos minutos dejando que el agua le resbalara por el cuello y los hombros. Entró uno de los camareros, Fermín, que le habló dándole la espalda desde el mingitorio:

—Hay dos que preguntan por ti.

—¿Quiénes son? —Daniel le miró a través del espejo.

—Ni idea.

Pulsó el botón del secador. Oscilando a derecha e izquierda, podía ver a través de la rendija de la puerta a todos los clientes que en ese momento estaban en la barra. Los localizó enseguida: treintañeros, chaquetas *sport*, calzado de verano. Para ganar tiempo, activó nuevamente el secador. Cuando el botón saltó, compuso un gesto de despreocupación y salió frotándose las manos. Los dos hombres se volvieron hacia él.

—¿Daniel? Nos ha dicho el capataz que le encontraríamos aquí.

—¿Hamid? —dijo él por decir algo.

El que había hablado se llevó la mano al bolsillo interior de la americana. Daniel dio por supuesto que se identificaría como inspector de policía, pero lo que le entregó fue una tarjeta de visita con el logotipo de una aseguradora.

—¿Con qué compañía trabaja su empresa? —dijo el otro—. Tenemos las mejores coberturas y las tarifas más competitivas...

—Sólo le robaremos un par de minutos.

Daniel, sonriente, se volvió hacia su café con leche.

—Díganme, díganme —dijo—. ¿Les apetece un café?

La culpa era otra cosa. La culpa era algo que estaba en su interior y no dependía de lo que hicieran otros. A lo que más se parecía era a una infección que había invadido su organismo. ¿Que muchas noches la culpa irrumpía en su sueño en forma de insomnios o pesadillas? ¿Que durante el día había momentos de soledad en los que las fantasías más funestas le sumían en un estado de aflicción insuperable? Si la culpa era una enfermedad, ésos eran sus síntomas, como la fiebre o las dificultades para respirar o las molestias al tragar lo habían sido de las enfermedades de su infancia. La salud, en todo caso, se acabaría restableciendo tras un período indeterminado de convalecencia, y esa callada y opresiva sensación de culpabilidad desaparecería sin dejar rastro. Al menos eso creía Daniel, que, más pendiente de las amenazas exteriores, se creía capaz de convivir con ella, su enemigo interior. Pero ocurrió justo al revés. A medida que el paso de los días iba atenuando el miedo a la justicia, la culpa emergía como un islote en mitad de la niebla: rocosa, intacta, irreductible. La culpa estaba en todas partes. Era como un barniz que, aplicado sobre la realidad, la degradaba hasta volverla intolerable. La ciudad le hastiaba, los días soleados le repelían por soleados y los nublados por nublados, la gente le parecía hostil y chabacana, hasta la comida había perdido sabor... No encontraba nada a su alrededor que le procurara un mínimo de alivio o satisfacción, y todo le exigía un esfuerzo inmenso del que no se sentía capaz. Por ejemplo, aguantar a su madre, que le atosigaba con sus muestras de preocupación. ¡Que se callara de una vez y le dejara en paz! Cuando apareció Elías para pasar un fin de semana, el buen humor de unos y otros le resultó ofensivo: ¿de qué se reían?, ¿qué gracia le veían a las cosas?, ¿por qué tanta celebración? El hecho de que su hermano se hubiera adaptado a la vida malagueña (y siguiera dedicándose al teatro y esas zarandajas) lo percibía como un agravio y, para no participar de esas fiestas, evitaba acompañarles en sus paseos. Daniel no quería odiar pero odiaba. Odiaba a todos los que le rodeaban, cualquiera que fuera su comportamiento y aunque sabía que no eran responsables de su situación. Odiaba. Odiaba a todo el mundo y aguardaba con ansia el momento de quedarse a solas porque entonces sólo se odiaba a sí mismo. Trataba de esquivar la realidad durmiendo el mayor número de horas posible. Pero ni siquiera eso servía de mucho: cuando despertaba, la realidad seguía ahí, igual a sí misma, áspera, mugrienta. ¿En qué momento notaría que la enfermedad de la culpa empezaba a remitir? Lo más paradójico era que echaba de menos la vida anterior al accidente. Sí, esa misma vida que tanto había despreciado se le presentaba ahora como un modesto paraíso perdido. Entonces todo estaba en su sitio. Entonces había un orden y una estabilidad. Entonces la vida era ligera y aburrida como un juguete infantil, y las piezas de ese juguete encajaban sin dificultad. ¿Cómo hacer para que las cosas volvieran a ser como antes y el mayor problema al que tuviera que enfrentarse fuera inventarse una excusa para no aparecer por la oficina?

La ocultación de pruebas, la renuncia a coger la moto, el temor a ser detenido, etcétera, implicaban un reconocimiento de culpa. Pero un reconocimiento íntimo, privado, y lo que ahora necesitaba era desahogarse. Si hubiera tenido un buen amigo en Melilla, le habría pedido consejo. Si hubiera sido creyente, habría acudido a una iglesia y se habría acogido al secreto de confesión. Sin tener una idea muy clara de sus propósitos, empezó a frecuentar whiskerías y bares de alterne, cosa que no había vuelto a hacer desde el servicio militar. No siempre iba en busca de sexo. A veces le bastaba con acodarse a la barra y esperar a que alguna de las chicas se acercara a darle conversación. Él la invitaba a unas copas y ella, a cambio, escuchaba pacientemente el relato de sus cuitas. El trato le parecía justo, y durante un par de horas se sentía libre de opresiones y zozobras. Pero era consciente de que tenía que andarse con tiento. Aquellas chicas, en su mayoría marroquíes o argelinas sin la documentación en regla, podían muy bien ser confidentes de la policía, así que Daniel transfería sus desdichas a un imaginario amigo de la Península que supuestamente iba a viajar a Melilla la semana siguiente. Era ese amigo el que estaba muy alicaído porque había matado a alguien en un accidente de tráfico. «¿Qué le dirías tú para animarle?», preguntaba a la chica, y luego se despedía prometiendo que, cuando su amigo estuviera en la ciudad, le llevaría una noche para que le consolara. Cambiaba a menudo de puticlub para no levantar sospechas. Si una vez iba al Pica, que estaba en el barrio del Real, la siguiente iba al Obos o a La Paloma, en el barrio que llamaban Industrial, o al Dief, en la zona del Hipódromo, o a los del centro (el Caribe, el Ángelo, el Apolo, este último regentado por un exlegionario), o a Casa Germán, en la cuesta de Cabrerizas... Por suerte, en Melilla no faltaban locales en los que aliviar las penas a cambio de unos billetes. Algunos de esos sitios, los más pretenciosos, estaban decorados con ninfas de escayola, luces indirectas y molduras de estilo modernista. Otros eran más de andar por casa, con las chicas hojeando tebeos en una mesa de formica o escogiendo canciones de Julio Iglesias en la gramola. A Daniel esos detalles le importaban poco. Lo único que le interesaba era poder contar su historia, que iba perfeccionándose con cada nueva versión. Al principio había sido un atropello a secas. Luego la víctima resultó ser un niño que iba al colegio. Después ese niño se convirtió en el hijo único de su amigo. Más tarde su amigo intentó suicidarse abriéndose las venas... Cuanto más dramático era el desenlace de la historia, mayor era el peso que se quitaba de encima.

Pero ese remedio tenía un efecto muy limitado. La sensación de culpa quedaba adormecida durante unas horas y regresaba a la mañana siguiente con la virulencia de siempre. Ahora sabía que se había equivocado tratando de rehuir su responsabilidad penal. Por primera vez en su vida entendió el sentido auténtico del concepto de castigo. No se trataba tanto de compensar a la víctima por el perjuicio causado como de facilitar al culpable el descargo de su conciencia: has hecho esto o aquello y, para evitar que los remordimientos te persigan toda tu vida, los transformaremos en un sacrificio concreto y limitado en el tiempo, algo que se encuentre dentro del alcance de tus capacidades... Ése era el arreglo que la sociedad ofrecía al delincuente, y a Daniel no le parecía mal. Qué más querría él: una sentencia que cuantificara con exactitud la responsabilidad y el daño, una condena que le liberara de la atenazadora sensación de culpa, un castigo que le redimiera de su dolor sin límites...

Un martes de mediados de junio salió de casa antes de que Miriam llegara de su paseo vespertino. Los bares de la Avenida estaban llenos de gente que apoyaba a la selección española de fútbol, que ese día se jugaba la clasificación para cuartos de final del Campeonato Mundial. Entró en una cafetería cualquiera y buscó un hueco junto a la barra. Los clientes, algunos de ellos con camisetas de la selección, animaban y aplaudían como si el equipo pudiera oírles. Cundió el desánimo cuando el árbitro señaló a favor de Dinamarca un penalti que acabó en gol. De golpe, todos parecían de acuerdo en que España sería incapaz de remontar el resultado. Faltaba ya muy poco para el descanso. Daniel pidió otra cerveza y pagó. Justo cuando se disponía a marcharse, Butragueño, en una jugada de astucia, robó un balón y empató el partido. «¡Buitre, Buitre!», gritaban todos, celebrándolo. Daniel fue a la discoteca Zodíaco, que estaba detrás del hotel Ánfora y solía abrir a esas horas. Sonaba una suave música ambiental y, tal como había imaginado, estaban las cuatro o cinco putillas de siempre y ningún hombre. Una de ellas le saludó con un movimiento de cabeza. Daniel le preguntó por señas si le apetecía una copa. Luego se sentó a su lado y hablaron de cualquier cosa. Un camarero calvo, mientras metía botellas en las cámaras y cortaba rodajas de limón, seguía el partido de fútbol en un transistor que colgaba del pomo de una puerta. Cuando el locutor alzaba la voz reclamando atención, el camarero interrumpía lo que estaba haciendo y encorvaba el cuerpo en dirección a la radio. Después se volvía hacia la escasa clientela y anunciaba con alborozo: «¡Gol de España! ¡El Buitre otra vez!» Daniel acabó perdiendo la cuenta de los goles que había marcado Butragueño. ¿Tres? ¿Cuatro? La chica, que dijo llamarse Nuri, procedía del interior de Marruecos y hablaba un español elemental salpicado de vocablos franceses. No estaba claro que entendiera todo lo que él le estaba contando pero su expresión era atenta y afectuosa, y con eso le bastaba.

La discoteca empezó a llenarse. El partido había terminado, y los hombres que entraban, algunos con la camiseta roja de la selección, comentaban con entusiasmo la goleada. Daniel notó un leve cambio en la actitud de ella, que, sin dejar de acariciarle y sonreírle, echaba vistazos por encima de su hombro en busca de clientes con aspecto de rumbosos. Para retenerla un rato más, la invitó a otra copa. Pero la situación ya no era la misma, y la conversación con la chica, lejos de procurarle alivio, empezó a incomodarle. En la barra, un grupo de recién llegados brindaba ruidosamente y coreaba: «¡Buitre, Buitre!» Daniel esperó a que Nuri diera un nuevo sorbo a su copa y dijo:

—¿Dónde podemos ir para estar más tranquilos?

Siguió a la chica hacia la salida. Ahora ella se comportaba de un modo expeditivo. Estaba claro que deseaba acabar cuanto antes para volver y sacar todo el partido posible a esa atmósfera de euforia. Cruzaron la avenida Cándido Lobera y se metieron por una callecita en curva. Encima de un portal, un letrero luminoso indicaba el piso de un hostal sin nombre.

—Espera —dijo Daniel.

—Es aquí.

—Da igual.

Se le estaban pasando las ganas. Sacó unos billetes y se los tendió. Daniel pensó que ella le insistiría pero no fue así. La chica se limitó a agarrar el dinero con un mohín de falsa resignación.

—Vuelve cuando quieras. —Le dio un rápido beso de despedida.

—Claro —dijo él.

Ni siquiera se molestó en seguirla con la mirada. Se había puesto de mal humor. Echó a andar sin rumbo preciso. Al pasar por delante del Apolo vio a un grupo de jóvenes que no se decidían a entrar. Se dijo que, debido al fútbol, esa noche no habría tranquilidad en ningún puticlub de la ciudad. Como aún era temprano para volver a casa, buscó un bar cualquiera en el que tomarse la última cerveza. De vez en cuando le llegaba el sonido de los bocinazos con los que coches y motos celebraban el triunfo. Dos chicos, utilizando banderas de España a modo de capotes, toreaban los vehículos que subían y bajaban por la Avenida. Otros les jaleaban desde la acera: «¡Oleeé, oleeé!» Entró en el mismo bar en el que había visto la primera parte del partido. Quedaban ya pocos clientes. El camarero, en camisa blanca y pajarita como los árbitros de boxeo, apartaba las sillas para barrer. Al servirle la cerveza, le advirtió de que cerraría en diez minutos. A través del cristal vio pasar varios coches y motos con banderas. Sus ocupantes cantaban *Que viva España*, como en las manifestaciones a favor de la Ley de Extranjería. Daniel tenía la sensación de que la chica había jugado con él. Decidió volver a la discoteca y decirle a Nuri que ahora sí le apetecía. Al fin y al cabo, había pagado. De eso se trataba, ¿no? Tenía derecho. Dejó unas monedas sobre el mostrador.

A la entrada de la discoteca, dos grupos de jóvenes se gritaban y desafiaban de una acera a la otra, mientras el portero amenazaba con llamar a la policía. El local estaba ahora repleto de gente, y los vertiginosos juegos de luces parecían multiplicarla. Buscó a Nuri en las mesas pero no la encontró. Incorporándose sobre la barra para hacerse oír por encima de la música, preguntó por ella al camarero de antes, que se limitó a encogerse de hombros. Salió en dirección a la avenida Cándido Lobera. Al cabo de unos minutos, vio a Nuri cogida del brazo de dos tipos con aspecto de militares. Oyó sus risas y corrió hacia ellos.

—¿Y yo qué? —dijo, plantándose delante de ellos.

—¿Le conoces? —preguntó uno de los tipos.

—Estás borracho —dijo ella.

—¡No estoy borracho!

—Ya hablaremos mañana, cuando estés bien... —Y el otro tipo le puso una mano en el pecho y dijo:

—Ya has oído. Aparta.

Les vio meterse en el portal del hostal sin nombre y se marchó. Si hubiera sido sólo uno, le habría saltado al cuello o pegado un puñetazo. Seguían pasando coches y motos con banderas, pero los gritos no eran ya de celebración sino más bien de amenaza. Vio también a varios jóvenes correr con expresión de alarma. Algo estaba pasando. Salió a la calle López Moreno, la de la sinagoga, y siguió a algunos de los que corrían. El aire empezó a oler a quemado. En una esquina de Gran Capitán, alguien había prendido fuego a unas bolsas de basura, de las que salía un humo negro y espeso. Unos vecinos en bata y pijama se apresuraban a apagar las llamas con cubos de agua, mientras sus mujeres gritaban asomadas a las ventanas. En otras bocacalles se veían también restos de pequeños incendios recién sofocados. Los alborotadores, fueran quienes fuesen, parecían decididos a prender fuego al barrio. De algún lugar indeterminado llegaba el sonido de una sirena de policía. Daniel apuró el paso. No mucho más adelante empezaba la zona mora. Vio llegar un grupo de hombres en actitud agresiva. En las manos llevaban palos y navajas. Algunos de ellos eran muy jóvenes, apenas unos críos. A pesar de los pañuelos con los que se ocultaban la cara, reconoció a varios trabajadores del puerto.

—¡Driss! —gritó—. ¡Driss! ¿Qué pasa?

—¡Están atacando la casa de Duddu! —contestó el otro con voz crispada—. ¡Quieren quemar su casa!

Sin detenerse a reflexionar, se unió al grupo, que en ese momento no pasaba de la docena. A medida que se acercaban a la carretera de Hidum se les iban sumando otros que bajaban de la Cañada de la Muerte. Uno de ellos era Hamid, que agarró a Daniel por el brazo.

—Esto no va contigo, *jefesito* —dijo, muy serio—. Así que no te metas.

—¿Quién eres tú para decirme lo que tengo que hacer? —contestó él, desasiéndose, y fue a reunirse con los que iban en cabeza.

Los ruidos, la velocidad, la sensación de riesgo contribuían a un frenesí general al que era difícil sustraerse. Ahora no andaban sino que corrían. Alguien le entregó una barra de hierro. Cuando pasaban junto a una farola o una señal de tráfico, la golpeaban para hacer notar su presencia. Después empezaron también a golpear los retrovisores de los coches y las persianas de los comercios. Algunos proferían alaridos ininteligibles. Daniel se puso a gritar con toda su alma, y la rabia le dejaba un regusto casi gozoso. Se sentía fuerte, poderoso, invencible. Alcanzó a los que iban en cabeza. En las ventanas y balcones se veía a gente que se asomaba un instante y volvía a escabullirse hacia el interior de la casa. La presencia de curiosos y el ruido de los bocinazos anunciaban la proximidad de la lucha.

—¡Vamos! —gritó—. ¡Vamos!

Torcieron la última esquina y allí estaban: con sus motos, con sus banderas, con sus gritos, con piedras en las manos. Los aullidos de los recién llegados bastaron en principio para intimidar a los sitiadores, que retrocedieron unos pasos. Los frentes quedaron establecidos a ambos lados de la calzada. Unos y otros se desafiaban con gestos y miradas. Alguien inició un cántico deportivo que muy pocos corearon y no tardó en extinguirse. Varios del grupo de los moros se subieron a los coches aparcados. También Daniel lo hizo, y desafió con la barra a los del otro grupo, que respondieron con insultos. Llovieron piedras en ambas direcciones. Una de ellas rompió con gran estrépito un cristal de una cabina telefónica. Los gritos arreciaron cuando Duddu se dejó ver en una ventana pidiendo calma con las manos. Sin que Daniel pudiera decir de dónde había salido, voló hasta el centro de la calzada lo que parecía ser un cubo de basura envuelto en llamas. Ésa fue la señal para que la pelea comenzara. Algunos saltaron de los coches y patearon el cubo hasta apagarlo. Otros buscaron el choque cuerpo a cuerpo. En una suerte de coreografía improvisada, se avanzaba y retrocedía como a empellones, ganando unos metros de golpe para luego cederlos sólo a medias. Olía a gasolina. En una esquina cercana empezó a arder un árbol, las llamas amarillas y azules enroscándose en su tronco delgado. Se oían gritos de ¡España, España! Daniel corría blandiendo la barra, y el grupo de asaltantes se dividía a su paso formando breves remolinos de gente que giraban sobre sí mismos. Un tipo cayó a sus pies y él le pisoteó las costillas. Después alguien se le echó encima y le derribó sobre el costado izquierdo. Sin parar de toser porque el humo le invadía los pulmones, se defendió con saña desde el suelo. Ahora ardían varios árboles más, y las llamas se acercaban peligrosamente a los coches aparcados. Consiguió ponerse de pie. Notó cómo le sujetaban el brazo. Era Hamid.

—¡Vámonos! ¡Vámonos de aquí!

Se había iniciado la desbandada general.

—¡La policía, *jefesito*!

Daniel lo apartó de un empujón. Ebrio de furia, sólo pensaba en perseguir a los que huían y atizarles con la barra. El griterío se mezclaba con el estruendo cada vez más cercano de las sirenas. Pero él no oía nada más que sus propios jadeos y una especie de bramido inarticulado que escapaba de su garganta. Se detuvo en mitad de una calle estrecha. Acuclillado entre dos coches, un chico le observaba con los ojos muy abiertos. Cuando se disponía a volver, un brazo le rodeó el cuello mientras otro le retorcía la mano a fin de obligarle a soltar la barra. Para inmovilizarle y derribarle hicieron falta tres policías, que luego, ya en el suelo, le aplastaron con todo su peso. Era perfectamente consciente de la violenta torsión de su cuello, de la gravilla que se le clavaba en la cara, de la opresión que sentía en el pecho, de los golpes y patadas que recibía en diferentes partes del cuerpo... Pero nada de eso le causaba dolor. O se lo causaba, pero era un dolor menor y casi placentero.

Por fin el mundo empezaba a hacer justicia.

Por fin le llegaba el castigo.

Por fin aspiraba el delicado aroma de la redención.

Se sentó donde le dijeron y se dispuso a esperar. Sostuvo sobre las rodillas la ropa con la bolsa y las otras cosas, como una pequeña muralla tras la que guarecerse. Recordó haber estado sólo una vez en una comisaría. Había sido muchos años antes, cuando estaba embarazada de Daniel. Ramiro y ella salían del cine Alhambra de ver *Los siete magníficos*, que les había encantado, y en medio de la multitud Miriam notó que alguien metía la mano en su bolso. Ramiro corrió detrás del carterista. Éste, al saberse perseguido, lanzó lejos de sí el monedero y se escabulló sin que nadie le detuviera. Ramiro se apresuró a recuperar el monedero y regresó alterado junto a su mujer: ¡eso no podía quedar así!, ¡tenían que denunciar a ese sinvergüenza! La comisaría estaba en la calle Ponzano. Había que subir unas escaleritas y esperar en una habitación desangelada hasta que algún policía pudiera atenderles. Cuando llegó el momento, dieron todos los detalles de lo ocurrido e hicieron una somera descripción del ladrón. Nunca supieron si su denuncia había servido de algo, pero al menos habían cumplido con su deber. Ahora, veintiséis años después, volvía a estar en una comisaría, pero no en la de Zaragoza sino en la de Melilla, en la calle Actor Tallaví. El cuarto en el que la hicieron esperar no era muy diferente del de la otra vez: media docena de sillas desparejas, un radiador viejo, algunos avisos policiales en las paredes. ¿Por qué en esta ocasión todo le parecía siniestro y tenía la sensación de que la gente la miraba como tratando de adivinar los motivos de su presencia?

Tal vez porque en aquella comisaría era la víctima de un delito y en ésta era la madre de un delincuente. ¡Delincuente, qué palabra tan horrible! Todo lo que su hijo había hecho hasta entonces habían sido trastadas, travesuras, pequeñas fechorías. Lo de ahora era distinto. Ahora Daniel tendría antecedentes policiales. Para Miriam era como si su hijo y la familia entera hubieran perdido la honra. Había familias que nunca habían tenido problemas con la justicia y familias que sí: ellos acababan de pasar del primer grupo al segundo. ¿Cuánto tardarían en recuperar esa honra? Ignoraba si los antecedentes policiales eran ya para toda la vida o se borrarían en algún momento. Miró a las otras personas con las que compartía habitación: un hombre con un tosco tatuaje en el brazo, un morillo con la cabeza vendada, una mujeruca pintarrajeada que se había quedado dormida con la boca abierta. O delincuentes o familiares de delincuentes. ¿Se había convertido ella en alguien así?

Tras más de una hora de espera, apareció el mismo policía viejo que le había ordenado sentarse.

—¿Ha traído el pasaporte?

Miriam indicó la bolsa.

—Démelo todo.

Diez minutos después, vio pasar a Daniel, ya con la muda puesta. Miriam se levantó y se asomó al pasillo, sin atreverse a salir. El policía viejo le hizo una seña. Miriam se acercó al mostrador. Daniel la miró sin sonreír. Tenía el ojo izquierdo completamente hinchado.

—Ay, Dios mío... —murmuró ella.

—Tienes que presentarte aquí cada dos semanas. ¿Entendido? —El policía señaló la bolsa, que ya no contenía prendas limpias sino un lío de ropa ensangrentada—. Y no te dejes eso.

Salieron a la explanada de San Lorenzo. Para no ir al lado de su madre, Daniel caminaba entre las filas de coches aparcados. En cuanto vio una papelera, se deshizo de la bolsa con un gesto de rabia. Iban en dirección al puente del mineral, uno de los escasos vestigios que quedaban del antiguo ferrocarril. Miriam se encendió un cigarrillo y apuró el paso para alcanzarle.

—¿Dónde te han hecho eso? —preguntó con un hilo de voz—. ¿En la pelea? ¿O han sido los policías?

—Qué más da.

—¡Qué disgusto, por Dios! ¡Qué disgusto! —Sujetando el cigarrillo con los labios, buscó un pañuelo para enjugarse las lágrimas.

—No empieces, mamá...

—Es que no te entiendo. No entiendo por qué haces lo que haces. Es como si no fueras tú. Como si te hubieran cambiado por otro. Al de antes sí que lo entendía pero a ti...

—Déjalo, de verdad.

—¡Si por lo menos te mostraras un poco avergonzado o arrepentido!

—Que lo dejes, te digo.

Las tías les estaban esperando en el piso de General O'Donnell. Esther, de pie en el pasillo, le dedicó una mirada de absoluta desolación. Desde el cuarto de estar llegaba la vocecilla de Rebeca cantando *María Cristina me quiere gobernar*. Apareció poco después en su silla de ruedas y, ajena a todo y sin reparar en el ojo hinchado, dijo:

—Este chico lo que necesita es comer. ¡Preparadle un buen bocadillo! ¿Te acuerdas, Esther, de los bocadillos de sardinas que vendían en el Mantelete? ¿O eran de arenques? No, no, de sardinas. —Y, de vuelta al cuarto de estar, volvió a canturrear—: «Y yo le sigo, le sigo la corriente, porque no quiero que diga la gente que María Cristina me quiere gobernar...»

Los otros tres no se habían movido. Esther, muy seria, avanzó hacia Daniel.

—Lo has hecho por lo que te conté de tu abuelo, ¿no? —dijo.

—¿Qué?

—Lo que te conté de todos esos inocentes a los que Samuel ayudó. Es lo mismo, ¿no? Entonces los que sufrían injusticias eran judíos y ahora son moros. Pero es lo mismo, ¿no?

Miriam se volvió hacia su hijo con gesto anhelante y esperanzado. Él tardó unos segundos en reaccionar, y luego estalló en una carcajada estrepitosa, feroz.

—¡Sí! ¡Es lo mismo! —exclamó, sarcástico.

Se metió en su dormitorio y cerró dando un portazo. Esther y Miriam intercambiaron una mirada de consternación: ¿en qué tipo de monstruo se había convertido Daniel? Pasado un rato, Miriam se asomó para ver si estaba dormido. Se lo encontró de pie, mirando fijamente por la ventana. Se sentó en el borde de la cama.

—¿Qué tal estás?

Daniel resopló e hizo con la cabeza un gesto hacia el exterior. Dijo:

—¿Te has fijado en las golondrinas? Vuelan así, haciendo giros enloquecidos, como si no supieran hacia dónde. Pero, si te paras a mirar, parece que quieren entrar aquí. Precisamente aquí. En esta casa. En esta habitación. Luego, cuando están a punto de chocar contra el cristal, tiran para arriba y desaparecen. ¿Será porque descubren su propio reflejo? Me pregunto si en este momento habrá alguien mirándolas desde otra ventana y pensando exactamente lo mismo.

—Estos días no hace falta que vayas a la agencia. Ya intentaré descargar de trabajo a la pobre Esther —dijo.

Lo dijo como si no supiera que su hijo llevaba más de un mes sin aparecer por la oficina. A Esther, además, su ayuda no le solucionaba nada: el que había heredado la empresa y tarde o temprano tendría que hacerse cargo de ella era Daniel, y no Miriam. Pero ésta necesitaba algo a lo que aferrarse.

—Lo que debes hacer es descansar —dijo, levantándose—. ¿Por qué no te olvidas de las golondrinas y te echas un rato?

No llegó a salir de la habitación. Con la mano en el picaporte, se volvió y dijo:

—¿Te acuerdas de aquella foto, la de mi padre en una fiesta con una mujer muy guapa y un hombre delgado con aspecto de galán antiguo?

Daniel, sin volverse, se encogió de hombros. Miriam prosiguió:

—Durante mucho tiempo pensé que esa foto encerraba algún misterio. No sé. Algo que desconocía sobre mi padre y que me sentía obligada a averiguar. Ahora eso no me interesa. Pero lo cierto es que sí había un misterio.

Con un movimiento de cabeza, su hijo la apremió a seguir hablando.

—A veces las historias están..., no sé cómo decirlo, ¿atadas? Resulta que en esa foto, en segundo plano, aparece una cuarta persona. Uno que trabaja en el periódico lo reconoció. Se llama Daniel, como tú. Daniel Cohén. Y es hermano de Aarón Cohén, el chico con el que Sara se escapó cuando tenía veintiún años. ¿Sabías que tu tía se había escapado de casa? Sí, claro que lo sabías. Pero ni ella quería pensar en eso ni nosotras queríamos recordárselo. El caso es que yo iba buscando a la mujer de la foto y acabé encontrando al hermano de Aarón, que entonces trabajaba para el marido de esa mujer y ahora dirige una sucursal de la caja en la Avenida. Aquí al lado, a menos de cien metros de aquí. ¿No te parece increíble?

—¿Qué es lo que tiene que parecerme increíble? ¿Que haya una sucursal de la caja a menos de cien metros de aquí?

—Fui a verle y me lo contó todo. Aarón era peluquero. Tenía una peluquería en Barcelona pero se peleó con su socio y buscó trabajo en la construcción. Y un día se cayó de un andamio y se mató. Fue más o menos cuando lo del naufragio del *Pisces*. O sea, cuando ingresamos a mi padre. Mi hermana reapareció de repente, conoció a Felipe y se casó. Y nunca nos contó nada. ¡Estoy segura de que me mataría si supiera que he estado hurgando en su pasado! Y haría bien. ¿Qué derecho tengo a meterme donde no me importa? Su pasado sólo le pertenece a ella, como mi pasado sólo me pertenece a mí.

—¿Dónde quieres ir a parar?

—Lo que quiero decir es que la muerte de Aarón explica muchas cosas. La aspereza de mi hermana, por ejemplo. La conozco muy bien. Es capaz de hacer lo que sea con tal de no inspirar lástima... Y esa necesidad suya de crear nuevos sentimientos para sepultar los anteriores: sus prisas por casarse, por tener hijos. ¡Nadie habría imaginado que una mujer como ella fuera a acabar con alguien tan gris como Felipe! Siempre creí que ese matrimonio era el reconocimiento de un fracaso. Ahora no lo creo. Ahora creo que su vida, por muy mediocre que sea, no es un fracaso sino un triunfo. Un triunfo sobre el dolor y la desgracia. Y algo del mérito le corresponde también a Felipe, que la protegía y le daba fuerzas para seguir viviendo mientras nosotras lo ignorábamos todo sobre su tragedia. ¿Entiendes lo que te quiero decir? Lo que he descubierto sobre ellos dos los convierte en mejores personas. ¡Ojalá lo hubiera sabido todo desde el principio! ¡Ojalá mi hermana no hubiera tenido secretos para mí!

—¿Estás tratando de decirme que también hay algo de mí que no conoces? Pues lo siento pero no, en mi vida no hay ningún secreto. Soy lo que ves que soy. Un tipo al que la policía ha detenido por desórdenes públicos y resistencia a la autoridad.

—¿Por qué estás siempre a la defensiva? ¿Por qué me contestas como si estuviera todo el rato haciéndote reproches? Sólo te digo que me arrepiento de no haber sabido ayudar a mi hermana. Que me gustaría poder arreglarlo todo. El mes que viene tengo que ir a Zaragoza para lo del alquiler del chalet. Tendría que aprovechar el viaje para hablar con ella y arreglarlo todo. ¿Pero qué le puedo decir? ¡Cuánto coraje se necesita para pedir perdón!

Daniel seguía atento al vuelo de las golondrinas. Soltó un suspiro.

—Ya veo. Me estás pidiendo que te aconseje. ¿Tú crees que yo puedo dar consejos a alguien?

—No, Daniel. No te estoy pidiendo nada.

Permanecieron un instante en silencio. Luego Miriam abrió la puerta. Del cuarto de estar llegaban las voces de las dos tías, que discutían sobre un concurso infantil de televisión. Rebeca insistía en que había visto antes ese concurso y Esther le decía que era imposible porque se trataba de un programa en directo. Miriam agachó la cabeza y dijo:

—Bueno, te dejo. No te molesto más. Intenta descansar.

—¿Un metrónomo? ¿Qué es eso?

Rebeca, que había sido profesora de música, no se acordaba de lo que era un metrónomo. Miriam intentó explicárselo. Un aparato pequeño con una llavecita para darle cuerda y una varilla que se movía hacia ambos lados para marcar el compás. Una maquinita que solían poner encima del piano y hacía tac-tac-tac. No le estaba describiendo cualquier metrónomo. Le estaba describiendo su propio metrónomo: de baquelita, oblongo, marrón, con la superficie frontal nacarada y un hilo de plata engastado en el canto.

—¿Y para qué querríamos nosotras una cosa así, si el piano os lo llevasteis hace un montón de años? —insistió Rebeca sin apartar la mirada del televisor.

—¿Qué estás viendo?

—Esto. Una cosa de amor. El del sombrero está enamorado de la rubia.

Rebeca, que nunca había sido muy aficionada a la televisión, se pasaba ahora las tardes viendo series y concursos. Los personajes de la tele le transmitían seguridad porque no tenía que preguntarse, como ocurría con sus recuerdos, qué había en ellos de verdadero o de falso. Si eran verdaderos, perfecto, y, si no, su sobrina y su hermana, que no veían esos programas, no tenían por qué enterarse.

—Pero la rubia tiene novio. Y el novio es muy pobre y está enfermo.

—Parece interesante —dijo Miriam desde el pasillo.

El metrónomo tampoco estaba en el armario del recibidor. Para Miriam habría sido lo más sencillo: encontrar su viejo metrónomo, llamar a Sara, admitir que había cometido un error, pedirle perdón. Deseaba con tanta intensidad encontrar ese metrónomo que llegó a ir a una tienda de instrumentos musicales a comprar uno igual: daba lo mismo cuál de las dos tenía razón, estaba dispuesta a reconocer que era ella la que se había equivocado, estaba decidida a inventarse una mentira y creérsela. Pero en la tienda sólo vendían metrónomos modernos que funcionaban con pilas. Viendo los diferentes modelos sobre el mostrador comprendió que, por mucho que lo deseara, no iba a ser capaz de sostener su propia mentira. ¿Qué otra excusa podía poner para llamarla y quedar con ella? La de la foto estaba descartaba. Se imaginaba a su hermana diciendo: «¿Otra vez la dichosa foto? ¿No te cansas de remover el pasado? ¿A quién le puede importar a estas alturas la mujer de la foto y la relación que pudo tener con nuestro padre? ¡Olvídate ya de esa historia!» No, no era un buen comienzo. ¿Y si le decía la verdad? Que tenía que terminar de vaciar el chalet porque había encontrado inquilino y tal vez quedara todavía algún mueble u objeto que pudiera interesarle... Tampoco. Vista la rapacidad con que Sara se había comportado, sería muy difícil que no sonara como un reproche sarcástico. El problema era que, después de siete meses sin dirigirse la palabra, no se le ocurría ningún pretexto para llamarla. En fin, ya lo pensaría.

Preparó una lista de las cosas que tenía que hacer en Zaragoza. Lo más urgente era dar un último repaso al chalet. Después hablaría con el administrador y despacharía el asunto del alquiler. Luego iría al banco para poner al día los recibos pendientes y notificar el cambio de domicilio. ¿Qué más? Entre las cosas que incluyó en la lista estaba hacer otra lista: la lista de cosas que debía llevarse a Melilla. Toda la ropa de verano y entretiempo pero muy poca de la de invierno. Sus toallas favoritas, porque en Melilla no había de las que a ella le gustaban, de hilo y con algún bordado discreto. Las joyas, o por lo menos las más valiosas y las que no estuvieran pasadas de moda. Algunas de las fotos enmarcadas de su padre, su madre, sus hijos. Los álbumes. Cuando se acordaba de los álbumes de fotos, su pensamiento viajaba a la foto de Samuel con Alegría Benchimol. La foto de la fiesta en el Círculo Recreativo Israelita de Tetuán, claro, no la del mono. Daniel Cohén la había informado cumplidamente acerca de la identidad de Alegría y David Benchimol: la relevancia del apellido en el Tetuán del Protectorado, el posterior traslado del matrimonio a Suiza (donde había establecido su sede la banca familiar), la muerte de David de un cáncer de pulmón a mediados de los setenta... Desde entonces, instalado ya Daniel Cohén en Melilla, había tenido pocas noticias suyas, pero daba por supuesto que Alegría, que debía de andar por los ochenta y cinco u ochenta y seis años, seguía viva. De lo contrario, estaba seguro de que se habría enterado por medio de antiguos compañeros de trabajo con los que seguía manteniendo relación epistolar. Daniel Cohén se ofreció a averiguar sus señas en Ginebra, por si Miriam quería enviarle la foto o ponerse en contacto con ella. Miriam negó muy lentamente con la cabeza. Ahora comprendía que su hermana tenía razón. ¿A quién podía importar ya si esa mujer y su padre habían estado enamorados o liados o lo que fuera? La revelación, con un cuarto de siglo de retraso, del trágico final de Aarón lo había alterado todo, y el enigma de la foto, que durante tantos años la había tenido intrigada, se había convertido definitivamente en algo intrascendente. Había empezado a reconstruir su relación con Sara a la luz de ese descubrimiento y se atormentaba repasando sus propias injusticias. Por ejemplo, ¿quién se creía ella que era para despreciar a Felipe, en el que su hermana había encontrado el apoyo que ella misma le había negado? ¿Cómo había estado tan ciega para no darse cuenta de lo necesitada que Sara estaba de afecto y comprensión? Mucho de lo ocurrido desde 1961 era ahora distinto, y peor. Para Miriam lo más cómodo habría sido seguir viviendo en la ignorancia: seguir creyendo que sus heridas eran más dolorosas que las de Sara, seguir buscando el cálido amparo del resentimiento. Se reprochaba a sí misma no haber sabido cuidar a su familia. Pero, mientras el creciente distanciamiento que percibía en sus hijos la tenía como aturdida y no sabía cómo combatirlo, para reconciliarse con su hermana sólo necesitaba humildad, una virtud que en muchas ocasiones había demostrado poseer. En la lista de cosas que había preparado para su viaje a Zaragoza faltaba la más importante de todas, la que de ningún modo podía esquivar: pedir perdón a su hermana Sara, congraciarse definitivamente con ella.

Rebeca y Esther la acompañaron a la agencia de viajes a comprar los billetes. Mientras esperaban a ser atendidas, Rebeca hojeaba un folleto.

—Santiago de Compostela... —leyó con dicción infantil—. ¡Qué bonito parece! Podríamos ir, ¿no?

—Claro que sí —dijo Esther, que luego se volvió hacia Miriam—. Tienes mala cara.

—No duermo bien.

No dormía ni bien ni mal: no dormía, o casi. Temía durante el día la llegada de la noche, y para vencer ese miedo se acostaba siempre tarde, cuando ya no podía mantenerse en pie. Pero nunca conseguía dormir más de una hora seguida. Se despertaba alterada y con una intensa sensación de ahogo que le devolvía viejas aflicciones: el humo invadiendo su garganta, el penetrante olor de la moqueta quemada, la angustia de saberse perdida en mitad de un incendio. Con frecuencia todo eso formaba parte de una pesadilla, y Miriam no sabía qué provocaba qué: si la pesadilla la sensación de ahogo o al revés. Luego le sobrevenían incontenibles ataques de llanto. El Monstruo había vuelto a hacerse presente en su vida.

—Pues duerme —dijo Esther tan tranquila, y alargó la mano hacia el expositor—. ¿Quieres más, Rebeca?

—¿Puedo? —Un destello de codicia le iluminó los ojos.

Esther escogió los folletos más grandes y vistosos, hizo un montoncito con ellos y se los tendió a su hermana. Ésta se los apretó contra el pecho y sonrió con picardía, como si acabara de ser cómplice de una travesura.

—¿Para cuándo quieres la vuelta? —preguntó Esther.

—No depende de mí —dijo Miriam.

—Entonces compra sólo la ida.

Eso hizo: avión hasta Madrid y tren hasta Zaragoza. El empleado de la agencia les entregó los billetes dentro de un sobre alargado. Se despidieron y fueron a buscar a

Rebeca, que no se había movido de su sitio. Esther sostuvo la puerta para que Miriam empujara la silla de ruedas hasta la calle. Rebeca, feliz, había seguido amontonando catálogos y folletos, que con el movimiento se le desparramaban por el regazo.

Los billetes eran para el primer miércoles de julio. No había querido retrasarlo más por miedo a que Sara y Felipe se hubieran ido de vacaciones y su viaje acabara siendo en vano. Daniel bajó la maleta y se acercó a la Avenida a buscar un taxi, que tuvo que dar la vuelta a la manzana para recoger a Miriam a la puerta de casa. Miriam, tranquila y sonriente, no paraba de dar instrucciones a su hijo: que se acordara de regar las plantas, que llamara al fontanero para cambiar el grifo de la cocina, etcétera. La terminal del aeropuerto era minúscula. Hicieron cola ante el mostrador de facturación y luego ante la entrada a la sala de embarque. Al despedirse, Miriam dijo:

—A veces me da la sensación de que te estorbo...

Daniel negó con la cabeza.

—Soy así. Lo siento. Me estorba todo. Me estorba el mundo.

—¡Ay, no digas eso, que me preocupas!

Miriam pasó el control de la guardia civil y dijo adiós con la mano. Daniel se encaminó hacia la fila de taxis. Miriam se sentó en una silla con el bolso en las rodillas. Los aviones que unían Melilla y Madrid eran como de juguete, con motor de hélices y capacidad para una veintena escasa de pasajeros. En la sala esperaban unas quince personas, pero ella empezó a sentirse sola. Sacó un frasquito del bolso y se humedeció el cuello y las muñecas. El penetrante aroma de la colonia le proporcionó un alivio instantáneo pero breve. Una azafata abrió la puerta que daba acceso a las pistas. Los pasajeros la siguieron en fila india hasta la escalerilla. Cuando Miriam puso el pie en el primer escalón, estaba ya temblando. La portezuela del avión era muy bajita, y la gente tenía que agachar la cabeza para no darse un golpe. Subían despacio, deteniéndose en cada escalón. Al llegar a la plataforma en la que esperaba la azafata, comprendió que no iba a ser capaz de entrar en aquel tubo mal iluminado y hostil. Se agarró con fuerza a la barandilla.

—No voy a poder... —murmuró.

Le faltaba el aire, y un sudor frío le empapaba la frente y las sienes. La sensación de pánico era tan intensa que anulaba todo lo demás: su propósito de reconciliarse con su hermana, su cita con el administrador, el resto de cosas pendientes. Se llevó la mano al pecho y dejó paso a los que iban detrás.

—¿Se encuentra bien, señora? —oyó.

La azafata, temiendo que fuera a desmayarse, se apresuró a sostenerla por el brazo.

—Respire, respire hondo... Intente tranquilizarse.

—Lo intento pero no puedo...

—No se preocupe. No es tan grave. Hay mucha gente que tiene miedo a volar.

Miriam, negando con la cabeza, se dejó llevar mansamente hasta la terminal. Allí un empleado del aeropuerto la obligó a sentarse, le ofreció un vaso de agua y le pidió que le describiera su maleta. A través del ventanal vio cómo unos operarios reabrían la bodega del avión e iban sacando bultos. Hizo una seña con la mano cuando reconoció su maleta, que un par de minutos después descansaba a su lado. Luego el avión maniobró en dirección a la pista de despegue y aceleró de golpe para tomar altura fuera de su campo de visión. El empleado le dijo que siguiera sentada y le pidió el número de teléfono de algún familiar.

—Lo siento, de verdad. No sabe cuánto lo siento.

Llamaron varias veces desde un despachito cercano pero nadie descolgaba. Miriam supuso que Daniel estaba todavía en el taxi de vuelta a casa. Cuando vio que por fin el empleado conseguía establecer conexión, gritó:

—¡Dígale a mi hijo que lo siento mucho!

De Elías iban teniendo noticias por recortes de periódicos y programas de radio. O mejor: por los recortes de periódicos que el propio Elías enviaba por correo y por los programas de radio que Miriam corría a sintonizar en cuanto él se lo anunciaba. En esos recortes y esos programas se hablaba, casi siempre de forma concisa, de las funciones que La Cooperativa había representado o se disponía a representar en localidades del sur de España. Miriam, que seguía con devoción la carrera teatral de su hijo, recitaba de carrerilla los nombres de muchos de esos pueblos y ciudades:

—Ronda, Nerja, Archidona, Motril, Granada, Estepona... ¡Parece una poesía!

Unos diez días después del frustrado viaje a la Península, Elías llamó para avisar de una nueva aparición en un programa de radio. Cogió el teléfono Daniel, que se limitó a copiar al dictado el mensaje de su hermano. Cuando su madre llegó con Rebeca, vio el papel sobre la mesa del comedor.

—«Entrevista en Radio Melilla el 20 a las 12.15. Horario de máxima audiencia.» —Y repitió excitada—: ¡Máxima audiencia!

Se había acostumbrado a escuchar las entrevistas en casa de Rebeca y Esther, que tenían en la cocina una de esas antiguas y aparatosas Marconi con el dial repleto de nombres de capitales remotas. En esa ocasión, al tratarse de una emisora local, podría haberla oído en el modesto transistor del piso de General O'Donnell, pero prefirió ser fiel a sus hábitos. El 20 caía en domingo, y a las doce en punto Miriam estaba ya sentada en un taburete al lado de sus tías. Aguantaron pacientemente hasta que, tras el resumen informativo y los minutos de publicidad, comenzó la entrevista.

—¡Es como si estuviera aquí al lado! —exclamó Esther en cuanto se oyó la voz de Elías, y Miriam la hizo callar con un gesto.

Elías empezó hablando de sus ideas sobre el teatro, que a ellas les traían sin cuidado. Luego le preguntaron por sus proyectos y anunció el inminente debut de la compañía en Melilla.

—¡Va a venir! —dijo Miriam, y ahora fueron las otras dos las que le reclamaron silencio.

Lo mejor vino después, cuando le preguntaron si conocía la ciudad y Elías se refirió a Melilla como la ciudad de sus ancestros, en la que había nacido su madre y en la que vivía su hermano, la ciudad en la que siempre habían vivido dos personas muy queridas, sus tías Rebeca y Esther... Aquí las tres mujeres se miraron sonrientes e hicieron el gesto de aplaudir. Estaban felices. La entrevista duró sólo un par de minutos más. Cuando concluyó, Rebeca se rascó la barbilla.

—¿Ancestros? —dijo.

—Llámale, Miriam —dijo Esther—. Llámale para darle las gracias.

Pasaron otros diez días. A media mañana, una tormenta vació de gente las calles. Daniel, como de costumbre, seguía encerrado en su habitación. Miriam montó la tabla de planchar en la cocina y fue a buscar la cesta de la ropa. Rebeca, enfurruñada por la abrupta interrupción de su paseo matinal, miraba la calle a través de los postigos entornados del balcón. En la acera de enfrente, un joven la vio asomada y comenzó a gesticular y dar saltos. El sonido de la lluvia apenas si permitía oír sus gritos de «¡eh, familia, familia!». Impasible, Rebeca llevaba varios minutos observándole como si esos gestos y esas voces no estuvieran dirigidos a ella. Luego Miriam fue al cuarto de estar en busca del paquete de Ducados y preguntó qué era ese jaleo. Rebeca hizo una señal hacia la calle, donde Elías seguía desgañitándose en mitad del aguacero:

—¿Siempre llueve en esta tierra?

—¡Hijo, por Dios! —Miriam salió al balcón—. ¿Qué haces ahí?

—¡No me acordaba del piso!

—¡Sube! ¡Te abro!

Elías iba dejando un reguero de agua por donde pasaba. El pelo le goteaba y los hombros de su americana habían adquirido un brillo de charol.

—¿Pero qué locura es ésta? ¿Cómo no has avisado? —le reprochó Miriam, que luego corrió a abrazarle y llenarle de besos—. Quítate eso. Vas a pillar una pulmonía.

Entró a buscar ropa seca en el dormitorio de Daniel. Éste, apoyado en el marco de la puerta y todavía en pijama, saludó con un movimiento de cabeza. En mitad del salón, Elías, sin parar de reír, se fue desvistiendo hasta quedarse en calzoncillos. Rebeca, aún en la butaquita junto al balcón, le miraba como si tenerle allí medio desnudo fuera lo más normal del mundo. Miriam, mientras tanto, iba de un lado para otro recogiendo las prendas mojadas y enjugando con trapos los charquitos del suelo. El bromista de Elías se comportaba como si estuviera a solas en un probador: sacudía en el aire los pantalones, se apoyaba las camisas en el pecho, fingía estudiarse en un espejo imaginario.

—¿Seguro que esto es de mi talla? ¡Recuerda que me dijiste que estaba echando tripa!

—¡Póntelo y calla!

—Llama a la tía Esther. —Elías se probó unos pantalones que, en efecto, le iban estrechos—. Dile que elija un buen restaurante. ¡Os invito a comer!

Estaba exultante. Como tampoco la camisas de Daniel le sentaban bien, Miriam fue a buscarle una bata. Cuando consiguió que se la pusiera, él la agarró por la cintura y se empeñó en enseñarle a bailar el vals.

—¡Dos pasos a la derecha, uno a la izquierda, dos a la derecha...! —canturreaba, y buscaba deliberadamente chocar con los muebles para luego celebrar los choques con gritos de—: ¡Así! ¡Aaasí! ¡Muy bien! ¡Pero que muuuy bien!

—¡Suéltame! ¡Que me sueltes, te digo! —protestaba su madre con voz de niña.

—¡La cómoda! ¡Cuidado con la cómoda! —Y chocaron blandamente con la esquina de la cómoda.

Miriam logró desasirse y corrió a buscar refugio en el sofá. Elías, riendo, se dejó caer a su lado.

—¿Nos vas a decir de una vez qué estás haciendo en Melilla? —dijo ella.

—¡Aún te parecerá mal que haya venido a veros! —Se volvió hacia su tía—. ¿Qué, Rebequita? ¿Te apetece comer fuera? ¿Dónde tienes la silla de ruedas?

La anciana, todavía de mal humor, se limitó a encogerse de hombros.

—Yo no voy. No tengo hambre —dijo Daniel, sombrío.

—Pues no comas si no quieres. Pero venir, vienes.

—Espera a que te seque la ropa con el secador de pelo —dijo Miriam, levantándose—. ¡No pretenderás salir en bata y calzoncillos!

Había dejado de llover. Fueron todos a la oficina a buscar a Esther y acabaron comiendo en el restaurante del Casino Militar, en la plaza de España. Miriam preguntó a Elías por el motivo de su visita. Elías aludió vagamente a una reunión para tratar de asuntos relacionados con la compañía de teatro. Su madre no le dejó acabar la frase:

—¡Has estado en la concejalía de cultura! ¡Os han contratado para las fiestas de la Victoria!

—Sí —dijo él—. Para las fiestas.

—¡Qué ilusión! —Y se volvió hacia sus tías—. Son en septiembre. Iremos, ¿no? Iremos a verle actuar.

—¡Estáis tooodos invitados! —Elías alzó su copa de vino con gestos de gran señor.

Era el protagonista del día y no estaba dispuesto a renunciar a ese privilegio. Contó varias anécdotas de sus giras por pueblos con la compañía. En uno de ellos, el alcalde se había quedado sin dinero y les pagó con garrafas de aceite, que luego ellos vendieron por las calles de Málaga. En otro, los vecinos les exigieron que representaran *La venganza de Don Mendo*, y no «esa cosa rara» de Neruda. Su madre y sus tías le reían las gracias, y hasta Daniel participaba de la alegría general sonriendo y haciendo algún que otro comentario. Para el resto de clientes del restaurante debía de ser la clásica celebración en la que los familiares se reencuentran después de mucho tiempo y todo son risas y buenos deseos. Tras los cafés, Esther dijo que debía volver al trabajo, Elías pidió la cuenta con aire rumboso y Miriam, apoyando la cabeza en su hombro, ronroneó un poco. Para ella era casi el primer momento de auténtica armonía familiar después de muchos años, acaso desde que se descubrieron los tejemanejes de Ramiro en la caja de ahorros.

—¿Habéis comido bien? —preguntó Elías, dejando una generosa propina, y contestó él mismo—: ¡Habéis comido bien, ja ja!

De camino hacia General O'Donnell, dejaron a Esther en la puerta de la agencia. Guardaron la silla en el hueco del portal, ayudaron a Rebeca a subir las escaleras y la sentaron ante el televisor a tiempo de ver una de sus series favoritas. Miriam se llevó las manos a la cabeza al ver el montón de ropa que quedaba por planchar.

—¡Tengo para un buen rato! —dijo, entrando en la cocina.

Elías miró fijamente a su hermano.

—Coge las llaves de la moto —dijo—. Nunca he estado en Marruecos.

—Va a volver a llover.

—Pues me vuelvo a mojar.

—Sólo tengo un casco.

—¡No me digas que aquí son estrictos con eso! Vamos a... ¿Cómo se llama la ciudad más cercana? Nador. Vamos a Nador. Siempre he querido conocer Nador.

Ya no era el Elías jovial de pocos minutos antes. Ahora en su voz y en su expresión, aunque serenas, había una energía nueva, desconocida, que confería a sus palabras un velado matiz de apremio.

—¿Qué? ¿A qué esperas?

—Hace mucho que no cojo la moto. Seguro que no arranca.

—¿No se te ocurren más pretextos? —esbozó Elías una media sonrisa y luego se volvió para despedirse—. ¡Nos vamos a dar una vuelta!

En esos dos meses y medio, la Mike Andrews había acumulado una fina capa de polvo. Tal como Daniel había previsto, fue imposible ponerla en marcha con el pedal de encendido. Pero esta vez no lo utilizó como excusa. Empujó la moto hasta alcanzar un poco de velocidad y montó de un salto al tiempo que soltaba de golpe el embrague. Mientras aguardaba a Elías al pie de la rampa, daba gas con el acelerador para evitar que se ahogara el motor.

—¡Vamos! ¡Sube! —gritó, y su voz retumbó contra el techo y las paredes.

Salieron a General O'Donnell y torcieron a la derecha en la plaza de España. Recorrieron después el paseo marítimo y, antes de llegar a la playa de la Hípica, giraron en dirección a General Astilleros y la aduana de Beni Enzar. Iban despacio, disfrutando de los tímidos rayos de sol y el olor a lluvia reciente. Iban tan despacio que habrían podido hablar entre ellos sin necesidad de levantar la voz. Pero no hablaban. En el puesto fronterizo había las habituales colas de gente que, a todas las horas del día y todos los días del año, pasaba a pie de un lado a otro con pequeños artículos de contrabando. La fila de los vehículos, en cambio, era corta, y avanzaba con rapidez porque la policía sólo registraba los escasos coches con matrícula de Marruecos. A ellos ni siquiera los hicieron parar, y en apenas un par de minutos llegaron al lado marroquí. En los alrededores del puerto, las grúas se alzaban inmóviles, como conmemorando olvidadas promesas de prosperidad. Pasado ese núcleo, la carretera se ceñía a la línea de la costa hasta que, unos pocos kilómetros después, las edificaciones volvían a flanquearla. Habían llegado a Nador. Sin consultarlo con su hermano, Daniel enfiló una avenida que llevaba a la Corniche. Atravesaban las calles que en un pasado anterior a ellos habían constituido el corazón de Villa Nador. Daniel y Elías no podían saberlo pero, casi treinta años antes, su abuelo Samuel había hecho ese mismo trayecto la primera vez que acudió al rescate de un grupo de hebreos. Pararon en el Boulevard Ezzeraktouni, más o menos a la altura del sitio en el que en otra época estuvo el Club Náutico.

—Ya has visto Nador —dijo Daniel—. ¿Volvemos?

—Llévame a la estación de autobuses.

—¿Qué?

—Digo yo que aquí habrá una estación de autobuses.

Daniel frunció el ceño.

—¿Qué está pasando? —dijo.

—Si no sabes dónde está, preguntamos a alguien. Mejor preguntamos a un viejo. Aquí los viejos seguro que todavía hablan español.

La encontraron sin necesidad de preguntar. La estación, a la derecha de lo que en su momento fue el Edificio

Regional, seguía siendo la misma de los años del Protectorado: una explanada de asfalto con altas farolas en el centro y cocheras abiertas a ambos lados. Daniel paró junto a un jardín de adelfas y palmeras y apagó el motor.

—¿Me lo vas a contar o no?

Su hermano saltó de la moto y, como si hubieran hecho un viaje larguísimo, estiró los brazos y movió la cabeza para desentumecer los músculos.

—Tenías razón —dijo.

—¿Cuándo?

—Cuando me dijiste que esos dos iban a acabar robándome.

—¿Los Quiñones?

Elías siguió con la mirada un autobús que en ese momento maniobraba para entrar en la estación. Daniel bajó de la moto y la apoyó en el caballete.

—Los Quiñones... —repitió.

—Lo han hecho muy bien. Mientras yo estaba por ahí, haciendo el mico por los pueblos, ellos se las arreglaban para sembrar dudas sobre mi comportamiento: que si frecuentaba amistades poco recomendables, que si me importaba más el teatro que la agencia... Me crearon la fama, y lo demás cayó como fruta madura. En cuanto llegó a oídos de las navieras, fueron ellas mismas las que decidieron cambiar de consignatario... O eso es lo que dijeron los Quiñones, que para entonces ya habían iniciado las gestiones para crear su propia agencia. Una agencia nueva pero con varias décadas de experiencia y la reputación intacta. —Elías hablaba sin rastro de rencor, informando nada más—. ¡Tendrías que haber estado ahí cuando me lo dijeron! Parecían verdaderamente apenados. Me decían que todo aquello les resultaba muy doloroso y que las cosas se habrían podido solucionar de otro modo si no hubiera sido por el testamento de la abuela, que nos tenía atados de pies y manos durante cinco años... Según los

Quiñones, las navieras tenían ya tomada la decisión de enviar sus cartas de cese, y ellos lo único que hicieron fue intentar salvar lo poco que podían salvar: sus puestos de trabajo. ¿Quién sabe? Tal vez yo habría hecho lo mismo que ellos... En fin, el caso es que de la noche a la mañana me quedé sin nada. O, mejor dicho, me quedé con la consignataria pero sin los consignadores.

Daniel no dijo nada. Elías se miró las puntas de los zapatos.

—Un golpe perfecto, ¿no? Me lo han robado todo sin necesidad de cometer ningún delito.

—¿No has podido salvar nada?

—Vacié la cuenta bancaria. Estaba el dinero para las nóminas. —Elías se tocó el abultado bolsillo trasero del pantalón—. Supongo que a estas alturas ya se habrán dado cuenta... Ahora la agencia sólo tiene deudas.

Volvieron a sumirse en un silencio espeso. El mismo autobús que unos minutos antes había entrado en la estación maniobraba ahora para salir. Elías sacudió la cabeza.

—Bueno, me voy —dijo.

Echó a andar. Daniel le siguió con la mirada. La vieja cojera le seguía produciendo el mismo balanceo de siempre en los hombros y la cabeza. Cuando lo tuvo a unos veinte metros, gritó:

—¿Y no piensas hacer nada? ¿No piensas luchar?

El otro se volvió. Daniel continuó:

—¿Por qué huir? ¿Por qué no plantarles cara? Si los Quiñones fueron capaces de revocar una carta de cese, tú puedes revocarlas también. Yo te ayudo. Y la tía Esther también. Seguro que las navieras se fían de ella.

Elías, sin contestar, reemprendió la marcha. Daniel corrió a alcanzarle y le retuvo por el hombro.

—¿Tan cobarde eres? ¿No tienes ni un mínimo de coraje? ¿Te vas a rendir así, sin luchar siquiera? ¡Al menos inténtalo! Si no lo haces, te avergonzarás de ti mismo toda tu vida. ¡Ya no eres un niño! ¡Compórtate como un adulto, que es lo que eres!

—No me eches sermones, hermanito. ¿Qué autoridad tienes?

Daniel apretó con fuerza, dispuesto a zarandearle. Elías hizo ademán de resistirse, y en el leve forcejeo las solapas se le acabaron descolocando, una más alta que otra. Se recompuso la ropa y se llevó la mano al hombro como si le doliera. Daniel le soltó. Elías le miró desafiante.

—¿Qué te piensas? —dijo—. ¿Que estoy orgulloso de mí mismo?

—¿Y cómo se lo digo yo? —Daniel le acusó con la mirada.

—¿A quién?

—¿A quién va a ser?

—Dile que me he ido y que no sé si volverá a verme alguna vez. Prefiero que llore a que se avergüence de mí —dijo Elías, y con una sonrisa inesperada recitó—: «Cada cosa cansa, como un joven endeble, vergüenza de los suyos.»

—¿Qué es eso?

—Unos versos que oí una vez.

—De... ¿Cómo se llama? ¿De Pablo Neruda?

Elías soltó una risotada que sonó como una tos. También Daniel intentó reír.

—¡Estás loco! —exclamó.

Estuvieron otra vez unos segundos sin decir nada. Cuando Daniel volvió a hablar, lo hizo en un tono casi lastimero.

—¿Qué vas a hacer tú en Marruecos, sin conocer a nadie? ¿Cuánto te va a durar ese dinero? ¿De qué vivirás después?

—Vete —dijo Elías—. Vete ya. ¿A qué estás esperando? No quiero que veas en qué autobús me meto.

Daniel no se movió. Elías le dio la espalda y se encaminó hacia las cocheras. Su hermano anduvo tras él, a un par de metros de distancia. Dijo:

—¿Te das cuenta ahora de que mamá tenía razón?

—¿Cuándo? —preguntó Elías sin volverse.

—Cuando dijo que la abuela quería seguir moviendo los hilos de nuestras vidas aun después de muerta.

—¡Pues conmigo lo podía haber hecho bastante mejor!

Daniel se paró. Había vuelto a salir el sol. Elías llegó a la zona de sombra, en la que la gente hacía cola con fardos y maletas, y se paró también. Se miraron sonriendo. Luego Daniel avanzó y abrazó con fuerza a su hermano, la cabeza hundida en su hombro, los ojos cerrados. Para los otros viajeros, aquél era uno más de los muchos abrazos que esa tarde se darían en la estación. No pronunciaron ninguna palabra más. Daniel se desasió de Elías con un empujón amistoso, corrió a montarse en la moto y arrancó sin volverse ni hacer ningún gesto de despedida.

Unos minutos después, pasaba otra vez junto a las edificaciones del puerto de Beni Enzar. La fila de vehículos era ahora bastante más larga que una hora antes. Apagó el motor y fue empujando la moto a medida que los coches avanzaban. A su izquierda estaba la cola de los que querían acceder a pie a Melilla. Eran hombres, mujeres, también niños, que entraban de vacío y al cabo de un rato salían con las bolsas y los bolsillos repletos. Los policías les obligaban a ponerse en fila india y pasar uno a uno y, con gestos expeditivos, les ordenaban pararse o apurar el paso. No había violencia pero sí algo de humillación en su forma de tratarles, que ellos aceptaban sumisos porque de la permisividad de esos funcionarios dependía que pudieran o no pasar sus mercancías. Los vehículos avanzaron unos pocos metros más y Daniel volvió a empujar la moto. Estaba ya a muy poca distancia de la valla de acceso. Los de la otra fila, cuanto más cerca estaban del punto de control, más empujaban y se apretaban unos a otros.

Y entonces ocurrió. Entonces lo vio entre las personas que trataban de abrirse paso en el remolino. Lo miró fijamente, sin acabar de creérselo. Pero no había ninguna duda. Los mismos ojos hundidos, la misma nariz ancha, los mismos labios, la barba igual de descuidada... Daniel apoyó la moto en el caballete y se acercó. Lo tenía a no más de un metro. El hombre, que discutía con otro por el puesto que ocupaba en la cola, le dedicó una mirada indiferente y siguió a lo suyo. Daniel permaneció inmóvil durante varios segundos. Luego oyó que un policía le llamaba a gritos y corrió junto a la Mike Andrews, que no tenía ya ningún vehículo delante. Volvió a empujar la moto y no la puso en marcha hasta que hubo cruzado la frontera. Llegó a la primera rotonda y cogió la recta de la avenida de Europa. Y allí aceleró. Aceleró todo lo que pudo y notó cómo el aire le alborotaba la ropa y el pelo y le llenaba los pulmones. De un modo oscuro acababa de comprender que la vida le había absuelto. La vida, la misma que acababa de condenar a su hermano...

Cuando llegó al piso de General O'Donnell, su madre, sudorosa, estaba ordenando la ropa recién planchada.

—¿Ya estáis de vuelta? ¿Dónde está Elías? —dijo, distraída.

A su lado, Daniel fue cogiendo prendas y guardándolas en el armario del pasillo. Miriam se lo agradeció con una sonrisa.

—Tendrás que dejarle un pijama a tu hermano.

Daniel le devolvió la sonrisa. Terminaron de colocar la ropa y cerraron la puerta del armario.

—Yo me encargaré del alquiler del chalet —dijo entonces Daniel—. Me encargaré del alquiler y de lo que haga falta. Me encargaré de todo. Hablaré con la tía Sara y volveréis a ser amigas. Yo lo arreglaré. No te preocupes, mamá. Yo lo arreglaré todo. Yo te protegeré. Yo te protegeré.

Miriam le observó con una mezcla de perplejidad y ternura. Luego ladeó la cabeza y exclamó:

—¡Qué raro estás, hijo!

El joven rabino se comportaba con una unción algo histriónica, levantando la mirada hacia las alturas y sumiéndose en breves silencios extasiados. Hablaba despacio y como paladeando las palabras. Tras elevar una serie de alabanzas a Dios, pronunció unas reflexiones sobre la muerte en las que afirmaba la fe en la justicia divina. Aunque la religión, según él, no pretendía conocer qué era lo que ocurría después de la muerte, ninguno de los presentes debía dudar de la existencia de un mundo espiritual en el que Dios recompensaba a los justos y castigaba a los malvados. Resumió la leyenda de un niño que salvó a su padre del castigo eterno. Esa historia consagraba el lazo indestructible que unía a los padres y los hijos y, en general, a los miembros de una misma familia, un vínculo que no desaparecía con la muerte, porque la fe y las buenas acciones de los vivos ayudaban a determinar el destino que aguardaba a las almas de los fallecidos. Cuando dijo que también la buena de Esther influiría para que su hermana y el resto de sus parientes disfrutaran de una vida espiritualmente plena, Daniel pensó que, al igual que los sacerdotes católicos, el rabino trataba de convertir en una noticia llevadera la desgracia de una muerte. El rabino se les quedó mirando a Miriam y a él con una sonrisita apretada, y Daniel, al fin y al cabo el varón de la familia, murmuró lo primero que le vino a la cabeza:

—Muchas gracias.

Estaban en mayo de 1987. Por la noche, el viento había cambiado a poniente y arrastrado muchas de las nubes del día anterior. El sol se deslizaba despacio sobre el mármol blanco de las tumbas, como limpiándolas, y extraía de ellas fulgores inesperados. En el mar, a lo lejos, se recortaba la silueta inmóvil de un petrolero, como una calcomanía en una pared de azulejo. Daniel había empujado la silla de ruedas por el sendero central. Estaba el cementerio tan atestado de sepulturas que, llegados a cierto punto, no quedaba espacio para seguir avanzando con la silla, de modo que habían tenido que levantar a Rebeca y acompañarla a pie hasta la tumba de la familia, donde nuevamente pudieron colocar la silla para que se sentara. Había unas treinta personas, pocas (pensó Daniel) para despedir a alguien que había vivido sus casi ochenta y cinco años de vida en la misma ciudad. Entre ellas reconoció a los empleados de la agencia y los trabajadores del puerto, y poco más. Los desconocidos pertenecían, a juzgar por las *kipás* de los hombres, a la Comunidad Israelita local. A excepción del rabino y de los únicos familiares (Rebeca, Miriam, él mismo), los asistentes se habían situado a una distancia respetuosa, repartidos por los angostos caminitos de la compleja cuadrícula de tumbas. Observados a bulto, componían caprichosas figuras geométricas llenas de perpendiculares que apuntaban en distintas direcciones, como el agua que se extiende por las junturas de las baldosas.

El rabino comentaba ahora un pasaje del Talmud acerca de un mundo por venir en el que los muertos habrían de resucitar para la vida eterna. Adoptó una actitud de recogimiento y dejó pasar unos segundos antes de acercarse a Rebeca para la *keriá*. Con una mezcla de severidad y delicadeza le hizo un pequeño rasgón en la blusa a la altura del corazón. Rebeca se dejaba hacer con una sonrisa de curiosidad. Parecía una niña vieja recibiendo una condecoración escolar. El rabino hizo una seña a un hombre con gafas y *kipá*, autorizándole a iniciar el *kadish*. Daniel suspiró y volvió la cabeza hacia su madre, que, al otro lado de Rebeca, le devolvió una sonrisa afligida. Estiraron los dos el brazo por detrás de la silla de ruedas y se cogieron de la mano. Miró después Daniel a su tía. Ésta mantenía la misma sonrisa bobalicona y feliz que se había convertido en definitiva en los últimos meses, en los que poco a poco había ido perdiendo el habla hasta enmudecer del todo. ¿Dónde se imaginaría que estaba? ¿En una vieja fiesta familiar? ¿En una celebración religiosa del pasado? ¿Y a quién se imaginaría que estaba viendo? ¿Con quién estaría confundiendo a ese puñado de personas que se arracimaban entre las tumbas para acompañarla en el último adiós a su hermana? ¿Estaría tal vez viendo a la propia Esther en alguna de esas mujeres judías que, a la espalda del rabino, hundían con gesto contrito la cabeza entre los hombros? Se acordó Daniel del viejo retrato de su bisabuelo Elías, el padre de su abuelo y de sus dos tías, y buscó entre los presentes alguien en quien Rebeca pudiera identificarlo: cualquiera de los hombres con *kipá* valdría. Buscó también alguien a quien pudiera tomar por Samuel y por Mercedes... Entre todos esos vivos que habían acudido al cementerio podía fácilmente Rebeca encontrar a muchos de sus muertos más queridos. Esa reflexión alejó cualquier sentimiento de lástima. Más bien le inspiraba una especie de alivio intuir que el descompuesto cerebro de su tía había abolido el paso del tiempo (e incluso la muerte) y que la había instalado en un mundo en el que todas las personas queridas seguían vivas y podían ser convocadas en cualquier circunstancia. También un poco de envidia, porque estaba claro que el alma de la tía Rebeca ya nunca volvería a experimentar ningún sufrimiento... ¡Qué suerte pensar que no se iba a tener necesidad de fuerza o de consuelo!

Miriam le soltó la mano para buscar un pañuelo y secarle la saliva de los labios. La anciana asintió tontamente con la cabeza y cerró la boca con aire de niña obediente. El hombre con gafas y *kipá*, mientras tanto, continuaba con su plegaria. Daniel cerró los ojos un momento y se concentró en la rara musicalidad de esas palabras en hebreo. Los abrió y se fijó en una figura solitaria que deambulaba junto a la entrada del cementerio, agachándose de vez en cuando para recoger algo del suelo. Debía de ser el guarda pero, desde esa distancia, podía ser quien él quisiera. Cerró los ojos otra vez y decidió que era Ramiro, su padre. Y cuando los volvió a abrir, resultó que era él: Ramiro en el mejor momento de su vida, ni joven ni viejo, elegantemente vestido, casi guapo, acercándose sonriente entre las tumbas y saludando con un discreto movimiento de cabeza. Esperó Daniel a que su padre terminara de unirse al grupo y miró hacia su derecha, hacia el lado del mar. Por allí venían sus abuelos, Samuel y Mercedes, cogiditos del brazo, él con traje oscuro y corbata, ella con blusa de flores, susurrando entre ellos como en algún aislado recuerdo de su infancia. Sin darles tiempo a llegar junto a los demás, apareció también Felisa, con el ceño medio fruncido y la eterna cara de ratón, menudita como siempre pero bastante más joven que en las fotos más antiguas, y vestida (¡qué anacronismo!) con ropa reciente, de los años ochenta. Y de algún sitio salió asimismo la tía Tere, la monja, que avanzaba entre las tumbas con gracia de bailarina y hacía girar sobre su hombro izquierdo una sombrilla blanca. Fueron todos agrupándose a espaldas del rabino y, mientras intercambiaban saludos y sonrisas, tuvieron que hacer sitio a Sara y su familia, que habían llegado de no se sabía dónde, Sara diciendo hola con la mano, Felipe haciendo pequeñas reverencias, los gemelos y Martita crecidos ya y vestidos de adulto pero todavía con cara de niño. Y, como sólo faltaba Elías, Daniel lo buscó por todas partes hasta que lo vio venir con su cojera característica. Estaba muy delgado. Llevaba puesta una chilaba estrecha que aún le estilizaba más. Avanzaba deprisa, atajando entre las tumbas. Con una mano se sostenía los faldones para andar más rápido y con la otra hacía apurados gestos de disculpa, como cuando se llega tarde a una foto colectiva, y los demás le apremiaban con silbidos y sonrisas. Se incorporó Elías al grupito en el momento mismo en que el hombre con gafas y *kipá* terminaba su plegaria.

—*Ve'imru amen* —concluyó, y los otros judíos presentes corearon:

—*Ve'imru amen*.

Samuel, Mercedes y los demás cuchicheaban entre ellos como quienes acaban de encontrarse después de mucho tiempo. Daniel los miró a todos uno por uno e hizo un gesto de asentimiento. No era la mejor familia del mundo, pero era su familia. Alargó después el brazo hacia Miriam y apretó con fuerza su mano. Dejó que su mirada se perdiera en el horizonte. El viento de poniente rizaba las olas del mar y se llevaba para siempre los últimos restos de nubes.

## NOTA DEL AUTOR

Para la redacción de esta novela he utilizado información extraída de los libros *Retorno a Sefarad* de José Antonio Lisbona (1993), *Historia de Melilla* de Antonio Bravo Nieto y Pilar Fernández Uriel (2005), *Every Spy a Prince* de Dan Raviv y Yossi Melman (1990), *Melilla y su judaísmo* (varios autores, sin fecha), *Un siglo de hierro en las minas del Rif. Crónica social y económica (1907-1985)* de Vicente Moga Romero (2010), *Melilla. Transportes marítimos de pasajeros (1848-2012)* de Jacinto López Tirado (2013), *El puerto de Melilla. Una obra centenaria con un pasado milenario* de Antonio Bravo Nieto y Juan Antonio Bellver Garrido (2009) y *¡Sólo para fans! La música ye-yé y pop española de los años 60* de Gerardo Irles (1997), así como de los documentales de Moisés Salama *Melillenses* (2003) y *Una historia personal* (2005). Precisamente a Moisés Salama quiero agradecer la paciencia y generosidad con que ha atendido mis consultas. Mi gratitud va también para amigos como Ángel Castro, Hassan Mohamed Hammú, Vicente Moga, Miguel Ángel Oeste y Carlos Sanz Sanvicente.

Algunas frases de César González-Ruano, que viajó una única vez a Melilla en 1930, están tomadas de su libro *Nuevo descubrimiento del Mediterráneo* (1959). Algunos detalles de la vida doméstica de los judíos del norte de África proceden de *Pequeñas historias de la calle Saint-Nicolas*, de Line Amselem (2012). Los versos de Justo Navarro pertenecen al libro *Un aviador prevé su muerte* (1986). El dueño del bar Terral, José Antonio Garriga Vela, acabó ganando el premio Romero Esteo con la obra *Aquellas añoradas sirenas roncas y despeinadas.*

## Otros títulos del autor en Booket

*El día de mañana*

*El fin de los buenos tiempos*

*El tiempo de las mujeres*

*María bonita*

*Carreteras secundarias*

*La ternura del dragón*